夜天子 八

山东文艺出版社

目录

第八卷　王者之路

第一章　自作聪明 — 003
第二章　启　行 — 008
第三章　卷土重来 — 012
第四章　下　聘 — 016
第五章　出　招 — 020
第六章　水银山 — 024
第七章　混　战 — 028
第八章　山上望山人 — 032
第九章　潇洒走一回 — 036
第十章　二皮脸的叶小天 — 040
第十一章　嬉笑成计 — 044
第十二章　女苏秦 — 048
第十三章　不入虎穴，焉得虎女 — 052
第十四章　小黄雀 — 056
第十五章　诱你来杀 — 060
第十六章　英雄所见略同 — 064
第十七章　跑路英雄 — 068
第十八章　圆月弯刀 — 072
第十九章　虚空织横罗 — 076
第二十章　患难之交 — 080
第二十一章　合力可擒虎 — 084
第二十二章　妙手摘星 — 089
第二十三章　大兄驾到 — 093
第二十四章　兄妹议 — 098
第二十五章　狼狈成奸 — 101
第二十六章　败家子 — 105
第二十七章　心　机 — 109
第二十八章　你方唱罢我登场 — 113

001

第二十九章　双　子 — 117
第三十章　候东风 — 122
第三十一章　再向虎山行 — 126
第三十二章　昆仑雅集 — 130
第三十三章　曼陀罗 — 134
第三十四章　庭前决 — 137
第三十五章　扬名了 — 141
第三十六章　白泥雌凤 — 145
第三十七章　林中筵 — 149
第三十八章　叶太岁 — 153
第三十九章　暗流涌 — 157
第四十章　一场戏 — 161
第四十一章　乱象频仍 — 165
第四十二章　一地鸡毛 — 169

第四十三章　王者之路 — 172
第四十四章　邂　逅 — 175
第四十五章　漂亮姑娘 — 178
第四十六章　湖中混战 — 182
第四十七章　接踵而来 — 186
第四十八章　生死线 — 190
第四十九章　最近有点乱 — 194
第五十章　男人，要对自己狠一点儿 — 198
第五十一章　九死一生 — 202
第五十二章　九牛不回 — 205
第五十三章　大人物 — 209
第五十四章　匹　夫 — 213
第五十五章　悬赏令 — 219
第五十六章　反戈一击 — 223

第五十七章 缜密刺杀 — 227
第五十八章 明如镜 — 231
第五十九章 怪现象 — 235
第六十章 援军到 — 239
第六十一章 八仙过海 — 243
第六十二章 各显其能 — 247
第六十三章 四面楚歌 — 251
第六十四章 追杀至死 — 255
第六十五章 背水一战 — 259
第六十六章 万万没想到 — 263
第六十七章 河畔恩仇 — 267
第六十八章 播州有龙 — 272
第六十九章 恩怨未了 — 276
第七十章 邂逅 — 280

第七十一章 神棍之用 — 284
第七十二章 千载难逢 — 288
第七十三章 复仇者联盟 — 293
第七十四章 客似云来 — 297
第七十五章 极品炉鼎 — 302
第七十六章 众家心思 — 306
第七十七章 语言艺术 — 311
第七十八章 六二爻卦 — 316
第七十九章 叶小天的面子 — 320
第八十章 抚台驾到 — 325
第八十一章 将你一军 — 329
第八十二章 嬉笑公堂（上）— 333
第八十三章 嬉笑公堂（中）— 337
第八十四章 嬉笑公堂（下）— 341

- 第八十五章　就这么定了 — 345
- 第八十六章　临危托命 — 350
- 第八十七章　放手去做！ — 356
- 第八十八章　囚徒，狂徒，送终，送亲！ — 360
- 第八十九章　风　云 — 367
- 第九十章　过三关（一）— 371
- 第九十一章　过三关（二）— 376
- 第九十二章　过三关（三）— 380
- 第九十三章　过三关（四）— 384
- 第九十四章　顺利收编 — 388
- 第九十五章　夫唱妇随 — 393
- 第九十六章　紫阳府 — 397
- 第九十七章　陷　阱 — 401
- 第九十八章　午夜沉雷 — 405
- 第九十九章　不平静的橘园夜 — 409
- 第一〇〇章　明枪暗箭 — 413

第八卷

王者之路

第一章

自作聪明

一

叶小天从王海川的面前飘然而过，看都没有看他一眼。不是叶小天有意忽略，而是今日的他，本就不可能注意到一只蝼蚁的存在。

王海川双膝一软，一下子委顿在地。他们当初占领格家寨时是如何轻松，今日失去格家寨就是如何容易。

自从占领格家寨，他们不曾遇到任何一方的攻击，久而久之自然就麻痹了。昨夜，不只是不当值的人在酩酊大醉中滥赌至深夜，就连本该值夜守卫的人也一样坐在箭楼上滥赌狂饮。

不过，眼看卷土重来的格家寨兵强马壮，一个个仿佛恶煞凶神一般，王海川又不免暗自庆幸起来。幸亏兄弟们昨夜昏睡不起，被人家轻而易举地夺了寨子，如果当时有人警觉，真的打将起来，就他们这百八十条性命，恐怕都不够人家塞牙缝的。

寨中一处高坡上，苏循天背靠一块大石坐在草地上，左手抓着一条狗腿，右手提着一只酒葫芦，一口烧酒一口肉，吃得好不惬意。

"我说李先生，这儿又没旁人，你就甭端你那读书人的架子了，这狗肉香得很，要不要啃一块？再配上一口烧酒，快活似神仙啊，哈哈……"

李秋池负手而立，山风吹得他的青绸衫摇动如水。他一直平静地凝视着远处的叶小天。叶小天带着那些长老和部落首领们，边走边交谈着，似乎在向他们部署安排着什么。

苏循天喊了一嗓子。李秋池望着远处的叶小天，若有所思，目中满是钦佩之意，仿佛根本没有听见他的话。苏循天又啃了口狗肉，道："李先生，你要不吃，我可就不客气啦，一块都不剩给你。"

遥遥蹦蹦跳跳地从旁边山径上跑过来，听到他这句话，眼珠一转，放轻了脚步，蹑手蹑脚地向他靠近过去。狗肉坛子就放在苏循天身侧稍后处，遥遥抿嘴忍着笑，悄悄伸出手去。

李秋池负手而立，头也不回地道："没出息的东西，除了吃，你还知道什么？你知不知道你如今跟了什么人？"

苏循天被一口狗肉噎得直翻白眼，他猛地灌了口酒，顺了顺气，这才说道："我说李先生，我知道你学问比我好，麻烦你能不能不要故弄玄虚。你就直说吧！"

李秋池感慨地道："此人是天生王者啊。你别看他年纪轻轻，古来豪杰中，又有几人是过了不惑之年才成就大业的？单看他对金沙谷中释放出来的那些人的巧妙安排，就可见他的谋略气度不同等闲了。你我幸运啊，若非投到他的门下，我这一辈子或许只能做个讼师。而现在我已经可以想到有朝一日我李大状建功立业，福荫子孙了，呵呵……"

李秋池陶醉地笑起来。苏循天道："我知道。你昨儿不是已经说过一遍了吗？大人要用旧人，却又不杀新人，用宽忍来避免内部的决裂；用被免职的新人牵制起复的旧人，以确保他们的忠心，心思的确机巧。可你用不着左一遍右一遍夸啊，我耳朵都听出老茧了。你要是想拍马屁呢，最好直接去对大人说，我是不会帮你转达的。"

遥遥偷笑着，把那狗肉坛子从苏循天身边轻轻地拿走了，本想就此走开，可是听他这么说，不禁嗔怪地向他皱了皱鼻子，又做了个敲他脑袋的动作。

李秋池摇头道："我所感慨的，与昨日所说的无关。我目睹东翁如今种种举动，感悟越来越多，愈发觉得东翁智慧如海，深不可测，绝非池中之物。"

苏循天用力跟狗腿上一根韧性较强的筋腱较着劲儿，含含糊糊地道："这话怎么说？"

李秋池道："东翁如此处置原本是极妥当的，但有些事不是你想怎么样就会怎么样。那些刚刚被免职的人只是失去了权柄，没有失去富贵，也没有失去党羽。他们正在庆幸逃过一劫，是断然不会给东翁找麻烦的。但是那些在金沙谷中做牛做马死里逃生的人呢？他们有没有怨气？一朝大权重掌，他们会不思报复？"

李秋池向山下指了指，道："你注意到没有，这一次被东翁带出山的部落首领，大多是那些易换了首领的部落的新旧两派。东翁为什么刻意挑选他们出来？"

苏循天来了兴趣，拿起一截草棍折断，一边剔着牙缝里的肉丝，一边好奇地问道："那你说是为什么？"

李秋池道："从修罗地狱里爬出来的那些人心中的怨气、仇恨，不是一道命令就能抹除的。但又不能任由他们对失势的一派进行血腥屠杀，挑起内乱，那该怎么办呢？

"所谓堵不如疏啊，那就只有另寻一个办法，让他们把这些年来的痛苦、委屈、悲伤、愤怒都发泄出来。那要怎么办呢，唯有见血，唯有杀人，所以……东翁让他们来了这里。"

李秋池说得眉飞色舞,继续道:"他们是被东翁解救出来的,心中对东翁存有感恩之心,又因经受折磨太多太久,心中杀意郁积,正适合去战场上厮杀一番,做冲锋陷阵、悍不畏死的猛将。

"而那些受格峁佬、格彩佬两派势力牵连而被免职的人呢?他们心中惶恐不安,唯恐东翁翻他们的旧账,又怕那些东山再起的老首领们一旦腾出手来就会寻他们的晦气,就更不会放过这个立功的机会,以期获得东翁赏识,从而得到庇护。"

苏循天听到这里,方才恍然大悟,不禁击掌赞道:"妙啊!听你这么一说,我才明白其中道理。大人果然了得。难怪他能短短几年工夫就拥有今日地位,这一石二鸟之术,运用得当真是炉火纯青。"

李秋池仰天打个哈欠,道:"非也,这可不是一石二鸟之术,而是一石三鸟。你不要忘了,若只是这样的话,新旧两派之间的恩怨并未得到解决,只是因为外敌的存在暂时掩埋下去。只要外敌一被解决,他们之间终究还是要一战的。

"可是,新旧两派现在都被大人带出来了,复出之人想要有所表现,被罢黜之人也想有所表现,他们都会全力以赴以求建功立业。这种情况下,他们纵有旧恨,也不敢互相拆台下绊子。

"然而,对敌作战,胜败乃兵家常事,他们不可能一路势如破竹。一旦落了下风,友军该当如何?今日你救我,明日我救你,等到尘埃落定、刀枪入库的时候,就算不会化敌为友,就凭这份袍泽之情,也不会再置对方于死地吧?"

遥遥蹲在大石后面,听到李秋池这番话,也不禁露出惊叹之色。她歪着头想了一会儿,便不再捉弄苏循天,而是丢下狗肉坛子,提着裙裾轻手轻脚地走开了。

苏循天听了李秋池的话,先是赞叹惊喜了一番,继而攒眉蹙额,愁眉苦脸。李秋池瞧他一副忧心忡忡的样子,不禁奇道:"东翁如此了得是好事啊,你做出这副鬼样子做什么?"

苏循天担心地道:"要做官,都要有这样的城府吗?"

李秋池道:"心机权谋一无是处的官儿倒也不是没有,只是那样的人很少能善终。树大招风嘛,你身居高位,又没有权谋心机,不谙为官之道,就等于大树无根。一有点风吹草动,别人没出事,你就倒霉了。"

苏循天一听,神色更加凄苦:"这可怎么办?咱们大人前程不可限量,作为大人门下忠犬,等大人发达了,我怎么也能谋个一官半职吧。可我着实没有这等心机啊,一旦混迹官场,还不被人耍得团团乱转吗?这可不成,我得早早物色一个有本事的幕僚!啊,李先生……"

李秋池果断地道:"免开尊口。李某虽是状师出身,却也不是什么人都能驱使的。不是东翁那般豪杰,岂能让李某俯首听命?"

苏循天道："你快别扯了,你想让我用你,我还嫌你长得比我俊俏,会抢了我的风头呢。我是想问,你昔日那些同行里,可有打算转行做幕僚师爷的吗,给本捕快引荐一个如何?最好长得丑些。"

李秋池:"……"

· ※ · ※ · ※ ·

占领格家寨对叶小天来说其实并没有什么难处,无论是偷袭还是大大方方地进攻。但是想要照此套路拿下老骥谷就不可能了。两地相距不远,此时老骥谷那边肯定已经知道格家寨失陷了。

偷袭既不可能,那么强攻呢?老骥谷这座兵寨被于家海和于扑满两兄弟打造得牢固无比,又位居险要崇峻之处,如果强攻势必付出极大代价。

如今生苗再度出山,正是锐气如虹的时候,应该再巩固一下他们不可战胜的强大形象,所以这种需要付出重大牺牲才能取得的无关全局的胜利不要也罢。

叶小天"胸有成竹""指挥若定"地下达了一连串的指令,待众人全都离开之后,才坐在议事大厅的正位上,手托着下巴,深深地蹙起了眉头。

他当然很担心凝儿的处境,但杨羡敏是一个绕不过去的坎儿,有老骥谷横在那儿,这道坎儿要如何才能迈得过去呢?这时候,遥遥风风火火地跑了进来:"小天哥!小天哥!"

叶小天扬起眉梢看向她。遥遥把李秋池对苏循天说过的那番话学说了一遍,满眼都是崇拜的小星星:"小天哥,你真的好厉害呢,人家听了也是佩服得五体投地!"

叶小天怔了一怔,忽地哑然失笑,摇头道:"你别听他胡说,我哪有那般神通?"

遥遥瞪大眼睛,好奇地道:"李先生说得很有道理啊,难道你不是这么想的吗?"

叶小天拉起她柔软的小手,笑问道:"你听说过张飞打哑谜的故事吗?"

遥遥最爱听故事,当即兴致勃勃地道:"这倒不曾听说,那故事讲些什么?"

叶小天道:"话说刘备三顾茅庐,要请诸葛亮出山,诸葛亮便说:'我出一个哑对,对得上,我便拜为主公。'诸葛亮伸出一指,刘备、关羽不解其意,唯有张飞恍然大悟,伸出三指相对。

"诸葛亮又击掌三次,张飞便击掌九次;诸葛亮在胸口画一个圈,张飞便拍了下脑袋。诸葛亮见状只好认输,跟刘备下了山,从此成为他的军师。

"刘备对二人的哑谜一直猜不透,找了个机会便问诸葛亮:'军师那日所出哑谜究系何意?'诸葛亮说:'我伸一根手指,代表一统天下,他伸三根,代表三国鼎立;我拍三下掌,代表三三归汉,他拍九下代表九九化原;我在胸口画个圈,代表胸怀锦绣,他拍一下脑袋,就是代表头顶乾坤!所以……亮只好认输。'

"刘备听了赞叹不已,道:'不想三弟竟这般内秀。'改日想起此事,又去问张飞,张飞说:'军师大概知道我以前是杀猪的,所以尽跟俺提些杀猪的问题。开始他伸一指,是说你做屠户时一天杀一口猪吗?我说怎么也得杀三口。他又问那猪有三十斤吧?我说不对,三十斤那是猪崽,大猪少说也得九十斤。他又问,这猪的心啊肠子啊等下水是不是一块卖呀?我拍一下脑袋,告诉他,只要你有钱,我连这猪头也一块卖给你。'"

叶小天说到这里,哈哈大笑道:"你现在明白了?李先生就是那位自作聪明的孔明先生,而我就是张飞了。其实我把他们留在身边,只是怕我不在他们会争斗起来,一时之间哪想得到那么多?心眼多的人就喜欢乱猜疑。"

遥遥听了捧腹大笑,直不起腰来。叶小天见状也跟着笑了起来,笑着笑着,他心头忽地灵光一闪:"对啊!老骥谷既不能硬攻,何不智取呢?杨羡敏也是一个颇有些小聪明的人呢!"

第二章

启 行

一

　　李秋池的自作聪明一下子提醒了叶小天，对付聪明人，有时候用点小计策让他产生疑虑，可以起到兵马所起不到的作用。杨家两兄弟，长兄杨羡达号称山虎，以武勇著称；二弟杨羡敏号称智狐，虽然没有大智慧，小聪明确实是有的，正可利用。

　　想到这里，叶小天就安下心来。他当然牵挂凝儿，可事要一步步做，饭要一口口吃，太过急躁只能自乱阵脚。他现在可不是单枪匹马，可以任性妄为。反正以杨、展两家的地位，成亲之事再仓促也不是两三个月内就办得成的，先解决了杨羡敏，再面对展家甚至杨家时，也更有底气些。

　　叶小天就住在格家寨里，一面派人去铜仁通知张雨桐和于珺婷，一面派人去邀请果基格龙，同时又派了华云飞前往展家堡，伺机接近展凝儿，先向她通报一下自己这里的情形，叫她安心。

　　铜仁于府，于珺婷扶着栏杆，吐得一塌糊涂。好不容易喘息着站定，于珺婷自侍女手中接过银质的水瓶漱了口，懊恼地道："把鱼统统撤走，以后我的饭桌上不许再有一点腥味。"

　　"奴婢遵命！"

　　那侍女惶然答应着，讪讪地解释："是文先生吩咐，说土司大人操劳公务，耗神过甚，宜多进补，奴婢……"

　　于珺婷怒道："我现在不想见一点腥膻，明白吗？"那侍女不敢多言，只得唯唯退下，指挥丫鬟们匆匆撤换饭菜，按于珺婷的要求换上一席清淡菜肴。

　　这时文傲笑吟吟地走了进来，正好听见于珺婷最后一句话。自从有了身孕，于珺婷已经把她和叶小天的事告诉了文傲。这是她的师父，也是她的第一智囊，而且是外姓人，不会攫取于家的权力，所以是于珺婷最信得过的人。

　　于家有了继承人，文傲当然高兴。他照看于珺婷长大，对她有种亦徒亦女的感觉。不过是人就有私心,就有为自己打算的时候。文傲有妻有子,连孙儿都有了,他也得为自己的未来考虑。

如果于土司一直无后,这土司之位早晚得落在别的于姓人手上。他文傲比于珺婷还年长许多,有生之年的事儿不用担心,但他得考虑自己的儿子、孙子能否继续依附于家而生。

现在于珺婷有了身孕,不管是男是女,于家的土司之位可以延续下去了。远的他考虑不了,至少儿、孙两代,还可以继续依附于家享受富贵,他也就可以不必再有任何疑虑地辅佐于珺婷了。

文傲等那侍女走开,对于珺婷微笑道:"土司怀了孩子,应该多吃些好的,如此娃儿出生,才能更加健壮。"

于珺婷颦起了秀美的眉,苦恼地道:"我家四嫂比我早一个月有的身孕,我看她能吃能睡,活蹦乱跳的,什么事儿都没有,为什么我偏偏嗅不得一点腥膻味,甚至稍油腻点都受不了,明明我比四嫂身子健壮得多。"

文傲哑然失笑,道:"土司,这可与身子强壮与否无关。有些女子妊娠反应重些,有些女子却百无禁忌,这个……大概与个人体质有关吧。"

于珺婷恨恨地道:"说到底,还是这娃儿顽劣,跟他爹一个德行。那无情无义的坏东西,说走就走,出山则为土司,入山则为尊者,哼!恐怕他现在百媚千娇的神妃都不知纳了多少个,逍遥快活地做他的山中皇帝,早把人家忘了。"

文傲又是一笑,自袖中摸出一封书信递过去,道:"那可不见得,土司请看,这是什么?"

于珺婷目光往信上一落,瞧见那落款,登时露出惊喜之色:"叶小天?"

当下,她哪还顾得痛骂那无情无义的负心人,急急一把抢过书信,三把两把抽出信纸,想了一想,又闪到假山藤萝下,迫不及待地看了起来。文傲望着她的身影微微一笑,转身悠然离去……

· ※ · ※ · ※ ·

此时,红枫湖畔又是一番景象。

庄前停着一排华丽的大车,旁边还有百十名精壮勇武的侍卫,鞍辔齐备,刀弓森寒,驻马而立时,腰背挺拔如山,胯下马如同铁铸,威武之态非同一般。这可是进京见皇帝,夏家自然要拿出最气派的一面,免得被人看轻了。

夏老爹和夏夫人正在厅上悄悄叙话。夏夫人面有忧色地道:"你也知道,咱那女儿一门心思要跟了叶小天,可蛊教内部偏偏出了岔子,把他带回了山里。女儿对此还一无所知,来日知道只怕又要寻死觅活……"

夏老爹懊恼地道:"唉!谁知道会出这么一档子事呢?当初听说他做了土司,成了卧牛长官司长官,我就想,这也勉强配得上我的爱女了,正等他上门提亲,谁晓得他却被人捉进了山!"

眼见爱妻愁容满面,夏老爹忙道:"这一遭你受封诰命,叫女儿陪你进京面圣谢恩,可以暂且让她避开。拖得一日算一日吧,说不定等你们回来,叶小天已经解决了山中之事。

"那小子机灵得很,只有他算计别人,别人哪能算计得了他?我回头找我那老兄弟冬天打听打听,看看能帮上什么忙,把那小子救出来。唉!女儿不叫人省心,这女婿也不叫人省心。"

夏夫人道:"如今看来,也只好如此了。不过,那山里人大多性情野蛮,不讲道理。你也小心着些。你毕竟是一族之长,如果为了自己的女儿,挑起我族与山中蛊教之间的争斗,会遭人非议的。"

夏老爹吹胡子瞪眼地道:"哈!我会怕他们?"

夏夫人担心地道:"你不会真想跟山苗大打出手吧?老爷,咱们……"

夏老爹道:"嘿!我就这么一说,你当什么真哪!蛊教的地盘和咱们这儿隔得远,我就是想打,能打得起来?你放心进京吧,带女儿去见见世面,等你们回来,说不定什么事儿都解决了。"

这时,夏莹莹一身绿衣裳,俏媚得仿佛一株山桃花成了精,快活地跑进来,笑靥如花地道:"阿爹,阿娘,我们这次进京,路过铜仁吗?"

夏老爹赶紧满脸堆笑地道:"从咱们这儿进京呢,本来是不路过铜仁的,不过……稍稍拐个弯儿,应该也耽误不了几天。你放心吧。"

莹莹一听心花怒放,道:"好啊好啊!这下子我就可以去看他了,你们谁也不许给他捎信过去,我要给他一个惊喜。七哥好慢,跟乌龟似的,还没准备好,我去催催他!"

莹莹说完,又跟蝴蝶一样飞走了。夏夫人急道:"你还敢让她去铜仁?她到了那儿找不到叶小天,再听说他被蛊教长老弄回了深山,还不闹个天翻地覆?"

夏老爹一副老奸巨猾的表情:"怎么会呢?我早已安排好了,到了必经之路时,就说前方暴雨,泥石封路,这样子不就绕过去了吗?"

夏夫人一听,苦笑道:"也只好如此!"

万历皇帝自从见到莹莹的玉像,登时惊为天人,再有徐伯夷一旁煽动,不禁起了纳她为妃的心思。这心思不动还罢,一旦动了,那情思欲潮竟是再也不可遏制。

如此娇俏美丽的女子,他作为九五至尊、当今天子,竟从不曾见过,回首再望宫中,尽皆庸脂俗粉,再无一个看得进眼去,除了那位本就受他宠爱,又有莹莹三分神韵的郑贵妃。

可是在明朝做皇帝实在很苦，他晚上多点两道菜、早朝晚去一刻钟，都会被言官们不依不饶地喷上半个月口水，何况是选妃呢？

按照规定，皇帝选纳妃子有正式的程序，要经过一道道的内官衙门甄选。可是经过他们按照那苛刻无比的条件所选出来的，哪还有真正的人间绝色？

再者，朱元璋的时候就规定母仪天下的六宫之主皇后娘娘须得出自民间，以防大臣本就根基雄厚，再利用女儿做了皇亲国戚，反过来会威慑皇权。对皇妃本没有这么严苛的要求，可架不住言官大臣们借题发挥啊。

如果莹莹只是一个中原小官的女儿，哪怕她爹的官再大一些，是一个三四品的朝廷重臣，或者也能勉强糊弄过去；可她父亲是贵州的一方土司，一向游离于文官体系之外，是受到排斥和戒备的地方自治势力集团的一员。如果他公开下旨纳夏莹莹为妃，恐怕夏莹莹还没进京，他已经被那些唾腺过于发达的文官们用唾沫星子活活给淹死了。

又是徐伯夷给他出了个好主意，以去年进贡大木和山珍为理由对夏家予以嘉奖。但夏老爹前两年刚刚提了指挥使，不宜频繁升迁，因此加恩于他的夫人，封为诰命。

这样一来，夏夫人是要进京谢恩的。父若远行，儿当侍奉膝下；母若远行，女当侍奉膝下。可以预料，那位夏莹莹姑娘有九成九的可能要陪伴母亲入京。

到时候……一道中旨把她宣进宫，待生米煮成熟饭，百官知道也晚了，难道还能逼迫皇帝把一个已经破了身的女子赶出宫去？万历皇帝一听大喜，马上按照徐伯夷的办法，给夏家下了一道圣旨。

那位宅男皇帝的心思，夏家的人又怎么可能知道？又过了两炷香的时间，夏家的车队终于喜气洋洋地启行了。莹莹坐在母亲身边，挽着她的手臂，心却像长了翅膀似的，早就飞到铜仁去了。

看着前方马夫不紧不慢地赶着车，夏莹莹恨不得自己冲过去，夺过他的鞭子把马车赶得飞快。夏莹莹喜滋滋地想："那个坏家伙，也不知有没有趁我不在跑去拈花惹草，若是被我逮到，嘿！嘿嘿……"

夏莹莹像只小狼似的龇起一口小白牙，一双杏眼变成了弯弯的月牙儿，俏媚得一塌糊涂。

第三章

卷土重来

一

"你是说，不需要凉月谷出兵，只是要我带着人出去转转，做做样子？嗯？"果基格龙按着膝盖，大马金刀地坐着，因为个头太高，即便坐着也和叶小天差不多高。

果基格龙向叶小天翻了个大大的白眼，道："我说叶长官，你把我凉月谷当成什么地方了？我们凉月谷和你合作，并不是你的手下，你就这么随意使唤我们？"

"格龙哥哥……"采妮姑娘拉了拉果基格龙的衣袖，娇滴滴地唤了一声。果基格龙板着脸道："一边站着去，我如今是以凉月谷少主的身份同叶长官谈判，你一个女儿家别乱插嘴！"

"哦！"采妮噘着嘴悻悻地退到了一边。果基格龙依旧板着脸，道："叫我格龙兴师动众，就为给你装装样子？如今正是农忙时节，我把青壮劳力都带走？你说吧，给我什么好处？"

叶小天摸着下巴想了想，试探地道："借兵一趟，只需走上一遭，又不用真的打仗，给你三千两银子，不少了吧？"

格龙冷笑一声，昂起了头。

叶小天咬咬牙，大声嚷道："罢了罢了，水银山的矿产，我分你两成！"

果基格龙这回笑都不笑了，只是冷着脸斜睨叶小天，满面轻蔑之色。

叶小天大怒，重重地一拍桌子，喝道："格龙，你不要趁火打劫！算我求你帮忙还不成吗？"

果基格龙仰天大笑三声，立即顾盼左右，兴奋地道："你们听到了？你们都听到了？哈哈哈，这可是他亲口求我的，哈哈哈！是叶小天亲口求我的！"

果基格龙站起来，得意扬扬地道："罢了，看在你低三下四求我的分儿上，我就帮你一下好了，谁叫我这人心肠软呢。嘿嘿嘿，采妮，咱们走！"

果基格龙拉过采妮的小手，扬扬得意地走了出去。

叶小天怔坐在那儿，半晌方醒过神儿来，搓了搓脸颊，对于家海、格哚佬等人道："原来我的面子这么值钱。你们说，我若直接去求杨羡敏，他会不会马上把水银山和老骥谷拱手奉还？"

于家海、于扑满和格哚佬、耶佬等人太过木讷，并不适应叶小天的玩笑，一脸不以为然地坐在那儿。只有苏循天和李秋池笑了两声。

叶小天失笑道："看来诸位是不同意我这么做了，也对！我的脸既然这么值钱，哪能随便丢！那么……咱们还是按原计划来吧，等格龙那边一有动作，曹瑞希中计，咱们就动手！"

叶小天刚说到这儿，毛问智就从外边跑了进来，趴在他耳边嘀咕了几句。叶小天脸上顿时涌起一抹古怪的神色，道："成了，先这样，各位都去休息吧，别忘了做好准备，我们随时可能行动！"

众人纷纷起身告辞，叶小天站起身，整了整衣衫，一扭头，差点和毛问智来了个"贴面"。叶小天吓了一跳，道："你怎么还不走？待在这儿做什么？"

毛问智狐疑地看着他，道："大哥，俺总觉得不对劲儿啊，你跟于土司别是……"

叶小天心头一跳，板起脸道："我和于土司怎么样？"

毛问智抽了抽鼻子，道："俺就是觉得不太对劲，大哥，你别是把人家给……"

叶小天心虚，也不否认，只是瞪着他不说话。毛问智摸了摸鼻子，干笑道："你就是把她吃了也没啥，于土司穿上官袍是个威风凛凛的官老爷，脱下官袍不一样是个女娃吗？不过，莹莹姑娘、凝儿姑娘可都不是省油的灯啊……"

叶小天气沉丹田，怒喝一声："滚！"

毛问智一看叶小天恼羞成怒，立即抱头就走："成成成，俺滚！俺滚！大哥你自求多福吧……"

大厅门口，于珺婷一袭青袍，就像雪山顶上透出的第一抹新绿。人常说少女如水，妇人如泥，似乎一旦有了男人，沾了污浊之气，就不复原来的清丽脱俗，这一点在于珺婷身上完全体现不出来。如果说她原本如玉树琼枝，有种卓尔不群的清丽，现在的她只是稍稍多了那么一丝娇艳妩媚，反而愈增颜色。

"啊，我只是派人去告诉你们一声，免得铜仁再起纷争，并未指望你会过来，你怎么……"叶小天边说边迎上去，走到一半看见毛问智一脚门里、一脚门外，保持着要迈步出去的姿势，正竖着耳朵偷听，立即冲他一声咆哮，"还不快滚！"

毛问智见被他发现，只好无奈地收起他的八卦之心，一溜烟地逃了出去。于珺婷见毛问智这般模样，忍不住扑哧一笑，俏靥如花。

叶小天被捉回深山，于珺婷依旧吃得下、睡得着，从不觉得有多么牵肠挂肚。看到叶小天的书信后，她虽欣喜若狂，却也很快就淡定下来。她一直为此窃喜、自傲。

她是堂堂的一方土司，是于氏部落传承五百年来独一无二的女土司，没有任何人可以令她失去自我！

可是，她明明早就知道叶小天已经解决了蛊教内部的动荡重新出山了，但当她踏进大厅，看到叶小天的容颜，听到他的声音时，还是忍不住鼻子一酸，眼泪差点夺眶而出。

她不想让叶小天知道她用情有多深，不想在叶小天面前露出软弱的一面，她是坚强的小于将军！永远都是！幸亏有毛问智这个活宝从中捣乱，于珺婷迅速调整了自己的情绪，当叶小天再回过头来时，她已经恢复了平静。但叶小天还是注意到了她目中尚未退去的湿润，不禁心中一暖。

于珺婷深深地吸了口气，避开了叶小天的目光，举步走向厅中，淡淡地埋怨道："你说走就走，说回就回，进了山就是尊者，出了山就是土司，无论怎样都可以逍遥快活。可你知不知道……"

于珺婷蓦然转向叶小天，质问道："你这么不负责任地走掉之后，我和张雨桐互相戒备、互相提防，整日里食不知味、寝不安枕？"

叶小天在山中时就料到铜仁会有这么一幕，上位者尚未站稳，失败者尚不甘心，失去了他这股可以制衡的力量，双方一定疑神疑鬼、互相猜忌。于珺婷说得简短，真实情形一定更艰难。

能够维持到他出山而铜仁不乱，于珺婷一定付出良多。这些时日，她的全部精力恐怕都用在维持铜仁太平上了。否则就凭他们两人之间尚不为人知的密切关系，于珺婷绝不会对他置之不问。

叶小天很是内疚，他还不知道于珺婷已经有了身孕，否则更不知该有多么心疼了。叶小天歉疚地道："实在对不住，事起突然，我也完全没有预料到。我保证，今后再也不会有类似的事情发生。我若失言，任你处置好了！"

于珺婷看着他，冷冷地道："你这话说得好没诚意！任我处置？我能把你怎么样呢？拔你一根汗毛，你教下弟子就该找我拼命了。不如你再好好想想，发一个更毒的誓。"

叶小天想了想道："那么我若食言，就让你给我戴上一顶大大的绿帽子，这样够不够毒？"

于珺婷绽露笑容道："还行！你要是再这样不负责任，我就移情别恋，喜欢另一个男人，甚至……另一个女人！"

说到这里，于珺婷忍不住又扑哧一笑，忽然张开双臂，忘情地扑进了叶小天的怀抱，紧紧抱住他。当叶小天低下头来时，她忽地张开嘴巴，一口咬在了他的肩头。

叶小天有些痛，却一动不动，只是轻轻抚着她的脊背。于珺婷紧紧咬着他的肩头，忍了很久的泪不争气地涌出来。

忽然之间，于珺婷想到一个问题：近来一吃肉就恶心，唯独这块肉咬在嘴里却连一点反胃的感觉都没有。腹中那个小家伙果然跟这个大家伙是一伙儿的，真是没良心呢……

·※·※·※·

曹瑞希帮着杨羡敏一鼓作气拿下了水银山、老骥谷和格家寨，然后就催着杨羡敏交割事先许诺给他的一湖两山之地，把杨羡敏心疼得不得了。

杨羡敏本以为夺取这三个地方需付出极大代价，所以才主动提出割让领地，换取曹瑞希的帮助。谁料水银山空了，老骥谷空了，格家寨也空了，他根本就是兵不血刃地顺利接管。

如果他占领这几处后，张家、于家出来阻挠，那么割让一湖两山之地勉强也算物有所值，他心里还能好受一些，谁料张家和于家也全无反应。

这一日，在曹瑞希的再三催促下，杨羡敏实在拖延不下去了，只好取出地契，硬着头皮准备和他签署过户文书，把这片领地从此过户到曹氏家族的名下。

曹瑞希贪婪的目光中带着一丝不屑："曹某新婚宴尔之际，抛弃娇妻帮你。如今你土司也做了，水银山也夺回来了，还占了铜仁府那么大一块地方，总不会食言吧？"

杨羡敏勉强笑道："当然不会，当然不会，瑞希兄你多虑了。"

曹瑞希道："既然如此，杨土司，就请签字吧！"说着，便把那份早已拟好的契约书推到杨羡敏面前。

杨羡敏百般不舍地伸出拇指在朱砂印泥盒里按了按，正要在契约书上画押，一个家丁忽然急匆匆地跑了进来，向他禀报道："土司老爷，大事不好，格家寨人马重新出山了。他们已占领了格家寨，老骥谷紧急求援！"

杨羡敏一听，大喜过望，问道："格家寨的人回来了？"

转眼注意到曹瑞希怪异的目光，杨羡敏赶紧换上惊怒的表情："格家寨的人回来了？"

第四章

下　聘

一

水银山上风云再起，石阡展家却是披红挂彩，一派喜庆气氛。今天是播州杨家到石阡展家下聘的好日子。

合婚的步骤进行得很顺利。大户人家结亲大多是出于政治利益，即使八字不合，也会请大师做法破解，来个自欺欺人。但是一般情况下，这种困难很少会出现。

因为大户人家的女儿出生后，如果时辰不是十全十美，她还在襁褓中时，父母就会给她请来相师，算一个旺夫、旺家的好八字，取代真正的生辰八字。

所以民间有谚语云："男命无假，女命无真。"这种情况下，所谓的合婚就完全成了一个流程，几乎不大可能出现命理不合的情况。

如今合婚已毕，男方满意，正式下聘。下聘时，双方长辈见面，议定聘金、聘礼以及妆奁的厚薄。不过以展家和杨家这等世家，谁还在乎这点东西？他们在乎的是两家结盟给各自家族带来的政治利益。所以展家没有提出任何要求，全凭杨家安排。

杨家统治播州近千年，家底殷实无比。家主要纳二夫人，自然不会寒酸，聘礼足足装满了两条大船，由赵文远担任下聘使。

船成双，船上的船夫也成双，箱笼成双，赵文远加上全部随员的总数也是双数。满满两大船的彩礼，上边都系了红绸，弄得整条船都红彤彤的，映得江水也泛起了潋滟的红波。

码头上，展伯雄派了一个堂弟率人前来迎接。展家一共派来九百九十九人，加上他堂弟正好一千人，依旧是双数，车子、骡马也都是成双成对的。

他们接了赵文远上岸，双方寒暄一番，便吹吹打打地向展家堡赶去。展家堡里，展凝儿一身红色劲装，虽然只是坐在那儿，也是英姿勃发，如同一团喷薄的火焰。

一个小丫鬟蹑手蹑脚地走进来，悄声向她禀报："小姐，杨家下聘的人马快要到堡前了。"

"知道了！"

展凝儿冷冰冰地吐出三个字，一把攥起了横在案上的长剑，柳眉倒竖。

·※·※·※·

田妙雯似乎打算长住展家了，此时她依旧住在凝儿的院子里。田妙雯身穿绳银边的葱白斜绫小袄、绿色裙子，斜靠在美人榻上。旁边有一张小几，几上有一只细青瓷的盘子，玉一般润泽。

盘子里满满盛着又大又红的樱桃。田妙雯伸出手去，袖子一缩，白皙纤美的腕上便露出一截细细的金链。葱指如兰花，轻轻拈起一枚樱桃递进薄嫩的红唇。

珠帘外面，党延明跪坐在蒲团上，双手按膝，仿若汉唐时武士，正向田妙雯低声禀报着最新的消息。

叶小天被捉回深山后，田妙雯觉得此人对她大有用处，曾考虑救他出来。但，只是救出一个叶小天对她毫无用处，她在意的是叶小天能够控制的那股力量。

如此一来就不是救出叶小天那么简单了，她要保证叶小天依旧拥有蛊教尊者的身份和权力，救出他才有价值。如此一来，方法手段就不能简单粗暴。

田妙雯虽然机智狡黠，也颇费踌躇，还没等她研究出一个真正稳妥的方案，叶小天已经生龙活虎地再度出山了。这一次，他带出了更多的人。

可是当所有人都以为他要重拳出击、收复失地的时候，他却又驻守格家寨，按兵不动了。如此种种，都出乎他人意料，也真正引起了田妙雯对这个人的兴趣。

此时，她正惬意地吃着樱桃，听着党延明的禀报。党延明说一段就会稍稍一顿，他知道自家少主喜欢一边听一边思考，想到什么随时会问。

但这一次，直到他禀报完毕，田妙雯依旧没有说一句话。党延明忍不住说道："这个叶小天还真是有一身古怪本领。也不知他用了什么法子，竟然这么快就收服了那些长老为他所用。这一次出山与前次不同，那时他只能小心利用手中掌握的几个部落的力量，而这一次，只要他愿意，山中生苗可以源源不断为其所用——此人再不可小觑了。"

田妙雯慢慢坐直身子，檀口微启，拿过盘子旁边的小碟，吐出一枚樱桃核，又端起一杯淡绿色的香茗，轻轻呷了一口，若有所思地道："他是如何反败为胜的何必深究呢？总之，他就是胜了。"

党延明颔首道："是！"

田妙雯道："重要的是，由此可以看出，他一心想出山，且不会受蛊教内部掣肘——此人对我将有大用！"

党延明犹豫了一下，作为一名忠诚的谍报人员，他还是把心里话说了出来。

党延明道:"姑娘,叶小天人马虽众,可他在山外并没有根基,要想率众出山就得虎口夺食,如此一来,早晚必成众矢之的。就算蛊教势力庞大,也架不住群狼争食。

"更何况,山外众土司可不是一群狼,而是一群猛虎。叶小天之前在铜仁能轻而易举地插上一脚,只是占了铜仁内斗的便宜,否则没那么容易得手。咱们田家卧薪尝胆百年才积蓄了这些实力,如果找错合作的人,恐怕就再也没有机会复起了。"

田妙雯稍显烦恼地蹙起了眉,道:"我明白,我会慎重,不过不是因为你说的这些理由。你说的理由并不成立。如果山外众土司是一群狼,这叶小天我还真不敢指望。恰恰因为山外众土司是一群虎,我才不担心!"

田妙雯放下香茗,扬起了眉梢:"一山不容二虎,这些土司哪一个不是虎视眈眈地盯着别人的地盘?恰因如此,他们的心合不到一起,劲儿拧不到一块儿,这就给了叶小天机会。

"再者,叶小天这人很精明,他采取的是多头蚕食之策,每一家都咬一口,每一家都不至于被咬急了。如此一来,他的势力越来越强大,纵六国合,能抗强秦乎?"

党延明犹豫了一下,道:"是!主意自然是姑娘来定,属下只是提醒姑娘。属下觉得,他未必是最佳合作人选。"

田妙雯轻轻叹一口气,幽幽地道:"他要打下一片天地,我要匡复一片天地,如果他都不是我的合作人选,本姑娘还能与何人合作呢?"

党延明颔首不语。田妙雯沉默片刻,道:"这个人,我要定了!一定要把他掌握在我们手中!"

党延明见她决心已定,不好再劝,抬头问道:"此人恐怕不好控制,咱们能用什么手段?"

田妙雯淡淡地道:"人之所求,不过——"

党延明蹙眉道:"名?他在山则为尊者,出山则为土司,我们田家给不了!利?叶小天如今所掌握的财富、想索要的东西,我们一样给不了。色?"

田妙雯妙目向他一横。党延明自知失言,慌忙垂首,就听田妙雯斩钉截铁地道:"气!"

党延明抬头,道:"气?"

田妙雯道:"佛争一炉香,人争一口气!有些事,是个男人就不会容忍,我们要做文章,也只有从这里下手!"

党延明若有所悟,道:"姑娘是说……"

田妙雯目中微微露出黯然之色,道:"凝儿,姐姐对不住你!"

・※・※・※・

展凝儿提了剑，紧束腰带，愤愤然就要出门。她刚要伸手拉门，障子门一开，便闪出俏生生一个人儿，葱白色的斜绫小袄竟不如她的肌肤雪腻光滑。

田妙雯站在门口，看着提剑在手的展凝儿，道："凝儿，你打算做什么去？"

展凝儿怒气冲冲地道："我去砍了那个赵文远，然后去山里寻找叶小天，从此不再出山，我就不信那杨应龙会为此难为我展家。"

田妙雯平静地道："杨应龙一世枭雄，当然不会为了一个女子树一门仇敌，哪怕你石阡展家远不及他杨家势大。但……失去了抱杨应龙大腿的机会，你说你大伯会不会迁怒于你的母亲？"

展凝儿一呆，紧握利剑的手慢慢松了下来。田妙雯又道："你娘嫁到展家，就是展家的人了，难道你还能把她送回安家？又或者，背着她进山去？"

展凝儿沮丧地道："那怎么可能？再说，我娘觉得，嫁到杨天王府上做二夫人，是我的极好归宿，对展家也是有极大的好处。我……怎么可能说服得了她？"

田妙雯道："这就是了，你一走了之倒是痛快，你娘怎么办？"

展凝儿慢慢退了几步，沮丧地扶案坐下。田妙雯举步跟了进来，在她旁边款款落座，看她一眼，柔声劝道："你也不必太过着急，现在只是下聘，又不是要你入洞房，怕他怎的？"

展凝儿懊恼道："聘礼都下了，我怎能不急？"

田妙雯轻笑一声，道："当初定亲合婚，名分就定了，你现在急又有何用？不过，咱黔中女子不比中原，用得着这么在乎那死规矩吗？你成了谁的人，才真的是谁的人！"

展凝儿连连点头，道："不错！那……依你之见，我该怎么办？"

田妙雯道："这些日子你没有寻你大伯吵闹，已经渐渐消除了他的戒心。你要想走，现在就能走，但是令堂还住在展家，你就像系了线的风筝，怎么走？依我之见，不如继续等下去！"

展凝儿焦灼起来："杨家聘礼都下了，小天哥又在山中情形不明，你还让我等，这要等到什么时候？"

田妙雯嫣然一笑，道："好教你知晓，你那情郎，重又出山了！"

第五章

出　招

一

展凝儿听说叶小天已经重新出山，手中剑当啷一声落在地上，喜悦地叫道："他出来了？真好！真好！"看她面上神气，喜悦之情难以自禁。

田妙雯笑道："是啊，他又出山了，而且这一遭更加威风，麾下坐拥数十万骁勇善战的生苗勇士，谁不畏他三分？他的地盘和你展家近在咫尺，让他出面，岂不比你以下犯上、忤逆长辈更妥当吗？"

田妙雯向她扮个鬼脸，打趣道："除非那家伙另寻新欢，不要你了！"

展凝儿似乎根本没有听到她在说什么，依旧喜滋滋地道："我这些天好担心他，生怕他出了什么意外。他重新出山就好，我总算可以放心了。"

田妙雯听了一呆，她还以为展凝儿是因为有人撑腰所以才这般高兴，却不想她竟是因为叶小天处境安全而开心。

田妙雯自幼就在家族长辈的不断教导下，树立了重振田家的信念，直到如今都没有品尝过男欢女爱的滋味，也不理解那种可以为之生、可以为之死的男女之情。

她做任何事，都会先冷静地评估这件事可以给她的家族带来多大利益。如果播州杨天王现在要娶她为妻，她不会答应，但那不是因为她不爱，而是因为杨家的野心太大，因为合作的基础不对等，因为杨应龙是一代枭雄。

现在的田家如果和杨家以婚姻结盟，唯一的结果就是被杨家彻底吃掉，沦为杨氏家族再上层楼的踏脚石。家族利益是她考虑事情的出发点。

"如果有朝一日，我也像凝儿一样喜欢上一个男人，爱得死去活来，可是能够给我的家族提供更大帮助的却是另一个男人，我会选择嫁给谁呢？"

田妙雯悄然自问，看着展凝儿眸中露出的欢喜、安然与欣慰，她完全不能理解，却莫名地感到有些羡慕，甚至……妒忌。

田妙雯平复了一下心情，道："他们下聘，就由他们去吧，你千万不要闹事，免得他们对你看得更紧。不如我替你跑一趟,去找叶小天,把你的困境告诉他,让他来救你!"

"辛苦姐姐了……"

展凝儿握住田妙雯的手,感激地道:"你、我还有莹莹,咱们三人虽义结金兰,但一直以来我都觉得和莹莹更亲近些。不是姐姐不好,只是总觉得在你面前,我和莹莹就像不懂事的小孩子,而姐姐你……"

展凝儿歪着头想想,忽地扑哧一笑,莞尔道:"姐姐你么,就像一个老气横秋的老头子,我们实在和你玩不到一块儿去。却不想姐姐竟是如此古道热肠。如今劳烦姐姐为我奔波,不管结果如何,凝儿都感激你。"

望着凝儿真诚的目光,田妙雯的心弦急剧地颤动了一下,为自己的卑鄙感到有些无地自容。她没有勇气面对凝儿真诚、善良的笑脸,轻轻抽出手,道:"事不宜迟,我现在就走!"

"姐姐……"凝儿又唤了一声。已经背转身去的田妙雯脚下一顿,低声道:"你……等我的好消息吧!"说罢,她便头也不回地走了。

步下石阶,走进阳光,田妙雯忽然自嘲地一笑:"像个老气横秋的老头子?是啊,我虽正当妙龄,可心中的确住了一个老人,那是田家列祖列宗的英灵,他们凝聚成了一个影子,一直住在我的心里。我也想像你一样快乐无忧地生活,不用承担振兴家族的重任,可我……做不到啊!"

两行清泪刚刚溢出眼角,就被田妙雯举袖拭去,方才遽尔生起逞思涟漪的心,迅速凝结成冰。她,不需要情感。为了家族,她只能做一个锱铢必较的生意人,必要的时候,什么都可以出卖,包括她自己。这是她的命!

她,走在阳光里,却似行在地狱之中……

· ※ · ※ · ※ ·

展府大堂上,展伯雄笑得皱纹都绽开了。杨家置办了这么多的彩礼,这么给他面子,开心哪。

其实杨家就算只是象征性地给点聘礼,展伯雄也不会介意,他早就下定决心要攀这个高枝儿,抱这条大腿了。他已经开始为展凝儿置办嫁妆了。

展家嫁女,置办的嫁妆自然是"全厅面",包括女孩子一生中所需要的全部东西。小至马桶、针线,大至田契、房契,甚至还有棺材和寿衣,这叫"生死不求人"。当然,也只有富家女才有这样的能力。

展伯雄笑得合不拢嘴,红光满面地对赵文远道:"赵贤侄,一路辛苦啊!"

赵文远欠身道:"不敢!不敢!为我家土司效力,是文远应该做的。此番前来贵府下聘，我家土司还有一件事要我当面请教展大老爷。"

展伯雄道："你说。"

赵文远道："不知大老爷准备何时为我家土司和展姑娘举办婚礼？这准确的日子，如今也该定下来了吧？"

展伯雄先前怕凝儿闹将起来坏了一桩好姻缘，所以不断向展凝儿的母亲施压，动之以情，晓之以理，施之以威，软硬兼施地逼她压制凝儿。

如今看凝儿虽然不悦，却也一直没有什么过激的举动，展伯雄放下心来，只道她已屈从。本来嘛，父母之命，媒妁之言，婚姻大事岂能由得你一个女娃儿自己做主？

此时听赵文远一问，展伯雄欣欣然道："此事老夫亦已有所考虑。不知杨土司有什么想法？"

赵文远谦逊地笑道："这个还得看展大老爷的意思。"

"我也能做杨天王的主吗？"

展伯雄的虚荣心得到了极大满足，他认真想了想，便道："八月朔日乃日月交会之期，大吉。不如，就在八月朔日送亲，八月十五完婚，你看如何？"

赵文远心中暗笑："这老儿，为了抱我们杨天王的大腿，竟是如此猴急。八月……现在叶小天刚刚整合了生苗重新出山，要打开局面怎么也要几个月，得多留些时间让他积蓄实力、壮大根基，为我们杨天王做一件绝顶华丽的嫁衣出来。八月的话可是太仓促了些……"

想到这里，赵文远微笑道："八月本也并无不妥。不过……展姑娘年方十九，而我家土司今年三十有五，年龄皆为单数，加起来又合五四之数，水火未济，不吉。所以，不如明年择吉日完婚，如何？"

"好好好！还是赵贤侄想得周到，哈哈哈……那就明年成亲，明年成亲！"不能马上成为杨天王的伯父，展伯雄有点失望，可人家娶亲的不急，他这嫁女的哪有迫不及待的道理，只好连声说好。

播州杨氏和石阡展氏之间的联姻，就这样定了日期。

·※·※·※·

叶小天夺回格家寨，剑指老骥谷，杨羡敏登时紧张起来，可同时又暗暗松了口气。有了这个由头，他就可以光明正大地拒绝马上交割一湖两山之地了。

其实如果叶小天被长老们抓回深山，从此再不复出，他兵不血刃地占有叶小天的领地，于他而言也是好事。可人的心理就是这样，被人白占了便宜，心里总觉得吃了亏。

对曹瑞希而言，这自然是极懊恼的事，眼看就要签字画押了，却被叶小天给搅了。但是这种情况下，饶是他一向不要脸，也做不出索要领地，然后拍拍屁股走人的事儿来。

他也知道叶小天来者不善，上次胜得容易，是因为人家根本没和他交手。所以他谨慎得很，连忙一边秣马厉兵，一边与杨羡敏共商对策。

二人计议一番，决定派兵增援，死守老骥谷。只要老骥谷横在那儿，叶小天绝不敢置老骥谷于不顾，直接发兵攻打水银山。老骥谷近在咫尺，与水银山守望相助，这边战至酣处，老骥谷中伏兵一出，就能截了他们的后路。所以叶小天要想有所作为，必须先拿下老骥谷。

而老骥谷地势险要，易守难攻，叶小天想拿下，需付出极大代价，就算成功了，也必然会元气大伤。那时二人再退守水银山，叶小天还有没有余力一鼓作气拿下水银山，就很难说了。

主意一定，杨羡敏马上增兵老骥谷，而曹瑞希则派兵增援水银山，协助杨家在水银山的守军修筑工事、设置箭楼，把这矿山建成军事要塞。

这时候，凉月谷突然有了动静。果基格龙率领精锐军队倾巢而出，自水银山侧招摇而过，跟山上的杨曹联军招呼都不打一声，就溜溜达达地过去了。

凉月谷在此经营百余年，其山口地势尤其险要，如果说老骥谷是易守难攻，凉月谷根本就是无法硬攻。果基格龙一走，山门一关，只需百余勇士守在山口城池之上，就如泰山一般不可撼动。

果基格龙带了大队人马，刀枪闪亮，甲胄齐全，总不可能是去踏青游玩了吧？再说他是铜仁府的人，带这么多人跑到石阡府做什么？

正在水银山上巡视的杨羡敏和曹瑞希一头雾水，赶紧派人盯住果基格龙。初时他们还以为果基格龙是要对付杨家，谁料他翻过水银山山脊，根本没往杨家堡方向走，而是一路向西走下去了。

再向西，可就是曹瑞希的老巢了。曹瑞希站在高高的水银山上，眺望着果基格龙率领大军远去的方向，木然良久。他忽然有点想家了。

第六章

水银山

一

"我要回家!"

曹瑞希热泪盈眶地对杨羡敏说,那深情的语调、满眼的热泪,就像一位漂泊在外数十载的游子,忽然有一天思乡之情萌动,再也无法遏制似的。

果基格龙率领人马消失在天尽头,曹瑞希为了追看他们的去向,眼睛瞪得太大,山风一吹,被山灰迷了眼睛,此地的山灰又蕴有丹砂,以致泪流不止。

杨羡敏一听也快哭了,满面悲戚地对曹瑞希道:"瑞希兄,叶小天大军压境,您若此刻撤军,丢下小弟可如何是好?怎么也要打完这一仗,迫退叶小天才好啊。"

"你这话,简直就是放屁!"曹瑞希擦擦眼泪,无比真诚地骂了一句,反问道,"我来问你,果基格龙如果翻过水银山后,直奔你的杨家堡,你还能在这里坐得住吗?"

杨羡敏道:"瑞希兄,果基格龙此去也未必就是要对你曹家不利啊!"

曹瑞希眨着眼睛,泪流满面地质问杨羡敏:"那你告诉我,他带了那么多人,披坚执锐,望西而行,究竟是干什么去了?难道是护着唐三藏去取经吗?"

杨羡敏道:"唐三藏是谁?"

曹瑞希无力地扬了扬手,懒得解释。他转过身去,噙着热泪对他的部下大声吩咐道:"曹家所属,立即集合,星夜兼程,返回家园!"

曹家寨的人眼见一路强军直奔老家去了,早就心急如焚,一听曹瑞希这么说,当即答应一声,纷纷从掩体中走出来,整理装束,准备撤退。

杨羡敏急了,连忙上前一步道:"瑞希兄,那一湖两山之地,你不要了?"

曹瑞希回过头,从袖中摸出手帕擦了擦眼泪,湿润着双眼对他道:"贤弟以为,水银山如今在何人手中?"

杨羡敏愣了一下,奇怪地道:"当然是在我手中!怎么了?"

曹瑞希道:"杨家土司是谁?"

杨羡敏把胸一挺，当仁不让地道："当然是我！怎么了？"

曹瑞希拍了拍他的肩膀，道："这就是了！当初出兵时，我答应你替你拿下水银山，替你夺取土司之位，这两件事，我都办到了。所以，一湖两山已经属于我了。贤弟你好生保重，为兄先回家园一趟。至于割让契约，为兄改日再取，告辞！"

曹瑞希说罢，便把大手一挥，对自己的属下喝道："下山，开拔！"

曹瑞希用小手帕擦着眼睛，领着他的兵马下山去了。杨羡敏站在山上冲着曹瑞希的背影破口大骂："这个食言而肥的匹夫，这个不仗义的畜生，这个贪鄙小人……"

杨羡敏不带重样地骂了小半个时辰，杨府管事急急忙忙地跑过来道："土司，大事不好！老骥谷送来消息，叶小天出兵了！"

杨羡敏一个大耳刮子就扇了过去，没好气地骂道："滚！他出兵就出兵，出兵怎么就大事不好了？谁胜谁负现在还不好说呢，你就跟老子说大事不好，你究竟是哪一边的？"

那管事挨了一记耳刮子，也不敢躲避，讪讪地站在那儿，解释道："是是是！属下知错。属下这是口头禅，一不小心就说出来了，并非有意……"

杨羡敏飞起一脚，把喋喋不休的管事踹了个马趴，大骂道："口头禅？你的口头禅就是'大事不好'？"

那管事趴在地上哼哼唧唧的，不敢起来，生怕再挨他一顿暴打。土司老爷明显气正不顺，他可不愿继续触霉头。这时候杨羡敏的堂弟又急匆匆跑过来，大叫道："堂兄，大事不好！于家寨出兵了！"

杨羡敏瞪着他，勉强控制住跃跃欲试的右手，道："于家寨出兵？出什么兵？"

堂弟急道："当然是向咱们水银山发兵啊。我看他们来者不善，一旦与叶小天的人马合拢，恐怕我们左右招架，太过吃力，不如撤回杨家堡吧。"

杨羡敏急急登高远眺，叶小天那一方的人马目前还没赶到，但是于家寨就在水银山的另一侧不远处，此时已经可以看到大队人马滚滚而来，至少有两千人。

杨羡敏一看顿时眉头紧蹙，这时堂弟追上来建议道："堂兄，凉月谷、于家寨相继有了动静。就算张胖子在时，也不可能调动他们，想不到叶小天竟有这般威权。当今之计，还是从速把老骥谷的精兵撤回来吧。"

杨羡敏神色犹疑不定，到了嘴的肥肉再吐出去，他哪里舍得？

堂弟顿足道："堂兄，当断不断，反受其乱啊！如今有凉月谷和于家寨协同叶小天作战，老骥谷已经很难起到呼应之效。一旦咱们被他们联手击退，老骥谷就成了一座孤山。到时候叶小天根本不用攻，只需围而不打，不消三五日，寨中粮尽就得投降，咱们就要折损一支精锐了。"

杨羡敏听到这里，终于下了决心，恨恨地跺脚骂道："若非曹瑞希那背信弃义的混账东西,杨某这水银山稳如泰山,又何至于此!速速传令,命老骥谷的人全部撤回来,至此会合!"

杨羡敏话音刚落,那管事刚刚收到消息,又揉着肚子赶过来:"大事……土司大人,老骥谷送来消息,他们在谷外丛林之中,隐隐发现有伏兵无数!"

杨羡敏一听大吃一惊,道:"大事不好!叶小天如此狠毒,我老骥谷兵马如何撤出?"

大管家捂着肚子暗自庆幸:"这回可是你自己说的大事不好,怎么也怪不到我身上了。"

杨羡敏劈面一记耳光扇过去,大骂道:"你这老狗,怎么就任由叶小天围了老骥谷,直至此刻方才察觉!"

·※·※·※·

老骥谷外丛林之中,前方有弓箭手伏于隐蔽处戒备,后面有人赶了牛马在林中穿行,树丛晃动,又有妇女儿童就地取材,用野草、树根、藤萝捆扎成草人,一个个地立起来。

毛问智很悠闲,嘴里叼着一截草茎晃晃悠悠地走来走去,时不时跟那些孩子逗趣几句,看哪位姑娘长得有几分姿色,就上前调笑两句。

山里姑娘大胆泼辣,毛问智刚上前搭讪两句,就被姑娘们大胆的话儿撩拨得面红耳赤,讪讪逃开了。

"唉,此间妇人怎么这般泼辣,完全感觉不到调戏的乐趣啊!"

毛问智叹息着踱到了前面,见华云飞持弓在手,正伏在草地上。在他的带领下,那些弓箭手严密戒备,防范老骥谷中派人刺探,伤及妇孺。

毛问智往他身边一坐,不以为然地道:"这丛林太密,他们就是全都冲下山来,也不足惧。大家一哄而散,他们休想逮到一个。你这么在意做什么?"

华云飞头也不回地道:"既然做事,就要认真!不怕一万,就怕万一!"

声音刚落,就听弓弦嗡的一声响,一支狼牙箭自树枝间射出。远处坡上一块大石后突然蹦起一个人来,腰刀扔到了空中,手舞足蹈地惨叫几声,便仰面一倒,再无声息了。方才那人只是无意间露了一下头,就被华云飞一箭射中!

毛问智张大嘴巴,唇上沾着草茎,惊叹道:"好箭法!难怪大哥一直夸你是神箭手,说你是什么……对了,今之养基友!"

华云飞反手从背后摸出一支箭来搭在弦上,慢条斯理地对毛问智说:"是养由基!"

嗵嗵嗵嗵……

于家寨的兵马逼向水银山,最后在北麓停住了。于珺婷一身青衫,头戴折角公子巾,唇红齿白,丰神如玉,俨然一位浊世佳公子。

　　她把象牙小扇望空一举,鼓声顿停,战士们也停止前进,开始原地调整进攻阵形。

　　虎头虎脑的杨家小土司提着一口小刀,兴致勃勃地凑到她身边:"家主,咱们什么时候发动进攻呀?"

　　这位小土司听说要开战,兴冲冲地非要跟来。掌印夫人放心不下儿子,也跟了来,这时追过来按住了儿子肩膀,嗔怪道:"你这孩子,家主都说过了,咱们只是佯攻,你跟只猴子似的上蹿下跳的做什么,乖乖待在阵中就好。"

　　小土司不甘心,嘟起嘴对于珺婷道:"家主,咱们于家既然出了兵,怎么能只是给人家摇旗呐喊?"

　　掌印夫人正要斥责,于珺婷咯咯一笑,用折扇敲了敲小土司的脑壳,赞许地道:"虎子说得有道理,咱们于家凭什么只能给人家摇旗呐喊?咱们偏要把水银山夺下来。如果是咱们夺了水银山,他好意思再从咱们手里要过去?"

　　小土司虎子一听,乐得直蹦,挥舞着小刀吼道:"家主说得对!咱们冲上去,夺下水银山,那就是咱们于家的啦!"

　　于珺婷瞄着山上明显露出慌乱之态的守军,唇角邪魅地一翘。要是那么乖乖听话,她就不是于珺婷了。

第七章

混 战

一

于家海、于扑满这对老当益壮的急先锋依旧率众冲在最前面,叶小天则为中军主帅,率领大军缓缓而行,浩浩荡荡地自老骥谷前面行过。

老骥谷中的守军慑于山的另一侧密林中还有敌军埋伏,眼看叶小天大军行过,竟是一动也不敢动,连一支冷箭都不敢发,生怕招来两面夹攻。

叶小天坐在滑竿上,系一领火红的披风,拉风得一塌糊涂。其实叶小天挺想秉承飞将军李广的带兵原则,士兵不吃他不吃,士兵不睡他不睡,士兵步行他不骑马……

但是,任何经验都不能生搬硬套。尊者在山民教众心中尊贵不亚于神祇,他现在是土司,威严有增无减。这种情况下,他想和士卒们同甘共苦又怎么可能?

无奈之下,叶小天只好接受大家的好意,登上滑竿,在千军万马的簇拥下威风凛凛地前进。大军浩荡,往前一眼看不到边,往后一眼看不到头,叶小天忽然生出一种大丈夫正当如是的感觉。

想想几年前他还是京城天牢里一个狱卒,靠给贪官污吏们跑腿捞外快贴补家用,不料运气来了便是北京城那厚重高大的城墙都挡不住。

秀才、举人这等有人考了一辈子也得不到的功名他唾手而得,典史、县丞、推官这等有人熬了一辈子也升不上去的官职他一蹴而就。如今,他已是世袭土官了!

在朝做流官,要立下多么大的功劳,才有可能获得一个世袭的官职?而且那官职往往只能保证他的后代有份俸禄,有口饭吃,至于是否有职有权,还得看子孙后代自己的本事。

可现在的他呢?有田有地,有军有民,自征赋税,自组军队,逍遥一方,俨然就是一个叶氏王朝。而且同朝廷这个大王朝相比,他的王朝稳。

如果有人试图颠覆大明江山,倒霉的是皇帝和他的群臣,作为地方上的一位土司,他是不会受到影响的。从汉朝到如今,土司们一直如此。在中原地区,大概只有孔夫子替他的后人争到了这份权益。

"真是安逸啊……"叶小天眯着笑眼，任由那滑竿颤悠着他的身子，很舒服地说了句川话。但他旋即瞪大了眼睛："这是搞什么？"

前方已到水银山下，只见半山腰上鏖战正酣。于家的大旗迎风招展，于家士卒正和杨家守山士卒在山上战作一团，远处山脊上还有大队人马正从老骥谷方向朝水银山急急扑去。

"怎么这就打起来了？"

正扮大老爷扮得舒坦的叶小天急了，噌地站了起来，头一下子碰到了头顶的篷子。四个抬滑竿的士卒一见尊者碰了脑袋，吓得魂不附体，下意识地屈膝一跪："大人恕罪！大人恕罪！"

叶小天哎哟一声就从滑竿上跌了出去，向前踉跄了几步。如果他仍懒洋洋地坐在滑竿上，四人这一跪倒不会让他如此狼狈。

四人一见更是大惊，连连向他叩头请罪。叶小天根本没空理会他们，向前走了两步，手搭凉棚眺望山上，惊愕地道："出了什么事？"

李秋池攥着折扇三步两步冲到他的面前，大声道："大人，不管如何，战端已启，咱们速速参战吧！"

"参战？"

叶小天又往正向水银山方向急急而去的那支人马瞄了一眼，疑惑地道："老骥谷怎么出兵了？莫非他们已经识破了云飞的诈兵之计？不管了，先拦住他们！"

苏循天马上命人吹起号角，叶字大旗望空摇动三匝，又向那片山脊剑一般一指。前方于扑满、于家海两兄弟见状，立即嚎叫道："杀！杀向那片山脊，杀他个片甲不留！"

水银山上，于珺婷扭头看见叶小天率众赶到，顿足道："一群不争气的东西！这么久了还没拿下水银山！给我冲！拿不下水银山，提头来见！"

于家寨小土司虎子也挥舞着小刀督战："你们都听见了没有，家主有令，尔等务必拿下水银山！否则小爷亲手剥了你们的皮！"

那路援军并不是从老骥谷过来的。

杨羡敏见于家寨陈兵于山下，料定他们不会攻山，而是会等待叶小天的大军赶到，所以当机立断，让他堂弟率众守山，自己则亲自带人赶往老骥谷，接应老骥谷守军撤退。

老骥谷的守军是杨羡敏的一支主力，他很清楚，土地丢了可以再抢，钱财没了可以再赚，军队没了不等个一二十年就恢复不了元气，所以非不得已，不能舍弃。

杨羡敏的判断原本也没错，叶小天本来的计划也确实是让于家寨佯作出兵。虽说他和于珺婷有些不为人知的私密关系,但他不能因此随便动用于家兵马,想要调动人家的兵马替他打仗,就得付出足够的代价。

所以,叶小天原本的计划是,请格龙出兵,调虎离山,引曹瑞希率兵返回;再由于家寨出兵,陈兵于水银山下,牵制杨羡敏;同时命华云飞、毛问智设疑兵,阻止老骥谷的杨家兵马蠢动。

这样一来,等他赶到,就可以系好餐巾,抓起刀叉,慢条斯理地吃掉水银山的守军;顺利的话还可以擒贼先擒王,直接抓住杨羡敏,从而迅速解决杨家这个大麻烦。

奈何叶大老爷对于珺婷姑娘的了解太不彻底,这位于姑娘可不是千依百顺的寻常女子。

叶小天气得牙根痒痒,暗暗发誓:"这个于家妮子,等此间事了,我决不饶她!"

杨羡敏吩咐堂弟守住水银山,叮嘱他于家寨有动静时不必惊慌,只管死守水银山,务必要坚守,反正于家寨绝不会耗损实力替叶小天拼命。

叮嘱已毕,杨羡敏就从守山队伍中挑选出一些精锐士卒,从山后悄悄奔向老骥谷。谁料他刚刚赶到一半,水银山这边就发生了战斗,战况异常激烈,哪有一点佯攻的意思?

江湖上有句话,三种人莫招惹,其中就有女人和孩子。女人敢行走江湖,肯定有独到之处,不是身怀绝技,就是有杀手锏。小孩子不知道天高地厚,做事冲动不计后果,根本没有道理可讲。

此刻水银山下,恰好就有一个女人和一个孩子。于珺婷和于虎子一拍即合,当即变佯攻为实攻。杨羡敏那堂弟硬扛了一阵儿,发觉有些不妙,主力部队又被杨羡敏带走,只好急急求援。

水银山本身的价值姑且不论,它还是杨羡敏的唯一退路。如果不从这里走,直接从山脊撤下去也不是不行,可山谷里有溪流、丛林、峭壁,地形十分复杂。

如果从山脊直接撤下去,那就要溃不成军了,根本无法统一指挥,大家只能各自逃命。所以,无论如何,水银山也不能有失。

无奈之下,杨羡敏只好恨恨地带人返回。他赶去老骥谷赴援时本就走得急促,这时返回支援更是拿出了吃奶的劲儿,这就犯了行军的大忌。

在冷兵器时代,作战全靠人力,人没了力气,仗还怎么打?士兵走得腿软脚软、浑身无力,什么天时地利、兵法阵法,全都谈不上了。

一见叶小天挥师向他杀来,杨羡敏暗叫一声苦也。这时若继续向水银山上赶,等赶到时,大家已经没有力气作战,叶家军和于家军肯彬彬有礼地让他们歇上半个时辰?

如果就地设防反击的话,山脊的这一侧是缓坡,无险可守。眼看叶家军如狼似虎、气势如虹,而他又犯了分兵的大忌,凭着手上这点人马,能是人家的对手吗?

"土司大人，怎么办？"

几个头目慌慌张张地赶到杨羡敏面前，杨羡敏心中忽地闪过一个念头："好生做我的土舍多好，如果不是兄弟相残，何至于屡遭外敌之辱？"

但这念头只是一闪即没，现在他后悔也没用了。杨羡敏急急思忖一阵，恨恨地跺脚道："就地设防反击，传令给水银山，叫他们不惜一切也要顶住！"

水银山上已经顶不住了。这是一座矿山，虽然后期紧急建造了一些防御工事，但远远达不到一夫当关、万夫莫开的坚固程度。而且杨羡敏带走主力之后，山上守军有限，于家倾巢而出，兵力占优。

当山脊上众头目仓皇聚拢到杨羡敏身边，向他询问对策的时候，水银山的头目们也都聚拢到了杨羡敏的堂弟杨羡诚身边。

"土舍大人，于氏凶残，我们顶不住了啊！"

"土舍大人，叶小天这是摆明了架势要把我们一网打尽啊！"

"土舍大人，老骥谷有伏兵，曹瑞希已走，土司大人被缠在山脊上，咱们再不想办法，就要全军覆没了！"

杨羡诚满头大汗。他很认真地想了想，很诚实地向众头目请教道："那你们说，怎么办？"

众头目一齐闭上了嘴巴，只用一副满怀殷切期待的表情看着他。有时候，真心想说的话是说不出口的，他们希望从杨羡诚的嘴巴里听到那句话。

杨羡诚看了看他们的脸，很诚实地问道："撤回杨家堡？"

众头目马上一齐点头，如同小鸡啄米一般。

杨羡诚迟疑了一下，看了看于家寨那边，乌泱乌泱的于家大军漫山遍野，已经破了他两道防线；杨羡诚扭头看了看山脊那边，杨羡敏临时设置的防线已经被满怀宗教狂热的山民们淹没，双方正呈犬牙交错状激战；杨羡诚又扭头看了叶小天的方向，那儿还有密密匝匝的后备军队不曾投入战斗；杨羡诚转了个身，眺望着杨家堡的方向……

被杨羡敏扇了两巴掌、踹过一脚的杨家管事忍不住了，挺身而出道："土舍大人，您就别看了。咱们是战死还是撤退，您倒是说句话呀！"

杨羡诚听到"战死"两个字，登时如醍醐灌顶，立即大喝道："撤！"

第八章

山上望山人

一

西南南来佛家第一山,西望。西望山山势连绵,纵横百里,风光绮丽,庙宇众多,是西南禅宗佛教第一丛林。

但西望山上却不只有和尚,西汉时,夜郎国王曾在此处建有一座行宫,后来虽然破败了,但根基仍在。

水东宋氏统治这一地区后,在夜郎国行宫故址上建了一处华丽的庭院,多年来宋氏子孙不断扩建、翻修,现在已经形成了一大片建筑群。

夏夫人和夏莹莹在七郎、八郎以及大批扈从的保护下,来到了西望。水东宋氏自然要略尽地主之谊,所以把他们一行人请上西望山设宴款待。

山上崖间有一座小亭,仿佛跃水而出的一朵红莲。亭前有一副楹联,夏莹莹看着,不自觉地念了出来:"此处即是西天,何须别求南海。"亭上横匾上写有三个字"小西天"。

旁边的青衫男子微笑道:"传说明初时候,燕王靖难,建文落败,便剃发扮作僧人,逃至此处,方才逃过朝廷追缉,从此就在这里安度晚年了。所以此地又有'一拜西望山,吉祥又平安'的说法,世妹要不要拜上一拜?"

这青衫男子五官周正,身材颀长,虎目明亮有神,年纪只有二十五六,既年轻又剽悍。他周身上下并没有什么华丽的装饰,但是衣衫质料明显不俗。

他叫宋天刀。水东宋氏乃四大天王之一,作为这样的土司世家嫡系子弟,姓氏就是他最宝贵的财产,也是足以令他傲视群伦的本钱。他根本不需要像个暴发户似的在身上挂满值钱的玩意儿。

夏莹莹听宋天刀这么一说,不禁心动,马上雀跃地道:"要拜啊,你们等等我!"

夏莹莹欢喜地跑进亭子,见亭中有一个蒲团,便敛了敛裙裾,在蒲团上端端正正地跪下来,双手合十,向西望山虔诚地拜了三拜,双目微闭,默默祷念。

莹莹国色天香，确是美艳绝伦。宋天刀身为宋家嫡系子弟，美丽的女子不知见过多少，但瞧她整齐的长睫微敛，侧脸精致无双，还是不禁为她的美丽所惑，忍不住多看了两眼。

不过宋天刀毕竟是世家子弟，心性沉稳，绮念甫生，立即警觉，连忙移开了目光。

莹莹默拜西望山，希望神明保佑，让她和小天哥早结连理。拜过了神明，夏莹莹这才起身，提起裙裾，像只小燕子似的翩然出了小亭。

宋天刀笑吟吟地问道："世妹求的是什么？"

莹莹吐了吐舌尖，俏皮地说："说出来就不灵了，我才不告诉你。"

宋天刀哈哈大笑，道："左右不过是求姻缘罢了，你不说我也知道。"

莹莹大吃一惊，道："咦？你怎么知道？"

宋天刀被她一问，觉得好生有趣。像莹莹这等家世、这般年纪的姑娘，除了婚姻还有什么是她能放在心上的，这还用问吗？夏家这位姑娘不谙世事，天真烂漫得很哪。

宋天刀忍不住笑道："本山人掐指一算，自然就知道啦！"

夏莹莹不信，狐疑地看他两眼，瞧他一副神神秘秘的样子，懒得再问。

夏夫人见女儿这般模样，情知她对叶小天已是情根深种，偏偏叶小天回了深山情况不明，不禁暗暗担心。她悄悄看了宋天刀一眼，向他递了个眼色。宋天刀看见，轻轻地点了点头。

既然他们不管是从铜仁走还是要入川，都要经过水东宋氏的地盘，阻挠莹莹赶往铜仁的事儿自然要麻烦宋家代劳。宋家受夏老爹之托，也只好答应下来。

宋天刀道："伯母、世妹，咱们先上山吧。家父已经备下接风宴，咱们到了山上再作详谈。"

夏夫人拾级而上，对宋天刀道："听说你们宋家和播州杨家最近闹得不大愉快，现在麻烦可解决了吗？"

宋天刀淡淡地道："我宋家崇尚道法自然，一向不喜招惹是非，如今两家这场争执全因杨应龙一人而起。只要杨家不来挑衅，我水东便是太平天，如果他成心闹事……"

宋天刀冷笑一声，露出几分桀骜之色，道："我宋家怕过谁？"

夏莹莹跟在后面，也不听他们二人这番对话，只管东张西望地观赏山间景色。这西望山的景致果然奇秀，美不胜收。一行人沿着山石台阶缓缓而上，不久便来到一个大缓坡，一个大庄园跃现眼前。

两棵足有数百年的迎客松挺立在大门两侧，虬枝舒展，古意盎然。门庭墙壁也非山下世俗间那般规整，全依山势而变，并非中规中矩，却因之有了几分仙家气派。

夏莹莹惊叹道："好漂亮！这就是宋府吗？你若不说，我还当是哪位神仙在此修行的洞府。"

宋天刀逗她道："此处比你的红枫湖如何？"

夏莹莹想了想，认真地答道："不如红枫湖！"

宋天刀放声大笑道："哈哈，世妹率性天真，当真可爱。有机会，我倒要去红枫湖见识见识了。"

夏莹莹笑道："你不用去见识啦。西望山是山景，红枫湖是水景。山景有山景的秀丽，水景有水景的美妙，如何能分得出高下？"

宋天刀一呆，道："那你怎么说红枫湖之美胜过西望山？"

夏莹莹用纤纤玉指往自己鼻尖上一点，扬扬得意地道："因为红枫湖有我在，西望山没有呀！"说着，夏莹莹就甜甜地想到了叶小天对她说过的那句情话："莹莹，你是这世间最美的一道风景，你到了哪里，哪里就是人间仙境。"

宋天刀又是一愣，忍不住笑道："不错，不错，世妹之美，世上无双。世妹如今到了我宋家，那我宋家可就是蓬莱增辉啦！哈哈哈……"

夏夫人啼笑皆非地瞪了莹莹一眼，嗔怪地道："你这丫头，哪有这么说话的？"

前方早有门子看见自家少爷引了贵客过来，通知进去，顷刻间中门大开，宋天刀的父母双亲从仙境般的"蓬莱"里笑吟吟地迎了出来……

·※·※·※·

相比于宋家庄园的恬淡优雅、仙气飘飘，播州杨家的庄园就完全是另一种气象了。

众山簇拥，峡谷幽深。峡谷中有白水滔滔，名曰白沙水。众山间一峰插云，名曰龙岩山。周围方圆五里内，有铜柱关、铁柱关、飞龙关、飞凤关、朝天关、飞虎关、万安关、西关等一道道险要的关隘，可见龙岩山之奇险。

这里就是坐镇播州已达七百年之久的杨家的主要老巢之一——海龙屯。此时杨应龙就在海龙屯的龙岩山上。

龙岩山孤峰入云，四面陡峭，唯一的通道是山后的一线窄径。历七百年之久，耗尽无数人力物力，杨家把这里打造成了一座不可攻破的军事堡垒。

山上亭台楼阁，数不胜数。主体建筑是一座三层的高楼，飞檐斗拱，巍峨堂皇，宫室之丽，拟于王者。大殿前方并没有道路，却可以俯瞰莽莽群山。立于此处，心胸气度自然不凡。

此时，杨应龙就负手立在殿阁之上，面前横着一道汉白玉的雕栏，身后赵文远正向他欠身禀报着："展伯雄很希望和我们杨家搭上关系，属下一问，他立即就同意了，还说今年八月就可送亲完婚。不过属下考虑到如此仓促不利于土司的大计，所以与他议定，婚期定于明年开春。"

"嗯……"杨应龙微微一笑,道,"叶小天现今情形如何?"

赵文远踏近一步,道:"属下正要禀报土司,属下之所以急急返回,正是为此。"

"哦?"

杨应龙的目光一直流连在那层峦叠翠的群山上,听到这句话,终于负着双手缓缓转过了身,目光投注在赵文远身上。

赵文远下意识地弯了弯腰,把叶小天被蛊教长老带回山,杨羡敏和曹瑞希占了老骥谷、格家寨的事对杨应龙说了一遍。杨应龙听到一半就皱起了眉头,他可不希望叶小天重返深山,做什么狗屁尊者。

但他知道赵文远既然没有第一时间向他禀报此事,显然还有下文,所以耐着性子继续听着。赵文远终于说到了叶小天重新出山,而且此番出山气势汹汹。

杨应龙终于笑了,赞赏地道:"不愧是我看上的人,山中那些死顽固、老骨头,怎么可能斗得过他这么精明的人!"

赵文远急急返回时,叶小天还没有对水银山发动攻击,所以赵文远并不知道。但杨应龙也不在乎他出山后会做些什么,就凭他对叶小天性格和能力的了解,他知道叶小天一定不会让他失望。

杨应龙想了想,突然问道:"叶小安那边情况如何?"

杨天王立在这天上宫阙一般的所在,放眼所及,只有需要攻克的一座座高山,诸如宋家、安家,诸如蛊教,诸如遥远北方的那座紫禁城……

像他这般人物,哪有可能把一只蝼蚁放在眼里,除非这只蝼蚁有本事帮他毁掉一座长堤。而叶小安在杨天王眼中,显然就有这个能力。

赵文远脸上露出一丝黠笑:"严世维送来消息说,叶小安在他的诱引之下,先是喜欢嫖,现在又染上了赌。制造矛盾,令他们兄弟失和的时机快到了。"

杨应龙听罢,微笑着转过身,踌躇满志地望向莽莽群山,目光忽然触及水东方向,不觉又皱起了眉:"眼皮子底下就横着这么一块难啃的骨头,这个宋家……棘手啊!"

第九章

潇洒走一回

一

"说起来,各位土司向朝廷敬献贡品,也时常会得到朝廷丰厚的赏赐。比如那杨应龙,年初的时候向朝廷敬献了美材大木共七十棵,皇帝感其忠诚,赐飞鱼服,加封骠骑将军,授职都指挥使呢。

"可是因为圣恩而眷顾家人,让夫人得以敕封诰命的,我想除了当年的奢香夫人,也只有你夏夫人了。呵呵,真是恭喜,恭喜啊……"宋天刀的父亲宋英明微笑着对夏夫人说。

夏夫人谦让道:"哪里,哪里!这还不是因为拙夫前年刚刚加封过,不宜频繁受赏吗?朝廷的厚爱,妾身情愿加在丈夫身上,做不做诰命夫人倒不算什么。"

夏莹莹挑挑拣拣,可着合口的菜肴吃了几口,饭量跟小猫儿似的。听了母亲这番话,她放下象牙筷子,道:"娘,爹做再大的官儿还不都是虚的,反正地盘就那么多,子民就那么多。要说啊,还是这个诰命夫人风光,听说还有俸禄!"

宋天刀打趣道:"怎么?这就惦记上了?你娘就只有你这么一个女儿,有多少钱,将来还不都是给你做嫁妆?"

夏莹莹有些害羞,拿筷子尖轻轻戳着盘子里剩下的那块熊掌,道:"人家才不稀罕嫁妆多少。"

这时,宋府管事走进来,一本正经地对宋英明道:"老爷,前方传来消息。前往铜仁去的道路,因为连日大雨,山洪暴发,以致泥沙俱下,封塞了道路,恐怕十天半个月没法通过了。"

"啊?"

夏莹莹一听,立即抬起了头。夏夫人皱起眉头,道:"哎呀,我们还打算绕道铜仁呢,这……岂不是要在这里等上半个月?"

宋夫人早得丈夫授意,忙配合做戏道:"姐姐要在我们宋家多住些日子,我可是求之不得呢。只是,姐姐接了圣旨赴京面圣,恐怕不好耽搁太久吧,惹得天子不喜总是不好。"

夏夫人沉吟着,面有难色:"这个……"

夏夫人偷偷睃了女儿一眼。夏莹莹虽然满心失望,却又岂能让母亲为难?她虽性情骄纵了些,却很懂孝道。夏莹莹抱着最后一丝希望,对宋天刀道:"世兄,山路封闭,当真要等半个月吗?"

宋天刀道:"嗯!前提还是山路两侧日夜赶工,进行清理挖掘。如果清理不给力,或有巨石挡在路上,少则三月,多则半年,都有可能啊。"

"哦……"夏莹莹扁了扁嘴,可怜兮兮地对夏夫人道,"那……咱们就过乌江,入川吧!"

夏夫人见了心中好生不忍。可女儿一旦到了铜仁,得知叶小天被抓回山去,以她的性子和对叶小天的感情,岂肯善罢甘休?那时岂不更加糟糕?她只好硬下心肠,安慰她道:"女儿孝心,为娘知道。那咱们就先去京城,回程时取道铜仁便是了。"

傍晚,火烧云布满天空。太阳虽半落西山,却仍明亮之极,映得人脸上都是红彤彤的。

西望山崖间的那座小亭里,夏莹莹对着山峰发着脾气:"人家刚刚拜了你,你怎么不灵呢!算了,这事我没求你,不算你的过错。可我拜托你的事儿,你可不许忘了!你要是灵呢,我就请位大和尚来,在这西望山上盖一座大禅院,让你天天跟着佛祖享受香火。如果不灵,哼!哼哼!"

夏莹莹扮出一副凶恶的样子,对着西望山冷笑三声,转身走出小亭,还不忘回身叮嘱:"你可千万不许忘了,一定要保佑我哦!"

小路和小樱忍笑看着自家小姐发孩子脾气,跟着她向客房方向走去。她们一向把这位小姐当小妹妹一样疼。红枫湖的小莹莹人见人爱,这可不是一句瞎话。

· ※ ※ · ※ ·

曹瑞希带着人马匆匆撤下水银山,追着果基格龙的屁股去了。他们走得仓促,晚上要埋锅造饭的时候,才发现锅也没有,米也没带,偏偏四野又无人家。

土兵打了几只飞鸟,叉了几条游鱼,先让土司老爷和大小头目们果腹。大老爷吃肉,小老爷喝汤,到了土兵那儿连鱼刺、肉骨头都没了,只好饿着肚子睡了一晚。

到了次日,大家勒紧裤腰带,又追赶了半天。午饭时路过一个村庄,曹瑞希一声令下,众土兵像土匪一般冲进庄子,抓鸡捉狗,杀猪宰羊,大吃了一顿。

好在这庄子属于杨家,曹瑞希还惦记着杨家那一湖两山之地,现在不宜与杨羡敏撕破脸,否则村中有些姿色的大姑娘小媳妇也要遭殃。

曹瑞希连吃带拿，傍晚时分终于追上了果基格龙的人马。曹瑞希抓着一只烧鸡，也顾不得土司形象了，一边啃着鸡，一边听斥候向他禀报果基格龙那边的情况。

听说果基格龙果然是向曹家堡方向行进，曹瑞希冷笑三声，问道："他们可注意到咱们的行踪？"

那斥候答道："回土司老爷，应该没有。他们就地驻扎下来后，只派了探马向前方探察，没有向这边派人，看来没考虑过后面会有追兵。"

曹瑞希揪着稀疏的鼠须，狐疑地道："没理由啊，他向西而来，不担心我发现后会追赶他？再探！"

那斥候答应一声，有些眼馋地看了眼曹瑞希手中的烧鸡，见土司大人啃得带劲儿，丝毫没有赏赐给他的意思，只好咽了口唾沫，翻身上马而去。

曹瑞希跟了格龙三天，憋足了劲儿等格龙向曹家进攻就从他背后发出致命一击，但……格龙率众在肥鹅岭下转了一圈，回去了！

传说，狍子之所以被称为傻狍子，是因为这种动物好奇心特别重。你要是一箭没有射中它，都不用追，只管站在原地等着。这傻货会自己跑过来，因为它想弄清楚究竟发生了什么事。

曹瑞希此刻就变成了一只傻狍子。其实望着率众远去的果基格龙，他心中已经隐隐明白了些什么，但是不亲口问个明白，他终究不甘心。于是曹瑞希放弃隐藏，主动追了上去。

"果基格龙，你给我站住！"

果基格龙号称是继于海龙之后铜仁第二条好汉，他身高近丈，就是叶小天在他面前都要"无限仰视"，何况精瘦猴儿一般的曹瑞希？曹瑞希根本不敢靠近，只在八名贴身侍卫的簇拥下向格龙远远地大叫。

果基格龙勒马回头，斜睨着他。

曹瑞希大叫："你带人到我肥鹅岭，意欲何为？"

果基格龙仰天大笑："哈、哈、哈、哈！"

曹瑞希怒道："你笑什么？"

果基格龙不屑地骂了两个字："蠢货！"

曹瑞希怒视着扬长而去的果基格龙，咬牙切齿地道："老子上当了！"

·※·※·※·

杨羡诚一逃，杨羡敏立即兵败如山倒。他本来面对蛊教教众如潮水般的攻击就有些抵挡不住了，杨羡诚一撤，水银山上升起于家的大旗，杨羡敏这边立刻军心大乱。

杨羡敏一见退路被截断，军心亦乱，终于不再优柔寡断，果断下令道："撤！"

说罢抢先向山脊下逃去，杨家军一哄而散，各自逃命。

如此一来，正合蛊教教众的心意。攻坚他们不在行，野战也不算太出色，但是在丛林里，他们就是天生的战士、战神的宠儿，就算是妇人和孩子，也可以轻易宰杀这些杨家士兵。

蛊教教众立即追了下去。此时已经不需要阵形、指挥、调度、配合，单兵战力也顶多发挥一半作用，另外一半则完全看士气高昂还是低落。

杨羡敏的袍服本就没有什么特别的标志，往人群里一混，丛林里一钻，根本无从辨认。

杨羡敏蹚过溪谷中的河水，爬上对岸的岩石。一双牛皮靴子被水一浸沉重无比，脱了靴子又被砾石草根扎得生疼。杨羡敏情急智生，撕下两条袖子绑在脚下，一头扎进了灌木丛。

杨羡敏急急奔跑着，不断拨开枝枝杈杈，脸颊脖子划得全是血丝，也顾不得擦一擦。耳畔不时听到有人发出垂死的惨叫声，杨羡敏更是拿出了吃奶的劲儿。

突然，他双手一分树丛，身子硬生生地停住了。在他面前有一条"饭铲头"，正高昂着头颅，向他呼呼地咆哮着。"饭铲头"就是眼镜蛇，它颈部鼓胀，脑袋扁平，有着冰冷的鳞片、精美的花纹，还有致命的毒牙……

这是谜一样的生物，既恐怖又美丽。在西方，关于蛇的传说，几乎都与邪恶和阴谋有关。《圣经》里说蛇诱惑了人类的始祖，"蛇怪"美杜莎能用眼神杀人。

而在中国的神话传说中，蛇的形象则要好得多，美女蛇啊、白娘子啊……问题是，那只是神话里的妖精，杨羡敏面前的却是一条真正的毒蛇，它还没成精！

杨羡敏的汗毛都竖了起来。幸好他对蛇的习性有些了解，别看它呼呼咆哮着挺唬人，其实对人一样存有畏惧心。只要你不继续靠近，它感觉不到威胁，就会原地不动，目送你离开。

杨羡敏轻轻吸了口气，慢慢抬起一只脚，正要向后退去，一个逃兵突然跑来，一头撞在他的后腰上。

"我……"

杨羡敏不由自主地向前栽去，只骂出一个字，就见那"饭铲头"呼啸一声，蛇口大张，獠牙锋利，向着他的面门猛扑过来！

第十章

二皮脸的叶小天

一

于扑满拖着一具尸体，来到叶小天面前，往地上一丢，兴高采烈地道："大人，杨羡敏完蛋了。这就是他的尸首！"

叶小天低头看了看，只见地上那具尸体脸色青紫，一条"饭铲头"蛇口大张，正紧紧咬着他的嘴唇；尸体双手还紧紧攥着蛇身，看样子蛇被掐死了，而他也中毒而死。

叶小天是认识杨羡敏的，但他歪着头仔细看看那香肠嘴，还是疑惑不定，忍不住问道："你确定？这真是杨羡敏？"

于扑满大声道："没错！我找了好几个杨羡敏的心腹手下确认过，就是他！"

"好吧……"叶小天摸了摸鼻子，道，"先把尸体拖到一边去，回头装殓入棺。战时是对头，既然胜负已分，对一位土司，我们还是要有相应礼遇的。"

于扑满答应一声，拖起尸体向旁边走去。于家海凑过来，小声道："大人，杨家的降兵，要不要都……"

于家海做了个宰杀的动作，狞笑道："这山上矿坑无数，把他们随便撵进一处矿坑，直接埋了，都省了挖坑。"

叶小天还没说话，李秋池已经表态反对了："万万不可！如此一来，杨家残余必定誓死抵抗，其他土司也会视我等为洪水猛兽。学生以为招抚为上！"

于家海翻了个白眼，道："招抚个屁，把他们都杀光了，看谁敢多嘴！这地盘就全归咱们大人了！"

叶小天道："李先生说得对，屠族灭种，那是杀敌一千、自损八百的事儿，干不得。何况此等暴行一出，势必成为众矢之的。四爷，好生善待降卒，争取让他们劝降杨家堡的人，兵不血刃地拿下杨家！"

于家海无奈，只得答应一声，转身向看押降卒处走去。李秋池道："大人，杨家败亡，已是不可避免。但是打败杨家之后，大人打算怎么做？"

叶小天看了他一眼,道:"杨家败是败了,不能说亡了。张家、于家、杨家、叶家,都是老朱家种的菜。这一畦菜长得比那一畦好,没事儿。你跟草似的疯长,把别的菜都挤死了,那就得小心自己被人连根拔了!"

李秋池一颗心放进了肚子,欢喜地道:"东翁英明,学生明白了!"

叶小天微微一笑,道:"于老三、于老四杀心太重,你跟着他们,免得明明可以不动刀兵拿下杨家堡,偏被他们惹出事儿来。"

"学生遵命!"李秋池看见于珺婷轻摇小扇向这边走过来,马上识趣地答应一声,走开了。

于珺婷走到叶小天面前,笑吟吟地道:"叶大人,于某助你拿下了水银山,你怎么谢我?"

叶小天狠狠地瞪了她一眼,道:"我记得之前和于大人议定的是,于家佯攻,由我主攻啊!"

于珺婷小扇一合,故做惋惜状:"是啊!折损了这么多子弟兵,我也心疼呢。只是,战场形势瞬息万变,当时实在等不及叶大人的兵马赶到了,于某只得当机立断,果断出兵。好在不曾误了叶大人的大事,幸不辱命啊,呵呵,嘻嘻……"

于珺婷头两声笑还是假笑,后两声就忍不住真的笑出声来。叶小天哼了一声,转身走进旁边杨家守山士卒搭建的帐篷。于珺婷犹豫了一下,还是硬着头皮跟了进去。

一进帐篷,叶小天的神气就变了,转过身来,怒气冲冲地质问道:"你为何不听我言,擅作主张?"

于珺婷低下头,捻着衣角,脚尖划着圈圈,委屈地道:"人家辛辛苦苦帮你打下水银山,得不到半点好处,你还怪人家!"

叶小天板着脸道:"别装!你打下来的?哼,要不是我牵制杨羡敏的援军,你能打下来?"

于珺婷仰起脸,耍赖道:"反正我打下来了。"

叶小天气极,抓住她的手臂,道:"当我不知道你的小算计吗?算了算了,我也不能让你对于家子弟没个交代,这座矿山,咱们二八分吧。"

于珺婷惊喜地道:"二八分?哎呀,那怎么好意思,人家太占便宜了。"

叶小天瞪眼道:"想得美,我说的是你二我八!"

于珺婷睁大眼睛道:"你太贪心了吧!算了,我让一步,三七分。我七你三。"

叶小天道:"三七?我还田七呢,不成!"

于珺婷撒娇央求道:"我们于家寨就在水银山边儿上,可以就近照顾,你什么都不用管就能坐地分钱,这还不行啊?"

叶小天冷笑道:"杨家都被我灭了,杨家的地盘就是我的地盘了,还需要你来帮我照看吗？"

于珺婷涎着脸媚笑："有人帮你，可以少些麻烦嘛。"

叶小天道："谢啦，我的东西，我看得住！"

于珺婷负气地道："那成！亲兄弟，明算账！反正这矿山是我们于家辛辛苦苦打下来的，你白捡个便宜，可不能太欺负人了，咱们五五分。"

叶小天道："谁跟你是兄弟？三七，我七你三，够大方了吧？"

于珺婷摸着平坦的小腹，幽怨地道："宝贝儿，娘想给你多赚点家产，可你爹这么没良心，娘也没办法。等你长大了，要怪怪你爹去，可不怨娘不帮你。"

叶小天瞪着她："你……你说的什么胡话？"

于珺婷乜斜着眼看了他一眼，不服气地道："什么叫胡话？人家可不是老骥谷，穷山恶水，寸草不生。"

叶小天大惊失色："你有了？你真的有了？哎呀，哎呀……"

叶小天本能地想说赶紧成亲，总不能让孩子一出生就没有爹啊，可是忽然想到莹莹和凝儿，他能怎么说？

于珺婷瞟了他一眼，道："你们男人，有一个算一个，就没个好东西。你别怕，你想娶我，我还不嫁呢。我是于家头人，四品广威将军，嫁到你叶家去，跟些莺莺燕燕争宠求欢当小女人？门儿都没有！我的孩子，我自己养。"

叶小天擦了把冷汗，道："这个回头再说。你……你有了孩子不早跟我说，刚刚两军交战，不会伤了他吧？"

叶小天看着于珺婷平坦的小腹，想着里边已经有一个身娇肉贵巴掌大的小人儿，就感到紧张。

于珺婷斜睨着他道："不用担心，哪有那么娇气？不过呢，你打我几巴掌，我都记着呢，将来全都打回你儿子身上就是了！"

叶小天瞪眼道："你敢！"

于珺婷黠笑道："那……五五？"

叶小天垂头丧气地道："罢了，二八！"

于珺婷气极，瞪圆了杏眼道："你太无耻了！你也好意思！成！二八就二八，等你儿子出生了，看我不——"

叶小天有气无力地道："是我二你八！"

"打他个屁股开——"

于珺婷嘴快，说到一半，忽然听见叶小天这句话，登时大喜，立即凑上去，双手环抱他的脖子，踮起脚一吻，喜滋滋地道："好人儿，你真好！"

叶小天挺胸腆肚，做哼哈二将状："你可不许欺负我儿子或者我女儿！"

于珺婷眉开眼笑:"不会不会,我连你这么没良心的汉子都不舍得欺负,怎么会欺负我的亲生骨肉?"

叶小天想了想道:"等孩子出生了,单日养在我家,双日养在你家。"

于珺婷负起手,高傲地扬起了头:"这个啊,再说吧,看你表现喽!"

于珺婷像只高傲的孔雀,头摇尾巴晃地走出了帐篷。

·※·※·※·

于家海确实存了直接攻占杨家堡的念头,但是有李大状这个精明鬼跟着,于氏兄弟就不敢轻举妄动了。虽然直到现在,叶小天对自己人都很宽容,但是他的手段于氏兄弟都看在眼里。

连让他们吃了大亏的于珺婷都对叶小天服服帖帖的,他们还敢有什么妄想?

当然,在于珺婷看来,却是她把叶小天吃得死死的。至于占了水银山八成利润,却把于家这股铜仁地区最大的势力变成了叶小天的生力军,至于叶小天获得了更多的地盘和百姓,可以有源源不断的兵员和赋税,可以安置更多的蛊教教徒,这些都被她忽略了。

于姑娘其实还是有点小家子气,毕竟她从一开始就把自己的最高目标定为铜仁第一,眼界又怎么可能比叶小天高?

有李大状跟着,于家兄弟不敢捣鬼,只好把俘虏押到杨家堡下,喝令堡里的人投降。堡里许多人的父兄就在堡外,而且重要人物已经被人家一锅端了,哪还有自己的主张?大家聚在一起七嘴八舌地计议了一番,又听李大状替叶小天保证一定会善待他们,终于打开堡门投降了。

占据一位朝廷敕命的土司的地盘,将一家朝廷认可的世袭土司就此抹去,这是大忌。因为你不能无视朝廷的尊严,朝廷是要脸的。

这个问题对叶小天来说却并不难解决,反正不怎么要脸的他都快变成二皮脸了。

第十一章

嬉笑成计

一

"大人，你看这位，他是杨羡敏的远房侄儿……"
"下一个！"
叶小天不耐烦地摆摆手，那个看起来有些倔强的少年被带到了一边，和之前已经被刷下去的孩子们站到一起。
李秋池又指着一个少年介绍起来："这人和杨羡敏的关系就近了，他是杨羡敏的亲外甥……"
李秋池也真是记性超人，他之前都没见过这些孩子，领来见叶小天时只是顺口问了一下，就把他们的关系记得一清二楚，不愧是铜仁第一讼师。
"下一个！"
叶小天几乎只看看模样，稍一思忖，就立即做出了决定。十几个孩子一会儿工夫就挑完了，于扑满不耐烦地道："一堆歪瓜裂枣，就没一个大人看得入眼的，再没了吗？"
李秋池苦笑道："大人，杨家男丁就这么多了，还有一些远亲关系实在太远，八竿子都打不着。"
叶小天捏着下巴想了想，问道："女孩子呢？杨家不会像红枫湖夏家那么邪，一辈儿就出一个女孩儿吧？"
李秋池忙道："女孩子有，有不少，大人稍等。"
一会儿工夫，李秋池又领进十多个女孩，大的十四五，小的五六岁，一个个怯生生地看着叶小天。于扑满瞪眼道："跪下，见了大人不跪，你们好大的胆子。"
那些女孩吓得赶紧跪倒。李秋池对她们事先没有做足功课，此时才站在一旁悄声询问她们和杨羡敏的关系。叶小天坐在上首静静地看着。
李秋池问完，回到叶小天身边，正打算向他一一介绍。叶小天突然伸手一指，对其中一个小女孩道："你叫什么名字？是杨羡敏的什么人？"

那女孩大概六七岁年纪，看眼神很伶俐，但神情极为柔弱，衣着有些破旧。听了叶小天的问话，她也知道这个眉清目秀、看起来一点都不像恶人的男人就是那个大恶人。

小女孩怯生生地答道："我……我叫杨蓉，土司……是我二叔。"

叶小天眉梢一挑，道："远房二叔？"

杨蓉畏怯地道："亲……亲二叔。"

"亲二叔？"叶小天有些狐疑地看了看她的衣服，土司的亲侄女，穿着这么寒酸？

李秋池悄声对叶小天道："大人，这女孩是杨羡达的女儿。杨羡敏利用曹瑞希把他大哥杀了。大哥这一房所有的男丁全被宰了，女子得以活命，但都被贬为奴婢了。"

叶小天恍然大悟，对杨蓉点点头，道："成！就是你了。从现在起，你就是杨家的土司大人！"

杨蓉惊愕地瞪大了眼睛，讷讷地道："土司？我……我怎么做得来？"

叶小天微笑道："我说你做得来，你就做得来。"叶小天向旁边就座的于珺婷一指，道："你看这位姐姐，就是一方土司，威风得很呢！"

于珺婷向叶小天翻了个白眼，杨蓉看着于珺婷，满面惊奇之色。叶小天站起身，对李秋池笑道："你带咱们这位小土司去换身衣裳，准备继任吧。再替她写封奏章，请朝廷敕封！"

李秋池连忙答应，走过去摸摸那小女孩的头，温和地道："走吧，从现在起，你就是杨氏之主了！"

旁边那些孩子都用羡慕的眼光看着杨蓉。他们知道，片刻之前这个女孩还比他们低贱得多；但是从这一刻起，即便杨蓉只是那个清秀大魔王的傀儡，他们也只能仰望，永远仰望！

叶小天走进土司正房，在桌旁坐下，端起一杯茶。于珺婷溜溜达达地走进来，也不用他让，就在旁边坐下。自从怀了孩子，就像背上插了一面王命旗牌，于大姑娘是翻身农奴把歌唱，扬眉吐气。

于珺婷斜睨着叶小天，道："干吗选个女土司？"

叶小天呷了口茶，道："你也是女的，怎么，瞧不起女土司吗？"

于珺婷道："不是我瞧不起女土司，而是这世界是你们男人的天下，女人如果想做男人要做的事，就要背负更重的东西，太难了。"

叶小天微微一笑，道："那倒没关系，反正我也没打算让她真的管理此处。我会把于家海、于扑满他们留下来，让他们辅佐她。"

于珺婷哼了一声道："说的比唱的还好听。辅佐？是控制吧，这孩子也真可怜。你打算将来把她怎么办？"

叶小天奇怪地看了她一眼,道:"就是一杯毒酒鸩杀了又如何?你于姑娘一向心硬如铁,就是横尸百万都不带眨眼的,怎么变得这般慈悲了?"

于珺婷想要反驳,但是停了一停,目中还是漾起温柔之意,轻轻抚摸着自己的小腹,柔声道:"我也不晓得,自从身体里有了一个小家伙,我觉得自己心软了。"

叶小天若有所悟地微笑起来,道:"心软一些也好,就当为孩子积德了。这个小杨蓉,我是不会把她怎么样的。等来日我们的人和杨家的人彻底融合在一起,再也不分彼此的时候,我会给她找个好人家嫁了,让她过上太平日子。对了,你说你们于家寨的虎子土司怎么样?我看他们俩就挺般配的。"

于珺婷哭笑不得地道:"现在你连媒人都想做了?还有什么事儿是你不想做的?你就不怕她长大成人后和我一样?那时你就要头疼了。"

叶小天笑道:"不会的,像你这么阴险狡猾、老谋深算、心狠手辣、不择手段的女人,要凝聚天地精华,几千年才出一个。"

于珺婷得意扬扬地仰起了下巴:"算你会说话。"

叶小天的神色严肃起来,道:"其实一开始我就想挑一个个性柔弱些的女孩子做土司。男孩子从一出生就被人灌输了太多的责任感。我不想找一个男孩做这个土司,不想看到他长大后变成张雨桐一样的人,因为责任、仇恨、隐忍,变得人不像人、鬼不像鬼。

"女孩子总要好一些。我会教她针黹女红、妇言妇功,她又怎么可能凭空变成第二个你?她是杨羡达的女儿,她爹是她二叔杀的,就更不可能成为我的麻烦了。"

于珺婷想了想,叹息道:"不错,若能把握人心与人性,这可比智计百出还要厉害。"

叶小天笑道:"过奖,过奖。既然这样,不如水银山还是我八你二算了。这样呢,有我守着这矿山,你就可以永远拿红利,不用担心被人抢走。"

于珺婷白了他一眼,嗔道:"呸!别惦记我的东西,我才不用你帮我看着。"

于珺婷抚摸着肚皮,陶醉地道:"这小家伙长大了,学会了你的机警百变、狡猾伶俐,再学会我的阴险老辣、不择手段,一定会有大出息,还用你操心吗?集你我之所长于一身的他,将来会有多大的本事呢,真是令人期待啊……"

叶小天的脸颊抽搐了两下,叹道:"我的妈呀,那得是一个什么样的怪胎?"

啷!

叶小天的脑袋被于珺婷的象牙小扇敲了一记。于珺婷杏眼圆睁,娇嗔道:"不许你这么说我儿子!"

·※·※·※·

叶小天和于珺婷打情骂俏一番，于珺婷便觉得身子有些倦了。本来她一身武艺，精力旺盛，不会这么快感到疲乏，但是自从有了身孕就不同了。

叶小天刚刚送于珺婷离开，果基格龙就迈着一双大长腿晃进了大厅。叶小天笑道："格龙兄，辛苦，辛苦啊！"

格龙悻悻地道："辛苦倒是不辛苦，可是我亏啊，我这回可亏大了。我的腿都跑细了，结果你却捞了这么多好处。"

叶小天笑道："看你这话说得，我哪能让格龙兄你白白奔波呢，水银山上两成的矿产，归你啦！"

格龙乜斜着眼看着他道："还真大方，就这么点？"

叶小天道："两成不少啊！实不相瞒，水银山是于土司打下来的，我和她据理力争，掰扯了整整一下午，也只要来两成。这两成我全送给格龙兄你了。"

叶小天这么一说，格龙反而有点不好意思了，干咳两声道："我也就是带着人溜达了一遭，没出啥力气，要不……咱们两家一人一半？"

叶小天把手一挥，豪气干云地道："那不成，我叶小天可以亏了自己，不能亏待朋友。皇帝还不差饿兵呢，我能让凉月谷的兄弟们白出工？这两成你拿着，要不然就是看不起我。"

果基格龙听了深为感动，忽然觉得这叶小天也不是那么面目可憎了。

叶小天心想："果基家与我联盟，也是为了走出大山。可是一直以来，好处都让我占了，他们家也就是在铜仁府的话事权大了些，不怎么实惠啊。这么下去，凉月谷早晚得跟我离心离德，不如给他们些好处，把他们绑紧一些。再说，于家那位大小姐贪吃多占惯了，我这两成捏在手里，早晚被她榨光，不如拿去做人情。"

果基格龙是个直爽汉子，说不出什么推辞的话来，便摸着后脑勺哈哈一笑，就势拍了脑袋一巴掌，对叶小天道："对了，堡门外边有位姑娘想要见你。"

说到这里，果基格龙脸上露出一丝暧昧的神色，对叶小天道："是一个媚到骨子里的女人。你还真有能耐啊，刚到杨家堡，就开始拈花惹草了。"

叶小天闻言大奇："媚到骨子里的漂亮姑娘？莹莹和凝儿他都是认识的，不可能是她们。还有哪位姑娘是内媚入骨的？真是令人期待啊……"

第十二章

女苏秦

一

叶小天派人去堡外接那位据说"媚到骨子里"的神秘姑娘,自己等在大厅里。一会儿工夫,毛问智就来了,还拉着华云飞。又过了片刻,苏循天也出现了,还扯着李秋池。

叶小天看看他们,还没开口说话,于家海和于扑满就到了。叶小天奇怪地道:"你们有什么事?"

于扑满很耿直地答道:"没事!"

毛问智接了一句:"随便看看!"

叶小天皱了皱眉头,道:"格龙怎么这么大嘴巴?"

虎子土司蹦蹦跳跳地跑了进来,道:"不是格龙哥哥说的,是采妮姐姐。"

叶小天道:"那你采妮姐姐呢?"

虎子土司眨眨眼睛,答道:"采妮姐姐去告诉我家家主啦!"

叶小天:"……"

大伙站在厅门口,抻长了脖子,仿佛一群等着喂食的鸭,等着那位据说是媚到了骨子里的姑娘。叶小天坐在厅里,看着堵在门口的老少爷们,暗生感慨:"大家都很无聊啊……"

忽然,堵在门口的人慢慢退了进来,闪向两边,露出一个鹅黄衫子的丽人。她骤然出现在这古老门庭中,就像覆盖了一冬白雪的黛瓦上骤然爬出一朵牵牛花,让这古老的房屋生出了一抹新意。

她的妩媚当真是从骨子里沁出来的,难怪格龙那大老粗也要说一声"媚到骨子里"。她往那一站,那弱不胜衣的身段,那盈盈一握的纤腰,那细细弯弯的柳眉,那楚楚可怜的神韵,便会让人生出一种又怜又爱的感觉。

黄衫女郎在门楣下停了一停,一双秋波无视左右赞叹的目光,直接投注在叶小天身上，先是向他嫣然一笑，接着便向他袅袅娜娜地走过来。

她只一笑，仿佛整个厅堂都亮了一下，刹那芳华，不可方物。叶小天瞧着她猫儿般行进的柔媚步伐，也不由得在心中暗叹，论美貌，或许莹莹强她一分，但是这种女人味儿，莹莹那种天真烂漫的女子是学不来的。

至于凝儿……叶小天只一想就直接否定了。凝儿姑娘龙行虎步，英姿飒爽，和这样一位柔似春水、媚若猫妖、既美丽又危险的姑娘相比，根本不是一个类型。

也许，与他几度缱绻的于姑娘在风情上面还可和这位姑娘较量一番，但是于姑娘常扮男装，这等柔媚风情难得一见。

黄衫女子一步一莲花地走到叶小天面前，浅浅一笑道："叶大人！"

叶小天缓缓站了起来，目光微微一闪，对她笑道："原来是田状师，好久不见啊，不知令舅王老大人如今可安好？"

客厅内的老少爷们悄悄退开了。有人认出了这个女郎，有人从她的姓氏敏锐地察觉到了点什么。

虎子跟着他们退到了外边，摸摸脑袋，纳闷地问道："她哪儿媚到骨子里了？怎么就媚到骨子里了？我怎么一点都看不出来？"

毛问智弹了一下他的脑门，粗鲁地道："你毛还没长齐，懂个屁啊？等你长大了，就会明白啦，像她这样的女人，就是妖怪！"

"她会法术吗？"

"刚才她就施展了一回，只是你看不出来罢了。"

"她会变身吗？"

"去去去，你看杨家的小土司换了身衣裳多漂亮，去陪她玩去。别缠着老子。"

"你是谁老子？我才不跟丫头一起玩，好无聊的，我去打猎。"

"唉！小时候吧，俺宁可赶着羊儿满山跑，也不愿意跟女孩儿一块玩。要不说你没长大呢……"

毛问智和虎子斗着嘴走开了。客厅里面，田妙雯淡淡一笑，道："王宁？他不是我舅舅，我也没想到他明为官员，竟然还是个江洋大盗！"

叶小天道："这么说……"

田妙雯道："我只是利用他掩盖身份。"

叶小天道："姑娘是什么身份？"

田妙雯轻轻扬起了眉，带着一丝自豪："你能走到今天，也算一代人杰，不会到现在还猜不出我的身份吧？"

叶小天微笑起来，道："我当然已经猜到你是田家的人，但田家偌大门庭，子弟们也是有远有近，不知姑娘你是……"

田妙雯乜斜着眼看着他，淡淡地道："凝儿和莹莹没跟你提起过我？"

叶小天终于证实了自己的猜想，不由心头一跳，这就是那个还没过门就克死了三个丈夫的"白虎"田妙雯？

叶小天没有露出好奇或者了然的神色。一个未出阁的女儿家落了这么一个名声，她对此一定敏感得很，不管是好奇还是惊讶都会伤了她的自尊心。叶小天在这一点上还是很懂得尊重人的。

叶小天很坦然地笑了笑，客气地道："田姑娘请坐！"

等田妙雯斯斯文文地落座，下人奉了茶上来，叶小天便开门见山地道："不知田姑娘今日造访，所为何来？"

田妙雯道："我受凝儿所托来见你。"

叶小天一惊，道："凝儿如今怎么样？"

田妙雯道："现在她安然无恙，至于明年就不好说了。"

叶小天皱了皱眉，道："这话怎么说？"

田妙雯道："播州杨天王已然下聘，与展家约定明年成亲。凝儿现在无助得很，你要打天下，却也不该辜负了美人恩吧？"

叶小天道："凝儿没有和展伯雄说起她已与我两情相悦？"

田妙雯淡淡一笑，用秋水般澄澈的眸子看着叶小天，道："你觉得说了有用吗？"

田妙雯又叹了口气，道："凝儿自然是说过的，可是对展家来说，一个女孩的心意如何并不重要，重要的是一场婚姻能带来多大的好处！"

田妙雯凝视着叶小天，道："坦率地说，你很不错！但，还不够！不要以为你控制了铜仁，打败了杨家，挫了曹瑞希的锐气，就很了不起了。你还没有和曹家真正较量过。况且八大金刚虽然是仅次于四大天王的存在，但是实际上实力已经超越他们的土司大有人在，排名并不能证明一切。就像……"

田妙雯顿了一顿，声音放低了些："就像我们田家，虽然名列四大天王，可是现在的真正实力比起八大金刚，可能还远远不如，留下的只是一个架子还有名气而已。"

田妙雯眸中闪过一丝怅然，又说道："可是，名副其实的天王级土司家族，势力究竟有多大，远不是你所能想象的。你以为杨天王比起曹金刚，势力只是大了一点或者一倍？绝非如此！王爷的地位仅次于皇帝，可一百个王爷加起来，也比不上一个皇帝有势力！这就是他们之间真正的区别！比起播州杨氏，现在的你，还远远不够！"

叶小天默然许久，方道："所以展家选择了杨家？"

田妙雯道："如果我是展伯雄，也会选择杨家，只能选择杨家。"

叶小天闭了闭眼睛，悠悠吐出一口气，对田妙雯道："凝儿想让你对我说什么？"

田妙雯恳切地道："凝儿对你是真心的，相信你也心中有数。就算皇帝要娶她为皇后，她也会毫不犹豫地跟着你！"

叶小天点点头，道："我知道！"

田妙雯道："可是，大户人家的子女，身上要承担的东西太多。即便是凝儿那样的性情，其实也做不到那么洒脱。何况她很孝顺，而她母亲却很顺从家族的意见。"

叶小天眸中有了怒意，道："凝儿不是想让你告诉我，她无可奈何，只能屈服吧？"

田妙雯柳眉一竖，道："你这是什么意思？你是怪她一个女儿家没有奋起抗争了？"

叶小天道："我不是这个意思，我只是想知道她的心意！"

田妙雯冷冷地道："她的心意？那我来告诉你，杨家下聘的时候，凝儿曾想提剑杀到正堂，宰了杨家的下聘使，然后逃出来寻你，你说她对你心意如何？"

叶小天没有说话，嘴却慢慢地抿了起来，一双眸子渐渐变得发亮，还带着一抹说不清道不明的意味。熟悉他的人会知道，他的驴性又要发作了。

田妙雯道："但是我阻止了她！因为，她母亲体弱多病，又太在乎家族。如果凝儿真的这么做了，很可能会伤害她的母亲。如果她的母亲因此出了意外，你们两个人就算在一起，难道能心安理得地享受幸福？所以，我阻止了她。我告诉她，我愿意替她跑一趟，把她的难处告诉你！"

田妙雯凝视着叶小天的眼睛，道："你不能指望一个有亲情和家族羁绊的女子，毫不留情地抛弃父母养育之恩，抛弃家族给予她的一切，不管不顾地逃到你身边为你生儿育女！要解决这件事，你要么让杨应龙缩回他的爪子，要么让利欲熏心的展伯雄回心转意。从谁那里下手，由你来定！作为一个男人，你得担当！"

叶小天缓缓站起，道："那我就去会一会展伯雄这位好邻居！"

第十三章

不入虎穴，焉得虎女

一

"你要去展家？"

于珺婷有些担心地看着叶小天。叶小天点了点头，心中感到几分尴尬。

去展家本没有什么，问题是此去是为了另一个女人，而且是在刚刚借用于家势力夺取杨家地盘之后，叶小天实在有点难为情。

于珺婷轻轻蹙起了眉头，叶小天心虚地问道："怎么？"

于珺婷想了想，道："他既已铁了心要抱杨应龙的大腿，恐怕会对你不利。我觉得你该慎重一些。"

叶小天笑道："不会吧。两位土司就算打得不可开交，头破血流的也是他们麾下的兵士，土司见了面依旧可以一团和气。何况我与展伯雄无冤无仇，他就算巴结杨应龙也是为了展家，怎会无端惹上蛊教这个强敌？"

于珺婷摇摇头道："你忘了张雨桐当初灵堂设伏，想刺杀你我了？"

叶小天道："首先，张雨桐当时想杀的人是你而不是你我。其次，那是因为你与他有杀父之仇，我和展伯雄可是素无恩怨。"

于珺婷恼怒地道："连你也这么说！我挤对张胖子不假，可没想让他死。他自己想不开，一气就气死了，难道怪我？"

叶小天一见孩子他娘大发脾气，赶紧服软道："是是是，你说得对，这个问题咱不说了。"

于珺婷余怒未息，又白了他一眼，才继续道："展伯雄志大才疏，并非什么英雄人物，从他不遗余力地巴结杨应龙，却完全看不出杨应龙只是拿他当过河的桥梁，就可以看出此人的心胸与眼界。这种蠢事，别人干不出，他可未必，我对他可比你了解得多。"

叶小天依旧不以为然，但是说起阴谋诡计，于珺婷确实比他高明得多。他能在铜仁左右逢源，虽然不是于珺婷有意相让，却是因为于珺婷有张家牵制着，生苗这支力量又成了平衡这两大世家的关键所在。

叶小天负起双手，在房中慢慢踱了一阵，双眸渐渐亮了起来。

于珺婷看在眼中，忍不住问道："你有主意了？"

叶小天唇角噙着笑意，缓缓地道："你觉得，我若登了展家的门，展伯雄真会杀了我向杨应龙买好吗？"

叶小天这么一问，于珺婷反而拿不准了。她迟疑了一下，道："这个……我也说不准，毕竟向左还是向右，有时候只是一闪念的事儿。我只是依据展伯雄一向的为人，觉得不可不防。这么说吧，此人志大才疏，一向以枭雄自许，可惜他只学会了曹孟德的多疑与狠辣，却没学到人家的谋略与才干。展伯雄不会考量你的志向本领，他只会考虑杀了你能否取悦杨应龙。

"你不要忘了，你现在占的地盘，和杨应龙多多少少是有些关系的。而且你现在和展伯雄做了邻居，虽然现在没有仇，可一旦他把展凝儿嫁给杨应龙，你们就有仇了。未雨绸缪，先除后患，可不正是枭雄本色？"

叶小天点点头，心中暗暗有了主意，道："好！我知道了，我会小心的！"

叶小天举步向外走，走到门口的时候，忽又想起一事，回首道："对了，方才我听虎子说，采妮跑来告诉你，有位姑娘来堡中寻我？"

于珺婷微微挑起眉，有些疑惑地看着他。

叶小天道："你……怎么没出来看看，还稳稳地在房中歇息呢？"

于珺婷愣了一下，忽地明白过来，忍不住扑哧一笑，撇嘴道："臭美！当你是个宝吗，一有姑娘找你，人家就紧张兮兮地去看着你？谁要抢谁抢，我才不稀罕。"

于大将军轻轻抚着小腹，用一种高傲的眼神瞟着叶小天："本将军只是想要个孩子，瞧你还算能干，向你借粒种子，别把自己看得太重了！"

叶小天的自尊心碎得一片一片的，垂头丧气地走了出去。于珺婷看着他的背影，咬着唇强忍笑意。直到他的身影完全消失，于珺婷才露出些许幽怨："去又如何，我拿什么身份约束你呢？"

· ※ · ※ · ※ ·

田妙雯捧着杯子从遐想中醒过神儿来，刚一抬头，采妮就热情地道："姑娘请喝茶。"

田妙雯瞄了眼茶盘，采妮赶紧道："已经换了壶新茶。"

田妙雯淡淡一笑，道："你们那位土司老爷今儿还打算上路吗？怎么出个门比女人还麻烦？"

采妮笑容可掬地道:"姑娘你有所不知,我们土司大人刚刚夺了……受杨羡达之女邀请,为她主持公道,斩杀弑主土舍杨羡敏。这才没几天,杨家堡还不安定。我家土司已经认了杨蓉杨土司为义女,作为义父哪能不替她多操点心,有些事儿就得多交代交代。再等一会儿就好,一会儿就好。"

田妙雯懒洋洋地伸了个懒腰。伸懒腰本来是个不雅的动作,何况她是客人,正坐在人家客厅里。可是这个动作由她做来,竟是特别优美。

田妙雯伸了个懒腰道:"成,那就等吧。只不过……你们是不是该上点小点心?喝茶喝得都有点饿了。"

采妮赶紧道:"对对对,你看我这记性。来人哪,赶紧上点心。对了,田家姐姐,你这肌肤是怎么保养的呀?又白又嫩,瞧着就跟婴儿的屁股似的!"

田妙雯:"……"

书房里,于家海、于扑满、李秋池、苏循天、格哚佬、华云飞等人都在。叶小天坐在上首,道:"于土司提醒得对,不怕一万,就怕万一。听了于土司的话,我倒有了个主意……"

叶小天看了他们一眼,道:"展伯雄是展家的主人,凝儿的父亲早逝,他这个大伯就做得了凝儿的主。他要把凝儿许配给杨应龙,坦白讲,合情合理,我根本无从置喙。

"如果我去了展家,展家不肯答应我的求亲,那怎么办?难道我还能从展家硬把人抢回来?如果展伯雄此人真的利令智昏,意图对我不利,那么……"

李秋池目光一闪,脱口道:"我们就有了理由找他麻烦,直到他肯答应我们的条件!"

叶小天颔首道:"不错!我们刚刚打下杨家堡,接着就向展家堡发难的话,不能不担心军心士气、粮草辎重等等。要不要先休整一番?"

于扑满一听又要打仗,登时两眼放光,手心发痒,连忙兴奋地道:"大人放心,我军如今士气如虹,战无不胜,攻无不克,绝对没问题,属下愿打头阵!"

于家海比他稳重些,却也怂恿道:"我们打下杨家堡,主要是智取,损伤本就不大,无须休整。只要土司大人一声令下,我们立刻就可以向展家开战!"

华云飞却担心地道:"大哥,如果你想这么做,就得让展伯雄先动手。"

叶小天道:"不错!"

华云飞道:"如此一来,大哥你就得亲身涉险了。"

此言一出,好战分子于扑满和于家海登时也冷静下来。他们这支势力的结构还不稳定,成员还未融合,能够众志成城,靠的全是叶小天这个人。如果他有个好歹,叶氏势力登时就会瓦解,这个险就不值得冒了。

靠领袖强大的个人魅力组建起来的势力集团,出现这种担心并不奇怪。当年,帖木儿大帝横扫中亚、西亚，所向披靡，势如破竹。后来他忽然想到东方还有一个强大的帝国和一位强大的君主永乐大帝，便率领大军杀奔而来，不料途中离奇暴毙。他一死，大军立即土崩瓦解，他的帝国也四分五裂了。这就是全靠领袖个人魅力维系的政治集团的弊病。

　　说到帖木儿，还有一桩奇事，此人作战喜欢效仿成吉思汗，只要不投降，破城后必定屠城，以致成了杀神。他死后，民间传言：杀神帖木儿的遗骸若遭移动，必有大兵灾。斯大林不信邪，下令发掘他的陵墓。帖木儿的棺椁被打开的第二天，卫国战争就爆发了。

　　叶小天见众人一脸忧虑，微笑道："展家我是必须去的！我如果畏畏缩缩，凭什么做你们的土司呢？再者，展伯雄未必有杀我之心，现在倒是我想主动挑衅，引诱他来杀我。所以这个险，我无论如何都要冒的。最后，如果你是展伯雄，如果你真的对我动了杀心，那么你会在展家堡里杀我呢，还是待我离开后半路袭杀？"

　　第一种，展伯雄就算浑身是嘴，也无法推卸责任。第二种，就算全天下人都知道是他杀的，他一样可以抵赖。展伯雄会怎么选？

　　众人面面相觑一番，不再言语了。叶小天环顾众人，起身道："既然大家再无异议，那我可要派兵点将了！"

第十四章

小黄雀

一

叶小天一番安排之后，众人纷纷领命而去，书房中只剩下华云飞和格哚佬两人继续等候他的吩咐。叶小天对格哚佬道："老寨主，我不在的时候，杨家堡这边必须你来坐镇了。"

格哚佬点头道："大人放心，这边交给我了！"

叶小天又对华云飞道："你挑一队精干的武士，随我去展家！"华云飞点点头，向他抱拳，转身离去。

田妙雯在厅里坐着，第二壶茶都放凉了，才见叶小天匆匆走进来，向她抱拳谢罪道："田姑娘，失礼失礼，许多琐事都要一一安排，劳你久候了。"

田妙雯盈盈起身，似笑非笑地道："官儿大了，事情自然就多些。不过再能干的人，凡事总要亲力亲为也不是个好办法。要说大，咱们贵州就没有人能大得过安家老爷子，可安老爷子每日里不是游山玩水就是含饴弄孙，悠闲得很。他已不理俗务了吗？不然，安家大小事务，依旧是他做主！"

叶小天仔细地想了想，向田妙雯行了一礼，郑重地道："姑娘金玉良言，叶某受教！"

田妙雯听得一怔，她本是等得不耐烦，随口讥诮叶小天几句，却不想叶小天竟也从中悟出道理。但凡成功者，果然没有侥幸一说。田妙雯深深地望了他一眼，叶小天头上的暴发户光环，在她眼中稍稍减弱了些。

叶小天出发了，一共百余随从，清一色的山苗猎装，非常易于在山中行走。他们统一佩带两把刀，一把钩刀，月牙形状，长不过尺二，挂在腰间近手腕处，手腕一翻就能抓到。

这是山中苗家行走在外惯佩的武器，刀背随刃而曲，两侧有两条血槽及两条波纹形指甲印花纹。平时务农它是镰刀，挖草药它就是锄头，砍柴时它又成了斧头，遇到野兽还能防身。

别看它貌不惊人,也没刀鞘,黑黝黝的毫不起眼,但它的刀刃却异常锋利,而且因为月牙状的弧度,切割人体时轻而易举,杀伤力尤胜长刀。

只不过一寸短一寸险,这种刀的威力固然惊人,但不是用刀好手的话,还是拎把长刀壮胆算了。普通人根本玩不了这个,完全发挥不出它的威力。

另外,他们还佩带一把长柄猎刀,同样没有鞘,就那么明晃晃地挂在身上。这种刀与驰名天下的缅刀有些相似,也是用铁筋打造。蚩尤后人们打造的这种刀软、薄、轻便。

用这种刀杀敌,要运刀如用剑,要的就是出手如电、轻灵飘忽,在几个回合之内就要毙敌于刀下。它不利久战,因此走的是阴狠毒辣的路数。

这种猎刀包括钩刀其实都是适合丛林作战的武器,如果是在山外平地,反而不易发挥威力。

叶小天没有给他的部下大规模换武器,一来换武器不是变戏法,不可能说有就有;二来贵州多山,叶小天又没想过要杀进中原跟老朱家掰手腕子,没必要更换武器。

田妙霙骑在马上,侧脸看了看挂在健步行进的士卒腰间的无鞘长刀,阳光映在刀刃上面,不时闪过一道雪亮的寒芒。见叶小天扭头看过来,田妙霙笑了笑,随口道:"你带了不少人!"

叶小天道:"不算多,所有弟兄加上我,一共111个人。"

田妙霙想了想,道:"单数?"

叶小天本来无须把随从的多寡了解得这么精确,他既然这么清楚,显然是有原因的。叶小天道:"不错!我又不是去下聘,难道还要人马成双?"

叶小天顿了一顿,忽又一笑,道:"不过,如果我能接了凝儿回来,那就正好凑成双数了。"

· ※ · ※ · ※ ·

"不见!"

展伯雄一听叶小天来访,马上一口回绝。时至今日,他当然知道侄女执意不肯嫁杨天王,正是为了这个叶小天。两人许久不见尚且如此痴恋,如果让他们见了面那还得了?

再说,见了叶小天又能如何?这个青年现在虽锐气十足,可是比起杨天王来又远远不及了。虽然有句俗话叫"莫欺少年穷",问题是他展伯雄已经多大岁数了,等得到三十年河东转河西吗?

是以展伯雄想都未想,立即一口回绝。片刻工夫,管事再度来报:"老爷,叶土司执意要见你！"

展伯雄冷笑："笑话，我不见他，还有强行做客的道理？不见！就是不见！对了，把凝儿看紧些，不要让她知道消息！"管事答应一声，退下。

叶小天牵着马缰绳等在展家堡外，堡中出来一人，皮笑肉不笑地道："我家老爷正忙着，无暇见你，叶土司请回吧。下次来，请先递拜帖，与我家老爷约好时间。"

田妙雯秋波一闪，对叶小天道："你等着，我去见他！"

田妙雯举步上前，党延明及十几个随从紧随其后。展家堡的人拦上来，田妙雯淡淡地道："本姑娘要见凝儿小姐，你家老爷忙不忙的，不碍事！"

田妙雯住在展家有一段时间了，因为她的身份高贵，展伯雄对她礼敬有加。展家的人都看在眼里，对她倒是不敢无礼，只得任由她走了进去。

"田姑娘，您就不要替叶小天做说客了吧。"展伯雄迎田妙雯进入客厅，满面苦笑。

虽然田家已经是个空壳子，可展伯雄也不敢轻视。就像皇族后裔，哪怕今时今日沦落为叫花子，无钱无势，什么都没有，你也不会对其呼来喝去。

展伯雄请田妙雯坐了，道："老夫知道，姑娘与我家凝儿交好，可是这种事，姑娘你实在不好过问。父母之命，媒妁之言，终身大事由不得自己做主的，尤其是你我这样的大户人家。相信姑娘也会认同老夫的话。"

田妙雯道："我明白。只是，拒绝与否是你展家的事，旁人无权过问，你不肯见他，就有些不妥了。"

展伯雄道："见又如何？他为何而来我很清楚。展、杨两家婚事已定，他来也无用，何如不见？"

田妙雯莞尔一笑，摇头："展前辈此言差矣。叶小天的势力自然不如杨天王，可现在也不能等闲视之了。况且，他现在与你又是近邻，你何苦得罪他？"

展伯雄变色道："那又如何，难道老夫会怕他？"

田妙雯淡淡地道："展前辈自然不会怕他，可也不必平白无故树一强敌。少壮之人莽撞冲动，不知深浅，你若让他吃一碗闭门羹，羞辱了他，他挥师来战，总是一场麻烦，何如当面明说呢？他纵然为此心中不满，大不了与你展家从此不相往来，总不会为此发起争斗吧。"

展伯雄思索片刻，点头道："成！老夫就见他一见。"

田妙雯微微一笑，起身道："好！你们谈你们的，我可不方便掺和。"

展伯雄怕她去见凝儿，连忙唤人道："快请展姑娘去客房歇息。"田妙雯知他心意，也不说破，随管事走了。

展伯雄立在大厅中沉思片刻，把手用力一挥，吩咐道："去！叫那叶小天进来！"

田妙雯到了客房，待侍候的人退下，便唤党延明进来，吩咐道："做好准备，等叶小天离开的时候……"

田妙雯并掌如刀,斜斜向颈间一削。党延明虽然感到有些意外,却并未表现出来,只是点了点头。

田妙雯道:"叫咱们暗中跟从的人下手,你我只在一旁跟着,随机应变。切记两点:一是动手的人身上不得有任何标记可以证明是我田家的人;二是只许失败,不许成功!"

田家现在给人的感觉是势力大不如前,田妙雯出门带十几个随从正合身份,如果大队人马前呼后拥就有暴露实力的危险,所以主力扈从都在暗中,这倒正方便她行事。

党延明又点了点头,闪身退了出去。田妙雯唇角慢慢逸出一丝诡异的笑意,不管叶小天和展伯雄谈判成功与否,有人刺杀叶小天,唯一的嫌疑人一定是展伯雄,绝不会有人怀疑到她。

叶小天与展家一旦成为敌人,铜仁局势将会进一步动荡起来,田家就可以趁火打劫,从中渔利了。

田家现在本钱有限,要想东山再起,只能四两拨千斤。叶小天这根撬棍会成为她撬动贵州局势、重组贵州政治格局的关键!鹅黄衫的"小黄雀"想到得意处,不禁笑了起来,笑得又俏又媚!

第十五章

诱你来杀

一

"你今天是为了凝儿而来？"
"不错！"
"呵呵，叶土司，咱们什么都可以谈，唯独凝儿的婚事，不可以谈！"
"展前辈，我什么都可以和你谈，前提是先谈凝儿的婚事。"
"什么都可以谈？"展伯雄冷笑，"好啊！如果我要你臣服于我，你可答应？"
叶小天道："展前辈，保护凝儿是我的责任，庇护万千生苗也是我的责任，不辜负追随我的那些人，同样是我的责任。我不会为了一个责任而放弃另一个责任！周幽王可以为博美人一笑烽火戏诸侯，我，做不到！"
"那我们就没的谈了。我展家已经和播州杨天王订下婚约，明年此时，只怕凝儿都已怀了杨家的后代。叶土司，你年轻有为，何愁没有佳人相伴？凝儿没有那个福气，你请回吧！"
叶小天道："杨应龙贼子野心，久蓄反意。他的野心不仅在贵州瞒不过人，恐怕朝廷亦已有所觉察。杨应龙在贵州虽然举足轻重，对朝廷而言又算得了什么？
"我没记错的话，播州之地，正是古夜郎国的王都所在。夜郎自大用来形容今日之杨应龙，一点也不为过。他现在是反迹未露，朝廷不能无罪加刑，一旦他扯旗造反，朝廷正义之师顷刻间就能把他碾成齑粉。展前辈与之为伍，到时难免也受牵连。您是一族之长，可要谨慎从事啊。"
展伯雄倒不大相信杨应龙有造反的野心，在他看来，杨应龙种种举动，只是为了成为土司之王，凌驾于其他三大土司之上。就算杨应龙真的对朝廷有反意，那也是将来的事儿，不妨先借杨应龙的势力壮大展家，将来见机行事。
杨应龙若果然是真龙天子，他就是第一功臣，侄女到时候不是皇后也是皇贵妃，展家将飞黄腾达到何种地步？如果杨应龙外强中干，不是朝廷对手，他及时站出来表明立场，那就是朝廷的大功臣，先得杨家之助，再得朝廷信重。总之他可进可退，始终能立于不败之地。

展伯雄算盘打得是好，也真有枭雄志气，可惜在他这通盘考虑中，完全把杨应龙当白痴了，更把人杰荟萃的大明朝廷当成了白痴，人家会遂了他的意？

展伯雄得意扬扬地盘算着，故意神色严肃地对叶小天怒道："住口！真是满口胡言！杨天王乃封疆大吏、朝廷重臣，素受朝廷信赖，年初还得到嘉奖，进封都指挥使一职。你竟敢口出妄言，这番话一旦传扬出去，你吃罪得起吗？"

叶小天用有些怜悯的目光看着这个执迷不悟的蠢货，摇摇头道："一个人成心装睡，你永远也别想叫醒他！展前辈，如果执迷不悟，总有一天，你会把展家带进万劫不复的深渊！"

展伯雄道："老夫吃的盐比你吃的米都多，需要你来教训？凝儿已经许配杨家，你请回吧！"

叶小天仍不肯放弃，道："展前辈，你想壮大展家，成，可你应该知道，石阡杨家现在已经姓叶了。你我两家现在是近邻，如果成就秦晋之好，岂不好过那远在播州的杨应龙？"

展伯雄放声大笑，指着叶小天道："狂妄小子，就凭你也配与老夫平起平坐地说话？也配与播州杨家相比？你占了石阡杨家，播州杨家会坐视不理？惹怒杨天王，只怕你要落个尸骨无存的下场！"

叶小天强忍愤怒，道："展前辈……"

展伯雄霍然转身，双手往身后一背，昂起头来高声喝道："送客！"

叶小天上前一步，喝道："展伯雄！"

几名武士将叶小天拦住。

叶小天恨恨地瞪着展伯雄的背影，用力地点了点头，道："好！我走！今日前来，叶某人本就是先礼后兵，是你展伯雄不识抬举！凝儿就算名花有主，我也会用手中刀，把她抢过来！你记住我这句话，告辞！"

叶小天大步流星往外走。候在庭院中的华云飞正扶刀戒备，一见他出来，立即迎上去。叶小天急急而行，压低声音道："求亲不成，准备第二计划！"

华云飞会意地一点头。

厅堂上，展伯雄听到叶小天撂下的这句狠话，不觉回过身来，望着叶小天远去的背影。

叶小天背影挺拔，透着股凌厉果决的气势，走过照壁时，头也不曾回一下，迈着稳而有力的步子，只一闪就消失了。展伯雄顿时蹙起了眉头。

"前些日子，他突然缩回山中，十有八九是为了引诱杨家侵占他的寨子和田地，为他反攻杨家制造口实。此人野心着实不小。如今他已占了石阡杨家，可他的胃口仅止于此吗？这个叶小天只怕真会为了凝儿对展家动武，抢不走凝儿，也可以趁机掠夺我展家的土地，好一个一石二鸟之计啊！"

一念及此，展伯雄杀心顿起："杨天王对石阡杨家一直垂涎三尺，此番石阡杨家落入外人之手，他一定不会善罢甘休。我不如抢先一步下手！到时杨天王好意思不给我一些好处？我展家领地可是已有数百年不曾扩张了啊……"

这时，管事急急走过来，对展伯雄道："老爷，田姑娘要去见凝儿，被我阻止，负气告辞了。您看……"

展伯雄不耐烦地挥挥手，道："随她去！田家现在的实力满打满算，和我展家也不过在伯仲之间，还想摆出四大天王的臭架子，谁理会！"

管事松了口气，连忙答应一声就要告退。展伯雄心中一动，叫住了他："且住！附耳过来！"

·※·※·※·

田妙雯暗中注意着，一见叶小天要走，就准备离开。其实她若留在展家就是最好的不在场证据，但是叶小天给她的感觉一向是诡计多端、机警狡诈……

其实，她就算在一旁盯着，不亲自出面指挥，也起不了什么作用。但她还是本能地想去亲眼盯着看结果，这大概是一些聪明人的通病。

另外，她觉得愧对展凝儿，不想再面对她。虽然她没有杀害叶小天的意思，但此举一出，叶小天和展凝儿更无可能，这桩姻缘等于是坏在了她的手里。

因此，田妙雯假意起身去后宅看望凝儿，守在门外的展府管事早已得了自家老爷的吩咐，哪里肯让她去？展府管事一阻拦，田妙雯趁机发作，怒气冲冲地离开了展家堡。

叶小天率队行于前，田妙雯远远跟在后。没过多久，展家堡中又冲出一哨人马。

叶小天缓缓行于路上，不时扭头看看，见后无追兵，不禁微微失望。按照他的计划，如果展伯雄在他的刺激之下产生杀意，等他离堡后追杀是最佳选择。

叶小天也是一股势力的领袖，凡有所谋，都会考虑给自己留出回旋余地，展伯雄亦是如此。所以他猜测展伯雄如果想杀他，一定会用这个办法。

那时他就可以稍作抵抗，随即放马狂奔，逃向自己的地盘。而于扑满和于家海早已带了伏兵在前边接应，到时制伏对方，他就有理由为难展伯雄了。

可是现在已经走出好远，还不见展家堡有人追出，叶小天不禁大失所望。人家不想杀他，他也没有办法，总不能跑到展伯雄面前，伸长了脖子挑衅。

华云飞回头眺望了一眼，对叶小天道："大哥，计划恐怕失败了，并无人追来。"

叶小天叹了口气，道："算了，反正明年才是成婚之期。还有大半年的时间，我一定能想得到办法救她出来。"

正说到这里，华云飞突然勒住了坐骑，侧耳倾听，道："有动静！"

说着，华云飞便非常利落地滑下马背，耳朵贴到地上，左手一扬，示意大家停下。

众护卫齐齐勒马停住。华云飞是最出色的猎人，耳聪目明之极。他"地听"片刻，抬头对叶小天道："有急骤的马蹄声，人数还不少！"

叶小天大喜，马上吩咐道："全体戒备！"

华云飞上马道："大哥，不如你带些人先行，给我留点人做戏就好。"

叶小天咬牙切齿地道："这个老混蛋，还真对我起了杀心！不成，我不走，一定要等他们追上来。做戏做全套，我要叫他抵赖不得！"

这时，远处地平线上出现一个黑点，黑点迅速变成了一条黑线，那是急急驰骋的一队骑兵。

唰唰唰！

一口口雪亮的猎刀扬在了空中，寒如冬雪。紧接着，一把把月牙儿似的钩刀也被护卫们紧紧攥住，内扣于腕。他们一手长刀，一手短刃，满脸嗜血的凶残。

山中生苗，要说憨厚纯朴少有心机，那也不假，但那是对他们自己的族人和自己的首领；对外人，凶残之态确实远超山外战士，否则他们也不会"凶名"在外了。

叶小天也抓紧了刀柄，虽然他只擅长挨打。眼看那一队轻骑踏起滚滚烟尘，距他们只有一箭之地的时候，挺刀欲战的华云飞突然一呆，失声道："大哥，好像不对啊！"

叶小天这时也看清了，顿时怔在那儿。

第十六章

英雄所见略同

一

　　田妙雯这时已经看到了叶小天，大喜，立即加快速度向他冲了过去。

　　田妙雯本来是远远地跟着叶小天——她不用跟得太近，反正叶小天返回杨家堡只可能走这条路，而她的人已经在前方设伏。

　　却不想，她自以为是黄雀，实际上却成了那只自鸣得意的蝉。展伯雄是想对付叶小天，但他并不想杀掉叶小天，而是想杀掉她，嫁祸给叶小天。

　　她能想到一旦叶小天死在展伯雄的地盘上，嫌疑人只能是展伯雄，展伯雄又何尝想不到？

　　展伯雄素有雄心壮志，可气魄不足。他不愿意就这么跟山苗蛊教硬生生地打起来，所以，别出心裁地想出个好主意。他要辣手摧花，杀了田妙雯！

　　田妙雯想，她若指使手下刺杀叶小天，所有人都不会怀疑她，因为她没有杀人动机。同样，在展伯雄看来，他若是刺杀了田妙雯，也没有人会怀疑他，因为他也没有杀人动机。

　　只要他做点手脚，把杀人嫌疑引向叶小天，叶小天就百口莫辩了。一个年轻力壮的男人，杀死一个美到可以让行将就木的老男人也动心的尤物，还需要理由吗？

　　田家少主田彬霏有多宠这个妹子，展伯雄也略有耳闻。

　　那时候，田家的力量就会为其所用。独自对付叶小天的话，他也有些头疼，山苗这块骨头并不好啃。可加上田家的话，他就有十分的把握了。

　　到时候，他既利用了田家，取悦了杨家，又能让展家得到最大的实惠，何乐而不为？于是，展伯雄派出一队心腹，出堡后快马绕了半圈，在一处密林里匆匆换装做好掩饰，便斜刺里杀奔田妙雯了。

　　田妙雯身边只有十几个人，她根本没有想到会祸从天降。

　　大战只持续了片刻，田妙雯一方就一败涂地了。她带的人都是田家的死士，敢打敢拼，武艺高强，奈何好虎架不住群狼，展伯雄派来了足足三百人。

田妙雯的手下只有十几个人，还要分神保护不懂武功的她，情势岌岌可危。田妙雯当机立断，马上向前狂奔而去。

她的人马正埋伏在前面，叶小天那一百多人也在前面，不管是追上叶小天还是赶到她的部下那边，她都有一线生机。

也幸亏她决策及时，只要稍一犹豫，此刻就香消玉殒了。田妙雯一马当先冲在最前面，紧随其后的是党延明，再后面还有两个侍卫，其中一个血透重衣，已然负了重伤，犹自挣扎坚持着。

田妙雯也好不到哪儿去，人家要杀的就是她，自然会竭力向她进攻。好在随从拼了命地保护她，饶是如此，田妙雯也先是被一箭射散了发髻，逃命途中又被一箭射中臀部。

田大小姐虽不会武功，骑马技术却是不赖。她策马疾驰，上身倾伏于马鬃之上，马鬃飞扬，她那轻盈的身子也随着马身而起伏。她双脚踩着马镫，臀部抬起，用的是最惜马力的姿势。

可惜，箭从天上来，正中她的尾股。田大小姐虽然看着柔弱，倒是有股子韧劲儿，她咬牙硬撑着，汗落如雨，一路逃来，终于见到叶小天。田大小姐大喜，马上大呼道："救我！"

她这一叫却出了岔子。田妙雯这一路都是身子虚贴马身，全靠双腿之力驰骋，这是策马冲刺时才会使用的动作，极耗体力，全凭一口气撑着。此时她开口呼救，气息一窒，惊呼一声便摔进了草丛。

"姑娘！"

党延明大惊失色，急急勒马，可他的速度几乎与田妙雯一样，两人只差半个马身，等他反应过来已经冲出七八丈了，待勒住马已在十五六丈之外了。

田妙雯另外两个手下情形与党延明一般无二。他们因为跑在后面，反应略快些，但骑马技术不及党延明，三人三马几乎是挤作一堆儿停住。

他们回头一看，只见数百个黑衣杀手正呼啸着像群狼一般向田妙雯扑去，三人登时肝胆欲裂。刹那间，似狂风呼啸而过，叶小天带着人从他们身边冲了过去。

并非党延明等人怯战畏死，只是他们勒住了马，想要重新策马疾驰起来，需要一个启动过程。这样一来，他们就落在了叶小天的后面。

叶小天几乎是在看清田妙雯模样的同时，大喝一声"救人"，立即策马冲了出来，丝毫没有犹豫。田妙雯和凝儿是金兰之交，今日又是为他和凝儿奔走，他没有任何理由坐视不救！

"杀！"

骑兵冲杀与步卒不同,双方交锋时是不能勒缰的,与敌错身而过时只有一刀的机会。

但是你也不用着急,前面还有第二个人等着你再挥一刀。而接了你一刀的那个人,接着就要迎接随在你马后冲锋的下一个人的钢刀。

一百多人像一杆锐利长枪的枪尖,撕开杀手们的阵营冲了过去,一往无前。一直杀到尽头,他们才能停下马来,进行第二次冲锋。

杀手们也不例外,他们几乎是主动地裂开一道口子,从叶小天的队伍两侧席卷过去。兵器撞击,铿锵之声不绝,仿佛两把锯子摩擦而过。一轮短暂的交锋过后,已有数十人倒毙马下。

叶小天在冲到田妙雯身旁时纵身一跃跳了下去。紧随其后的华云飞见状也跟着跃下,手中刀旋转如飞,上刺人下刺马,挑开错身而过的三人兵刃;随即摘弓在手,嗖嗖嗖三箭,射倒随后冲来的三名骑兵。

挥刀,摘弓,搭箭,发射,收弓,再拔刀,一连串的动作一气呵成,极具运动美感,看得人目不暇接。

此时,在他之后的随从们也纷纷冲过来,与对方犬牙交错地对战。华云飞压力大减,紧紧守在叶小天身边,紧张地关注着双方交战的情形。

叶小天冲到田妙雯身边,一瞧她的模样,登时惊呆了。田大小姐伏在地上已然晕厥,如瀑的秀发中露出半张惨白的小脸。她软绵绵地趴在地上,可屁股上……

"这可咋整?"

叶小天有点手足无措了。华云飞不敢回头,紧张地盯着呼啸而过的双方骑兵,血点溅在脸上都不眨眼,只是连声催促:"大哥!要快!要快啊!"

"哦!哦哦!"

叶小天这才惊醒过来,忙不迭地上前搭起田妙雯的胳膊,把她背到自己身上。这是他第二次背起田妙雯了。

说起来,叶小天的美人运真不错,从水舞,到凝儿、莹莹、于珺婷……一个比一个美,可是没有一个是顺顺利利、太太平平地认识的。

水舞,他一直在帮她解决麻烦,大大小小、里里外外的各种麻烦,先是杨三瘦要追杀她的麻烦,接着是她自己一路制造的麻烦,然后是未婚夫的麻烦、生身父母的麻烦……

凝儿,那才叫"不是冤家不聚头"。两人相识的第一面,就是他引着凝儿去和杨三瘦打架;第二次是凝儿找她表兄打架;第三次是凝儿找他打架……现在,为了凝儿,他要和展伯雄、杨应龙打架。

至于和自己相爱相杀的于珺婷,相识的第一面,他就被她逼着跪见,从此开始了相互的算计，时而东风压倒西风，时而西风压倒东风，也不知何时是个头儿。但两人都乐此不疲。

至于这位田家姑娘，两次相见，都是在危难之中。上一次是她被"山贼"追杀崴了脚，这一次是她被杀手追杀伤了屁股，下一次还不知会怎么样……

叶小天背着田大姑娘，心生感慨："还是我的莹莹好啊，从来不给我找麻烦。虽说她老爹干涉我们的好事，可我也因此有了大造化，从一介小小流官成了一方土司老爷。"

华云飞和几名侍卫护在叶小天身边，急声道："大哥，怎么办？"

叶小天急急扫了一眼，见右侧是野地，左侧是山坡，坡上有巨石、灌木，马匹的优势在山坡上难以体现。

而此时双方骑兵交错而过，至少要拉开一二十丈的距离，才能勒马往回冲，如此手中刀方能产生强大杀伤力。

叶小天张口正要喝令上山，还没有喊出口，耳畔就传来虚弱而清晰的声音："上山！"

第十七章

跑路英雄

一

"田姑娘,你醒啦?"叶小天一边发力向山坡上狂奔,一边惊喜地叫道。

此处是大道,距山坡还有两丈多的距离,到达山坡处还要爬七八丈,才能有巨石草木阻挡骑兵。如今两队骑兵正在回转马头,要再度形成冲锋队形,他必须争分夺秒。

"轻……轻些,疼!"

田妙雯在叶小天耳边低声呻吟。她发丝凌乱,柳眉微颦,楚楚可怜。

骑兵们正在重新形成冲锋队形,叶小天哪敢懈怠:"慢不得!慢不得!慢了咱们不是被剁成肉泥,就是被踩成肉泥!"

叶小天一边说,一边加大了双手的力道,将田妙雯的身子微微托起,这样奔跑时她的身体就可以平稳些。可这样一来,叶小天就吃力了,奔跑上坡本就疲累,何况身上还驮着一个人?叶小天不禁发出急促的喘息声。

"杀!"

展家堡派出的杀手重新形成了冲锋队形,策马疾驰,直奔叶小天等人而来。对面叶小天的随从毫不迟疑,同样向这边奔过来。

双方一个欲杀,一个欲救,其疾如电,顷刻间就能冲到眼前。双方骑兵似乎心意相通,不约而同地取箭在手,开始射箭。

快马疾驰时射中目标,只有哲别级的神箭手才能做得到。贵州多山少马,当地士兵骑射水平有限。这些人因为是土司亲兵,所以才有马匹代步,可是冲锋尚有模有样,骑射就真的一塌糊涂了,根本谈不上准头,只能靠覆盖式射击伤敌。

这些人中带弓箭的只占十分之一,仓促间只能射出一箭,准头又奇差,别看箭矢漫天飞舞,似乎惊险无比,真正能射中人的却不多。有华云飞等人舞刀护在身畔,叶小天只管埋头往前狂奔,速度丝毫不减。

叶小天冲到灌木怪石林立的山坡上，两路骑兵也相遇了，一场激烈的厮杀再度展开。双方一边厮杀，一边向山坡上移动。

叶小天呼呼地喘着粗气，扭头回望一眼，道："上山，从山脊上走，再……再往前赶十里路，就……安全了……"

叶小天差点脱口说出再赶十里路，就会遇到接应的兵马，忽地想到田妙雯正在背上，紧急关头又改了口。他虽未把田妙雯视作敌人，但有些事还是不宜让她知道。

田妙雯听他这么一讲，心陡然一跳，她的人就埋伏在七八里之外，叶小天说再赶十里路就安全了，这是什么意思？那儿还不是他的地盘啊，难道……

其实他们选择了近乎相同的地点并不奇怪。他们要设伏，当然要挑选最容易设伏的地点。

不过田妙雯只是一想，就马上否定了自己的推测，不可能！如果叶小天知道她在前面设有伏兵，就算没有怀疑她要对自己不利，至少也会知道她热心传讯相助的目的绝不单纯，岂会涉险相救？

美人虽好，但是背着美人上山实在是个苦差事。叶小天在丛林巨石间转悠了一阵，就有些支撑不住了。

"云飞，你来替我一下，我累了！"

"好！"

华云飞弓往背上一挎，刀挂腰间，正要上前。田妙雯双手一紧，杏目一睁，道："不行！"

华云飞一呆，叶小天苦笑道："姑奶奶，你虽然不重，可也不是轻若羽毛啊。我背着你，逃不快啊！"

田妙雯恨恨地道："你当我愿意让你背着？"

叶小天道："那让他搭把手啊！"

田妙雯蛮不讲理地道："不行！"

叶小天无可奈何，只好背着她，拿出吃奶的劲儿继续往山上爬。

田妙雯已经被叶小天背过了，事已至此，无可奈何了。

可是再换一个男人和她亲密接触，田大姑娘怎么受得了？贵州的民风较中原是开放些，可也不是随随便便，何况田大姑娘出身豪门，自幼所受的教化较之中原大户人家小姐丝毫不逊。

田大姑娘怎么受得了左一个男人右一个男人地轮流背她，而且她也有些气愤："明明要刺杀这混蛋，结果怎么却是我倒霉？"

女人家的心思，有的时候实在是不可理喻，哪怕聪慧如田妙雯。叶小天背着田姑娘爬到山上时，已是手软脚软，扭头再看山下，杀手们想上山，叶小天的随从奋力阻止，双方厮杀作一团。

叶小天扭头看向肩上那朵俏丽的花儿："姑娘，你能走吗？"

田妙雯又羞又愤地瞪着他："你觉得呢？"

叶小天长叹道："我背你走吧！"

·※·※·※·

展伯雄在大厅中踱来踱去，仿佛一只热锅上的蚂蚁，焦急地等待着堡外送来消息。下达刺杀田妙雯的命令时，他觉得自己大智若愚、大巧若拙，实有枭雄风范，可人一派出去，就惴惴不安起来。

"报！报——"

一名士兵急急而来，差点被那高高的门槛绊个跟头，一路踉跄着冲进来。展伯雄一把搀住，激动得胡子都翘了起来："成了？可是成了？"

那骑装士兵急答道："土司老爷，她……她逃到山上去了。"

展伯雄"大勇若怯"了，他脸色一白，颤抖着张开五指，激动地吼道："三百人哪！足足三百人哪！三百人杀十几个人，你们让她逃上山了？"

那士兵没敢请教土司老爷，五指和三百之间究竟有什么必然联系，只是答道："土司老爷，田姑娘的侍卫太骁勇了，拼命护着她逃走。本来我们马上就要追上，谁料她追上了叶土司，而叶土司带着一百多人……"

展伯雄恨不得一把掐死他，却还得耐着性子问道："叶小天救了她？"

那士兵道："是！叶土司马上出手相救，现在双方人马正在山下纠缠，而叶土司则护着田姑娘逃上了山。"

展伯雄狠狠一推，士兵猛退几步，跌坐在地上。展伯雄急急走了几圈，猛然站住，喝道："快！集结堡中兵马！"

那士兵惊道："土司，您要亲自出马？"

展伯雄恶狠狠地道："难道坐视你们这群废物坏了老夫的好事？快去！"

那士兵不敢多言，急急跑出去喊人了。展伯雄眼珠转动，仔细思忖一阵，渐渐露出狞笑。亡羊补牢，未为迟也，现在还未到不可挽回的地步！

片刻之后，展家堡堡门大开，展伯雄提长刀在手，亲自率领人马杀出堡去。只是展家堡骑兵有限，之前派出三百人马，现在除了两百名真正的骑兵，其他人骑骡骑驴的都有，后边还有人光着脚板一路小跑，拖成一支绵延里许的队伍。

叶小天背着田妙雯沿山脊走，侍卫们在前后开路、掩护。这时候，他们的钩刀就起了大作用，密林之中长刀根本挥不起来，而且就算你有神力，又能砍多久？钩刀如镰，是最省力的开路工具。

山坡下,叶小天的随从横阵阻挡杀手。

此时,"展老英雄"杀到了山坡下。他的人马已经绵延成了一支五六里长的队伍,紧紧相随的是两百名骑兵,后边是骑骡的,再后边是骑驴的,最后面是跑步的。

叶小天的随从和杀手们布满了山坡,正在捉对儿厮杀,忽见展家堡人马杀到,皆一惊,战斗便停了下来。展家的杀手一见堡主到了,振奋不已,只是因为需要隐藏身份,不敢欢呼拜见。

"展老英雄"勒马站定,提长刀往山坡上一瞧,一捋长髯,仿佛关二哥附身似的大喝一声道:"呔!大胆贼子!竟敢在我展家地盘,对老夫的客人动手!给我杀!"

既然杀不成,那就只有救了。"展老英雄"要撇清自己,唯有出此对策。

第十八章

圆月弯刀

一

　　展伯雄振臂一挥，杀手们惊呆了："堡主莫非昏了头？"
　　他们不敢同堡主的人对抗，又不能伸着脖子等死，立即一哄而散。展伯雄指挥人马四处追杀一阵，这才跃下马来，找到叶小天麾下的一个带队头目，假惺惺地道："老夫听闻有刺客追杀叶土司，叶土司可还好吗？"
　　那头目有些警惕地看着展伯雄，答道："刺客不是追杀我家大人，而是要追杀田姑娘。我家大人救田姑娘上山去了。"
　　展伯雄抬头一看，青山莽莽，人迹难觅，便道："岭上蛇虫野兽众多，叶土司和田姑娘上了山，万一遇到凶险怎么办？现如今刺客已经散去，我们快上山去寻找。"
　　那头目忙阻拦道："不劳展土司了，我等上山寻找即可！"
　　展伯雄正色道："这里是我展家的地盘，叶土司和田姑娘如果在这里出了事，老夫如何向叶家、田家交代？无须多言，救人要紧！"
　　展伯雄要上山寻找叶小天和田妙雯，确实是不再怀有歹意了。既然刺杀不成，他唯一的选择只能是救人，因为他没有把握把对方的人杀光。
　　本来只是对付叶小天，他都不愿独自出力，何况现在又加上田家。杀手是他驱散的，这谁也无法否认，只要叶小天和田妙雯不能证明人是他派来的，即便心中认定是他，也没办法一口咬定。
　　山上丛林间，叶小天背着田妙雯步履维艰。丛林灌木密密匝匝，三四把钩刀前方开路，硬生生砍出一条路来，一路行去，尽是草木折断散发出的味道。
　　这么走下去，十里路的距离不亚于一百里路。叶小天蹙着眉头，觉得这样下去不是办法，如果自己的人被冲散，杀手们很快就能追上来。
　　想到这里，叶小天唤过华云飞，对他道："云飞，咱们这么走不是办法。我看还是就近找一处地方隐藏。你先赶回去，带救兵来！"

华云飞擦了擦额头的汗水，对叶小天道："大哥，另派人回去吧，我留下保护你！"

叶小天道："就算你留下，一旦被人追上，也不过是陪我们赴黄泉，有何益处？在这样的山路上，他们都不及你快，还是你去。"

华云飞有些迟疑，叶小天道："不要婆婆妈妈的，你越快把消息送到，我就越安全！快去！"

华云飞咬牙道："成！那……我就去了！"

华云飞回头看看远处，莽莽丛林间也看不见什么。华云飞分辨了一下方向，独自向前赶去。

叶小天把田妙雯放在刚刚被人砍倒的枝叶上，对几名手下道："不用开路了，都歇歇。"

这几个人一路披荆斩棘，所耗气力远比负着一个人的叶小天更多，再加上灌木丛中空气不畅，此刻早已汗流浃背、筋疲力尽。叶小天一声令下，几人立即跌坐在地，呼呼地喘着粗气。

叶小天看看田妙雯，只见她身着鹅黄衫子淡绿裙，后裙上立着箭杆，因为箭不曾拔下来，渗出的血迹倒不多。

田妙雯趴在地上，见他鬼头鬼脑地看着自己，不禁气道："怎么啦？"

她很少如此狼狈，此刻这等模样示人，什么高贵气派都使不出来了，难免羞窘了一些。

叶小天干笑两声道："田姑娘，你这伤……"

田妙雯急道："不用你管！"

叶小天道："箭头留在肉里，总是不妥。何况，我们现在要等救兵，要躲追兵，难免还要奔波，你这样子实在不妥啊！"

田大小姐懊恼地道："偏偏就伤了……那里，那你说怎么办？"

叶小天搓了搓手，道："拔箭，裹伤！"

田大小姐脸色一变，道："不行！"

叶小天道："姑娘，不拔箭裹伤，怎么逃？要想隐蔽，咱们就不能砍树了。再说，就算扶你回了杨家堡，找个郎中，不还是男人吗？总不能找个稳婆帮你裹伤吧？"

田大小姐眼泪都快急出来了，现场还有好几个大男人呢，让她当众裹伤，还不如现在就自尽算了。田家大小姐人可以死，脸不能丢！

田妙雯瞪着叶小天，道："我能活就活，不能活就死，让我当众宽衣裹伤，绝对不可以！"

叶小天怒道："真是不可理喻！你们女人怎么就这么麻烦！我不管了，反正你是我救的，你这条命现在归我负责，你答不答应我都要治！"

"我不用你管！你丢下我自己走吧，生死我自己承担！"

田妙雯也犯了倔劲儿，杏眼圆睁地冲叶小天道。

叶小天什么脾气，哪还理会她说什么，对几名侍卫吩咐道："去！都钻到那边林子里去，我不叫你们，不许回来！"

几名侍卫赶紧爬起来，一头扎进了旁边的灌木丛，走出七八丈，因怕太远了尊者那边有了变故不好救援，这才停住。

叶小天伸手去掀田妙雯的裙子。田妙雯虽见只剩下叶小天一个男人，不似方才那般窘迫，可依旧接受不了，挣扎道："我不用你管！要不然，你把箭杆截断！"

叶小天翻个白眼道："我有锯子吗？拿什么截？你别动！"

两人撕扯一阵，叶小天往地上一坐，一把抱起田妙雯，把她搭在了自己腿上，用左臂将她的背死死压住。

田妙雯大急，想要挣扎，可背上仿佛压了一座山，根本挣扎不了。叶小天掀开田妙雯的裙子，从腰间嗖的一下拔出了一柄小刀。

此刀金柄之上镶七星宝钻，仿佛一柄小一号的钩刀，只是刃是冲外的。这是蛊教流传下来的一件宝贝。叶小天带在身上，是想在会聚群豪大碗喝酒、大块喝肉的时候，用来切切牛羊肉什么的，也可表现得豪爽一些，可惜一直没有机会用到。

叶小天拈着刀子看看那箭杆，这箭制造精良，十之八九有倒钩。硬拔倒也不是不可以，可那样一来伤处肌肉外翻，就算愈合，疤痕也大。用刀子划开皮肤把箭头取出来，才好痊愈。

叶小天举起刀子，想了一想，又从袖中摸出一方手帕，递到田妙雯面前。

田妙雯愣了一下，道："我没哭！"

叶小天道："不是让你用来擦泪。咬住！会痛一些，一会就好。"

田妙雯略一犹豫，就听叶小天又道："干净的，我就没用过。"

田妙雯噙着泪接过手帕，用两排银牙紧紧咬住。叶小天长吸一口气，对田妙雯道："我动手了！"

田妙雯痛得一声闷哼，紧紧咬住手帕。叶小天顾不得鲜血涌出，顺着三棱箭头的刃部连划三刀，道："忍住！"

他突然一按田妙雯的后腰，右手用力一拔。田妙雯娇躯一颤，痛得粉脸煞白。

叶小天手忙脚乱地撕下衣服，毛手毛脚地为她裹扎起来，待伤口裹好，已是满头大汗。叶小天给她放下裙子，虚脱地往草地上一撑，道："好了！"

田妙雯静静地趴在他的腿上，一声不吭，也不挣扎反抗。叶小天吓了一跳："莫非叫我给治死了？"叶小天赶紧一挺腰，急唤道："田姑娘，你……"

田妙雯扭头看向叶小天，叶小天说了一半的话登时咽了回去。

田姑娘紧紧咬着下唇，红唇只留一线，脸上泪痕未干，眸中满是羞怒，像极了一个受了委屈的孩子。

叶小天顿时松了口气，没死就好。

第十九章

虚空织横罗

一

　　田妙雯依旧趴在他腿上动也不动。
　　叶小天很认真地想了想，苦口婆心地劝道："田姑娘，你不用过于担心。身上留下疤痕，确实叫人心疼。不过，并非没有补救的办法。"
　　田妙雯转过头，迷迷瞪瞪地看着他，道："什么？"
　　叶小天比画着道："你可以在后面文一片牡丹，高贵美艳，国色天香。找个最高明的刺青师傅，把花蕊文在伤口处，就能遮住，而且会让牡丹更显逼真。"
　　田妙雯终于听明白他在说什么了，当真是气不打一处来。她瞪着叶小天许久，忽然一把抓起叶小天的手，往自己樱唇边一递，一口咬了下去。
　　"啊！"
　　叶小天发出一声高分贝的尖叫，林中飞鸟立即扑棱棱展翅四起。远在七八丈外等候的侍卫们闻声大惊，也顾不得枝条抽打脸面，急急向这边奔来。
　　这时候，远处有惊喜的欢呼声传来："有声音！在那边，他们在那边！快！就在那边！"
　　"糟了！"
　　叶小天暗叫一声苦也，也顾不得责怪田妙雯，一搭她的手臂，背起来就跑。
　　叶小天冲向侍卫们所在的方向。密林枝条交错，就算用手推挡，也时而会有枝条抽打在身上、脸上，何况叶小天这时背着田妙雯，全凭一张脸去挡。
　　田妙雯伏在他背上，眼见叶小天跑得飞快，被枝条唰唰地抽打着脸面，虽然心中气鼓鼓的，恨不得杀了叶小天灭口，可不知怎的，却鬼使神差地伸出手，替他挡住了眼鼻要害处。
　　田妙雯在叶小天背上，手臂伸不长，那枝条就抽打在她白皙娇嫩的手上，抽出了一条条印子，她却忍着痛不肯收回手。

正往前行，前边灌木丛突然被拨开，两个侍卫出现，惊喜地道："大人！"

叶小天道："快！前头开路！"

"是！"

几个侍卫调头往回走。他们不敢用刀砍断灌木，免得留下痕迹被人追上，只能用两手拨开枝条给叶小天开路。一行人迅速闪进树林深处。

※·※·※

"叶土司，叶大人！你在哪里呀？"

"叶大人，我们是展家堡的人哪，杀手已经被我们赶跑啦！"

"大人！大人！我是您的部下！已经平安啦，您请出来吧！"

"信你们才怪！"

远远的密林之中，叶小天一声冷笑，只管闷头跑路。

"哎哟！"

一个在前方开路的侍卫突然惊呼一声，一下子消失了，把叶小天等人吓了一跳。低头一看，那人又从草丛里爬了出来。

那人惊魂未定，脸色苍白地对叶小天道："大人，前方是悬崖，亏得这里草木茂盛，被属下一把抓住了，要不然……"

前方果然是悬崖，白云悠悠，远山如黛，颇有诗意。不过一想到再往前一步就是峭壁，摔下去就粉身碎骨，叶小天便有些毛骨悚然。

"往右走，小心脚下！"

叶小天重新确定了方向，几名侍卫这次小心了许多，开始注意脚下，这样一来行进的速度就更慢了。

"啊！"

叶小天等人正走着，身后数十丈外忽然传来一声惨叫，声音悠长。叶小天停住脚步，幸灾乐祸地道："哈！掉下去了。"

田妙雯在他耳畔骂道："蠢货，快追上来了！"

她完全没有意识到，在一个男人面前说话百无禁忌，能够直率地表达自己的喜怒哀乐，措辞也不再修饰、不再掩饰，意味着她对这个男人已经有了不一样的感觉。人的那层外壳再坚硬，一旦敲碎，可不就是个软体动物？

叶小天也没多想，惊道："怎么追得这么快？快走，我们加快些速度。"

他们又向前艰难地行进了一段时间，一个侍卫道："大人，前边有一道深沟，过不去了。"

叶小天探头一看，拨开草木，前边果然有一道深沟通向悬崖，应该是暴雨时节洪水冲出来的。暴雨时节，飞瀑天降，一定非常壮观。但是望着那深有两丈、宽有三四丈的深沟，叶小天犯了难。

叶小天想了想道："往右走！"

田妙雯提醒道："不能往右，往右就是往回走了。他们人多，未必只有一路人马搜寻，往回走万一迎面碰上，走都走不了啦。"

"这个……"

田妙雯道："原路退回去，我们刚才走过的路上有个洞穴，看样子很深，足可藏人。"

叶小天别无他计，只得道："快，往回走！"

几个人往回走了六七丈，就看到了洞口。一个侍卫拨开蛛网，摸进去探看了一下，回来道："大人，里边很深，足可藏身。"

叶小天大喜，道："快，咱们躲进去！"

几个人钻进洞穴，侍卫把草木往洞口拨弄，想让洞口显得更不起眼。叶小天把田妙雯放下。田妙雯只能侧卧着。叶小天看见她的头发上沾了一抹蛛丝，便伸出手去。

叶小天一伸手，田妙雯的眼睛就瞪了起来。可她什么都没说，乖乖地任由叶小天替她摘去了蛛丝。

"咦？"

叶小天捻了捻手中蛛丝，突然若有所悟，急忙赶到洞口，对几个侍卫道："不要拨弄草丛了。这里蛛网这么多，蜘蛛一定不少，快抓蜘蛛。"

几个侍卫一脸茫然，叶小天也无暇解释，只道："快，抓蜘蛛，要活的！"

几个侍卫对尊者大人的话如奉圣旨，连忙撅着屁股满地寻找起来。方才蛛网遭到破坏，蜘蛛都落到了地上，不一会儿，就被他们抓来四五只。这山间蜘蛛有大有小，大的比拇指还粗，瞧着很是吓人。

叶小天指挥他们把蜘蛛布在洞口，那些蜘蛛马上布起丝来。田妙雯一直侧卧在那儿，好奇地看着他们，至此终于恍然大悟，明白了叶小天的用意。

叶小天退到田妙雯身旁，笑吟吟地道："成了，让蜘蛛布网吧，咱们再往深处躲躲。相信他们就是发现了这处洞穴，也绝不会往里边搜了。"

田妙雯道："你好聪明！"

被美人称赞，叶小天自然欢喜，喜滋滋地道："比姑娘你如何？"

田妙雯向他翻了个白眼，道："我聪明吗？"

叶小天只知田妙雯是凝儿和莹莹的义姐，还知道她八字太硬，许了三门亲，克死三个未婚夫，从此再无豪门世家敢登门攀亲，所以至今待字闺中。

有关田妙雯的八卦他知道得实在不少，有用的情报，他却一点也不知道，哪里清楚这位姑娘是田家的智囊？

叶小天想了想，道："说得也是。你们这种大户人家小姐，拿手的是诗词歌赋、针黹女红。不过也不全是……"

叶小天想到了于珺婷，忍不住道："有些大户人家小姐，智慧谋略不让须眉。"

田妙雯见他露出真心钦佩的神色，心中妒意陡起，脱口问道："谁？"

叶小天道："铜仁于氏家族的女土司，于珺婷！"

"她？"

田大姑娘撇了撇小嘴。

叶小天笑道："你不服气？"

"哼！"田大姑娘又撇了撇小嘴。

哗啦！哗啦！

一群展家堡的人用折断的树枝木棍拨着草丛，向这边走过来。自从一个兄弟冒冒失失地掉下悬崖，他们走路就小心了许多。

"哎！这边有个洞穴！"

"过去看看！"

已经隐到洞穴深处的叶小天等人心头一紧，几个侍卫悄悄握紧了身后的刀。

"这么多蛛网！走了走了，这儿没人！"

展家堡的人随手拨弄了两下，就悻悻地退了回去。洞口的蛛网横七竖八的，怎么可能有人钻进去？这洞黑漆漆的，万一蹿出条毒蛇，上哪儿救治去？他们又继续向前搜去。

洞穴深处，叶小天暗暗松了一口气，这才发觉，田妙雯紧张之下，竟然攥住了他的衣角。

叶小天也不说破，只是庆幸地低笑道："果然瞒过他们了。咱们就躲在这儿，有蛛网掩护，万无一失！"

田妙雯悄悄松开了手，问道："咱们什么时候出去？"

叶小天愣了一下，道："若是出去，万一他们还没撤，怎么办？咱们就在这儿等！云飞一定能找到我们！"

第二十章

患难之交

一

洞穴里静悄悄的,蜘蛛在洞口勤劳地完善着它们的蛛网。有时一只大型飞虫冲过来,会把蛛网撞坏;有时风吹草动,会把蛛网刮坏。蜘蛛就很耐心地爬过去继续织补。

洞中人无所事事,便坐在那儿看蜘蛛织网。看了一阵儿,叶大老爷大发感慨道:"我一直以为蜘蛛把网织成,就坐在那儿静候猎物,悠闲得很,原来还有这许多织补的麻烦。何如再往洞中挪挪,蛛网损坏的次数不就少了?"

田妙雯一手撑地,侧坐着身子,久了便觉酸乏,见叶小天穷极无聊还有心观察蛛网,心中气愤,便向前一挪,把身子靠在了他的肩膀上。这下就省力多了。

叶小天有些诧异,但是他连头都没扭,谁知道看上一眼,这姑娘是喜是怒,又会生出什么幺蛾子?

田妙雯想:"最不可见人的地方都被他看了,靠靠他的肩膀有什么了不起的。啊,这混蛋居然不扭头,装不知道吗?"直到听到他加快的心跳声,她才心满意足。

田大姑娘主动依偎过去,其实自己也有些尴尬,可是这么坐久了,她的小蛮腰都快累折了。岩壁湿冷而且硌人,还是叶小天的肩膀舒服。

她清了清嗓子,接过叶小天的话头掩饰自己的羞窘:"有的蜘蛛林中结网,有的蜘蛛在屋檐下结网,有的蜘蛛房中结网。林中结网易遭损坏,常要修补,但能吃到蜻蜓、知了、天牛等美味。

"屋檐下结网,不会受到狂风暴雨的破坏,相对安全,但只能捕获飞蛾、苍蝇等小虫。室内天棚上结网,除了一年一度的大清扫,基本不会受到破坏,最是安逸,可只能吃到小小的蚊子。"

叶小天赞同地道:"不错!人生亦如是,不肯经历任何风险磨难的人,虽然平安,却也难有大成就。常常置身于风险之中的人,一旦有所收获,收获量往往巨大!"

田妙雯信口吟道:"夫夷以近,则游者众;险以远,则至者少。而世之奇伟、瑰怪、非常之观,常在于险远,而人之所罕至焉,故非有志者不能至也。"

叶小天扭过头,田妙雯那张具有颠倒众生魔力的美丽面庞近在咫尺。可是叶小天此刻感受到的却不是那种美丽女性的吸引力,而是田妙雯内心的智慧聪颖。两人相视一笑,竟生出一种惺惺相惜的感觉。

田妙雯转首望向洞口,幽幽叹道:"可是有些风险磨难,本是可以避免的。我也不知倒了什么霉,每次遇到你,都会遇到大麻烦。"

叶小天正色道:"姑娘,饭可以乱吃,话不能乱讲。你应该说,每次遇到大麻烦,都是我来救你。我是你命中的大贵人,可不是给你带来灾祸的人。"

"是吗?"田妙雯在心中暗问,轻轻撇撇嘴角。

叶小天道:"命运,命运,命由天定,运由己生。命是与生俱来的,改变不得。运却是一个人一生的行程,如何走,如何选择,全在一念之间。姑娘切不可怨责到我的身上啊,小天可吃罪不起。"

叶小天半开玩笑的一句话,却一下子打动了田妙雯。仔细想想,叶小天说的似乎大有道理。上一次她去葫县遇险,是因为一时起了好奇心,想亲自去瞧瞧叶小天一个小小典史,是怎么把徐县丞、王主簿两个比他更大的官儿玩得团团转的。如果她不去,会遇险吗?

这一次,如果不是她想挑起叶小天和展伯雄之间的仇恨,会莫名其妙受到追杀吗?命由天定,运由己生,这么看来,还真是不假。不过……

田妙雯觉得一向清晰的思维忽然有些混乱:"为什么两次遇劫,都是因为打了他的主意?我倒霉真的跟他无关?为什么我一打他的主意就会出事?"

一时之间,田大姑娘也不禁胡思乱想起来。她就这么靠着叶小天,呼吸细细甜甜,微合着俏眼,仿佛睡着了,谁也不知道她正心潮起伏,想了好多好多……

· ※ · ※ · ※ ·

展伯雄带人在山上搜到天黑,依旧没有发现叶小天的身影,只好回转展家堡。在展家势力范围内出现这么多杀手,田家和叶小天不是白痴,纵然不明白他为什么要这么做,也会猜到一定和他有关。

不过,他们毕竟没有证据,而且他的补救措施非常得当。田家如今不比当年,必不会以莫须有的罪名讨伐他。至于叶小天,他刚刚占了杨家之地,还有一屁股的麻烦事需要料理呢。

四大天王会容忍他占有石阡杨家扩张势力?朝廷会坐视他挑起战争,夺取朝廷认可的土司的领地?而且不管如何,凝儿是展家的人,叶小天既然没有证据,又不是被追杀的正主儿，没理由利用此事发难。

想到这里，展伯雄的心情稍稍安宁了些。这时候，展凝儿赶到了前厅。展家堡出动这么多人马，她岂能感觉不到有问题？

"大伯，堡里发生了什么事，怎么频频出动兵马？"

展伯雄连忙换了一副脸色，迎上去道："没什么，没什么，有一群山贼逃进了我们展家的地盘，烧杀抢掠，真是岂有此理！"

展凝儿一听，一双柳眉顿时竖了起来："竟有此事？大伯，此事交给我吧。敢到我展家生事，我管教他们有来无回！"

展伯雄道："凝儿啊，你是个女孩子，整日里舞枪弄棒的，成何体统？咱们展家的男人又不是死绝了，用得着你一个姑娘家冲锋陷阵？你快回后宅去吧，这段日子好好学学针黹女红，得有点姑娘家的样子。"

展凝儿脸色一冷，声音硬了起来："大伯，我不想嫁去播州！"

展伯雄瞪起了眼睛："女孩儿家的终身大事，由得了自己做主？杨天王的二夫人，那是何等尊贵的身份，你还不愿意，你要嫁给皇帝不成！你这孩子，真是被惯坏了！"

展凝儿负气地道："我说了不嫁，大伯你可别逼我！侄女话说在头里，大伯若执意逼我出嫁，到时候杨家下不来台，可不是侄女的罪过！"

"你……"

展凝儿转身就走，走了几步又止步回头："大伯，田家姐姐可曾回来？"

展伯雄心中一惊，故作不解地道："田大小姐？她不是已经离开了吗？我还以为她回了田家，怎么，她还要来做客？"

展凝儿怎好说田妙雯离开是去见叶小天了，心中想："韧针姐姐现在应该已经见到小天哥了吧？就算小天哥要做种种准备，才好来与大伯谈判，韧针姐姐总该先回来告诉我一声啊，真是……"

她不能把心事说与展伯雄知道，只得暗暗思忖着离去。

展伯雄等她走远了，一屁股坐到椅子上，抓过一杯凉茶一口干了，握着空杯暗想："田家和叶小天没有真凭实据，是无法向我兴师问罪的，可得罪他们也是一定的了。如今别无他计，我唯有紧紧抓住播州杨家，才能保我展家声名不隳！"

·※·※·※·

"田姑娘，是谁追杀你？"

"你觉得，在这个地方，还有第二只蜘蛛能布得下网？"

"呵呵，展伯雄吗？他为什么要杀你？"

"我怎么知道？"

田大姑娘气愤起来，又觉得痛了。

"我知道了！"田妙雯眸波一闪，再度计上心来！

叶小天急忙问道："你知道了？他为何要杀你？"

田妙雯瞪着叶小天道："因为你！"

叶小天瞪她一眼，没好气地道："田大小姐，你非要把这事赖在我身上不成？"

田妙雯道："我和展家无冤无仇，他为何要杀我？你不觉得他最想除掉的大麻烦应该是你？"

叶小天道："没错！可问题是，他派人追杀的是你，不是我！"

田妙雯道："如果杀你，谁还不知道是他动手？那时候，你那些忠心耿耿的部下岂会善罢甘休？展伯雄那只老狐狸，舍得拿出他的老本和你的部属拼命？可他杀了我，却绝不会有人怀疑到他，因为他没有任何理由杀我。如果我所料不错的话，他一定会栽赃给你！"

叶小天叫起了撞天屈："这叫什么话，难道我就有理由杀你了？"

田妙雯哼了一声，道："你年少风流，和夏家、展家两位大家闺秀都纠缠不清，和葫县花知县的夫人也有风流韵事流传出来。你要杀我，还需要找理由吗？"

"你是说……"

叶小天急急思索起来，越想越觉得田妙雯此言很是合乎情理，以致忽略了她怎会知道自己与雅夫人的那段风流传闻。若非一直在关注他，田大姑娘不大可能知晓此事。

"不错！他没有理由杀你，却可以编理由说是我杀了你！你若有个三长两短，田家无论如何也不会咽下这口气，到时候他展家就可以坐收渔人之利……"

叶小天按照田妙雯的推测，自动脑补起来，田妙雯心中暗自得意。她又不是展伯雄肚子里的蛔虫，哪会猜到展伯雄究竟是何意图？

她只是挑唆叶小天和展伯雄对立失败，情急智生，再度制造事端令两者敌对罢了。她并不知道自己急急编出的瞎话竟然不幸言中，恰是展伯雄的真实意图。

眼见叶小天上当，田妙雯不禁暗自得意。她想了想，对叶小天道："你我两家合作如何？"

叶小天的目光又回到了田妙雯的身上："如何合作？"

第二十一章

合力可擒虎

一

"合作？"

叶小天的神色马上变了，被田妙雯倚着的肩头也轻轻侧了一侧。看他那表情，就像一个听闻有大买卖临门，既欢喜又警觉的滑头老掌柜，田妙雯看了好生不舒服。

可是所谓合作不就是买卖？而且这还是她提出来的。叶小天看重此事，正中她的下怀，又有什么不高兴的？田妙雯调整了一下情绪，对叶小天道："合作，分两方面。"

叶小天冷静地道："请讲！"

田妙雯道："一方面是关于展家的。展伯雄铁了心要巴结杨应龙，出了这档子事之后，他没了退路，更是要死心塌地地向杨应龙靠拢，而凝儿就会是他的'投名状'！"

叶小天的目光闪烁了一下，眼里飞快地掠过一丝愤怒。即便他现在很理智，终究是一个男人，自己的女人被人当成一件礼物送人，他岂能不心生痛恨？

田妙雯道："你想让展伯雄回心转意，只有打疼了他，打怕了他，打得他不敢忽视你的存在。可是，你刚刚跟杨家打了一仗，再跟展家交手的话，但凡与你接壤的土司，都要视你为祸害了。"

叶小天道："不错！"

田妙雯道："所以，你需要一个动手的理由。"

叶小天道："姑娘你就可以为我提供很充分的理由。"

田妙雯悠然道："不错！展伯雄找不到我们，一定会想尽办法掩饰他的愚蠢举动，可那又有什么关系？只要我这个当事人一口咬定就是他想杀我，是他对我起了歹意，事败想杀人灭口，他就百口莫辩！"

叶小天喃喃地道："好歹毒的主意！展老头儿不但要为此要付出代价，还要搭上他的一世英名。他真不该招惹你呀！"

田妙雯微微一笑，忽又转作楚楚可怜的样子，道："可是田家已经没落了，现在只剩下一个空架子，拿什么去对付展伯雄呢？"

叶小天指着自己的鼻尖道："这时，自然就该轮到我出马了。"

田妙雯道："不错！让你出马的理由就好找了。来，咱们先看看什么理由更妥当。"

她从叶小天身边闪开，变成了和他面对面坐着，半边身子微抬，下面垫了一件团起的衣服："第一个理由，叶大人为了红颜知己，一怒发兵，血流漂橹。"

田妙雯眼睛都不眨一下，丝毫没有难为情的意思，而叶小天也是就事论事，没有丝毫绮念。叶小天揉了揉鼻子，道："那叶某好色之名岂非要传遍贵州了？"

田妙雯道："那么还有第二个理由。路见不平，拔刀相助。叶大英雄救下小女子，获悉真相后，愤而发兵为小女子讨还公道，侠义美名天下传扬。你看这个怎么样？"

叶小天干笑两声道："这么侠义，如此君子，以后叶某跟人打交道的时候，还怎么做小人？不妥，不妥。况且，这么说别人就不会以为我是见色起意，为了取悦你这个大美人儿了吗？"

"原来这人不是瞎子！"

田妙雯闻言芳心大悦，忽然觉得身上舒服了许多，便笑吟吟地道："那么还有第三个法子，我田家如今无权无势，可是还有钱，我以重金请你发兵。你正因展伯雄拒绝了你的求婚而气恼，就顺理成章地答应了。这个理由怎么样？"

叶小天歪着头想了想，赞道："甚好！那你说的第二方面的合作又指什么？"

田妙雯道："展家和杨家已经定亲，如果你打得展伯雄被迫与你联姻，就算杨应龙作为一代枭雄，不在乎儿女私情，也要在乎面子、名声。你以为他对你就不会有所'表示'？

"再者，你现在控制了石阡杨家，这可是杨应龙看中的一块肥肉。曹家和展家正在向播州杨家靠拢，可是他们接二连三地吃了你的亏，杨应龙不为他们做主又如何服众？所以，你和杨应龙注定是对头。"

叶小天皮笑肉不笑地道："所以呢，你们田家无权无势，但是有钱，再次用钱收买了我，让我这不知天高地厚的后生小子去挑战杨应龙？"

田妙雯道："你肯答应吗？"

叶小天反问道："你觉得我有那么蠢吗？"

田妙雯白了他一眼，道："这一回，当然就是很平等的合作了。我拿出我藏起的本钱，你也要拿出你全部的本钱，咱们联手对抗杨应龙。"

叶小天上上下下看她几眼，道："你还有本钱？"

田妙雯很认真地点头："有！当然有！"

叶小天微微眯起了眼睛："什么本钱？"

田妙雯狡黠地一笑，道："咱们刚刚合作，还缺乏足够的信任。叶大人现在就想探清小女子的底儿，是不是太急了一些？"

叶小天摊开双手道："那没办法！我的本钱就算不亮出来，你也能猜个大概。你有什么本钱我却看不出来。你这么一说，就想让我给你卖命，你当我傻吗？"

田妙雯恨恨地道："你当然不傻！你比猴还精！"

她赌气地抿了抿嘴儿，道："我的本钱，现在不能全部暴露给你。不过，我可以拿出足够的诚意，向你证明，我是有本钱的。"

叶小天道："比如说？"

田妙雯道："要是让你对付展家，你有多大把握？"

叶小天蹙起眉头，认真地想了想，摇头道："胜算不大！"

田妙雯微微露出赞许之色，心想这人还不算狂妄。

田妙雯道："原因呢？"

叶小天道："展家不是杨家，没有兄弟相残自损实力。展家是八大金刚之一，就算这些年来有些不如从前，底蕴还是深厚的，不容小觑。

"还有，曹家被我摆了一道，绝不会善罢甘休，而曹家和展家现在都亲近播州杨家，他们很可能会联起手来。我的实力还做不到人挡杀人、佛挡杀佛。"

田妙雯得意地一笑，道："那么，再加上石阡副长官司童家呢？"

叶小天身子猛地一震，惊骇地看向田妙雯。

石阡府有四大土司，曹、童、展、杨。曹就是曹瑞希，曹家是世袭的石阡长官司长官；展是展伯雄；杨是杨羡敏；而一直没在叶小天面前露过脸儿的这个"童"，就是石阡副长官司童家。

童家是田家的人！

童家竟然还是田家的人！

田家在一百多年前，先被洪武大帝摆了一道，元气大伤。如果接下来的秀才天子朱允炆能坐稳江山，他们的元气也就缓过来了。谁想到永乐大帝又横空出世了。

这个主儿一点都不比他爹好对付，田家又被他坑了一把，两州之地四分五裂，世袭之地被分裂，世袭职权被剥夺，成了寓居水西的一个空架子天王。

想不到，一百多年过去了，田家竟然还有实力，石阡童家竟然依旧受田家控制。从田妙雯的语气还可以感觉到，这不是田家实力的全部，究竟还有几家土司依旧处于田家的秘密控制之下？

看到叶小天震惊的神色，田妙雯稍稍感到一丝满足。天知道田家延续至今，为了保存这些力量，耗费了多少心血！

这些力量，在朝廷而言，都是已经脱离田家、完全独立自主的土司。这些土司都是有血有肉、有独立意识、有自主思想的人，而不是鸡鸭猪狗。要控制他们，要让他们俯首听命，而且是一代代地俯首听命，于田家而言，是一项何等艰巨的任务？

一百多年过去了，仅以石阡一地而言，展家、曹家、杨家都已相继脱离田家，不再受其控制。但这只是两州八府中的一府，还有七个府，每个府都有好几个土司，其中还有一些依旧听命于田家的，这是田家一代代传人呕心沥血的成果。

田家不能再等下去了，再过个百十年，依旧听命于田家的土司恐怕一个也没有了。田家需要马上奋力一搏，为复兴争取最后的机会。成或败，生或亡，在此一举！

正因如此，田妙雯才果断地决定与叶小天合作。否则如此大事，她岂会如此轻率决定？田妙雯矜持地道："叶大人，若再加上童家，结果如何？"

叶小天慢慢扬起了眉，道："再加上童家，就算明刀明枪地干，叶某也不惧曹、展联军。何况童家一直是一副置身事外的样子，可以起到奇兵之效！"

田妙雯微微一笑，道："这么说，你是同意合作了？"

叶小天道："兹事体大，也许我们还需要好好谈谈！"

田妙雯眼波流转，嫣然道："那是自然！"

此时，华云飞已经带了于扑满、于家海的援军赶到了之前他们分手的地方，可是此刻天色已黑，根本无法继续搜索下去。

于扑满愤愤然道："展伯雄那老狗，老子早就知道他不是好东西。这山深林密的，上哪儿去找大人？不如咱们直接杀去展家堡，找展伯雄那老狗算账吧！"

华云飞怒道："事有轻重缓急，现在是向展家讨公道的时候吗？"

于家海道："三哥，不要吵了，听云飞老弟的。"

于扑满哼了一声，道："听他的又能怎么样？眼看天色已晚，上哪儿去找他？何况，山上还有悬崖隐在草木之中，一不小心就会掉下去。"

华云飞道："在山间扎营，明儿一早再继续寻找！"说着，他挪动了一下肩上的猎弓。

华云飞对于家海道："四爷，这儿就交给你了。山间行走，寻踪觅迹，我最擅长。我连夜去找大哥！"

此时党延明也找到了田妙雯埋伏在半途的伏兵——此前他在山间寻找许久，眼见天色将晚，这才赶过来。那些伏兵一听他说明情形，顿时就傻了。

他们受命埋伏于此，大小姐遇刺失踪，本来没有他们什么责任，可是他们的少主太宠妹子了。

　　有一次，少主与妹子游花溪，大概是吃了不洁的东西，回来后大小姐病了两天。少主分不清是自家带去的食物变质，还是在花溪酒家买的菜肴不干净，最后把自家的厨子和那酒家的掌柜都打了一顿。就冲少主这邪性儿，如果大小姐这次真的有去无回……

　　众人不寒而栗。

第二十二章

妙手摘星

一

洞口的草都被踏平了，那些可怜的蜘蛛彻底死了心，伤心地放弃了它们的家园，到别处结网去了。

叶小天和田妙雯面对面地坐在"草坪"上，篝火正在洞中燃烧着，红红的火光映照在他们脸上，映出了两幅剪影，一幅棱角分明，一幅曲线柔美。

一只剥了皮的小兽正架在火堆上，烤得吱吱冒油。一个侍卫小心地转动木杆烘烤着兽肉。兽肉还没有完全熟透，但肉香味已经四溢而出。

其他的侍卫都分散到四下丛林中去了。夜色深沉，天空中繁星点点。抬头望去，繁星一眨一眨的，似乎只要你用力一蹦，就能把那星辰摘在手中。

这个洞穴正朝着悬崖的方向，再加上草木的遮掩，除非走到极近的地方，否则从其他方向看过来，很难注意到火光。而几个侍卫正潜伏在洞穴四周数十丈外，所以二人才可安然谈天。

叶小天随意摆弄着一截草棍，对田妙雯道："你如此大动干戈，不惜暴露珍藏的本钱，应该不会只是为了出口恶气吧？你们田家究竟想要什么？"

在熊熊火光的映照下，田妙雯的瞳孔里仿佛有两簇火苗在闪烁："我想要田家重新雄起于西南！"

叶小天微微抬起头，视线所及有一颗大星，特别明亮。叶小天不曾学过天象，不知道那是什么星，只是觉得它比周围的星星都要亮上许多。

田妙雯见叶小天望着星辰出神，久久不发一语，忍不住问道："怎么？"

叶小天目光落回到田妙雯的脸上，那张俏媚的面孔上也有两颗星，虽然不及天上那颗星星明亮，却要美丽百倍。这两颗美丽的宝石般的"星辰"，正闪烁着她心中的希望。

叶小天叹了口气，道："皇帝的旨意是很难改变的。如果是先帝的旨意，那就近乎祖制，更加难以改变了。田家有今日，可是永乐天子的主意。"

田妙雯楚楚动人，可嘴角却流露一丝倔强："你要在山外硬生生开辟出一片领土，用以安置诸多山民，难道容易？你想把在山里住了上千年的人带出来，难道容易？哪怕只有一线希望，我都不会放弃！"

叶小天反问道："可是希望在哪里呢？"

田妙雯一字一顿地道："杨应龙！"

叶小天的眉梢微微地挑了起来，当他感觉不解或惊讶时，就会习惯性地做出这个动作："杨应龙？"

田妙雯道："不错！杨应龙胸怀大志，久蓄反心，相信你已有所察觉。"

叶小天点了点头，田妙雯道："如果杨应龙起事的时候，我等效忠朝廷，配合朝廷大军平叛，以此大功能不能实现你我的愿望？就算不能完全实现，宰了这口大肥猪，咱也能过个好年吧！"

叶小天深深地吸了口气，脸色凝重地道："两个庞然大物之间的较量，我们掺和进去，稍有不慎，就会粉身碎骨。"

田妙雯莞尔道："我觉得是浑水摸鱼！叶大人，你现在扩张领地的法子其实倒也不错。于家蠢蠢欲动，欲取张家而代之，你巧妙地利用了这一点，联合于家挟制张家，从而争得了一块立足之地。

"杨家利令智昏，趁你回山之际占有了你的堡寨和土地，给了你一个充分的理由予以反击。你又扶植起一个傀儡土司，将石阡杨家纳入了你的辖下。

"可是，这都是小聪明。没有事先明辨方向，对前程了然于胸，就不能仔细筹划。你要看清大势，大势不明，就如顺水行舟、趁风扬帆、遇岸落锚，随波逐流而已。

"若是能对前方水道了然于胸，知道哪里水险、哪里滩浅、哪里有码头、哪里是岔道、岔道分别通向哪里，与那盲人瞎马、见招拆招者相比，孰高孰低？"

叶小天再度挑起了眉梢："姑娘所说的大势又是什么呢？"

田妙雯捶了捶后腰，懊恼地道："若是伤了别处也还罢了，偏偏……如今坐也坐不得，躺也躺不得，这么一会儿，腰杆都要酸折了。"

叶小天咳嗽一声，道："要不要借我的肩膀给你靠靠？"

田妙雯哼道："你的肩膀靠着很舒服吗？一样累！"

叶小天拍拍大腿，开玩笑地道："那借双腿给姑娘一用，如何？"

田妙雯展颜道："我房中有张美人榻，平日本就习惯于榻上侧卧。罢了，今日就拿你做张美人榻吧。"说完，她心安理得地侧躺下来，枕到了叶小天的腿上。

她这姿势着实暧昧。繁星满天，夜风徐徐，一个美丽的女子枕在一个男人双腿之上，若是说些风花雪月的话儿实在应景，可两人聊的话题偏偏与此风马牛不相及。

田妙雯枕在他腿上，心中也有一种异样的感觉。可是她现在身体受伤坐不久，总不能趴着跟他聊天吧？那样子还不如现在这样来得体面。

田大姑娘借夜色遮了羞面，咳了一声，说起了正事："杨应龙积蓄实力，有所图谋，我贵州大一些的势力多多少少都已有所察觉。但朝廷对此是否一无所知呢？"

叶小天想了想道："我想，朝廷虽然视北方为心腹大患，对西南方向并非十分关注，可也总不至于一无所知吧？"

田妙雯笑了笑，道："也许，朝廷认为杨应龙的种种蠢动，只是为了与其他土司争利，又或者即便察觉了他的野心，也只能佯作不知。

"毕竟杨应龙现在反迹未露，朝廷是不可能先下手为强，轻率处置这么一个国中之国的，那会激起贵州上下百余土司的防范和警惕，弄不好就会烽烟四起。"

叶小天道："警惕什么？我们又没有反心。"

田妙雯哼了一声，道："反迹未露，你说他反，以何为凭呢？今日认定他要反，无凭无据就可出兵，谁敢保证明日不会认为我要反，后日认为你要反？"

叶小天想想也有道理，哪怕他明知杨应龙有反心，作为一个土司，他也不希望朝廷不教而诛。此例一开，大家又都默许了的话，很难说朝廷接下来会不会把同样的手段用在他们身上。

田妙雯道："不过，你若以为朝廷无所作为，只是被动地等着他反，再去见招拆招，那也错了。"

叶小天警觉地问道："此话怎讲？"

田妙雯道："年初，杨应龙奉献皇帝大木良材，受到朝廷嘉奖，可谓宠信有加了吧？可是与此同时，朝廷调叶梦熊入黔为巡抚了。这个叶梦熊以文官入仕，却是文武全才，忠勇过人，敢任事，多智谋。

"他自入仕以来，从一小吏步步高升，在赣州任职时，灭黄乡积寇；在安庆为官时，诛天堂山巨寇；调浙江巡视海道按察司副使时，负责海防；去年任直隶永平兵备按察司副使，造出炮车，辽东贼寇望风披靡。此人早已由文转武，朝廷调他入黔，所为何来？"

田妙雯说到这里，冷冷一笑，又道："播州之地本属贵州，然其地更近四川，所以杨应龙与四川众官员交往密切尤胜于贵州，于是朝廷又把李化龙调到四川任巡抚去了。

"李化龙也是一个干吏名臣，此人知军事，尤其善于识人用人，你说朝廷调他去四川干什么？分明是整顿吏治。如果说这都不足以说明朝廷对杨应龙有了防范之心，打死我都不信！"

叶小天嗯了一声，忽然觉得枕在他腿上的不是一个比花解语、比玉生香的千娇百媚大美人儿，而是羽扇纶巾的孔明先生，而他就是那位手长过膝、大耳垂肩的刘皇叔。

田妙雯檀口轻张，红唇翕动，继续说道："这是朝廷方面的防范。而在黔地呢，各方势力也是犬牙交错、互相制衡。这种局面有一半是朝廷成心促成的！

　　"你若仔细观察就会发现，一堡一寨，一县一府，一州一省，无论地方大小，最强大的那股势力之下，总有一股实力虽不及，但是一旦受到外力扶持，又或最强大的那股势力受到重大挫败，就能取而代之的力量。

　　"这种情况下，最强大的那股势力就不敢轻易对外穷兵黩武、对内为所欲为。当然，特例总是有的，但从来不是常态，最多几十年，必然还是如此。

　　"一堡一寨，当然用不着朝廷用心去构造这种平衡。但朝廷对大土司们如此设计，大土司们对小土司何尝不是这般设计，最后自然就形成了这样的相互制衡。"

　　田妙雯仰起脸来，向他妩媚地一笑："如今杨应龙正要打破这种平衡，你不觉得在这种情况下，朝廷和大土司们很希望重新打造一股势力，用以平衡吗？"

第二十三章

大兄驾到

一

"你……你说得有道理！那咱们就这么干吧！"

"真的？我当然希望能够与你合作，但我希望你能够慎重考虑后回答。要知道一决定，那就是成则千秋万代，败则无处葬身！"

叶小天正色道："不用考虑了，我已经做出了决定！不管是为了生苗出山后能站稳脚跟，还是因为跟杨应龙必然会成为对头，与你合作对我而言都有百利而无一害！"

"那我还有什么可犹豫的呢？当断不断，反受其乱！我可不想七老八十的时候，对自己的儿孙说，老夫这一辈子，拿得起放得下的只有筷子！"

田妙雯被他这句俏皮话逗得扑哧一笑，随即道："扶我起来！"

叶小天赶紧把田妙雯扶起来。

"什么人？"

远处突然传来一声厉喝，草丛中有人影晃动，叶小天急忙抬头看去，片刻之后，就见两道人影飞奔过来。叶小天还没看清来人，来人已欢喜地叫道："大哥，你果然吉人天相！"

叶小天闻声大喜，道："哈哈，云飞！我就知道，你一定能够找来！"

· ※ · ※ · ※ ·

"报！土司大人，叶土司被找到了！"

展伯雄上前一步，紧张地咽了口唾沫："那……田家姑娘呢？"

"田家姑娘也活着，被叶土司带走了，她好像负了伤。"

展伯雄道："叶土司有没有给我留下什么话？"

那报信的堡丁摇了摇头，道："叶土司什么都没有说。哦，对了，田姑娘倒是说过一句话。"

展伯雄赶紧问道:"田姑娘说什么了?"

"她说,辛苦展大人,来日必专程登门,向您道谢!"

展伯雄慢慢地退了几步,膝弯碰到椅沿,一屁股就坐了下去。

·※·※·※·

杨家堡内,群情激奋。

关于自己遇险之事,叶小天自然不会瞒着手下人。虽说展伯雄要杀的是田妙雯,并非他叶小天,可是他既然决心与田家联手,自然就接受了田妙雯的说法,把展伯雄刺杀田妙雯以便嫁祸于己的揣测也说了出来。

这更激起了大家的愤怒。其实这些人里边,论起私人感情,于氏兄弟和叶小天是最淡薄的,但是此刻最激愤的就是他们俩。这哥俩儿怒发冲冠,目眦欲裂,恨不得叶小天立刻就下令发兵。

叶小天瞟了他们一眼,这两个战争狂人,只要用对了地方倒真是人尽其才。不过对展家动武既然牵涉石阡的政局调整,甚至牵扯到贵州几大天王级土司之间的博弈,那就不能轻率行动了。

叶小天做了个手势,制止了众人的怒骂谴责,道:"这个公道,我们是一定要讨回来的。不过,却不是现在!"

于扑满大声道:"大人,我军正士气如虹,此时发兵有何不可?"

叶小天淡淡一笑,道:"打仗,我们自然不惧怕他们。只是这一仗一旦打起来,局外人会怎么看?我们刚刚跟杨家交过手,马上又去对付展家,就不怕众土司联起手来自保?蚁多咬死象,何况人家不是蚂蚁!所以,我们还需要一缕东风……"

李秋池敏锐地感觉到了些什么,脱口问道:"大人所说东风,是……"

叶小天悠然道:"这东风么,自然就是田家!"

·※·※·※·

数十匹快马仿佛一道狂风,飞驰到杨家堡前。尘烟滚滚,把数十匹快马都裹在了里面。

堡上的守卒非常紧张,还以为有人要攻打杨家堡,急急忙忙端起猎弓。待堡下尘烟散去,只见数十个青衣劲装武士护着一个白衫人,看架势又不像是要打进堡来。

那白衫人勒马站定,仰望堡上,大喝道:"速速开门!"

堡上一个守卒压低了弓箭,大声问道:"你们是什么人?"

一个劲装武士代那白衣公子答道:"此乃我田家长公子。听闻我家小姐遇险,被贵堡搭救,还请打开堡门,我家公子要去探望胞妹!"

城头守卒吃了一惊,赶紧道:"请稍候,在下这就去禀报土司!"

那守卒一溜烟儿地去了。田彬霏心急如焚,却又无法插翅飞进去,只好耐着性子等待。

田妙雯的部下昨日惶恐了许久,万般无奈之下还是去见了田彬霏。他们都是田氏家族的人,父母妻儿都在田家手上,难道还能叛逃不成?不过他们也留了人在山下等消息,万一田大小姐无恙,岂不皆大欢喜?

田彬霏一听就慌了,一时也来不及处置他们,立即星夜兼程直奔杨家堡,快赶到时,正碰上等候消息的人。那些人告诉他小姐无恙,田彬霏这才惊魂稍定。不过若非亲眼看到,他终究不放心。

"田大公子来了?"

叶小天一听,马上轰散了还像苍蝇一般在他耳边嗡嗡着"应该马上开战"的于氏兄弟,提着袍子,一溜烟儿地直奔客房:"田姑娘,田姑娘,你大哥来啦!"

田妙雯此时正趴在榻上……

她无事可做,偌大一个杨家堡,连本可以让她看得入眼的书都没有,身边又没个体己人说话。她只好一个人趴在那儿,双手托着下巴,不知道在想些什么。

伤口已经重新包扎过了。杨家堡别的没有,上好的金疮药倒是有的。对于一个时常与周围堡寨动刀动枪的不安定分子,这是必备之物。

这次包扎当然不可能再用叶小天,叶小天还真从堡里找了个稳婆帮田大姑娘包扎了。田大姑娘中箭的部位是臀部稍上,再往上一点就是后腰,那里可真是要害了。

这里被射中,倒是没有大碍,只是坐卧行走大受影响。田妙雯正托着下巴,星眸蒙眬,不知在想着什么,忽然听见叶小天的声音,不禁吃了一惊,赶紧翻身爬起。

"哎哟!"

动得太快牵动伤处,不免有些痛楚,田妙雯不禁皱了皱眉头。等叶小天风风火火地赶进来,田大姑娘已经很优雅很高贵地坐在那儿了,半边臀部稍稍抬起,不过有裙子掩着也看不见。

叶小天道:"田姑娘,你大哥来了,我去迎一迎他,你看你是等在这里,还是叫人抬着跟我一块去?"

田妙雯淡淡地道:"又不是几十年没见,哪用得着那么麻烦?有劳叶大人跑一趟吧,我就在这儿等他。"

叶小天微微一怔,心道:"看起来田姑娘和兄长的感情不怎么样啊。"心中想着,口中道:"成,那叶某去迎接你大哥,姑娘请稍候。"

叶小天转身退了出去,田妙雯坐实了些,忽然牵动伤口,不禁轻呼一声,又无奈地趴下了。她胡思乱想一阵,忽地脸色一变:"糟糕!如果大哥知道是他为我裹的伤,那他哪里还有命在?"

田妙雯急急爬起身,可叶小天早已走得不见踪影了。田妙雯呼之不及,只好忐忑地暗想:"他再蠢,也不会把这事对我哥和盘托出吧。"

· ※ · ※ · ※ ·

"田兄,你放心,令妹没有大碍,只是皮肉伤。啥?真的没有大碍,我亲手裹的伤,我还不知道吗?哈哈哈哈……"

叶小天很豪迈地大笑着。其实他笑起来本来不是这样,可是自从成了土司,周围转悠的又尽是性情粗犷的汉子,潜移默化之下,他的笑声也豪迈了许多,似乎非如此不土司。

田彬霏稍稍放心,道:"如此就好!田某听那不争气的属下讲,当时幸亏叶土司你率人返回搭救,否则小妹就性命难保了。这份大恩大德,田某没齿不忘啊。"

"客气,太客气啦!"

叶小天牵着杨蓉的手,笑眯眯地对田彬霏说。这里是杨家堡,杨蓉这位小土司才是主人。虽然实际上迎客的人是他,但是这位小土司是一定要在场的。

田彬霏道了谢,又道:"不知小妹伤在哪里?女孩儿家最重视自己的相貌,若是破了相,小妹一定会伤心欲绝的。"

叶小天扑哧一声笑了出来。田彬霏一愣,有些不悦地道:"叶土司这是何意?"

叶小天赶紧摆手道:"田兄不要误会。呃……令妹只是皮肉伤,而且不是伤在脸面紧要处,不碍的,不碍的。只不过暂时行走不便,所以她才没有亲自来迎接你。"

田彬霏听了心中又是一宽。叶小天把田彬霏带到田妙雯的住处,田彬霏急急迎上去,道:"小妹,你没事吧?"

田妙雯站在那儿,冷淡地道:"毫一点没了性命。叶大人舍命相救,我才幸免于难。"

叶小天赶紧摆手,笑道:"哪有这般严重,田姑娘客气了。啊,你们兄妹劫后重逢,想必会有很多话说。你们先聊着,我去处理一点琐务,今晚再设宴款待田兄。"

田彬霏抱拳道:"多谢叶大人!"

叶小天有意避开,是想着两家联盟的事儿田彬霏还不知道,要留出时间让田妙雯说与他。毕竟田彬霏才是田家少主,这事儿得他首肯才算板上钉钉。

虽说这是合则两利的事儿,叶小天料想田彬霏一定会同意,但还是需要让人家兄妹沟通一下。

叶小天牵着杨蓉的小手离开客房,见杨蓉跟不上自己的步子也不敢说,只管加快倒腾她的小腿,一副生怕惹他生气的样子,不禁叹了口气,停下脚步,放开杨蓉的小手，双手扶膝，弯腰看着她。

杨蓉退了一步，怯生生地看着叶小天。叶小天柔声道："我和你们杨家堡打仗，在你心中，一定是个大恶人了。但是天下事，并不是黑白分明那么简单的。你现在还小，有些事说给你听你也不明白。也许你听家中长辈告诫过你许多话，比如不要触怒我，比如要防着我……"

杨蓉急于否认，却被叶小天伸出食指按住了嘴唇。叶小天微微一笑，道："你还是小孩子呢，心里有什么话，全都写在你的脸上，否认是没用的！

"我只是想告诉你，你根本不用担心。我所做的一切，当然不是为了你们杨家堡。但是我不会害杨家的人，不管是你、你的亲人，还是你的族人！如果我说话不算数，就千刀万剐，死无葬身之地！嗯？"

也许是因为叶小天诚挚的眼神，杨蓉本来是不管叶小天说什么都急急点头，这时却望着他，露出了一个甜美的笑容，再次点了点头。

叶小天又微微一笑，在她鼻头上轻轻刮了一下，道："你去玩吧。在杨家堡，你才是主人，是自由的，没有人会看着你，你也不用时时处处都看我眼色行事。"

杨蓉腼腆地笑了笑，转身跑开了。

"这个混蛋！这个混蛋！我要把他千刀万剐，叫他死无葬身之地！"

客房里面，气得一佛出世、二佛升天的田家大郎咬牙切齿地说。

第二十四章

兄妹议

一

田妙雯看着田彬霏，冷冷地道："叶小天是我的救命恩人。若非他相救，我现在早已变成一具冰冷的尸体，死后还不知会被人怎样蹂躏以编派罪名。你要杀他？"

"我……"

田彬霏顿时语塞。

他毕竟不是一个糊涂蛋，人家救了他妹妹性命是实，那种情形下拔箭裹伤也是情非得已，他凭什么恩将仇报？何况，叶小天现在也不是等闲就可以宰了泄愤的小人物了。仔细想想，他也只好接受了妹子的说法。

田妙雯顿觉心中一宽，她这个哥哥现在虽然有些不甚正常，好在还能以振兴家族为己任，不是一个但凭一己喜怒行事的魔头。田妙雯道："哥，你坐，我正有一件事要跟你说。"

田彬霏问道："什么事？"

田妙雯道："刺杀我的人虽然蒙着面，可是在展家的地盘上，出现这样一支人马，必然是展家的人无疑了。"

对于不涉及妹子的清白与安危的事，田彬霏还是非常清醒和理智的，马上说道："这也未必，你和叶小天不是都在他的辖境内布下了伏兵？你们能做到，别人也能做到。"

田妙雯看了他一眼，道："你不会是想说，这刺客也有可能是叶小天派来的吧？"

田彬霏摇摇头："叶小天摆了曹瑞希一道，又占了杨家堡，这刺客会不会是杨家堡中不肯归顺的人派去的？会不会是曹瑞希怀恨在心，派来杀人泄愤的？"

田妙霏摇头道："不可能！杨家堡已在叶小天的严密控制之下，几百人出入而不被发觉，绝无可能。更何况，要杀也是杀叶小天，他们又不是瞎子，会把一个女人认成男人吗？

"至于曹家，他们同样没有理由杀我。而且曹家就算真派人到展家地盘设伏，又如何能准确掌握我和叶小天先后离开的时间？我和叶小天知道自己要走的路线和大致时间，提前安排人设伏，尚且远离展家堡。他们却是从展家堡方向追来。除了展伯雄，绝不可能有第二个人了。"

田彬霏目中寒芒一闪，咬牙道："展伯雄！我不会饶了他！"

田彬霏忽又皱了皱眉头，对田妙雯道："如今仇敌满天下的是叶小天，不是你，就算只有展家才派得出这么多人，才能掌握你们离开展家堡的时间和离去的路线，展伯雄又为什么要杀你呢？"

田妙雯道："为了嫁祸！如果我被人刺杀而死，且又衣衫不整受过凌辱，种种证据显示行凶者正是叶小天，甚至跳出一个樵夫或者猎户来做人证，你怎么办？"

田彬霏憬然有悟，双眼微微眯了起来，沉声道："田家已经失去了一切，剩下的唯有祖宗传承下来的声名与地位了。无论如何，不容受辱。"

田妙雯道："不错！那时候，你会不会抽丝剥茧地细细察访，寻到确凿证据后再向叶小天发难？"

田彬霏回答："不会！开战是为了维护家族的名誉和尊严，不立即报仇雪恨，则尊严荡然无存。纵然另有真凶，也得事后再慢慢查访。就算明知叶小天是替罪羔羊，我也只能把他宰了。别无选择！"

田妙雯没有再说话。话已说到这里，田彬霏已经什么都明白了。

"好一条老狗！展伯雄！"啪的一声，一只瓷杯被田彬霏攥得粉碎，鲜血从掌心缓缓流下。

田妙雯一惊，赶紧抽出手帕，怒道："你在这儿摆什么威风？还不快裹起来！"

田彬霏赶紧接过手帕缠在掌间。肉中还有瓷杯碎片，依旧十分痛楚。

"把伤口清理一下，敷些药吧。"

田妙雯等他缠上手帕，才想起稳婆给自己裹伤时留下了几瓶金疮药，便蹒跚地取来放到桌上，自己小心地在他对面椅上坐下。田彬霏拔出碎瓷片，胡乱倒了些金疮药在掌心，对田妙雯道："你没有事是展伯雄的大幸，不然，我一定把展家连根拔掉。"

田妙雯道："我没有死，可也不能便宜了他。"

田彬霏道："那是自然！"

田妙雯直视着他道："你打算什么做？"

田彬霏道："我……"

只说了一个字，田彬霏就顿住了。田家几代人励精图治一百多年，攒下这点家底，这是他光复田家荣耀的最后本钱，真的能拿出来挥霍一空吗？

田妙雯静静地看着他，道："祖宗的心血不能挥霍。但是展家的伤害我们也不能忍气吞声。所以，我想到了一个办法！"

田彬霏素知妹子智计百出，闻言一喜，道："什么法子？"

田妙雯道："这个法子不仅可以为我报一箭之仇，还可以为我田家拉来一个强大的臂助。"

田彬霏眉头一皱，忽然意识到了什么："你是说……叶小天？"

田妙雯点头道："不错！今时今日的叶小天，已经有资格成为我田家的盟友！"

田彬霏蹙着眉头站起来，负着双手缓缓走动。

田妙雯不满地道："有何不妥？"

田彬霏道："我只是担心……呃，担心……叶小天现在看着气势汹汹，实则根基不稳。任何一位大土司振臂一呼，就能统驭群雄，把他赶回深山。"

田妙雯微微一笑，道："理是这个理儿，但是为什么没有哪位大土司站出来把他赶回山去？"

田彬霏微微一怔，田妙雯道："那些老狐狸哪一个都不简单。他们既然各有打算，我们就有机可乘。再说回叶小天，叶小天这股力量不容小觑，而且他已控制铜仁府，现在正向石阡府扩张，继续往西的话，就是播州了。"

田彬霏冷笑道："他能一路向西，向杨应龙发起挑战？"

田妙雯道："不能！可若没有他的话，童家的处境岂不更加艰难？童家的领地可就挨着播州！"

田彬霏沉默了。自从发现杨应龙有反心，他和田妙雯就决定把田家复兴的希望放在杨应龙身上。

要想在杨应龙造反的时候辅佐朝廷，发挥中流砥柱的作用，手中必须要有一股关键时刻起大作用的力量。童家与播州毗邻，自然成了田家最为器重的王牌。

但是，童家内有曹家压制，外有播州杨家欺压。若非杨应龙太过自信，向同为四大天王之一的宋家挑衅，陷入泥淖不能自拔，童家的处境一定更加艰难。

自保尚且不足，何谈关键时刻起到砥定之功？可田家一则本钱有限，二则不能提前暴露，是以只能勉强维持。如果能够与叶小天联手，那么石阡这盘棋就可以下活了。

想到这里，田彬霏的心也不禁热了起来。

这时，叶小天笑吟吟地走了进来："啊哈，贤兄妹还在聊天啊。天色不早了，咱们不妨边吃边聊如何？"

第二十五章

狼狈成奸

一

"田公子,田姑娘,请请请。呵呵,仓促之间准备得不够妥当,菜肴不够丰盛,还请两位多多见谅啊!"

叶小天一边谦逊着,一边热情地把二人向花厅中让。宾主谦让一番,田彬霏便与叶小天把臂共入花厅。进了花厅,田彬霏抬眼一看,不觉一怔。

杨家的花厅布置自然是极雅致的,当然,这也要看是在谁的眼中。在田家长公子眼中,杨家这花厅顶多算是不那么俗气,与奢华、高雅是不沾边的。

田彬霏惊诧的是厅中只有一张席面,席面上虽然菜肴琳琅满目,花厅中却再无他人,一个陪客也没有,就连杨蓉土司这位名义上的主人都未露面,甚至连侍候的下人都没有一个。

田彬霏并不觉得杨家堡能拿得出让自己感觉惊艳的排场,但是这就太随意了些,确实是礼数未到。不过,田彬霏并未露出不悦的神色,而是坦然地走了进去。

田彬霏踱入花厅,这才转身看向叶小天,他知道叶小天必有解释。田妙雯落后兄长半步,及至进了花厅,眼见厅中情形,也不禁微微露出诧异的神色。

叶小天笑道:"今日这场饮宴,相信贤兄妹有些私密话儿要对我讲。所谓法不传六耳,所以叶某自作主张不叫人侍候。若是礼数不周的话,还请两位多多宽宥。"

田彬霏恍然道:"些许虚礼不讲也罢,如此甚好,甚好。"

三人落座。叶小天作为主人,自然向二人殷勤劝酒。田彬霏举杯饮了一杯,马上再斟一杯,对叶小天道:"幸赖足下救了舍妹性命,这一杯田某借花献佛,多谢足下救命之恩!"

叶小天忙再斟一杯,与他轻轻一碰,道:"当时我既遇到,哪有袖手旁观的道理?何况因此能够促成你我两家之合作,更是意外之喜,道谢就见外了。田兄请。"

二人对饮了一杯,田彬霏再斟一杯,对叶小天道:"这第二杯酒,田某要多谢叶土司的盛情款待。田某就先干为敬了。"

叶小天道"同饮，同饮"，忙斟满酒一口干了。

田彬霏又斟第三杯，道："叶土司愿意与我田家合作，田某非常欢喜。唯愿你我今后精诚合作，不是一家胜似一家，预祝你我都能得偿所愿，请！"

叶小天心道："这小子举止斯文，相貌秀气，像个女人似的，怎么这么能喝？"只得硬着头皮端起酒杯，苦着脸再饮一杯。

一旁的田妙雯忽地拿起筷子，对他们道："你们两个不是还有事情要谈吗？这样喝下去，只怕还没谈，你们先已酩酊大醉了，还是先吃点东西吧。"

说着，田妙雯这边夹一筷子，那边夹一筷子，竟然埋头大吃起来。只不过她就算埋头大吃，也依旧是美丽如画、优雅天成。

叶小天和田彬霏相视一笑，饮了这杯酒后便不再另找名目互敬，而是举筷吃起菜来。

田妙雯出身豪门，养成了食不厌精、脍不厌细的习惯，再加上她是美食大家兼烹饪大师，杨家堡的这点菜无论是食材还是手艺，都绝对不入她的法眼。可是每道菜她都会吃上几口，可怜她本是小猫一样的饭量，这顿饭吃得真是苦不堪言。

叶小天见她这般吃法，不免啧啧称奇："人不可貌相啊！田家这对兄妹俱非常人，一个斯文秀气、貌若处子的大男人，却是酒量惊人！另一个小蛮腰不盈一握，食量却直追凝儿。"

田妙雯若知道在叶小天眼中她已成了大胃王，一定会气歪她的小瑶鼻。她吃得如此辛苦，还不是为了他叶小天吗？田大姑娘不希望他莫名其妙地死掉。

很少有人知道，田彬霏擅用蛊术而且擅长使毒。蛊教虽以蛊术立教扬名，但第一任尊者并没有能力将所有的蛊术师都网罗到自己旗下。游离于蛊教之外的蛊术师中不乏高明者，其蛊术较蛊教尊者不遑多让，有的甚至还更胜一筹。

不过，没有教派庇身，单枪匹马走江湖遭遇风险的机会就更大，传承断掉的可能也就越大。千百年下来，蛊教之外的蛊术师依旧传承不绝的屈指可数。

田彬霏恰恰就有缘遇到了这样一位蛊术师，并且继承了他的衣钵。他所擅用的蛊术与蛊教的蛊术大异其趣。不过鉴于叶小天是蛊教尊者，如果他想对叶小天不利，用蛊的可能性不大。

擅用蛊的人虽然对毒大都有所了解，是否精通却很难说。兄长此刻谈笑晏晏，满面春风，但他若真的动了杀心，面上也是看不出来的。田妙雯担心这位叶尊者不擅长用毒，万一兄长在菜里下毒……

所以，田妙雯每道菜都会时不时地吃上一口。她知道，即便兄长有心杀人，也绝不会让她抓个正着，她也只好以此来确保叶小天的生命安全。

田妙雯酒也抢着喝，菜也抢着吃，由于臀部受伤，半边身子不敢用力，坐得也辛苦，以致胃也难受，腰也吃力。可惜她这一番苦心，叶小天却是全无所察，他正聚精会神地与田彬霏打着机锋。

田彬霏夹一口菜，笑眯眯地问叶小天："接下来，叶大人打算怎么做呢？"

叶小天道："杨羡敏占我领地，现在已经受到了教训，我的人马也该休整一番啦。从山中出来后，一直戎马倥偬，我还不曾去见过父母兄长，徒教他们为我担心。接下来我打算回铜仁，与父兄共享天伦之乐。"

田妙雯险些被展伯雄杀了，若毒计属真，死后名节还要受辱。叶小天为了救她也身陷险境，险些一命呜呼。如今叶家和田家缔结了同盟，他做的第一件事竟是回铜仁去享受天伦之乐？

更奇怪的是，田彬霏听了这句话，本该一杯酒泼在叶小天脸上，再戟指大骂一声："竖子，不足与谋！"可是他竟笑容可掬，连连点头。

叶小天呷一口酒，对田彬霏道："不知田兄你接下来有什么打算呢？"

田彬霏剑眉一竖，冷笑道："我田家境况虽大不如前，可是旧日交情、人脉仍在，许多土司欠了我田家的人情尚不曾还。他展伯雄以为我田家如此易欺，那就错了！

"田某打算明日就回贵阳，请世叔世伯们为我兄妹主持公道！请其他土司为我田家主持公道！公道自在人心，我要郑重声讨展伯雄，让他声名狼藉。"

田妙雯不是田家的普通女子，她是嫡长房的大小姐，出门在外时可以代表田家。她的尊严与田家是一体的。而今她险丧性命，她的胞兄居然打算夹着尾巴逃回贵阳，向其他世家长辈们哭诉委屈，请人家出面主持公道。

别人能为他主持什么公道呢？把展伯雄找来，大家批判一番？施加压力，让他当面向田家兄妹赔个礼道个歉？这样不痛不痒的反击有什么意思？

田家如果这么做，哪里还有什么尊荣体面可言？那不是等于主动告诉全天下，我田家真的败落了，面对一个二三流的土司的挑衅，也束手无策吗？

听到这样没志气的回答，叶小天就该啐他一脸，骂他一声："竖子，不足与谋！"谁料叶小天听了这话，竟然眉开眼笑，连声道："田兄如此处置最是妥当，叶某钦佩之至。"

在座的田妙雯不是笨蛋，两人的言外之意她都听得明白：叶小天要回铜仁，是要通过行动告诉天下人，他之所以对杨家堡发动战争，只是因为杨家堡侵占了他的领地，他以牙还牙而已。现在领地夺回来了，他也就刀枪入库、马放南山了，并没有野心扩张地盘。

而田彬霏要去贵阳向权贵们诉苦，却没有什么实质性的举动，就是故意示弱去了。在以往任何时候，田家都非常在意名声，不愿被人小觑，因为田家只剩下名声了。

田家本就大权旁落，能够依旧屹立于豪门之列，仰仗的就是旧势，倚靠的就是旧威。所以田家的威与势是绝不容许挑衅的，那是田家存世的基石。

但是现在田家打算结束隐世潜伏的状态重出江湖，示之以弱，卑伏敛翼，就是最佳策略了。如此才能起到不鸣则已、一鸣惊人的效果，而不致壮志未酬，就遭人防范。

同时，兵马未动，粮草先行。叶小天和田彬霏采取这样的举动，就是在筹备先行的粮草——合理性！合理性有时候能够起到千军万马也起不到的作用。

田家没落了，连嫡长房的大小姐受到刺杀都没有能力反击，只能求助于各大土司。这些大土司们能怎么办？替田家出兵讨伐展伯雄吗？

顶多是施加压力，迫使展伯雄向田家请罪，这当然不符合田家的要求。田家在收获轻蔑嘲笑的同时也会收获大量的同情心，甚至那些出面主持公道的大土司对田家会产生愧疚之心。

这时田家忍无可忍，不惜倾其所有，重金雇用刚刚出山、与展家本有旧怨且已"穷疯了的"格家寨讨伐展家，谁还能置喙？

而叶小天呢，他在这种情况下出兵，就是为了钱充当他人的打手。打杨家，他有充分的理由；紧接着再打展家，他一样有充分的理由，可别人会对他产生警惕。

只要把时间拖一拖，断开两次出兵挑衅的连续性，事儿还是那些事儿，却能让大部分人放松警惕。所谓策略，便是如此了。

第二十六章

败家子

一

叶小天与田彬霏相谈甚欢，畅谈合作远景更是非常合拍，诸多见解不谋而合，不禁频频劝酒，大有相见恨晚之意。

田妙雯看在眼里，不禁又是好气又是好笑，看样子她是白担心了。可怜她吃得小肚溜圆，酒也喝得太多，业已有些醺醺然，俏脸泛桃花了。

田妙雯不得不如此。兄长下毒的手段非常神妙，先前没有下毒，不代表他接下来不会下毒。所以她隔段时间就得吃几口吃过的菜，让兄长有所忌惮，如此一来，自然就吃撑了。

田彬霏飞快地瞄了妹子一眼，目中微微露出促狭之意。妹子对叶小天的维护，他何尝看不出来？

如此举动，未必就代表她对叶小天生出了情意。而且，在田彬霏看来，妹子如果真对叶小天有了情意，恐怕不会用如此含蓄的方式维护他，而会在赴宴之前提出严正警告。

鉴于这一推断，田彬霏心情很轻松，还有闲情逸致捉弄一下妹子，直到瞧她当真有些醉了，心生不忍，这才对叶小天露出亲切赞赏的态度，打消妹子的戒心。

田彬霏对叶小天笑道："明日我就与妹子回贵阳了，叶大人何时也来贵阳走动走动？你如今是一方土司了，不比之前是个流官——流官流官，反而要牧守其地动弹不得。多去贵州走走，和那些大人物们结交一番，于你大有好处。"

叶小天微笑道："我会去的，若有机会前往贵阳，定当至贵府拜访！"

田彬霏哈哈一笑，道："欢迎之至，来！你我再饮一杯！"

杯声清越，笑声清朗，小花厅中虽只三人，气氛却热烈得很。

· ※ · ※ · ※ ·

展伯雄焦灼地等待着。田妙雯安然无恙，且与叶小天顺利脱困，返回了杨家堡，这个消息就是"第一只靴子",着实令他受惊不小。

他一直坐立不安地等着"第二只靴子"落地。不管对方是息事宁人也好,兴兵讨伐也好,起码让他知道该如何应对。可是叶小天和田妙雯那边毫无动静。

展伯雄左等也不来,右等也不来,等得觉都睡不安稳,实在是熬不住了。他左思右想一番,便命人准备了一份厚礼,尽是些大补之物,派他的大管家前往杨家堡慰问,顺便探一探叶小天和田妙雯的态度。

如果他的大管家吃了闭门羹甚或被打回来,那他就要马上做好应战准备了。如果对方能以礼相待,接受他的礼物,那么……显然对方即便心知肚明,也因顾忌太多,所以想息事宁人。

那样的话,他们就能继续维持表面上的和气,等他与播州杨家联姻一成,缔结了政治同盟,也就不怕叶小天挑衅了。相信那时田家即便心有不甘,顾忌到播州杨家,也会忍了这口恶气。

展伯雄打算得虽好,可惜这次探底没有成功。他派去的大管家被隆重地接进了杨家堡,然后一个七八岁的小姑娘出面接待了他。

这小姑娘叫杨蓉,是杨家三百年以来第一位女土司。她"笑纳"了展伯雄馈赠的厚礼,然后一本正经地答复了大管家的问话:"你说叶土司?这里是杨家堡,叶土司是我的客人,岂有在此长住的道理?他回铜仁去了。"

大管家呆了半晌,又问:"那么……田家大小姐呢?"

"田家姐姐?她回贵阳去了。她又不是我们杨家堡的人,当然不会在此久留。"

展家大管家空着两只手回到展家堡,把事情经过对展伯雄一说。展伯雄茫然半响,只能悠悠一叹,满面愁容。白白搭出一份厚礼,这"第二只靴子"终究是没有落地。

· ※ · ※ · ※ ·

"初从文,三年不中;后习武,校场发一矢,中鼓吏,逐之出;遂学医,有所成。自撰一良方,服之,卒。"这是一个笑话,但是放在叶小安身上,却恰如其分。

叶大哥就是学文不成,学武不成,经商也不成,似乎没什么事是适合他做的。

于珺婷受了叶小天的托付,让自家管事暗中运作,帮助叶小安组建了一个车马行。车马行搞运输,只要能站住脚,在贵州地区是稳赚不赔的行业。

小安车马行有于家暗中照拂着,不管是行路运输还是招商贩货,都毫无阻碍,一路绿灯。照理说他该在铜仁立得住脚,大大赚上一笔的。

可是,叶小安交友不慎,在严世维的引荐下,迅速结识了一批狐朋狗友。这些人听说叶小安是卧牛长官司叶长官的胞兄，立即大加阿谀。叶小安在他们面前，面子有了，里子也有了，登时把他们引为知己。

听说叶小安要开车马行，这些人摩拳擦掌地要帮忙照应，把他们的三姑六舅都介绍给了叶小安。叶小安是来者不拒，结果这么多的关系户，全都安插到了刚刚成立的小安车马行。

这些人个个倚仗自己有来路、有关系，爱上工就上，不爱上工就一连几天不露面，到了日子却去领全薪，没多久就把其他工人都带得懈怠了。

管理一混乱，事儿就多了。做生意本该是笑迎八方客，他们倒像是人家求着他们运货似的，面难看话难听也就罢了，因为管理混乱，还经常出岔子。

该发往乐平的货给人家错发到平定去了，耽误了人家的生意，就要赔一大笔钱。类似的事不胜枚举。纵然有赔偿，谁还敢用他们家运输？

除此之外，还有工人偷拿所运物资。叶小安后台硬，人家不敢告他，可是不照顾你小安车马行的生意总可以吧？

结果小安车马行刚开业时车马络绎不绝，没多久就门可罗雀了。叶小安又是个不懂经营的人，明明是管理不善，他却相信了手下人的理由：生意不好，全是因为别的车马行中伤排斥，"非战之罪"。

没有生意，谈不上开源，懂得节流，也能省些钱。可他偏又喜欢打肿脸充胖子，明明没有生意上门，可车马行里还是保留着足够的人手，一个工人也不减，按时足额发放薪水。

事情到了这一步，他的合伙人不干了。人家真金白银地拿出来，看中的是他背后的那块金字招牌，指望能跟着他大赚一笔，可不是做善事的。

"你要撤资？成！"

叶大爷是个讲究人儿，你要撤资就撤资，他绝不拦你。生意做赔了，应该按照各人所占的股份分摊损失，但叶大爷不会跟你锱铢必较。

没有现钱他就开白条，直接按你当初投入的资本全额给你打欠条，所有损失他独自承担，这钱算他借你的，还按月给你计息，讲究吧？

"一群没眼力的东西！大爷是什么人？当初那是怀才不遇！金鳞岂是池中物，一遇风云便化龙。没有你们这些庸碌之辈掣肘，大爷正好可以大展拳脚，来日财源滚滚、日进斗金的时候，眼红死你们！"

可是，志大才疏而不自知，根本就是无药可救的。小安车马行根本没有生意，花销却一点也不少，每开张一天，他就净赔几十两银子，赔来赔去终于没的赔了。

前合伙人整天拿着白条上门讨利息讨本钱，那些平日里天天跷起大拇指夸奖东家仁义、仗义的伙计们也天天堵着大门讨工钱。

叶大爷终于感觉不对劲了，便叫来账房算账。可小安车马行的财务也是一塌糊涂。需要用钱时，叶大爷大嘴一张直接支银子，连个字据都不留。账房把账目一笔笔地列出来，有的他能想起来，有的他也记不起是不是自己支用的。算来算去，亏损了上千两，偏又从账目上找不出一点毛病。

叶大爷终于决定，变卖骡马、车船、宅子，先可着伙计们发放工钱。至于那些前合伙人，先欠着吧！

叶大爷是穷苦人出身，知道穷苦人的苦，事儿就这么定了下来。于是，那些对客人坑蒙拐骗，从托运货物里乱抄乱拿，彻底败坏了小安车马行名声，之后又每日晒着太阳啥也不干还领全饷的伙计们每人拿了一笔遣散费，一哄而散。

严世维"闻讯"赶来，邀他吃酒，好言宽慰的时候，愕然发现，叶小安非但丝毫不觉沮丧，还自我感觉良好，根本不介意所欠的一屁股债。

"天生我材必有用，千金散金还复来！"叶小安说。

在叶大爷看来，此次经商之所以失败，完全是合伙人不跟他同心同德、其他车马行中伤败坏他的名声所致。只要找到一个合适的机会，他马上就能东山再起，终至富可敌国！

酒为色之媒，叶小安击缶高歌、酩酊大醉之后，返家途中偶见一个小娘子，姿色颇为撩人，对他颇有情意。两人眉来眼去一番，叶大爷就被那小娘子的眼神勾进了家门。

二人赤条条一丝不挂，正在炕上翻云覆雨，小娘子的丈夫突然扛着扁担回了家，把他们堵个正着。中了"仙人跳"的叶大爷受了惊吓，差点"马上风"。

于是，他在扁担的威胁下，又打了一张欠条。无所谓啦，虱子多了不咬，现在他只是时运不济。叶大爷相信："长风破浪会有时，直挂云帆济沧海！"

叶二哥在外面攻城略地，连连得胜，春风得意地回到了铜仁城，却不知他那宝贝大哥在家里损兵折将、丧师失地，已是赔得一塌糊涂。

第二十七章

心　机

一

"所以，你决定和田家合作喽？"

于珺婷听叶小天说完他和田家谈判结盟的经过，一双大眼睛顿时蒙上了一层氤氲的雾气，一副想要避开叶小天的目光偏又被他捉住的可怜样儿，就像一个可怜兮兮的小弃妇。

叶小天忍不住笑了，在她可爱的鼻头上轻轻刮了一下，道："你做出这副鬼样子做什么？"

于珺婷低下头，幽幽地道："你是大鹏鸟，总有一天要展翅高飞的。人家早该知道铜仁这片小天地容不下你……田家纵然没落了，也只是相对于其他天王世家而言，瘦死的骆驼比马大，对你的帮助自然也比人家大得多……"

于珺婷越说越幽怨，被叶小天用手指轻轻一钩下巴，抬起头来。只见她楚楚可怜，珠泪盈睫，那小模样真是人见人怜。叶小天忍不住叹道："我真想看看你和田家那小狐狸斗法，孰胜孰败？"

于珺婷睁大眼睛道："什么？"

叶小天瞪了她一眼道："你真希望我蹲在铜仁，守着这方天地不走了？那于家怎么办？就是你甘心雌伏，你肯让于家雌伏吗？

"你这鬼精灵，当我不知道你的心思？你放心，我和田家合作归合作，一旦走出去，铜仁就是我的后院。我可不许后院起火，这里总要有个能人镇守着才成，那么除了你，我还能信得过谁？"

于珺婷泪痕未干，已是笑靥如花，轻轻靠过去，拥住叶小天，一个甜甜的吻递上，娇声道："你不会忘了人家，人家就放心啦。人家一定帮你把铜仁守得稳稳的，来日还要把这份家当交到你儿子手上呢。"

叶小天又瞪她一眼，没好气地道："不用你提醒！"

叶小天眼珠转了转，忽然道："也未必就是儿子，万一是个可爱的小姑娘呢！"

于珺婷咬牙切齿地道："那就再生！反正我能生一个，就能生两个！女儿家做土司，太苦太累了，我可不希望女儿重走我的老路。一定要生个儿子，让他吃苦去！"

叶小天笑道："你自己怎么生？"

于珺婷脸一红，往他怀中轻轻一靠，柔柔地道："郎君，你肯把这个秘密告诉人家，其实人家很开心呢。"

叶小天捉住了她的手，低声道："瞒着枕边人岂非太累？你和我所代表的势力是相辅相成的，既然你我有了这层关系，更不必相互欺瞒。"

于珺婷像小猫似的在他胸口蹭了蹭，低声道："田家与你却是纯粹的相互利用关系。可以预见的是，播州杨家一日不倒，田家就一定会善待你。但是一旦杨应龙倒了，这片江山是两家分还是一家独享呢？你还须未雨绸缪，起码也要有所提防……"

说到这儿，于珺婷忽然生出几分愧疚之意。她借助叶小天的地方越来越多，可是她能帮上忙的地方却越来越少，有时候还要厚着脸皮，撒娇撒痴地从叶小天那里讨好处。

这种行为，有时令她极度厌恶鄙弃自己，觉得自己简直不要脸之极，分明就是奉献自己、以色娱人，从人家那儿换取好处，这么做与娼妓何异？

她清楚自己是真的爱上了叶小天，尤其是现在又怀了他的孩子，这一生一世，都不可能再让第二个男人走进她的心里。可她似乎别无选择，如果叶小天对她心生鄙夷，她也无话可说。

然而叶小天依旧宠她爱她，人前也给足她面子。如今叶小天要获得更广阔的天地，要同强大的播州土司对抗，她能够提供的帮助却太少，甚至不能与他并肩作战。

可她不是一个普通的女人啊，她有一个家族需要负责，不可能轻率地把整个家族的未来放在这样一场惊天动地的大博弈之中，那不是于家所能承受的。

忽然，她感觉自己的小手被握紧了。于珺婷抬起头，叶小天抚着她柔滑的秀发，笑道："儿子要生，女儿咱也要生。我还是希望头一胎你能给我生个可爱的女儿。不过……"

叶小天叹了口气，道："女生外向啊。要是咱们小心呵护她，恨不得把心掏给她，她长大成人有了男人，有了自己的家庭，却成天惦记着爹娘家里的那点东西，总想着多拿一点，多占一些，不管兄弟手足，不顾父母亲族，我一定会很伤心。"

于珺婷不服气地道："才不会呢。我若有了女儿，一定把她教得乖巧可爱，绝不……"

于珺婷说到这儿，忽然住了口。她才回过味儿来，这哪是在说他们的女儿，分明是在说她。叶小天没有责怪她对于家的维护和保护，这是在变相地安慰她。

于珺婷看着叶小天，忽然泪如泉涌，没有任何做作，没有任何伪装，哭得好难看，也……好真实。

她紧紧地抱住了叶小天的身子，泪水迅速濡湿了他的胸襟："上天保佑，让我生个儿子吧。等他长大成人，接过我肩上的担子，我一定放下一切，陪伴你，侍候你，永远永远……"

·※·※·※·

于家大管家垂手站在文傲身边，把叶小安近来所做的事一五一十地说了一遍，听得文傲眉毛胡子一跳一跳的。

于家大管家说完后叹了口气，苦笑道："一母同胞，差距怎么就那么大呢？若非二人生得一模一样，我真怀疑他们俩究竟是不是亲兄弟。"

文傲抚着胡须轻叹道："窝囊废的父亲可能是盖世豪杰，败家子的兄弟可能锱铢必较。龙生九子，个个不同啊。"

于家大管家苦笑道："文先生，你看该怎么办？"

文傲皱了皱眉，道："再帮帮他吧。不管如何，看在叶土司的面子上，我们怎好不帮忙？反正这份人情再大，都有叶土司偿还。"

于家大管家无奈地道："可问题是，此人眼高手低、志大才疏，根本不是做事的材料。如果他甘于做个不管事的土舍，按期从土民那里收租子，倒也过得逍遥自在，可他偏偏想要做出一番大事来。不如对叶土司直言相告，相信他清楚兄长的能力之后，也会劝阻他的。"

文傲摇摇头道："人家是亲兄弟啊，是信他的还是信你的？万一叶土司听不进去，以为我们是嫌麻烦不想帮忙，恐怕会伤了我们两家之间的和气。"

于家大管家摊了摊双手道："那怎么办？叶小安现在已经欠了一屁股债还没解决，如果再给他找点事做的话，我怕他要亏得当裤子。"

文傲不耐烦地挥手道："不要计较那点钱，他欠的账，你找个名头帮他还上。再给他找点……嗯……找点不需要他做什么的差使吧。"

大管家苦笑一声，只得答应着离去了。

此时，各位合伙人正拿着欠条堵在叶小安家里。叶小安本来住在叶府，后来他嫌妻子管束太多，父母又常常询问生意状况，实在不胜其扰，所以就在车马行附近租住了一个院子。如此一来不但耳根清净，偷腥吃酒也方便许多。

这个住处，他的那些合伙人自然都是清楚的，以前他们也曾在这里吃过酒，听叶小安发过豪言壮语呢。

"叶老爷呢？他这么躲着可不是办法。我们都是讲道理的人，知道他现在拿不出钱来，可他总得露露面，知会我们什么时候能还钱。利息我们也不要了，只还本钱就好。"

众债主公推了一位德高望重的前辈出面说话，叶家小童只管板着脸答道："我们老爷不在家，有日子没回来了，你们要找就去东山叶府找吧。"

东山叶府是叶小天的府邸，这些商人怎么敢去？那公推的前辈苦着脸道："叶府我们是不去的。叶大老爷这么说是什么意思？他可是有身份的人，不会想就这么抹了我们的欠账吧？"

"呵呵，听说我大哥欠了诸位的钱？"

门口忽然有人朗声一笑，众商贾扭头一看，就见一人身着青衫，星目剑眉，含笑负手而立，却是不怒自威。他身后还有两人，腰间都佩无鞘的锋利长刀一口，满脸横肉，相貌凶狠。

虽然此人与叶小安的长相一般无二，可众商贾一看就知道，如此气势威风，绝非那位叶家大爷，定然就是传说中的卧牛长官司长官叶大人了。

众商贾急忙站起，惶惶然不知该如何上前见礼。那人突然冷笑一声，沉着脸走进来，大摇大摆地往上首主座一坐，慢慢露出一丝令人心悸的冷笑："大家坐，都说说吧，我大哥欠了你们什么钱、多少钱，叶某替他还！"

第二十八章

你方唱罢我登场

一

众人听了这番话，一个个噤若寒蝉，有人还悄悄把手中的欠条藏了藏。

小童上了杯茶，那人端起茶盏呷了一口，对众商贾道："怎么都不说话啊？你们放心，我叶小天是个讲道理的人，怎么会赖你们的账呢？"

他放下茶杯，屈指轻叩桌面，冷冷地扫视着众人，道："不过有句话我得说在头里，既然是合伙做生意，赚了大家分，赔了也得大家扛。家兄宽厚，大笔一挥，按你们的入股数打了欠条，这就不合适了吧？"

一个商贾抹了抹额头的冷汗，欠身道："是！是不合适！"

那人冷冷一笑，道："小安车马行的账目一团糟，你要叫我查，我也没处查。不过，我相信各位也不会坑我。这么着吧，你们自己报数，算算你们要撤股的时候，按照当时的亏损情况，你们的份额还值多少。"

那人取出一张大纸，往桌上一拍，道："各位，自己估算，把数目写上，我替家兄赔给你们！"

众商贾面面相觑，没有一个敢起身的。这么一大笔钱，他们当然不愿就此罢手。可叶小天虽是卧牛山的长官，不是铜仁府的，但毕竟是土司阶层的一员，得罪这样的大人物，是否得不偿失，他们得考虑清楚。

其中也有几个微微抬起屁股，有些跃跃欲试，可他们也巴望着别人先站出来——问题是谁也不愿做这个出头鸟。

那人微微眯起眼睛，冷冷地道："不必有所顾虑，把实际该偿付你们的数额写上就是，再把你们的名字、住址、籍贯也都写个清楚明白。"

众人公推的那位前辈此时壮起胆子问道："大人，要我们写清名字、住址、籍贯做何用处？"

那人懒洋洋地打个哈欠，眉梢微微一挑："本官近日刚刚与石阡杨家打了一仗，大胜,要犒赏三军。一颗人头五两银子,这一下子我就得付出去几千两银子,所以暂时拿不出那么多钱来给你们。记下你们的详细情况,等本官手头宽裕了,好给你们送上门嘛!"

众商贾一听个个冷汗直流,腿肚子转筋。过了片刻,其中一人突然起身,对叶小天打躬作揖道:"其实在下投的银子不多,做生意嘛,本就有赚有赔,如今赔了我也认了。这欠条请您收回。"

他毕恭毕敬地把欠条放到桌子上,火烧屁股似的逃之夭夭了。众商贾纷纷站起,争先恐后地把欠条交到桌上。

那人脸一沉,道:"你们这是什么意思?叶某人的名声可比这点银子值钱多了!你们今日不肯记下,来日出去胡言乱语坏我名声,叶某岂非得不偿失?"

"不不不!怎么会呢?我们是自愿放弃的。既然是合伙做生意,本就该有福同享、有难同当嘛!大人您多心了,我们要是在外边乱说一句坏话,任凭大人处置!"

"对对对!"

众商贾交出欠条,又赌咒发誓地向叶小天保证,他们绝不会在外面胡言乱语。那人叹了口气,道:"罢了,你们这番好意,我会说与家兄知道。"

众商贾一听,如蒙大赦,连忙道谢不止,纷纷夺门而出。两个商贾的肩膀重重地撞在门框上,撞得头顶承尘上的灰尘纷纷跌落。

等他们都走光了,端坐上首的"叶小天"忽然站起来,放声大笑。

啪啪啪!

严世维拍着手从外边走进来,跷起大拇指对他赞道:"小安贤弟,扮得像啊!威风霸气!"

叶小安得意地一笑。严世维又道:"对了,我正要说与你知道,你二弟刚刚回了铜仁。"

叶小安脸色一变,失声道:"我兄弟回来了?"

严世维斜睨着他道:"怎么,你怕他知道?"

叶小安强笑两声,搓着手道:"严大哥,小弟想跟你借些银子。"

严世维豪爽地道:"咱们兄弟,说什么借不借的,你要多少?"

叶小安支支吾吾地道:"三……三百两!"

严世维道:"没问题!不过你借银子干什么?"

叶小安讪讪地把他勾搭上一个良家少妇,结果被人家丈夫捉个正着,要他拿三百两银子平息此事的事儿说了一遍。

严世维失笑道:"三百两够你买个如花似玉的小妾了,这一场风流贵了些。我看根本就是他们夫妻二人做戏敲诈,何必给他们银子?你再扮你二弟一回,这两个保镖继续借给你带着，去吓吓他们！"

叶小安连连摇头："不成！不成！那些商贾有家有业，吓一吓，他们就怂了。他们犯不着为了一笔银子，搭上身家性命。可这一家不同，我瞧那人像个无赖，他本就一无所有，烂命一条，是舍得玩命的主儿。这种街痞无赖，反而得罪不得。"

严世维凝视他半响，心道："这厮倒还没有蠢到家，知道什么人可以恫吓以威，什么人要动之以利！"

叶小安见他神色，不禁忐忑："严大哥，怎么了？"

严世维微微一笑，道："没什么，不过三百两银子，这事好办！"

·※·※·※·

田氏兄妹一回到贵阳，就展开了轰轰烈烈的宣传攻势。田彬霏利用各种场合，愤懑不平甚至喋喋不休地大讲妹子在展家堡遇到了何等凶险，展伯雄如何人面兽心，仿佛全然不知道家丑不可外扬这句话。

田妙雯一向不喜欢与水西贵族女子们集会，什么诗会、手帕会，一群莺莺燕燕凑到一块儿，不是八卦李家姑娘就是非议王家夫人，俗不可耐。

现在，她频频参加这些活动，不失时机地讲述自己遭遇的危险，言语之间大有不甘。初时，那些女子虽然面上安慰，其实是暗自窃喜的。

"哼！叫你扮清高！田家是四大天王之一，很了不起吗？你们家早就大不如前了，还在我们面前摆什么臭架子！"

可是那种愉悦感过去，正义感便涌上来。虽说田妙雯平素高傲了些，偶尔参加这些贵妇千金们的集会，也是清清冷冷的，不爱搭理人，但是不管怎么说，她们总是同一阶级。

田妙雯受到如此对待，她们是愤愤不平的。这些女人一旦同情心泛滥起来，就以保护者自居了。田妙雯平时看不起她们的庸俗无聊，这时有心利用，就放得下姿态，更是大得同情分。

田家所遭遇的不公在整个贵州的政治中心——贵阳迅速传播开来。人们相信，田家真的只剩下一个空架子了。被一个二三流的土司如此欺侮，他们唯一能做的居然只是不断声讨。

弱者总是受人同情的，本来是强者如今却变成了弱者，更会让人产生一种"英雄末路"的悲情。田家以前最在乎的就是脸面，脸面积攒久了也是一份本钱，现在他们不在乎脸面了，这就造就一股强大的"势"！

安公子知道了，安公子的爹娘也知道了。很快，在一次家宴上，安公子的爹娘、叔伯、姑姨们就向安老爷子提出了这件事："田家与安家是齐名的，现在田家受了这么大的屈辱，却没有办法雪耻，我们安家是不是应该做些什么？"

安老爷子沉思半晌，看了看满堂儿女，问："那么你们认为，我们安家该做些什么呢？替田家出兵，讨伐展家？"

安公子的爹迟疑着答道："出兵……自然是不必的。不过只要您老发句话，让展家向田家负荆请罪，相信展伯雄也不敢违抗。"

安老爷子摆了摆手，道："那多没意思！"

满堂儿女面面相觑，没意思是什么意思？那要怎样才有意思？他们在外面都是跺跺脚就风云变色的大人物，可是在安老爷子面前，就是儿子、孙子、重孙子，所以问都不敢问。

安老爷子又是一笑："小孩子之间的事，我们就不要管了。"

众人又是面面相觑，小孩子……没错，展伯雄是安老爷子的晚辈，田妙雯更是安老爷子的晚辈，可是……这是小孩子之间的恩怨纠葛吗？

此时，杨应龙也悄悄赶到了贵阳。虽然水西贵族、水东贵族以及其他地区的贵族都各有领地，但是他们有事没事的都要到贵阳走走，因为这里是各地权贵聚集的所在。讯息交流、利益交换、买卖谈判，大多在此进行。

而他此次到贵阳，还有一个重要原因——新任贵州巡抚叶梦熊就要上任了。年初的时候，朝廷就下旨调叶梦熊入黔任巡抚，可他在辽东一时抽不开身，直至此时才传来赴任的消息。

这个叶梦熊明明是个文官，偏偏干的是武将的事儿，灭积寇，诛巨盗，平海贼，战辽东，岂可等闲视之？

饶是杨应龙一向目高于顶，也不愿意让这么一个人物把他当成眼中钉。所以，他放低姿态，亲自赶到贵阳等着迎候这位巡抚大人。

杨应龙那般桀骜的人物尚且如此，其他权贵可想而知。一时间贵阳府龙蛇混杂，而田家的事也就成了这些苦等叶梦熊赴任而闲极无聊的权贵们茶余饭后的最大谈资。

杨应龙一到贵阳，马上就听说了田家与展家的这件事。杨应龙不禁开怀大笑："这个展伯雄，真是个好帮手！我想让他背的锅、扛的事儿，不用我说，他就主动干了！"

第二十九章

双　子

一

于家大管家为了叶小安真是操碎了心，既要有钱赚，还得不管事儿，这么好的活儿上哪儿找去？于大管家思来想去，终于想到了一个好主意，把叶小安安排到裕记砖瓦厂当仓库管事。

裕记砖瓦厂是铜仁最大的砖瓦厂，每日进出货物无数。裕记开张多年，自有一套严谨的管理流程，叶小安若到那儿当差，就算不做事也不影响什么。

可这事儿又不能对叶小安直说，以叶小安现在急剧膨胀的心态，是绝不会接受"嗟来之食"的。于是，于家大管家吩咐裕记掌柜主动登门拜访，要放低姿态，要"求贤若渴"。

裕记虽是于家的产业，但是表面上和于家全无关系，叶小安也不知道裕记和于家的关系。他推辞几回后，见裕记掌柜态度非常诚恳，给的薪水确也丰厚，他现在又无事可做，便半推半就地答应了。

"呵呵，你们裕记别是遇到什么麻烦了吧？"

"没啊，我们裕记是铜仁的老字号，生意红火，一片坦途。"

"别糊弄我，我不瞎！"叶小安得意扬扬，"不是税吏贪官刁难你们，就是有什么豪强恶霸欺行霸市了，对吧？不过你放心，我去你们裕记做仓库管事，还有门神的作用，诸邪回避，不敢侵扰！"

裕记掌柜赔笑不语，心中暗道："还诸邪回避，你以为你是姜子牙啊？最大的瘟神就是你了！"

叶小安到了裕记设在城中的分店，一瞧地方着实不小，厂院大得很。最前面是门面，后面三进九间的房舍，账房室、掌柜室、仓管室等分列清楚，各占院落。

叶小安是仓库管事，拥有一处独立的院落，环境很是幽雅。副管事也勤快，从不劳烦叶大爷动腿儿，对他还异常恭敬。叶小安很是快意，觉得这地方真是来对了。

自此，叶小安就在裕记砖瓦厂干起了仓库管事。他每天夜间与严世维饮酒召妓，作乐至天明，就到砖瓦厂里寻个安静所在睡上一觉。纵然不回家，也可借口事务繁忙，倒省了妻子与爹娘聒噪。

副管事见他不惹事，每日只是到砖瓦厂来睡上一大觉，觉得这样也好，彼此正可相安无事。谁料叶小安赔了那泼皮三百两银子没多久，那小妇人便浑身缟素地跑来向他哭哭啼啼了。

叶小安一问才知道，原来那泼皮得了银子后便抖起了威风，每日吃酒作乐极其猖狂，得罪了坊间另一个大泼皮。一日，他酒醉深夜返家时，被人家兜头套上一条麻袋，一顿棍棒把脑袋打成了烂西瓜。

叶小安对这小妇人一直念念不忘。常言道女要俏三分孝，此时她一身孝服更是可人。叶小安登时情热，满口应承要纳她为外室，就让她住在砖瓦厂里。

那小妇人只求有个依靠，便羞答答地应了。叶小安瞧她一副含羞带怯的俏模样，不由情动，马上扯了她进房，宽衣解带。

不料乐极生悲，房中蜡烛歪倒，登时引发火灾，一时间烈焰熊熊，腾空而起……

于家捐资助建的九龙观建成了，比大悲寺还要壮观几分，成了铜仁第一道场。叶小天应邀与于珺婷同去观礼，策马正行于途，忽见前面一处地方浓烟滚滚、火势冲天。

叶小天勒马站定，讶然道："何处起了大火？"

于珺婷瞧那方位正是自家产业所在，不由心中一紧，忙道："咱们去看看。"

二人策马赶到裕记砖瓦厂前。叶小天此前曾负责铜仁地下水道疏通、清理，也曾来过这里几次，恍然道："啊！原来是裕记，怎么就起了大火？看管也忒不严了。"

正说着，就见一男一女合扯着一床薄衾从火中逃出来，二人形容狼狈，头发蜷曲。

于珺婷见了害羞，忍不住轻啐了一口。叶小天忍俊不禁地道："哈哈，这两人是……"

说到这里，叶小天的话音戛然而止，因为那扯着薄衾蔽体的男子恰巧回过头来，他突然看到了另一个自己。

· ※ ※ ※ ·

"大哥，你不是正跟人合伙开车马行吗，怎么跑去裕记砖瓦厂做起了管事？而我一点都不知道？"

书房内，叶小天懊恼地质问叶小安。他忽然觉得，自己对长兄关心太少。但是他真的太忙，需要操心的事儿实在太多，而且大多都是关乎人命的大事，哪有那么多精力再过问大哥做生意的事儿?

叶小安诉苦道:"二弟,你是做大事的人,我能拿这些小事去烦你?再说,这点小事我都扛不起来,有脸去找你帮忙?"

叶小天道:"车马行怎么不开了?"

叶小安道:"我本来是和几个合伙人一块开车马行的,可是这些人都各怀心思,处处掣肘,我根本无从施展啊。我要开拓新商路,他们担心风险太大;伙计们都很辛苦,我不克扣、不减薪,他们又嫌我太大方。

"婆婆多了难当家,你可以想象,我在车马行里要做点事儿有多难。可即便如此,车马行的生意一开始还是很红火的,谁知其他车马行见了眼红,又仗着资金雄厚,故意压价抢我生意。

"这些人阴险着呢,干的损事儿不止这些。他们还派了内奸进来。本该发往乐平的货,愣是给他们发去了平定,耽搁了人家生意,我能怎么办?只好高价赔偿。他们还让内奸偷盗客人货物,以此败坏我们的名声,弄得我的生意大不如前。"

叶小安越说越气愤,大声道:"你说我还能怎么办?只好停工歇业了。可我生意败了,人不能输,更不能给二弟你脸上抹黑。伙计们的工钱我一分都没欠,合伙人的钱我也照数赔给了他们……"

叶小天蹙着眉头道:"那你岂非要赔个精光?"

叶小安脸一红,讪讪地道:"所以……我才去裕记砖瓦厂谋了个差使啊。裕记生意红火,每日货物进出量很大,我跑前跑后,要负责出纳记账,要看管仓库物资,晚上还得带队巡逻,防止有人偷盗,虽然辛苦些,可总得赚点银子贴补家用。"

叶小天道:"这么多事,你怎么一直不跟我讲?"

叶小安道:"你整日有多忙碌我又不是不知道,我能拿这些小事儿去烦你?再说,我有你这么有本事的兄弟,别人有吗?人家吃了亏,不都是自己爬起来?如果出了点事就找你,那大哥何时才能有担当?你放心,我现在在裕记不仅是做事,也是在学习他们打理生意的手段。总有一天,我会东山再起!"

"说得好!"叶小天赞了一句,问道,"是哪几个车马行找你的麻烦?有没有证据?我去替你讨公道!"

叶小安苦笑道:"有些事儿,大家心知肚明罢了,要说证据,上哪儿找去?那些人都是我高价从其他车马行挖过来的,现在又回了原来的车马行,究竟是怎么回事儿,还不明白吗?

"可你要追究,人家会说当时是一时动了贪念,拿了客人货物,一时马虎,错发了货物,你还能怎么样?杀人不成?唉!吃一堑长一智吧。"

叶小天想起葫县罗李高车马行、谢氏车马行等几家车马行钩心斗角的惨烈竞争,不由点了点头,道:"在贵州,车船贩运是最赚钱的生意,也难怪人家容不得你这个强劲对手。其实大哥若不愿做事,可以去卧牛岭,做个土舍,按时收租,与大嫂安生度日……"

说到这里,叶小天忽然想到当时与大哥一同跑出火场的那个小妇人,忍不住疑心又起,道:"大哥,那个衣衫不整的妇人是谁?"

"她……"叶小安支吾起来,半晌方道,"她是本地一个小妇人,丈夫是坊间无赖。她常受丈夫欺辱,十分可怜。我曾周济过她,因此与她认识。前些日子,她丈夫与其他泼皮争风,被人趁夜打死,丢下她一个人实在可怜。我……我也是真心喜欢她,便纳她做了外室……"

叶小天眉头皱了皱,道:"这事儿,大嫂知道吗?"

叶小安道:"既然是外室,怎么能让她知道?二弟,你是不知道,你大嫂现在可不比从前了。我只要一回家,她就唠叨我没有本事,嫌弃我不会做事,不及兄弟你有能耐。我耳朵都要听出茧子来了。

"你说我谈生意,能不请酒吗?能不去烟花之地吗?我明明是为了生意奔波辛苦,她偏说我眠花宿柳学坏了。我现在是一回家就头痛。那位小娘子知情识趣,大哥是真喜欢她,你可千万别让爹娘还有你大嫂知道啊!"

叶小天想起自己也有几位红颜知己纠缠不清,不由苦笑。他点了点头,又摇了摇头,道:"这是大哥的家务事,我自然不会掺和。唉!只是如今裕记被你一把火烧了,该如何才好?"

叶小安决然地道:"我的事,我自己扛!好在裕记是砖瓦厂,东西大多不怕烧,烧毁的只有一处院落。我找工作赚钱,一年还不上,我就还十年,总有一天会把钱还清的。"

叶小天摇头道:"算了,我跟裕记掌柜是老相识,还有那么几分交情,这事儿就交给我来处理吧。接下来大哥打算怎么办?"

叶小安叹了口气,道:"严世维严兄一直跟我商量,想合伙从中原贩运丝绸,那东西利润大,可本钱也多,我原想赚一笔钱再……不如我先去他那里当伙计,等攒够了钱,再跟他学做生意。"

叶小天道:"有个熟手带着,确实更易入门。这样吧,做生意的本钱,我给你出,你就和严兄一块做生意。我近期还要去一趟贵阳……"

说到这里,叶小天苦笑一声,道:"兄弟确实太忙了,没时间关照你。大哥愿意做事,尽管去做,只要咱用了心、尽了力,就算赔了也没什么。"

叶小安感激不已:"二弟,你……你这么帮我,大哥真不知该说什么好。"

叶小天笑道:"自己兄弟,这么见外做什么?我一会儿就去裕记,先替你把事儿解决了！"

　　叶小安欢喜地离开了。叶小天望着大哥的背影，轻轻摇了摇头："大哥的运气，还真有点背！双子双子，不会是这么个双子吧？听人说，凤阳出了朱皇帝，天地灵气耗之一空，所以那里常生天灾人祸。莫不是我叶家的气运都被我拿去了，所以大哥壮志难酬？"

第三十章

候东风

一

叶小天回到铜仁没有多久，与家人匆匆小聚，就得准备奔赴贵阳了。

其实自从他被任命为卧牛长官司长官，成为世袭土司，他的根基就已定在了卧牛山，铜仁府的推官一职已经自动取消。他来铜仁，只是想与家人小聚。在此期间，他一直在筹备贵阳之行。

他要扩张叶氏势力，要阻止凝儿嫁去播州，要与田家公开结成联盟，要完成生苗出山的大计，这一切，都要从此次贵阳之行开始，叶小天岂能不慎重？

此去贵阳，作为一个新晋土司，他要同那些老牌势力进行接触，要通过这次交流打下一个良好基础，尤其是要获得与播州杨家齐名的其他几大家族的支持，否则他拿什么去对抗杨应龙？仅凭一个过气的田家远远不够！

他需要事先对各地权贵尤其是水西、水东贵族们进行最缜密的调查。很多事情并不像表面上那么简单，比如说水东宋家现在正与播州杨应龙斗得厉害，但这并不代表宋家就一定会接纳他。

一个猪队友，只会成事不足，败事有余。他要对宋家进行考量，宋家对他同样会进行考量。宋家尚且如此，其他家族可想而知。这是一场需要绞尽脑汁的博弈，绝非大家见面嘻嘻哈哈笑谈几句，便能轻松划分派系的。

对于叶小天来说，此行不亚于一个十年寒窗的学子去参加秋闱，足以决定一生的前程。可是此时，他还惦记着对华云飞和毛问智的承诺。

"大哥，你叫我们？"

书房门口传来毛问智的声音。叶小天揉了揉眼睛，把于珺婷帮他搜集的水西、水东各贵族世家的资料放在了一边。这些贵族世家之间的关系比围绕水银山的杨家、展家、于家、果基家之间的关系还要复杂。

至于这些世家的传承，其史料浩如烟海，更是比任何一个王朝都要更加曲折复杂。而叶小天坚持要看，哪怕看得头大。他相信，任何努力都不是无用功，多做些准备，说不定哪条资料在关键时刻就能起大作用。

一个书生十年寒窗，参加科考求的是前程，一旦失败，三年之后还可以卷土重来。而叶小天这次一旦失败，就可能输掉全部家当甚至性命，敢不全力以赴？

"老毛，云飞啊，你们坐吧！"

叶小天的声音有些疲倦。他喝了一口酽茶，看向二人，眼睛红通通的。

华云飞关切地道："大哥怕是一宿没睡吧！我们无能，也帮不上大哥什么忙。"

叶小天摆摆手，笑道："这一回的事儿，不光是你们，就连李先生也帮不上我什么。在那些权贵面前，如果让李先生替我开口，他们根本不会理会，必须我自己来。"

叶小天咳了两声，望着华云飞和毛问智道："前番我就说过，要给你们两个在年前把婚事办了，结果年也过完了，一直拖到现在还是没办。我打算这几天就筹备一下，你们看怎么样？"

华云飞和毛问智面面相觑。过了半晌，华云飞才道："大哥怎么忽然想起这个来了？"

叶小天笑道："你还年轻，老毛岁数却不小了。要说忙，我怕三年五载也清闲不下来，再不给他张罗，那得等到什么时候？"

毛问智道："大哥，我不瞒你，其实我跟云飞都商量好了，等大哥你成亲的时候，咱们一块儿！"

叶小天眉梢轻轻一挑，道："一块儿？"

毛问智道："正是！大哥现在做了土司，威风得很，红枫湖夏家想必也不会再为难大哥。大哥赶紧迎娶莹莹姑娘过门，我们三兄弟一起办婚事，岂不更好？"

"莹莹啊……"叶小天想着莹莹，微笑起来，"这次去贵阳，我倒是想去红枫湖走一遭，正式向夏家提亲。"

毛问智拍手道："赶紧提亲，赶紧成亲，我们两个跟大哥一块儿。"

叶小天斜睨了他一眼道："一块儿？云飞那边倒没问题，可那时，叶小娘子都已大腹便便了，你们还好拜堂吗？"

华云飞惊道："大腹便便？老毛，你……你……"

毛问智得意扬扬："嘿嘿！怎么着，羡慕吧？"

华云飞呆了半晌，才道："厉害！"

叶小天笑道："所以啊，我还是先给你把婚事办了吧。"

毛问智大手一挥，道："不急！那也没什么。嘿！到时候，俺抱着儿子跟媳妇拜堂，保准抢了你们两个的风头。"

叶小天和华云飞相视苦笑："这个老毛，都要生儿子了，还是这么不着调！"

· ※ · ※ · ※ ·

田家兄妹的办事效率还是很高的，不动声色间，就把声势营造得十足。虽说此时贵阳权贵云集，每人都有一身话题，包括那位尚未到任就已气势十足的叶梦熊叶大巡抚，同样是话题人物，但是田妙雯受辱于展家的事，却始终保持足够的热度。

接下来，田家兄妹就不需要做什么了，只需要等着这条消息持续发酵，直到时机成熟。什么时候才算时机成熟？只欠一股东风而已，这股东风，就是叶小天。

田妙雯还需要时常出去走动走动，让自己保持足够的关注度。这时她便想起了莹莹。展凝儿被展家软禁了，不能指望她会出现在贵阳，但莹莹可以啊！红枫湖近在咫尺，何不邀她来贵阳一聚？

以前凝儿和莹莹来贵阳，总要找她一起游玩，田妙雯觉得这两个义妹像是长不大的孩子，懒得陪她们折腾。现在也不知是不是心性起了变化，她倒想念起了莹莹。

田妙雯唤来党延明一问，才知道莹莹已经陪着她的母亲去京城了，不免失望。放眼贵阳府，华盖如云，大宅门里皆群雌粥粥，偏偏一个可以说说知心话的人也没有。田大小姐便想起了铜仁府的叶小天。

"这个混蛋，什么时候才来贵阳？他应该不会放过这个好机会吧？不会，一定不会，如果他连这样的时机都看不到，还有什么资格跟我田韧针合作！"

骄傲的田大小姐如是安慰自己。

· ※ · ※ · ※ ·

叶小天此番去贵阳，是头一次作为土司新贵，在众多传承数百年甚至上千年的老牌土司贵族面前亮相。所以他特别重视，精心做了一番准备，对随行人员也进行了精心的选择。

李秋池李大状是他的智囊，而且本就是贵阳人，熟悉贵阳情形，此人是一定要带的。当然，和权贵们打交道，必得叶小天上阵，想让一个师爷出面，除非你有安老爷子那等身份。

苏循天留在卧牛岭。现在叶小天已是一方土司，有自己的政务、经济、军务需要料理，不能不留个人。华云飞是肯定要带在身边的，他还让华云飞给他在神殿挑选了一队忠诚度极高且各怀绝技的武士做随从。

于珺婷口口声声地对他讲，于家有于家的立场，绝不能附庸于叶家，承受不可承受的重大风险，但她还是把文傲"借给"了叶小天。

文傲是于家的土民，土民是半奴隶性质的。土司可以把领地馈赠他人，同样也可以把自己的土民馈赠他人。一旦赠送给别人，那么此人就是别人的土民，再做什么概与她这位原主人无关。

只不过，以往土司们互相馈赠土民，赠送的都是工匠或美女，赠人一个糟老头子，这还是头一遭。

于珺婷对这糟老头子还挺重视，很紧张地嘱咐叶小天："人家只是把文先生临时赠送给你，等贵阳之行结束，你可要马上把人还给我！"

李大状如临大敌，握着折扇瞪着文傲，一副"来来来，本大状出个上联，你且对上一对"的架势。他可是叶小天麾下第一师爷，于珺婷把她的师爷赠送给叶小天，这不是抢他生意吗？

李大状产生了强烈的职业危机感，满怀敌意地瞪着文傲。于珺婷瞟见他的模样，不由失笑："我把文先生赠予叶大人，是给叶大人做贴身保镖，绝不会抢你生意就是了。"

"做保镖？"叶小天和李大状同时瞪起了眼睛，"文先生怎么做保镖？难道他靠一张嘴，就能把人活活说死？"

文傲见叶小天等人面露疑色，不禁微微一笑，伸出手掌，五指箕张，往身边石栏上轻轻一扣。

叶小天和李秋池不由自主地把目光定在他的手上，就见文傲五指倏地一收，那坚硬的汉白玉石栏仿佛豆腐做的，被他硬生生抓下一块来。文傲手掌一团，那石头便化成了一团白粉，纷纷扬扬。

叶小天和李秋池顿时张口结舌。

于珺婷微微一笑，柔声道："都说于海龙是铜仁第一高手，其实于大头人只是铜仁外功上的第一高手，如果说到内家功夫，却是文先生第一。于头人在文先生这里，连七招都走不了。"

"这糟老头儿这么厉害？"叶小天惊魂稍定，突然想到一个问题，便向文傲问道，"于土司在文先生这里能走几招？"

文傲一怔，土司大人会武功的事知者甚少，叶土司怎么会突然问起？他转念想到叶小天和自家土司的暧昧关系，恍然大悟：自家土司终究是个女人，对她的男人，又岂会有所隐瞒？

文傲微微一笑，便从容答道："如果老夫全力出手的话，十招内犹可占上风，五十招内必败无疑！"

李秋池听到这里眼珠子都快瞪出来了，于土司这一个娇滴滴的大美人儿，真有这么厉害？

叶小天看了看文傲手掌上还没拍干净的石粉，再看看正嗔视着他的于珺婷，忽然想到私室相会四下无人之际，自己曾对他颐指气使，拿她当小女奴差遣……

"我的妈呀！得亏她没杀我的意思。她当时要是冲我脑袋上拍这么一巴掌，我还有命吗？"叶小天突然觉得身上冷飕飕的。

第三十一章

再向虎山行

一

叶小天策马走在路上,想起当初和于珺婷共处一室的情景,还是有点心有余悸。

当时两人还是完全对立的关系啊,如果不是于珺婷早已对他生出了情意,只要拍他一巴掌……

想至此处,叶小天忍不住扭过头,对李秋池大发感慨道:"李先生,难怪古语说大难不死,必有后福。一个人该死的时候却没有死,一定是有神明庇佑,岂能没有大福缘果报呢?"

李秋池不明白叶小天为何会突然生出这样的感悟,想了想,深表赞同道:"大人说得甚是。想当初,学生夜奔葫县,仓仓皇皇,如丧家之犬,被大人您截住的时候,当真是吓得魂飞魄散,自料必死哇!"

李秋池想着往事,不胜唏嘘地道:"可学生该死而未死,从此果然命运大改,由一介讼师踏入仕途。如今追随大人左右,荣光岂是当年做状师时可以比拟的?"

叶小天:"……"

贵州道路非山即水,所以除了像石阡等少数水系发达地区要以舟船过渡外,大部分地区只适合乘马而行。乘车倒也不是不可以,但是那样道路难行,速度也快不起来。

所以叶小天此番往贵阳去,随从一律乘马。叶小天乘着高头大马正往前去,忽见路边有一个青衫人倒骑在一头毛驴背上,手中握着一卷书正看得入神。前边还有一个小童牵着驴儿,优哉游哉。

叶小天心生羡慕,便用马鞭向那人一指,对李秋池道:"如今我到处奔波,疲于奔命,求的不过是来日逍遥自在。可是你瞧这人,身份地位自不如我,现在已然逍遥自在了。"

文傲赶上来,笑道:"不然,不然!大人您求的是大逍遥,想的是大自在,与此等路人所求可大不相同啊。"

叶小天想了想，不禁失笑，颔首道："文先生说得是，我之所求与他不同，比他辛苦些也是应该的。只是……如今瞧他悠然之态，还是难免心生羡慕啊……"

这时候，骑在驴子上的青衫人感觉到有大队人马从身旁经过，不禁抬起头来。叶小天与他目光一碰，顿时一愣，便接着方才的话茬，顺口又说了一句："嗯……此人之逍遥，我就不羡慕了！"

倒骑驴子、悠然看书的这位仁兄，正是铜仁府经历李向荣李大先生，绿云罩顶还不能快意报复，俨然继花晴风之后的"神龟二号种子选手"，叶小天哪里想学他？

李经历看见叶小天，不禁露出讶然之色。他赶紧翻身滚落驴背，向叶小天长长地一揖，高声道："原来是叶长官，大驾这是要往哪里去啊？"

叶小天勒住马，翻身跳下来，迎上前道："叶某正要前往贵阳，李兄这是要往哪里去？"

李向荣道："大人就叫在下李经历便好。在下……在下如今已经调往贵阳巡抚衙门任职了，给新任巡抚大人做个书吏，如今正是前去赴任的。"

叶小天现在已经不是推官，平素也不在知府衙门办公，并不知道李经历已经调往贵阳。叶小天便道："哈哈，巡抚衙门的书吏，那权柄可不是其他衙门能比的，李兄这是高升了，恭喜，恭喜！"

李向荣勉强笑了笑，还礼道："前任巡抚迁任他处，带走了许多用熟了的胥吏僚属。新任叶巡抚远自辽东来，没那么多的随从可带，巡抚衙门出了不少缺。在下便活动了一下，去那里补个缺，图个清闲罢了。在下既非新巡抚的心腹，又非巡抚衙门的老人，得不到重用的，何喜之有！"

叶小天笑道："叶巡抚一旦到了贵阳，肯定要培养自己的班底，你不是巡抚衙门的老人，正是叶巡抚有心栽培的人物。就凭李兄的才华，还怕到时不得重用吗？"

叶小天说着，对李向荣迁调贵阳一事已然有底了。李向荣的婆娘被戴同知那个风流浪荡子给睡了，可戴同知的权势远大于李向荣，李向荣奈何不了他。后来李向荣也曾想过办法，比如投到耶佬门下做弟子，要抱叶家的大腿。可是于家和叶家经过短暂的对立敌视，很快又成了亲密战友。而戴同知是于珺婷的得力臂助，叶小天是不可能为了他李向荣对戴同知下手的。李向荣已和戴同知结了仇，铜仁是待不下去了，不走还能如何？

叶小天心中有些歉疚，便好言安慰道："我看李兄一张大口，命中注定要吃八方之财！双腿稳健，身手敏捷，走动走动也好，说不定从此青云直上，那就更要先行恭喜了。"

李经历苦笑道："我李大嘴能不能吃八方不知道，天性喜招是非倒是不假，闭门家中坐，祸也能从天上来啊。"

叶小天正色道:"大嘴兄何出此言!啊不,李兄何出此言?虽然小弟在卧牛做官,管不了贵阳之事,不过来日若有需要小弟帮忙的地方,李兄尽管开口!"

李经历一听连忙向他道谢。二人既然同路,都是往贵阳去的,就此做了同伴。叶小天嫌他驴子走路太慢,叫人把载运行李的马匹腾出来一匹给他做坐骑,一同往贵阳赶去。

·※·※·※·

荆州府外的宽阔官道上,一支整齐的队伍正徐徐而行,极严整威武。步卒阵列打着无数的旗子,红黑相间的战袍,寒光闪闪的刀枪,缓缓行进中显得煞是壮观。

队伍中央有一辆四匹枣红马拉着的大型油壁车,帷幕低垂,外观朴素,装饰简单,但识货的人却能看出这辆车必定由能工巧匠精心打造,因为细节处用足了心思,平凡之中自有一股凛然的威势。

身披战袍的骑兵有百余人。他们端坐在高头大马上,甲胄鲜明,鞍鞯整齐,佩刀挂盾,手执缨枪,雪刃锋寒,十分威武雄壮。路人一见,也不用什么开道锣,便自动自发地回避了。

这支队伍正是前往贵州赴任的新任巡抚叶梦熊的人马。巡抚在明初的时候还只是临时的差使。出于特殊原因,朝廷会临时委派一位大员,统摄一省甚至数省的民政、经济、军事、司法大权,以便宜行事,事了收权,有点像钦差。

及至后来,巡抚就渐渐变成常任官了。抚台督理税粮,总理河道,抚治流民,整饬边关,摄领军事,兼管刑法,节制三司(承宣布政使司、提刑按察使司、都指挥使司),成了地方上的军政第一要员。

巡抚掌握着生杀予夺的权力,相当于辖区内的土皇帝,除了有限的几个手握权柄的文武大员,无不仰其鼻息!巡抚威权如此之重,就是在土司满街走、土官多如狗的贵州,也是不容小觑的,否则众多贵州权贵怎会齐集贵阳,恭候他的大驾?

超大型的油壁车上,有卧室、茅厕、书房、会客室,俨然是一间会移动的屋子。书房之内,叶梦熊一身便袍,端坐在书案之后。油壁车外表虽不惊人,但是此刻坐在车中就知道此车的珍贵了,路况并不怎么样,但车中却感觉不到颠簸得厉害。

叶梦熊年约五旬,须发皆黑,风神俊朗,年轻时定然也是一位丰仪如神的美男子。他久在官场,久居高位,久经历练,磨砺出一种威严的气质,令人望而生畏。

在书案对面,侧坐锦墩之上、双手扶膝的,却是叶小天的老相识、旧上司——花晴风花大老爷。花晴风终于还是出山了,不过他原本是七品正堂,以从六品官致仕,如今复出,安排起来并不容易。

朝廷接到申请后,先要对他进行考察,毕竟他的"病"不同于普通的疾病,谁敢断定他是否已恢复正常。朝廷派人对他详细考察，又走访当地士绅，确认花晴风痊愈后，才允许他正式复出。

不过复出后，他还只是一个候选官，因为一个萝卜一个坑，就算不是正印官，一时半晌也没有空位出缺。他只能等有人致仕或者暴毙或者犯案被抓，出了空缺之后，再和无数的候补官们竞争。

但是运气来了那真是城墙都挡不住。新任贵阳巡抚叶梦熊自辽东过来，正好经过他所在的城市，当地致仕的和在任的高级官员们都出席了接风宴。

酒宴上，当地那位对花晴风很欣赏的官场老前辈听说叶巡抚所带幕僚不多，便向他举荐了花晴风。叶梦熊次日接见了花晴风，对他很满意。一个堂堂的原七品知县给他做幕僚，他还有什么不愿意的？于是花晴风正式成了抚台大人的幕客。

巡抚虽然已经成为常任官职，却没有相应的官属班底。

布政使衙门又或者是知府衙门、知县衙门，都有一整套的从属官僚班子，而巡抚衙门一个都没有。这个衙门只有一个官，那就是巡抚，他手下的办事人员统称书吏。几十个书吏各负其责、各司其职，对口管理政治、经济、军事的各个衙门，职权极大，却没有官职。

花晴风很喜欢这样的安排，他早已过够了有职无权的日子，宁愿有权无职。何况，巡抚大人不会亏待他。给巡抚大人当几年幕僚，朝廷也是认可他的政绩和资历的。

花晴风此时正向叶梦熊讲述着贵州官场错综复杂的关系。他在葫县几年，虽然无所事事，但是该知道的事还是知道的，说起来倒也有条有理。第一等、第二等的权贵都说遍了，今天正说到第三等的官。

卧牛长官司长官叶小天自然也在他的讲述之列。叶巡抚听他说罢，微微蹙起了眉头，道："老夫这个本家小哥儿，似乎有点儿……嗯……"

他听了叶小天的所作所为，有点不知道该如何形容才好。花晴风见状便跟了一句："抚台大人，这个叶小天根本就是一根唯恐天下不乱的搅屎棍啊！"

叶巡抚呵呵地笑了起来："嗯！此言略显粗俗，不过倒也形象。一根唯恐天下不乱的搅屎棍？哈哈，好！好啊！老夫如今需要的，岂不正是他这样的一个人物吗！"

叶梦熊深邃的目光中，微微闪烁着睿智的笑意。

第三十二章

昆仑雅集

一

绿树流水之间,一座圆木架成的小木桥无拦无遮地横在那儿,天然质朴。清亮如油的溪水从小桥下轻快地淌过,叶小天站在桥头,依稀看到了一个美丽的彝装少女。

她正坐在木桥边,脱下鞋子,把一双白生生的纤秀柔美的脚丫浸进河水,任那清亮如油的溪水滑过她浑圆秀气的足踝。她身边摊着一方雪白的手帕,手帕上还放着几颗沾着水珠的梨子。

放眼再往前看,绿树掩映着一条幽深的小路,绿树丛中隐隐约约地现出一幢幽静雅致的农舍,那里就是叶小天在贵阳选定的住处了。

李秋池轻摇羽扇,品评道:"此处环境幽雅,虽在城中,却有世外桃源般的感觉,风景甚美。只是屋舍过于简陋了些,不配大人您的身份,大人何以要指定在此安住呢?"

叶小天从恍惚中醒过神儿来,微微一笑,没有作答。此处是莹莹住过的地方,而他和莹莹就是在这小桥上初次相逢的,只是这种情思藏在心里咀嚼就好,却不足为外人道了。

叶小天一行人在农舍中住了下来。周围可租的屋舍不多,有些随从要住在树林里。好在现在已经是七八月,这些随从又大多是从山里调出来的生苗,对这种居住环境非常适应。

叶小天安顿下来后,便说了一个地址,让华云飞去打听消息。华云飞去得快,回得也快,回禀道:"大哥,莹莹姑娘的母亲被朝廷敕封为诰命夫人,进京谢恩去了。莹莹陪伴母亲同行,如今不在红枫湖。"

叶小天一听大失所望。那年代没有什么便利的交通工具和通信工具,送封信都要跋山涉水,所以古时候亲戚朋友若去千里之外当差做事、经商移居,几乎就是生离死别。

铜仁距红枫湖没有那么遥远，但这消息没传到叶小天的耳朵里。其实夏莹莹叫人给他捎过信，只不过当时他已被抓回深山，这信被夏老爹截留烧毁了。

华云飞奉叶小天之命前往夏氏大宅询问莹莹近况，把留守夏氏大宅的人也吓了一跳。夏老爹已经知道叶小天复出江湖了，而且威风更胜从前，但没有知会留守大宅的下人。

"莹莹啊……"

叶小天悠悠一声长叹，他本已做好了马上赴红枫湖提亲的准备，连见面礼都准备好了，如今只好作罢。莹莹本人不在，她的母亲也不在，上门提的什么亲？

按夏府的人所说的日子计算，他们一行车队隆重，护送的又是女眷，由黔入川，走的路也不便利，此刻只怕还未到京城呢。

她们回来最快也得一两个月之后，如今还是先安心应对贵阳局面吧。想到这里，叶小天便按下心思，把全部精力用在了贵阳府的局势上。

李大状不用他吩咐，就已自告奋勇地打探消息去了。他在贵阳有些人脉，也认识一些豪门，虽然和真正豪门的核心人物没什么交集，但是要打听他们的动态却也不难。

叶小天赶到贵阳的消息，很快就传到了田妙雯的耳朵里。田家一百多年前就没落了，畏于永乐大帝的威势，纵然还保留着一些势力，也只能隐入地下。

如此一来，田家就比其他世家更迫切地需要加强情报方面的能力，所以百余年来，田家在这方面不遗余力地进行建设。如今单以情报系统的发达而论，整个贵州无出其右，就算是最老牌的土司大贵族安家都无法与之相比。

何况，叶小天是田妙雯吩咐党延明要格外关注的人物。

田妙雯本来正在弹曲儿，一曲《汉宫秋月》铮铮淙淙如流泉飞溅，忽听叶小天到了贵阳，那流畅跌宕的琴曲就变成了弹棉花：嘣——嘣——嘣——

党延明耐心地听大小姐"调琴"，过了半晌，才道："姑娘如果想见见他，属下可以……"

"不必了！"

田妙雯打断了他的话："还不是时候，田、叶结盟，要给人一种水到渠成的感觉才行。"

田妙雯说着从案边拿过一份帖子，翻开看了看，向党延明一递："他现在也是土司中的一员了，只是还不得门径而入。你把这份帖子送给他。"

党延明目光一垂，只看封面上的字，就知道这是安家发出的一份请柬。各地权贵云集贵州，安家虽然是众王之王，可这地位除了靠自身实力，也要依赖人脉的积累，这样的好机会当然不会错过。

所以，安家大公子便在别院召开了这次盛会，受邀的人里面有土司，但更多的是现任土司的继承人,反正标准是年轻!这是年轻人的聚会。

安家大公子将来是安家的家主,虽坐拥祖辈、父辈留给他的人脉,但终究不及他自己一手建立的。何况祖辈、父辈的朋友也将渐渐老去,不可能长久依赖,而他结交的年轻人却可以和他一起打拼数十年。

所以,安家对大公子的这个安排很支持,还特意提供了安老爷子最喜欢的一座庄园,广邀各地豪门阔少,以打造安大公子的人脉圈子。

田氏兄妹也在受邀之列,而田妙雯现在让党延明把这份请柬转交叶小天,显然是希望叶小天也能参加。党延明双手接过请柬,对田妙雯道:"姑娘还有什么话对他说吗?"

嘣——嘣——嘣——

党延明躬身退下。

·※·※·※·

"昆仑雅集!"

叶小天看着请柬,泥金的帖子式样古朴,还有淡淡馨香。请柬的措辞很优雅,抬头却没有署名,所以叶小天完全可以凭此入场。

至于田妙雯,她的脸就是一张畅通无阻的通行证,根本不需要请柬。安家下请柬,那是礼数,可她却不必持柬赴会。

叶小天轻叩桌面,道:"我在天牢时,曾听犯官们说过,文人有九大雅事,琴、棋、书、画、诗、酒、花、香、茶。不过,这些土官后裔贵介公子们不过是附庸风雅罢了,他们懂什么叫文雅吗?"

李大状问道:"大人要去吗?"

叶小天道:"去!当然要去!醉翁之意不在酒,雅集之会不在雅。我来贵阳,不就是为了在众权贵面前露露脸吗?"

李秋池欣然道:"成!那学生这就去准备。"

叶小天道:"先生就不用去了。什么昆仑雅集,不过是一班纨绔子弟的酒会罢了。我此去主要是利用这个场合,制造与田家结交的机会,免得叫人识破我们双方结盟的真正目的。"

李秋池停住脚步,问道:"那大人打算带谁去?"

叶小天笑道:"当初在葫县,看那班秀才们打架,我就知道此地文风究竟如何了。此去雅是未必雅得起来,一班阔少凑在一块儿,借酒闹事的却未必会少了。我带文先生和云飞去就好了。"

李大状一听心中很不自在,此前的担心果然不假,大人麾下本有文武两班,文傲一来，自己这文班之首的宝座就不稳了。李大状马上正色道："大人此言差矣！"

叶小天眉头一挑："哦，先生何以教我？"

李大状道："大人只是预料，毕竟不曾参与其会，怎知其中就没有博学之士？兰亭雅集，出了《兰亭集序》；滕王阁雅集，出了《滕王阁序》；此番昆仑雅集，万一需要斗诗拼赋，有学生助阵，大人才有机会名垂千古啊。"

叶小天听了这话心中很惭愧，想当初他也是个有远大抱负的人！记得高、李两寨因为旱灾大打出手，他出面调停双方恩怨后，与两位寨主合立"水度碑"，图的也是千古留名。现如今怎么只专注于实际利益了，太市侩了！

叶小天知错就改，马上道："那先生就去好好准备吧，替我炮制几首诗词歌赋出来，到时我背熟了，万一用到就当众吟咏，也是一桩雅事，哈哈哈……"

李秋池听了心中更加幽怨："我为你捉刀代笔，没有署名权也就罢了，好处呢？一百两都不给我！"

昆仑雅集当然是在昆仑举办。不过这个昆仑却不是众所周知的昆仑山，而是安家最古老的庄园——昆仑园。

昆仑园听着就很大气，比兰亭、沁香、金谷一类的名字气势磅礴。不知情的人一听这名字就会觉得，难怪安家一直位居贵州众土司之首，瞧瞧人家，一处庄园都能起出这么大气的名字——安家世代传人皆心怀大志啊，就连昆仑仙山都被他们搬进自家后花园了。

其实真实情况却是这样的：三国时，当时还未取汉姓安为姓氏的安家先祖妥阿哲，作为一支彝族部落的首领帮助诸葛丞相征讨南中，因功晋封为罗甸国王。

妥阿哲从一位部落首领一下子成了一方大王，他的王宫设在根据地水西，而今贵阳地区也是他经常活动的地方，所以在这里建了一座大庄园。

庄园建好要取名字，取个什么名字好呢？妥阿哲绞尽脑汁也想不出来，后来他想到了中华第一神山、万山之祖昆仑山，于是"昆仑园"就横空出世了。

这个来历，历经千余年时间，本来早该湮灭在历史长河之中，但是安家内部一直把它作为一个笑谈流传至今。

安家列代长者用这个故事告诉他们的子孙："所谓的英明神武都是被后人想当然地美化出来的，大英雄和你我一样有血有肉，有长处也有短处！

"所以不管是面对什么大人物，哪怕是号称天之子的皇帝，也不必无端地把他想象成不可匹敌！畏惧只会限制你的本领、扩大他的实力，坦然面对，一定可以找到他的弱点。"

就这一点可见，安家能屹立不倒，确非幸运。

第三十三章

曼陀罗

一

　　叶小天虽然对这些土司人家子弟搞的什么雅集根本不以为然，但是在着装上还是精心考虑了一番。自从成为土司，他会让自己的服饰以及言谈举止都尽量显得粗犷一些。因为这片天空下，讲的是谁的拳头硬，你太文质彬彬了，就会被别人看轻。

　　然而如今到了贵阳，情形又是一变。其实这儿讲究的还是实力为王——哪儿不是实力为王呢？即便到了中原也是一样。但是到了一定的层次，玩法就会高端许多。举个不太恰当的例子，第一等的超级大流氓的举止，会比一个真正的绅士更绅士。

　　这种氛围下，利齿獠牙是要藏在骨子里的，太过张牙舞爪就不合适了。而且在这个顶层的圈子里，叶小天还没有资格耀武扬威，他的实力还没到碾轧一切的地步。

　　因此，叶小天选择了一身儒衫，云缎圆领袍加云缎外套，宽袖皂边，皂绦软巾垂带，袖长过手，脚蹬大红云履，腰间还佩了一把长剑。

　　文傲和李秋池各穿一袭曳撒，戴网巾。至于华云飞，则是一身青衣短打，同样戴网巾。这四个人从服饰上就能看出区别，主从分明。

　　叶小天乘车，三人乘马，按时赶到了昆仑园。贵阳城中有山有水有丛林，这昆仑园也在城中，占地百亩。叶小天一行人快到庄园左近时，就已见车马络绎。

　　这时已近黄昏，有些来宾已经打起灯笼。车上挑着灯笼，仆从策马相随，车水马龙，热闹非凡。

　　眼看再往前去山径狭窄，已不适合驱车，众人纷纷下车步行。叶小天见状也下了车，叫人把车赶到山脚下停歇，和文傲、李秋池、华云飞步行上山。

　　昆仑园就建在半山腰，从半山腰往上全属庄园的范围，之下的部分虽未圈进园子，实则平头百姓平素也是不会到这里来砍柴游赏的，因此草木葱郁。

　　一路行去，叶小天不免要打量行人，发现有些人趾高气扬，仆从俱着鲜衣，身边还有佳人相伴；有些人则相对低调一些，只着两个小厮头前掌灯，负手缓行，气度雍容。

此时此刻，从服饰、排场上，还真的难以分辨谁高谁低、谁势力更大。能够被安公子相邀的，就绝不会差了。排场如何全看个人修养。

眼看将到庄园门口，路两旁已是灯柱林立，上边俱悬挂着明灯，照得大路一派光明。前方忽然绕出一行人来，叶小天不禁着意地看了几眼。

叶小天之所以注意，是因为这一行人穿着和他们差不多，都比较正常。说比较正常的原因，是因为其他人一个个高冠博带，有的还踩着高齿木屐，完全是一派汉唐风范。叶小天哭笑不得，总觉得这些人如此打扮，有点沐猴而冠……

不过真要追溯起来，这些还真是从汉唐时期一直到现在传承不曾断过的大户人家，要袭古也是情有可原。此时从林间小径绕出来的这一行人就不同了，他们穿的是时下流行的服装。

一行人间，头前两个青衣丫鬟各提灯笼一盏，后边一位女子高绾发髻，系一条"遮眉勒"，身着木兰青的双缎绣裳。

她的服饰毫不张扬，但是你一眼看到，就有一种眼前一亮的感觉，就像乍睹璞石里润泽剔透的美玉。

那种美和莹莹不一样。莹莹就像一轮朝阳，并不刺眼，但光芒万丈，让你一见便热血沸腾。

而她就像一轮明月，不及红日那般惊艳，但是有一种谜一般的诗意。你可以不断地品味，咀嚼出新的味道，而这是初升朝阳般的莹莹所不具备的。

具备这种风情的女子，要么是经历了很多，所以有种醇酒般的味道；要么就是心思细腻，不像莹莹、凝儿那么单纯，所以才有这诗一般的韵味、谜一般的风情。

眼前的女子款款而行，步态身姿都透着优美。身后陪同的两个人都是士人打扮，但是完全被叶小天一行人给忽略了，谁让这女子太过醒目来着。

走近了，蒙在她风情上的"面纱"便清浅了许多，叶小天也能看得更清楚了。这个女人应该有二十五六岁，这个年纪的女子早该嫁人生子了，从她的发髻看，显然也是做妇人打扮。

这个妇人也注意到了叶小天一行人的注目礼，不过她并没有在意。像她这样的美人儿，见过了太多男人蕴有欲望的目光，早已司空见惯。

"啊哈！田夫人，您也来赴安公子之会啊！"一个高冠博带、"踩着高跷"扮魏晋名士的人刚刚赶到门前，看见那女子，急忙抱拳施礼。

叶小天注意到了他对这个女子的称呼：田夫人。

夫人，首先印证了他之前的猜测，此女已经嫁人。其次，在这种地方，大家对称呼都是很讲究的，称呼夫人证明她是权贵人家女眷。一个普通士人的娘子，是不会被尊称为夫人的。

还有，她姓田！此地贵族人家的女子同男子一样具有继承家族政治权利的资格，出嫁后，别人会以父姓称呼她们，而不必冠以夫姓。

田家的女人？

叶小天立刻敏感地想到了田家。能赴安公子之会，又姓田，只怕不会出自别人家了。再想到田彬霏、田妙雯两兄妹异乎寻常的俊美，眼前这个风情万种的美人儿同样出自田家，也就不足为奇了。

叶小天忍不住又瞟了她一眼，这才举步向大门口走去。刚行两步，便有一个年轻公子带着几个仆从傲然越过了他，大步向门口走去。

叶小天皱了皱眉，却也没有计较，只是向旁边让了让，后退了一步。只是这一让，便出了岔子，倒霉就倒霉在他那口士子出门喜欢佩带的装饰性长剑上了。

叶小天平时不大佩带兵刃，偶尔会带那口锋利的上品彝刀。这口剑是仪剑，比彝刀还长出一尺，他这一退一转身，那长剑巧之又巧地插进了田夫人的双腿之间。

"哎哟！"

田夫人正仪态万方地和熟人打着招呼，忽然感觉裙子被人拨弄了一下，还未及反应，剑鞘就插进了双腿之间。田夫人羞叫一声，急忙向前抢出一步，愤愤地扭头回望。

田夫人没想到有人竟敢轻薄她，尤其是在安府门前，出入都是有身份、有地位的人，就算是纨绔浪荡子也得收敛着些，谁敢做这种事？

扭头一看，正是刚才色眯眯地向她行注目礼的那个年轻人。田夫人登时柳眉一竖。叶小天这时也知道碰到了人家，至于怎么碰到、碰到了哪里他却不知道，因为他也才转过身来。

叶小天赶紧施礼道："田夫人，实在抱歉，在下方才为了避让那位……"叶小天扭头看了一眼，门口只站着安家的迎宾，那个公子哥儿已经不见了。

叶小天干笑一声，道："方才有位公子抢先入门，在下退让了一下，又未习惯佩剑，所以……"

那位田夫人一双妙目往他脸上盈盈一转，淡淡地道："你认识我？"

叶小天赶紧道："不认识，不过方才这位先生称呼夫人时，在下听到了。"

田夫人一笑，眼神妩媚而冰冷，心想如果他真的认识自己，想必也不敢做登徒子了。

田夫人淡淡地吩咐道："这里是安家的地方，给安家个面子，不要见血了。折断他的手脚，弄口瓮装进去，再灌以百虫，三日不死，就饶他性命！"

田夫人这句狠毒之极的话，说得再自然不过。她身后跟随的两个士人模样的人答应一声，身形左右一闪，竟是奇快无比，显然是身具武功。

而田夫人吩咐完，向那个熟人浅浅一点头，便娉娉婷婷地向大门口走去。晚风轻拂衣袂，显出她优美婀娜的曲线。

第三十四章

庭前决

一

两个男子都是中年人，士人打扮，一派温文尔雅。但是他们向前一逼，那气势立刻不同了，如同两杆锋利的枪，稳稳地扎在那里。

叶小天见过刁蛮的姑娘，凝儿也好，莹莹也罢，都有一股子刁蛮劲儿。就算是现在纯美温柔的哚妮，初见时何尝不是刁蛮任性，仅仅因毛问智问话不妥当，就下蛊整治他。至于于珺婷和田妙雯就更不用说了，二人都有一股子天生的妖气。但是她们之中没有哪个会刁蛮到如此程度。这已不是刁蛮，而是暴戾。

叶小天皱了皱眉，对这个形神气质俱属上佳的女子心生厌恶："田夫人，我本是无心之失，也已向你郑重地道过歉了，不必动用如此手段吧？"

田夫人没有理会他，对他的话充耳不闻，径直向门口走去。迎宾微笑着迎上来，微微欠身，对于门外发生的一切仿佛根本没有看见。

进了这道门就是安家的地盘，谁要在那儿闹事，不管理由如何充分，那都是拂了安家的面子，一定要出面制止。但是还没进这道门，安家犯不着出面得罪这位一贯强势的田夫人。

何况……

迎宾的眼睛微微眯起，向叶小天扫了一眼，完全没有印象。如果是有点身份的大人物，他就算叫不出名字来，也会有些眼熟。看来此人在权贵圈子里不是什么举足轻重的人物，生死有什么打紧？

文傲不经意地向前站了站，已经站在叶小天身侧，两人的衣袂甚至已经轻轻地碰在一起。以他的眼力，当然看得出这两个貌不惊人的中年文士都有一身超强的武功。

此时双方还没有交过手，但是从对方闪掠的身形步法和表现出来的气质看，以一敌二，这位铜仁第一内家高手也不敢说自己一定能赢。

一个中年文士微微一笑，向叶小天胸口拍出一掌。掌势轻描淡写，看起来浑不着力,文傲见了却吃了一惊。他一把抓住叶小天的手臂,叶小天身形一晃,已经离开原地三尺,站在了文傲后面。

文傲伸出另一只手,与那中年文士碰了一掌。两人都是轻飘飘地拍出一掌,但两掌相击,却发出一声沉雷般的爆响。二人衣袖部分顿时炸成片片碎帛,纷飞于空,仿佛蝴蝶。

文傲因为先行扯过了叶小天,脚下不及对方沉稳,随着一声爆响,肩头微微晃了一晃,不由自主地退了一大步,再次与叶小天并肩而立。

另一个中年文士哈哈一笑,身形一转,忽然鬼魅般地出现在叶小天另一侧,五指如爪,向他头顶抓去。

华云飞的眼力不及文傲,看不出这两人功夫深浅,但他反应却奇快,在那中年文士旋转如鬼魅的时候,已霍然拔刀!

探手,握刀,抽刀,举刀,臂、腰、腿三力合一,在中年文士迅疾如魅的速度刺激下,华云飞这一刀不但达到了生平最快的出刀速度,而且无师自通地达到了人刀合一的境界。

刀在空中掠过,被灯光耀出的一道弧线刚刚射入人的眼睛,锋利的刀刃就已砍在了中年文士的手臂上。如此一刀,就是一块石头也能劈断,一块铁砧也能剁入,但是砍在那中年人手臂上却如中败革,只发出噗的一声闷响。

不明所以的人只怕要以为华云飞这一刀只是佯剁。但是这一刀砍下,中年人的衣袖便齐肘而断,手臂微微一垂,半截衣袖飘然落下。如此一刀,又怎么可能是佯剁?

那中年人的手臂黝黑,表皮坑坑洼洼的,似乎曾经受过许多伤,现如今已经长成了一层铁一般的厚皮。

华云飞大骇,他正觉奇怪,不知对方戴了什么精钢制成的臂护,万万没想到对方根本没用臂护,就是用血肉之躯挡住了他的钢刀。

文傲沉声道:"掌心雷,麒麟臂!你们是江西龙虎山的人?"

两个中年文士微微露出讶异的神色,他们没想到自己居然没有占了上风,至于被人叫破功夫来历却没什么了。明朝皇帝大多崇信道教,江西龙虎山和湖北武当山是两大道教圣地,各自绝学均闻名天下,被人识破不足为奇。

文傲沉声道:"大人快走,属下挡他们一挡!"

叶小天何等聪明,文傲叫他快走,分明就是说技不如人,不可能护得他周全。但是,他能往哪儿走?文傲能不能撑到他下山上马、逃之夭夭?

何况,只靠文傲一个,只怕在两大高手夹击下根本撑不了几个回合,华云飞也得留下阻敌。他要逃走,恐怕要以华云飞和文傲的性命为代价。

李秋池此时早已闪在一旁,仿佛路人了。其实这倒不能怪他,他根本不懂武功,留在原地，除了碍手碍脚，还得别人分神来保护他，起不到任何作用。避到一边才是上策。

听了文傲的话，华云飞立即把微微有些卷刃的钢刀一横，也站到了叶小天的面前。叶小天猛地后退了三步，一把攥住了腰间的宝刀。

那口仪剑刃都没开，只能拿来当铁片子砸人脑壳。而且就凭他那点功夫，只怕被人家那什么邪门的麒麟臂一挡，他就得飞到山脚下去。

叶小天握住的是那柄金柄银质的圆月小钩刀。这刀固然锋利，却也不是削铁如泥，但不管怎么说，虽然短，总比那口徒有其表的仪剑用着顺手。

文傲大急："大人快走，这两人我们挡不……"他刚说到这里，两个中年文士已经长笑一声扑了上来。文傲哪里还有闲暇说话，立即五指箕张，决然迎了上去。

那位田夫人对两个随从似乎极具信心，始终没有回头看上一眼。走到门口，田夫人把请柬交到了迎宾手上。迎宾并没有翻开，只是微微一笑，欠身道："夫人请进！"

田夫人浅浅一笑，颊上露出两个诱人的酒窝。两个侍女打着灯笼头前进去，左右侍立。田夫人正要迈步进去，忽然看见那位迎宾面露惊讶之色。

田夫人一怔，想要回头看看，一柄冰凉的小刀已经架在了她白皙如玉、优雅似天鹅的秀项上。紧接着，一只有力的臂膀便箍住了她的身子。

"叫你的人马上停手！"身后传来的声音低沉凶狠。田夫人毫不怀疑，只要自己不答应，身后这人就会毫不犹豫地动手，一刀割断她的喉管。

两个中年人此时已经收手退在了一边，他们万万没想到这个年轻人会逃向安府大门，挟持他们的女主人。

他们被文傲和华云飞全力缠住，无法马上脱身，竟然眼睁睁地看着女主人被抓住。

安家门口自有侍卫，见状身形一动，却被迎宾双臂微微一张，制止住了。这小子敢动田夫人，只怕是真有些来路，没必要结仇。

"你好大的胆子，竟敢挟持我！"

田夫人脸上有股子好笑的神气，她并不是什么身怀绝技的江湖女侠，顷刻间就有办法脱离叶小天的掌握。她只是从来不曾把自己置于如此险境，也绝不相信对方知道她的身份后还敢动手，所以又好笑又好气。

"我知道，你是田家的人！"

叶小天刀子一横，在田夫人娇嫩如玉的颊上啪啪地拍了几下。那刀锋利无比，那脸吹弹可破，叶小天竟满不在乎。

两个中年文士吓得脸都黑了，田夫人的脸却已煞白。她终于明白，这个年轻人是认真的！就算她权倾天下，此时此刻也得受制于匹夫！

至于利用权势把人家挫骨扬灰，甚至满门屠灭，那只能由别人效劳了。如果人家横了一条心，杀她真的像是杀鸡屠狗一般容易。

叶小天此时心中何尝不是苦笑连连？他今天来有两个目的，一是在各方权贵面前露露脸，并且要成功展示自己斯文知礼的一面，免得各地土司把他当成野人王，认为他只懂得穷兵黩武。二就是和田家拉近乎，虽然他已经和田家秘密结盟，可这是不能告人的，所以他必须找个因由和田家在公共场合来往、亲近，从而掩饰他们真正的目的。

如今可好，他毫无怜香惜玉之心地挟持了一个百媚千娇的大美人儿，亮出了明晃晃的刀子和他的"青面獠牙"，破坏了他的第一个目的。而被挟持者十之八九是田家的人，第二个目的也无法实现了。莫非这就是天意弄人？

四下已经有许多人围拢过来，眼见如此一幕，谁还会满不在乎地跑进庄园赴宴？这种情景本就不常见，何况是发生在安家门前，那是一定要看看的。

"放开我！"

被叶小天挟持的美妇虽然俏脸发白，但依旧很镇静。

叶小天爽快地答道："成！这场误会一笔勾销！"

田夫人冷笑："想得美！你立即自杀，我就放过你的人！"

叶小天冷笑了一声："夫人，你被惯坏了！"

田夫人眉梢妩媚地一挑："那又怎样？你敢动我试试！"

叶小天答了一句："动就动！试便试！"

叶小天横在田夫人颈间的手忽地一扬，再一沉，刀子在空中划出一道靓丽的银线，在两个中年文士的惊呼声中，噗的一声刺进了田夫人的大腿。

围观人群顿时发出一阵阵咔咔的声响，不止一人因为惊讶而下巴脱臼："老天！他……他竟然真的敢下手！那可是杨天王的三夫人！"

第三十五章

扬名了

一

滴着血的圆月弯刀重新架到了田夫人优美的脖颈之上，叶小天脸上玩世不恭的笑容渐渐消失，变得十分严肃。他向众人冷冷扫了一眼，嘴巴慢慢凑到了田夫人那小巧玲珑的耳垂处。

"要么，你先死！要么，答应我的条件！田夫人，你决定吧！"说着，叶小天手上的刀子又一紧。

田夫人气得浑身发抖，她一向自视甚高，嫁人后身份更加高贵，从未受过如此奇耻大辱。可是碰上这样一个人，她能怎么办呢？秦王睥睨六国，威服天下，碰上蔺相如跟他耍流氓不也没辙吗？

田夫人紧紧咬着下唇，才压住心中的暴怒："好！我答应你，今日这场误会就此罢休！事后我也绝不会寻你的麻烦！"

"呵呵，你看，这样子不是很好吗？大家一团和气……"叶小天刚刚还凶得吓人，看起来像一头嗜血的狼，就这片刻工夫就已笑得一团和气，天官赐福似的。

他很痛快地挪开刀，对田夫人道："我相信以夫人的身份，一个承诺比一条腿更有价值！"叶小天方才挟持田夫人为人质，唯恐她的保镖动手，所以全神贯注，并未听到田夫人的真正身份。

但田夫人显然不这么想，她以为叶小天已经知道了她的身份，却依旧能如此镇定，倒是暗暗钦佩："这真是舍得一身剐，敢把皇帝拉下马。一个人不怕死，什么都吓不倒他。"

田夫人冷冷地瞪了他一眼，却果真没有让人再动手。两个中年文士凑到她面前，眼见她腿上血色殷红，有些手足无措地道："夫人，这……"

两人想要给她裹伤，可夫人的大腿他们哪能随便乱动？田夫人凶狠起来不让须眉，面对大腿上的血迹和刺骨的痛楚，丝毫不加理会，就这么昂然向昆仑园中走去，鲜血一滴一滴地落在地上。

"快！快扶夫人去裹伤，用最好的金疮药！"安府迎宾高声喊了一句，两个安府家丁已经出现在田夫人面前，引着田夫人向庄园深处走去。

叶小天耍了两下小刀，奈何他的水平有限，要得实在不够潇洒，便摸出一方手帕擦了擦刀，重新插回腰间："看什么看，没见过男人打女人吗？女人就得有点女人样，如果女人非要做男人，甚至做得比男人还男人，偏又不许别人拿她当男人看，公平吗？"

叶小天向众人兜售着他的道理："在下叶小天，卧牛长官司第一任长官，本人一向的为人原则就是只问是非，不问身份、性别、地位！"

叶小天一边说，一边向安家大门走去。

他居然没有逃走，他居然还敢进门。

事到如今，叶小天也别无他法。今天被人逼到这份儿上了，斯文绅士是扮不成了，那就干脆展现流氓本色吧。

不管如何，要想给人留下深刻印象，就得有特色，如果太中庸了，哪边都靠不上，也就泯然众人。

叶小天走到门口，那迎宾已经听到他自报家门了，却还是微笑着迎上来，客气地问："这位大人，小的是头一回见，请问您的请柬呢？"

叶小天向旁边一伸手，方才黄花鱼似的溜边站定的李大状不知何时已经鬼魅般重又出现在他身边，马上把那泥金的请柬递到他手里。

迎宾从叶小天手里接过请柬仔细看了看，便微笑着往旁边一让。安府门前发生了那样血腥的一幕，但这位迎宾先生好像根本没有看到一样。

作为安家的人，如果没有必要，哪怕是一个乞丐，他也没有理由为了别的土司家族而去得罪，何况眼前这位爷还是近百年来唯一一位受敕成为世袭土司一员的宦场新贵。

几乎每一个土司，都是先拥有领地、子民和军队，朝廷才会为了招抚而敕封他为土司。千百年下来，地盘已经被瓜分光了。在这些老牌势力控制区域内，后来者想争夺权势自然难如登天。

而且，现存的土司也不都是世袭的，虽然他们事实上都是世袭的。这话有点绕，说明白了就是：有些强大的或者在朱明王朝刚刚建立就表态归附的土司，朝廷敕旨上是明确注明世袭的。另外一些，朝廷会允许儿子接任父亲的职位，但敕旨上并没有世袭字眼；贵州有一百多个大小土司，大部分均为此种情况。

永乐皇帝当年是这么说的："准他做了，只不给他世袭，若他不守法度时，俺就把他换了。"

朝廷这么做是为了给自己留出余地，一旦有机会，就可以用"不守法度"或者

"不是世袭"为理由，对这些土司实行改土归流。

为什么土司们之间不管斗得多么激烈，只要朝廷忽然表示出了兴趣，想出面扮和事佬，他们马上如临大敌，宁愿打落牙齿和血吞，也要捂着盖着不肯让朝廷知道？原因就在于此。

叶小天是敕旨上明确注明可以世袭罔替的土司。他现在的地盘不大、势力也不大，但是世袭两个字表明，他在朝廷心目中的地位与其他大部分土司不同。

而这，很可能会成为卧牛山土司一系壮大起来的重要因素。土司们对朝廷心存戒备，是因为这个庞然大物对他们的生存是极大的威胁，与此同时，他们又需要从这个庞然大物身上汲取生存的养分，这是一个很奇妙的生态圈子。

所以，迎宾不想得罪他，谁知道他将来会有什么样的发展？旁观叶小天走进庄园的客人们大多没有这么想，在他们看来，叶小天已经是一个死人了。

安府的昆仑园风光应该是很美丽的，尽管夜晚看不见全貌，但这里俏婢挑灯，那里彩灯高挂，叫人看了不免有种话本小说里孤山大宅、狐仙聚宴的迷幻感。

此时，庄园里已经有不少人知道了方才发生在外面的事情。叶小天一走进来，他们就明白，就是此人得罪了杨应龙的三夫人田雌凤，因为跟着他走进来的其他客人，都像躲瘟神似的躲着他。

叶小天环顾四方，但见假山之畔、绿荷池旁、修竹林里、曲廊之下，人们或立或坐，大多都用有些怪异的眼神看着他，不禁对李秋池笑道："明日贵阳城里，只怕要天下无人不识君了。"

李秋池干笑道："大人的胆量，确实令人佩服得五体投地。杨应龙的三夫人，你说捅就捅了，还是当着这么多人的面捅，谁敢不佩服大人？"

叶小天听了大吃一惊，道："杨应龙的三夫人？谁？在哪儿呢？"

李秋池愣在那儿，呆呆地看着叶小天，道："刚刚……被大人你捅了一刀的那位田夫人，就是……就是杨应龙的三夫人哪！"

"啊？"这回换叶小天发愣了。李秋池这才明白，敢情这位大爷方才根本没有听见人群中的惊呼。

叶小天道："杨应龙的三夫人怎么可以随意抛头露面，参加今晚之会？"

李秋池道："这个……学生就不甚了然了。学生虽久住贵阳，知道一些豪门家事，但是对于他人女眷的事，实在不便打听。"

"呵呵，天机不可泄露太多，改日有缘，贫道再为你卜算一下吧。"

一座小桥凌驾于水上，一个仙风道骨、步姿飘逸的道士在几个权贵子弟的簇拥下缓步走来。他面上微带矜持之色，语气很冷淡，显然对于给人卜算前程赚取卦金一类的事儿毫无兴趣。

那道士一抬头，忽然看见灯下站立的叶小天，吓了一跳，急忙一转身就要溜走。

"嘿！长风老道，原来是你，过来过来！"

叶小天眼尖，一眼看清那是长风道人，马上向他打招呼。

长风道人暗叫一声苦也，急忙扭过头来，换作一脸惊喜，大步迎上来道："啊？哎呀！竟然是叶大人！哎呀呀，真没想到，竟然会在这里遇到叶大人！好久不见，好久不见啊……"

陪同他走过来的几位权贵子弟见状一时面面相觑。

这位长风真人据说在茅山深处修行了三百年，静极思动，下山游历，是一位活神仙，道行极其高深。世俗红尘间的富贵权柄，在他眼中一文不值。

就连播州杨家掌握家政大权的田雌凤到贵阳拜晤这位活神仙后，都对他敬若神明，毕恭毕敬地执弟子礼。这个年轻人是谁，竟敢对长风真人呼来喝去？

更叫人难以理解的是，一向超然物外、在任何人面前都不假辞色的长风真人居然对他点头哈腰、赔笑施礼，这个人究竟是什么人？

第三十六章

白泥雌凤

一

长风道人一见叶小天顿时局促不安起来，叶小天瞧他神情心里便明白了，忍不住促狭地笑道："当日你在铜仁做的那些事儿，我心里都有数，本想找你算账来着，没想到你溜得比谁都快。哈哈，没承想你到了贵阳，居然比在铜仁混得还好，莫非此地人傻钱多，更好糊弄？"

长风道人干笑道："当年从茅山出来的时候，我本没想过到贵州来，谁不知道这儿穷啊。没想到这儿的穷人是真穷，富人也是真富，便是中原的大富人家面对他们的穷奢极欲也得甘拜下风。贫道……贫道只是劫富济贫、劫富济贫……"

叶小天在铜仁府干的最有名的一件事就是把五位权贵家的子弟给砍了，长风道人对此事记忆犹新。于是他打出劫富济贫的幌子，以此取悦叶小天。

叶小天翻了个白眼道："劫别人的富，济你的贫吗？"

长风道人干咳两声，道："也……不全是。贫道若非广结善缘，哪能这么快就声名鹊起？济贫赈灾的好事，贫道还是做了一些的，做了一些的。"

叶小天笑道："你不用怕，我对这些大富大贵、脑满肠肥的家伙也没什么好感，只要你不动我的歪脑筋，我才懒得拆穿你的真面目！"

长风道人大喜，向他连连打躬作揖。虽然这副模样未免有损他的得道高人形象，不过一时也顾不上了。至于他人的疑虑，回头再找理由解释吧，反正糊弄那种人他有的是主意。

长风道人谢过了叶小天，小心翼翼地道："那……贫道就告辞了？"

"你去吧，哎！等等！"叶小天忽然又唤住了他，问道，"播州杨应龙有位三夫人，姓田，你可了解此人？"

杨家三夫人田雌凤同她丈夫杨应龙一样痴迷道术。说起来杨应龙是一时之豪，田雌凤也是女中豪杰，能被一个神棍忽悠，似乎有些不可思议。

田雌凤前不久才拜在长风道人门下为记名女弟子，长风道人当然知道她。一听叶小天问起田雌凤，长风道人登时露出了暧昧的神色。

长风道人道："这个，贫道自然是了解的。不过，她可是杨天王的女人啊。叶大人，常言道色字头上一把刀，杨家这口刀尤其厉害，你……"

叶小天瞪了他一眼，道："亏你还是个出家人，想到哪儿去了！我与此人结下了梁子，总要知己知彼才好应付啊。你既了解此人情况，快快说与我知道。"

长风道人无奈，只好道："那……大人先容小道打发了那几个人再说。"

长风道人走过去，对那几人咳了一声，云淡风轻地道："贫道偶遇一位故人，要攀谈一阵，你们就不必等我了。若是有缘，下次贫道再与你等讲法。"

一个权贵子弟小心翼翼地问道："仙长，那人是谁啊？我看仙长对他好生恭敬。"

长风道人嘴角抽了抽，悠悠一声长叹，眼睛眺望远方，道："那人今生什么身份并不重要。重要的是几百年前，他的前世曾救过贫道。"

众权贵子弟一阵哗然，长风道人道："贫道那年六岁，适值辽兵犯宋，子午谷前两军对垒，百姓纷纷逃命。贫道跌倒在地，眼看就要被踩踏成泥。千钧一发之际，是他单枪匹马冲来救我性命……"

众权贵子弟被他一番话说得悠然神往，纷纷好奇地看向叶小天，暗暗猜测着他前世的身份。众权贵子弟散去后，长风道人换了一副愁眉苦脸的样子，回到叶小天身边，道："大人想知道她什么事？"

叶小天道："家世，来历，你想到什么就说什么。"

叶小天在来贵阳之前做过一番功课，但仓促之间哪能记得许多？他只能选择各大世家的土司和掌权的土舍的资料填鸭式背诵，没想到到了贵阳第一次赴宴，来的却大多是土司二代。叶小天就像走上考场，突然发现试卷的考题偏得一塌糊涂，一道都没蒙中。

长风道人咳嗽一声，道："古语有云：思播田杨，两广岑黄。这思播田杨指的就是思州田氏、播州杨氏。为什么田、杨两家被放在一起呢？"

叶小天道："为什么呢？"

长风道人露出一副孺子可教的模样，道："因为这两家不但齐名，而且世代联姻！"

"哦？"

长风道人道："自大宋徽宗年间杨家第十代杨维聪开始，杨家长房长子必娶田氏之女为妻，田家长房长子必娶杨氏之女为妻，这个传统一直延续了下来。

"永乐年间，思州内乱，田氏叔侄相残，永乐皇帝趁机废除田氏世袭土司的职位，田、杨两家的联姻才中断。杨家嫡长子从此只娶江西龙虎山张天师一脉的女子为正妻。如今杨应龙的正妻就是龙虎山张氏之女。"

叶小天点点头。长风道人所说的情况，他看过的资料中有些有，有些没有，不过由此倒可看出，长风道人是真的了解。

长风道人继续道："田家败落之后，除了嫡宗长房苦撑局面，族人大多散去。其中有一支流入播州，定居余庆白泥。杨家三夫人田雌凤就来自余庆白泥这一支。"

叶小天这才知道，这田雌凤确实是田氏族人，不过和田妙雯这一支显然没什么走动，倒是不用担心得罪了她便不好与田彬霏一脉结盟。

长风道人道："田雌凤容颜甚美，自幼便芳名远播，杨应龙便纳了她做三夫人。这田雌凤颇有心计，自嫁入杨家，甚得杨应龙欢心。正妻张氏争不了宠，又不愿见她得意，干脆迁居别院，不与他们往来了。

"田雌凤自此专宠于后宅，又把她的两个哥哥田一鹏、田飞鹏都引荐给杨应龙，做了杨家的两路兵马大总管，还各自娶了杨应龙的妹妹为妻。

"她这两个哥哥又把女儿嫁给杨应龙的儿子，如此一来，白泥田氏已经独立于思州田氏之外，成了播州杨氏麾下一股举足轻重的力量了。"

叶小天听到这里，眉头不觉又皱了起来。如果这田雌凤只是杨应龙众多夫人中寻常的一个，问题还不大。就算和杨家交恶又怎么样，他早晚要对付杨家，反正杨应龙也不会因此就兴兵攻打卧牛岭。

可是，这个田雌凤现在居然成了执掌杨氏王朝内政的人，那她的分量和能量就不同了。虽然她不会轻率出兵，但若想报复，可以调动的资源就多了。

长风道人说完，见叶小天沉思不语，便试探地道："大人，贫道可以走了吧？"

叶小天点了点头，长风道人如蒙大赦，赶紧掉头就溜，急急抢出几步，忽然想起如此赶路有损自己世外高人的形象，急忙稳住身形，迈起了"神仙步"。

叶小天低头思索半晌，抬头道："那么，她此来贵阳，是为了……"叶小天话说到一半便停住了，面前空空，哪里还有长风那个牛鼻子老道的身影？

·※·※·※·

田彬霏和田妙雯各乘一辆牛车，施施然地赶往昆仑园。乘牛车也是复古风，田氏兄妹不愿意高冠博带，可是受田家声名所累，又不能随心所欲，只好把功夫下在车驾上。如此出行，倒也透出几分古雅。

前方夜色中，昆仑园已隐约可见，一个青衣侍卫忽然快马赶到车旁，纵身一跃，跃到田妙雯所在的牛车上，随势单膝跪倒。

这人双手抱拳，对田妙雯低声禀报了一阵。田妙雯微微一愣，随即喜笑颜开。她向青衣人挥挥手，青衣人一个后空翻，稳稳地落在他的马上，一拨马头便消失在夜色之中。

田妙雯微笑着对另一辆车上的田彬霏道："哥，叶小天已到昆仑园。"

田彬霏瞧她眉开眼笑的样子，淡淡地道："他到了昆仑园，值得这么开心吗？"

田妙雯道："他一到昆仑园就遇上了田雌凤，双方不但大打出手，他还制住了田雌凤，在她腿上刺了一刀，逼她公开承诺不再追究此事！你说这值不值得开心呢？"

田彬霏愣了愣，忽地仰天大笑起来。

什么人最可恨？不是敌人，而是背叛了你、投靠你的敌人为虎作伥的人！白泥田氏和思州田氏同祖同宗，本该同仇敌忾，一起为了复兴田氏而努力。但是白泥田氏现在已经成了杨应龙的忠实走狗。田氏兄妹眼见白泥田氏成为播州杨氏旗下的一股重要力量，不是不曾想过感召他们重归田氏怀抱，成为田氏复兴的力量，只是被田雌凤无情地拒绝了。

如今田雌凤在那么多豪门权贵面前给白泥田氏和播州杨氏丢了脸，田彬霏自然感到快意。他重重地一拍车辕，大笑道："哈哈哈，走快些，我倒要瞧瞧，她白泥雌凤现在是何等狼狈！"

第三十七章

林中筵

一

　　安家之筵不在厅中而在林里。此时已近中秋，明月一轮，清辉满地，更有彩灯美婢散落其间，真的很美。

　　林中有席，这里一张，那里一张，月光映在竹席上如雪如霜。客人们可与熟悉的朋友们席地而坐，吟诗作赋，倒也随意自然。

　　其实如此宴客与西方的冷餐会也差不多了，区别只是食物不是自助。既然是野宴，安家准备的菜肴大多是炙鱼、点心、瓜果，并不是什么隆重的正式餐饮，却更可口。

　　林间有美婢穿梭，你想要什么，只需唤住她们吩咐一声，片刻工夫就会送来。美婢们活泼烂漫，与客人有说有笑，并不拘谨。

　　叶小天带着华云飞、文傲和李大状漫步其间，见安公子还未露面，便想找人攀谈一番，他此来贵阳的一项重要任务就是向各地权贵正式介绍自己嘛。

　　旁边有一席，坐了七人，谈笑风生，叶小天施施然地走过去，拱一拱手，笑道："啊！几位仁兄谈得很开心啊，不知在下可否……"

　　叶小天还没说完，一个高冠博带做汉晋雅士打扮的男子把羽扇一摇，向前方竹林中一指，道："我观彼处灯光更美，几位贤弟一同去坐坐？"

　　"同去！同去！"

　　几个高冠博带的公子哥儿纷纷站起，趿拉着高齿木屐，甩着大袖，踢踢踏踏地跑去做竹林七贤了，丢下叶小天一个人站在那儿怔怔发愣。

　　李秋池凑上前，小声道："大人，他们一定听说了大人与田氏女结怨的事。田氏女背后可是播州杨家，他们不想惹火烧身，所以刻意回避。"

　　叶小天苦笑摇头，道："我不曾踏进这个圈子，先得罪了这圈子里的风云人物，此番贵阳之行，只怕不那么顺利。"

文傲微笑道:"任何一个圈子里面,有拉帮结派的,就一定有与之对立的。就算安家也做不到被所有土司人家齐齐拥戴,何况是到处树敌的杨家?大人不必气馁。"

叶小天道:"文先生一席话,令叶某茅塞顿开啊。"

李秋池听了不服气,忍不住道:"与杨家不和睦的人家或许有,可他们也没必要为了咱们与杨家交恶。咱们大人伤的可是杨应龙的三夫人,打的是杨应龙的脸,谁会与咱们亲近呢?"

华云飞道:"何妨一试,我不信他杨应龙可以一手遮天。"

叶小天道:"走,那咱们就去那边试一试。"

叶小天走到旁边,那张席上,几位服饰奇古、仿佛春秋士子的年轻人刚刚落座。叶小天笑吟吟地道:"几位仁兄请了,小弟叶小天乃铜仁卧牛岭……"

叶小天言犹未了,一个才坐下的"春秋士子"便大惊小怪地道:"哎呀!此处蚊蝇甚多,我等不妨移到那边风口上去,秋风习习,更加舒坦。"

"言之有理,言之有理。"

"同去,同去。"

几个刚刚落座的"春秋雅士"登时逃之夭夭,跑到前方空旷处了。

叶小天愣了愣,对华云飞等人苦笑道:"罢了,咱们坐吧。"

叶小天几人坐下,低声交流几句,眼见席上空空,叶小天便东张西望起来。叶小天扭头一看,见不远处树上挂着一串式样各异的彩灯,灯下站着一个绿裳丫头,头梳双丫髻,皓齿明眸,便对她招了招手道:"姑娘,你过来一下!"

"我?"

绿裳丫头正在东张西望,忽然看见叶小天向她招手,不禁吓了一跳。她左右看看,指指自己的鼻子尖。叶小天笑着点点头。那绿裳丫头犹犹豫豫地挪过来,一脸戒备地道:"公子……唤人家做什么?"

叶小天一抬手,那绿裳丫头立即尖叫一声,双手抱头,连声道:"别打我,别打我,公子饶命。"

叶小天道:"谁要打你了?我是想让你给我们这一席送些酒水、烤肉来。"

绿裳丫头放下双手,疑惑地看着叶小天,踮着脚,一副随时准备逃命的样子,怯生生地道:"公子真……真的不是要打我?"

叶小天无奈地道:"无缘无故的,我为什么要打你?"

绿裳丫头眨眨眼睛,回答道:"人家听人说,公子你特别喜欢打女人,不但喜欢打,还喜欢拿刀子捅,刚刚就在大门口把一个女人捅了,人家……人家有点害怕……"

叶小天道:"我刚才动武是有原因的,你看我多么和气,像是穷凶极恶之辈吗?"

绿裳丫头天真地道："人不可貌相啊。公子你看我清纯伶俐、眉眼如画，像个小丫鬟吗？可我就是小丫鬟。公子你看着不像坏人，不代表你真的不是坏人。曾经有位土司老爷喜欢吃人心肝，可他长得慈眉善目的……"

叶小天无力地扬了扬手，又放下，无奈地道："你这丫头……去去去，你快去吧！再跟你斗嘴，我得被你活活气死。"

绿裳丫头哦了一声，举步要走，忽又停住，怯怯地问叶小天："那公子还要不要酒水和吃的了？"

叶小天无奈地道："如果有，当然最好。如果没有，其实我也不太饿。"

绿裳丫头松了口气，嫣然一笑，道："公子这么好说话，一点都不凶。"

叶小天开心了："是吧，你终于知道我是好人了。"

绿裳丫头用力摇头："不是啊，人家只是说公子你好说话，看着一点都不凶。吃人心肝的那个土司绰号还叫活菩萨呢。"

叶小天瞪着她，实在是无话可说了。绿裳丫头被他一瞪，又露出害怕的神情，急忙退了两步，怯怯地道："你……你要干什么？"

叶小天恨恨地道："我正琢磨，把你烤熟了，从哪一块开始吃！"

绿裳丫头吓得尖叫一声，撒腿就跑。她一转身，正好撞进一个人怀里。那人吃她一撞，居然稳稳地站在那儿一动没动，倒是大手一抬，按在她的削肩之上，帮她稳住了身子。

绿裳丫头连忙向那人道谢："实在对不住，对不住，踩痛了你没有？人家身子好轻好轻的，应该没有。"

叶小天听到这里，忍不住扑哧一声笑了出来。安家这个小俏婢还真是个活宝。

被踩了一脚的男子身材颀长，五官周正，虎目炯炯有神，年纪只有二十五六，年轻而剽悍。他周身上下并没有什么华丽的装饰，但服装打扮明显不俗。

他瞪了小丫鬟两眼，不耐烦地挥了挥手，转向刚刚笑出声来的叶小天，看了他两眼，不甚确定地道："叶小天？"

叶小天颔首道："正是在下！"

那人又道："卧牛司长官叶小天？"

叶小天笑了，道："贵阳难道还有第二个叶小天？"

绿裳丫头忍不住插嘴道："那可不一定，同名同姓的人总是有的，叶小天这个名字又不是多么别致罕见，挺一般的嘛。"

"快去取酒肉来！"叶小天和那个年轻人忍不住了，异口同声地对她吼道。

绿裳丫头吓了一跳，慌慌张张地逃开了。

年轻人转向叶小天，哈哈一笑，拱手道："在下水东宋天刀！"

叶小天之前做的功课总算派上了用场。一听宋天刀之名，他一惊，宋氏长房嫡子，未来的继承人？叶小天赶紧起身，向他抱拳还礼："原来是水东宋兄，久仰，久仰。"

宋天刀哈哈一笑，走过来抓住叶小天的手臂用力摇了摇，瞟了文傲和李秋池等人一眼，说道："若是几位不嫌打扰的话，可否让宋某同席呢？"

叶小天大喜，道："这几位都是在下的幕僚，天刀兄请坐。"

这边发生的事，周围的人自然看在眼里。其中有不少不认识宋天刀的，见他居然主动结交那个有今日没明天的叶小天，不禁窃窃私语："此人是谁？他是不知道这叶小天刚刚招惹了杨家三夫人，还是成心让杨家难看？"

不过各大土司世家的继承人都会时常出来走动，一则是历练，二来就是结交人脉，认识宋天刀的人还是不少的，所以他的身份很快就被周围的人知道了。

知道他是宋天刀，众人便明白了。宋家正跟杨家死磕，叶小天捅了杨应龙的三夫人，别人需要避嫌回避，宋家当然不在乎，不但不在乎，心里还一定高兴得很。宋天刀纡尊降贵，主动结交这个胆大包天的叶小天，也不足为怪。

宋天刀是个爽朗的汉子，两人相谈甚欢，席上不时传出宋天刀的大笑声。

林中各席上的人好奇地看了一阵，对他们也就不再关注了。好友们各自攀谈，笑声、话语声或高或低，汇成了不同的声浪。

但是，忽然间，声浪消失了，只听叶小天声音清晰地道："就这么着，我狠狠地教训了杨家一顿，曹家兴师动众，却没捞到什么好处。"

宋天刀哈哈大笑："教训得好！曹瑞希那个狗东西，我早看他不顺眼了。杨羡敏弑兄自立，更是该死。叶老弟，你是替地方除害啊！"

宋天刀笑谈了几句，忽然觉得有点不对劲儿，林中似乎太清静了些。他抬头一看，见明灯之下，正有一行人姗姗行来，与各席上的宾客们一一打着招呼。

灯下看得分明，笑吟吟地拱手施礼者乃是安大公子，陪在他旁边的正是田雌凤！难怪林中忽然安静了，仇人相遇，只怕又要出事。大家都……好期待啊……

第三十八章

叶太岁

一

田雌凤被叶小天刺了一下，刃虽锋利，入肉倒不甚深，敷了金疮药再好生包扎一番，情况倒也不是非常严重。

但不管怎么说，此时田雌凤都该静养，继续出来走动对愈合显然没有好处。但她依然露面了，并且努力维持着她的高傲与美艳。

为了迎接新任巡抚叶梦熊，各地权贵纷纷赶赴贵阳。就连安家都想借此机会多多笼络各方豪杰，杨家岂能没有想法？杨应龙胸怀大志，最受宠爱的田雌凤一清二楚。为了帮助丈夫完成大业，她此来贵阳，同样负有结交各地豪强的重要使命，当然不会就此消失。

"夫人请坐！"

安公子没让田雌凤多走，在"竹林七贤"腾出的那张席前停下。一个侍婢立即把一个厚厚的蒲团放在地上，田雌凤向安公子道了声谢，便让侍婢扶着落座了。

安公子徐徐转身，看向叶小天，气氛顿时紧张起来。这里是安家，田雌凤是安家的贵客，叶小天在安家门口伤了田雌凤，安公子必然很不悦。

谁是谁非姑且不论，安家作为土司第一家，一向承担着调停各土司之间矛盾、维护贵州稳定的责任。在这过程中，实力相差悬殊的土司发生矛盾如何调停？

在尽可能平息事端的基础上，一定程度地偏袒强大的一方，是必然的选择。做绝对公平的法官？那安家早就把人得罪光了，还能保持今时今日的荣光与影响吗？

"安公子要替田雌凤出头了！"

"田雌凤那般娇媚的尤物，安公子纵然阅尽佳丽，见了怕也要神魂颠倒。他若有心取悦美人儿的话，这位叶长官只怕要倒大霉。"

"只是把他轰出昆仑园，就能让他颜面扫地！"

"扯淡！你们有所不知，安公子他……"

"他怎么样？"

"也没什么。"

宋天刀脸色忽然凝重起来，上前一步，沉声道："安兄，叶小天是我的朋友！"

人群又是一阵骚动，宋天刀的身份足以代表宋家。宋家站在叶小天这边，安公子总要有所顾忌吧？

宋家长公子既然强出头，要替叶小天撑腰，对阵杨家三夫人，安家就该头痛了。可惜啊，正牌田家还没露面，也不知田家会站在哪一边。如果安、宋、田、杨四大家凑在一块儿，这戏就好看了。

人群中，一个穿一袭月白色袍子、风度翩翩的中年男子负着双手，饶有兴致地看着现场局面，轻轻抚着修剪得很是整齐漂亮的八字胡，面带微笑。

在他肩后，有两个人悄悄探出头来。左肩那个长着一张巴掌大的小脸，小鼻子小眼，颌下一撮鼠须，样子猥琐得很。不认识他的人很难把他和凶残狠辣、贪婪成性的石阡司长官曹瑞希联系起来。

右肩探出的那人方面阔口，鼻直眉浓，颌下一部美髯，仪表堂堂，一脸正气，正是徒有其表、与曹瑞希狼狈为奸的展家大首领展伯雄。

这两人与前边那位中年美男子并不熟悉，只是恰巧出现在他身边而已。二人借这男子做掩护，又是仇恨又是欢喜地看着叶小天。

对这个叶小天，他们又恨又怕。现在叶小天竟然触怒了田夫人，这让他们大为欢喜。

安公子没理会宋天刀，大步走向叶小天。众看客精神一振，正要看安公子如何处置，就见安公子突然换了一副愁眉苦脸的表情，对叶小天道："我说小天贤弟，你这性子就不能改改吗？"

一句话出口，众人登时跌碎了一地的眼镜，这神情、这口吻，这么幽怨，这是谴责吗？

叶小天一脸无辜地道："安兄，不是小弟找事儿，是事儿找我啊！当初年少轻狂时，小弟确曾疯疯癫癫，可如今不同了，小弟好歹也是一方首领，为人处世一向稳重得很。"

安公子脸颊抽搐了几下，无力地道："就你现在这样子也叫稳重？我算是看明白了，你小子就是太岁啊，太岁当头坐，无喜必有祸。"

叶小天一本正经地道："安兄此言差矣，就算我是太岁，也是你不惹我，我不惹你……"

安公子苦笑，道："算了算了，你这人总有道理可讲。"

安公子说着，取过两杯酒，一杯端在手里，一杯递与叶小天，道："本公子做个中人，给我个面子，你向田夫人道个歉吧。"

叶小天道："该赔的礼我已经赔过，不该赔的礼我是不会赔的。"

田夫人也冷冷地道："此事已经了结，我也不会再追究，公子你就不必强出头了，他肯赔礼我也不受的！"

作为杨应龙最亲密的枕边人，杨应龙纵容叶小天壮大，最后再把他的势力攫为己有的计划，田夫人是知道的。所以在弄清楚叶小天的身份之后，她虽恨之入骨，却也只能暂时压下报复的念头。

安公子只道田夫人仍旧心有不甘，叶小天又如此倔强，不禁满脸苦相，独自仰头吞下那酒。

叶小天摊手道："对啊，安兄就不必强出头了。小弟其实是个很讲道理的人，一向以德服人……"

这时，那个绿裳丫头端着一盘子烤肉兴高采烈地走过来，出现在叶小天身后。安公子一眼看见她，一口酒噗的一声喷了出去。

酒雾弥散，李大状鬼魅一般出现在叶小天身边，双手奉上一块洁白的手帕。叶小天慢慢张开眼睛，接过手帕，用力擦了擦脸，郁闷地道："安兄不信？"

安公子急忙收回目光，苦笑道："信！我信，你这人最是通情达理……"

曹瑞希看到这里不禁有点着急了，本以为一场大冲突马上就要爆发，谁料事态却是这样发展的。他才不相信田夫人受此奇耻大辱还能息事宁人！

必须填一把柴、加一瓢油！曹瑞希和展伯雄对视一眼，心意相通般明白了对方的打算。曹瑞希立即朗声一笑，从人群中挤了出来。

曹瑞希击掌道："好威风！好霸气啊！田夫人宽宏大量，曹某人却要鸣不平了！你叶小天也敢说以德服人，从不招惹是非？笑话！简直是一个天大的笑话！"

曹瑞希往众人面前一站，虽然身材瘦削矮小，猴儿似的，但久居上位，气度倒也不俗："你硬生生抢了铜仁张氏的地盘，据为己有，立足未稳就越过水银山，吞并了石阡杨氏！

"你扶立一个小丫头为土司，狼子野心路人皆知！你敢说石阡杨氏现在不是在你的控制之下？嘿嘿！你手下的得力大将于扑满现在就驻兵于杨家堡，难道不是吗？"

展伯雄紧跟着跳出来，怒气冲冲地道："你叶小天以德服人？当真是天大的笑话！对田夫人你竟下此毒手，由此便可见你的凶残！"

叶小天见他们出现，先是有点意外，但随即也就明白了。这两人现在的境况都不怎么样，有这样一个结交其他权贵兼巴结新任巡抚的机会，他们怎么可能不来？

叶小天淡淡地嘲讽道："展前辈终于要撕破脸皮了吗？"

展伯雄老脸一红，恼羞成怒道："什么撕破脸皮，老夫与你有什么情面可讲？我展家已经和播州杨家正式缔结姻缘,老夫的侄女即将成为杨土司的夫人,与田夫人就要做姐妹了!

"我展家与杨家从此休戚与共,一荣俱荣,一损俱损。你伤害田夫人,折辱杨家,夫人大度,不与你计较,老夫看在眼里,又岂能袖手旁观?"

叶小天讥笑道:"放屁!播州杨家轮得到你这老匹夫出面替他们讨公道?你这老家伙,前番对田家姑娘意图不轨,追杀途中又想杀了叶某灭口,恐怕是担心惹怒田家,又得罪了我叶小天,早晚招来报复,所以才想趁机出手,打着替杨家讨公道的名头,寻我叶小天的晦气吧?算计得好啊,你替杨家出头,如果吃了亏,杨家无论如何也不能坐视,你也就成功地拖杨家下水,替你挡刀消灾了是吧?"

叶小天利口如刀,一语道破展伯雄的用心。展伯雄恼羞成怒道:"你这小畜生,以小人之心,度君子之腹!什么对田家姑娘意图不轨?你中伤老夫,老夫与你誓不罢……"

展伯雄狠话还没说完,叶小天已经从那绿裳丫头捧着的一盘子烤肉里边抽出一只烤羊腿,狠狠地捅进了他大张的嘴巴,紧跟着一拳打在他的下巴上。

展伯雄一身武功,可惜他丝毫不曾料到自称斯文知礼、向来以德服人的叶小天突然就动了手,被他偷袭得手。

叶小天虽不会武功,这一拳却也不轻,打得他仰面摔了出去。叶小天紧跟着扑向曹瑞希,一把揪住他的衣领,用力一抡,竟然把他瘦削的身子抡了起来:"姓曹的,你前番帮助杨羡敏占我土地、毁我庄稼、坑我子民,老子还没找你算账,今天你来得正好,新账老账,咱们一起算!"

安公子在一旁目瞪口呆,不是"一向以德服人"吗?言犹在耳,这就动上手了?

第三十九章

暗流涌

一

不讲道理？

蛮横无理？

对！

叶小天也是实在没有办法。他初到贵阳时，本打算扮成一个斯文有礼的文明人。作为一个外来户、一个新晋的贵族，以这样的形象示人，更容易被土司圈子里的老贵族们接受。

可惜天不从人愿，只是赴场宴会，就莫名其妙地招惹了杨应龙家那只妖气冲天的狐狸精，逼得他不得不亮出野蛮的一面。

第一印象是很难改变的，再加上曹瑞希和展伯雄出来搅局，叶小天只好把心一横："既然扮不成文明人，那我就扮个野蛮人给你们看。"

野蛮人该是什么样子？性情冲动，做事不考虑后果，喜欢动用武力，不喜欢动脑……

这好办啊，杨天王最宠的三夫人已经被我捅了，够冲动、够不考虑后果了吧？在安公子面前，出手殴打展土司和曹土司，明显是个不喜欢动脑子的暴力男嘛。

叶小天到贵阳准备做的第一件事就是向众土司展现自己的形象，现在他已经成功地做到了，只是结果与他的预想完全相反。但第二件事他还大有可为。

叶小天要做的第二件事是什么？创造和田家结盟的机会。田氏兄妹在贵阳都"哭诉"了大半个月了，谁不知道田家和展伯雄有仇，而且田家无力报复？

现在他和展老头儿大打出手，只要田氏兄妹不太蠢，一定会抓住这个机会向他示好，双方就能顺理成章地结成盟友了。

绿裳丫头站在安公子旁边，看得眉开眼笑，这样好玩的事儿可不是经常能遇到的。安公子继续目瞪口呆，似乎完全没有反应过来——他现在也只好故扮痴呆了，不然怎么办，出面干涉、调停？

别扯淡了！安家不是专业仲裁人。安家作为贵州第一大土司，的确不希望贵州出乱子，他们一直在努力维持这方天地的稳定。

但稳定不代表要一潭死水，绝对的稳定并不健康，就算没有外敌来搅个天翻地覆，久而久之，内部也一定会自行腐烂。而安家也将失去超然的地位，大家不会觉得安家还有存在的必要。

所以……有人想捅大乱子的时候，安家会出面制止；如果局面太平静了，安家还会悄悄出来搞出点事儿，这样大家才有事可做嘛！

叶小天和展伯雄、曹瑞希打架这事，恰好在安家认为完全可以掌控的范围之内。所以安公子的眼角和嘴角已经悄悄地弯了起来："打得好！打得好啊……"

田雌凤坐在席上，看看倒在一旁、正从嘴里拔出烤羊腿不断干呕的展伯雄，冷笑道："哼！这就是他说的以德服人？他的德，难道是武德吗？"

先前站在人堆里看热闹的那个中年文士被展伯雄和曹瑞希走出来时挤撞了一下，站得更靠前了，听了田雌凤这句话，不禁笑道："武德好啊，武德比文德管用！文成武德，一统江湖嘛，哈哈……"

田雌凤听见声音，抬头向他一看，脸色顿时一沉："查铭哲，是你？你来贵阳做什么？"

中年文士微微一笑，道："田夫人来得，查某人怎么就来不得？"

田雌凤哼了一声，扭过头去没理他。

叶小天正抢着曹大土司忽上忽下，好像在耍石锁一般，大家的注意力都放在了他的身上，唯有李秋池一人注意到了田夫人和这个查铭哲的一番交锋。

此人敢和田雌凤如此说话，身份、地位应该差得不多，而且两人间显然是有嫌隙的。这样一个人物，还是少见的查姓，李秋池却没有印象，想不出是谁。

李秋池忍不住自语道："此人是谁，似乎与田夫人不太对付啊。"

李秋池肩后突然冒出一个脑袋，嘴巴一开一合："此人叫查铭哲，是播州掌印夫人张氏门下大管家。他原本是龙虎山张家的人，与张氏夫人青梅竹马，自幼一起长大。

"张夫人远嫁播州，成了杨应龙的夫人，他就跟着到了播州。张夫人不受宠，这个查铭哲便也不受重用。他这个大管家有名无实，并没什么权力。"

李秋池扭头一看，道："啊，原来是长风道人，你怎么神出鬼没的？"

长风道人微微一笑："贫道是有道行的人，神出鬼没也不算什么。"

李秋池道："道长对田家的事这么清楚，莫非也是凭着你的大神通算出来的？"

长风道人干笑道："真人面前不说假话，李大状就不要取笑了。贫道既然做了这一行，不多方打听，了解清楚那些大户人家的背景底细，怎么能铁口直断呢？"

李秋池惊道："你竟然知道我是谁！"

长风道人又露出了蒙娜丽莎一般神秘的微笑："何止！曾经有位姓李的少年读书郎在寄住舅家读书备考时，与邻家婶子发生过一段缠绵悱恻的爱情故事，李先生要不要听？"

李秋池脸色登时大变，瞪着长风道人，如见鬼魅，声音颤抖地道："你……你怎么知道？"

长风道人拈须微笑道："贫道是有道行的人……"

二人对话的时候，叶小天已经把曹瑞希抡了几圈，呼的一下扔了出去，站在原地呼呼喘气。曹瑞希会武功，但他身子太轻，被叶小天抡了几圈，天旋地转，倒在地上分不清天地上下，一时哪里站得起来？

宋天刀此时业已看呆，喃喃自语道："难怪莹莹妹子会看中他，这性格……"

安公子嘴角抽动了两下，道："何止莹莹，展家凝儿也喜欢他。"

绿裳丫头站在他们旁边，此时不禁微微地挑起了好看的眉毛："这男人是蛮有趣的，但至于获得夏家莹莹和展家凝儿两人的芳心吗？"

展伯雄终于停止了干呕，猛地跳起来，愤怒地咆哮道："叶小天，老夫与你誓不两立！"

展伯雄像一头暴怒的雄狮，一个弓步冲拳，狠狠地击向叶小天的胸口，其势之猛，便是一块石碑也能被打得粉碎。叶小天那身子若被他击中，只怕就要变成漫天肉糜。

叶小天站在那儿纹丝不动，眼看就要被展伯雄一拳击中，浑身的骨头就要断成几百块，绿裳丫头吓得一声尖叫，猛地捂住了眼睛。

此时，旁边忽然伸出一只手，横掌挡在了展伯雄的拳头上。如此威猛的一拳，击中那只手掌，竟然威势全敛。那只手掌微微一弹，展伯雄就觉得拳头一滑，不由自主地向前栽去。

展伯雄贴着叶小天的身子踉跄而过，摔在曹瑞希身上。曹瑞希还在天旋地转，被他一撞，下意识地想要推他，手却向地上无意识地抓了几下。

文傲此时已经出现在叶小天身边，双手负在身后，傲然看着展伯雄。田雌凤身边的两个中年侍卫肩膀微微一晃，似乎要冲上前去，宋天刀立即按紧了刀柄。田雌凤微微抬起手，制止了两个侍卫。

绿裳丫头睁开眼，看到叶小天依旧傲立如山，眼中顿时冒出了小星星："果然很有英雄气概呢！"

叶小天吓得腿肚子转筋，勉强支撑着，天可怜见，他多么想躲，问题是展伯雄那老头动作太快，他来不及躲啊。

张雨桐站在一个不起眼的角落里，眼看如此一幕，目光顿时变得更加深邃了。他也来了贵阳,刚刚继任土司之位没有多久,他也需要这样一个展示自己的舞台。

同时,张家现在已经大不如前,不但被于家篡夺了"王位",头顶上还压了一个"太上皇"叶小天,这日子没法过啊。

任何一个人,有一定的权利就要有相应的义务。作为张家的带头人,不仅仅是享受风光,还要担负维护、振兴整个家族的义务。这是一种巨大的压力。

而在铜仁,张雨桐只能在叶、于的夹缝中求生存,卑躬屈膝,苟延残喘。他需要一股活水注入这令人窒息的铜仁静水潭中,让他呼吸一口新鲜空气。

可是贵阳之行,张雨桐密会了几方权贵,均一无所获。安、宋、田、杨四大家中,安、宋两家都觉得铜仁之主易位对他们影响不大,懒得干预。

田家已经败落,面对展伯雄的欺辱都无力报复。而杨家……杨家的胃口太大,张雨桐还有几分理智,不会干出驱走二狼引来一虎的蠢事。

至于其他地方土司,大多看在和张家的老交情上,随着他痛骂几句于珺婷和叶小天,无关痛痒。张雨桐本已心灰意冷,打算回铜仁继续装孙子,直到等来可以当爷爷的机会。可这机会很可能要等上几百年……

但是现在,他忽然看到了希望!

第四十章

一场戏

一

"杀！给我杀了他！"

曹瑞希终于清醒过来，怒吼道。他的两个贴身侍卫立即扑了上去，但是马上就被华云飞挺刀拦住了，三口刀碰撞在一起，火星四溅如同飞萤。

而另一边，展伯雄早已亲自出手，与文傲斗在一起。这两人打法与他们又有所不同，展伯雄走的是外功路子，大开大合，威猛无俦；文傲是内家路子，力势内敛，云淡风轻。

这两人碰在一起，就像漫天大雪洒进湖里，看着纷纷扬扬好不壮观，但是一旦入水也就无影无踪了。显然，文傲游刃有余，只是不好当着这么多人的面杀了一方土司，所以有所保留。

砰的一声，一盏灯被华云飞一刀劈中，火光骤然一闪，那口雪亮的刀就从那碎裂的灯火中劈了下去，十分绚丽。虽然论实力，华云飞不及文傲，但是外行看热闹，还是华云飞的刀更霸道、更好看。

当然，如果是在战场上，华云飞这口刀一定比文傲的一双肉掌实用性更强，但是从武功造诣方面来说，文傲更胜一筹。

田夫人依旧端然而坐，仿佛眼前发生的这一切与她没有半点关系，居然还向绿裳丫头招了招手，让她把烤肉放在自己桌上，慢条斯理地品尝起来。

李秋池见华云飞和那两个侍卫刀刀风呼啸，眼前一道道闪电似的刀光太过恐怖，便对叶小天道："大人，且请入席坐下吧。千金之子坐不垂堂，安全为上。"

叶小天目光一转，径向田夫人那边走去，居然与她同席而坐。李秋池看见田夫人身后两个可怕的内家高手，有点心惊肉跳，可这时再躲，那也不用跟着叶小天混了，只好硬着头皮走过去。

其实叶小天也是颇有心计的，跑到田夫人身边坐下，看似危险，实际上反而最安全。因为从心理上说,他和田夫人同席而坐,近在咫尺,对方反而不易做出动手杀人的决定。

当然,这个因人而异、因事而异,并不适合每一种人、每一种环境,要综合各方面因素判断。运用之妙,存乎一心。

田夫人是有身份的人,她当众说过不会追究前事,那么至少表面上她得遵守承诺,至于会不会暗地里放冷箭那是另一回事。再者,两人先起冲突,随后才知道彼此的身份,目前也仅止于知道而已,他们都需要进一步了解对手。

叶小天自幼在天牢和那些耍了一辈子心眼的贪官污吏们打交道,分析他们的心理驾轻就熟。李大状熟谙的主要还是计谋、策略的运用,这方面反不及叶小天造诣深厚,白白担心了。

田雌凤本来独据一席,看见叶小天坐到对面,微微有些意外。

叶小天微笑道:"方才在外面,只知夫人美艳无双,继而知道夫人性情跋扈,却并不清楚夫人的身份。迫不得已动刀,实是为了自保,否则以夫人如此绝色,叶某怜香惜玉还来不及,又岂忍下手?"

这话实际上是在解释让步了,但又加了少许调侃和轻薄的味道,这种调侃和轻薄没到失礼的地步,又是女人最喜欢听的话——谁不愿被人赞貌美?

如此一来,叶小天的让步道歉就显得很含蓄了,哪怕是明白他用心的人,也不会认为他低声下气,充分保全了他卧牛长官司首任长官的颜面。

田夫人身后两个高手听他语言轻浮,作势又要动手。田雌凤斥止了二人,似笑非笑,轻轻抚着自己腿上伤处,一双颇具魅惑力的眼睛瞟着叶小天。

田雌凤风情万种地道:"叶大人所言都有道理,可这世上有太多的事情是根本不需要讲道理的。人家可是受了伤,流了血,你说罢休就罢休?"

叶小天叹道:"到了你我这种身份地位,可不能再做快意恩仇的江湖人了。夫人你不妨好生斟酌一下,冤冤相报何时了,不如一笑泯恩仇哇。"

查铭哲站在对面人群中,看见那两个内家高手一副忠犬姿态站在田夫人身后,不由心中暗恨。这两人可是龙虎山的人哪,如今却背弃夫人,对这个鸠占鹊巢的三夫人摇尾示忠。

可是再想想,却也无可奈何。夫人性子柔弱,不喜与人相争,被田雌凤夺去丈夫的宠爱也在预料之中。龙虎山张家与播州杨家已联姻三代,各自都有自己的政治利益掺和其中,张家断然不会为她出面干涉。

况且这种夫妻间的事,又有几个娘家能出面干涉?杨家势力不比张家弱,名头或有不如,实力甚至更胜一筹,真干涉怕也没有效果。

这些人自幼苦学,一身奇艺,知道跟着夫人永远没有出头之日,转而投到田雌凤门下，那是必然的了。有几个人能像他一样忠心耿耿？

· ※ · ※ · ※ ·

这时，田彬霏和田妙雯兄妹也赶到了。这对兄妹相貌出众，仿佛一对璧人，灯光月色之下，愈增三分颜色，就像暗夜中的一对萤火虫，自然马上就被人注意到了。

"田家到了！"

在世人眼中，四大家中，田家实力最弱，现在实力更是降到了八大金刚级的土司之下，但名头还在。四大家现在就缺他们了，田家到了，这场热闹才圆满了。

于是，土司们心照不宣地让路，行注目礼，两人出场的派头一时间竟盖过了安公子。

田彬霏和田妙雯一眼就看到了叶小天。在如此紧张的气氛之下，旁边还有几个人刀来刀往、蹿上伏下，他竟然如此安闲地坐在那儿与一个娇媚妖艳的大美人儿谈笑风生，可比两只暗夜中的萤火虫更加引人注目了。

"怎么回事？叶小天不是和田雌凤动手了吗？为什么两个人谈笑风生，好像一对多年的……"

"奸夫淫妇！"

头一句是田彬霏想的，第二句是田妙雯骂的。以田妙雯的精明，本该很容易就看出二人的言笑晏晏间实际上暗藏着戒备、警惕、试探与敌意，可也不知道怎么的，一看田雌凤与叶小天笑语盈盈，她就冒出了这么一个词儿。

不过，田大小姐毕竟是田大小姐，不是心直口快的凝儿，也不是天真烂漫的莹莹，紧接着就想："机会来了！"

"大哥！"

田妙雯唤了一声，向田彬霏一瞟。田彬霏此时业已意识到机会来了，立即朗声道："展伯雄，你这老匹夫居然还敢来贵阳露面，去死吧！"

田大公子静若处子，动如脱兔，身形倏地一闪，猛地冲上前去。曹瑞希的一个侍卫被华云飞一刀劈出几步，踉跄站稳，手中的刀被田彬霏一把夺去。

这田大公子倒真是全才，琴棋书画、诗词歌赋、谋略智慧、打理家族样样出类拔萃，会用毒，擅蛊术，武功也极高。一口刀落在他手中，比起华云飞的刀法来，丝毫不逊。

要说区别，那就是华云飞的每一刀都有一种有去无回的气势，而他则刀势流转颇为圆润，而且有种羚羊挂角般的空灵。恐怕此人最擅长的并不是刀法，而是剑法。

田大公子一出手，本就在文傲掌下左支右绌的展伯雄更狼狈了。但文傲并没有夹攻的意思，田大公子一出手，他就立即收手，退到了叶小天身边。

这时就变成了田彬霏对展伯雄，华云飞对曹瑞希和他手下的两名侍卫。曹瑞希武功还不错，但他虽然从不在乎别人的命，却很爱惜自己的命，所以一直没有出手，只是马猴一般在两个侍卫身后跳来跳去，吆喝他们杀敌。其中一个侍卫的刀被夺去，曹瑞希马上把自己的刀递给了他，继续跳来跳去……

田妙雯疾行几步，快到叶小天席前时又放慢了脚步，很矜持很优雅地敛一敛裙裾，款款落座。田雌凤向她嫣然一笑："数年不见，妙雯出落得愈发美丽了。"

田妙雯眸波流转，笑靥如花："这可不是心里话，人家哪里比得上堂姐你风情万种？凤姐姐的妩媚妖娆，女人见了都要心动，何况男人呢？"

说到这里，田妙雯轻轻瞟了叶小天一眼，一副很温柔、很理解、很明白的模样。叶小天暗暗抹了一把汗："这是什么情况？怎么有种幽会偷情被夫人捉奸在床的感觉？"

田雌凤掩口而笑："堂妹这是在笑话人家老吗？其实啊，一个女人就算再美，也要嫁了人，有了男人的宠爱之后才能艳丽无双。以你的姿色，一旦嫁作人妇，那种风情，只怕人家就要望尘莫及了。"

田妙雯脸色一白，田雌凤这是在讽刺她连许三门亲，连死三个未婚夫，到现在都快成了老姑娘，还是嫁不出去吗？

叶小天突然嗅到了一股危险的味道。就算他是一只傻狍子，也没有好奇心继续看下去了。他眼珠滴溜溜乱转，打算开溜。

叶大老爷刚刚抬起屁股，田妙雯含笑的双眸就定在了他的身上，只听她娇滴滴地道："叶长官——"

叶小天就像中了定身法，一屁股又坐了回去："啊！田……田姑娘……"

田妙雯嫣然一笑："人家可不是甜甜姑娘，人家是田姑娘。"

田妙雯居然笑了。她以前不是没有笑过，但是从来没有一次笑是为了展示一个女人的风情。如今这一笑，恰如月透薄云，令人惊艳。

要说甜，那是真甜，绝对是九尾天狐级别的魅惑之笑。比遇到一只狐狸精更可怕的是什么？那就是遇到两只狐狸精。

夹在两只道行深厚的九尾狐狸精中间的傻狍子叶大爷只能傻笑两声，道："是……是的……田姑娘！哈哈，哈……"

第四十一章

乱象频仍

一

田雌凤看了看田妙雯，又看看叶小天，莞尔道："两位的关系好像很不一般啊。"

田妙雯听了嫩脸不由一热，其实刚才话一出口，她就感觉有点不对劲了——这分明是看见情郎对别的美貌女子大献殷勤生了醋意。

她飞快地瞟了兄长一眼。田彬霏正与展伯雄斗得难解难分，一时倒顾不了他们这边的暗流涌动。

叶小天正了正身子，对田雌凤道："叶某有一……两位红颜知己与田姑娘为莫逆之交，这就缘分不浅了。前些天展伯雄意图对田姑娘不轨，事败后想杀人灭口，又是叶某搭救。因此，我们算是很相熟了。"

田雌凤挑了挑柳叶般薄薄的眉，道："也就是说，妙雯是你红颜知己的知己，你是妙雯的救命恩人喽？"

田雌凤故意强调这两点，本是想激起心高气傲的田妙雯的不悦，但田妙雯却温柔地承认了："是啊。以前就听莹莹和凝儿提起过叶长官，却不想初相识便蒙他搭救。叶长官，多谢了。"

叶小天爽朗地一笑："你是莹莹和凝儿的义姐，不算外人，客气什么？"

田妙雯听得心中好生不爽，脸上却笑得更甜了，斟一杯美酒捧在手中，对叶小天道："不是外人，却也不算内人，救命之恩，还是要谢的。"

厚脸皮的叶大老爷又开始脸红了，他忽然发现，当两个心高气傲的女人像小猫亮出利爪獠牙时，那种泼辣，他一个大男人也是吃不消的。

叶小天赶紧举杯，故作懵懂地干了一杯。

安公子眼看着田彬霏和展伯雄大战不止，华云飞和曹瑞希那边刀光闪闪，田家两头狐狸坐在那儿明眸善睐、巧笑倩兮地说着话，却对围观群众大爆八卦，来日必然流言蜚语满天飞，不禁头痛不止。

安公子当机立断，怒喝一声，开始撸袖子："展家舅父，瑞希大哥，你们在我安家大动干戈，成何体统！田兄，请住手吧！叶长官，请管束一下你的部下！"

安公子把一只袖筒挽得平平整整，继续挽第二只。第二只袖筒也快挽好了，宋天刀还站在一旁跟没事人儿似的。安公子不禁狠狠地瞪了他一眼，小声道："你个混账东西，成心看热闹是吗？"

宋天刀一脸无辜："那你想让我怎么样啊？"

安公子道："劝我走啊，我不肯，就把我拉走啊。"

宋天刀恍然大悟："哦。"

安公子："你快点啊！"

宋天刀："现在？好！"

宋天刀大叫一声，一把抓住安公子的手臂："安兄，息怒！他们几家的恩怨都是旧账，只是冤家路窄，相逢于昆仑园内，与你安家毫无干系！安兄你又何必强出头呢？"

安公子愁容满面："不成！在我安家大打出手，就是不给我安家面子，此事我岂能袖手旁观？"

安公子作势要往前冲，宋天刀没使劲拉，安公子吓了一跳。

安公子一见不妙，立即一个倒撞摔回宋天刀怀里，好像被他一把扯了回来。安公子紧紧扣住宋天刀的手腕道："你放开我，不要拦着我，天刀兄，这里没你的事儿！"

安公子一边说，一边借着长袍的掩护，用力碾着宋天刀的脚尖。

宋天刀不好再捉弄他，只好真的架起他就走，一边走一边道："息怒息怒，不要生气。他们的事让他们自己解决去。他们冒犯了安家，搅了你的局，回头自会向你道歉的。"

绿裳丫头站在一旁，把这一对活宝的举动看得一清二楚，禁不住香肩乱颤。

"滚吧！"

田彬霏最擅用的是剑，用刀使他的功力发挥大打折扣，费了一番功夫，才窥个破绽，一刀震飞了展伯雄手中的刀。展伯雄倒摔出去，摔了个滚地葫芦。

田彬霏立即提刀追上，大喝道："去死吧！"

田彬霏一式力劈华山，狠狠地向展伯雄当头劈下。展伯雄大骇，一伸手扯住旁边席上一张矮几，奋力向田彬霏一掷。田彬霏一刀劈下，矮几被劈得四分五裂，桌上菜肴美酒四溅，围观者纷纷走避。

站在田雌凤身后的一人突然上前一步，大袖一拂，似一股狂风涌去，将溅来的酒液菜汁远远拂开。田雌凤、叶小天和田妙雯三人据桌而坐，安然未动。

人群中，两个梳着懒人髻、穿灰色道袍、跟在长风道人身后的长胡子老道互相看看，轻轻摇了摇头。

其中一人道："此人当真是搅屎棍。"

另一人道："如此搅局，对我们来说是凶是吉呢？"

这两人乔装打扮，脸上还画了老人斑，仿佛一对行将就木的老道人。叶小天纵然站在面前也认不出来，这两人正是洪百川和王宁。

洪百川道："不能让田彬霏就这么杀了展伯雄，此人还有用处。"

王宁一双看似浑浊的老眼盯在了田雌凤身上，冷冷地道："我倒想趁机把她杀了，剪除杨应龙的一只羽翼。"

他们早知杨应龙有反心，只是苦于没有证据，所以一面监视，一面处心积虑地想要促成杨应龙谋反，趁其准备不够充分一举剪除。既然如此，为何还想在杨应龙尚未举兵的前提下，铲除他手下大将？那不是会让杨应龙的造反大计继续推迟下去吗？

其实不然，杨应龙并没有耐心等到万事俱备，等到朝廷有重大外患。他之所以隐忍至今，一步步地扩张实力，很大程度上正是因为田雌凤的劝诫。

因为有了田雌凤这个智囊，杨应龙才更加沉着理智，如果没有她，自视甚高的杨应龙很可能会低估了朝廷的实力。但要杀这只狡狐谈何容易？

田雌凤对他暗蕴杀机的注视毫无感觉，但田雌凤身后的一名中年侍卫却突然扭过头来朝这边看了一眼。只是当他看过来时，灯影之下宾客们人头攒动，已经瞧不出谁有异样了。

那人只道是自己的感知有误，扫视一眼，又慢慢扭过头去。此时，洪百川和王宁已经换到了另外一个角度。眼见混乱至此，洪百川皱眉道："咱们也来搅搅局吧。"

洪百川说着，手自大袖下探了出来，手中拿着一块土坷垃。洪百川屈指一弹，那块土坷垃突然飞掠而出。

田彬霏一刀劈烂了矮几，展伯雄趁机逃开，连滚带爬地抢出几步。田彬霏再起一刀，突然若有所觉，刀锋一转，劈中夜色中飞来的暗器。

砰的一声，土坷垃炸得粉碎。灰土飞扬中，田彬霏狼狈地后退了几步，横刀转身，大喝道："谁偷袭我？"

围观群众同时后退一步，一起摇头："不是我！"

田彬霏凶狠地瞪着众人，一脸杀气。这时安府管事终于带着一队人马匆匆出现。安公子要是留下调停，不能简单地制止冲突了事，还要调解双方的矛盾，这就不是一时半晌的事了。

但他被宋天刀"强行拉走"了，只能由安家管事出面阻止事态扩大。这样安家就不必以地主身份责无旁贷地负起调停义务了，可以进退自如了。

随着安家人马的出现，一场混乱终于结束。田彬霏恨恨地撂下了狠话："田家不会忍下这口恶气,这个仇,一定要报!展老狗,暂且寄下你的项上人头,等我来取!"

展伯雄不甘示弱:"强盗出现于老夫境内,老夫立即出兵剿灭,连夜搜山搭救你家姑娘,可谓仁至义尽。你田家不思图报,反而诬陷老夫,是何居心?老夫大好人头在此,你要取尽管来取,只要你有那个本事!"

叶小天在两个美人面前仿佛风箱里的老鼠,跳起来痛骂曹瑞希时则凶猛如虎:"曹家小儿,你伙同杨羡敏夺我子民,侵我领土,这件事不会就这么算了的!你等着,杨羡敏今日下场就是你的来日!"

曹瑞希冷笑:"好啊,曹某人就在肥鹅岭上等着你,割了你的狗头当尿壶!"

展伯雄大骂叶小天:"黄口小儿,野心勃勃,先占张家之地,又夺杨家之权,意图娶我侄女,心愿不遂便怀恨在心。田家误会老夫,十有八九是你挑唆。你再不安分,老夫绝不饶你!"

走马灯般的混乱骂战中,展伯雄心想:"百足之虫,死而不僵,田家执意找我麻烦,倒也晦气。叶小天是个不安分的主儿,也得伺机除去。"

"我看叶小天和那田妙雯眉来眼去的,恐怕干柴烈火,早勾搭成奸了。找个他们在一起的机会一并除去,嫁祸给田夫人,我就解脱了。"

曹瑞希被叶小天骂得浑身发抖,咬牙切齿地想:"杀了叶小天,嫁祸田夫人,有播州杨家顶缸。曹某泄了心头大恨,还不必承担任何后果,大妙!"

张雨桐一直躲在阴暗处,悄悄露出狰狞的笑容:"干掉叶小天,嫁祸展、曹两家,我再对付于珺婷,夺回铜仁之主的地位!"

洪百川和王宁回到了长风道人身后,一边听着长风道人向人说半句留半句地吹嘘卖弄,一边暗暗琢磨:"黔地乱象已生,我们该趁机再添一把柴才是。可是这把火,烧在谁身上好呢?"

第四十二章

一地鸡毛

一

昆仑园之会草草了事，没有斗酒，也没有拼诗，只有打斗与互骂。不过对宾客们来说，今日这场雅集虽然谈不上雅，却很有趣。

叶小天等人离开的时候，明月当空，清辉满地。这种景致、这种氛围，本该缓辔徐行，方有诗意。但他们一行人上了车马，却是挥鞭如雨，疾驰如飞。

叶小天不怕曹瑞希或展伯雄。即便是田夫人，既然已经得罪了，那也只能横了心不低头。但这并不代表他可以轻视人家。他挑衅了杨家，挑衅了展家和曹家，却能活蹦乱跳地坚持到最后，那才是英雄。如果离开安家的大门，马上就被人一刀干掉，那他也不过是一个胆大狂妄的莽夫，成为别人茶余饭后的笑料。

"大公子，他们跑得太快，我们又不好紧追，结果绕来绕去，不知道他们钻到哪儿去了。"

宋天刀坐在车上，怔了片刻，哑然失笑："这小子倒是个鬼精灵，貌似莽撞，实则颇有心计啊。既然如此，我也不用担心了。"

宋天刀考虑到田夫人或展、曹两家恐怕不肯善罢甘休，所以想派一支人马暗中护送叶小天，谁料却跟丢了。

同样的事情也发生在了田妙雯那儿。一名青衣骑兵靠近田妙雯的牛车，低声禀报完毕，便飞骑离去。田妙雯脸上露出一抹笑容，被清冷的月光一照，仿佛雾掩昙花，花瓣上犹有晶莹的露珠。

另一辆车上，田彬霏看了她一眼，突然问道："跟丢了？"

田妙雯莞尔，点头："他跑得比兔子还快。"

田彬霏哼了一声："难怪你笑得这么甜，这下放心了吧？"

田妙雯脸色冷了下来："此人是我们最重要的合作伙伴，难道我该听说他被人宰了才开心？"

"护妹狂魔"嘟囔道："只是因为他是我们的盟友，你才不会笑得这么开心。"

田妙雯大怒："我笑了又怎样？今天他和展、曹二人公开撕破了脸，就是给结盟提供了最好的借口！接下来我还要请他饮宴，公开宣告田、叶结盟，你要不要阻止？"

"护妹狂魔"悻悻地闭上了嘴巴。他知道小妹的性格，你强她愈强，如果逼得狠了，她说不定会做出过激的事来。

"哼！家族的事，可以商量。我自己的事，你以后最好少管！我，已经长大了。"

田妙雯瞧他的样子，越看越生气，忍不住又加了一句。

·※·※·※·

叶小天在贵阳城里兜了几个圈子，这才摆脱了几支追踪的队伍，回到了他的住所。

毛问智右手一条啃了大半的狗腿，左手一只半空的酒葫芦，仰卧在庭院中一方青石板上，枕着竹枕呼呼大睡，连他们人喊马嘶地到了面前都没有察觉。

叶小天到了自己住处，终于放心。瞧见毛问智这副模样不禁好笑，上前踢了踢他的大腿。毛问智迷迷糊糊地翻了个身，嘟囔道："天还没亮呢，别怕，俺……不叫人看见你宿在这儿就是了。"

叶小天摇摇头，对华云飞道："这个夯货。你去拿条毯子，别叫他着了凉。"

次日天明再出门，叶小天就不用像昨晚一样谨慎了。这里毕竟是权贵云集的贵阳城，白天发生危险的可能性还是要小些。

再说，他也不得不出去，贵阳土司众多，有与展、曹两家亲近的，也有与展、曹两家敌对的，他要充分团结一切可以团结的力量。

至于田夫人那边，其实倒不用太过担心。播州杨家一直与四川那边关系密切，在贵州的影响反而不大，远不及水西安氏、水东宋氏。

这一方面是由于播州杨家在地理位置上与四川毗邻，另一方面也是由于安氏和宋氏暗中抵制。

所以，贵州权贵们或者不会在叶小天和田夫人刚刚兵戎相见后，就当着田夫人的面和叶小天亲近，但是出于各自家族的利益需要，在其他场合还是可以进行接触的。他们不会因为播州杨氏的脸色，就放弃一个可以结交的盟友。

叶小天今天决定去拜访石阡童家。昨日的昆仑雅集，童家也有子弟参与，可叶小天根本没有察觉到童家的存在。不是石阡童家没有存在感，夹在野心勃勃的曹瑞希和杨应龙之间，还能存活至今，必定有过人之处。只是童家作风一向比较低调罢了。

在叶小天看来，他昨日与曹瑞希和展伯雄大打出手，应该会引起童家的重视。石阡四大家族，曹家和展家已经联手，石阡杨氏已经落入叶小天的掌控，童家需要与叶小天联手，才能和曹、展联军抗衡。

叶小天的揣测果然不错，童家听说卧牛长官司的叶长官登门拜访，立即大开中门，由童氏家主童云携童家在贵阳的所有重要人物一起出迎。

童家久受播州杨氏觊觎，作为石阡副长官又饱受曹家打压，内忧外患，早就不堪承受。何况童家依旧在田家的秘密控制之下，田家已经授意他们要寻找机会和叶小天结盟，双方的会晤自然水到渠成。

虽然事先不曾约定会晤时间，但童家依旧给足了叶小天面子，隆重接待了一番。叶小天上午登门，直至傍晚才离开，等他离开时，双方已经仿佛交往多年的腻友。

这一幕自然瞒不得别人耳目，各方权贵马上就明白，因为叶小天的强势介入，石阡局势至少在短期内将再度达成平衡：曹、展对童、叶。

而曹、展的后台播州杨氏因有水东宋氏牵制，不可能投入太多精力去支援他们。如此一来，石阡谁主天下还不好说呢。

"童老大人请留步！"

叶小天喝得小脸红扑扑的，笑容可掬，斯文有礼。

"好好好，叶长官请慢走。来日有暇，还望叶长官能到我公鹅岭做客，你将是我童家最尊贵的客人！"

童云豪爽地大笑，双方拱手道别。

叶小天登车，刚刚驶出街口，前方突有两骑拦住去路，华云飞立即按刀上前。

那两人一身青衣，背后一口大刀，刀缨血红，被风吹拂着飘洒于肩头，显得极是剽悍。

一见华云飞上前，两人立即抱拳道："来人可是卧牛长官司叶长官大驾？"

华云飞道："正是，不知足下是……"

其中一人微微一笑，翻身下马，捧着拜帖上前两步，向叶小天的车驾一躬身："我家小主人欲设宴恭请叶长官大驾，还望叶长官光临。"

华云飞下马接过拜帖，转身走到车驾旁双手呈与叶小天。叶小天打开一看，里面是一张桃红色的小笺，这是薛涛笺，又名浣花笺，笺上有淡淡幽香扑入鼻端。

"诚邀叶君明日巳时于花溪小聚。宋。"

叶小天一瞧那个宋字，马上就想到了宋天刀。

第四十三章

王者之路

一

宋家毫无疑问是叶小天此行最想结识的人家之一，在四大家中，是最佳的合作伙伴。

在安、宋、田、杨四大家中，田家最弱。

安家当然较宋家更强，但是在四大家中，安家的地位非常特殊，也就形成了独特的处事风格。如果与安家合作，安家只能在一定程度上支持他。当他逐渐壮大时，必然会受到安家的压制。

杨家就不用说了，个人恩怨、利益冲突决定了他们必然对立。

一股势力要崛起，与之相伴的只能是征服，征服一个个对手，把他们踩在脚下成为垫脚石，你才能愈走愈远，愈走愈高，直至登上高峰。

那时，他的家族将千秋万代地传承下去，像田家一样，即便被洪武、永乐两代天子不断打压，失势百余年后，依旧是百足之虫，死而不僵。这是天王级土司和普通土司的本质区别。

此次贵阳之行，就是他走出铜仁、走向更高目标的第一步。田家已经成为他的合作对象，双方有着重要的合作基础：一个要重新崛起，一个要"建国创业"，他们两家可以有一个很长的蜜月期。

和宋家合作对他的发展将具备更加积极的作用。宋家在水东是实打实的天王级大土司。远交强国，近攻弱邻，才能趁势扩张势力。

但是，尽管宋家与杨家势同水火，他想和宋家平等合作也是不够分量的。如果主动迎合，就只能做人附庸，供其驱策。除非他已穷途末路，否则绝不会做此选择。

但是现在宋家主动递出橄榄枝，那就不同了。叶小天把自己放在宋天刀的位置上很认真地考虑了一下：为什么要郑重其事地邀请叶小天？

莫非宋天刀天生慧眼，一眼就瞧出叶小天天赋异禀、骨相奇佳，来日必定大有作为，所以倾心结纳？叶小天略一考虑，就否定了这种可能。他在凝儿、莹莹眼中或许是块宝，但是在宋家看来，至少目前的他，还不具备让宋家纡尊降贵主动结交的条件。

思来想去，只有一种可能：目前，水东宋家同播州杨家势难两立，除了正面对抗之外，双方也在不断地沟通各方土司。

目前叶小天已经控制了铜仁，正插足石阡，接下来不可避免地要同曹、展两家发生冲突，而曹、展两家的后台是播州杨家。叶小天虽不可能和播州杨家直接对抗，但能起到牵制杨家的作用。

从昨日昆仑园中的一幕来看，叶小天和田家很有可能会达成合作。叶小天的地盘正好在田氏故地上，如果有田家的配合，有朝一日叶小天必能发展壮大。

但即便如此，宋家现任掌门人依旧不会纡尊降贵，就算有心合作，也会通过第三方向叶小天示意，等他主动拜见。但是由未来的宋家掌门人出面示好，却很合乎情理。

做出这种判断后，叶小天便放弃了带李秋池和文傲赴宴的打算。宋家对他一定做过一番了解，不会不清楚李秋池和文傲的身份和作用。

如果目前的接触只是为将来的合作预热，那眼下就不会有什么实质性的东西要谈，他只需放松心情，和宋天刀把酒言欢、游山玩水就是了。

带着谋士前去，太过郑重其事了，太性急的一方在谈判时肯定要被人家压制。于是，次日一早，叶小天只带了毛问智和华云飞还有一队随从，便潇潇洒洒直奔花溪去了。

花溪位于贵阳南郊，叶小天上一次来是和果基格龙决斗。那一次行色匆匆，他根本没有顾得上欣赏花溪胜景，这次来才能放松心情，好好欣赏一番。

一进花溪，媚人之景俯拾即是：清澈见底的潺潺溪流，婀娜多姿的垂柳，奇形怪状的山石，五彩缤纷的山花，清秀淡雅的竹亭……

浅水湖心有一座小岛，岛上有一座小亭。岛不大，小亭就占去了小岛三分之二的地方，剩下三分之一的土地分布于小亭四周，遍植花草，只需一伸手，穿过鲜花绿草，就能掬起一捧清澈的湖水。

百余根青条石卧在水里，水面上只露出浅浅的一截。远远看去，错落的条石仿佛一行乐符，踩着这行乐符就能登上小岛。

湖心岛上小亭中，此时只有一人独立，白衫如雪，负手远眺。

岸边有几名侍卫站在那里。其中一人叶小天有些面熟，仔细一想便记起，昨晚在昆仑园时，此人一直侍立在宋天刀身边，乃是宋天刀的贴身侍卫。

那人一见叶小天，便客气地道："叶大人，我家公子已恭候多时了。"

叶小天向他点点头，举步踏上了青石阶。毛问智刚要举步跟上去，那个宋府侍卫突然踏前一步，两人的鼻尖几乎要碰在一起。二人斗鸡似的互瞪了片刻，毛问智忽然扇着鼻子后退："好臭，好臭！"

那个侍卫很少遇到这般无赖，一时有些恼怒，华云飞笑道："这位兄弟请勿着恼，我们平素也常被他弄得哭笑不得。一个浑人，不要计较了吧。"

那侍卫重重地哼了一声，扭头看向他处。毛问智知道人家不许自己跟上去影响双方会谈，倒也不再坚持。他跑到一边树下，寻了一截树枝，从怀里掏出一团鱼线绑上，挂上鱼钩，又掏出鱼食袋子，居然钓起鱼来。那侍卫和华云飞等人面面相觑，都不由得苦笑起来。

湖水不深，最深处也不过才没过膝盖。下游的泄洪口宽大通畅，就算正值雨季，这里也不会蓄积太多的水。不过水中游鱼倒是极多，而且不乏大鱼。

叶小天踏着一块块微微露出水面的石头前进，仿佛踏在湖波之上，碧空如洗，水如碧空，云在天上，云也在水中，那种意境当真难以形容。

叶小天不禁暗想："此处景致果然不同凡响。只可惜此来是和一个昂藏七尺的壮汉相约，如果是一个明眸善睐、巧笑倩兮的美人，那才相得益彰啊。"

想着便到了岛畔，叶小天一脚迈向岛上，高声朗笑道："承蒙公子相召，叶某此来……哎哟！"

亭中那人一回身，叶小天吃了一惊，脚下一乱，一脚踏进了湖里。叶小天忙不迭地跳到岛上，可一只靴子连着袍子一角已经湿了。

叶小天一路走来看似潇洒，其实主要精力都放在脚下，生怕一脚踏偏，谁料功亏一篑，眼看到了岛上，终究还是踏偏了。

亭中有位白衣"公子"咻咻地笑着。其实叶小天早已隐隐察觉不对，此人的身材似乎比宋天刀矮了许多。

如今看对方眉目如画，巧笑倩兮，果然不是宋天刀。叶小天刚刚还在遗憾如此美景，却要和一个糙汉子约会，如今真的如他所愿，来了个香扇坠般娇小可爱的小美人，他却像是见了鬼。

叶小天抖了抖湿淋淋的袍子，吃惊地道："咦？是你！安公子也来了？"

叶小天抻着脖子左看右看，这巴掌大的小岛，哪里还有地方藏得下安公子？

那小姑娘听了叶小天的话不禁气结，顿足道："你个白痴，哪只眼睛看见我是安家的小丫鬟了？昨天人家穿条裙子，居然与安府丫鬟同款同色，心里已经很郁闷了！"

叶小天目瞪口呆："那你是谁？"

小姑娘双手一背，扬起下巴："水东宋晓语，你有没有听说过？"

叶小天很诚实地答道："真没有！"

第四十四章

邂　逅

一

宋晓语姑娘听了叶小天的话，脸颊可爱地鼓起来，像可口的红苹果。叶小天忍不住笑道："你是宋天刀的妹妹？"

宋晓语向他翻了个白眼，道："本姑娘就是宋晓语，为什么非得说是我哥的妹妹，他很有名吗？"

美女是有特权的，而且……她说得也确实很有道理，叶小天只好点点头道："原来是宋家大小姐晓语姑娘，久仰久仰，失敬失敬。"

宋晓语笑逐颜开："这还差不多。我等你好久了，你为什么这时才到？"

叶小天抖了抖袍子，一边往亭里走，一边道："可是根据我们约定的时间，我来得只早不晚啊。"

宋晓语气鼓鼓地道："可我早到了呀。我到了你还没到，害我等了好久，这难道不是你的错？"

叶小天："……"

宋晓语道："好啦好啦，你也不要感觉羞愧了。本姑娘宽宏大量，原谅你了。你没来，我在这亭中钓鱼，也挺好玩的。"

宋家小妹说着，走到亭边提起一根钓竿。叶小天瞟了一眼，道："鱼饵被吞了，说不定方才有鱼上钩，若非在下惊扰，姑娘也许会钓条大鱼。"

宋家小妹道："怎么可能，我根本没放鱼饵。"

叶小天吃惊地道："这是何故？莫非姑娘你在效仿姜太公，愿者上钩？"

宋家小妹灵动的杏眼鄙视地斜睨着他："周文王如果真碰到一个直钩钓鱼的姜太公，只会认为他老糊涂了，会相信他是一个智者？哪条鱼那么傻！"

叶小天咳嗽一声，讪讪地道："那么姑娘为何不下鱼饵，可是忘了带？"

宋家小妹皱了皱可爱的鼻子，理直气壮地道："因为我觉得鱼饵很腥啊，沾在手上不好洗掉。"

叶小天："……"

宋家小妹一双漂亮的大眼睛瞪着他："怎么，不服啊？"

叶小天用力点了点头："服！漂亮姑娘可以任性的。"

宋家小妹把钓竿一丢，笑靥如花："真的吗？你真的觉得我很漂亮吗？"

"真的！当然是真的！"叶小天一脸认真，"这还用问吗，就算是瞎子，只听你那黄莺般悦耳的声音，也能知道你是一个很漂亮、很可爱的小美人！"

宋家小妹开心极了，往石桌旁一坐，双臂撑在石桌上，手掌像两片叶子托住花朵般的脸蛋，笑眯眯地看着叶小天："不错，不错，你果然是个好人。"

叶小天在对面坐下，心中微微有点失望，他还以为是宋天刀有意结纳，没想到却碰上这样一个天真的小丫头。宋家就算没了人，也不可能派出这位大小姐负责接洽他方势力，很显然是自己会错意了。

叶小天看了看案上几道色香俱佳的清新小菜，问道："不知宋小妹邀我今日前来，有何打算？"

"我对你很好奇，所以想见见你。"宋小妹双手托着下巴，笑眯眯地看着叶小天，有点含情脉脉的味道，"见了你之后，果然没有失望。我现在越来越喜欢你了。"

"喜欢我？"叶小天微微挺起了胸，男人嘛，被美女喜欢，总是会从心里感到得意与满足的。不过，他并没有得意忘形到失去理智的地步。

叶小天正气凛然地答道："姑娘很漂亮也很可爱。不过我已经有了心爱的女人，姑娘这番美意，叶某只好心领了。"

宋小妹吃惊地瞪了叶小天片刻，忽然笑得花枝乱颤。叶小天看着她，似乎意识到有点不对劲儿，但又不明白问题究竟出在哪儿。

宋小妹笑得前仰后合，丝毫不顾及形象。叶小天忍不住讪讪问道："有什么不对？"

宋小妹捶着桌子狂笑："哈哈哈……你真是太好玩了。我就喜欢你这个臭美的劲儿，拿自己当块宝，也不管人家稀不稀罕。"

叶小天的脸有点发红，懊恼地问道："明明是你说的，怎么又……"

宋小妹笑了半天，才强忍住笑，抢白道："我不可以像喜欢哥哥一样喜欢你吗？不可以像喜欢朋友一样喜欢你吗？谁说一定要把你当男人一样喜欢？"

叶小天张了张嘴巴，一句话都说不出来，人家这话貌似很有道理。

宋小妹直起腰来，端正了一下坐姿，对他说："你是莹莹姐爱得死去活来的男人嘛，人家当然好奇啦，既然遇到，怎么也要见见。"

她望着叶小天，笑眯眯地点头："我现在知道莹莹姐为什么那么喜欢你了，你这人……真好玩！"

好玩？叶小天翻了个白眼，却没放过最重要的话题："你认识莹莹？"

宋小妹笑眯眯地道："本来不认识，不过她去京城时在我家住过几日，我就认识啦。我很喜欢莹莹姐，她和大部分的大家闺秀都不同，我俩算是一见如故。"

叶小天问道："去京城时在你家？那是什么时候的事？"

宋小妹歪了歪头，似乎在回忆："一个多月前了。那几天我们天天在一起，她对我说得最多的人就是你，什么话题都能扯到你。我很好奇，一个什么样的男人能让莹莹姐这么放不下？"

宋小妹像挑苹果似的打量着叶小天，点头道："还不错，你和大部分的大家公子也不一样。莹莹姐很有眼光。"

叶小天听了大为泄气，敢情今儿是小姨子相姐夫？这种闲极无聊、精力过剩的女孩子啊……

叶小天意兴索然，宋晓语却兴致勃勃："我听莹莹姐说，你身边有一只好大的猴子，还有一只可爱的胖貔貅，你怎么没带来？人家挺想看看的。"

叶小天懒洋洋地道："它们在卧牛岭，平时撒着欢地往山里跑，带出来太难了。你要喜欢，下回去卧牛岭看吧。"

"好啊好啊！"宋晓语兴致勃勃，"我一定去，反正我也没什么事做。那今天你陪我游花溪好不好？"

叶小天指指桌上的酒菜，道："这顿饭吃完就很晚了吧？"

宋晓语道："这东西有什么好吃的？不如你陪我乘筏游花溪，咱们顺溪而下，随波逐流。咦？"

宋小妹说到这里，眼睛忽然又瞪大了，有些诧异地看向叶小天肩后。

叶小天回头一看，就见一只竹筏自上游悠然而下，筏上一个女子娉娉婷婷地站着，风姿曼妙，仿佛摇曳的花枝。

宋小妹羡慕地道："好漂亮啊！"

叶小天却神情凝重地道："田夫人！不好！"

"啊？"

"我们快走！"

这时宋晓语也看清了那筏上美人的面目，叶小天和田雌凤之间的恩怨她当然清楚。

田雌凤此时业已看到了叶小天。她很喜欢花溪的景致，今日旧地重游，没想到会在这里遇到叶小天。

上游一块大石下坐着一个钓翁。他用手扶了扶竹笠，向这边冷冷地扫了一眼，露出迟疑的神色："主人吩咐的是刺杀叶小天，嫁祸田夫人。现在田夫人居然也出现了，这可如何是好？"

第四十五章

漂亮姑娘

一

　　田雌凤回首吩咐了一句，那艄公立即奋力撑起了筏子。但筏子上有四个人，虽然是顺流而下，速度也快不了多少。
　　一个中年文士立即走过去，从艄公手里夺过竹篙，单臂往水中一撑。那竹筏一颤，速度突然加快。
　　田雌凤不会武功，下盘不稳，竹筏猛地一动，她的娇躯便一晃。另一个中年文士马上伸出手去，在她手肘处一扶，田雌凤立即站得稳如泰山了。
　　竹筏箭一般直奔叶小天和宋晓语而去，河畔侍卫发现有异，纷纷沿石阶狂奔而来。但竹筏奇快，又抢了先机，终究先他们一步，堵在了叶小天和宋晓语的去路上。
　　竹筏推水，白色的浪花哗哗翻涌着，那文士将竹篙向前方水下奋力一刺，竹筏哗啦一声稳稳地停在水中。
　　田雌凤向前微微一栽，有那中年文士的扶持，马上稳稳站定。田雌凤微微一笑，揶揄道："叶长官，何故惶惶似丧家之犬？"
　　叶小天险些一跤跌进水里，幸好被宋晓语一把拉住。叶小天扭过身去，讶然道："啊！田夫人，幸会，幸会。在下和宋姑娘比赛谁先赶到岸边，不曾看到夫人驾到，失礼失礼。"
　　"宋姑娘？"
　　田雌凤的目光顿时投注在宋晓语身上。
　　叶小天见已被追上，情知田雌凤如果要杀人，只需一声令下，有那两个龙虎山高手，自己绝对逃不掉，所以干脆放弃逃跑，说出宋晓语的身份以拖延时间。
　　别看杨、宋两家交恶，但是双方都有分寸，以免事态发展到不可收拾。
　　说出宋晓语的身份，田雌凤总会有所顾忌，只要能稍稍拖延一下时间，他的部下就能赶来救主了。

田雌凤果然把注意力转向了宋晓语,笑道:"原来是宋家姑娘!好生灵秀的一个女子!"

宋晓语微微敛衽,落落大方地行了一礼,道:"宋家晓语,见过田夫人!"

田雌凤恍然大悟:"啊!原来你就是宋姑娘,如此人品,倒真配得上他!"

田雌凤说完,微笑着看了叶小天一眼。宋晓语自然明白她所说的"他"并非叶小天,叶小天却误会了,赶紧摆手道:"夫人误会了,在下和晓语姑娘其实只是初相识……"

宋晓语咳嗽一声,打断叶小天的话道:"听说夫人昨日不慎受了重伤,这么快就好了?今日居然有雅兴游花溪。"

田雌凤被她戳中自己痛处,脸色顿时一沉。叶小天额头冒汗:"这丫头怎么这般不知轻重?"

幸好此时华云飞、毛问智等人和宋家的侍卫已经冲到面前,如临大敌地盯着田雌凤一行人,叶小天心中才稍稍安稳了些。

田雌凤冷冷地对宋晓语道:"蚊子叮上一口也算伤吗?啊!宋姑娘细皮嫩肉的,一点点皮肉伤恐怕也受不了吧?"

宋晓语道:"那倒是,本姑娘如果腿上重重挨了一刀,是绝不会第二天就跑来花溪卖弄风骚的,怎么也得静养个十天半月才成,比不得夫人如此剽悍!"

叶小天已经快急出汗了,不停地向宋晓语挤眉弄眼。

宋晓语气呼呼地说罢,瞪了叶小天一眼,道:"您老人家中风了啊,嘴歪眼斜的做什么?"

叶小天登时嘴歪眼斜,啊啊地说不出话来了。宋晓语不禁又好气又好笑,嗔道:"你还真装傻啊?"

叶小天失声叫道:"田姑娘!"

田雌凤瞟了他一眼,抿嘴笑道:"你也不必奉迎,我说过既往不咎,就不会再追究。妾身早已嫁人,连女儿都生了,叫姑娘不妥吧。"

"他叫的是我,堂姐!"

身后忽然传来清冷的声音,田雌凤扭头,就见竹筏飘然而至,一位佳人俏立筏上,正是田妙雯。

田妙雯可不是偶然到此,她是尾随叶小天来的,只是到了花溪又绕到上游,乘筏而行,故意制造出巧遇的假象。

田大姑娘自然是想趁热打铁,制造两家公开合作的契机。但她既然知道叶小天来了花溪,又岂能不知道他要见的是什么人?该不该这时出现,方不方便拉近关系,这些她都要考虑。

田雌凤脸色冷冷的："原来是妙雯堂妹！"

宋晓语很开心地向田妙雯招了招手："未来小姑，还不快来拜见未来大嫂！"

田妙雯的嘴角抽了抽，板着脸道："宋姑娘好！"

宋晓语嘟起嘴道："哼！现在不肯叫，早晚也要叫。比你小，我也是嫂子！"

叶小天惊讶地看了她一眼，这才知道这位宋家大小姐竟然与田彬霏定了亲。想想田彬霏的风采，叶小天觉得两人倒是颇为般配。

宋大小姐天真烂漫，与莹莹有些相仿。田彬霏富于智计，如此心地单纯的姑娘或许更适合他。

丛林之中一处酒家，曹瑞希和展伯雄靠窗坐着，竹帘半卷半垂，遮住了阳光。

"老展，你说怎么办？田夫人也在现场，此时出手，谁会相信是田夫人下手？你我昨日与叶小天大打出手，那时必然要疑心到你我头上。"

展伯雄眉头紧蹙，道："此时下手的确不妥，不如暂且撤兵。反正他还要在贵阳停留一段时间，我们总能找到机会下手。"

这时一名渔翁疾步走进酒家，来到二人身边，对曹瑞希附耳说了几句话。曹瑞希苦笑一声道："田妙雯也到了，再加上宋家小姐，牵涉太多，今日是绝不宜动手了，马上收兵吧！"

山林的另一侧，一队队杀手整装待命。他们腰间挂着无鞘的佩刀，身上着青色的劲装，干净利落。

张雨桐负手而立，静静地听人禀报着。

"叶小天此来，会见的是宋家小姐。"

"播州田夫人到了！"

"思州田姑娘也到了！"

张雨桐的身子微微颤抖了一下。

一个青衣人低声道："大人，如果此时不宜下手，我们不妨另找机会。"

张雨桐冷笑一声，道："此时下手有什么不合适？"

张雨桐微微眯起眼睛，道："叶小天与田夫人有仇，田夫人与田姑娘不谐，田家和杨家有怨，叶小天要和田家、宋家结盟，如此错综复杂的关系，正适合乱中取利！"

张雨桐微微昂起了头："田夫人在场，就能证明不是她主使的？越聪明的人越不会这么想。何况还有曹瑞希和展伯雄替我背黑锅。把他们干掉，乱，我们才有希望！"

那个青衣人道："遵命！"

张雨桐徐徐转身，看着肃立的众青衣人，神色忽转感伤："诸位，你们是我张家最后的秘密力量了。张家的成败，如今全系于你们之身。"

张雨桐慢慢向前两步，将脚下一截枯枝咔嚓一声踩断："你们若是死了，我会把你们的家人当成自己的亲人奉养！你们若能侥幸不死，就是我张家的大恩人，一生富贵享用不尽！"

众青衣人齐齐拱手，沉声道："愿为主人效死！"

张雨桐徐徐转身，沉默片刻，用力一挥手，低声道："此一去，但凡所见，都是你们要杀的人！动手！"

众青衣人像群狼一般，滚滚而去……

溪上，三个女人一台戏，叶小天生命之忧已去，开始苦恼起如何向田妙雯解释了。他哪里知道宋晓语早已许配了田妙雯的大哥？

现在他和宋晓语约会，却被田姑娘撞个正着。宋姑娘心地单纯，天真烂漫，根本不觉得此事有什么需要解释的，可叶小天不能这么想啊。

万一田妙雯产生误会，从而影响了宋姑娘的终身幸福，那就罪莫大焉了。

叶小天好不容易才想出一个理由，便东张西望地道："啊！宋姑娘，你说令兄片刻就到，怎么还不见他的人影啊？"

如果宋晓语是陪着宋天刀来见叶小天的，那自然就什么嫌疑都没有了。叶小天觉得宋姑娘虽然天真烂漫，但慧黠聪明，并不是笨蛋。

宋晓语听他一说，看了他一眼，眼神带着讶异，却还是顺着他的话道："刚才久等你不至，我哥去那边林中游赏了，应该快回来了吧。"

宋晓语伸出纤纤葱指，向湖畔丛林轻轻一点。一时间就像小仙子撒出一把豆子成了兵，丛林中突然冒出数十个青衣人，手举长刀，踩踏着齐膝深的湖水，向他们猛冲过来……

第四十六章

湖中混战

一

"有刺客!"一声尖叫把水中的游鱼惊得四下逃窜起来。如此高亢的一声尖叫竟然是叶小天喊出来的。

竹筏上持篙的中年文士脸色一变,一篙入水,那筏子就横着蹿了出去,笔直地射向湖心亭。

青衣人从四面而来,在湖面上蹬出了无数条波纹,场面蔚为壮观。竹筏无根,在水面上与之搏斗,对两个龙虎山高手来说并不难,可田夫人丝毫不懂武功,他们可不敢冒险,所以疾趋湖心亭。在那里,凭两人的功夫,足以把田夫人护得风雨不透。

宋晓语花容失色,大叫道:"姐夫,咱们快逃!"她嗖的一下蹿起来,慌不择路地往岸上逃,这不是自投罗网吗?她双脚刚刚离地,就被叶小天拦腰抱了回来。

田妙雯没好气地瞪了他们一眼,道:"向湖心逃!"

叶小天一把拉起宋晓语的手,沿着条石向湖心亭跑去。

此时,宋晓语、叶小天的侍卫已经向来敌迎去。

华云飞猛虎般前扑,双腿激出扇形的水花,手中刀向一名青衣人劈面砍去。刀未到,扇形的水花已经急骤地打在那人脸上,再溅到空中时已经变成了血红色。

华云飞猛地向前一跃,那人仰面摔向水中。华云飞在他腹上用力一踏,那人更快更沉地砸向水面。在水面被砸开的刹那,华云飞已经腾空而起,一口雪亮的长刀迎上了第二个青衣人。

"杀!杀了他们!"

毛问智咋咋呼呼地挥舞着手中刀,喊一句退一步,后脚跟碰到水中条石的时候,赶紧跳了上去,握着长刀四下瞅瞅,开始向湖心亭靠拢。

小亭四面都有人站在水中激战,不时有人中刀,染得周围湖水一片血红。这花溪鱼肥且多,因为这些人的滋扰,不时有大鱼跃出水面。

田雌凤乘竹筏到了湖心亭畔，立即被那名持篙的中年文士护着进入小亭。另一名中年文士脚下用力一震，那竹筏先是往水里猛地一沉，紧接着啪的一声炸开，变成了散落水中的竹竿。

　　那中年文士跃到岛上，俯身拾起一根细一些的竹竿，匆匆退入亭中。他们两人手持竹篙、竹竿，防护范围已经涵盖了整个小亭。

　　田妙雯的小筏也到了亭边。田妙雯迈步登上岸，就听宋晓语的大叫声在耳边响起："小姑等等我！"

　　田妙雯没好气地回过头，就见叶小天拉着宋晓语，一路跳了过来。田妙雯还没来得及说话，就被叶小天一把拉住向小亭冲去。

　　小亭中，田雌凤瞪着水中激战的纷乱场面，怒不可遏地道："是谁吃了熊心豹胆，竟敢在光天化日之下行刺⋯⋯"说到这儿，她忽然想到，这场糊涂仗打到现在，刺客究竟要杀谁，她还不清楚呢。

　　田雌凤一转身，就看见叶小天一手牵着田妙雯、一手牵着宋晓语冲到她面前，干笑道："一起躲躲，一起躲躲！"田雌凤哼了一声，往旁边挪了挪。

　　所有重要人物都集中到了湖心亭，所有的青衣人自然都向这个方向冲过来，侍卫则拼命抵挡。双方围绕小亭，展开了激烈厮杀。

　　毛问智冲到一半，就有两个青衣人冲到了他前面，想要往回跑，扭头一瞧，退路上也有人在厮杀。毛问智进退两难，只能呆呆地站在那里。

　　叶小天在亭中看见，不禁急叫道："老毛，快闪开，往下游走，往下游走啊！"

　　毛问智听见叶小天的喊声，冲着亭中嚷道："大哥，我来保护你！"

　　叶小天叫道："你先顾自己吧，快找个安全的地方躲起来！"

　　眼见毛问智不为所动，叶小天急了。这个夯货比不得华云飞一身武功，真要打起来，他都未必比得上自己。

　　叶小天伸手去夺中年文士手中的竹篙，一连夺了两把，那竹篙好像在那中年文士手里生了根，纹丝不动。中年文士瞪着他道："你做什么？"

　　叶小天道："借竹篙一用！"

　　田雌凤不耐烦地道："慈不掌兵，你出去干吗？"

　　宋晓语道："你为了部下不畏死，自然是极好的。不过他们的目标只可能是你我，绝不会是那个家伙。你若出去，不但救不了他，还会让你的部下顾此失彼！"

　　田妙雯瞟了叶小天一眼没有说话，叶小天沮丧地放开了手。

· ※ · ※ · ※ ·

　　曹瑞希和展伯雄正欲带人离开，忽又有人赶来禀报。二人听罢，面面相觑："大批杀手？这是谁派的人？"

曹瑞希想了想，喜道："会不会是田夫人？将自己也置之险地就可以洗脱嫌疑，高明啊！"

展伯雄摇头道："不可能！田夫人有可能会杀叶小天泄愤，可她不会动宋家的人和田家的人，那会给杨天王招来大麻烦。"

曹瑞希道："不是杨家的人，还有谁能调动如此之多的杀手？"

展伯雄冷笑道："哪个大家族暗地里没有蓄养一群死士？叶小天这小子到处惹是生非，天知道这次得罪了谁！"

曹瑞希眼珠转了转，道："这样的话，我们倒是不必急着离开了。"

展伯雄神色一动，道："你是说……"

曹瑞希阴笑道："此时现场一片混乱，谁还有本事理得顺这团乱麻呢？"

展伯雄道："趁火打劫？"

曹瑞希咬牙道："不错！趁火打劫！你我各出一支人马，让他们乱上加乱。如果能杀得了叶小天最好，如果杀不了……"

曹瑞希狞笑道："宋家、田家、杨家，四大天王卷进了三家，这局势想不乱都不成。到时候，他们互相猜忌，什么旧账都会翻出来，你我二人正可从中取利。"

展伯雄兴奋地道："不错，他们互相征伐，必定元气大伤。新任巡抚到了，对他们必然也大为不满，你我二人说不定有机会更进一步！"

二人对望一眼，眸中闪烁着贪婪的光芒，忽然一起放声大笑起来。

"哈哈哈……曹兄，一定要挑最可靠的死士，一旦被抓，要宁死不招才行！"

"放心，我曹家延续四百年，还养不出几个死士？"

曹瑞希掉头离去。

叶小天和田雌凤他们在亭中坚守了小半个时辰，四周水中已然尽是浮尸，水色泛红。此时，远处的侍卫闻讯赶来。

这些生力军一加入，那些杀手就不占优势了。但是这些人悍不畏死，显然是抱了必死的决心，前仆后继，寸步不退，凭着一腔悍勇之气，竟也杀了个旗鼓相当。

宋晓语捂着眼睛钻进田妙雯的怀里："好残忍！真的好残忍！"

田妙雯没好气地嗔道："离我远些！"

宋晓语一转身，又钻进了叶小天的怀里："太残忍了，看得人家心尖儿直颤……"

田妙雯又没好气地道："你还是靠着我吧！"

田雌凤没理会他们。她一直在镇定地观察着形势，此时双方死伤都很惨重，死者自不待言，轻伤人人都有，重伤的更多，或在水中挣扎哀号，或伏在石上奄奄待毙。

田雌凤眉头一蹙，道："立刻登岸！"

宋晓语对这个女人没有半点好印象，马上放下遮眼的双手，反驳道："你说登岸就登岸？现在这么危险，我们不如坚守于此，这些杀手还能苦战不走吗？"

田雌凤冷笑一声："爱走不走！"说罢向亭外走去，两个中年文士立即紧紧护在左右。

田妙雯扫了一眼周围情形，马上对田雌凤的打算了然于胸，立即道："我们也走！"

叶小天也明白过来，忙对宋晓语道："田夫人一走，我们就少了最有力的护卫了，快走快走！"宋晓语一听也有道理，这才乖乖地跟着他们离开。

其实田雌凤做此决定，自然有她的道理。经过这一番厮杀，敌我双方伤亡都很惨重。再加上他们是水中作战，虽说那水只及膝盖，可是在其中辗转腾挪，消耗的体力就要以倍数计了，因此现在双方可以说都已筋疲力尽。

如此一来，这场战斗虽然尚未结束，他们要突围其实危险已经并不大了。如果不突围，目前看当然也没有什么问题，可是谁知道对方还有没有后手？

如果突然再杀出一支生力军，好汉难敌四手，固守小亭就成了坐以待毙，登上岸去却可以且战且走。

田雌凤的判断当然是准确的，方才赖以自守的有利地形转眼就会成为死地。

田雌凤在前，叶小天和田妙雯、宋晓语及几名贴身侍卫在后，沿着条石急急而行。

毛问智既不想临阵脱逃，又自知本领不济，站在一块条石上左右为难。好在他的尿样杀手们都看在眼里，没人觉得这是一个重要角色，一时无人上前"招呼"他，他就一个人孤零零地被晾在了条石上。

此时忽见叶小天等人赶到，毛问智大喜，急忙跳进水里，蹚水随叶小天向岸边逃："大哥，登了岸便乘马回城吧。只要你一走，这些杀手就不会纠缠了。"

叶小天气得发昏，这叫什么话？难道我是扫把星，这些杀手都是我招来的？现在还不知道他们究竟是要杀谁呢。

叶小天马上道："不错！田夫人、宋姑娘、田姑娘，不管那些杀手是为谁而来，咱们一走自然散去，事后再详查他们来路就是！"

一行人冲向岸边。叶小天双脚刚刚踏上地面，还没站稳脚跟，郁郁葱葱的丛林中就发出大喊声，又有无数的黑衣杀手手举长刀蜂拥而来……

第四十七章

接踵而来

一

　　这一路杀手奇兵突出，正在湖中激战的侍卫和杀手见了顿时一呆，不过他们很快就弄清了敌我，幸好大家衣衫颜色分明，否则想不乱套都难。
　　侍卫们急急抢上岸去救援，张家杀手见来了援兵精神大振，也自湖水中向岸上猛扑。此时新来的杀手已经和侍卫们短兵相接，展开了激战。
　　龙虎山的两大高手一开始还大袖翻飞，用铁袖功迎敌，不一会儿大袖就被割得七零八落了。所谓铁袖功并不是将内劲贯注到衣袖上，完全是靠技巧以柔克刚、以柔化刚。
　　敌人太多，他们不能从容阻敌，自然也就护不了大袖的周全。麒麟臂是极厉害的硬气功，除非对手具备更强悍的内劲，否则刀枪不入。
　　可是以臂迎敌，终究不甚方便，至少杀伤力不及兵器。两大高手最终抢到两口刀，这才挽回颓势。
　　此时这两位仁兄已经完全没有高手风范了，光着两条膀子，攥着一口单刀，肩上、腿上已然受了伤。
　　田雌凤懊恼不已，对叶小天道："分头走，不要跟着我！"她已经发现，青衣杀手和黑衣杀手有一个共同的目标：叶小天！
　　叶小天也发现了，自己就是扫把星啊，怎么会突然冒出来这么多杀手要置自己于死地？众人之中，以田雌凤的实力最强，他自然要紧跟田雌凤。
　　所以叶小天充耳不闻，厚着脸皮依旧紧随其后，还专门在龙虎山两大高手身边转来转去，吸引火力让他们去抵挡。田雌凤终于大怒，尖声叱骂起来。
　　"叶小天，你这个混蛋！老娘和你非亲非故，不要再给我招惹是非！你我分头走，生死各由天命！你再跟着我，我就让龙三、龙四干掉你！"
　　田雌凤这句话一出口，叶小天马上脚底抹油，从龙虎山两大高手身边溜走了，溜之前，还给他们又招来了七八个杀手。

宋晓语愤愤地道："咱们走！我宋家的人才不用杨家的人保护！"

宋晓语拉起叶小天的手，愤然掉头而去，田妙雯见状也忙跟了过来。叶小天惨叫道："宋姑娘，就算你有骨气，也不用迎着杀手冲上去啊！"

宋晓语恍然大悟，赶紧一扯叶小天，向丛林中逃去。他们距那树林还差五六步，丛林中又发出喊声，冲出一队黄衣杀手。

此时几名侍卫正与追上来的杀手纠缠在一起，叶小天赤手空拳，不由大惊失色。危急关头，一直跟在叶小天身边比比画画，实则虚张声势的毛问智突然大吼一声，抢起钢刀扑了上去。

竖一刀，横一刀，左一刀，右一刀，虽然全无招式可言，但毛问智身材高大，刀势雄浑，最简单、最拙朴的刀法也不是那么好抵挡的。

那些自林中冲出来的黄衣人碰上这么一个玩命的，一时纷纷走避，反被毛问智劈伤了一个。

"大哥快走！"

毛问智匆忙间扭头大叫。叶小天一看就急了，说实在的，他心中从未把毛问智当成一个人物。最初他只是出于怜悯，收留了这个浑浑噩噩的家伙。再后来相处日久，便有了一份兄弟感情，但这并不影响他心里对毛问智的评价：一无是处。

直到现在，叶小天心中依旧是这种看法，这位仁兄文不成、武不就，除了插科打诨，给大家带来一些笑料，简直毫无可取之处。他留下阻敌，还不马上就被人家乱刀分尸了？

叶小天大吼道："老毛，快回来！"说着就要冲上去。

宋晓语一把将他拉住，叫道："快逃！"

情急之下这小姑娘力气也不小，竟把叶小天扯回了几步。叶小天挣脱她的手，还要返身去救毛问智，被田妙雯劈面给了一记重重的耳光。

叶小天一呆，田妙雯喝道："走！"说完便越过他，头也不回地向杀手较少的方向冲去。宋晓语倒是好心，没有丢下叶小天，再次抓住了他，向田妙雯的方向追去。

毛问智大吼着："走！走啊！赶紧走！"他一边喊，一边把手中刀挥舞得霍霍生风。但他出刀毕竟没有章法，胡乱劈出"八方风雨"的效果，看着声势骇人，其实很难杀敌，只是避免了敌人近身。

叶小天急急回头，就见毛问智把一口刀挥得飞快，一道道白练般的刀光环绕着他。忽然，呼的一声，刀脱手飞去，众杀手像被礁石排开的巨浪，向他扑了过去……

"老毛啊！"叶小天撕心裂肺地叫了一声，只觉心尖顿时一痛。大队杀手摆脱纠缠，向他们急急追来。叶小天眼含泪光，咬着牙转身，拉起宋晓语狂奔起来。

"杀了他们！"

一个黄衣杀手冲了过来，一刀向田妙雯当头劈去。叶小天赶紧伸手把田妙雯拽到了自己身边。

杀手一刀劈空，左脚往地上一顿，稳住身子，大喝一声，又劈出一刀。

这一刀若是劈上，叶小天和田妙雯都得被拦腰截断，大概只有宋晓语能避过这一刀。

田妙雯并不懂武功，被叶小天一拉又失去了重心，第一刀躲过了，第二刀是万万躲不过了。

叶小天心中一凉："完了，不想我竟会死在这里！"

田妙雯也是脸色惨白，一切抱负俱成泡影，今朝是死定了。生死关头，不知怎的，她竟没有去看那拦腰挥来的一刀，反而扭头看向叶小天。

叶小天迎上了她的目光，田妙雯向他粲然一笑。许多话已来不及说，也不必说了。这一刹那，那些朦胧的情思被生死关头的刺激催熟。或许她本来懵懵懂懂，突然被死亡之光照得透彻无比。她什么都来不及说，也不想说，只是用力握紧了叶小天的手。

钢刀袭体，刀锋未至，刀风先起，掠起她纤纤细腰间的丝带。宋晓语见了脸色惨白，闭上了眼睛。这一刻她什么都做不了，只能闭上自己的眼睛。

田妙雯依旧望着叶小天，把叶小天的手攥得紧紧的。这一刻，她的心中浮起一个有些荒诞的念头："我们死后，上半截身子是会连在一起的吧，不晓得别人看见，会怎么议论我们！"

想到这里，她心里觉得好笑，嘴角也露出了一抹笑意。

砰！

一串火花在田妙雯腰畔炸起，那个杀手趔趄着退了几步。一只兰花般美丽的小手出现了，手中握着一泓秋水般的长剑。

剑刃上已经磕出了一个豆粒大的豁口。此剑质地极好，否则以轻灵的剑硬碰厚重的刀，剑是必断的。

剑在那只兰花般的手中滴溜溜地转了几匝，消掉了激烈碰撞的力道。持剑人飞掠而出，左一剑，右一剑，身法似鬼魅一般，每一出剑，必中一人咽喉。

田妙雯死里逃生，看得目眩神摇。宋晓语感觉情况有些不对劲儿，捂住眼睛的手悄悄张开一条缝向外一看，立即放下手，目瞪口呆。

每有一人中剑，宋晓语就是一声"哇"。叶小天站在那儿看得提心吊胆："你小心点啊，你不要乱跳啊……"

众杀手一起扑向那身形如鬼魅的女子。那女子剑幻霞光，在三口刀上点了三下，借力跃了回来，瞪着一双杏眼呵斥叶小天道："为何不带文傲同来？"

这剑法惊人的女子正是于珺婷，她已有了身孕，这么上蹿下跳的，难怪叶小天提心吊胆。

于珺婷看见叶小天紧握着田妙雯的小手，本来担心得要死，说出口的却是这样怒气冲冲的质问之语。

第四十八章

生死线

一

　　于珺婷本来是决定留守铜仁,不掺和贵阳之事的,反正以她目前的身份、地位,到了贵阳也没有太多的活动余地。不过,过了几天,她忽然听说张雨桐秘密去了贵阳,就沉不住气了。
　　于珺婷急急赶到贵阳,当然先要去见叶小天。得知叶小天去了花溪,于姑娘就酸溜溜地赶了来。
　　叶小天听她一问,神色黯然,如果真把文傲带在身边,老毛也未必会丧命。
　　于珺婷见叶小天眼圈一红,知道必有缘故,不敢再使性子。这时众杀手又锲而不舍地冲上来,于珺婷也不敢纠缠,一则她武功再好,也无法把这几个人都护得周全;二来她毕竟有了身孕,也不敢使出十分的气力来战斗。
　　"往这边走!"
　　侍卫们断后,护着叶小天等人且战且退,到了林外一处草坡上。
　　草坡上还留着七八名侍卫,中间停着一辆马车。马车外表看不出有多豪奢,但是车厢极为广大。于珺婷一路赶来贵阳,起卧方便都在其中,自然要既宽且大。
　　如今车里塞进田妙雯、宋晓语再加上一个叶小天,其实也不算太挤。
　　"火速回城!"
　　于珺婷吩咐了一句,长剑还鞘,回身在田妙雯和宋晓语中间坐下。她看看左边,再看看右边,顿时产生了严重的危机感。
　　左边这个一看就是个祸水,这种女人简直就是为了魅惑男人而生。
　　右边这女子看一眼仿佛清澈的花溪水,再看一眼仿佛酸酸甜甜的青苹果,体态姣好,容貌俊俏,清纯稚气。
　　论单纯可人她比不了右边的姑娘,论妩媚娇艳她比不了左边的姑娘。叶小天这个王八蛋哪来的福气,到贵阳才几天,就有这样两位人间绝色为伴?

"等我回去，一定要找他好好算算这笔账！"于姑娘心里正发着狠，宋晓语向她甜甜一笑，伸出手来，道："我叫宋晓语，姑娘是——"

田妙雯也向她微笑："我是田妙雯，姑娘是——"

姓宋？姓田？

于珺婷顿时有些"英雄气短"："男人啊，有时是要当小孩子哄的……"

·※·※·※·

车中有方桌，桌旁有锦墩。叶小天坐在锦墩上，脑袋探出车外。

马是四匹雄健的骏马，拉着车子奔跑如飞。车子制作精良，车中颠簸并不严重，但叶小天的视线还是有些跳跃。

他看到断后的侍卫已经拦住追兵，刀光剑影离他们越来越远，危险已经远离，可心头的悲哀却越来越重。

他从不相信老毛能有什么用，收留他在身边，最初只是出于怜悯。

如果他是皇帝，那毛问智就是他身边的一个弄臣，他喜欢，却不会尊重。

然而，危急关头，却是毛问智救了他的命，这对叶小天触动极大。不错，他并没亏待毛问智，心里的评价也从未形之于外。

但是他心里越是不曾重视过毛问智，这时就越是难过。两颗泪珠在眸中闪闪发光，终于沿着脸颊轻轻地滑落……

宋晓语天真烂漫，再加上对叶小天并无异样情愫，所以很是坦率开朗。而田妙雯、于珺婷则不然了，两人凑在一块儿，一句平淡无奇的话、一个漫不经心的眼神都是一场激烈的交锋。

但是这时她们忽然看到了叶小天颊上的泪，不约而同地闭上了嘴巴。

华云飞浑身是血地冲上岸，跑到了毛问智身边。杀手们已经追着叶小天等人去了，毛问智孤零零一个人躺在血泊之中。华云飞把刀插在地里，抱起毛问智的身体："老毛，老毛……"

半晌，毛问智慢慢地睁开了眼睛，华云飞大喜："老毛，你撑住，我带你去看郎中！"

毛问智无力地露出一丝惨淡的笑容："俺真盼……小崽子生下来，听他……叫俺一声爹……"

华云飞含泪道："会的！会的！一定会的！老毛，你撑住啊，我带你去……老毛？"

毛问智还睁着眼，唇边带着一丝遗憾的笑，但眸中的神采正在渐渐散去。

华云飞悲呼道："老毛！"

◇·※·※·※·

进了城，他们马不停蹄直奔叶小天的住所。于珺婷先前来时，文傲不在居处，此时已经回来，听他们一说情况，马上带了一队人马赶去花溪。

叶小天下了车，走进院子，也不进屋，就在院中一只石碾子上坐了下来，定定地看着外面。田妙雯、于珺婷和宋晓语面面相觑，见他脸色阴沉得可怕，一时都不敢上前。

李秋池轻轻走到叶小天身边，轻咳一声，道："大人，或许他吉人天相……"

叶小天的眼睛动了一下，看向于珺婷，哑着嗓子道："你怎么来了？"

于珺婷从未见过他这副模样，不禁有些害怕，怯怯地道："我收到消息，说张雨桐秘密来了贵阳，担心他有什么打算，所以就……"

"张雨桐？"

叶小天扭头对李秋池道："查查他今天在哪里。不管他去了哪里，只要不是公共场合，没有可靠的人证，那么他就有重大嫌疑！还有曹瑞希和展伯雄，一个个地给我查！"

李秋池见叶小天终于振作起来，忙道："是，卑职这就去查！"

宋晓语眼珠转了转，愤愤地道："一定是田夫人派人做的！昨天你不是得罪了她吗？她怎么会甘心！"

田妙雯道："不会是她。她也曾数次遇险，若非那两个贴身侍卫舍命救护，不死也要重伤！"

宋家和杨家正在争斗，宋晓语虽然没有心机，也巴不得杨家多几个对头，依旧坚持自己的看法："可她不是没受伤吗？"

叶小天缓缓地道："不会是她！"

宋晓语不服气地道："为什么不会？"

叶小天道："因为……杨家的地位！她可以做坏事，却不会不择手段地做坏事，因为杨家的脸面很值钱！"

宋晓语鼓起了腮帮子，叶小天也不再说话了，就那么定定地坐着。也不知过了多久，远处人喊马嘶，叶小天听见声音，立即站了起来，疾步走出院子。

此时，留守居处的侍卫听闻自家主人遇袭后，已经把这里围了个水泄不通。五步一岗，十步一哨，方圆三里都在他们的警戒范围之内。但是马蹄声并未减缓，显然是自己人，叶小天又往外走了走。

叶小天走到一丛怒放的山茶花前，已经看到了华云飞疾驰的身影，不禁停住脚步，心情忐忑起来。华云飞一见叶小天，立即下马，把马缰一抛，快步迎上来。

叶小天张了张嘴，没有说话，华云飞悲声道："大哥，老毛他……"

看到华云飞眼中的泪光,叶小天心一沉,最后的一丝希望也破灭了。

华云飞低声对叶小天道:"我冲上岸时,他还有气儿,他说……"

华云飞哽咽了一下,道:"他说,他只遗憾,没等孩子出生,亲口叫他一声爹……"

说到这里,华云飞泪如泉涌。叶小天猛地转过身去,泪水盈眶。映着怒放如火的山茶花,他的双目似乎也正燃烧着两团烈火!

华云飞担心地道:"大哥!"

叶小天慢慢攥起拳头,攥得紧紧的,半晌才悲笑一声道:"云飞,你说咱们兄弟,从葫县开始,左一次右一次地被人坑,为什么?"

华云飞嗫嚅着没说话,他本想说"向来只有大哥你坑人,何曾有人坑过你?",可仔细一想,虽然最后想坑叶小天的都挖坑把自己埋了,但哪一回是叶小天主动惹事?

叶小天一字一句地道:"兄弟,人不狠,立不稳哪!"

第四十九章

最近有点乱

一

黄昏,晚照把天空中的云映得仿佛一团团大红牡丹。张雨桐带着一队随从正从西城门走进贵阳城,夕照之下,他们连人带马拖出长长的影子。

张雨桐穿着一身猎装,年轻、英俊、高傲,策马而行时英气勃勃,很是收获了一些目睹其英姿的少女、少妇的芳心。

他骑着一匹高大的枣红马,健硕丰满的马屁股上搭着好多猎物,有兔子、獐子、野鸭,甚至还有一头小黄羊,看来是郊行游猎满载而归。

张雨桐没有赶回他的住处。他一早就派人下帖,约了几位朋友今晚到鸿雁楼饮酒。

鸿雁楼今天被他包了,酒楼里没有其他酒客。张雨桐把野味交给酒楼大掌柜,吩咐他拿到厨下料理,便迈着矫健的步伐噔噔噔地上了楼。

今晚受邀而来的客人都是与张家有交情的权贵子弟,其中尤以来自两思八府的人家为多,因为张家所在的铜仁府就是八府之一。

如今已经有几家的少爷先到了,正散坐在楼上喝茶闲扯。

张雨桐迈步上楼,连连拱手道:"各位先到了啊,雨桐失礼了。"

一个脸上长着几颗青春痘的少年笑道:"是我们来早了,你这么客气做什么?雨桐老哥,你一早就去郊外行猎,收获如何啊?"

张雨桐道:"别提了,起个大早,至晚方归,却没猎到什么好东西,都是些寻常野味。不过其中有只小黄羊嫩得很,正好下酒,我已吩咐厨下料理了。"

一个穿绿袍的少爷倚着一个大靠枕,大张着双腿,懒洋洋地坐在罗汉榻上,对张雨桐道:"早叫你不要去了,你偏不听。贵阳这地方四通八达,人口稠密,城郊能有什么禽兽可猎?你若喜欢,改日到我梅耶洞去做客,我带你进山走走,虎豹在我那儿都是寻常之物。"

张雨桐坐下来,笑道:"赤阿汉兄,我只是喜欢打猎,至于猎的是什么倒不大要紧。鸡兔和虎豹有什么区别呢？既然只是图个好玩，大老远地跑去冒险，就大可不必了。"

几个公子哥儿中有人不屑地哼了一声，低声嘀咕了一句："难怪自己老爹被人气死，自家老大的地位被人抢去，却连个屁也不敢放。窝囊废！"

这世上永远有人不懂得为客之道，受你之邀，饮你之酒，还要对你大放厥词。

幸好旁边几人还是明事理的，马上示意他闭嘴。张雨桐嫩脸微微一热，佯装没有听见，便在席上坐下，强颜欢笑。

那几位少爷觉得有些对不住张雨桐，便刻意寻些话题与他聊天，楼上重新热闹起来。

张雨桐在获悉行刺叶小天失败的消息之后，立即离开花溪，环贵阳城的外围疾走，从南面绕到了西面的山野中，当真行围打猎去了。

他派出去的那些杀手原本就不跟在他身边，这时自然更不会相随左右，身边都是可以公开亮相的亲随。这场酒宴是他一早就与人约好的，如果行刺失败，可以遮掩行踪。如果成功，这就是他的庆功宴。

如今事败，张雨桐心中是有些忐忑的。在铜仁时，他已经被叶小天层出不穷的手段搞得有点患了"恐叶症"，此时想来，他也不知道自己怎么就有那么大的勇气，下令动用死士。

不过还好，行刺虽然失败，他却早已留下后手。以他对叶小天一贯的了解，此人并非乖张暴戾之辈，他若知道自己来了贵阳，或许会把自己列为嫌疑人，但是一日不能确定，就不会下毒手。可他如何才能确定呢？

张雨桐微笑起来，此时宾客到齐，觥筹交错。一些喝得兴起的公子宽了外袍，袒露胸腹，用筷子击着杯碟高歌起来，场面异常欢乐。

两个青衣小帽、系着蓝布碎花围裙的伙计抬着一架井字形的大型食具走上来，食具上摆着一头全羊，羊肉烤得一片金黄，让人一见便食指大动。

那羊跪伏其上，高昂头颅，两只羊角上系着红绸，嘴里还叼着几根翠绿的香菜。井字形食具的四角，则分别盛着蘸料、解骨刀以及分餐的盘子。

张雨桐笑道："这就是小弟今日所猎的那头黄羊了。来来来，把全羊抬过来。在座诸位中，论起年纪，无疑是陆兄最长，小弟把这羊头切下来，献给陆兄品尝。"

那井字形食具下边本有四条腿，放到地上时，与他们面前的矮几是平齐的。两个伙计把全羊抬到张雨桐面前，张雨桐自案后探出身子，抓向羊角。

站在井字形食具左边的伙计拿起了解骨刀。右边的伙计伸出双手，似乎要帮张雨桐扶住羊头，但他的双手挨到张雨桐的双手时，指尖却像拨弄琴弦似的一滑，一直滑到张雨桐的头顶，揪住他的发髻，用力向下一摁，张雨桐的脑袋重重地磕在井字形食具的沿上。

砰的一声响，众宾客都看呆了。另一个伙计随即扬起了解骨刀，刀尖正对着张雨桐的后脑勺。噗的一声，干净利落，张雨桐没有任何反应，就已一命呜呼。

一方土司，当着这么多人，死得如此简单，而杀人者居然如此冷静、冷酷、肆无忌惮。一时间众少爷都惊呆了，一句话都说不出来。

楼上顿时安静下来。两个伙计中持刀的那个慢慢放开手，刀仍插在张雨桐的后脑，食具上干干净净，一滴血都没有。

两个伙计站起来，看看呆若木鸡的众人，忽然龇牙一笑，其中一人用有些生硬的汉语道："我家主人问各位少爷好！"

另一人道："如果搅了各位的酒兴，那实在抱歉得很。我家主人说，报仇，能不过夜就不过夜，如此，亡去的人才好闭眼。"

"你……你们好大的胆子！你们知不知道你们杀的是什么人？"赤阿汉醒过神来，结结巴巴地说了一句。那伙计向他龇牙一笑。

那位年龄最长的陆少爷壮起胆子拍了一下桌子，道："就凭你们的所作所为，我可以把你们千刀万剐！"伙计看看他，又是龇牙一笑。

眼见如此一幕，众少爷心头都不禁浮起一抹寒气。他们生在豪门，或许骄纵了些，或许有些纨绔气，但眼力是不差的。他们看得出来，这两个扮作伙计的刺客露出的微笑透露的既非倨傲，也非威胁，更不是自信。

他们完全相信这些公子哥儿们说的话，这些少爷并非手无缚鸡之力的人，而且他们在楼下有大批高手，只要招呼一声，马上就能把他们两个乱刃分尸。

可是从他们的笑容、眼神，根本看不到一丝畏惧。他们非常平静，似乎完全漠视了生死，冷漠中甚至有一种说不出的狂热，那是殉道者才会有的感情。

每个豪门世家都蓄养死士，死士可以毫不犹豫地因为你的命令去死，却也做不到如此视死如归。他们不怕死，只因为他们从小就知道，他们活着就是为了有朝一日替主人去死……

他们清楚他们的一切包括亲人全都在主人的掌握之中，为主人而死，他们才能得到更多，而背叛没有一丝半点的好处。所以需要的时候，他们只能去死。

可这两个刺客却不是这样，他们来的时候，就没打算活着回去。对于死亡的威胁，他们甚至是带着一种欢喜的心情在等待。

什么人能蓄养出这样一群可怕的疯子？这种对待死亡的态度实在是令人毛骨悚然。赤阿汉、陆少爷他们手足无措，眼看他们转过身，坦然地向楼下走，却一句话也不敢说。

只要众少爷一声大喊，楼下的武士们就能冲上来把这两个小伙计生擒活捉。但是所有的少爷都噤若寒蝉，一言不发。

这样的疯子还有多少个？他们不确定，所以不敢招惹。但是眼看两个小伙计的身影即将离开他们的视线，赤阿汉终于忍不住壮起胆子又问了一句："你……你们的主人是谁？"

两个伙计站住了，其中一人道："我们的主人，姓叶！"

另一个伙计很好心地提醒："贵阳最近会比较乱，各位少爷最好少出门。"

第五十章

男人，要对自己狠一点儿

一

张雨桐死了，死在众目睽睽之下！还不到第二天中午，整个贵阳城就都在谈论这件事了。

达官贵人们最在意的有两件事。

第一，杀人者必是叶小天无疑。贵阳城里姓叶，且有能力、有动机搅动风雨的唯有叶小天。

但，叶小天怎么会有这么可怕的手下？经过当时在场的权贵子弟们绘声绘色兼添油加醋的描述，每个人都知道了叶小天的部下是如何不畏死。

不畏死，奈何以死惧之？死尚且不能惧之，还有什么是能用来威胁人家的？这是令每一个人都为之头痛且心里发毛的问题。

想象一下，你不可能在任何场合都被自己的亲信随从包围着，而人家可以用任何身份接近你。

而且，如果你对任何人都深怀戒心、小心提防，不用别人来杀你，只消三个月，你就崩溃了。

第二，叶小天的人临走时说的那句话是什么意思？为什么会比较乱？

他们已经明白了张雨桐的死因。很显然，叶小天怀疑张雨桐是花溪行刺的凶手之一。

但是这么短的时间内，叶小天显然不可能查得那么清楚，不能确定张雨桐就是凶手。可他还没确定，就已动手杀人……

霸道、嚣张到这种地步，也太不可思议了！仅仅因为怀疑，没有任何证据，他就动手了！那可是张雨桐，张氏土司传承十四代，不是土民，不是阿猫阿狗啊！

疯子！一个可怕的疯子，领着一群从深山里钻出来的疯子！这种人真是太可怕了！

最害怕的人就是展伯雄和曹瑞希。他们领教过叶小天的手段，却没想到叶小天能变得这么凶狠，狠到让他们胆战心惊的地步。张雨桐有什么嫌疑？嫌疑比起他们两个要小多了。

张雨桐死了，等待他们的又是什么？"贵阳最近会比较乱"，因何而乱？因为还要对他们下手？

展伯雄心里一直有些看不起瘦皮猴儿似的曹瑞希，虽然很惧怕他酷厉的手段。

但是现在展伯雄忽然变得无比羡慕起曹瑞希来。老曹太瘦小了，有大批保镖前呼后拥，他走在中间，根本没人看得见。除非凌空飞起，否则休想伤到他。

而展伯雄魁梧高大，大部分侍卫都比他矮半头。他出门总不能老是屈着两条腿吧，所以干脆就不大出门了。

曹瑞希瘦驴拉硬屎，硬撑着在这风口浪尖上出门晃悠了几圈。可是尽管有身材高大的侍卫们环绕四周，他还是时刻提心吊胆。

如此提心吊胆地过了两天，他就受不了啦。出门走一趟，回到家就觉得身心俱疲，吃饭不香，睡觉也无法安枕。这么下去，不用人家动手，他就会被自己活活吓死。

于是，老曹开始学老展，把自己的住处打造得龙潭虎穴一般，大门不出，二门不迈，扮起了羞答答的大家闺秀。

这时，老展却"静极思动"了，在大队侍卫的护卫下，浩浩荡荡地来到了曹瑞希的住处。看那阵势，不知情的人还以为他是来找曹瑞希决斗的。

老曹做得也绝，大开中门，请展大土司进去，自己却不来亲迎。同时，老展的部下随从一个都不许进府，老曹现在不允许任何生面孔进他的府邸。

展伯雄又是好气又是好笑，不过老曹这么小心，倒让他觉得至少在曹府内是绝对安全的。所以展伯雄就把上百号侍卫都留在了外面，独自走进了曹府。他一进去，大门就砰的一声关上了。

"曹长官，你闭门不出是对的。"

一见曹瑞希，展伯雄就笑眯眯地说了这么一句。不管心底如何紧张，在曹瑞希面前，他还是要扮出一副从容不迫的样子，这让他有一种优越感。

"放——为什么是对的？"

曹瑞希患了焦虑症似的，心里烦躁不安。他不像展伯雄那么做作，心中的不安溢于言表。他不怕在展伯雄面前丢人，好歹他还壮起胆子出去晃悠了两天，展伯雄却一直躲在家里装死，他比展伯雄有面子。

展伯雄道："贵阳是谁的地盘？是安家的，也是朝廷的。叶小天如此胡作非为，致使一位土司死于非命，两位土司闭门不出，置朝廷于何地？置安家于何地？你看着吧，不出所料的话，朝廷和安家必有一方出手，说不定还会一起出手。"

曹瑞希听了顿时两眼烁烁放光，黑瘦的脸颊泛起了红光，就好像孙大圣刚刚跳出八卦炉，炼成了天下无双的火眼金睛："对啊！展大人所言甚有道理，那么……安家和提刑司如今可已有了举动？"

展伯雄微微一笑："还没有。叶小天疯了，如何对付一个疯子，显然他们也要盘算一下。"

曹瑞希一听，焦虑症又发作了："这还要盘算多久？等他们盘算好了，老子岂不是要变得更瘦？"

展伯雄看了看他的猢狲脸，安慰道："不会的，曹长官再瘦也瘦不到哪儿去了。"

"放——你今天来，就是为了安慰我？"

展伯雄那张充满凛然正气的面孔上露出一丝狡狯的笑容，道："当然不是。我来，是想促使安老爷子和陈洪岳停止盘算，提前出手！"

当初看叶小天甚不顺眼的那位提刑按察使司王大人已经调任别处，现任的提刑按察使是陈大人，全名陈洪岳。

曹瑞希狐疑地道："你想怎么做？咱俩一块儿去提刑司击鼓鸣冤？那咱们的一世英名可就全毁了。这状就算告得成，以后咱们哥俩儿也不用混了。"

展伯雄捋了捋自己的白胡子，斜睨了曹瑞希一眼，心中大骂："老子什么时候和你成哥俩儿了，老子比你爹还大两岁！"

曹瑞希见他不说话，焦虑症再度发作："你究竟想怎么样，倒是说啊。"

展伯雄这才不卖关子，道："我今日来见你，却遭到不明势力袭击，你说安家和提刑司还能按兵不动吗？张雨桐是在酒楼之中遭遇两名刺客袭击，而今却是光天化日之下！嘿嘿，佛也会发火的！"

曹瑞希的"火眼金睛"又开始放光了："主动造势？"

展伯雄成竹在胸地端起杯来，呷了一口茶，脸上露出蒙娜丽莎般的神秘微笑。

展家的百余名侍卫肃立在曹府门前，没有人走动或交头接耳。他们都是展伯雄的心腹侍卫，待遇远超普通兵丁，军纪自然不同寻常。

突然，对面街上那高低不平的墙壁后面冒出了无数人头。这些人手持猎弓，尖声呼啸着拈弓搭箭，攒矢如雨。

展家侍卫们身手不错，但都只配了刀剑，既无甲胄，也没有盾牌。

在箭雨之下，他们根本没有闪避的余地。箭矢贯穿肉体，犹如密集的雨滴急骤地击打着残荷。

惨叫声此起彼伏，展家侍卫们躲无处躲，逃无处逃。有些箭矢射在曹府大门上，把朱漆大门射得刺猬一般。门右的那只石狮眼球都被射裂了一只，里边的人根本不敢开门。

"跟他们拼啦！"

一个展家侍卫首领悲壮地叫了一声，提刀冲向对面的墙壁。可喊声未了，一支长箭就射进了他的嘴巴，直透后颈。

"老爷，老爷，大事不好，门口……门口展家的侍卫遇袭！"

曹瑞希听人禀报，惊得站了起来，但一看展伯雄安然而坐，面含微笑，又慢慢坐了下来："是你自己的人干的？"

展伯雄呷了口茶，继续微笑。

曹瑞希皱了皱眉："为什么不在回程时动手？在我门前动手，我究竟要不要派人相助？如果我不出面，岂非很没面子？"

展伯雄笑道："回程时动手，万一叶小天真派了人趁乱下手怎么办？现在才是最好的时机，一则给安家和提刑司制造诘难叶小天的口实，二则叶小天既无必要也无胆量跑来向你我两家同时开战！"

展伯雄说到这里，又呷了一口茶，慢条斯理地道："曹长官不妨做做样子，派队人马出去。此事一出，提刑司和安家绝不会再坐视不管！"

"报——报——报告老爷，大事不好！展家……展家一百多号侍卫……都死光了！"

曹瑞希一听，不禁跷起了大指，真心钦佩地对展伯雄道："人都道我曹瑞希心狠手辣，如今和你展大人一比，实在是……你这招毒计当真狠辣！对自己都能这么狠，曹某自愧不如。"

展伯雄端坐椅上，手中端着茶杯，蒙娜丽莎般的微笑凝固在脸上……

第五十一章

九死一生

一

曹府血案震惊了整个贵阳。

在贵阳城里动用弓矢，一举击杀百余人，不亚于一场战争了。而且这场战争就发生在城里，发生在光天化日之下，瞎子也无法装作不知道了。

提刑司的陈洪岳第一个沉不住气了。他从中原来贵州还不到两年，还无法适应这里的无法无天。在中原，不要说用数百具弓行凶，就是一个人用一把弓杀了人都是大案。

"岂有此理！给我查！不管这案子涉及谁，都要给我一查到底！只要让我抓到半点证据，我陈洪岳绝不会放过他！"

臬台大人愤怒了，铁青着脸一拍桌子，震得桌上砚台都跳了一跳："巡抚大人快到了，如果此案在他到来之际还不能破获，陈某何颜面对叶抚台？"

臬台大人把手指戳到了兵备佥事的头上。几百名弓箭手啊，必须动用军队。朝廷在此地是有军队驻扎的，虽然只是象征性地驻扎了一支几千人的军队。

其中有一支部队约五百人，其职能类似于后世的武警，作用和战斗力更接近正规军队，但是行动上不受军方管辖。

臬台大人决定先动用这支人马维持贵阳治安，找到证据实施抓捕时，肯定得向都指挥使司求助，调动正规军队。

"我知道是叶小天干的！一个刚刚被封为世袭土司的人就如此目无王法，罔顾皇恩！给我查他，但凡叫我拿到一星半点的证据，他就死定了！"

陈臬台的"正义之声"铿锵有力，震动屋瓦，久久回荡在提刑按察司的大堂上。

陈臬台震怒了。

但是叶小天不是寻常人，陈臬台虽然决心和这个狂徒斗到底，然而终究没有立刻动手抓人。

· ※ · ※ · ※ ·

"明明死的都是展家的人,为什么要说是曹府血案?我曹家死人了吗?!真是岂有此理!"

曹瑞希拍案大骂,但他原本瘦削黧黑的小脸此时变得煞白,他被吓到了。叶小天的决绝完全出乎他的意料,想到此前自己还壮起胆子出去晃悠过,以为有几十个高大的身躯做肉盾就能无虞,后怕出一身冷汗。

叶小天前几天为什么不动手?为什么?曹瑞希唯一能想到的,就是猫戏老鼠。叶小天有十成的把握杀了他,只是不想让他痛快地死,想让他不断品味死亡的恐惧。

一想到这一点,曹瑞希头皮上就冷飕飕地刮起了阴风。其实他是杯弓蛇影,恐惧过度了。叶小天在查明没有第三方的人可以证明张雨桐当时不在花溪之后,就立即动了手,又怎么可能高抬贵手,让他这个比张雨桐更具嫌疑的人继续喘气?

可是数百个弓箭手不是吹一口气就能变出来的,调动人马也需要时间。

展伯雄听到曹瑞希的话感觉很刺耳,不忿地冷笑道:"曹府血案,难道不是发生在曹府的血案?死的是曹家的人还是展家的人很重要吗?不过是早晚的问题。今天他对我展家下此毒手,明天对你曹家也不会犹豫!"

曹瑞希瞪着展伯雄道:"你怎么还不走?"

展伯雄大怒:"你赶我走?你让我怎么走?老夫是你曹家的客人!现在叶疯子就在外面等着,我的人又死光了,你让我走不就是让我去送死?我死了,难道你的日子会更好过?"

曹瑞希的语气缓和了些:"曹某当然不是那个意思。可……展大人,咱们现在该怎么办?"

展伯雄道:"我们怎么办?我们表面上什么都不用办,安家和官府一定会出面!"

曹瑞希醒悟过来,发生的一切不正符合他们的计划吗?虽然过程产生了偏差,但效果是一样的。不!效果更强!不过,"表面上"是什么意思?

曹瑞希追问道:"表面上什么都不用办?"

展伯雄斜睨着他,冷冷地道:"只许他来杀你杀我吗?"

曹瑞希恍然大悟:"不错!以牙还牙!这事我来安排!不过还需你展家配合行动!"

展伯雄道:"没问题,需要用人时,我就下一道手令!"

下手令?吩咐一声不就行了?他这么说,显然是打定主意赖在曹家不走了。既然展老头儿还有用,曹瑞希马上好客地吩咐下人:"打扫客房,请展大人住下!"

展伯雄点点头,他也需要一个安静的地方好好想想对付叶疯子的策略。展伯雄刚要举步往外走,就听曹瑞希又吩咐道:"加强戒备,日夜巡逻,高墙之下,有人擅自接近,格杀勿论!"

展伯雄撇了撇嘴,就这一会儿工夫,就听曹瑞希把类似的话吩咐五六遍了。紧接着,曹瑞希又道:"马上派人回肥鹅岭,吩咐寨子里立即调派五百人到贵阳来接我!"

展伯雄立刻回身道:"有劳曹大人派人去我展家一趟,也调五百人来。"

方才曹瑞希吩咐加强戒备,手下人答应得极为爽利;这时让他们离开府邸回老巢送信,手下人立即面露难色。

展伯雄大骂:"蠢材!你以为发生了这么多事,那些弓箭手还会在外面守着?现在外面都是官府的人,对手顶多在百姓中安插一两个眼线。"

曹瑞希道:"不错!派四队信差分别从四个门离开,谁能把信送到,有重赏!"

· ※ · ※ · ※ ·

宋天刀拍案大叫:"痛快!痛快!男儿大丈夫理当快意恩仇!"

宋晓语苦恼地道:"你们男人就只顾着快意恩仇,之后可怎么办呢?"

田家消息最是灵通,曹府血案自然马上就知道了,而且知道的细节比提心吊胆赶到现场的捕快们还要多。

田彬霏皱起了眉:"一下子结了张家、曹家、展家三个大敌,又把官府和各方土司推到了敌人一边。这么做,实在是太冲动了!如果是我,一定会谋而后动!如果现在不是最好的时机,我宁可等上十年甚至二十年,也不会如此不计后果……"

田妙雯道:"都说女人做事莫名其妙,叶小天做事更是莫名其妙,完全没有道理可讲!"

田彬霏道:"韧针,我觉得这么冲动的人做不了我们倚重的同盟者。稍有不慎,我们就会被他拖进万丈深渊!"

田妙雯斜睨了他一眼,道:"你不必想那么多。这一关,他是自置死地,闯得过去,他不仅是生,而且将振翅千里;闯不过去,他就死定了,和死人你还结什么盟?"

田彬霏皱了皱眉,道:"那么,你觉得,他生的概率有多大?"

田妙雯的脸色沉重下来,过了半晌,才缓缓地道:"九死一生!"

第五十二章

九牛不回

一

"大人，张雨桐、曹瑞希、展伯雄确实都有嫌疑，但也不排除有人浑水摸鱼，故意利用大人与这三家的矛盾制造事端。我们并不能确定，花溪行刺的人一定是他们三个或者是他们三个中的一个，杀了一个张雨桐已经很是冒失了，对曹瑞希和展伯雄再追杀不舍的话，是不是……"

李秋池苦口婆心地劝着："学生并没有为他们说情的意思，只是这三个人都不是寻常人。杀了一个张雨桐，已经要警惕张家的反应，于土司已经被大人派回铜仁控制局面，而曹瑞希和展伯雄两人如果死了，又或者被他们逃回老巢，我们又该靠何人来制衡他们的势力呢？那时我们想西进石阡的计划必定受阻，大人，小不忍则乱大谋啊。"

叶小天慢慢抬起头，直视着他，道："大谋？大谋所谋者是什么？"

李秋池呆了一呆，叶小天又道："如果自己的兄弟都无法保全，人死了都不能为他报仇，还要含笑隐忍、佯装无事，那么谋权谋势又有何用？"

李秋池讷讷地道："君子报仇，十年不晚……"

叶小天斩钉截铁地道："我从来就不是君子！"

李秋池无言以对。叶小天又转向华云飞，华云飞听了叶小天的这番话，激动得眼珠子都红了。

叶小天道："展伯雄和曹瑞希当日也无人可以证明他们的去处，这个理由就够了。本来他们就不是什么无辜的好人，宁杀错，勿放过！"

华云飞用力点了点头，大哥这个吩咐，最合他的心意。叶小天微微眯起了眼睛，对李秋池缓缓地道："先生以为，展伯雄和曹瑞希现在会怎么做？"

李秋池很不赞成叶小天不顾一切的报复，这么做要承担的压力太重了，一下子得罪三位土司，你以为你是天王级的大土司吗？

更何况，如此一来也将引起所有权贵的反感与警惕，这对刚刚出山，急切需要立稳脚跟并保持良好形象的叶小天来说很不利。

但叶小天既然决定一意孤行，作为叶小天的幕僚，他也只能收起自己的不情愿，继续殚精竭虑地为他出谋划策。李秋池想了想，道："学生以为，展伯雄和曹瑞希现在能做的，最多有三点。"

叶小天平静地点了点头，道："我现在脑子有点乱，想得不清晰，你说。"

李秋池道："第一，惊怖于大人您的酷厉手段，他们想逃回老巢，因为在那里，他们才最安全。"

叶小天眯着眼睛想了想，问道："第二点呢？"

李秋池道："他们不会坐以待毙的，大人您想要他们的命，他们也一定会以彼之道，还施彼身，对大人您下手。"

叶小天笑了笑，道："嗯！可能会对我下手，更大可能，是再次对我下手！"

李秋池很不赞成叶小天这种简单粗暴的推论，所以他没接这个话茬，而是继续说道："第三，大人的所作所为，已经令洛阳权贵觉得土司圈子里出了一匹害群之马。如果别人有样学样，贵州将永无宁日，所以他们原本只是旁观的话，这回一定会站在大人的对面。学生以为，展伯雄和曹瑞希不会放过这个机会，他们一定会利用各方面力量向大人施压。"

"很有可能！"

叶小天点了点头，好像在议论一件与他毫不相干的事，这时一名生苗勇士走进堂屋，对叶小天单膝下跪，顿首施礼道："大人，思州田家有位自称妙雯的姑娘求见！"

· ※ · ※ · ※ ·

"毕节李土司到！"

"有请安龙谢土司！"

如今的安府，车水马龙，前来拜访官家的权贵络绎不绝。

叶小天的疯狂举动把各地权贵们都吓到了，他们中大多数人并不清楚毛问智的事，在他们眼里少有异姓兄弟，不都是下人吗？就算是铜仁于家，于珺婷对文傲先生执弟子礼，恭敬有加，可真要算起来，那也只是她于家的一个土民，他们地位并不对等。

所以，他们都把叶小天的疯狂举动当成了他在花溪遇险后的疯狂报复。如此不计后果、不讲策略的一个人，实在是太危险了，谁敢保证自己将来与他就绝对不会发生冲突？他不按道上的规矩来，那就是圈子里的害群之马，容不得！

于是，他们不约而同地来到了安家。谁叫你是土司王来着，作为黔地大大小小百余位土司的王，你享受了相应的尊重和礼遇，那么出了事，也只能由你来解决。

安家巨大、宽广犹如王侯宫殿般的大客厅内，各路权贵云集，他们是来向安老爷子讨说法的：叶小天是个不稳定分子，这样的祸害，你老人家觉得应该怎么办？

安老爷子闭着双目坐在上首的座位上，座位既阔且大，虽比不得龙椅，却也远比一般的椅子高大华美。安老爷子坐在上面，身材和巨大的椅子有些不成比例，但是他身上那种雍容、高贵的气质弥补了这点不足，没有人会觉得坐在那儿闭着眼睛、仿佛已经睡着了的老人，只是一个年迈、虚弱的老者。

众人七嘴八舌、义愤填膺的控诉渐渐结束了，高亢激昂的喧哗声渐渐变成了嗡嗡的低语声，越来越多的人把目光落在了那位犹自闭着眼睛似乎在打盹儿的老人身上，气氛异常地压抑，就是坐在下首的安老爹和安大公子都有种如坐针毡的感觉。

许久，安老爷子慢慢张开眼睛，轻轻咳嗽了一声。他的咳声非常轻微，虽然这大厅在建造时就注意到了如何拢音，可以尽可能地扩大说话人的声音，但那声咳嗽依旧显得极其轻微。尽管如今，大厅中嗡嗡的声浪却马上奇迹般地停止了。就像一股奇寒的风，瞬间便把汹涌的波涛变成了一块静止的冰。

"线狱啊……"

安老爷子唤了一声，安公子脸一红，讪讪地站了起来。线狱是他的乳名，也是一种动物的名字。

这时的孩子夭折的多，所以人们习惯给孩子起个贱名，图个好养活，于是安大郎的小名就成了线狱。

安大公子长施一礼："祖父大人。"

安老爷子缓缓地道："你去叫叶小天来一趟。"

"是！"

安大公子拱手退出了大厅，众土司登时露出兴奋的神情。安老爷子终于不负众望，决定出手了。土司王出面，就算他叶小天是闹天宫的猴子，也得被这位压在五指山下！

· ※ · ※ · ※ ·

"田姑娘此来，是为了劝我收手？"

田妙雯点点头，对聪明人说话就是简单，交谈起来令人很愉快，她正斟酌着该如何委婉地说明来意，叶小天就已抢先道明了她的来意。

叶小天道："同展家作对，不是你我本就商定的策略吗？"

田妙雯道："但是，本来的计划是只对展家下手，逐步紧逼，征服展家之后再向曹家挑战，如果曹家主动插手，则出动童家进行牵制，而现在又多了一个铜仁张家。实际上还远远不止，你的行为已经犯了众怒，成为众矢之的，后果堪忧。"

叶小天笑了笑："除非我兄弟能复活，否则，展伯雄和曹瑞希必须死！"

这头犟驴子！田姑娘黛眉一蹙，还待再说，叶小天一字一顿地又说了一句："而且，我绝不会等上十年！"

田妙雯道："叶大人，你……"

叶小天打断了她的话，平静地道："幸好你我两家目前也尚未正式结盟，如果担心我会牵累你们田家，田家可以就此收手的，你我两家之前的密议，作废就是！"

田妙雯看着叶小天认真的眼神，此来说服叶小天的信心荡然无存。她忽然发现，眼前这个人平时可能很油滑、很狡狯，懂得变通和隐忍，而且有种小市民的习气，但是当他犟起来，九牛不回！

田妙雯不再说话了，她也是聪明人，明知所要说的话根本就是废话，人家绝不会理会的时候，她也懒得去讲。她沉默了许久，声音低沉下来："韧针输得起，但田家……输不起了。这件事，我要与家兄仔细商量一下！"

叶小天点点头，起身拱手道："叶某等你的回音！"面对叶小天如此决绝的态度，田妙雯也无话可说了，她默默地站起来，由叶小天陪同着送出门去。

两人走到院门口，田妙雯苦笑一声，回身道："叶大人请留步！"

就在这时，远处一阵骚动，两人一起循声望去，片刻工夫，一个生苗勇士快步走来，对叶小天道："大人，水西安家长公子安南天求见！"

安家出面了！

听到这句话，田妙雯顿时一阵兴奋，一双妙目也盈盈地投注在叶小天脸上：我的面子你不给，土司王呢？总不能，你也不放在眼里吧！

第五十三章

大人物

一

一队武士雄赳赳气昂昂地走在长街上,中间护着一辆马车。同许多土司拿出来充门面的随从队伍都鲜衣怒马不同,这支队伍的精气神虽然异常剽悍,服色却只是粗糙的土布。

他们腰间的佩刀连鞘都没有,而且看那佩刀款式不一、有新有旧。有的吞口黄铜摩擦得锃亮,一些不易触碰到的位置却泛着厚重的岁月痕迹,只怕已传承几代了。

这支人马正是叶小天的亲随,护送他去安家的。

路旁的民宅因为户主的财力不同,所以宅墙高矮厚薄也不同。前方一个路口,错落高低的宅墙后面,突然之间现出许多人,手中的利箭毫不犹豫地向叶小天的随从队伍射了过去。

"有刺客!保护大人!"侍卫统领一声大喊,拔刀冲向围墙。一些侍卫号叫着紧跟着他,丝毫不在乎自己身前毫无掩护,另外一些侍卫则向马车急急靠拢。

马车帘子垂挂着,根本看不见里边的情形。从墙后冒出来的刺客们,手中的利箭齐齐射向马车,车窗、车帘所有可以射击的位置都被利箭笼罩了。

但是,当一轮箭雨射罢,那马车虽像插满了尖刺的豪猪,却依旧稳稳地立在那儿。一个刺客首领目芒一缩,沉声喝道:"车上加了挡板,杀过去!"

墙后杀手们立即纷纷越墙而出,拔出刀剑与叶小天的侍卫随从激斗起来。

这路杀手正是展伯雄和曹瑞希用他们残存的死士杀手拼凑起来的一支刺客队伍,他们所拥有的弓箭很有限,所以理所当然地采取了"斩首行动",将所有箭矢集中射向了叶小天的马车。

谁料叶小天已经有所防备,那些奇准无比地射在车窗和车帘处的箭矢,都明晃晃地钉在那儿,箭矢的箭杆和小部分箭头都悬空外露。马车居然加了硬木板一类的东西,根本钉不进去。如此一来,要想杀掉叶小天就只有冲开他的侍卫防线,直取马车，把他剁成肉泥。

曹、展两家的死士这一回接到的是死命令：要么叶小天死，要么他们死。他们已经没有退路，所以个个如同疯掉的野狼，嘶吼着、红着眼睛扑上去。双方杀在一起，长街大乱，百姓们纷纷惊呼走避，一时鸡飞狗跳。

安府门前，一队车马在门前照壁处缓缓停住，一瞧车上亮出的字号，安府管事就笑容满面地迎了出来，拱手道："不知是田家哪位大人到了啊？"

车子里边，并肩而坐的叶小天和田妙雯同时一动，屁股离开座位，忽然发现对方也正站起，又不约而同地坐了回去。两人互相看看，田妙雯微笑道："今儿我是看客，你才是正主，你请！"

叶小天道："搭了你的顺风车，已经承了你的情，怎好再喧宾夺主，姑娘先请。"

田妙雯一双妩媚的大眼睛盈盈地看着他，道："只计利害的话，我田家现在应该躲你越远越好，可我却要护送你来此。看在外人眼里，未必相信只是你请我帮忙，如果他们产生一些其他联想，对你目前的处境大有助益，你欠我的，可不只是顺风车的情。"

叶小天也微笑起来，道："我知道！这份情，我会还，我只怕等我还情的时候，你田家已经不敢再收我这份情了。"

田妙雯沉默片刻，幽幽地道："我田氏家族卧薪尝胆百余年，方有所积蓄，这积蓄只够我们挥霍一次，成败在此一举，我们……不能冒险。"

叶小天笑容灿烂道："我明白！所以，我不会怪令兄，也不会怪你。无论如何，今日我承了你的情，只要我不死，来日总会还你的！"

田妙雯苦笑道："我说笑罢了，你既已有准备，又岂会轻易为人所乘？你要借我车马一用，只是不想因为意外而耽搁了安老爷子之约吧。"

叶小天悠然神往，道："每一个土司，在他的领地上都是独一无二的王！而安老爷子，就是众王之王，我对这位老先生，的确非常好奇！"说罢，叶小天起身一掀车帘，就走了出去。

安府管事见多识广，但叶小天他并没见过。一瞧出来的是个令人一见便大生好感的年轻人，容貌清秀，脸上还带着几分谦逊和气的笑容，安府管事立即在脑海里搜索起他所了解的田家年轻一辈的资料来。

还不等他把眼前这个少年和田家的某个年轻辈的子弟联系起来，叶小天已经沿着脚踏走下去，向他泰然拱手道："有劳这位管事向安老爷子通禀一声，就说叶小天到了！"

· ※ · ※ · ※ ·

安府大厅中，众土司茶都喝没了味，在等候的这段时间里，他们继续交头接耳地聊天，整个大厅比刚才还要喧嚣热闹，因为安老爷子回后宅歇息去了。

除非是宋、田、杨三家的家主在位，否则没有哪位客人够资格让安老爷子亲自作陪。既然这三家的家主都没有出面，安老爷子自然不必一直等在客厅里。

安老爷子在后宅卧房内闭目养神，两个十四五岁，身娇体软、眉目如画的小丫头跪坐在膝前，握着一双小拳头轻轻为他捶着腿，这时一个安府家丁急急走进门来。

他进门时身子前倾，动作还显得甚是急促，但进屋之后却立刻放慢了脚步，轻手轻脚地走到安老爷子身旁，弯腰低声道："老爷子，叶小天来了！"

安老爷子微闭的双眼一睁，眸底飞快地掠过一丝精芒。

……

安家大门口，田妙雯等叶小天与安府管事说完话，这才一提裙裾走了出去。叶小天走到车边，田姑娘落落大方地把小手搭在他的手上，姗姗地下了车。

安家管事认识田妙雯，一瞧她从车中出来，顿时明白叶小天是搭了田家的车子前来，心头不由一动：明知叶小天已经犯了众怒，田家还这么做，这是什么意思？

这时一骑飞来，呼啸如风，安府门前的侍卫一见，立即警惕地拔刀迎了上去。叶小天扭头一看，急忙对安府管事道："不要动手，他是我的人！"

安府管事听了连忙示意一声，叫人放行。那人翻身下马，快步赶到叶小天身边，对他附耳说了几句话，叶小天的脸色立即变得难看起来。

田妙雯忍不住问道："当真遇袭了？"

叶小天点点头，沉默片刻，忽又微微一笑，道："他们的阵脚已经乱了！"

这句话换一个人未必听得懂，但田妙雯当然听得懂。

展伯雄和曹瑞希可以反击，但是此时反击，时间和时机选择的都不好。上一次在花溪，他们准备那么充分，人数又相差悬殊，还是让叶小天逃了，他们就该对这些生苗勇士的战斗力和视死如归的勇气有一个比较准确的评价。如今在叶小天已经有了戒备的情况下，集结一群残兵袭击，还必须得速战速决，成功的把握能有几分呢？

再从时机上说，众土司正对叶小天的霸道手段深感不安，正合力促请安老爷子出面施压，他们就算要动手，也该等叶小天安家之行结束再说，如今仓促出手，那些土司就无法在道义上对叶小天展开狂轰滥炸了。

"有请卧牛长官司司长官叶大人！"安家大厅前面一声唱名还没结束，叶小天就已抬腿走进了大厅，田妙雯落后他半步，轻提裙裾，袅袅娜娜地走了进去。

田妙雯是个美人，是个活色生香、风情万种的女人，平时她若出现在什么地方，一定会是大众的焦点，但是今天例外，她一进去，就发现所有人的目光都定在叶小天身上，眼珠都不动一下。

今天在这间大厅中，出现最多的一个名字就是"叶小天"，每个人对这个名字都已经很熟悉了，但是其中大部分人这还是头一次见到叶小天的真面目。

叶小天的形貌，与他们心目中那个残忍、暴戾、乖张、狂妄、野蛮、阴险、嚣张……的形象，完全没有一点相通之处。

他们每一个人在见到叶小天之前，在心里都对他的模样有所想象，而眼前这个人……

眼神有些小精明，神色谦逊而不张扬，且丝毫没有作伪的迹象，常言道面由心生，其实是有一定道理的，这副模样的叶土司，当真就是被他们鞭挞得体无完肤的那个叶小天？

叶小天一进正厅，目光就集中在了坐在最上首的那个老人身上。厅中来宾云集，随便拉出去一个都是跺跺脚四方乱颤的大人物，但是全都被他当成了空气。

他的眼中只有那个土司王，正如他进京面君的那一次，满朝文武不下百余人，个个衣着朱紫，功名显贵，可他绝不会左顾右盼地瞧上几眼。

不仅仅是因为宫里规矩，最大的原因是不管什么官，只要他想看，总有机会看到，而皇帝却不是那么容易看到的，土司王安老爷子亦如是。

"卧牛长官司叶小天，见过安老爷子！"叶小天站定身子，向安老爷子抱拳施礼，低头时再想安老爷子的模样，才刚刚看过的面孔，竟然一点印象都没有了。

他面上虽然冷静，心中又怎么可能不紧张。这紧张与畏惧无关，而是骤见地位悬殊的大贵人，所产生的本能反应。

安老爷子见叶小天向他拱手施礼时，丝毫没有恍然大悟的表情，不觉有些奇怪。当初在栖云亭外他是见过叶小天一面的，怎么叶小天完全没有反应？

想了一想，安老爷子忽地哑然失笑：是了，当日他一身钓翁打扮，谁会把一个钓翁放在心上呢？时隔这么久，叶小天当然不会记得他是谁。而今日的他是土司王，谁又会把眼前这位土司王和当日的一个钓翁联系起来？

不过，要想对一个人记忆深刻，不必非要靠他崇高的地位，只要他能做出惊天动地的大事，一样会令人对他记忆深刻。

此刻在这大厅中的，俱是一方"诸侯"，其中最弱的身份地位也不在叶小天之下，但是今日之后，这满堂"诸侯"将不会有一个忘记叶小天的样子。

第五十四章

匹 夫

一

"快看，安老爷子居然笑了。"

"为什么不笑？你以为还得剑拔弩张不成？就凭他叶小天，也配！老爷子只要伸出一根小指，就能把他碾死！"

"那是！今天要不是给咱们大家伙面子，老爷子会出面吗？老爷子出面，已经太给他叶小天面子了！"

众土司议论纷纷，安老爷子充耳不闻，只对叶小天道："请坐！"

"谢老爷子！"

叶小天扭头一看，旁边不知何时已经多设了两把座椅，田妙雯已经入座，把距安老爷子最近的一把椅子留给了他，他便毫不犹豫地走过去，坦然入座。

安老爷子道："叶小天，老夫听说，你和铜仁张氏、石阡曹氏、展氏之间，有点小小过节啊？"

众土司都屏息听着，虽然人人都知道杀死张雨桐必然是叶小天所为，但是毕竟没有任何凭据，如果叶小天矢口否认，以安老爷子的身份，难道还能强行把罪名指定给他？

众人正在紧张，叶小天一句话就让大家把心放回了肚子里："老爷子，您说错了，晚辈和张、曹、展三家，不是有点小小过节，而是不死不休之仇！"

他承认了！当着安老爷子的面，当着满堂"诸侯"的面，他居然……公开承认了！他不但承认了，而且还说这是不死不休之仇？狂妄！当真狂妄！

土司们之间哪有这么死磕的，真就你杀了我爹，我宰了你哥，大家杀来杀去的杀累了的时候，只要你肯割地让民，又或者俯首称臣，这梁子也就可以解了。

过上三五十年，两家淡了旧仇，再一联姻……上千年来，大家伙就是这么干的啊，他凭什么不死不休，他明明连根汗毛都没伤着。

众土司愤怒了，立即纷纷声讨起来：

"狂妄！"

"大胆！"

"岂有此理！"

"残暴不仁！"

叶小天啪地一拍桌子，变色道："这是安家！闲杂人等闭嘴！"

大厅中先是一静，接着土司老爷们就更加愤怒了：闲杂人等？我们成了闲杂人等？

愤怒的声浪更大了，问题是叶小天在土司圈子里算是刚出道，和在场的任何一家都没有纠结了几百年的恩怨情仇，大家想骂也翻不出太多的旧账，所以翻来覆去的也只能是刚才那些词。

田妙雯坐在一旁，忾视着叶小天，敢在安老爷子面前这么肆无忌惮，敢对满堂"诸侯"大声斥喝，数遍天下大概也只有他了。这个人真是、真是……

田妙雯想了半天，也只能想出一个"异类"的词来形容他，至于如何"异类"，她也形容不出了。

安老爷子咳嗽了一声，厅中的喧哗顿时静止下来。安老爷子微笑道："你们之间的恩恩怨怨，如果一直纠缠下去，也不是办法啊。你们都是一方土司，是万千子民的依靠！岂可凭一己好恶快意恩仇？老夫有意做个中间人，让你们双方都罢手，如何？"

叶小天道："老爷子，此事与安家并没有任何关系，老爷子又何必强出头呢？不瞒老爷子，我的一位结义兄弟，在花溪遇刺时，为了救我而死，这个仇，我一定要报！"

安老爷子脸色微微一僵，涵养再好他也有点不自在了，有多少年不曾有人拒绝过他的提议了？时间太久，他实在是记不清了，现在终于出现了一个，就在安家，还是当着各路"诸侯"的面。

安老爷子微微加重了语气，道："你觉得，凭你的力量，可以同时向三个土司挑战？老夫只要出面调停，张、曹、展三家绝不会无止无休，旧怨一笔揭过，大家都可以息事宁人。你想杀人，须得明白，别人也可以杀你！"

叶小天端坐椅上，平静地道："老爷子，我那兄弟还尸骨未寒呢，这就旧怨一笔揭过了？那晚辈的忘性也未免太大了！我要杀人，人家也会杀我，我知道啊，这很公平！

"我没想杀人时，人家还不是一样要杀我？老爷子，花溪的水现在还是红的呢。常言道'瓦罐难离井口破，大将难免阵上亡'，如果被人杀了，我认！"

安老爷子怔住了，不是他经历少，而是他完全没有想到叶小天油盐不进，态度居然会这么强硬。

田妙雯看在眼里，心里忽然舒服起来，刚刚在叶小天那里她想出面劝和，却被叶小天硬顶回来，心里一直郁闷得很。如今土司王他老人家还不是一样在叶小天面前吃瘪？有这朵"红花"做陪衬，田妙雯这朵"绿叶"就心平气和了。

一个土司按捺不住跳了起来，大喝道："安老爷子出面调停，你也敢拒绝？为了一个结义兄弟，你就要挑起四方土司大战，你要坏了千百年流传下来的规矩吗？"

"规矩？什么规矩？谁定的规矩？"

叶小天也站了起来，气势咄咄逼人："这规矩是你们定的，是你们的祖先联手制定的！每一个土司人家都有它不可碰触的东西，这就是底线。

"无数条底线交叉地融合在一起，就是法网！所有的土司都笼罩在这张法网之下，受它庇护，受它约束，由它来维护你们的公平！可我的公平呢？谁来给我主持公道？"

那土司冷笑："怎么？难道你还想给大家立规矩不成？"

厅中顿时一阵骚动，给大家立规矩？就算四大天王联手，也不能无视其他所有土司的意见，强行给大家另立规矩，叶小天是什么东西，居然狂妄如斯！

叶小天没有理会他的调唆，正色答道："我不是要给大家立规矩，我也是一方土司，我有权提出我的底线，我要把我的底线，加入这张法网！"

又一个土司跳起来，道："你要加入这张法网，可以！可你的规矩不能与大家格格不入，否则怎么能融而为一？"

叶小天道："与大家格格不入？不至于吧，我和诸位有什么不解之仇吗？没有！如果有朝一日我们之间发生纠葛，战阵之上有所伤亡，哪怕死得是我的至亲，我会化公案为私仇，不死不休吗？也不会！但这一次，不同！"

叶小天猛然提高了声调："我和他们本没有不解之仇！可他们一再对我下毒手！我现在是侥幸不死，可我当日如果死了呢？他们如果和你们有了纠葛，会轻易对你本人下毒手吗？

"绝对不会！否则被你们视为害群之马的，就不是我，而是他们了！但是对我，他们就是如此肆无忌惮，我是皇帝钦命的卧牛长官司长官，可在他们眼中，我还什么都不是，所以他们能无所不用其极！"

叶小天向前走了两步，目光炯炯地看看左右两侧的土司们，沉声道："与叶某格格不入的，不过是张、曹、展三条线，既然如此，那就把他们抽出去，叶某这条线也就能融入了！"

堂上顿时哗然，最先跳出来质问他的那位土司大喝道："你好狂妄！以一己之力，要单挑三方土司，你确定你能赢？"

叶小天道："一件事没做之前，谁能确定？可要是什么事都要确定能成才去做，那还有什么事是轮得到你去做的？你又能做得成什么事情？"

叶小天笑了笑道："如果我失败，那么这张法网之中，就还有张、曹、展三条线，至于姓叶的这条线嘛，退回深山继续做我的草头王去就是了，与各位还有什么相干呢？"

那土司仰头大笑："哈哈哈！好盘算！退回深山？你知不知道，你既犯了众怒，我们现在就可以让你死？"

"我不信！"

叶小天回到了座位，选了个舒服的坐姿，跷起了二郎腿，说道："今天是你们请我来的，因为我不同意你们的要求，就当场格杀？好啊！好得很！叶某人的大好人头在此，你们尽管来取！"

那两个站起来的土司面面相觑，碰上这么个混不备的玩意儿，还真叫人不知该如何是好了。

叶小天端起茶来，用茶盖轻轻抹着茶水，悠然道："今日死了叶小天，明日再有张小天、李小天、胡小天与大家意见不合时，还能议事吗？还有人能出面调停吗？"

叶小天呷了一口茶水，用茶盖轻描淡写地向对面的三个土司分别点了点："那时候，你敢去？你敢去？还是你敢去啊！"

堂上鸦雀无声。叶小天放下茶杯，放声大笑起来，他伸手往天上一指，大声道："头顶这个盖子，先要有个架子，不然，它就搭不起来！头顶这张法网，也需要一个架子，诸位才能把自己那条规矩搭上去，织成一张法网！

"杀我？成啊！你们要拆了你们的架子，撕了你们这张法网，叶某能用这一条命，换个从此没有规矩，值！"厅中继续哑然，这么一块滚刀肉，实在是剁不动、切不开啊！

久久未发一语的安老爷子轻咳一声，道："叶小天，你可知道，如果事情被你闹得太大，朝廷就一定会出面干预，而朝廷一旦出面，事情恐怕就会出现不可预料的变化！"

安老爷子含而不露，点到为止。有些话是不能说得太明白的，但在座的所有人心里都懂。叶小天放下了二郎腿，对这位白发老人他还是挺尊重的。

叶小天沉声道："所以，老爷子和在座的诸位与其把精力放在叶某身上，不如好生想想该怎么封锁消息应付上边！叶某这边你们放心，我要对付的是张雨桐、曹瑞希、展伯雄这三个人，并非针对他们的整个家族！"

叶小天也不是一味蛮干，血性归血性，该提防的时候他也会提防，比如这次暗度陈仓，借田妙雯的车赶来安家。该上眼药的时候他也会上眼药，比如这番对答中，分化众土司与张、曹、展三家，分化张雨桐、曹瑞希、展伯雄和他们所属的家族！

叶小天站了起来："张雨桐已经死了，还有曹瑞希和展伯雄。刚刚在来安家的路上，叶某再度遇袭，幸而不死！回去的路上，我也不晓得会不会死，只要我不死，叶某和曹瑞希、展伯雄就会死磕到底！"

"底——底——底——"安家客厅的拢音效果着实不错，再加上此时厅中一片静寂，叶小天这番掷地有声的话在大厅中回荡不息。

叶小天向安老爷子长揖一礼："多谢老爷子为叶某斡旋的一番美意！晚辈这就告辞了！"

叶小天又向众土司行了个罗圈揖，先兵后礼也好过不知礼嘛，打一巴掌给个甜头，有时效果更好："各位大人，小天若有莽撞处，还请多多见谅，小天告辞！"

叶小天抱着拳，后退了三大步，把双袖一甩，转身迈步，潇潇洒洒地走了出去。田妙雯目放奇光，定定地看着叶小天的背影，她真的没想到叶小天有勇气做得这么绝！

她真的没想到，叶小天可以来得如此从容，走得如此潇洒，合众土司之力，以土司王之威，不但没有让叶小天退让一步，反而让他咄咄逼人地提出了他的条件！

堂上各路"诸侯"眼睁睁地看着叶小天出去，做不出任何举动，说不出任何话语。直到叶小天的身影完全消失在厅门口，大厅中才像沸油里泼了一瓢水，顿时炸了锅！

"肃静！肃静！大家安静！"安老爹站起来大声维持着厅中秩序，等众人稍稍安静下来，安老爹眉头紧蹙地对安老爷子道："父亲大人，您看这件事……"

安老爷子默然良久，喟然一叹："日升日落，冬去春来，有些事，该来的时候总要来的啊。"

一位土司急急上前几步，大声道："老爷子，您这话什么意思？难道就由得他去胡搞吗？"

安老爷子仿佛没有听见他的话，安老爷子的一双老眼慢慢落在田妙雯身上，安详地问道："韧针啊，这件事你怎么看？"

田妙雯紧紧地咬着下唇，此情此景让她突然觉得，叶小天这只大鹏鸟未必就会折了翅，万一他成了……可风险太大，实在是太大了啊，这一注投下去，那就是砂锅底捣蒜——一锤子买卖！

风险如此之大，大到她根本不敢拿整个田家来冒险，但那一线机会，对她来说却又如此诱人！

田妙雯心中天人交战，正纠结得不行，安老爷子这一问，反而促使她做出了决定。

田妙雯盈盈地站了起来，在满堂诸侯中间，就像一朵粉红娇艳的莲花，从一团淤泥中冉冉而出，花瓣上还沾着清澈的泉水，娇艳欲滴！

田妙雯道："田家是个什么看法，那得家兄来决定，韧针一介小女子，对老爷子的垂询，可不敢轻率回答！但是……"

众人正大失所望，但是一听"但是"，马上又提起了十二分的精神，"但是"一出，必有奇峰陡转，这也是一条规矩啊！不！这是语言艺术运用之铁律！

田大姑娘道："展伯雄对小女子有不轨之心，事机败露后恼羞成怒，又想杀人灭口！这件事，大家都是清楚的！"

不错，大家当然清楚，在叶小天来到铜仁搅风搅雨地迅速抢了头条，又无良地抢走了全部关注度之前，展伯雄意图老牛嚼嫩草的消息可是贵阳府的大热话题之一。

田妙雯黯然道："可惜，田家衰微，竟是根本奈何不了他！"

众土司们听到这里都有些羞愧，今日为了叶小天，他们聚集于此喊打喊杀。可是田家姑娘这么国色天香、千娇百媚的一个大美人，控诉声讨了那么久，他们顶多是出于义愤甚至嫉妒，骂上几句老不修，居然不曾有过任何实质性的举动。

田妙雯的眼中有泪光盈盈闪烁起来："奴家一介弱女子，此仇此恨，如何了结呢？站在个人立场上，奴家当然是希望叶小天杀了展伯雄的！不管别人怎么看，只要他做到了，在奴家心里，他就是大英雄！"

安家大厅这座池塘，因为田妙雯这番话，顿时荡起了层层涟漪。可是涟漪怎么够看，田大姑娘紧跟着就投下了一颗流星："只要叶小天能杀了展伯雄，妙雯无以为报，情愿以身相许！"

第五十五章

悬赏令

一

叶小天的车队半路遇袭，留守人马可以堂堂正正地全部出动来迎接土司大人回去了，所以安府门前一时旌旗招展、刀枪闪亮。如果叶小天真在安府被人杀害，这支队伍恐怕就要全部冲进安府，来个玉石俱焚了。

叶小天走出安府时，他们已经赶到一阵子了，叶小天在大队人马的护送下返回住处。此时因为长街血战，提刑司兵备佥事杨健已经调动了全部人手巡弋街头，一见叶小天率人赶到，杨健担心再度出事，立即紧追在他屁股后面，一时间这队伍显得更加浩浩荡荡了。

叶小天回到住处，李秋池马上迎了出来。叶小天情知自己的所作所为官府方面必定会有所反应，而李秋池是讼棍出身，对官府再熟悉不过，所以他让李秋池去与官府方面打交道了。

叶小天向李秋池问了问官府那边的情况，李秋池担心地道："官府方面的消息不太好啊，听说臬台大人发了狠，定要整治东翁，对这些土司，东翁您可以按江湖规矩来，对臬台大人，您可千万不能让他抓到真凭实据。"

叶小天思索了一下，道："贵阳恐怕还要乱一阵子，这个陈臬台未必会无限期地忍下去。你觉得如果一直找不到凭据，他就一定会隐忍不发？"

李秋池担心地道："学生担心的正是这一点，陈臬台代表的是朝廷，东翁不能像对待其他人一样，如果陈臬台蛮干起来，定要逮捕东翁，东翁总不能抗法吧？"

叶小天负起双手，在房间里慢慢地踱了一阵，忽然站住脚步，招手把李秋池唤到身边，对他低声吩咐了几句，李秋池脸色一变，骇然道："东翁，这恐怕……不妥吧？"

叶小天沉声道："已经到了今天这个地步，没有退路了！"

李秋池咬了咬牙，顿足道："是！学生这就去安排！"

李秋池急急走出去时，正与华云飞擦肩而过。华云飞是个好手，但他的作用不仅仅是一个侍卫,侍卫这种事,叶小天身边有大把的人手可用,华云飞只做个侍卫未免浪费,所以被叶小天派去侦伺展、曹两家情形了。

叶小天一见华云飞神色急切,忍不住问道:"怎么了,展曹两家有了什么举动不成?"

华云飞摇摇头,道:"展、曹二人龟缩不出,一时看不出什么举动。不过我回来的时候,意外听说……"

"嗯?"

华云飞道:"我听说,众土司云集安府,商讨对付大哥的办法。"

叶小天恍然道:"不错,我还去过安家。"

华云飞神情更加古怪:"大哥去安家的事,小弟已经知道了,小弟还知道大哥的车队半路遇袭的事。小弟是说,大哥离开安家之后,可知安府又发生了什么?"

叶小天道:"不知道,不过他们顶多继续聒噪一番,是不可能轻易就跳出来替展、曹顶缸的,你担心什么。"

华云飞道:"这么说,田家大小姐当众宣布,只要大哥你杀了展伯雄,她就委身下嫁的事,大哥你也不知道了?"

叶小天奇道:"委身下嫁?嫁给谁?"

华云飞道:"当然是嫁给杀死展伯雄的你!"

叶小天愣住,半晌,突然一跃而起,怪叫道:"有她这么算计的吗?这也太能算计了!"

这回换作华云飞发愣了,田妙雯那种天生尤物,就算有皇帝为她发动一场战争,华云飞都不觉得奇怪,反正叶小天本来就不会放过展伯雄,反应这么强烈做什么?说出来之前,华云飞还以为他会很高兴呢。

叶小天道:"如果我没杀得了展伯雄,反而被人给杀了,她什么损失都没有;如果我和展伯雄同归于尽,她什么都不用付出;如果我杀了展伯雄,但我的大业没有成功,也不过就搭上了她一个人。嫁出去的姑娘泼出去的水,又不会牵累到田家,这还不是好算计?田妙雯,哼!不如改叫田算盘得了!"

叶小天刚说到这里,就有侍卫进来禀报:"大人,那位田姑娘又来了。"

叶小天没好气地吩咐道:"去,有请田算盘!"

那侍卫不解其意,不过他也不用明白,反正土司大人怎么吩咐,他怎么照做就是了。那侍卫急急赶到院外,高声道:"大人吩咐,有请田算盘!"

"田算盘?"田妙雯微微一愣,忽然笑了,笑得怪不好意思的,但脸蛋红红的,还真好看。

田妙雯款款地走进客堂,那步态身姿,还真是说不出的好看。但叶小天正在气头上，却没工夫欣赏她的美丽，一见她就没好气地道:"田姑娘，前番不是议定，找机会让我代替你们田家对付展伯雄，你以巨额财富为代价？现在怎么变成你以身相许了？"

田妙雯一副受气小媳妇的表情:"你惹的祸太大，我哥都不敢和你联盟了。我只好以个人名义向你表示感谢了。我个人的话……哪来的巨额财富，除了我自己，也没什么值钱的东西了。"

叶小天懊恼地道:"那我岂不是很吃亏？"

田妙雯眨了眨眼睛:"你怎么吃亏了？"

叶小天:"我……我……"

田妙雯气愤起来，理直气壮地道:"就算没有我，你还不是一样要对付展家？如今搂草打兔子，你还捎带着白得了一个大美人，你说你亏在哪儿了？"

叶小天垂死挣扎:"大美人，大美人在哪儿？"

田妙雯一句话都不说，那张妩媚的面孔足以颠倒众生。

叶小天张了张嘴巴，不说话了，就算是昧着良心，他也说不出田大小姐不是大美人的话来。

·※·※·※·

"事情竟然发展到这一步，还真是叫人意想不到。"

田雌凤蜷缩在一个男人的怀里，惬意地枕在他的臂上，一头放下来的长发柔滑光泽，被男人的大手轻轻抚摸着。她微眯双眸，慵懒妩媚，像极了一只高贵的波斯猫。

高卧在罗汉榻上的那个男人正是杨应龙，他竟也来了贵阳。杨应龙抚摸着田雌凤的秀发，微笑道:"这个人的确是个有大气运的人，所以我才想让他的气运更大一些，直到能够为我所用！"

田雌凤睨了他一眼，懒洋洋地道:"你可小心着些，不要养虎为患。"

杨应龙大笑:"我就是要养虎，把他养成一只啸傲山岗的百兽之王！养虎为患？一头虎我都没有信心对付，凭什么去夺老朱家的龙运？"

田雌凤甜甜一笑，柔媚地道:"你呀，那么……你要出面为他说句话吗？现在可是群情汹汹，叶小天已成众矢之的，可别还没养成猛虎，先被别人炖了！"

杨应龙莞尔摇头:"不行！日升日落，冬去春来，这是安家老头子说的话吧？看来，他是有意放过叶小天了，这种时候，我反而不宜出面。我若出面保了叶小天，只怕那个老头子反而不肯放过他了。"

安老爷子可以因为叶小天的决绝继续纵容他，因为他还不够资格对安家造成危害，可是如果杨应龙站到叶小天背后，高声大呼:"他是我的人，是我杨应龙罩的！"

那会怎么样？阿猫阿狗自然不敢多言，那是杨天王嘛！可惜他只是天王，不是天帝，除了他杨应龙还有三家天王，阿猫阿狗倒是沉默了，却难保不会跳出一个天王，看在他杨应龙的面子上，狠狠揍叶小天一顿。

田雌凤道："曹瑞希和展伯雄呢，你打算怎么对待他们？说起来，他们可是一对好狗呢！"

杨应龙道："的确是一对好狗！不过，我养肥这两只土狗，本来就是为了去喂那头猛虎，现在那头猛虎要吃这两只土狗，我干吗要阻止？让它吃好了。"

田雌凤轻轻叹了口气，道："给老爷你做狗，还真是可怜。"

杨应龙又笑起来，拍了拍她道："你是我的猫，不是我的狗！"

田雌凤微微一笑，一双凤眼妩媚地眯了起来，当真像极了一只猫。

……

"集合两家的死士精英，居然也能行刺失败，你们这群废物！"

"大人恕罪！叶小天根本没坐他自己的车子，那是空车，我们也没办法啊！"

"滚！"

"是是是！"

"你说什么？安家老头子出面，还有那么多的土司在场，叶小天居然一点都不给面子？他们居然就这么放任叶小天离开了，难道他们是一群死人吗？"

"这……小人不知道。"

"滚！"

"是是是！"

"你说什么？田妙雯居然以她自己做悬赏，要杀展伯雄？要不是那个老混蛋跟老子是一条绳上的蚂蚱，走不了他也跑不了我，老子真想把那老混蛋给宰了！"

曹瑞希喜怒无常，一会儿怒骂，一会儿大笑，属下们早就了解他这个脾气，一个个都战战兢兢地恭立在那儿，只盼他跟自己说话的时候，正好能赶上他开心的时候，只可惜这种好运气通常不多。

就在这时，他们的救星来了，曹瑞希口中的那个"老混蛋"大步流星地闯进了客堂："曹大人，田家发布了追杀你我的悬赏令了！"

曹瑞希道："呸！田家要杀的人是你！"

展伯雄道："那还不是一样？咱们是一条绳上的蚂蚱，走不了我，也跑不了你！为今之计，咱们也得悬赏啊！"

第五十六章

反戈一击

一

曹瑞希奇道:"咱们也发悬赏令?发什么悬赏令?"

展伯雄急道:"难道你还没听说?田家大小姐她……"

曹瑞希打断他的话道:"我当然听说了,问题是你我也发悬赏令,怎么发?谁帮我杀了叶小天,我就迎娶他的女儿?"

展伯雄老大不悦,沉下脸道:"曹大人,这种时候,你怎么还有心情开玩笑?"

曹瑞希道:"谁跟你开玩笑?老展,你自己说,一直以来,你出的都是些什么馊主意!我真的要怀疑,你这老东西是不是叶小天派来的卧底了!"

展伯雄大怒,吹胡子瞪眼睛地道:"你这叫什么话?难道我们落到今日这般境地,怪我不成?"

曹瑞希瞪着他,冷笑不语。

展伯雄忍了忍心头火气,道:"重金悬赏啊!重赏之下必有勇夫!最起码也能给叶小天设置一些障碍,叫他疑神疑鬼,不敢随意与他人接触。咱们困在这儿行动不便,也得叫他尝尝这种滋味才成!"

"嗯……貌似有些道理!"曹瑞希又被说服了,摸着胡子,有些意动起来。

展伯雄趁热打铁,道:"你我两家联手悬赏,赏金之厚必远超叶小天,只要我们再撑几天,等到咱们的援兵到了,还怕他叶小天?到时我们直奔他的居处,先干掉他再说!"

曹瑞希上下打量展伯雄几眼,忍不住笑了:"没看出来啊,展大人竟有这般气魄,你不怕官府干涉?你不怕安家不高兴?"

展伯雄道:"他叶小天能做初一,就不许咱们做十五?不过,咱们的人什么时候才能到?如果等新任巡抚到了,恐怕就不好下手了。"

曹瑞希想了想,道:"七天之内,咱们的人马一定能赶到。至于那位叶巡抚,昨日传来消息说，他才刚到宜都，他要赶到此地，恐怕还得半个多月的时间。"

展伯雄喜道："那就成了，你我马上联手发布悬赏令，给他制造点麻烦。只要拖到你我的援军抵达，咱们就跟他轰轰烈烈地干一场！"

……

曹展两家的联名悬赏令很快就宣布了。

田家大小姐宣布：只要叶小天能杀了展伯雄，她就委身下嫁。

曹展两位土司宣布：谁能杀了叶小天，赏银十万，另加头人身份一个！

田姑娘当然是个绝色美人，尤其难得的是，就算别的女人和她一样美丽，甚至比她更美，可是在身份上却是无法与她相比的。

美丽的女人能催发男性的胜负欲，高贵的身份就如同一份兴奋剂，这份悬赏很令人心动，很多年少轻狂、不畏生死的少年很想试上一试，抱得美人归。

只可惜人家田大小姐已经做了明确限定：只有叶小天才有这个资格。不是哪个阿猫阿狗侥幸杀了展伯雄，就有资格迎娶田大小姐的。叶小天年轻、俊俏，又是一方土司，所有这些条件加在一起，才具备了与田家大小姐共结连理的基本条件。

反之，曹展两家的悬赏令就没有那么大的限制，任何人，只要能杀得了叶小天，都可以得到十万两纹银，并且受曹展两家联名任命为一方大头人。

人为财死，鸟为食亡，这个条件同样令人怦然心动，果然有那豁出命来想搏富贵的人打起了叶小天的主意。仅昨日一夜，叶小天的卫队就捕获了四路试图潜入叶小天住处刺杀他的人。

这些人都被叶小天毫不犹豫地处死了，但是能否起到阻吓其他人的效果殊未可知，被处死的那四队人马在做出刺杀决定的时候，何尝不是抱了必死之心？叶小天只能深居简出，以策安全了。

"尊者……"

"说过了，叫我大人就好，人前人后两套称呼，一不小心被人听到，总会多生些波折。"

叶小天微笑着点点头，面前那个神态拘谨的清秀少妇脸上泛起了羞窘的红晕，只好改口道："是！大人。"

这少妇姓代，叫代韵溪，是格峦佬的亲传弟子之一，一身蛊术出神入化。格峦佬谋夺尊者之位，事败之后他那一派的嫡系全部遭到了清洗。

代韵溪其实并未参与格峦佬的反叛，因为她无心继承格峦佬的衣钵，所以在此之前就已出嫁，成了护教七部落之一的一位部落酋长的夫人。

但是因为她和格峦佬的师徒关系，她全家还是被发配金沙谷，成了永世不得复出的奴隶，幸亏叶小天出手解救，她一家才得以逃出生天，所以这一家人对叶小天感激涕零。

叶小天道："我想要你做的就只有这一件事！曹瑞希和展伯雄龟缩不出，我拿他们没办法。不出所料，他们是不会只躲在大宅里等我出招的，肯定要从老巢调援兵，所以，一定要尽快干掉他们，只要干掉一个，剩下的那个也将失去与我作对的勇气！"

代韵溪站直了身子，在金沙谷恶劣的生活环境中，她的身体变得很憔悴，此刻尚未完全恢复元气的脸颊有些苍白，可苍白的脸颊却因为叶小天的这一番话泛起了激动的红光。

每一个能被尊者赋以重任的蛊教弟子，都会感到无上荣光，何况叶小天对她全家还有还不清的恩德。代韵溪顿首道："请大人放心，属下一定完成使命！"

叶小天点点头，代韵溪便恭谨地退了下去。

叶小天长长地吁了口气，双腿一放，懒懒地半躺在了椅子上。被手下人视若神明，既是一种享受也是一种受罪的尊荣。坐卧行走都得注意，远不及在华云飞、李秋池等人面前自在。

· ※ · ※ · ※ ·

田妙雯回到田府不过小半个时辰，田彬霏就怒气冲冲地找来："你太不像话了！怎么可以做出这样的决定，还是当着那么多的人，根本无可挽回！"

田妙雯慢条斯理地喝着茶，问道："大哥觉得有什么不妥吗？发动之前，示敌以弱、卑伏敛翼，这是大哥的主意。田家大小姐连自己的仇都报不了，需要以如此条件借用他人之力，还怕不能让人觉得我田家已经弱到不能再弱？"

田妙雯很优雅地放下茶杯，微笑地看着田彬霏："我们一直找不到合适的机会，与叶小天公开达成合作。如此一来不也顺理成章了？"

田彬霏理屈词穷，涨红了脸强找理由道："但是长兄如父，你居然都不跟我商量，就擅自做出如此重大的决定，你也太没有规矩了。"

田妙雯轻轻撇了撇嘴角，道："大哥，规矩与田家的复起，哪个重要？成大事者不拘小节！再说，他总要真的杀了展伯雄，我才会履行承诺，难道你不希望他杀了展伯雄？"

田妙雯一双妙目盈盈地投注在田彬霏的脸上，田彬霏再度无言以对。

田妙雯道："叶小天可能会是我们田家复起的很重要的机会，但是在不能确定他一定成功之前，我们又不能冒险把田家和他绑在一起，除了我牺牲自己，大哥还想得出更好的办法吗？"

"牺牲你自己？"田彬霏冷笑，"只怕你对这个如意郎君满意得很吧？"

"是啊，我的确很满意！"田妙雯笑靥如花，"所以，我是心甘情愿地牺牲！"

她的手缓缓张开，葱白纤细的手指兰花般优雅。田妙雯一根一根地屈起手指，仔细数着："你看，不要说已经没落了的田家，就算是安、宋、杨三家，女儿嫁给一方土司，也不算辱没了身份，对吧？

"大部分土司在继任土司的时候都已年过半百，年纪轻轻就成为土司的人屈指可数，所以很多豪门贵女，只能嫁给那可能成为土司的年轻人，这个人来日未必就会被指定为继任者，这一点上，我又占了便宜。"

田妙雯抬头看着田彬霏，嫣然道："他是一方土司，且又年轻英俊，如果他能杀了展伯雄，还能顺利解决接踵而来的重重危机，就说明这个人很有本事。长兄如父的大哥啊，如果这样的妹婿你都看不上，你想给我找个什么样的男人做丈夫呢？"

田彬霏张了张嘴，再也说不出话来。

田妙雯从桌上拈起一份请柬，向田彬霏面前轻轻一推："宋天刀邀你赴宴。如果我没猜错的话，应该是宋姑娘央求她大哥下的请帖，宋天刀可是一向不大喜欢你的做派呢！"

田妙雯轻笑道："宋姑娘很喜欢你！她是个好姑娘，家世、容貌、人品，哪一样都配得上你，大哥还当珍惜！"田彬霏愤愤地一拂袖子，大踏步地走了出去。

田妙雯默默地坐了一阵，轻轻一笑，端起茶来，又优雅地呷了一口。最初提出"悬赏令"时，田妙雯的确觉得这是唯一既不错失叶小天这个可能帮助田家重新崛起的强大帮助，又能避免田家陷入风险的好办法，一时冲动下，她就当众宣布了。

回到家里仔细思量一番，她更觉得于公于私，这都是一个最好的解决办法。叶小天是蛊教教主，不会轻易遭了哥哥的暗算，除非她打算做个老姑娘，否则也实在找不出一个比叶小天更可能"长寿"的男人了。

而且叶小天若真能顺利解决这段危机，田家对他的依赖必重，那时给他机会，只怕大哥也不舍得下手了，这无疑是帮助大哥改变他过度保护的一个好机会。

然而这一切考虑，依旧源于利益，她个人对叶小天又有多么深的情感呢？这份感情有没有深到她情愿以身相许，与他厮守终生的地步？

田妙雯在心底默默地自问，她小口小口地抿着茶，可那杯茶喝光了，她依旧没有答案。

第五十七章

缜密刺杀

　　这可是尊者交代的任务！
　　代韵溪走出去的时候，一种神圣的使命感，让她激动得双腿打战。其实对所有虔诚的信徒来说都一样，尊者交代给他的是什么任务并不重要，只要这个命令来自尊者，那就是无上荣光！
　　吩咐他去冲锋陷阵是这样，哪怕是吩咐他给自己送几张厕纸来，他们一样激动得无以复加。当然，像宝翁那种天天侍候在叶小天身边的人是不会受到这种神圣光环影响的。
　　比如说叶小天现在身边的这批生苗武士，刚刚跟在叶小天身边时，每次一见到他，本就站得笔直的他们马上就像打了鸡血似的激动，恨不得匍匐到他脚下吻他的靴子，现在他们就镇静多了。
　　对于尊者交代的任务，尤其是对尊者来说也是如此重要的事情，代韵溪当然打起了十二分的精神，发誓要把它办得漂漂亮亮。
　　她手无缚鸡之力，擅长的本事唯有蛊。可这蛊是没有办法像传说中的飞剑一样于千里之外杀人的，她要接触到曹瑞希和展伯雄才有机会下手，但曹瑞希现在闭门不出，拒见任何陌生人，她怎么可能见得到。
　　代韵溪擅长用蛊，却不擅长用计，但她懂得如何向人求助。她问清尊者身边第一智囊是李秋池李大状后，便很诚恳地去向李大状求教。
　　"李先生，尊者他老人家吩咐奴家刺杀曹瑞希或展伯雄，奴家只擅长用蛊，不擅长用计，如果近不了他们的身，奴家的蛊就没有用武之地，您是读书人，能不能帮奴家想想办法？"
　　李秋池想了想，问道："你准备向他们之中的哪一个下手，还是一起下手？想用什么手段下手？"

代韵溪道:"奴家想过了,一起杀,万一失手,再想动手就难了,只怕有负尊者他老人家的托付。奴家想把握大一些,对曹瑞希下手。"

李大状背起双手,依稀恢复了几分当年叱咤公堂的气派:"理由呢?"

代韵溪道:"理由是奴家是接触不到他们的,想下手只能通过食物。展伯雄正在曹家做客,曹家或许不会慢待了他,但曹家的厨子采买食物时,未必会像对待自己的主人一样迎合他的口味。所以,奴家要掌握曹瑞希的口味更容易些。"

"原来如此!"

好为人师的李大状轻摇羽扇,做飘飘欲仙状:"这个容易,附耳过来,我送你锦囊三计!"

代韵溪愣了愣,她一个年方双十的少妇,怎么好意思离一个男人那么近。

李大状突然也明白过来,装过头了,忙干笑两声道:"这里没有外人,不必附耳过来了,你仔细听着,我授你三计,保你达到目的,至于能否得手,就看你的本事了。"

代韵溪毕恭毕敬地道:"请李先生指教!"

李大状摇着扇子,滔滔不绝地对她说了一番。代韵溪认真听着,回去之后便照李秋池的吩咐行动起来。

首先,她派人去曹府四门外摆摊卖菜卖肉。作为一个部落首领的妻子,代韵溪身边有大把的人手可用。被她派出去的人都是山里汉子,本色演出,衣服都不用换,挑起菜筐就是菜农,拎起刀子就是屠夫,眼力再好的人也看不出破绽。

随后,她派人去调查曹瑞希来到贵阳城后,都在哪家酒楼举办过宴会或参加过宴会,这种上档次的大酒楼并不是很多,所以调查起来也不难。

接着,代韵溪就派人换上富绅的衣服,逐一拜访这些酒楼。这些山里汉子,换上富贵人的衣服,也只像个暴发户,不过按照李大状的计策,并不用担心被人看穿,因为这些人,扮的就是暴发户。

他们自称家乡在曹土司辖下,家里有几座山,不过都是荒山秃岭,也没什么钱。但是前些天"地龙翻身",山岭裂开了缝隙,竟被他们发现了一条矾矿脉。

于是,这些幸运儿发了财。不过,虽说那地是他们家的,可是就连他们都是属于曹瑞希曹大老爷的,所以他们迫不及待地追到贵阳,想征求曹大老爷同意,允许他们开矿。

为了得到曹大老爷的允许,他们想宴请曹瑞希。为了取悦曹瑞希,他们想投其所好。于是,他们赶到曹瑞希举办过宴会的酒楼,打听曹老爷饮食上的喜好。

一个成功的商人做什么事都会很认真,他们的功夫不仅下在题内,也会下在题外,曹瑞希曾经举办过酒宴的这些酒楼,恰恰都是贵阳饮食业中的成功者,这些店家自然都是些很用心的人。

客人包下酒楼宴请宾客，这个客人财力一定雄厚，为了能够让这位客人感到满意，下次还来他们店里光顾，店里的掌柜不仅仅要把他们侍候得无比周到，还会很认真地观察他们的口味。

哪些菜肴他们爱吃，哪些菜肴他们不爱吃，掌柜会精心记载，做成一份秘密档案。现在有人向他们请教，正常情况下他们当然是绝不会说的。

但是今天来向他们请教的这些人，并不是具有竞争关系的同行，这些暴发户也是他们的客户，要在他们的酒楼宴请贵客，掌柜自然就热情接待，并和盘托出了。

很快，代韵溪就掌握了有关曹瑞希饮食喜好的全部资料。掌握了这些资料之后，代韵溪就精心研究起来，有些不合用的菜肴是必须要舍去的。

比如说曹瑞希爱吃的菜里面有一道金针鸡汤，这就没法用。蛊的威力是很大，可蛊虫并没有在沸水里游泳的本事，不管是在金针菇里下毒，还是在老母鸡身上下毒，都过不了炖汤这个环节。

最后，代韵溪选中了鱼脍！鱼脍就是生鱼片，把蛊下在活鱼身上，通过鱼脍被人服下，可以确保这个过程中蛊是活的。

通常用来制作鱼脍的鱼是鲤鱼，此外还有鲶鱼、青鱼、鲈鱼等等。鲤鱼是大众菜，吃的人未必会是曹瑞希，而鲈鱼在当地就贵了许多，所以代韵溪就吩咐一个菜贩卖起了鲈鱼。

这个想法却不是李大状提出来的，李大状给她指点办法就是了，又哪可能想得这么细，但是代韵溪既然能想到把聪明人该做的事求助于聪明人，她又能笨到哪儿去，这主意自然是想得到的。

为了确保曹家一定会在他们的摊位上买鱼，代韵溪还吩咐人买走了曹家周围所有鱼贩的鱼以及大部分曹家常买的肉、菜。

代韵溪安排的这些菜贩、肉贩、鱼贩已经在曹家周围做了好几天生意，卖的菜新鲜，又比别人家便宜，曹家厨子早就成了他们的常客。

这天曹家厨子笑眯眯地带着两个帮厨摇摇摆摆地出了后门，来到摊位前一瞧，各家摊子上可供挑选的食材着实不多，厨子不禁皱起了眉头。

等他晃到代韵溪安排的鱼贩处时，见一桶鲈鱼肥美鲜活，不禁两眼一亮。今儿的菜式太少，老爷这些天心情正不好，要是菜做得不好，老爷一定会怪罪下来。难得这有卖鲈鱼的，这鱼的卖相又好，老爷爱吃生鱼，不如买条鲈鱼。

"就它了，挑一条最肥的称一称！"胖厨师伸出胖胖的手指，指着水桶发话了。

……

胖厨师给曹瑞希做的这道鱼脍叫"金齑玉脍"，这是鱼脍中最有名的一道，需蘸"八和齑"食用。"八和齑"是用蒜、姜、橘、白梅、熟粟黄、粳米饭、盐、酱八种料制成的一种蘸料。

曹瑞希本就喜欢吃生鱼，这几天郁郁不欢，吃得又少，今日尝到可口的美味，一条鱼都被他吃光了，开心之下，曹瑞希还赏了那个厨子。

次日午后，那个胖厨子就眉开眼笑地跑到了后门外："你们这儿卖的鲈鱼不错啊，又肥又鲜。我昨儿买回去做了道鱼脍，我们老爷吃得很开心。

"你注意了，以后每隔一天，就给我准备一条大鲈鱼。要是你手里恰好没货，就去别处进，价钱上面我是不会亏待了你的，明儿就该准备了，可别忘了！"

消息传到代韵溪那里，代韵溪很开心，干脆扮作鱼贩的老婆跑到曹府外面，等着听到曹瑞希暴毙的好消息，以便第一时间向尊者他老人家复命。

但是，第二天午后，那个胖厨子来了，依然眉开眼笑的，代韵溪看在眼里，心中顿时一凉，她遇到了最担心的事，她遇到服过避蛊药的人了。

避蛊药其实就是蛊教的避蛊方，蛊教当初还没缩回深山以前，与外界各部落的土司头人来往十分密切，而且当时未加入蛊教的野路子蛊术师也甚多。

如此一来，为了确保这些与蛊教保持密切关系的权贵们的安全，蛊教就传出了这个方子，之所以传方而非传药，是因为配制这剂药需要太多昂贵药材，有些药材是可遇而不可求的。

蛊教也搜集不全这么多的药，干脆把方子给你，你用上十年甚至几十年的工夫，什么时候凑齐了什么时候算。当时的蛊教并不像现在这么保守，也不像现在这么缺乏自信，所以并未把这种药方作为挟制众部落的手段。

千百年下来，这个药方就被得到的土司世家视作至宝了，不过因为相应的药材千金难求，有些家族即便有药方也常常配不齐，有时三两代才能有一人有幸得以服用。

而像安家这样财大腰粗、手眼通天的人家，除了安老爷子，几个嫡系长房的重要人物恐怕也都服用过了。

代韵溪用的这种蛊，自服下开始，发作期最多一天，如今这厨子眉开眼笑的，心情这么好，显然曹瑞希没死。曹瑞希没死，只有一个可能：他服过避蛊方。

"怎么办？"

几个部下忧心忡忡地看着代韵溪，代韵溪低头沉思良久，慢慢抬起头来，清秀的脸颊上带着一丝冷笑："你以为服过避蛊方就能逃过我蛊教的手段了吗？蛊教让你三更死，谁敢留人到五更！今儿就让你瞧瞧我的手段！"

第三天快到傍晚的时候，那个胖厨师来了，眉开眼笑的："我们老爷……死了！"

胖厨师泪水滂沱，却依旧眉开眼笑的，这厮可恶，天生笑脸！

第五十八章

明如镜

一

胖厨师一边抹着眼泪，一边道："你、你、还有你……你们所有人的菜，我都要了。你们再去多进些菜来，我们府里要操办丧事，明后几天，都多进些菜！"

曹瑞希死了，死的还不只他一个，而是一群人，现在曹府二堂院子里已经摆满了尸体。

昨夜二更时分，曹瑞希正在睡觉，卧房的门突然轰的一声被撞成了碎片，曹瑞希从睡梦中被惊醒。他睡觉有点一盏灯的习惯，所以一睁眼就看到了他的贴身侍卫。

曹瑞希身边有十二名贴身侍卫，日夜轮班保护他的安全。出现在床前的这个侍卫，正是他今晚轮值的六名侍卫之一。曹瑞希怒道："出了什么事？"

那个侍卫横眉立目地站在床前，没有恭顺地弯腰，也没有回答他的话，而是扭曲着面孔，慢慢扬起了他手中的刀。曹瑞希大骇，急忙向床里缩去，惊恐地道："你干什么？你要干什么？来人哪！"

随着他的一声大喊，那个侍卫突然疯狂地大叫一声，狠狠一刀劈了下来。刀光如电，劈碎了床架，刀光夹着粉碎的木渣儿劈下，血光迸现，曹瑞希的大喊声戛然而止。

碎木还在空中飞舞，嗅到血腥味的侍卫兴奋起来，两只眼睛呈现出异样的红色，他的刀又扬了起来，一刀、两刀、三刀、四刀……

床上只剩下一片肉泥，已经完全看不出人的迹象，这时又有两个侍卫红着眼睛疯狂地冲进了卧房，他们也嗅到了血腥味，但是床榻之上已经没有了可以供他们发泄杀人欲望的目标。

此时先前那个侍卫一刀剁进了床沿，正在奋力拔刀，两个后来的侍卫狂吼一声就向那个侍卫扑过去。

其中一个侍卫只一刀就砍掉了站在床榻边的侍卫的手臂，可那断了手臂的侍卫既未惨叫也未躲闪，他直勾勾地瞪着床上的一片血红，伸出另一只手继续拔刀，溅满血迹的脸上带着可怖妖异的怪笑。

马上，他的头就被另一个侍卫砍飞了，两个后来的侍卫疯狂地冲到他的尸体前一阵砍剁，紧接着，他们互相看了一眼，突然野兽般嘶吼着冲到一起，开始了另一场厮杀。

他们都中了蛊，可以令人神智迷乱，做出任何疯狂之事的蛊。毒蛊入脑，整个人已经彻底疯狂。

这蛊当然是代韵溪下的。代韵溪一开始没有采用这一办法，一是她不想多造杀孽，疯子杀人是不分妇孺、不分任何人的。二来，她不能确定这些人发疯就一定会杀掉曹瑞希，也有可能发疯之后他们就会胡乱寻找目标动手，给曹瑞希留出足够的躲藏时间，远不如直接对曹瑞希下手更有把握。

但是，曹瑞希服过避蛊方，直接下手无效。代韵溪就只能采用这种办法，用毒蛊间接杀人了。

这些天代韵溪的人守在曹府四门卖菜卖肉，通过曹府下人对曹府中的事了解了许多，这些事在别人眼中毫无价值，但是对一个有心杀人且有寻常人所不具备的杀人本领的人来说却大有价值。

比如代韵溪已经知道，曹老爷身边有十二名贴身侍卫，日夜轮班守护。曹老爷虽然为人苛刻，但是对自己的贴身侍卫却很优待，这十二名侍卫享受着远比一般侍卫优厚得多的待遇。

这十二名侍卫都是孔武有力、武功高强的武士，所以他们的食量很大，受曹老爷影响，他们对几种特殊的肉食还喜欢生吃。吃鱼对这些大肚汉来说完全没有感觉，他们喜欢生吃牛肉。

曹府每天采买的菜肴里面，都会有一大块牛肉用来给他们制作食物。有时生吃，有时也会卤酱，代韵溪也不确定他们昨晚就一定会生吃牛肉，但是菜谱一日一轮，总会轮到的。

幸运的是，昨天他们吃的正是生牛肉，代韵溪不用等得太久，当天晚上他们的"疯牛病"就发作了。轮值的侍卫冲进曹瑞希的卧房大发兽欲的时候，当夜没有轮值的几个"疯牛病患者"也开始了漫无目的地屠杀。

当这些患了疯病的侍卫全部被干掉后，除了他们十二个，曹家又搭进去几十号人，这些人的尸体现在就停在二堂。至于曹瑞希，只能把他的断骨碎肉和掺在一起无法分离的木头碴子盛在一个盒子里了。

一大早，展伯雄就气呼呼地闯出了客房所在的院落，直奔后宅。昨夜府中呼喝呐喊，杀声震天，也不知出了什么事。他想出来见曹瑞希，守在客院的侍卫又不准，问他们发生了什么，他们也不清楚。

展伯雄觉也不敢睡了，点灯横刀，戒备地守了一夜，现在曹府终于安静下来，展伯雄实在按捺不住了，这才想强行闯出来见见曹瑞希。

说也奇怪，昨夜他要去后宅，曹府侍卫不准，此时他一路行来，居然没有人阻拦。就连他从客房院子里出来时，那些守在客院的侍卫都在交头接耳、满面惶恐，根本无心拦阻他。

"姓曹的，你给我出来！我展伯雄是你的客人，不是你的犯……"展伯雄大步流星地迈进二堂院落，话刚说到一半，就看到满院放置的尸体，展伯雄的话登时咽了回去。

他吃惊地看看满院尸体，对一个刚刚又抬了具血肉模糊的尸体的侍卫问道："有人夜袭曹府？"

两个侍卫神色恍惚，根本没有作答。展伯雄冷哼一声，大步向厅中走去。

曹府管事神色惨淡地站在堂上，双眼茫然无神，眼睁睁看着展伯雄进来，却仿佛根本没有看见。

展伯雄左右看看，没好气地问道："曹瑞希呢？"

那管事站在那儿，眼神根本没有焦距，好像完全没有听到他说话。展伯雄大怒，一把揪住那管事的衣领，大喝道："这就是你们曹家的待客之道吗？"

那管事眼珠微微动了一下，茫然道："什么？"

展伯雄舌绽春雷，大吼道："曹瑞希呢？"

那管事慢慢转过僵硬的身子，向堂上一口箱子指了指。展伯雄看了看那口近乎方形的箱子，不禁有些奇怪，这箱子是什么意思，难不成曹瑞希藏在里边？

展伯雄心中浮起了不祥的感觉，可他还是想不到里边装的是曹瑞希，虽说曹瑞希身材瘦削，可他哪怕死了，也没有用这样一口腿都伸不直的箱子装起来的道理啊。

展伯雄狐疑地看了看管事，见他一副痴痴呆呆的模样，也懒得再去问他。展伯雄走到箱子旁边，迟疑着伸出手，将那箱子微微掀开一些，往里边看了一眼。

展伯雄蓦然睁大了眼睛，他不明白自己究竟看到了什么，于是把箱子一把掀开来，仔细看看，再仔细看看，展伯雄突然喉头一紧，飞快地向一侧跑去，还没跑到墙角，就哇的一声吐了起来。

展伯雄还没吃早餐，很快就吐得只剩下酸水了，他擦擦嘴巴，苍白着脸色问那管事："箱……箱子里……"

那管事道："箱子里，就是我家老爷……"

展伯雄哇的一声又吐了起来，这一次酸水变成了苦水。

·※·※·※·

官最怕什么？做官的人也是人，是人就有贪生畏死的，但并不是每一个做官的人都怕死。而且做官的人权柄在手、护卫重重，他们又是代表着朝廷，刺杀他们的后果太严重，所以做官的人本身就不太惧怕刺杀。

但是做官的人十有八九都怕丢官，做官的人还怕家人受到伤害。他们自己可以高居官衙之内，出则仪仗卫队，却不能把家人也整天关在家里，如果家人的安全受到威胁，他们难免就要担心。

李大状受叶小天吩咐，这些天就在思量如何对付陈枭台。他重金买通了提刑按察使陈洪岳的车夫，车夫是个很容易被人忽略的角色，但是很多主人的隐秘之事，别人不知道，他却知道。

李大状给了车夫一笔足以让他辞去车夫职务，逍遥一生的金钱，陈枭台的车夫就把他所知道的一切都对李大状说出来了。

比如说陈枭台最喜欢的并不是他的长孙，而是他的幺孙，陈枭台经常带着他的这个宝贝孙子一起出游。每次出门，他所有的孙子里边，只有这个幺孙够资格被他携入自己的车子。

比如说陈枭台有个心爱的女人，那女人本来是一个女犯，陈枭台见她生得百媚千娇，所以帮她减刑出狱，变成了自己的外室。

年迈之后，陈枭台对女色已经不是那么热衷，但是对这个外室却是特别宠爱。来贵阳上任时，他也把这个外室带来进行了安置，陈枭台每个月有近乎一半的时间要宿在这个外室娘子那里。

打听到这些消息之后，李大状首先找到了陈枭台的那位外室小娘子，小娘子年方二九，唇红齿白，异常娇俏，配陈枭台还真是一树梨花压海棠了。

李大状连哄带吓地从那小娘子手中拿到了枭台大人徇私枉法的铁证，又叫人诱拐了枭台大人的幺孙，在陈家上下惊慌失措的时候，却又把这个小孩子送回了陈家。

陈枭台的幺孙回家的时候，手里举着糖葫芦，怀里却揣着一封信，信中所言正是那位外室小娘子当初身犯何罪，如何被他救出大牢，如何被他收为外室的罪证。

陈洪岳先是被爱孙的失踪吓得魂飞魄散，又因外室娘子的机密被人发现而心惊胆战，这时候曹家惨案的消息也送到了他的公案之上！

陈大老爷听兵备金事杨健惨白着脸把曹家血案的经过说了一遍，缓缓闭上了眼睛。他只说了一句话："你下去吧，不要再理会叶小天的事了！"

第五十九章

怪现象

一

代韵溪圆满完成了叶小天交代给她的任务，李大状同样圆满完成了叶小天交代给他的任务。

叶小天并没有意识到，当他手下拥有了一批可以独当一面的人物时，就是他成为一世之雄的开始。如果手下无人，一个人再能干也休想打造出稳立一方的地位，更不要说成为一方霸主了。

叶小天的出身是天牢的一个狱卒，良知犹在，但从未上升到为国为民侠之大者的地步，他行事或凭一己喜恶，或凭一己良心，如此亦正亦邪的个性再配上他驴性十足的脾气，便打造出了这样一个与众不同的他。

曹家血案再一次传遍贵阳城，本就令人惊怖的事情被添油加醋一番后，经过口口相传，传扬成了一个十足的恐怖故事。叶小天的大名一时间产生了小儿止啼的效果，被贵阳百姓称为天魔！

不过，那些为了口腹之欲而奔波忙碌的平头百姓是最懂得苦中作乐的一群人，他们会从最寻常的生活琐事中寻找乐趣，哪怕那是最阴暗、最血腥的事情。

从花溪血案一直到曹家血案，这所有的一切，被他们用同一个原因串联了起来：女人！

为什么有人埋伏在花溪，阴谋杀死叶天魔？为什么叶天魔派人干掉了张雨桐？叶天魔和张雨桐两个人年纪相仿，容貌都不错，地位差不多，而在他们中间，有一个若有若无的倩影：于珺婷。

紧接着，展家女凝儿将要成为杨天王的夫人，而叶天魔曾为了展凝儿向展家求亲，遭到拒绝。

还有田家小姐田妙雯姑娘，她在安家当着那么多土司的面公开声称只要叶小天杀了展伯雄，她就委身下嫁。这背后又有什么不为人知的故事呢？

群众的力量是无穷的，很快他们就发掘出了更多的细节，包括叶小天从刺客手中救了田家姑娘后，两人曾经失踪了整整一夜。整整一夜啊，一夜的时间，可以发生很多很多故事了！

经过他们丰富的想象，愣是给一个如此血腥的故事，涂上了一层香艳的粉色，而故事的重点也从那些憋屈死去的土司老爷们换成了那些活色生香的绝代佳人。

这样的故事最有看头，当然，也有人对此不屑一顾：你们这些村夫蠢妇，什么事都能联系到男女之事上！这事何等明显，分明是刚刚上位的卧牛司长官想要出头，可他所在的地方早就挤满了土司，根本没有他的位置了。

一个萝卜一个坑，没有他的坑了怎么办？他想占地盘，他想出人头地，唯一的选择就是把别人踩下去，否则他根本没有机会起来，所以才发生了这样的事。

"你个自以为是的白痴伪君子，为了女人怎么了？死太监起开！"唯一的明白人马上就被口水淹没了，大家依旧津津乐道于他们最感兴趣的话题：女人与暴力。

曹家血案发生后，贵阳城陷入了一种不可思议的安静。一直拍案叫嚣要严惩凶手的提刑按察使司陈大人居然神奇地没有发声，本就对叶小天颇有好感的宋家当然不会有所动作。

已经表态只要叶小天杀了展伯雄就委身下嫁的田姑娘所代表的田家当然也不作声。安家呢？安家的态度暧昧不明。

但并没有人因此看轻了安老爷子，如果因为一件事就被人看轻了，那土司王的地位也太不值钱了。血淋淋的历史证明，这个有时候被人骑到头上依旧可以沉默不言的老头子，绝对不可以等闲视之。

他的高明之处正在于你不知道他有多么高明，他的可怕之处正在于你不知道他有多么可怕。安家的实力有多么强大，大家都是清楚的，安家绝对有能力碾死叶小天，但安家没有人出面，只能是别有考虑。

所以没有人会因为安老爷子的沉默，就认为安老爷子束手无策。他们本能的反应是：安老爷子态度如此暧昧，一定是看出了我没有看出的问题，他的解决方法一定是我所想不到的，这是雄踞夜郎千年不败的安家土司王给人的强大信心！

在这个过程中，播州杨氏当然不会被人忽略，播州杨氏如今已经成为实际上仅次于水西安氏的强大存在，播州杨氏与水东宋氏之间的战争虽然处于僵持状态，可是战场是在宋家的地盘上，杨应龙是一个入侵者，如此前提下的平衡就意味着杨应龙占了上风。

杨天王的女人被叶天魔刺伤过，用自得其乐的小民的话来说，叶小天是继杨天王之后，第二个让田雌凤流血的男人。展家又将和杨家联姻，曹家则一向比较靠拢杨家，如此新仇旧恨，杨家在这个时候总该站出来了吧？

可是没有，杨家招摇于贵阳的只有一个田雌凤，而田雌凤好像完全忘记了叶小天加诸她身上的屈辱。臬台大人暧昧着、安家暧昧着、杨家暧昧着、田家暧昧着、宋家暧昧着，暧昧的气氛弥漫了整个贵阳城。

此时，叶小天开始频频进行社交活动，宋家及其派系的权贵，田家及其派系的权贵，没有明显山头倾向的权贵，都在叶小天的邀请之列。

由于叶小天现在凶名在外，只要不是铁了心想站在铜仁张氏、石阡曹氏、展氏一方的土司，都会给他面子应邀赴约。

至于和安家、杨家有直接关系的权贵，叶小天根本没有邀请。明知人家不会惧怕他的凶名，背靠一座大山也不会在乎他的势力，他又何必自找没趣。

· ※ · ※ · ※ ·

叶梦熊叶巡抚已经到了黔州，很快就要进入贵州地境了。被黔州知府迎入馆驿的第二天，叶梦熊接见了一个风尘仆仆、远道而来的人。

叶梦熊是进士出身，一个纯粹的文人，但是已经很少有人记得这一点，就连他当年一块科考高中的同年，几乎都把他当成了一员武将。因为在他的做官生涯中，打仗的时间远远多过文治的时间。

作为一个文人出身的武人，叶梦熊比一般的武人更明白"知己知彼，百战百胜"的道理。所以他很重视探马斥候的作用。黔中权贵云集贵阳，不断派人打探他的行程，他也同样派有探马，先行赶往贵阳，打探土官们的反应。

今天这个人就是被叶巡抚派往贵阳打探消息的，他带来了近来发生在贵阳的一系列惊人事件。惊人事件听在叶巡抚耳中，眼睛都没眨一下。

残忍到没人性的巨寇大盗他早就见识过了，在辽东战场上尸山血海的场面他也见过识过了。一个亲眼见识过横尸百万、血流漂橹的三军统帅，又怎么可能被这种近乎江湖仇杀的小手段吓到。

吓到的是他身边的幕僚花先生。花晴风听那斥候把发生在贵阳的几桩血案一一道来，只听得后脑勺冒凉气。他早知道叶小天这人有点驴，可是没想到叶小天的杀气这么重。

花晴风想起他在葫县时，曾用那样拙劣可笑的手段一再地对付叶小天，居然还能好端端地活到今天，不由得暗自庆幸，想想张雨桐、曹瑞希的下场，自己的"被发疯"似乎也不是那么难以接受了。

接下来，叶小天还要对付展伯雄吧，安、宋、田、杨四大家真的会坐视他胡闹到底？巡抚大人即将赶到，贵阳提刑司会放任事情乱到不可收拾，用一堆烂摊子作为新任巡抚的见面礼吗？

真是令人期待啊……

花晴风的眼睛微微地眯了起来，他对叶小天的敌意，从来就没有消失，只是畏于叶小天的手段，不得不藏起他的獠牙，摆出一副友善的模样。

而今他有了大靠山，藏在内心深处的仇恨种子便悄悄地发了芽，他很希望叶小天继续闹下去，闹到叶巡抚赶到贵阳，拿叶小天的人头祭旗，作为开衙建府的彩头！

想到这里，花晴风把希冀的目光投向了叶梦熊。叶巡抚捋着胡须微微一笑，道："好得很！不破不立嘛！那么……我们就在靖州府多歇息几天吧，然后再启程入黔。慢些走，欲速则不达呀……"

·※·※·※·

现在的曹家处于一种很奇怪的处境。曹瑞希已经被装进了盒子，在曹家发号施令的人变成了姓展的，曹家人群龙无首，也只能听从展伯雄的命令。展伯雄当起了曹瑞希的家，把自己的随从部下全都召集到了曹府。

曹家不乏能人，对于曹瑞希的死，已经有人判断出那些发疯的侍卫应该是中了蛊。展伯雄更加小心了，但凡买来的菜，都要先让家里养的鸡鸭猪马先吃，剩下的菜放一天，它们吃了若没有事情，他才拿来吃。

总之，飞将军李广是士卒不尽饮他不近水，士卒不进食他不尝，展大老爷却是牲口不吃他不吃。如此苦苦挨了数日，吃不香睡不好，展大老爷的白发都添了几根。

这天晌午，曹府门前突然人喊马嘶，守在大门口的人爬上墙头一看，马上欢天喜地地跑去向展伯雄禀报："救兵到了！"

曹家二爷曹瑞云亲自带了五百精兵赶了过来，展伯雄闻讯惊喜若狂，立即亲自迎了出去。

第六十章

援军到

一

曹瑞云见到展伯雄不免有些奇怪，他认识展伯雄，展伯雄在他大哥这里并不稀奇，奇怪的是哪有让客人出门去迎接自己兄弟回门的？

曹瑞云虽然心中奇怪，还是对展伯雄拱了拱手，客气地道："展大人，久违了，我大哥怎么劳烦您展大人出来了。"

展伯雄草木皆兵地四下看了看，唯恐哪儿抽冷子会射出一支箭来，忙不迭地对曹瑞云道："此事说来话长，咱们进去说话，进去说话！"

曹瑞云跟着展伯雄进了院子，一眼看到几个熟悉的曹家部下，顿时大吃一惊，这些人腰间全都缠着一块白布，这是什么意思？曹瑞云心头一紧，急忙问道："出了什么事？我大哥呢？"

展伯雄满面悲戚地道："唉！你大哥……曹土舍，你要节哀顺……"

展伯雄还没说完，曹家管事就急急奔至，号叫一声道："二爷！大爷他……他过世了啊……"

曹管事说完便伏在曹瑞云脚下号啕大哭起来。曹瑞云双眉一立，怒从心头起，抬起一脚把管事踢了个仰面朝天，怒喝道："你说什么，我大哥怎么死的？"

曹管事从地上爬起来，泣不成声地道："小人也不知道啊！负责轮值保护大爷的几个侍卫，半夜突然就发了疯，愣是把大爷给活活砍死了……"

展伯雄插嘴解释道："那些侍卫之所以发疯，乃是因为中了蛊，曹土舍请节哀顺……"

曹瑞云一把将他推开，急急奔向大堂，悲呼道："大哥！大哥啊……"

大堂已经改成了灵堂，这些天陆续也有一些与曹家有交情的权贵前来吊唁。不过毕竟是非常时期，展伯雄担心有人混进来，所以对前来吊唁的人严加防备，前来吊唁的人也不愿被人当贼一样搜查防范，所以吊唁的人并不是很多，这两天已经没人来了，大堂上冷冷清清。

曹瑞云到了大堂之上，就见一口棺木摆在中间，棺木前摆放着曹瑞希的灵位，不禁跪倒在地，放声大哭起来："大哥啊……"

曹瑞希对外人甚至许多亲戚都极为刻薄，一有机会就想把人家的财产据为己有，但是对这个年龄相仿的亲兄弟还是非常好的，两兄弟感情极深，这也是曹瑞云一听大哥有难，就亲自前来接应的原因。

展伯雄唉声叹气地凑到他近前，幽幽地道："那些护卫中了蛊，神志迷乱，都变成了疯子，你大哥是活活被他们给……给乱刀分了尸啊！

"现在你看到的是一口棺木，可是我来看的时候，棺木还没买来，你大哥被砍成了肉酱，和着分不开的木头碴子，被盛在一口箱子里，惨啊……"

展伯雄说到这里喉头一紧，不禁想干呕，他强行忍住，对曹瑞云道："眼下报仇要紧，曹土舍，你节哀顺……"

曹瑞云腾的一下跳了起来，一把抓住了展伯雄的手腕子，红着眼睛怒吼道："你说，是谁干的？"

展伯雄道："还能有谁，当然是那位卧牛长官司长官叶小天了。这个姓叶的自从出了山，先还有些隐忍，一俟得到朝廷敕命，有了世袭官身，登时就飞扬跋扈不可一世了。他……"

曹瑞云手臂一振，怒吼道："他在哪里？"

展伯雄再次被他打断，只好接着曹瑞云的话道："他在哪里？你想都想不到。他杀了你大哥之后，居然浑若无事，每日里招摇过市、呼朋唤友，嚣张得很，今天他又要去八仙酒楼宴客。

"曹土舍，你是不知道啊，我打听这些消息有多难。老夫每天派出去打探消息的那些人，回来之后都不敢让他们随意走动。老夫把前宅门房的窗子给钉死了，回来的人就关进去，过两天没事再放出来，就怕他们也中了蛊啊，现在那里边都关了五六……"

曹瑞云把大手一挥，厉声吼道："来人啊，给我集合全部人手，杀奔八仙酒楼！"

展伯雄急忙追上去，一把拉住曹瑞云，急道："曹土舍，使不得，使不得啊。"

曹瑞云回过头，红着眼睛问道："有何使不得？"

展伯雄道："叶小天今非昔比，气焰熏天，我等还该从长计议。"

曹瑞云道："他有多少人马？"

展伯雄道："一二百人总是有的。"

曹瑞云厉声道："我带来五百人，这府中家将再加上你的人马，最少也有二百多人，七八百人对一二百人，你还叫我等等？等到猴年马月不成？"

展伯雄道:"这个……怎么只有你曹土舍一人到了,我展家的人马呢?如果再加上我展家人马,那就十拿九稳了。"

曹瑞云道:"我接到消息后就马不停蹄地赶来了。另外派了人去给你展家送信,你展家的援兵,最快也得明天才能到。"

展伯雄喜道:"既然如此,那我们就再等上两日。那时再出手就十拿九稳了。常言道,君子报仇十年不晚……"

曹瑞云用力一挥手,道:"你当姓叶的是猪吗?听闻你我援军陆续赶到,他还老老实实地等在那里?再说,杀兄之仇,我一天都等不了!你要等你等吧,曹家的人,全体出动,咱们去八仙楼。"曹瑞云怒气冲冲地走了出去。

展伯雄左看看右看看,曹家的人全跟出去了,只剩下他的人还站在那儿,展伯雄忽然有些害怕起来,此时还是跟在曹瑞云身边更安全一些。

展伯雄马上抬腿追了出去,正气凛然地高声道:"为曹大人报仇,展某义不容辞!曹土舍,你等等我!"

· ※ · ※ · ※ ·

江湖人物分上九流、中九流、下九流。下九流虽然是最低贱的行业,但是在这一行里混出头,能成为那些游魂野鬼的王,照样可以称"爷"。

卓易就是下九流中的一位爷,贵阳城下九流中有三位爷字辈的人物,卓老大就是其中之一,他的地盘主要在北城一带,而八仙酒楼正是北城最上档次的一家酒楼。

卓大爷今天要吃酒,特意跑到了八仙酒楼。卓大爷肯照顾谁的生意那就是谁的面子,自然是没有人敢收他钱的,八仙酒楼虽然在当地有一定的势力,对这种下九流里的爷字辈人物也是不敢轻易得罪的。

宁得罪君子,莫得罪小人。要是得罪了一方权贵,在权贵云集的贵阳城,那些豪门世家反而会比较收敛,比较注意家族名声,不会倚仗权势去欺负与他们实力悬殊的人物。

但下九流的人就不同了,卓大爷也不用自己出面,只要吩咐下去,让一些泼皮无赖时不时往饭店里丢些奇臭无比的死猫死狗,这生意还怎么做?

所以八仙酒楼对卓老大的到来一向不敢表现出不欢迎的模样。但是今天不同,今天八仙酒楼被人预定了,定下酒楼的人凶名赫赫,那个人叫叶小天,现在已被市井间传为天魔。

鬼王碰到天魔,貌似不够看啊,所以掌柜很好心地提醒卓易道:"卓大爷,实在对不住了,我们这家酒楼,今儿已经被客人给包了!"

"包了?包了那就把定金退给他,让他换地方!"卓易来的时候就已经有了几分酒意,他微红着眼睛,喷着酒气对掌柜道:"怎么样?卓大爷很讲道理吧?"

掌柜敢怒不敢言地道:"是!卓大爷您当然是个讲道理的人,不过……今儿包下酒楼的人,恐怕不大讲道理啊,他可是卧牛长官司的叶长官。"

卓易愣了一愣,大怒道:"你耍我?你……你说什么?当真是卧牛岭的叶……叶土司?"

掌柜脸上带着一副谦逊的笑容,镇定地点了点头,道:"是,正是叶土司!"

卓易眼珠转了转,忽然又变得满不在乎起来:"姓叶的又怎么样?强龙不斗地头蛇,这儿是贵阳,不是他卧牛岭,兄弟们,上楼!掌柜的,你告诉叶家的人,就说这儿今天被我包了,叫他们另找地方吧。"

掌柜呆住了,笑容也僵在脸上,他没想到这个大混混听说了叶天魔的名头,居然还要坚持上楼,真有不怕死的啊!几个伙计急忙凑到面前,紧张地道:"掌柜的,怎么办?"

掌柜冷笑:"反正咱们已经告诉他,今日包下酒楼的人是谁了,回头有点什么差池他也怪不到咱们头上,由他去吧,姓卓的也该受点教训了。"

卓易坐在楼上,借着酒意高声谈笑着:"曹家、展家,那都是什么狗屁人家?他们不过是石阡府的两个地方豪强,到了咱贵阳城,他们算个屁!"

卓易撇着嘴,一副城里人议论乡下人的做派:"那个叶小天也是一样,所谓威名都是吹出来的。坊间还传说温毅言当年一把西瓜刀,从西城杀到东城,杀了三天三夜,杀得血流成河呢。其实是怎么一回事,老四,你给大家说说,说说咱们那位温老大当年的英雄事迹。"

温毅言是西城老大,和卓易是对头,也是下九流的爷字辈人物。江湖岁月催人老,原本跟在卓易身边的老人难得有几个能不缺手不缺脚地活到今天的。

如今跟在卓易身边的几个小弟都听说过温老大的威名,但是对他成名之前的故事都只是从别人嘴里听来的,如今一听有知道真相的人讲古,几个小弟兴奋起来。

老四学着卓易把嘴一撇,道:"我呸!温老大当初砍得就是西瓜!有个卖西瓜的得罪了他,他从西城追到东城,把人家的西瓜都给砍破了,红红的西瓜汁淌了满条街才是真的,何曾见过血?"

几个极度向往江湖生涯的小弟面面相觑,卓老大仰头大笑起来:"都听明白了吧?什么天魔,我才不信呢。你……你们有本事让他叶小天马上出现在我面前,老子叫他跪着爬出楼去!"

"我的膝盖可没那么软啊,跪不下,也爬不动,怎么办呢?卓大爷!"一个清清秀秀、笑起来很好看的年轻人出现在楼口,笑吟吟地望着他说。

第六十一章

八仙过海

一

卓老大张着嘴巴坐在那里，右手举杯，杯子半倾，酒水徐徐浇在他的脸上。老四和几个小弟慌了，他们站起来，恐惧地看着这个年轻人，虽然在这个年轻人身上看不到一点凶气。

看不到正主，听老大吹吹牛皮没关系，可人家就在眼前，那感觉就截然不同了。

一杯酒倒光了，卓易舔了舔嘴唇，突然把眼一瞪，用力一拍桌子站了起来，把老四和几个小弟吓了一跳：老大真有种！他居然敢冲着这个大魔头拍桌子。

卓老大何止是敢拍桌子瞪眼睛，他还敢吼："姓叶的，杀人不过头点地，你为何这般羞辱于我？"

这话一出口，叶小天也愣住了：明明是你口出大言，说我不值一提，见了你就得下跪爬走，怎么成了我欺负你？

卓老大吼得更大声了："不错！我是不如你，土司老爷你想杀就杀，又怎么可能把我这样的一个街头小混混放在眼里！在你眼里，我卓易屁都不如，那你就能如此调侃于我？

"我姓卓的烂命一条，'舍得一身剐，敢把皇帝拉下马'，何况你不过就是卧牛司的一个长官，我不怕你！你休想让我给你跪下，你休想让我爬出酒楼，有本事你就打我！你打我啊！"

老四领着几个小弟很没义气地往旁边闪了闪，一脸钦佩地望着他们疯掉的老大。老大就是老大，这种鸡蛋碰石头的勇气和决心，他们再修炼一辈子也是炼不到家的。

叶小天何等机警的人，早就听出了卓易的弦外之音。叶小天不禁好笑，既然他这么说，成全他就是！叶小天的嘴角轻轻抽搐了几下，食指向前一点，吩咐道："揍他！"

当即就有四个生苗勇士纵身一跃，轻盈地落在卓易的身边，将他团团围起。卓老大也不含糊，双手抱头，往地上一蹲，紧接着，四只大脚就踹到了他的身上。
……

老四和几个小弟扶着鼻青脸肿的卓老大往外走，卓老大的腿脚已经不大灵便了，被他们拖出了八仙酒楼。

一出酒楼，老四就埋怨道："大哥，那可是叶天魔，咱们招惹不起也不丢人，走就是了，你何必非要惹他生气，刚刚兄弟真是为你捏了一把冷汗，幸好他没把你放在眼里，要不然……"

鼻青脸肿的卓老大得意扬扬道："哈哈哈，我就知道他不会把这样的小人物放在眼里，所以我才敢骂他。"

老四一阵无语："你那也叫骂他？明明是在骂你自己好不好？"

卓老大兴致昂扬地道："谁敢挑衅叶天魔？我敢！从此以后，温毅言和卓一清那两个小混混凭什么和老子平起平坐？贵阳城黑道上老子称第一，没人敢称第二。"

老四提醒道："老大，你说反了，是你称第二，没人敢称第一。啊！我明白了……"

老四突然一拍脑门，兴奋地道："老大你是知道以叶天魔的身份名头，绝不会杀你，所以你才故意使横！"

"没错！"卓老大得意扬扬："杀我？哈哈哈，他也不怕脏了他的手！"

众小弟面面相觑。

老四也开心起来："大哥你明知大魔头叶小天包了八仙酒楼宴客，照样抢占了酒楼，吃菜喝酒。等那叶魔头到了，大哥你夷然不惧，与他大战三百回合，因酒醉失手，这才落败。但大哥神勇，叶魔头也敬你是条汉子，不忍加害，大哥乃全身而退啊！"

卓易用力一拍他的肩头，赞道："没错！老四啊，你不去说书都浪费了。"

众小弟继续面面相觑：原来江湖传奇都是这么编造出来的？

"哈哈哈哈……"

卓老大睁着被打得乌青的眼睛，努力挺起挂着几个脚印的胸膛，仿佛那是挂在他身上的勋章，骄傲地沿着长街走了下去，两只脚撇得快要变成螃蟹了。

· ※ · ※ · ※ ·

曹瑞云骑在马上，后边跟着大队步卒，向八仙酒楼急急而行。展伯雄手提骑盾，得胜钩上挂着大刀，谨慎地左顾右盼，骑盾就架在鞍桥上，随时准备护住头面和胸脯。

曹瑞云见展伯雄够义气，肯和他一起去八仙酒楼，对他的怨气倒是消了。曹瑞云咬着牙根问道："那叶小天今日宴请何人，展大人可打听到了？"

展伯雄继续四下打量，回答道："当然打听到了，叶小天昨日派人去田府下请柬，今日请的必是田家的人了，如果我没猜错，应该是田家长公子田彬霏。曹土舍，叶小天杀也就杀了，可田家……"

曹瑞云冷笑一声，道："曹大人，你做事就是喜欢瞻前顾后，田家又怎么了？田家都发了悬赏令，要取你的项上人头了，你还顾忌田家？"

"再说，现在的田家算什么？念在田家昔日的辉煌上，大家敬他三分罢了！这一次田家与你展家结仇，自己都没能力报复，还要借助叶小天之手，叶小天咱们都敢杀，你怕田家什么？"

展伯雄听到这里，仔细想想也觉得有道理，只因展家属于两思八府之一，他祖上也是田氏部下，所以他心中不免还受几分积威的影响，如果只衡量实力的话，田家确实不足为虑。

曹瑞云咬牙切齿地道："田彬霏来得正好，咱们把他也干掉，一了百了！"

展伯雄犹有疑虑，道："安、宋两家会不会替田家出头？"

曹瑞云道："各人自扫门前雪，安、宋两家会替田家出头的话，也不会等到今天了。如果安、宋两家真肯替田家出头，老子就连人带地投靠杨天王，做杨家的世袭大头人去！"

此时，田彬霏已经来到了八仙酒楼。叶小天是个英俊青年，但是与田彬霏坐在一起，那风头就都被抢走了。无论气质相貌，田彬霏比叶小天都要高出一等。

田妙雯并没有跟来，她是一个很懂得分寸的女人。叶小天请得是田彬霏，如果她强要跟来，那维护之意就太明显了，只怕会弄巧成拙。

现在叶小天已经杀了曹瑞希，接下来要对付的就是展伯雄，这也正符合田家的利益。所以，大哥就算想杀他，也绝不会在此时动手，她又何必跟来。

田彬霏入座，立刻有小二送上茶水，叶小天向他举了举杯，笑道："有劳田兄，陈家和安家都接到帖子了？"

田彬霏道："他们会来的。"顿了一顿，又看着叶小天道："为何你不亲自投帖？"

叶小天笑道："小弟近来胡闹得很，臬台大人和安家那位老爷子心里一定不太高兴。如果我直接投帖，只怕他们不肯给这个面子。请田兄出面，他们有了台阶，又有与小弟沟通的必要，想必就肯派人出席了。"

田彬霏听了不禁对叶小天高看了两眼。陈臬台虽对他前后不一的态度的原因守口如瓶，但外界还是有了比较准确的猜测：恐怕陈臬台是有了什么把柄或者要害被叶小天拿捏住了，所以这位负责一省司法的臬台大人喊打喊杀一阵，突然就偃旗息鼓了。

可陈臬台毕竟不是寻常人，叶小天打一巴掌那是不得已，该给个甜枣的时候也得给个甜枣，放下身段，让陈臬台把丢掉的面子捡回去，这仇就没么不可调和了。

至于安家，安家一直袖手旁观，并不代表安家纵容叶小天这么做，对一向以维护贵州稳定为己任的安家来说，动荡绝非所愿，所以安家的沉默很是叫人猜度不透。

叶小天再狂妄，也该明白他并不具备挑战安家的能力，尤其是他现在还在安家的地盘上，安家如果真想要他死，他不可能活着离开贵阳城。

所以，及时与安家进行沟通，聊聊他的苦衷和想法，可以避免安家不知何时会突然杀出的干涉。

叶小天之所以选在此时而非更早的时候见安家的人，是因为当时曹瑞希还没有死，他和展伯雄凑在一块儿，叶小天也不确定双方最后会打成什么样子。

现在只剩下一个展伯雄，叶小天有把握尽快平息事态了，这才与安家进行沟通。

想到这里，田彬霏不禁摇头一叹，苦笑道："你厉害！我从未想过一个人把贵阳搅成这般样子后，还能好端端地坐在这里，请来官方司法第一人的臬台大人和地方司法第一人的安家一起饮酒。"

叶小天微笑摇头，道："田兄过谦了，别人都以为田家只剩了一个空架子，但我知道并不是这样。如果田兄愿意，你搞出的乱子绝对能比小弟大得多。只是，你不能这么做！"

叶小天同情地看着田彬霏："我是光脚的不怕穿鞋的，得来的容易就不怕失去，大不了拍拍屁股回山里去做逍遥王，天王老子也管不到我。可你不行，你身上背负的太多，扛着一个重重的壳，你又怎能洒脱得起来？"

田彬霏听到叶小天这句话，鼻子一酸，眼泪差点掉下来。所谓知音，不过如此！他急忙端起茶仰头喝茶，把那泪光重新隐藏起来。

"大哥，臬台大人和安大公子联袂而来！"华云飞疾步上楼，向叶小天禀报了一句。叶小天缓缓站起，掸了掸衣袍，对田彬霏道："有劳田兄，咱们一起迎一迎吧！"

第六十二章

各显其能

一

叶小天和田彬霏联袂下楼，此时陈洪岳和安家的车队刚刚走进巷口，正缓缓而来。

叶小天双手微拱胸前，肃立等候。车队到了面前刚一停住，叶小天往车上一扫，瞧那官幡便知道前边一辆车就是提刑按察使司陈洪岳的车子。

叶小天立即急赶三步，一个长揖到地，恭声道："下官卧牛长官司司长官叶小天，恭迎臬台大人大驾！"

田彬霏缓缓跟上两步，瞥了叶小天一眼，心道：这小子还真是能屈能伸，之前不知怎样对待过陈臬台，此时在大庭广众之下却是给足了礼数和面子！

陈洪岳迄今为止还没见过叶小天，接到请帖后他没有多做考虑就决定来了。一则他不想示弱，虽然他确实被人拿住了把柄。二来有所接触，他才会知道叶小天是个什么样的人，这个人既已不可小觑，还是多了解些好。

但是他又怕叶小天狂悖无礼、目中无人，到时候不免尴尬。这时一听外面极其恭敬的见礼声，陈臬台心中一宽，这才摆起官威，轻咳了一声。

马夫听到咳声，便把轿帘一掀，陈臬台弯腰从车子里出来。叶小天立即一个箭步闪到他面前，抢在那车夫前面替他放下了脚踏，非常殷勤地伸出手去："哎呀，老大人大驾光临，下官荣幸之至、荣幸之至啊！"

田彬霏翻了个白眼，用得着这么阿谀吗？连车夫的活儿也抢。他上前向陈洪岳揖了一礼，不卑不亢地道："田彬霏见过陈老大人。"

陈洪岳呵呵一笑，道："免礼，免礼，两位快快请起。两位人品俊秀，不相伯仲，都是俊彦啊！"

陈洪岳是认识田彬霏的，这句评价当然主要是对叶小天说的。他这句话倒也不是恭维，叶小天卖相确实不差。虽说展凝儿、夏莹莹、于珺婷与他产生情愫，各有各的因缘和理由，但叶小天若是"三寸丁谷树皮"的卖相，只怕她们也不会轻易坠入情网。

陈洪岳听人描述过叶小天的形象，但是在他想来，叶小天纵然不丑必定也是眼神阴鸷、性情乖张，然而此刻所见的这个叶小天，却叫人有如沐春风之感，与他的想象大不相同。

叶小天在天牢时打过交道的高官多了，对这方面的礼数了如指掌，每一个小细节他都下足了功夫，如果不是陈洪岳已经领教过他的手段，真要对他大生好感了。即便如此，陈臬台对他的恶感也减轻了许多。

安家那位自己下了车，摇着扇子，晃晃悠悠地走过来，把扇子一合，笑嘻嘻地拱手道："田兄，叶贤弟，久违了啊！"

"啊！原来是安兄，哈哈哈……好久不见，好久不见！"田彬霏还没说话，叶小天已经朗声大笑着走过去，张开双臂给了安公子一个大大的拥抱，还在他的背上亲热地拍了两下。

田彬霏睨着叶小天，心道：这人要不要这么无耻？

安公子有点发愣：这小子往日一见了我就像老鼠见猫似的，能躲多远就躲多远，今天这股子热情劲不太一样啊！

叶小天不等他反应过来，又凑到了陈洪岳面前："臬台大人，安兄，请请请，请上楼。"

叶小天急赶两步，蹬上石阶，再一侧身，点头哈腰地做出迎客的姿态。陈臬台和安公子互相看了看，得！这小子连饭店掌柜的差使也一并兼了。

田彬霏抿了抿嘴角，叶小天拿得起放得下，该当爷时当爷，该扮孙子的时候扮孙子，他田家的人可放不下身架。田彬霏向陈臬台和安公子做了相请的姿势，道："臬台大人，安公子，请吧。"

"田兄请！"安公子说了一句，请陈臬台走在头里，自己与田彬霏并排走在他后面，再后面是屁颠屁颠的叶小天，叶小天之后则是被叶小天抢了差使以致无所事事的酒楼掌柜……

※ · ※ · ※

"吁——"

展伯雄猛地一勒坐骑，脸上惊疑不定："怎么有官兵？"

在京城里，尚书老爷出门也就是坐一乘轿子带几个家丁，没办法，皇帝老爷身边实在摆不起架子。就算尚书老爷已经位极人臣，可那些皇亲国戚、勋贵功臣都是有爵位的，你摆了仪仗，碰上个比你地位高的就得让路，这是摆威风还是丢人？

可是在地方上就不同了，一位七品知县在他的辖境内也是至高无上的，出门可以摆出全副仪仗。陈臬台在贵阳府那是数一数二的朝廷大员，自然可以摆出全副的仪仗。

今天他来赴宴就带了全副的仪仗，四个旗牌官，一群全都穿着衙门的制服的衙差执役，一看就是有官员在，而且官小不了。

曹瑞云也是一呆，他也没有想到会有官员赴宴。不过他血气方刚，不像展伯雄一样顾虑重重，而且他作为土舍，很少离开自己的封地，在地方上养成了唯我独尊的习惯，此刻又受激于兄长的身故，便冷笑道："有官员在场又如何？就凭叶小天的所作所为，早该绳之以法，当官的尸位素餐，我们自己讨公道！"

展伯雄道："曹土舍，当着官员的面杀和背后杀，那可不一样啊！"

"有什么不一样？曹某为兄报仇，天经地义！"

"不可莽撞，不可莽撞，以老夫之见，还是先问清何人在此为妥！"

"机不可失，失不再来！今日放过了叶小天，来日你再承受他无所不用其极的暗杀？"

两人正斗嘴，一个旗牌官已经到了面前，按着刀柄，高声叱喝道："来者何人，提刑按察使陈大人在此，速速回避。"

那旗牌说着，攥着刀柄的手掌已经沁出汗来，人家不说他也知道，一定是找叶小天那个大魔头来寻仇的。这地方的人都有点无法无天，如果他们真要硬来……

旗牌官看了看曹瑞希马后刀枪闪亮、杀气腾腾的数百名勇士，腿肚子就有些发紧。

此时，叶小天的侍卫已经见机向酒楼内酒拢，好在整个酒楼已被叶小天包下，他们退进酒楼，利用地势就近开始布防。

"提刑司陈大人？"展伯雄又有顾虑了，忍不住道："曹土舍……"

曹瑞云把心一横，举刀吼道："来人啊！给我杀进去，谁能杀得了叶小天，就是我曹家的大头人！"

"杀！杀！杀！"

曹家的土兵亢奋起来，曹土舍目无官府，而他们眼中连朝廷都没有。他们生于斯，长于斯，祖祖辈辈受土司老爷统治。朝廷，太遥远了，在他们心中还没有时不时就闹点事的缅甸令人印象深刻。

土舍老爷一声令下，那些土兵立即向八仙酒楼涌去。旗牌官骇得脸色苍白，叫道："你们反了！反了！要造反杀官不成！"吼声色厉内荏，刀都没敢拔出来。眼下这情形，他担心一拔刀立即就被人剁成了肉酱。

曹瑞云喝道："我等今日来，只杀叶小天！与其他人等一概无涉，你等退过一边！"

那旗牌官一听如获大赦，赶紧往路边一闪，所谓的"你等"其实就是他一个人，其他人已经舍了车马，纷纷逃进酒楼，和叶小天、田彬霏、安公子的侍卫一起，守住了八仙酒楼。

楼上，叶小天邀请陈臬台和安公子就座，酒菜摆上桌后，刚刚寒暄几句，楼下就是一阵人喊马嘶，曹瑞云和展伯雄带兵到了！

几人急忙走到窗前向外望去。陈枭台心中嘀咕：寻仇的怎么来得这么巧，莫不是叶小天有意借我的手来对付曹家和展家？呸！老夫不找你算账，已经是高抬贵手，想让我帮你对付曹展两家，门儿都没有。

其实对于曹瑞云的到来，叶小天事先并不知情。他又不是料事如神的诸葛亮，但是对于突发事件，他却有足够的急智去应对。叶小天匆匆一思索，就做出了坚守的决定。

这是最明智的办法，以寡敌众，为何有坚不守？再说，安家大公子在此，提刑司也不会坐视陈枭台遇险，他留守的人马闻讯也会来救，那时再突围才最安全。

曹瑞云见叶小天要倚楼而守，不禁狞笑一声，吩咐道："放箭！"

他收到大哥传信的时候，就知道叶小天带了大批弓箭手把展伯雄带去曹家的随从全部射杀，所以他的人也带了弓箭。箭泼如雨，八仙楼的门窗立即紧闭，桌椅板凳也被拆成了盾牌。

叶小天等人受困八仙楼的消息迅速传到了安家和提刑司。安公子可是安家大力培养的第三代接班人，岂容有失，安家立即点齐兵马，扑向八仙酒楼。

提刑司也不能坐视枭台大人遇险，兵备佥事杨健一面带齐本部兵卒匆匆赶往八仙楼，又担心自己的力量不足，急急派人去向都指挥使司借兵。

李秋池自然也很快就听说了这件事，大惊之下，马上就带齐全部人马赶往八仙酒楼赴援。他匆匆跨过小桥，突然心中一动，急忙唤过代韵溪，道："代夫人，请附耳过来！"

这人什么毛病，老是附什么耳，又不是演大戏扮奸臣！代夫人没好气地瞪了他一眼道："这儿有外人吗？先生你有什么事直说就好了！"

"啊！"李秋池叫人附耳过来，是当讼师给人出馊点子时的习惯，这时被代夫人一说，不免有些讪讪。虽然明知周围没有外人，他还是掩着嘴巴，小声对代夫人说了几句。

代韵溪双眸一亮，挑起大拇指赞道："先生高明，我这就去！"代韵溪当即点齐本部人马，急急离去了。

第六十三章

四面楚歌

一

曹瑞云所带的士卒每人携有一只箭壶，每只箭壶内装着十五支箭，五百人就是七千五百支箭，诸葛亮草船借箭，那样庞大的会战中，所借的箭也不过十倍于此。

每支箭至少需要一两银子来打造，即便是对十数代积累的曹家来说，这也是一笔不小的花销。曹家此次已经把他们全部的箭矢都带来了。

七千多支箭密集发射，把那酒楼钉得刺猬一般，掌柜和伙计们躲在柜台下、厨房里，战战兢兢地听着瓢泼大雨般的笃笃声，吓都要吓死了。

安公子和陈枭台何曾遇过这种场面，好在他们被叶小天置于最安全的位置，周围四张桌子，头顶一张桌子，形成了一个碉堡式的掩体，即便有些箭矢射进酒楼，也伤不了他们。

经过初期的惊恐之后，二人渐渐镇定下来。陈枭台大怒喝道："岂有此理！无法无天！这是造反！这简直就是造反！本官绝不会放过他们！"

安公子在一旁添油加醋："要说造反夸张了些，不过曹家一向不把贵阳府官员乃至水西权贵放在眼里倒是真的。陈大人您想，杨应龙归咱贵州管辖，可他何时把贵州放在眼里过？

"他的地盘接近四川啊，所以他一向只结交四川官员。曹家也是一样，曹家的地盘和杨应龙毗邻，巴结杨家更甚于敬畏官府，如今他是猪油蒙了心，哪还把大人您放在眼里。"

陈枭台怒道："不错！他口口声声说只找叶小天的麻烦，并无与本官作对的意思，可是箭矢这么个射法，它又不长眼睛，真个射死了本官怎么办？本官绝不饶他！"

陈枭台说罢，从桌缝里往外看了一眼，见叶小天双手各持一片砸开的桌板，护住前胸后背，凛然而立，不禁赞道："本来瞧这小子还不太顺眼，没想到他这么有担当，不错，不错！"

叶小天拿两块桌板护住要害，眼见田彬霏手横三尺秋水，在酒楼中闲庭信步一般走来走去，不时利用已经被射碎的窗棂向外看上一眼，他不由暗暗叫苦：你是客人，你不躲，我也不好意思躲啊！刀枪无眼，你有一身功夫，我不成啊！

叶小天转眼看看华云飞带着几个武艺高明的侍卫就护在他左右，随时替他拨打着箭支，这才稍稍放心。

一壶箭射罢，所有的箭手都累得手臂酸软，这时的八仙楼已经变成了"豪猪楼"，无数箭矢密密麻麻地插在上面，蔚为壮观。

眼见如此模样，展伯雄又害怕了，本来做事肆无忌惮，引得官府和权贵们忌惮的是叶小天啊，现在要变成他们了，哪怕有一千一万个理由，这座楼上可是有一位朝廷大员在的。

此时展伯雄还不知道安家也有人在楼上。那个先是躲到街边，又趁他们射得热火朝天的时候悄悄逃回提刑司搬救兵的旗牌官诚心坑人，根本没告诉他们。

"曹土舍，事情恐怕闹得太大、太大了啊！"

展伯雄又开始泼冷水。曹瑞云久攻不下，怒火如炽，本就像一锅烧沸的油，展伯雄再泼冷水，曹瑞云就按捺不住了，怒吼道："这般畏首畏尾，你是怎么做土司的？开弓没有回头箭，事已至此还能回头吗？放箭！给我放箭！"

一个土兵头目壮起胆子禀报："大人，我们的箭矢已经用光了！"

"那就给我杀进去！"

曹瑞云拔出了刀，大吼道："给我……"

"杀！"街口一声呐喊，提刑司兵备佥事杨健率领四百多名健卒狂奔而来。

杨健杨佥事只听那个旗牌官说曹展联军浩浩荡荡，究竟有多少人他也不清楚，可职责所在又不能不救，所以他一面派人向都指挥使司借兵，一面还玩了点兵法，安排了几十名老弱残兵扫大街。

这些老弱残兵拿着扫帚拖曳而行，跟在大队人马后面，扬起了漫天尘土，前边的士卒又故意加重了脚步，听那声音看那阵势仿佛有千军万马。

杨健高高举着腰刀，才进街口就狐假虎威地大吼道："贵州都指挥使司拿人，尔等立即放下武器投降，胆敢反抗者，格杀勿论！"

他一面喊一面放慢了速度，身后那些健卒脚步跺得震天响，就是不见向前移动。展伯雄大惊失色，对曹瑞云道："曹土舍，都指挥使司出动了，你这个祸可闯大了，快收手吧！"

眼见如此一幕，曹瑞云也不禁犹豫，可叶小天就在楼中，只要冲进去就能结果了他的性命，这个机会他实在不想放弃啊！

曹瑞云正犹豫间，就见一人骑马飞驰而来。眼见对面街上有大队官兵，那人也是微微一惊，但胯下马并未减速，一直冲到曹瑞云面前，那人才急急一勒马，大叫道："土舍大人，大事不好！一队人马冲进了我们的府邸，把土司大人的尸骨抢走了！"

"啊？"曹瑞云大吃一惊。

展伯雄怒道："一定是叶小天干的！"定了定神，又道："一定是叶小天的人干的！"

曹瑞云气得浑身发抖，这时那报信的人又道："小的来时路上，还见有大队人马正往这边赶来，不知敌我。小的骑马比他们快，不过大概一刻钟后，他们也该到了！"

展伯雄惊道："一定是叶小天的援兵！曹土舍，留得青山在，不怕没柴烧。一刻钟内，我们绝对冲不进楼去，还是先撤退吧！"

展伯雄说着，已经拉紧了马缰绳，双腿夹紧，随时准备策马而逃了。曹瑞云长吸一口气，怒吼道："我们走！"

展伯雄等的就是他这句话，曹瑞云刚一开口，展伯雄就如释重负，立即大吼道："走！回援曹府！"展伯雄说着漂亮话，把大刀一举，一马当先便冲了出去。

楼上，田彬霏反手持剑，望着楼下微笑道："他们退了！"

叶小天没有他那样一身好功夫，可不敢站在窗前，听他一说，才急步过去，透过破烂的窗棂向外一看，喜道："果真退了！陈大人，安公子，他们退了！"

陈洪岳一听这话，伸手一推头顶的桌子，再一脚踢开面前的桌子，大步流星地走了过来，自窗口向外一看，大喝道："果真走了！走了和尚走不了庙，本官绝不会轻饶了这些犯上作乱的恶徒！"

这时，兵备金事杨健见自己的疑兵之计生效，急忙策马冲到楼下，仰头大叫："臬台大人勿慌，歹人已被下官率众击退，大人无恙了！"

正说着，远处又有一队人马来到，杨健登时脸上变色，奈何大话已经发下，臬台大人又在楼上看着，实在没有逃跑的道理，只好硬着头皮大喝："来者何人，难道想要造反吗？"

来人扬声喊道："听闻陈臬台与我家公子遇困，安家特来救援，前面是哪位将军？"

杨金事一听登时把心放回了肚里，大笑道："原来是安家的人，本官兵备金事杨健，那些狂徒，已被杨某率众一番血战，打得落花流水而去了！"

……

曹瑞云快马加鞭，堪堪赶到自家老宅，就见前方烟尘滚滚，许多百姓都惊呼着四处乱跑，高呼道："有人家走水了！""好大火！好大火！怕不是要烧成白地了！"

曹瑞云心中一紧，急急再行一阵，猛地一勒战马，望着前方，满脸的惊怒与绝望。不出所料，起火的就是曹家老宅，火舌滚滚，烈焰焚天，眼见是救不得了。

曹瑞云喉头一热，几乎要气得吐出血来。

展伯雄惊道："怎么办，这可怎么办？不如我们马上回返本家，再寻机与他一战！"

曹瑞云道："不！如果就这么走了，我们就一蹶不振了。各权贵人家都是势利眼，没有人肯雪中送炭的！我们去你展家的宅子，伺机与他再战！"

展伯雄暗叫一声苦也，这曹瑞云和他大哥一样刚愎自用，可现在兵马都是曹家的，曹瑞云不走，他带着几十个部下哪敢出场。展伯雄不禁迟疑道："这……这个嘛……"

曹瑞云把眼睛一横，道："怎么？你怕了？你以为你怕了，那个魔头就会收手？"

展伯雄忙道："老夫并无此意。老夫是想，既然曹土舍不肯走，不如你我立即去安家！"

曹瑞云道："去安家做什么？"

展伯雄道："安家是群雄公认的霸主，叶小天如此跋扈，今日又掳尸而去，可想而知，必然是要效仿古人鞭尸泄愤！如此天人共愤的恶行，难道安家还能置若罔闻？总要他们出些力才是！"

曹瑞云憣然而悟，道："不错！安家想置身事外，休想！咱们去安家！"曹瑞云火也不救了，任由他曹家数百年的老宅烧为白地，兜马直奔安府。

曹瑞云和展伯雄率领全部人马充当保镖，浩浩荡荡赶到安府，倒把安府中人吓了一跳，急忙紧闭四门，壮丁上墙。

曹瑞云倒也不敢对安家的人放肆，早早下马，步行上前，高举双手道："不要误会！不要误会！我们是来求见安老爷子的！"

二人到了安府门下，在安府中人的弓弩戒备下说出自己身份，安府管事立即奔向后宅禀报。展伯雄和曹瑞云恭立门外，等了一盏茶的工夫，就见安府大门一开，安府管事慢腾腾地走了出来，往阶上一立。

"二位大人，实在对不住，我们家老爷子说了，老爷子的长孙被一伙强人困在八仙楼，如今生死未卜。老爷子实在没心情会客，两位请回吧！"

展伯雄和曹瑞云一听顿时呆若木鸡："什么？"

安府管事没再理会他们，一转身便进了门，安府大门砰的一声关上了，门上两枚兽环轻轻叩击着门上的黄铜铺首，展曹二人大张的嘴巴和那黄铜的狮头铺首一般无二。

第六十四章

追杀至死

一

　　八仙酒楼今天真算是八仙过海了：兵备佥事杨健来了，曹瑞云和展伯雄走了，安家派来了援军，叶小天的侍卫也到了。各路人马你方唱罢我登场，正乱纷纷的当口，都指挥使司也派来了一支正规军队。
　　好一通忙碌，直到两个多时辰后，各路兵马才各自散去。夕阳西下，八仙酒楼的贺掌柜站在楼外，望着他的"豪猪楼"一脸木然。
　　"掌柜的，你别担心。我这就去借几架梯子，先把箭拔了，那些箭洞、箭坑拿黄泥糊上，再粉刷一下，看不出啥。就是那些酒坛子和桌椅得重新置办。我算了一下，人家叶大人赔的银子还能有大把富裕呢。"
　　"嗯！嗯？你说要干什么？"贺掌柜突然醒过神来，恶狠狠地瞪着二掌柜。
　　二掌柜有点莫名其妙，讷讷地道："我说我去借几架梯子，先把箭都拔了……"
　　"不许拔！一支都不许拔！"贺掌柜急了，就跟人家刨了他祖坟似的，抬眼一看，几个勤快的伙计已经在拔那些伸手可及的箭矢，贺掌柜立刻冲上去吼道："不许拔，一支都不许拔！"
　　众伙计愣住，看着贺掌柜：掌柜的别是脑子吓出毛病来了吧？
　　贺掌柜吩咐道："赶紧的，把桌椅全换了，屋里屋外射的那些箭可一支都不许碰。食材，赶紧去预约食材，明儿四更天就得送来，可别影响咱们家做生意，照着平日十倍的量准备，还有酒，赶紧去先进一百坛……"
　　二掌柜凑到他身边，讪讪地道："掌柜的，您……您别是把脑子吓坏了吧？咱这店，不收拾个三五天，怎么开张啊……"
　　"你懂什么！"贺掌柜看看面前的"豪猪楼"，乐不可支地把双臂一张，道："看！多壮观哪！你再去找个说书的来，要嘴皮子利索点的，我今晚给他讲讲今儿发生在咱们酒楼的事，叫他明日就在酒楼里开说，哈哈哈，再配着这惨烈的场面，怎么也能热闹半个月啊！"

二掌柜恍然大悟："高！实在是高！掌柜的，您不愧是掌柜的，我这就去办！"

二掌柜转身要走，忽又站住："掌柜的，不对啊，当时你跟我一块儿蹲在柜台底下，自始至终咱就没露过面，你跟说书的能说什么啊？"

贺掌柜恨铁不成钢地瞪着二掌柜："你个废物！没看见，没看见你还不能编吗？"

"哦哦哦，是是是！"二掌柜恍然大悟，兴高采烈地跑开了。贺掌柜仰头端详着他的"豪猪楼"，仿佛看见了一棵摇钱树，心里头美滋滋的。

·※·※·※·

水东洪边十二马头，云雾山。

一口四四方方的箱子放在一座新坟前，曹瑞希好不容易从"单间"搬进"四合院"，结果现在又被装回了箱子。

坟前立着一块石碑，上边写着一行大字：兄毛问智之墓！旁边还有一行小字：弟叶小天谨立！

碑前烧着纸钱。叶小天坐在碑前，华云飞在另一侧，默默地往向火里续着纸钱。叶小天道："老毛啊，我来看你了，这几天没酒喝，馋了吧？"

他拿起一壶酒，慢慢淋在碑前，黯然道："本来，我是想取了展伯雄的性命之后再来看你，李先生有心了，把曹瑞希的人头给取了来，我心里也想你，所以就提前过来了……"

叶小天放下空壶，慢慢蜷起双腿，双手抱膝："凶手，我已经查出来了，没猜错，就是他们！张雨桐、曹瑞希的账，都还了，现在还差一个展伯雄，他逃不掉的！"

叶小天现在已经查到了真相，准确地说是一半真相。代韵溪抄了曹瑞希的老宅，抢了他的尸骨，又一把火把曹家烧为了平地，当时还抓了几个留守曹家的人。

在叶小天承诺，只要他们说出真相就放他们离去，任由他们改名换姓、偷生活命之后，被抓走的几个曹家人终于交代了真相。反正曹家一把大火，什么都没留下，只要他们自己从此不再露面，曹家就没人知道他们活着，不会有人知道他们泄了密，也就不会殃及他们的亲人。

于是，叶小天知道，当日花溪血案正是曹瑞希和展伯雄所为，但是在他们之前还有一拨人马，连他们也不知来历。叶小天听到这里当然明白被他盯住的这三个人，一个都不冤枉。

杀人是需要动机的，在他已明确把田雌凤排除在外的情况下，剩下的唯一有动机的可疑人就只有张雨桐了。

叶小天凄然笑了笑，声音有些哽咽："老毛啊，事还没办完，我得走了。你在下面，可别再糊里糊涂的了，我和云飞不在你身边，你糊里糊涂的，还得被人家欺负，记住了吗？"

他眼中闪烁的泪光，终于变成两行清泪，缓缓地淌了下来。

·※·※·※·

叶小天如此决绝，如此不顾一切，原来不是因为睚眦必报，而是因为他的好兄弟为了救他而丧命！

叶小天现在已经是贵阳的第一风云人物，不知多少双眼睛暗中盯着他。在他去云雾山祭奠过毛问智之后，这件事的真相立即传遍了贵阳城。

一时间，许多人对他的观感大变。其实他的手段依旧是那么酷厉，如果人们从一开始就知道他是为兄弟报仇，还是会觉得他的手段太酷厉了些，太残忍了些。

但是在人们认定他是因为被人行刺，九死一生后愤怒兼恐惧才如此疯狂之后，突然得到一个从道义上来说要更高一等的理由，心理上就有一种不一样的感觉了。

"义气干云！"

"这样的人，值得追随，值得辅佐！"

即便是千年前的土司，在他们的地盘上也有一定数量的自由民。千年后更是如此，这些自由民的家境和地位，与奴隶相比自然是天壤之别，比起土民也要高出许多，所以还是能培养出不少人才的。

比如徐伯夷，其实就是这些自由民中的一员。这些人就有点像春秋战国时期择主而侍的士子，一旦他们决定追随谁，就举家迁去谁的地盘，自然也就不必顾忌会受到其他土司的制约。

经由云集贵阳的各地权贵之口，叶小天的壮举迅速传播开来。他不惜一切后果，不惜拒绝土司王出面调停的美意，也要追杀仇敌至死为兄弟报仇的决心和勇气，立即赢得了这些人的心。所谓士为知己者死，何谓知己？这就是了。

卧牛长官司的地盘太小了，在贵阳大大小小一百多个土司中，按地盘面积来算，叶小天只能吊在第四梯队，在他到贵阳搅出这许多风雨之前，许多地方包括贵阳地方的人根本就没注意过他，甚至不知道又多出一位世袭土司。

但是现在他们知道了，很多人已经把目光投向卧牛岭，了解叶小天，打听他的情况。在不久的将来，必将有一些人在充分了解之后，选择追随于他。

此时的叶小天，并不知道他去祭奠毛问智居然还有这样的效果。他之前没有对人讲过他为什么一定要杀展、曹、张，现在也不屑去说，只要对得起自己的良心就够了。

回到居处之后，叶小天就把全部注意力放在了展伯雄身上。如果任由展伯雄逃回老巢，只要他龟缩不出，除非彻底打败展家，否则是绝不可能干掉展伯雄了。所以，他不能让展伯雄逃走!

展伯雄没有逃,不是他不想逃,实在是曹瑞云不甘心,他想走也走不了。叶小天不想放展伯雄走,因为只要展伯雄逃回老巢再想杀他就难如登天。对曹瑞云来说,他必欲杀之而后快的目标叶小天,也是如此。

在安府门口,曹瑞云和展伯雄吃了闭门羹犹不甘心,思来想去,又去了杨府。他们并不知道杨应龙也来了贵阳,他们去杨府是去见田雌凤的。

迄今为止,他们还没有承认自己就是花溪血案的元凶,但是他们也知道,田雌凤这样狡狐般的人物,一定猜得出。

不过,他们本来的目的就是叶小天,想杀田雌凤的是另外一支不知来路的杀手,见了田雌凤只要将刺杀的事往已经死掉的张雨桐身上一推,就算田雌凤半信半疑,鉴于他们有一个共同的敌人叶小天,想必她也会接受他们的这一说法。

他们的算盘当然打得很好,只是打破他们的头,他们也想不到,杨应龙之前向他们频频示好,根本不是想拉拢他们。杨应龙就像一个养虎人,时不时往虎山上丢些鸡鸭猪犬,他是在利用他们撩拨叶小天,他要把叶小天培养得嗜血、残忍而强大。

田雌凤对杨应龙的计划了如指掌,如此情况下,田雌凤怎么可能出头庇护他们。他们在杨府再度吃了闭门羹,接下来想吃都不可能了,连安氏和杨氏都不肯为他们出头,还有谁敢?

不是每个人都明白安杨两家的打算,也不是每个人都明白大人物不出手有时候仅仅是因为不想出手,而非忌惮什么。他们只能据此认为,叶小天已经拥有让这些的强大势力也忌惮三分的实力,如此一来,叶小天的威名更大了。

曹瑞云和展伯雄在杨府又吃了闭门羹后,天色已经晚了,这时离开太危险,他们只能选择赶到展家的宅院,在严密的戒备下歇了一宿,可是这一宿,他们之中没有几人真能睡下。

这么下去,不用人打,自己就垮……曹瑞云痛定思痛,终于决定"留得青山在"了,他要回肥鹅岭,先继承土司之位,再调动曹氏家族的力量,与叶小天一决胜负。

这时候,曹瑞云听说了叶小天祭奠毛问智的消息。他大哥的遗骨被盛进箱子,祭在了洪边十二马头的云雾山,他们返回铜仁正好经过那个地方啊。

如今形势下,他不刻意去抢回大哥的遗骸也就算了,如果顺路经过都要置若罔闻,只管自己逃命,他有什么脸面继任土司,他怎么告慰死去的胞兄?

所以曹瑞云马上做出了一个决定:先往云雾山,抢回大哥的遗骸!

第六十五章

背水一战

一

　　曹瑞云和展伯雄突然率兵出城，疾驰向东，显然是打算逃回老巢，这个举动马上引起了叶小天的注意。叶小天知道这两人终于决定出逃了，于是马上集结全部人马，亲自带队追了出去。
　　曹瑞云赶到十二马头境内，停下稍事歇息了一阵，他的部下大部分都是步卒，不歇歇是根本承受不了的。歇了约有小半个时辰，曹瑞云便喝令起身，全军转向云雾山。
　　云雾山上，有一座新坟，坟前摆着一口箱子，香烛纸灰犹在。曹瑞云一看见那口箱子，登时跳下马去，跌跌撞撞地扑过去，号啕道："大哥啊……"
　　曹瑞云一把掀开箱子，正好看见他大哥的人头。曹瑞希被盛敛时已经洗净血迹，因为身体太散，索性像个木乃伊似的用麻布裹紧了，好在头颅还算完整。
　　曹瑞希的身体被叠放在箱内，头就放在身体最上面，已经用石灰腌过的头颅倒也干爽。曹瑞云一把将大哥的头颅抱在怀里，泪如雨下。
　　展伯雄跟着下了马，急急劝道："土舍大人，此刻不是痛哭流涕的时候，我们离开贵阳，叶小天必然有所察觉，咱们还是速速离开为上！"
　　曹瑞云把大哥的头颅小心地放回箱中，吩咐人道："抬起来！"
　　曹瑞云一抬头看到毛问智的坟茔，看见坟前叶小天所立的石碑，不由咬牙切齿，狠狠地吩咐道："把坟给我刨了，拖出那人的尸体，剁成肉酱！"
　　展伯雄归心似箭，急忙阻止道："土舍大人，你就不要节外生枝了，浪费功夫在一个死人身上做什么？"
　　曹瑞云狠狠地甩开他的手，道："叶小天做初一，我就做十五。不刨坟掘尸，难消我心头之恨。"
　　展伯雄急道："时间紧迫，一旦……"他一面说，一面回首向山下望。此刻正是上午，秋高气爽，视线明朗，他这一回头，恰见远处一行人马正向这边赶来。

展伯雄惊道："不好！那小畜生真个追来了！"

曹瑞云扭头一看，远处确有一队人马疾驰而来，虽然看不清楚，可十有八九是叶小天的追兵。曹瑞云恨恨地一跺脚，大喝道："我们走！"

远处那队人马确实是叶小天，他一直盯着曹瑞云和展伯雄呢，等的就是他们出逃的机会，又岂会轻易放过。

水东十二马头属于宋家。安氏从汉代就成为水西大族，而水东宋氏则是从唐朝开始。李渊称帝后设立蛮州，所任命的第一任蛮州刺史正是宋氏先祖，辖地包括十二马头在内的水东大部分地区。

从此，宋氏就在水东扎下了根，王朝更迭，大唐早已成为一个名字，但宋氏子子孙孙始终统治着这里，根基之厚可想而知。

曹瑞云和展伯雄急急逃走，追兵却越来越近，曹瑞云不禁发狠道："老子兵马四倍于他，怕他何来，老子不走了，咱们停下来，和他决一死战！"

展伯雄急忙劝阻道："土舍大人，奈何我们士气不振，军心难用啊！你万万不可意气用事，我们还是速回本寨，再联兵讨伐卧牛岭，方才万无一失。"

曹瑞云想想也有道理，咬牙道："好吧！君子报仇，十年不晚！老子早晚要他叶小天好看，咱们走！"

二人带领兵马匆匆逃到峨黎山下，山前有宋家设下的关隘，专向行人征收过路费。一见远处大队人马刀枪晃晃地杀奔而来，关隘上早就敲起铜锣，等待过关的百姓商旅慌忙逃进去，大门一闭，严阵以待。

展伯雄勒住坐骑，向关上大喊道："尔等不必惊慌，吾乃石阡展氏，旁边这位乃是石阡曹家的人，我们只是要由此过关，并没有恶意。"

关上的守卒拉开了弓箭，虎视眈眈地盯着下面。由于新任巡抚将至，有些摆谱的土司带上百十号人赶赴贵阳也是有的，虽说关下这两家土司的兵马有点多，但也不算特别稀奇。问题是他们这副样子哪像赶路，攻城掠寨也不过如此了，岂能不加小心？

守在关上的头目是宋氏子弟，名叫宋天炎，虽说他是远房偏支，可也清楚近来发生在贵阳的事情，一听他们自报名号，再瞧他们行色匆匆、如此狼狈，顿时心中了然。

宋家没有站出来公开支持叶小天，但宋家和谁近和谁远，这是立场问题。作为一个很有上进心的有为青年，对于自己家族的立场倾向，宋天炎怎么可能不搞清楚。

宋天炎仰天一声大笑："哈哈哈，原来是石阡展家和曹家的人。不好意思，在下并不能确认你们的身份，你们这么多人，弓刀俱全、杀气腾腾，我可不敢轻率开关，一旦有个闪失，我可吃罪不起啊。"

曹瑞云怒道："你待怎样？"

宋天炎道："二位少安毋躁，在下马上请示上官，若得允准，立即开关。"

宋天炎说完就转身溜了。曹瑞云气得三尸暴跳，展伯雄道："追兵已近，如何等得，土舍大人，咱们走七盘坡吧！"

曹瑞云恨恨地一拨马，道："走！"

宋天炎趴在箭垛旁偷偷看着，一瞧他们走了，马上吩咐道："速速通知各处关隘，展、曹两家与咱们宋家的死敌杨家交厚，他们行色匆匆，必是叶小天追来了，咱家少主与叶小天甚有交情，叫他们看着办！"

几个士卒领命而去，他们走山路要比山下走山路快得多，消息立即传递到了各处堡寨关隘。

马场江，渡口码头紧闭，船只全部驶到了对岸。曹瑞云和展伯雄费尽唇舌，那渡口管事拉着弓就是不准他们靠近，说是如此大队人马，不知是客是匪，一定要请示上司。

展伯雄忍着气问他要请示哪位上司，那管事居然回答要派人跋涉数百里去"小西天"宋家老宅请示宋老爷子，把展伯雄气得差点吐血。

二人无奈，只好拨马再奔羊场关，羊场关的守军头目更绝，压根没露面。只让士卒替他回答，说自家大人回家娶妾请酒去了，估摸有个三五天才能回来。

曹展二人万般无奈，只好拨马再走，斜刺里杀奔远山，只能弃马登山，沿险峻山路步行离开了。叶小天恰于此时率兵赶到，在羊场河畔将他们堵住。

曹展二人背靠大河，对面是叶小天的人马，其实论起士卒人数，曹展联军依旧四倍于敌，但是他们的军心士气实在差得太远。

叶小天策马缓缓上前，在一箭之地外站住，华云飞轻驱战马，紧紧跟在他的身边。他们在上风口，由此望去，就见曹瑞云和展伯雄站在河畔，大风激扬，须发纷飞。

叶小天大喝道："展伯雄，我不去找你麻烦，你却三番五次意图杀我，利令智昏，方有今日下场，你心中可有悔意？"

展伯雄冷笑道："说得好听！你姓叶的要率山民出山，就得扩张地盘，杨家被你占了，你我两家便做了邻居，我又岂能容得下你这个恶邻！"

曹瑞云道："姓叶的，杀兄之仇，不共戴天！今日，我就要手刃了你，告祭我大哥在天之灵！"

叶小天没搭理他，向展伯雄道："近邻就一定得为仇？是敌是仇，本在你一念之间。可惜你选择了为敌，你杀了我的兄弟，所以，你我再无斡旋余地！"

展伯雄壮起胆子仰天狂笑道："哈哈哈，大言不惭，就凭你身边这么点人马想杀老夫？老夫今日就要把你亲手擒下，千刀万剐，方解我心头之恨！"

曹瑞云道："姓叶的，你带了这么点人马，就敢来寻我的晦气，真当老子怕了你不成！今天不是你死，就是我亡！"

叶小天还是不理他，他望着展伯雄，轻轻摇了摇头，道："展伯雄，你可知道，我最不想为敌的，就是你展家！可惜天意弄人，时至今日，一切都是你咎由自取，到了九泉之下，你莫怪我！"

展伯雄刚想说话，曹瑞云已经暴怒道："狂妄小子！你要战便战，说什么废话！叶小天，你有胆子就放马过来，你我二人一决生死，如何！"

叶小天看了他一眼，脸色一沉，并指如剑，向他一指，大喝道："聒噪不休、着实讨厌！你既然想死，那你就去死吧！"

曹瑞云仰天大笑道："哈哈哈……海龙王打哈欠，你好大的口气！你想让我死？曹某的大好头颅就在这里，来来来，且看你有没有那个本事把它取去！哈哈哈……"

叶小天的手依旧指着曹瑞云。曹瑞云狂笑几声，突然脸色发紫，手中刀哐啷一声落在地上，他双手死死掐住自己的喉咙，口中嗬嗬连声。

展伯雄见状大惊，急问道："土舍大人，你怎么了？"

曹瑞云脸色发紫、青筋暴起、两眼突出，口中嗬嗬半晌，突然就像皮囊缝得人泄了气，软趴趴地往马鞍上一堆，那怪异的样子，任谁都可以看出，他已经死得不能再死了。

"妖术！他会妖术啊！"

曹家的子弟兵一瞧土舍大人被叶小天一指就暴毙了，登时魂胆俱丧。曹瑞云一死，他们再也无人管制，曹家土兵发一声喊，便向四处狂奔逃命去了。

叶小天的人也不阻拦，任由他们弃了刀枪，疯狂地四处逃散。展伯雄大吼道："回来！不要走，统统给我回来！"

曹家土兵只当他是放屁，哪肯理会。曹家土兵逃散，叶小天的人马向前一围，这一来和展伯雄的人马数目就相差无几了。叶小天举起的手臂缓缓移向展伯雄，冷冷喝道："展伯雄，轮到你了！"

叶小天手指刚刚移向他，展伯雄就慌忙举起了盾牌，忽又想叶小天使得是邪术，不是箭矢，恐怕盾牌招架不得，于是急忙溜下战马，以战马掩身，挥着刀大吼道："杀，快给我杀了他！"

第六十六章

万万没想到

一

在展伯雄的指挥下，展家的士兵们战战兢兢地向前冲过去。其实，叶小天哪有指谁谁就死的本事，曹瑞云之所以离奇死亡，是因为他中了蛊。

代韵溪取回曹瑞希尸骨的目的就是要下蛊，再送他兄弟曹瑞云上路。这是李秋池出的损招，代韵溪负责执行，而叶小天则果断采纳了他们的这一建议，于是才有了他的云雾山之行。

不过用蛊对叶小天来说只是一个备用的手段，他并不能确定曹瑞云就一定会上山，但多备上一手，一旦能用上，就可以大量减少已方的伤亡。

箱子放在山上也不怕，如果不是曹瑞云这样的至亲，有无辜路人掀开箱子看了，就算不马上魂飞魄散地逃之夭夭，也不会去碰触里边的尸骸，何况叶小天还派有守坟人看顾。

毛问智的尸骨的确葬在云雾山上，但曹瑞云所见的那座坟却是假坟，叶小天可不愿为了引曹瑞云上当，就冒着让自己兄弟死后都不得安生的风险。

曹瑞云上了山，并且接触了曹瑞希的尸骸，这蛊就传到了他的身上。只是这蛊发作的时间相对较慢，叶小天赶到江口将他堵住，又恰好在上风口，便用了些刺激那蛊提前发作的药粉。

曹瑞云在下风口吸入药粉，体内蛊虫发作，登时周身肌肉无力，他其实是窒息而死的，那只蛊虫使他浑身肌肉发软，连呼吸的机能都消失了，于是被活活憋死了。

但展伯雄并不知道这一点，他只当叶小天果真懂得邪术，对于隐匿山中历史久远的蛊教，世间有太多太多的传说，有些已近乎神化，他原本不信，可亲眼见到就不能不信了。

展伯雄的部下只是硬着头皮上前，胆怯之下战力发挥得十成不足五成，而叶小天的部下又是人人悍勇，他们如何能抵挡得住，一时间被杀得落花流水。

"大哥！"

华云飞侧首向叶小天请示，手却紧紧地攥着刀，冷冷地盯着远处的展伯雄。

华云飞背上还挎着弓，他是一个优秀的猎手，为了能让皮毛值钱，他早就练就一手专射兽眼的神箭术，以他这等箭术，要在混乱当中取展伯雄性命易如反掌，但他弃箭用刀，显然是要抓活的，以便交给叶小天亲手处置。

叶小天用力点了点头，华云飞双腿一磕马镫，马上向前冲去。

展伯雄牵着马，悄悄挪闪着位置，眼见情形不妙，他已做好了逃走的准备。展伯雄悄悄爬上马背，机警地向叶小天的位置一扫，恰好看见华云飞策马向他冲来。展伯雄大吃一惊，立即拨马狂奔。

华云飞微拨马头，冲势不减，只是冲锋的直线变成了弧形，与展伯雄短兵交接，硬碰了一刀。

"铿！"

别看展伯雄在叶小天层出不穷的杀人技法下魂胆俱丧、畏怯如鼠，其实他的功夫相当高明。曹氏兄弟胆子是大，但兄弟俩没有一个是展伯雄的对手。

展伯雄以立马迎冲马，居然能硬接了华云飞这一刀，不过尽管如此，也震得他手臂发麻。展伯雄不敢恋战，拨马就走，华云飞紧追不舍，二人兵器交接，铿锵声不绝于耳。

此时，羊场河下游，正有数艘大船逆流而上，展凝儿立在船头，眉心紧锁。方才，她船到羊场关码头，码头上宋家的人居然不准船只靠岸，所有渡船都驱赶到了河南岸。

展凝儿见此情形就知道必有蹊跷，但她此时还未想到这事竟和叶小天与她大伯有关。

船侧急急走来两人，一个三十出头，一个二十出头，他们分别是展龙和展虎。龙虎兄弟都是展伯雄的亲生儿子。得到曹家报信后，展龙、展虎和展凝儿，带了三百名曹家士兵，日夜兼程赶来，此时刚刚赶到羊场关。

展龙皱着眉头对展凝儿道："凝儿，可找到了可以停靠的地方？"

展凝儿回身道："大哥，这片地方没有适合停泊的地方，岸边太浅，船驶不到岸边就要搁浅。"

展虎急躁地道："那怎么办？"

展凝儿回身一指，道："由此一直下去是两岔江，江河交汇口应该会有可停泊的地……"

展凝儿说到这里，忽然惊疑了一声，这时展龙也发现了，急忙上前两步，扶着船舷向远处张望。展龙道："前方有很多人，正在交战！"

展虎兴奋地道:"哈!贵阳府也这么乱?快驶过去看看!"

· ※ · ※ · ※ ·

展伯雄根本摆脱不了华云飞,二人马战几个回合,前方已被乱兵挡住了去路,展伯雄把心一横,下马与华云飞搏斗起来,马对他来说只是乘行工具,他并不擅长马上作战,步战才能发挥他的全部实力。

可展伯雄双足沾了地,才发现华云飞同样不擅长马战,华云飞甚至比他更加擅长步战。展伯雄年纪虽然大了,可是一身勇力犹在,一口大刀在他手中虎虎生风。

而华云飞则轻灵敏捷,也不知他那身法都是从哪儿学来的,并不好看却非常有效,时而似猛虎扑食,时而似灵猿上树,时而在地上一个急急翻滚。展伯雄那口大刀上挑下剁、左劈右砍,看着威风八面,华云飞似乎全无还手之力,但展伯雄就是挨不着他的身子。

展伯雄使得是大刀,比华云飞更耗气力,久攻不能得手,呼吸便粗重起来,手中那口大刀也滞缓了许多。他攻势一缓,华云飞就展开了猛烈的反扑。

华云飞手中一口刀上下翻飞,展伯雄步步后退,疲于招架。他刚使刀一横,挡开华云飞的一刀,华云飞刀锋一震,便以腕力一横,锋利的刀刃贴着展伯雄的刀杆横削过来。

展伯雄惊呼一声,双手弃刀,还待再退,华云飞单刀一旋,已然指在了他的咽喉处,展伯雄眼中顿时露出绝望之色。

……

河面上几艘船越驶越近了,岸上交战的双方其实也注意到有船接近,不过这时厮杀正酣,谁有闲工夫打量。展龙扶着船舷,忽然有些讶异:"老二,你仔细看看,那岸上的……是不是咱们的人?"

展虎看热闹正看得兴高采烈,一听大哥这么说,不由一怔,急忙定睛望去,忽地浑身一震,失声道:"不错!真的是我们的人!快靠岸!"

展龙喝道:"快!快靠岸!"

船老大道:"大少爷,这个地方靠不了岸啊!"

展虎忽地指着岸上叫道:"快看,咱爹被人抓住了!"

展龙扭头看了一眼,情急之下抽出刀往船老大脖子上一架,厉声道:"靠岸!"

船老大无奈,只得吩咐水手靠岸,可那船往岸边靠近了些,还隔着三丈多的距离,船底就触到了河底,再也无法前进一步了。船老大苦着脸道:"大少爷,真没法再往前走了!"

展龙也知道这船老大已无能为力,当即喝道:"落帆!抛锚!"船帆落下,大锚也哗啦啦地砸进水中,展龙急忙跑到船舷边,紧张地望着岸上。

由于展伯雄被生擒,展家士兵已失去抵抗之志,被叶小天的人缴械看管起来,如此一来,船头的人也就可以清楚地看清岸上情形了。

其实,船上早已有人看清了岸上情形。展凝儿双手紧紧扣着船舷,面色苍白地望着岸上。展伯雄被两个武士反拧双臂压跪在地,叶小天正向展伯雄走去。

展凝儿看到叶小天,不禁颤抖了一下,大叫道:"叶小天!"

叶小天心无旁骛,正冷冷地凝视着一脸恨意地瞪着他的展伯雄,完全没有注意停泊在大河中间的船只,这时听到熟悉的声音,他不由一惊,霍然抬头向水上望去。

展虎目眦欲裂,拍着船舷大叫道:"叶小天?你听着,你敢动我爹一根汗毛,老子把你千刀万剐!"

展龙更是着急,游目四顾,可是此地距岸上还远,他可没有办法凌空飞渡,上岸救人。展凝儿颤声道:"小天哥,放过我大伯吧!"

她得到的消息只有大伯刺杀叶小天失败,遭到叶小天猛烈反击,不得不从老家调人前来支援,却不知道他们已经到了不可挽回的地步。

她虽恼恨大伯利欲熏心,把她当成一件工具送来送去,以期壮大展家。可那毕竟是她父亲的亲哥哥,以前对她也算疼爱。至于利用她来巴结豪门,这是权贵世家通行的做法,她虽不满,却也无法因此割舍亲情。如今叶小天若是真的杀了她大伯,她在家人和叶小天之间如何自处?

叶小天凝视着展凝儿,他没想到展凝儿竟然会于此时赶到。假如是他断了一臂一足,他都可以因为凝儿而放弃报复,但这是他兄弟的仇,没得商量。

他也清楚,一旦杀了展伯雄,只怕他和展凝儿就再也没有任何可能,可是他有选择吗?想到并不懂武功的毛问智挥舞着刀冲进敌群当中时的情景,想到他对华云飞交代的那句遗言,叶小天的眼睛瞬间被泪水模糊了。

"凝儿,对不起!"

叶小天低低呢喃了一句,猛地扬起了手中刀!

展伯雄怎么也没想到叶小天竟然一句废话也没有,直接扬起了刀。不需要一番愤怒发泄,指责他如何无耻,自己如何无辜吗?大家都是土司,不谈谈要什么条件才肯放过他吗?这不合规矩啊!

"且慢!我有话说!"

"噗!"

刀光闪过,义无反顾!

第六十七章

河畔恩仇

一

"爹啊！"
"叶小天！"

展龙、展虎各自怒吼一声，两声大吼连起来的效果当真非同凡响，如果他们俩是五六岁的小孩子，此刻场面十有八九会被人当成认亲的狗血戏。

展龙怒不可遏，双目泛红，他四顾一看，突然纵身一跃，跳到前舱甲板前，抬腿飞踢，一只只木桶被他连续踢到空中，向河的上游飞去。

他们得到消息，急急沿水而来，征用的是自家的一条商船。展家自然是没有战船的，这船上恰好有些空桶，展龙情急之下便利用了这些空桶。

展龙用的力道和踢出的角度稍有差异，那些桶一只只落在河水中，先落水的向下飘，和后落水且落点稍近的木桶正好形成一条直线，同时向下游飘来。

展龙持刀在手，大喝一声纵身跃出了船舷，他接连踩过五只木桶，第六只踩歪了，一跤跌进水里，不过此时离岸已经近了，展龙虽不懂水性，但脚底一踩居然触及了地面。

展龙心中大定，立即蹚水向岸上冲去。展虎见状有样学样，也纵身向水中跳去，扑通，那桶经展龙一踩，相互之间的距离已经不那么均衡，展虎一头砸进水里，高呼道："救我……"

话犹未了，一个浪扑来，就把他砸进了水里。船老大见状赶紧高呼道："快救人！"说完一个猛子率先扎进水里，赶去救人了。

展凝儿也不能站在船上干看着，她拧身提气也往水中跃去。展凝儿的轻身功夫练得比两个堂兄都好，只不过那些桶此时已经不成阵列，斜斜向下游飘浮着。

展凝儿连行五步，面前已无木桶可以借力，这时正好船老大一个猛子潜到这儿，自水中冒出头来，展凝儿在他头顶一踩，船老大大叫一声复又沉进水里，展凝儿却已借力扑到岸上。

展家已经弃械投降的人顿时一阵骚动，叶小天的部下连忙弹压。那边船上有人解开一条缆绳抛下水去，被拖着展虎正在水中浮沉的船老大一把抓住。

"叶小天，还我爹命来！"

已经上岸的展龙红着眼睛扑向叶小天，手中刀疯狂地劈砍着，几个试图阻拦的武士不是他的对手，双方刀甫一接触，便连人带刀向后跌去。

不过展龙想杀他们也难，一则他的目标在叶小天，力道、身形都是冲着叶小天去的，来不及变招易势，二则这些侍卫旁边还有别人，不会袖手旁观。

展龙横了一条心，径直扑向叶小天，还有两丈距离，就被飞身纵来的华云飞拦住，一个刀法大开大阖、威猛无俦，一个刀法走势轻灵、飘忽不定，就此缠斗在一起。

展凝儿腾身上岸，赶到大堂兄身边，见他与华云飞刀来刀往，一时分不出高下，这才放心。她望向叶小天，叶小天正把刀收回去，刀上血迹殷……

展凝儿心中一紧，根本没有勇气看向地面："为什么？就算他有千般不是，你就一定要杀了他？他是我亲伯父啊！"

展凝儿悲愤地质问着叶小天，说到一半声音便哽咽起来，既有亲人惨死的悲伤，更有一种绝望的悲愤。叶小天不管不顾地杀了她的伯父，有没有考虑过她的感受？

他们两人之间的感情路本就波折重重，如今他杀了展氏家主，展氏一族会怎么看，他们两人还有可能在一起吗？

一个女人如果只顾个人感情，嫁给一个双手沾满同胞鲜血的异国人，国人会怎么看？一个女人，若是嫁给一个手上沾着她的族人、亲人鲜血的人，她的族人与亲人又会怎么看？

想到悲情之处，展凝儿不禁潸然泪下。叶小天把沾血的刀扔在了脚下，盯着展凝儿的眼睛，沉声道："他杀了老毛！"

展凝儿蓦然一惊，她当然清楚叶小天和老毛、云飞之间的感情。他们没有血缘关系却情同兄弟。自己的手足兄弟被人杀了，要不要报仇？

叶小天沉声道："老毛是为我而死，我没有选择！正如你，凝儿，你也没法选择生在谁家，没法选择谁做你的亲人！"

"我……我该怎么办？"

展凝儿绝望地流着泪。

展龙与华云飞一边激战，一边大吼道："凝儿，你还犹豫什么，杀了他！不要忘了，你姓展，你是展家的女儿！站在你面前的是你的仇人，仇人！"

展凝儿提着剑的手颤抖着，叶小天就坦然站在她的面前，可她哪能下得去手？且不说她早已情根深种，仅仅是叶小天在雷神禁地救过她的命，恩怨分明的展凝儿就无法下手。

"凝儿！你生于展家，长于展家，你是展家的人，你身上流着展家人的血，是展家给了你生命，面对大仇你还犹豫什么？难道你要吃里爬外不成！"

展龙怒吼着，稍一分神，被华云飞一刀划过大腿，痛哼一声跌出几步，他一把摁住大腿，袍襟上已是殷红一片。

展凝儿扭头看见，急忙跃到他身边，关切地道："你怎么样？"一面提紧了手中刀。伯父之死，她来不及救援，如果再坐视堂兄死在自己面前，她就无法原谅自己了。

事实上此时华云飞已经退到了叶小天身边，她担心华云飞杀掉堂兄，华云飞同样担心她会杀掉叶小天。

在家族、民族、国家面前，个人永远都是微不足道的。为了个人感情或利益而背叛他的家族、民族、国家，是鲜廉寡耻、不明大义、不辨是非，是该被唾弃、处死的败类。华云飞可不敢保证，她就一定不会对叶小天下手。

这一来，就成了华云飞护在叶小天身旁，展凝儿护在展龙身旁。在此关头，展家的人已纷纷登岸，双方又形成僵持之势。

展家的船本来是上不了岸的，但展虎落水，后边赶来的几艘船纷纷过来抢救，全都搁浅了。

这些船有大有小，冲撞过来时和先前这艘大船七扭八歪地挤在一起，有一艘小一些的船吃水浅，再被大船一撞，整个横了过来，船尾高高翘起，距岸边就不到一丈距离了。

船上都是精壮武士，没有老弱病残，自船尾可以轻而易举地跃上岸。大批展家的生力军登岸，与叶小天的人重新形成对峙之势，有些被看住的展家士兵趁机暴起，捡起兵器逃回了展家阵营。

展虎两只靴子全灌满了水，沉重无比，被他两脚踢了出去。他赤着双足冲上沙滩，站到大哥身边，怒视展凝儿道："你为什么不动手？"

展凝儿有口难言，她本是拿得起放得下的爽直性子，可这种事换了谁能干净利落地做出取舍？一面是情郎兼救命恩人，一面是打断骨头连着筋的至亲啊。

展虎见她不答，不禁怒道："我早就知道你和叶小天眉来眼去！原本我也不想管你，可他如今杀了你的亲伯父，你还要顾念旧情吗？"展虎怒不可遏地扬起了手中刀。

展凝儿把头一扬，闭上双眼，根本不去辩解，心中只想二堂哥这一刀砍下来也好，一了百了，再也不用如此愁苦。

叶小天见状心都提到了嗓子眼，可他只能屏息旁观，一句话都不敢说，看展虎额头青筋暴起的样子，这时他若说话，不管说什么都是火上浇油，展虎气极之下，没准真会下手。

展虎本是气极扬刀，见堂妹闭目等死，也只能恨恨地跺脚，要他为此杀了堂妹，他还真下不了手。展虎转而望向叶小天，瞋目大喝道："姓叶的，你杀我父亲，这个仇，不死不休了！"

叶小天见他放过了展凝儿，提起的心又放下，听他这么一说，不禁冷笑道："自从你爹杀了老毛，我就说过要跟他不死不休，想不到风水轮流转，现在也要听别人对我说起来了！"

华云飞大喝道："张雨桐、曹瑞希、曹瑞云、展伯雄，已然相继授首。你们兄弟俩如果不怕死，尽管放马过来，且看是谁死谁活！"

展虎大吼一声就向华云飞扑去，展龙见状，对展凝儿道："凝儿，你我联手，杀了叶小天！"

展凝儿泪流满面，站在那儿迟迟不动，展龙连呼两声，展凝儿恍若未闻，展龙气道："回去再跟你算账！"说完便独自向叶小天扑去。

叶小天冷笑一声，脚下一退、再退、三退，只退三步，身边便有八名护卫舍生忘死地扑了上去。叶小天手下罕有像田雌凤、于珺婷身边那样的卓越高手，但是他手下的平均武力却远超这些土司身边的人。

尤其是这些侍卫悍不畏死，再加上他们久在深山，围猎当中形成的合击之术，足以使他们拥有不容任何人小觑的战斗力。

这样的狼群合击之势，张雨桐、曹瑞希还有展伯雄身边只有那些从小精心培养的死士才具备，而叶小天身边这样的人才却是一抓一大把。普遍素质高人一等，其合力在大部分时候要比只有一两个顶尖高手更有用。

八个狼一般的武士缠住展龙，你进我退、你闪我攻，配合得天衣无缝，八人围战一人竟然丝毫没有腾挪不开的窘态，展龙被他八人缠住，根本近不了叶小天的身。

此时叶小天身边又围上了八名侍卫，后边还不知道有多少人跃跃欲试，只是没机会到尊者身边效力罢了，就算展凝儿肯出手，也不可能伤到叶小天。

展氏兄弟一出手，他们的手下登时一拥而上，他们此时在人数上比叶小天的人占优势，气力也比刚刚经过一场鏖战的叶小天的部下更充足，但叶小天的部下骁勇无比，双方一时战了个半斤八两。

只苦了展凝儿，战也不是，停也不是，整片沙滩上人人呐喊厮杀，只有她和叶小天，隔着不断闪动的刀光和身影，痴痴对视着，心中各自纠结。

这厢正自鏖战，羊场河上游有一条船顺流而下，船头一个白衣人负手而立，衣袂飘飘，仿佛仙人。河畔忽有一骑快马从下游迎面驰来，到了近前猛一圈马，又与船并驾齐驱地往下游走。

那马上骑士一边策马而行，一边向船头白衣人大声禀报："曹瑞希被毒死！展伯雄被砍死！展家的人恰好赶来，正与叶小天的人决一死战！"

船头人听罢放声大笑，回首对舱门前所站丽人道："好得很！这头乳虎终于长出了獠牙，有点对我胃口了！他若能为我所有，我得天下时，便是封他个一字并肩王，也未尝不可啊！"

第六十八章

播州有龙

一

杨应龙赶到河滩处时,华云飞和展虎正鏖战不休,展龙则筋疲力尽,节节败退。

没办法,人力有时尽,他再勇猛,气力总有耗尽的时候,可对方却不是八个人始终与他缠斗,而是后备武士轮换上阵。展龙气力稍弱,动作一缓,便落了下风。

但是在总体局势上,展龙这方又稍占上风,因为他们人数占优,且大部分是生力军,叶小天的部下却是马不停蹄地从贵阳追过来的,又已苦战过一场,仅凭悍勇之气能支撑到现在已经不易。

眼见双方就要拼个两败俱伤甚至同归于尽,杨应龙的船在河滩上停住了。杨应龙轻快地跳上横七竖八杵在河滩上的展家船只,慢悠悠地向河滩处走去。

等他走到距岸最近的船尾处时,一个中年人已经把一条踏板顺了下去。杨应龙施施然地登了岸,身旁就是刀光剑影,他却旁若无人,仿佛闲庭信步。

跟在杨应龙身边的人有四个,都已年过半百,他们也是道士出身,却不是来自龙虎山。杨应龙崇信道教,不惜重金邀请天下道家名士来他的播州,待如上宾。

虽然那些潜心修道的真正三清不会受世俗红尘所诱,却也不乏身怀绝技却耐不得深山苦寒的道人来到播州。经过杨应龙一番考量,真正可堪大用的高手,都被他不惜代价礼聘下来,所以杨应龙身边的高手着实不少。

此时岸上的战斗虽然在继续,其实在旁观者眼中看来已经不那么激烈了,双方气力都已耗尽,出刀无力、变招缓慢,战力急剧下降,如今比一个普通农夫也高明不到哪儿去了。

一个展家武士已将力竭,那口刀斜斜劈下,对方一避,收刀不及,直接向杨应龙前方两个护卫砍来。右边那个中年侍卫头不抬眼不睁,只把右手一扬,袖中忽地探出一支精钢打造的虎爪。

铿的一声,那刀劈在虎爪上,断成两截。那中年侍卫脚下半步不停,依旧迈着平稳的步伐，护着杨应龙向前走去。

那个展家侍卫呆呆地看着杨应龙一行人，举着半截断刀，也不知该如何是好，对面那个叶家侍卫单刀拄地，气喘如牛，有心趁机上前取对方性命，可是只一歇，就再也提不起力气了。

这群突然出现的人很快引起了双方注意，双方人马都警惕起来，他们现在都已拼得筋疲力尽，如果这路人马对他们有敌意，就算人数少于他们，只怕也要被全歼。

双方迅速停止了搏斗，纷纷向己方靠拢，一边恢复着气力，一边警惕地看着杨应龙一行人。

"杨天王！"

展龙见过杨应龙，一见是他，不由大喜，慌忙奔过来，未曾开口，热泪先流："天王，家父……被叶小天给杀了，求天王给晚辈做主啊！"

杨应龙脸色平静，认真地打量了叶小天一眼。这时候，田雌凤在两个龙虎山高手的护持下也赶了来，站在杨应龙身边。

叶小天见了，心头不由一紧，自己和田雌凤之间的过节，他可没有忘记。杨应龙怎么会在此？如果他有心替田雌凤撑腰，只怕今日鹬蚌相争，要被杨应龙这个渔翁得利了。

叶小天不能不紧张，此时他这一方已无苦战之力，杨应龙这支生力军一旦加入，只怕他也要折戟沉沙，丧命在这羊场河畔。但……杨应龙看他的这是什么眼神？

杨应龙看着叶小天，原本稍显冷厉的眼神渐渐变得柔和起来，有些欣慰，有些欢喜，就像……

叶小天忽然想起了洪百川头一次听说儿子的经商天赋时那种欢喜、满足的眼神。没错，杨应龙此刻的眼神，就像一个严父，终于看到他的儿子成长起来。

老子又不是你儿子，怎么这么看我？叶小天忍不住暗暗嘀咕。

杨应龙看着叶小天，的确既欢喜又欣慰，但他并不是在看令他满意的儿子，而是在他看饲喂的乳虎渐渐成长起来。如果他掉下虎山，一样会被这只猛虎咬死，但是作为养虎人，他还是希望看到这头乳虎在他手中成长为威猛的百兽之王。

或者用一个更恰当的例子，叶小天是他无意中发现的一块玄铁，他正在用这块玄铁打造一口锋利的宝剑，刀柄他已经准备好了，就是叶小安，他只等这口剑千锤百炼、锋芒毕露的时候，安上剑柄，就是他征战天下的一件利器。

"叶长官！"

杨应龙满意地看着叶小天，微笑着点点头。

杨应龙的这个态度，令赶到他身边的展龙、展虎稍显错愕，不过他们马上就镇定下来。展杨两家已经定亲，凝儿就在一旁呢，这杨天王明年就要变成他们的妹夫了，怎么可能不站在他们展家一边。杨天王对叶小天这么客气，未必是真的礼遇，这些大人物，讲得不就是要喜怒不形于色，要谈笑杀人，更增威仪吗？

展虎眼珠一转，一把拉过展凝儿，稍显谄媚地道："天王，这就是舍妹凝儿。"

"呵呵，凝儿姑娘，我当然认识！"

杨应龙彬彬有礼地向展凝儿点了点头。展凝儿对杨应龙的人品既不耻又不屑，至于他风度翩翩的外表，贵不可言的身份，她是根本不放在心上的。

此时见杨应龙向她示意，展凝儿眉梢一挑，就要冷语相讥，但话到嘴边，心头忽地一凛，又被她硬生生地咽了下去。

杨应龙此来，显然是对叶小天大大不利的，如果他应两位堂兄所请，对叶小天下手，此刻的叶小天如何抵挡？不能和杨应龙闹翻，至少现在不能，不如虚与委蛇一番，凭借这层身份，说不定可以掩护叶小天离开。

想到这里，凝儿不禁飞快地瞟了眼两位堂兄，方才混战她不出手，回到家里就已必然要受指责了，如果她再阻挠堂兄请人助拳，放走杀死她伯父的大仇人，那就是展家的罪人，自己将要被置于何等境地，实是不敢想象。可是，她能坐视叶小天被杀吗？凝儿又看了眼叶小天，下唇咬得紧紧地，手中的剑也攥紧了。

杨应龙对展凝儿的冷淡浑不在意，倒是田雌凤很认真地打量了展凝儿几眼，对杨应龙抿嘴笑道："这姑娘不错！姐妹们中间，还没有这样英姿飒爽的女子呢。"

杨应龙淡淡一笑，没理会她话里若有若无的酸味，开口说道："巡抚大人即将赶赴贵阳上任，杨某身为贵州的一分子，也当前来相迎啊！不想赶至此处，正见你们双方争斗……"

杨应龙说到这里，转向叶小天，正色道："叶长官，听展家兄弟说，你杀了他的父亲？雌凤告诉我，你在贵阳这段时间，搅得腥风血雨，张雨桐和曹瑞希两位土司也死在你的手上！"

展虎怒气冲冲地插口道："曹家土舍曹瑞云也被他杀了！"

杨应龙沉声道："如果对你的猖狂举动，新任巡抚置若罔闻，他该如何服众？常言道，新官上任三把火！你如此无法无天，你让新任巡抚大人如何自处？你说他上任之后，这第一把火，要不要烧在你的头上？"

展龙、展虎听到这儿，就觉得有点不对了，什么叫新官上任三把火？难道杨天王不打算过问此事，而是把此事交给新任巡抚去发落？

展龙按捺不住，道："天王，叶小天杀我父亲，此仇不共戴天。还请天王为展家主持公道！"

杨应龙冷冷地看了他一眼，淡淡地道："展家之事，杨家为何要主持公道？杨某是贵州巡抚？杨某是众土司公认的土司王？"

展龙登时呆住，脸庞涨得通红。

展虎讷讷地道："天王……天王已与舍妹定亲，你我两家已成姻亲，天王为家父主持公道，不是……不是理所当然吗？"

杨应龙展颜一笑，道："原来是为了这个原因。呵呵，展某正要对你们讲，杨某原本确是要与展家结亲，除了展姑娘姿容俊俏、人品端庄，令杨某心折，还有一个重要原因，展家在杨某心中，有着极高的位置，所以杨某很想和展家亲近亲近。"

展虎结结巴巴地道："那……那现在？"

杨应龙神色一冷，道："现在嘛，不好意思，雌凤来迎我时，已经把近来贵阳发生的一切事情告诉了我。叶小天罔顾王法，无视朝廷不假，但事由起因，却是因为展伯雄在花溪行刺于他。"

展龙大怒，道："家父无冤无仇，缘何行刺叶小天，这是叶小天的借口！"

"是吗？"

杨应龙冷笑一声，道："田家妙雯姑娘已公开声称，展伯雄见色起意，欲对她不利，事败又要杀人灭口，她却被叶小天所救，你父因此和叶小天起了纠纷，田家是什么身份，会信口雌黄？"

展龙展虎有口难辩，他们父亲的主意他们当然清楚，可叶小天就在眼前，难道他们能开口承认其实暗杀田妙雯并非是他们老爹想老牛吃嫩草，而是为了嫁祸江东？如果承认了，那叶小天杀他们的爹不也成了天经地义？

杨应龙不屑且厌恶地道："如此行为，令人齿冷。杨某怎能同这样的人家结亲，使我播州杨氏蒙羞？今日你兄弟二人在此，正好告知你等，这桩婚事，就此作罢！"

播州有龙，覆雨翻云！

展龙展虎，目瞪口呆！

第六十九章

恩怨未了

一

杨应龙转向展凝儿,很有君子风范地笑了笑,说道:"展姑娘,杨某退婚,并非因为姑娘你有何不好,而是因为展家的行为太过恶劣,杨某实在难以忍受,还请姑娘勿怪。"

展凝儿也不知道该说什么好了,她对这个潇洒风流、地位崇高,却有不雅癖好的杨天王实在没有半点好感,本来就没想过要嫁给他,但现在被人当面退亲,却也不知该如何是好。

杨应龙又看了叶小天一眼,抚须微笑道:"我听说展姑娘与叶长官素有情意,那杨某就更不能做横刀夺爱之事了。只是如今你们……唉!真是造化弄人啊!"

众人呆若木鸡,就连叶小天也在发愣。杨应龙费了那么大的劲去和展家定了亲,现在说解就解了?

杨应龙心里却欢喜得很。他原本就是想利用夺人所爱来刺激叶小天追求权力的欲望,让叶小天尽快壮大起来,这样叶小天所发展出的势力才能为他所用。

但是现在叶小天一连杀了张雨桐、展伯雄、曹瑞希三个土司,大有仇敌满天下之势,他就不必强出头做这个恶人了,这三个家族就够叶小天折腾的。这种情况下,叶小天哪怕只是为了自保,也必须要与这几家不断争斗,不断壮大自己的势力。

这时他如何还能与展家联姻,同时拉拢曹家?那样一来他要不要为这几家人出面?如果他现在出手,叶小天一系的势力恐怕不等壮大就要夭折,即便叶小天不死,可他一旦被迫退回山里,也远不符合杨应龙的期望了。

所以,杨应龙决定"事了拂衣去,深藏功与名"。正好有田妙雯这件事做借口,他杨天王可以冠冕堂皇地退亲,和展家从此划清界限,以达坐山观虎斗之效。

杨应龙对叶小天正色道:"无论你们之间谁是谁非,杨某希望你们就此罢手。巡抚大人很快就到,有什么恩怨是非,到时自有巡抚大人出面公断!"

展龙气咻咻地道:"杨大人,我展氏兄弟的父仇,也不是一定要借助他人之手。但杀父仇人就在眼前,我们兄弟可不能就此离开!还请杨大人闪开,我们和叶小天之间,今天只能有一个活着离开。"

杨应龙笑而不语,田雌凤瞟了他一眼,妖妖娆娆地道:"天王若是不在场也就算了,既然看见了,也发了话,你让我们走?你把杨家的面子置于何地?"

展龙怒吼道:"那是我的杀父仇人!"

田雌凤莞尔道:"那又如何?难道展伯雄的人头还大得过杨家的面子?"

"你……"

展虎怒不可遏,涌身就要冲上去,田雌凤身边两大高手一动不动,面上露出不屑的冷笑。杨应龙身边的四大高手也把目光冷冷地盯在了展龙、展虎的脖子上。

展龙一把拦住了展虎,他知道,今日有杨应龙作梗,他们是休想杀得了叶小天了,强行出手的话,只怕他们两兄弟也要交代在这里。

父亲当着他们的面被杀,仇人就在眼前,他们却无能为力!要与展家结亲的是杨家,现在要退亲的也是杨家,本来被退亲,最该感到羞耻的是被退亲的女人,可现在杨应龙当面说得清楚,被狠狠掴了一巴掌的又成了展家,既死人又丢脸,展氏兄弟真是无地自容了。

叶小天见此情形,也知道今天是打不下去了。如果凝儿不在,他还可以琢磨把展氏兄弟干掉,来个一了百了,但凝儿在,势必不可能了。

如今又有杨应龙从中作梗,只能就此罢休。叶小天深深地望了凝儿一眼,对杨应龙拱手道:"既然天王发话,叶某安敢不从,这就告辞了!"

叶小天一摆手便率人离开了。展凝儿痴痴凝视着他的背影,直到他扳鞍上马,率众远去。望着他始终没有回头的背影,展凝儿鼻子一酸,久蓄的泪水终于流了下来。

叶小天僵硬地梗着脖子,控制着回望的冲动,直到渐行渐远,再也不可能看到后面的情形,才慢慢放松了身子,长长地吁了口气道:"云飞!"

"在!"

"去云雾山,老毛所有的仇家皆已授首,咱们……去告诉他一声。"

"是!"

叶小天不再说话了,他和凝儿的关系,现在是一团解不开的乱麻,想也没用。他现在需要考虑的是,叶梦熊到了贵阳后他该如何善后。

善后,只是某种层面上的善后,这三家都还有后人,乱子还没有结束,但是叶巡抚这边必须要先有一个善后,否则恐怕不是新官上任的第一把火将烧在他的身上,而是三把火全都烧在他的身上。

叶梦熊是什么人,那是两榜进士,一步一个脚印,凭着累累战功升上去的一代干将名臣,这样的人物,绝对不可轻视。再加上悬殊的背景、权力和地位,叶梦熊会容忍他对自身权威的挑衅?这位巡抚大人,他能应付得了吗?

以前他不是没有想过这个问题,但是没有时间去细想,现在老毛的血仇已报,张、曹、展三家接下来会有什么举动都是以后的事了,他是时候考虑这个问题了。

· ※ · ※ · ※ ·

展伯雄的尸体已经盛敛,展氏兄弟临时找了匹白布裹在衣服外面,又撕了两条白带子,系在他们腰间和头上,往河边一蹲,商议接下来的行止,远远看去,仿佛两只小白兔。

展家的部下扶着受伤的同伴在河边垂头丧气地坐着,船夫们在一些展家士兵的帮助下正在整理船只,船虽搁浅了,不过河底都是淤泥,船体并未受损,只要推回水中就能使用。

展凝儿孤独地坐在旁边一块大石上,双手抱着剑,怔怔地望着悠悠而过的河水,心头一片茫然。无论是个人的未来还是眼下该负起的家族的责任,她都不知道该如何去做。

伯父见色起意,欲非礼田妙雯,事败想要杀人灭口,结果田妙雯被叶小天所救。展凝儿觉得这个不太可能,她伯父并不好色啊。

以他的权势,如果好色早就妻妾成群了。不过,想想妙雯天生一副祸水模样,展凝儿又不敢保证了。仅仅美丽并不一定就能勾起人强烈的欲望,但是有一种美丽是叫人一见就会生出强烈欲望的,文人给这种女人想出了一个形容词:尤物!

妙雯无疑就是这样一个尤物,如果说本不怎么好色的伯父对她产生垂涎之意,似乎也不无可能。因为叶小天坏了伯父的好事,伯父又担心他会败坏自己的名声,所以在花溪设伏?花溪一战中,伯父没能杀了叶小天,却杀死了老毛,而叶小天为老毛复仇,追杀至羊场河畔,伯父终究难逃一死。

事情的经过捋顺了,可是对展凝儿并没有什么帮助,如果是一个陌生人,她根本不用纠结,她可以毫不犹豫地拔剑,帮亲不帮理才是正理。但,那是叶小天啊!她能怎么做?

船只推到了水里,重新落锚固定住了,船老大去向展氏兄弟请示,但是看见二人黑着脸,脸上满是泪痕,船老大就站住了,他可不敢上前自寻晦气。

还是展龙看到了他,擦擦眼泪,站起身道:"船都弄好了?"

船老大赶紧走上两步,点头哈腰地道:"是!船都弄好了,随时可以起航。大少爷,您看……"

展龙咬了咬牙,道:"那就登船,去贵阳!"

船老大一呆，但是没敢多问，马上一迭声道："是是是，小的这就准备！"

船老大一溜烟地走了，展氏兄弟走到河边，展虎高声喝道："登船了，去贵阳！快着些。"

展凝儿听到声音，茫然地抬起头，那是她的亲人，那是她家的船，可那船和船上的人是去贵阳，一旦到了贵阳，恐怕又要和叶小天起争端，然而，她能不上船吗？

她不能就这么回展家，她明知道不管是堂兄还是叶小天或许都将有死亡之险，她无法狠心不理。展龙展虎冷眼看她登船，没有阻止，也没有理会。

如果老婆忤逆老娘，他们根本不会询问理由，就会毫不犹豫地站在老娘一边。如果爹娘同外人发生争斗，他们也会毫不犹豫地冲在爹娘的前头。

如果有人欺侮他们的堂妹凝儿，不管他是外人还是妹夫，他们一样会把那个人拖过来痛殴一顿，原因无他，只因亲疏有别、远近有别。

可堂妹竟然为了一个男人，无视伯父的血仇，这是他们无论如何都不能原谅的。常言说女生外向，可这还没嫁过去呢，胳膊肘就向外拐了？

养条狗还知道看家护院，展家把她养这么大，就是为了让她有一天背叛展家的吗？展龙、展虎对这个堂妹非常不满，他们永远不会忘记当父亲倒在血泊中时，堂妹的无动于衷！

展伯雄和曹瑞希又回了贵阳，只不过他们走的时候是坐在马上，回来的时候是被人抬在木板上，消息像一阵秋风，迅速传遍了贵阳城。

一张花座放置在膝前，右手边的红泥小炉上置着茶炉，旁边还有一扇精致的小挡风屏。茶洗、茶罐、茶漏、茶捣、茶竹罗列有序，闻香杯、品茗杯、茶洗等摆若七星。

田妙雯穿着一袭白色轻衣，盘膝打坐，仿佛冉冉出水的一朵玉莲，正在优雅、安闲地点茶。对于茶道，她造诣颇深，一杯顾渚紫笋握在掌中，在鼻端轻轻一嗅，她的脸上露出一丝满意的笑容。

田妙雯双手捧杯，小小地呷了一口，正美美地品味着那杯茶的香味，障子门被哗啦一声拉开了。田彬霏从外面探进头来，急吼吼地对田妙雯道："叶小天把展伯雄给杀了！"

第七十章

邂 逅

一

　　田妙雯捧着茶杯，呆呆地望着兄长。
　　田彬霏不在门口站着了，他冲进房来，道："我是说，叶小天把展伯雄给杀了！还有曹瑞云，也一并杀了！"
　　田妙雯妩媚的眉梢轻轻地挑了起来："这是好事啊，哼！一对背主弃义的家伙，居然还依附播州，死得好！"
　　田彬霏焦灼地道："我说的不是这件事，是接下来该怎么办？"
　　田妙雯好看的眉毛又轻轻蹙了起来："嗯！这事是得考虑一下，巡抚大人马上就到，叶小天这件事他若不予理会，势必会削弱他对贵州群雄的威慑，所以叶巡抚出手是必然的，叶小天的麻烦还没完呢。"
　　田彬霏拳掌啪地一击，不耐烦地道："韧针，你究竟明不明白我在说什么啊？我是说，你的承诺！你在安家公开做出的承诺，现在怎么办啊！"
　　田妙雯望着他，又恢复了那副呆呆的模样。
　　田彬霏眼巴巴地看着她，田妙雯忽然挺起了胸膛，大义凛然地道："为了田家，韧针何惜此身！嫁就嫁了吧！"
　　嫁就嫁了吧？
　　田彬霏勃然大怒："不行！我田家败落至今，仍能维持天王的身价和地位，全因我田家从不曾因为衰败而放下身段，从不曾向人低下高贵的头颅！我们田家不靠出卖女人换取利益！"
　　田妙雯继续呆呆地看着她大哥："那，如果我真喜欢他呢？"
　　田彬霏蓦然一呆，呆了半晌，一言不发，掉头就走。
　　田妙雯继续发呆，呆了半晌，捧起杯，小口地呷了一口茶。
　　其实，她现在也不知道该说什么好，虽然早知道结局只有三个，非此即彼，或此彼皆亡，但真的事到临头，还是小有茫然：我的终身，这就定了吗？他……将成为我的男人？

……

田彬霏咬牙切齿，他发现上当了，妹妹以前从未骗过他，从来没有。这是头一回，可就一回，他的宝贝妹妹就要被人拐走了，田彬霏欲哭无泪。

现在怎么办？杀了他吗？现在铜仁、石阡两府已是风雨欲来，只要叶小天一死，叶系势力必然土崩瓦解，铜仁大乱、石阡大乱，他现在对这两府完全没有足够的操控力，会让杨应龙摘了桃子。

那就任由妹妹嫁了？

就像珍藏了一辈子的宝贝突然被人摘走了，田彬霏心里空落落的。

……

展龙、展虎带着父亲的尸体进了贵阳城，住进了展家老宅。不久，铜仁张雨寒和曹家的曹瑞雨也相继赶到贵阳，住进了展家。

张雨寒是张雨桐的堂弟。张雨桐还年轻，没有后代。

曹瑞雨是曹瑞希、曹瑞云兄弟的堂弟。曹瑞希刚成亲，嫡房子嗣还没生，他之前曾纳过妾室，倒是给他留下了一支骨血。不过家族骤逢大难，需要一个强有力的领头人，他那孩子才两岁半，于是族人公议，土司的桂冠就落到了他的堂弟曹瑞雨头上。

这三家人凑到一块儿自然没有好事，不过从另一方面来说也是好事，三家的主事人都在贵阳，就不用担心铜仁和石阡那边对卧牛岭发动战争。

所以叶小天只让李秋池派人盯着展府，而他则全力以赴，准备迎接即将到任的叶巡抚。

叶巡抚新官上任，未必就想碰他这个刺儿头，"将军百战"的叶巡抚倒不见得是怕他，但是新官上任，锋芒虽有了，根基却还未稳，一般来说，头三把火是肯定要烧的，但不会挑那块最硬的骨头来烧。

可是如果你闹得惊天动地、风雨满城，那他想无视也没办法做到了，不管情不情愿，他都只能拿你开刀。

叶小天现在是个什么情况呢？叶巡抚是代表着朝廷的，朝廷是个庞然大物，它轻易不会动，但一旦探出爪子，就是安老爷子都要头痛，何况是他。

另一方面，如果他能得到贵州地方众土司的拥护也算有些底气，可他没有。实打实的仇家一大把，暗生忌惮恨不得他这匹害群之马早点完蛋的也大有人在。

至于说支持者……

仔细数数，貌似不多。铜仁那边只有一个于珺婷，可那只小狐狸只能暗中帮他做事，一旦他成为天下公敌，可以确定，那只小狐狸一定会站出来，哭天抹泪地向世人倾诉：我只是迫于叶魔头的淫威，才不得不违心向他屈服的啊！其实最想他死的人就是我啦，我卧薪尝胆、忍辱偷生……你们要相信我啊！

然后，她会偷偷跑去见叶小天，继续哭天抹泪：我情愿与你同生共死，可我不是一个人，我背后有一大家子亲人要照顾，你要理解我的苦衷，你要原谅我，好不好？

估计那时叶小天唯一能做的事就是好言安慰她一番：行了行了，我本也没打算拖上你于家，如今人情汹汹，加上一个于家也无济于事，你就安心养胎吧……

贵阳这边呢？安家那头老狐狸肯定会暧昧到死，自始至终都不吭声了。杨家不用考虑，宋家……宋天刀会跑回"小西天"，站在西望山上遥遥向他隔空喊话："小天兄弟，我会在精神上支持你的！"

至于田家……

呵呵……

"师傅领过门，修行在个人！有什么造化，那就全看自己的啦。小弟不才……"一个卖大力丸的在道观门口抱拳大声吆喝着，中气十足。

叶小天淡淡地扫了一眼，在华云飞和几名侍卫的陪同下走进了道观。求人不如求己，他要解决叶巡抚到任的麻烦，最好的办法就是给叶巡抚一个充分的理由，让叶巡抚觉得不收拾他这个本家完全说得过去。

这理由怎么来？如果贵阳权贵在这场血腥纠纷中，大部分站在他这一边，那么叶巡抚审时度势，很可能就会采取"高高举起，轻轻放下"的处理办法，如果只是罚些金银，叶小天是完全能够接受的。

要想赢得众权贵在道义上的支持，其实也很简单，只要给他们足够的利益。道义放两旁，利字摆中间，这些土司老爷哪个是真心站出来维护道义的。

可这利益究竟怎么个给法，能给什么，能给多少，是采取互换互利的方式，还是共同绑定的方式，这需要他一个一个去接触和谈判。

然而巡抚大人马上就要到任了，他没有那么多的时间去一个个沟通、试探、磋商、讨价还价……

如果这时有一个影响力巨大的人物率先站出来同他合作，那么他与其他权贵的接触过程必然大大缩短。这个影响力巨大的人物选择谁呢？

田家？

没用。田家的韬光养晦之策实在是太成功了，现在田家已经沦为人们茶余饭后的谈资，人们津津乐道的只是田家大小姐什么时候履行承诺，嫁给那个朝不保夕的叶长官。

安家？

安家当然是最好的风向标，可安家老狐狸看似是"四大家"里最好说话的一个，其实也是最难接触的一个，安家身份超然，不会轻易涉入，要想让安家站出来公开表态支持他，难如上青天。

宋家？

如果叶小天承诺和宋家联盟，共同对抗南侵的播州杨氏，想必宋家会站出来表态支持。问题是他的这种承诺根本是一纸空文，他现在麻烦缠身，上有即将到来的一代名臣叶梦熊，下有张家、曹家、展家三个对头，怎么可能飞向水东"抗杨援宋"。

更可恶的是，宋天刀那小子居然真的回了"小西天"，虽然是被他老爹十二道金牌追回去的，但叶小天每每想起，还是要忍不住骂上一声："真是没义气啊！"

于是……

叶小天思路一转，他要赢得播州杨家的支持！杨家有"一龙一凤"，叶小天早已打听到，杨家"一龙"对"一凤"言听计从，所以他就把突破口选在了那"一凤"——田雌凤身上。

田雌凤和他有私仇，但田雌凤并不是一个心胸狭隘、没有远智大略的村妇，像她这等奇女子，只要让她得到足够的利益，什么私仇她都不会放在心上。

但叶小天想要和杨家讲和，还要顾及其他几家。他要给出足以让杨家动心的好处，又不能牵涉到宋杨两家之争，这主意就只能放在石阡：重洗石阡政局。

这世上没有永远的敌人，也没有永远的朋友。叶小天和播州杨氏将来注定要成为敌人，即便他们双方都已看到这一点，但这同样不会影响他们当下的合作。

只是如此一来，宋家一定会有所不满，虽然这种合作与宋家无涉。安家也会不满，不满就不满，有本事你就继续忍，等到安老爷子忍不住出面干涉的时候，主动权就到了叶小天手中。

至于田家，预期的利益会稍稍受损，可是你既然一点都不肯付出，只想坐等叶小天挣扎出困局之后，再明确田家的态度和立场，那么叶小天也没必要现在就对田家穷心剧力了。

叶小天派人给田雌凤送了一封拜帖。田雌凤搞不懂，叶小天怎么会想见她，她很好奇叶小天究竟出于什么目的，但是一番谨慎考虑之后，她还是压住了女人的好奇心，拒绝了会晤的请求。

叶小天并不气馁，他派人盯紧了田雌凤的行踪。今日获悉田雌凤去了一座道观，叶小天不敢耽搁，立即快马加鞭地赶了来，相请不如偶遇，那就和这位妖娆多智的田雌凤来一场老君像前的邂逅吧。

第七十一章

神棍之用

一

叶小天进了道观,凑过来一个先他一步赶到、已经混进上香人群的侍卫,低声禀报道:"她进了后边的道观。"

叶小天点点头,带着华云飞和护卫他的四个侍卫举步向后面走去,暗中护持的侍卫们全都扮作香客,把叶小天和其他人悄然隔开了一个安全距离。

"施主请留步,这里已到了出家人潜修之所,不可进入!"一个道童端着木盆正到院中倒水,看见叶小天等人过来,急忙丢下木盆上前阻拦。

叶小天微笑道:"这里不许外人进入吗?怎么我方才却亲眼看见有一位貌美如花的年轻女子进来,莫非你们这里的道士有人不守清规吗?"

那道童涨红了脸道:"你胡说八道!那是……那是给我们道观施舍了大笔香油钱的一位施主,观主自然要亲自接见她了……"

道童言犹未了,一锭金子就砸到了他的手上,华云飞冷冷地道:"够不够?"

那道童目瞪口呆,讷讷地道:"你……你们要干什么?也要见我们观主吗?"

叶小天道:"我不见你们观主,我要见那位漂亮的女施主,让开!"

叶小天用折扇将他一拨,举步就要进去,那道童误会了,只道这是个纨绔少爷,看见人家小娘子生得漂亮,一时起了歹意。身为道观的一分子,他自然更要拦阻。

那道童连忙挡在他前面,摆手道:"不不不,这金子我们不能要,你要捐香油钱,请去前面道观,自有知客道人帮你记下功德,观主见是不见,还要看……"

道童说话的当口儿,已经有几个道人注意到了这边的情形,远远站在廊庑下看着,此时恰有一位紫袍道人从一间房中出来,见众道人眺望一处,不免有些好奇。

他刚刚驻足停下,就听见那小道童的声音隐隐约约飘进耳朵里:"不不不,这金子我们不能要……"这道士登时大怒:岂有此理,还有到手的金子往外推的?

那道士立即健步如飞地迎过来道:"啊……这位施主……"话说了一半,那道士脚下飞快地一旋，身子转了向，又大步流星地往回走去。叶小天看到他有些惊讶，他没想到长风道人居然在这座道观里。

叶小天立即扬声唤道："长风，归来兮……"

长风道人脚下急行，暗暗叫苦，这人一身便袍，而他只注意金子了，竟没注意到那位慷慨的施主竟然是叶小天，这真是冤家路窄。作为一个成功的神棍，他最不愿意看到的就是知道他底细的叶小天。

奈何叶小天已经看到了他，还戏谑得像叫魂似的喊出了他的名字，长风道人只好停住脚步，讪讪回身，强扮出一副讶然模样，道："哎呀呀，原来是……叶长官大驾光临！"

那小道童看看叶小天，好奇道："原来你认识我们观主啊，那你不早说。"

"观主？"

叶小天听了不禁有些惊讶地看了长风道人一眼，这人还挺有本事的，在铜仁的时候，他就占了六龙山的七玄观，抢了原观主的宝座，到了贵阳想不到又来了这么一手，这人也不知道有什么糊弄人的本事，还挺吃得开啊。

叶小天走到长风道人身旁，一伸手臂就揽住了他的脖子，一副哥俩好的亲热模样，只是其中有一个是出家人，看着就有些不伦不类了。

长风道人努力维护着他的庄严形象，小声道："叶长官，这是贫道的道场，还请给贫道一个面子，这样不好、不好……"

叶小天笑道："我给你面子，你不给我面子啊，一见我就跑，你什么意思？"

长风道人道："哪有，只是忽然看见大人您，一时惊喜忘形……"

叶小天道："惊喜忘形，于是急急回避？"

长风道人干笑道："哪有！贫道只是……哦！对了，贫道只是一直惦记着大人，一直想着送大人点礼物。前几日忽然得了一对宝贝，正想着找时间给大人您送去。一见大人，很是欢喜，便想赶紧把宝贝取来……"

叶小天道："什么宝贝？"

长风道人道："一对上好的炉鼎！"

叶小天道："你有心了，宝贝不宝贝的回头再说。我问你，田雌凤是不是在你这观里？"

长风道人苦着脸道："在，她是贫道的寄名弟子，怎么了？叶大人，求您可不要坏了贫道的生意啊，这里是出家人的地方，打打杀杀的实在不妥当……"

长风道人耳目灵通，对叶小天在贵阳的一系列举动了如指掌，对这个杀神他是又敬又怕。叶小天听他这么一说，心中却是一动，急忙问道："田雌凤信道？"

长风道人傲然挺起了胸膛："就凭贫道这三寸不烂之舌，就算不信的也要信了，何况那田雌凤确实本就崇信道教。"

叶小天喜道："好得很！叶某想请道长帮个忙，如何？"

长风道人正色道："帮你杀人，不成！帮你勾搭成奸，也是不成！但凡作奸犯科的事，贫道都是不做的。"

叶小天上下打量他两眼，鄙夷地道："长风，你不会装神弄鬼久了，连自己都当真了吧？你明明就是个骗子……"

长风道人老脸一红，讪讪地道："'窃钩者诛，窃国者侯'。大骗子和小骗子是不同的，你想想，曾经骗了秦始皇、汉武帝、唐太宗的那几个方士，也叫骗子吗？"

叶小天道："不叫骗子叫什么？"

长风道人抚须傲然道："一代奇人！"

叶小天道："我的忙你究竟帮不帮？如果不帮，我就拆穿你的真面目，你可就奇不起来了。"

长风道人苦起脸道："你究竟有什么事？"

叶小天道："我要见田雌凤。"

长风道人睨着他不说话，叶小天忙道："你放心，我真有事，不会跟她打起来的，至少绝不会在你这儿打起来。"

长风道人勉强道："成！那……我引你进去。"

叶小天道："光这样还不够，我是希望你之后再和田雌凤在一起的时候，替我说说好话。大概就是我八字好，合得来，有了我，她会春风得意、一帆风顺……大概如此吧，反正怎么好听怎么说。"

长风道人一双绿豆眼斜斜地睨着他："叶长官，你胆真大！"

叶小天一愣："啊？"

长风道人道："贫道刚刚说过，绝不帮你们勾搭成奸！"

叶小天恍然大悟道："哎，你想到哪儿去了，叶某……"

长风道人苦口婆心地劝道："叶长官，你想要女人，什么样的女人你得不到？何必非得打别家妻子的主意，她男人可是杨应龙杨天王啊！你不要难为我了，我送你一对上好鼎炉，你就放过了我吧！"

叶小天又好气又好笑，啐了他一口道："简直是胡说八道！我就是八辈子没见过女人，也不可能去勾搭杨应龙的女人啊。再说，叶某如今好歹也是一方土司，不是冰清玉洁的黄花大闺女我还不要呢。我让你替我说好话，是想和杨家谈笔交易，你该知道，杨应龙对田雌凤那是言听计从啊。"

长风道人听到这里才明白过来，吁了口气道："如此，倒是使得。"他想了想，又紧张起来，道："不对啊！跟你合作交易的人，可没一个好下场，你别坑我啊！"

叶小天哭笑不得，道："杨家是什么人？人家的胳膊比我的大腿都粗，我有本事坑得了人家？我现在一身麻烦，这事你也应该知道，不赶紧抱条大腿，怎么扛得住。"

长风道人点头道："这倒也是，既如此，你随我来吧！"长风道人把拂尘一打，潇潇洒洒地领着叶小天就走，俨然一副仙风道骨模样。

长风道人带着叶小天先去取了一张玉碟，上面刻满符文，也不知是做何用的，接着便引他进了一间静室。静室之中，正有一个白衣人盘膝而坐，双目微阖，面前有一炉香，檀香袅袅，幽雅静谧。

听到脚步声，那白衣人微微张开眼睛，本来只是漫不经心地一瞥，待她看到叶小天时，却是神色一凛，双眼蓦地睁大了。

叶小天看到一身男装的田雌凤盘膝坐在那儿，也是禁不住暗赞一声，田雌凤给他的印象一直是妩媚妖娆，可此刻换了一身男装，静心敛气地盘膝打坐，却给人一种完全不同的感觉。

一身丝罗素袍如雪无染，肌肤胜雪、唇若涂朱、目秀神清，整个人就似以羊脂美玉雕琢出来的，神情恬淡，不见一线烟媚。

墙角处的光影微微一动，叶小天这才注意到，那两位龙虎山高手一直静静地站在那儿，似乎和身后的墙壁浑然一体了。而此刻，他们活了过来，凌厉的眼神正盯着叶小天。

叶小天被他们盯得有些头皮发麻，如果田雌凤此刻一声令下，他必死无疑，神仙都救不得他了。他只希望自己掌握的资料都是真的，对眼前这个女人所做的判断也都是准确的，否则性命堪忧。

田雌凤看着叶小天，眼神中带着好奇与有趣，还掺杂几分恨意。她瞪着叶小天，眼见叶小天径直走到面前，她忽地嫣然一笑，用带些魅惑的嗓音，懒洋洋地道："叶长官，你千方百计地要见妾身做什么？莫不是昆仑园一见，便喜欢了人家？"

第七十二章

千载难逢

一

田雌凤笑得很妖娆，睨着叶小天的一双笑眼弯弯如钩，那种撩人的妩媚，所谓活色生香也不过如此了，但叶小天自然不会为其所动。

有些女人，一个眼神，一个步态，看起来都风情万种，说话更是泼辣，但是未见得她就是简单的女人。田雌凤不是一个简单的女人，她不会屈服于情欲，也不会屈从于情爱，女人也有热衷权利的枭雄，她就是了。

叶小天道："三夫人说笑了，叶某岂敢对夫人有非分之想。"

田雌凤嘴角轻轻一撇，道："没意思，年轻轻的，这么老气横秋做什么。"

田雌凤伸出纤纤玉指向对面点了一点，示意叶小天就座，又看了长风道人一眼。长风道人忙道："叶长官与贫道也算故人，他说有要事与夫人相商，贫道就自作主张引他来了。冒昧之处还请夫人见谅。"

田雌凤嫣然道："仙长太客气了！"

长风道人将手中玉碟双手奉上，道："这是夫人所要的玉箓，两位聊着，贫道先去外面等。"

一个侍卫上前接过玉箓，长风道人颔首离去。田雌凤从桌上取过一杯茶，转动着晶莹如玉的瓷杯，看着叶小天道："你要见我做什么呢？"

叶小天道："想同夫人……准确地说，是想同杨家，谈一桩交易。"

田雌凤好笑地道："和杨家谈交易？叶长官，论实力，你和铜仁张家、石阡曹家、石阡展家那三家中的任何一家相比都只是八斤半两，你之所以能杀得了他们，只因这是个人仇杀，而在这方面，你有层出不穷的手段。若是较量家族实力，你未必比他们强。"

这一点叶小天必须承认，别看他压制了张家，又控制了石阡杨家，可要不是当时张家正同于家角力，而石阡杨家又因兄弟之争闹得元气大伤，他未必就能如此容易地得手，数百年世家的底蕴还是极其深厚的。

田雌凤道："即便只是这方面，我杨家也是藏龙卧虎、高手如云，真要想刺杀哪个，一样会比你做得更好，只不过家大业大，顾忌就多，不像你烂命一条肆无忌惮罢了，你以为你真有了和我杨家坐而论道的资格？"

叶小天并没有因为田雌凤的鄙视火冒三丈，他平静地说道："我当然不会如此狂妄，只不过一件对双方都有利的事情，我们为何不合作呢？如果夫人对我先前的无礼犹有余恨，叶某现在就在这里，三刀六洞，由得你还！"

田雌凤媚笑道："干吗三刀六洞，为何不是一刀毙命？"说到这里，站在墙然的那两大高手肩头微微一晃。只要田雌凤一声令下，他们立即就会冲上来拧断他的脖子，叶小天的抱头蜷身护要害挨打术，是根本派不上用场的。

叶小天依旧镇静地坐着，一字一顿地道："因为，我对夫人还有用！"

田雌凤笑了起来，她是一个成熟美艳的妇人，又本来就带着几分天生魅惑的味道，笑起来妩媚风情毕露。

叶小天也微笑着，眼神澄澈、神镇情定，一副若有所恃的样子。

田雌凤终于止住了笑声，嫣然道："好，那你就说说看，你对妾身有什么用。你说动了我，咱们就做这笔交易。说不动我，今日就是你自投罗网，人家这条腿原本完美无瑕，现在因为你可是落了一道疤呢！"

田雌凤一双弯月般甜美的眼睛情意绵绵地睇着叶小天，就像看着她的小情人，但声音却异常冷酷："这个恨，我要你拿命来偿！"

叶小天对田雌凤有什么用？

夫人，杨天王固然一表人才，可他拈花惹草太风流。再加上他身为播州之主，公务繁忙，只怕夫人春闺寂寞得很吧？小生我也算一表人才，知情识趣，体贴温柔，夫人要不要先屏退左右，看看我的本钱先？

叶小天要是这么说，恐怕话未说完，已经被拧断脖子，拖出去喂狗了。

叶小天是如此开场的："展、张、曹三家实力未伤，但他们骤然失去成熟的统治者，继任者要么还没有得到家族内部一致的拥戴，要么就缺少足够的历练，这是他们现在存在的最大问题。"

田雌凤马上冷静下来，又恢复了叶小天初见她时那种净莲出水的恬淡与冷静："那又怎么样？"

叶小天道："这时的张、展、曹三家，就像一个已经长大成人的智障，虽然他们拥有成年人的体形和力气，却不会运用发挥，如果有人揍他，他还是会像个孩子似的抱头哭叫，指望大人来保护他。"

田雌凤转了转眼珠，还是不太确定叶小天的意思，虽然她已经隐约明白了一些，但是……这个想法太离谱，太大胆了，简直就是离经叛道，她实在无法确定，叶小天是不是真的有这样疯狂的想法。

叶小天道："如果只有一个人这样，其实别人也不好欺负他太狠。因为他还有哥哥姐姐、父母亲戚，甚至有左邻右舍帮他打抱不平。可是……如果这条街上有近半的人家都是这样的人呢？"

田雌凤微微地眯起了眼睛，她现在已经确定她先前的猜测没有错了："我想，我明白你的意思了。叶长官，不得不说，你的想法很大胆，也很让人振奋。但是，这是不可能的！"

叶小天反问道："为什么不可能？"

田雌凤抿唇不答。她已经明白叶小天的意思，简单说就一句话：趁你病，要你命。趁着三家土司同时出了问题的机会，推倒铜仁、石阡两地的权力架构，重新洗牌。

这么大胆的想法，不是没有人想过。千百年来，英杰辈出，岂能没有人有过这等宏伟蓝图？就是当今的四大天王世家，包括被人剁了肉馅的那个曹瑞希，心底里都曾有过这样的想法吧。

但是，安家依旧在重复着祖祖辈辈所做的事：葫芦起来摁葫芦，瓢起来摁瓢，努力维持着众土司之间的平衡，同时也维持着安家至高无上的尊荣和地位。

而像曹瑞希那样尚未攀登到顶峰的土司，也只能把这种狂妄的想法深藏心底，始终在他那一亩三分地上穷折腾，偶尔踢踢寡妇门，刨刨绝户坟，占人家一点小便宜。

曹瑞希帮助石阡杨家、展家，试图扩大曹家影响，是他试探着迈出家门的第一步。结果他帮着杨家，杨家被叶小天控制了；帮着展家，和展老头同年同月死了。

曾经有过这种想法的人，未必没有这样的能力，其中至少有人实力要比叶小天更强大，可是为什么没有人付诸实施？因为大家都在一条船上，把船拆了进行重组，风险实在太大。

土司世袭制度就像君权天授，在这里甚至比朝廷正统更深入人心，所以千余年来，朝廷都不知道换了多少个，土司却还是那些土司。

土司们也正是靠着这种深入人心的规矩，世世代代地统驭着其地其民，而无人生出反抗之心，因为土民们从一出生就认为这是天经地义的，本来就该如此，又怎么生得出反抗之心？

土司们之间也是一样，如此一来他们的生态才能恒稳，形成一个健康的生态圈子。圈地占民扩大地盘，一方面会招来其他土司的干涉，二来土司们一旦可以随意更迭，地盘可以随时易主，就会破坏这个生态，土民们会怎么想？那时就会萌生王侯将相宁有种乎的想法了。

所以，没有人敢碰这个禁区，而且随着朝廷控制力加强，他们更不会容许一个大土司这样肆意扩张，这也是播州杨家把主要精力放在内部建设上，与水东宋家只是"小打小闹"的原因，即便杨家试图插手铜仁、石阡当地事物也采取不断迂回的政策。

田雌凤真的很认真地考虑了这个问题，然后把她的顾虑向叶小天一一说了出来。她能表现出这个态度，就已是在和叶小天认真讨论问题了，至于"一腿之仇"，自然不再考虑。

叶小天微笑道："所以啊，天王才需要和在下合作，杨天王如果想出面控制石阡府，朝廷肯定不会坐视不管，但叶某来挑这个大梁，那就是狗咬狗，朝廷巴不得呢。"

田雌凤当然不会认为叶小天是一只狗，至少也是一匹狼，不过对于叶小天的说法，她倒没有否认。

叶小天又道："好！朝廷的问题解决了，再谈贵州方面。有些人有心无力，有些人有力无心，但是叶某却照样没有这个顾虑，成则称王称霸，败则退守深山，有退路的人，没什么好怕的！"

田雌凤慢慢吁了口气，符合这样的条件的，还真就叶小天一个人，难怪应龙说他有大气运加身，这个人还真的有点特别。

叶小天望着田雌凤，微笑道："贵州气象几百年都没变了。常言道，天下大势，分久必合，合久必分，现在也该变一变了。我相信，朝廷有这个想法，杨天王也有这样的想法。不然，和水东宋家有什么好打的，难道是闲极无聊，见见血练练兵？"

田雌凤又笑起来："你这人倒也有趣。"

田雌凤一双勾魂摄魄的眼睛盯着叶小天，道："可是，朝廷想怎么变，和天王乃至你的意思，却不一样呢。"

叶小天道："这就是时势了。元朝气象已尽，朱元璋、陈友谅、张士诚等英雄应运而生，至于谁主天下，那要看谁笑到最后。总不能因为有别人也想插手，且目的与自己不同，就袖手旁观吧？那机会也就离你而去了。"

"有道理！"田雌凤浅笑颔首，"那么，妾身又有什么好处呢？"

叶小天道："夫人很美丽！"

田雌凤对这句恭维毫无感觉，她当然知道自己很美丽。

叶小天道："夫人在天王面前的地位，不用叶某多说，夫人的两位兄长也甚受天王宠信，赋予重任。但所有这一切，都取决于天王的宠爱。

"我相信，天王宠爱夫人，绝不仅仅是因为夫人的美貌，夫人虽是人间绝色，但男人总是喜欢尝鲜的，以天王之尊，也不愁找不到容色不逊于夫人甚至犹有胜之的女人。

"天王宠爱夫人，是因为夫人智略无双，天王不可或缺。然而，月满则亏，水满则溢啊，夫人天姿灵秀，应该明白其中的道理，难道就不想想该如何固宠吗？"

田雌凤眼中光芒闪动，叶小天这句话恰好击中了她的要害。仅凭容色，容色总有衰败的一天，况且即便风华正茂，她也得担心杨应龙喜新厌旧，她的确需要不断展现她的能力，才能让杨应龙觉得离不开她。

田雌凤沉默有顷，向叶小天妍然一笑，妩媚鲜润得恰似一朵昙花盛放开来，令人心旌摇动："好吧，你说服我了！"

叶小天道："那么，我们谈谈如何合作？"

"这个不急！"

田雌凤一旦确定叶小天真的对她有用，态度便叫人如沐春风了，她也没有露出先前那种妖媚之气，只是微笑道："具体如何合作，你说了不算！能取得合作的资格，你已是得天独厚了，我需要先就此事禀报天王，如果天王同意，并且给出基本条件，我才可以同你详谈。"

"也好！"叶小天心中大定，田雌凤越是如此谨慎，反而说明此事成功的可能性越大。可以预见，田雌凤回去后一定会不遗余力地说服杨应龙。

叶小天道："既如此，叶某告退！"

"叶长官慢走！"

田雌凤盈盈起立，微笑着向叶小天揖了男人礼，依稀与于珺婷的神韵有些相仿，但这两个女人，自然是不同的。

第七十三章

复仇者联盟

一

杨应龙听田雌凤对他说出在道观中与叶小天所议之事后，不觉怔住。田雌凤试探地问道："你觉得怎么样？虽然你有心培植他，继而再夺其所有，但是如果能直接控制在自己手里，又何必假手他人呢？"

杨应龙看了她一眼，道："你觉得应该答应他？"

田雌凤柔柔地道："妾只是觉得，就算要扶植他，也该有所防范，以免养虎成患。现在既有这个机会，不妨答应他。反正抛头露面的事由他承担，一旦事不可为，我们随时可以收手。"

"嗯……"

杨应龙沉吟良久，道："好！铜仁，归他了！石阡府，要掌握在我们手中。作为交换，我帮他应付来自叶巡抚的问责，同时牵制展曹两家，减少他的麻烦！"

田雌凤笑逐颜开，点头道："成！那过几日，我便约他谈谈。"

杨应龙摇摇头道："叶小天那小子对我的条件，恐怕不会全盘答应的。叶梦熊已经到了葫县，距贵阳不远了，你还是尽快与他约谈，以便达成协议。"

田雌凤失笑道："叶小天现在百病缠身，急求你这位名医出手搭救呢，他还敢跟你讨价还价？"

杨应龙摇头笑道："你呀，都挨过他一刀的人了，怎么还这么不长记性？换个人在知道你的身份之后，还敢动你吗？叶小天此人看着精明，可浑起来时那也真是浑得很。"

提到腿上伤势，田雌凤脸上不禁露出一抹恨意，道："要不是他对你还有用，哼！"

杨应龙笑道："好啦好啦，齐桓公当年险些被管仲一箭射死，到头来还不是要用他为相。魏征辅佐太子建成时，极力劝说李建成杀了李世民，等李世民得了天下后待他又如何？做大事的人，要有容人之量。"

田雌凤嗯了一声道："成，那我明白便约他一唔。唉，当今天下，有求于你，还要你上赶着商谈的，大概也只有他叶小天一人了。"

杨应龙笑道："我的还是我的，他的来日也是我的，今日便对他纡尊降贵一些又有什么，你呀，不要太小家子气。"

· ※ · ※ · ※ ·

第二天一早，田雌凤便通知叶小天，依旧在三清观见面。其实这么相约是有些失礼的，一般来说，不管是请人相见还是上门拜访，都该至少提前一天下帖通知，哪怕知道主人一点都不忙，天天宅在家里无所事事也要如此，这是礼数。

想登门就登门，又或者想约见就约见，除非是至亲又或者是上司对下属。但田雌凤觉得对叶小天迅速做出答复已经是放下了身价，总不能姿态放得太低，否则不好谈判，所以刻意挑在次日才通知他。

田雌凤一番苦心，只是想让一向桀骜的叶小天恭顺一些。殊不知她的一番良苦用心全都是白费功夫，叶小天这人本就能放得下身架。他是狱卒出身，该叫爷的时候，他绝不介意装孙子，该他当爷的时候，他也不会有一点不好意思。

田雌凤和叶小天就以三清观为据点，开始了频繁接触。叶小天边商谈大事，间或调戏一下神棍长风，看他尴尬的模样，也是一桩人间乐事。

如此仅三五日工夫，两家就已敲定了最终的合作方案：叶小天与杨应龙合作，重洗铜仁、石阡两府政局。叶小天做掉张家，控制铜仁府全境。石阡府方面则占有石阡杨家，其余地盘由杨应龙接手。

叶小天所控制的这两处地方，眼下本就在他的控制之下，看起来在这场交易里是吃了亏的。但叶小天因为老毛之死，连杀三个土司，接踵而来的麻烦很大。

朝廷方面，他是一定要给一个解释的，而且这三家势力一旦联合反扑，叶小天已经占有的未必不会再失去，就像曹瑞希协助杨羡敏占领叶小天的领地一样。

叶小天拥有十几万健卒不假，可这些人是分散居住在十万大山里的，除非能保证想打哪儿就打哪儿，攻无不克，战无不胜，对于任何进攻目标都能一天之内全部拿下。否则把十多万健卒拉出山来，打上两仗就没了补给，箭矢没了谁来造？兵器毁损了谁来修？兵员受伤了谁来救？粮食吃完了谁来送？

这就是需要地盘的原因了，如果拉着十几万人到处去抢，那就更不可能在山外站住脚，那是一方土司还是一方流寇？搬出妇孺老幼做支援，那就成了流民，更不经打。并不是很直观地对比一下人数就能决定胜负的。

这种情况下，适当让步和后退，是为了将来能够走得更远，在这一目的下，杨家能为叶小天做什么？杨家可以联络足够多的土司帮叶小天造势，不至于在叶梦熊赶到贵阳后，使他出现老鼠过街人人喊打的局面。

另一方面，有杨应龙图谋展曹，这两家就无法形成合力来对付叶小天。叶小天可以在该低调的时候，低调地吃掉张家，消化石阡杨家，稳固现有的领地，经营好他出山的第一座桥头堡。

叶小天还巧妙地提醒了一下，让田雌凤注意到了石阡童家。童家一直忌惮、戒备着播州杨家，是因为童家的领地与播州接壤，童家担心被杨家吞并。

在叶小天巧妙的提示下，田雌凤想到了另一种控制童家的方式：采取怀柔手段，扶持式控制。如果这样，童家只是依附杨家，那么童家就未必不会答应了。

如此一来，不方便直接出面接管曹展两家的杨应龙，完全可以利用石阡童家来达成这一目的，对朝廷、其他几大土司也能有所交代。

因为即将开始的密切合作，叶小天和田雌凤之间已经完全没有了初次见面时那种你死我活的紧张气氛，两家好得蜜里调油。叶杨两家要好，已经被贵阳权贵们公认是叶小天大舅哥的田大少爷可看不过眼了，气势汹汹地找上门来。

"啊！田兄大驾光临，莫非是来提亲的？"一见田彬霏，叶小天马上就来了这么一句，田彬霏呆了一呆，原本的气势汹汹登时变成了支支吾吾："提……提什么亲？你是男的，要提也该你来提，我们田家提的哪门子亲，岂有此理！"

叶小天道："这就奇怪了！我已经杀了展伯雄，现在曹、展、张三家聚在一起，不知在商量怎么对付我。你这位盟友依旧在观望不休，现在突然跑来却又不是为了结亲，那是为了什么？"

田彬霏这才明白叶小天只是借题发挥，发泄对他的不满，嘲讽田家没有担当，田大少更加英雄气短了："啊……这个……田家衰败，百年积蓄，不敢轻易下注……"

叶小天道："这些苦衷和我说有什么用？如果你什么都不舍得拿出来，我们如何合作？"

田彬霏被叶小天质问得羞愧地低下头。

叶小天道："古语有云，富贵险中求。但凡谋取大富贵的，哪有不冒风险的，田兄如果想着不冒任何风险，就让两思八府重归旗下，那还是回家继续做春秋大梦吧，又何必谋求与叶某合作！"

"我……我……"

田大少爷羞得无地自容，被叶小天说得头已垂到胸前，不过他忽然感觉有点不对劲，他今天是来向叶小天兴师问罪的啊，怎么刚一露面就被叶小天抢白得无言以对了？

田彬霏马上抬起头，道："田家虽在观望，却并没有解除联盟的意思，而且我正打算适时插手，协助你解决目前的困境。但你不声不响的与杨家开始眉来眼去却是为何？"

叶小天看着他道："田兄知道了些什么？"

田彬霏冷笑，原本羞惭而垂的头开始高昂起来："不要以为你和田雌凤在三清观中勾勾搭搭，旁人全然不知，叶巡抚即将到任，你急需有人撑腰渡劫，急病乱求医，已然投到杨应龙门下，当我不知道吗？"

叶小天没说话，田彬霏继续冷笑："杨应龙是什么人？贼子野心！你与他合作，不啻与虎谋皮，可笑你还自以为得计！有杨应龙帮忙，纵然你能过得了叶巡抚这一关，可是由四方土司组成的复仇者联盟，仅凭你那一堡一寨的人马，扛得住吗？"

叶小天一愣，道："怎么成了四方？"

田彬霏道："铜仁张氏、石阡曹氏、展氏，这就是三方了。可你不要忘了，死在你手上的还有一个杨羡敏，你以为杨家的人都甘心做你的傀儡？你以为一旦这三家联手，不会串联杨家的人？"

叶小天不语，田彬霏的头颅昂得更高了，眼神睥睨着，居高临下地看着叶小天："死到临头尚不自知，可怜、可笑、可悲啊！"

叶小天揉了揉鼻子，问道："我建议杨家，如果想插手石阡，不妨以怀柔之策羁縻石阡童氏，这件事，田兄知道吗？"

"什么？"

田彬霏双眼一亮，马上拱手胸前，彬彬有礼、不耻下问道："你是说……你建议杨应龙招揽石阡童氏，通过童氏来吞并、吸收展曹两家的实力？"

叶小天道："不错！"

石阡童氏是为数不多的依旧受田家控制的力量了。这件事他们告诉过叶小天，正因透露了这一点，双方才有了合作基础。而叶小天居然建议杨应龙收买童氏，以童氏作为播州杨家在石阡的代理人。

田彬霏只一想便明白了其中意义，登时笑容可掬起来："我明白了！田家将全力支持并配合你的行动！"

第七十四章

客似云来

一

田彬霏听了叶小天的话马上态度大改，他又问了两句话，就溜之大吉了。

田彬霏的第一句话是："你需要我怎么做？"

叶小天的回答是："你最好什么都别做！"

田彬霏马上点头："明白了！那么，田某告辞！"

这就是田彬霏的第二句话。田彬霏匆匆而来，匆匆而去。

田彬霏走得如此匆匆，实在是因为担心叶小天又会向他提到妹妹的婚事，那他可要纠结了，此时的叶小天是他不愿意放弃的，但又绝不可能拿妹妹做交易。

如果不是因为妹妹成了他的一块心病，就凭叶小天所做的如此之多的对田家有利的事，现在让他和叶小天斩鸡头烧黄纸，结拜成异姓兄弟他都肯的。

叶小天倒没多做挽留，田家大小姐是如何妩媚动人，他当然一清二楚，问题是直到现在他也没觉得田大小姐会真的喜欢他。在他看来，田大小姐当众说那番话，只是为了用一种更稳妥的方式让田家和他联盟。

叶小天是个正常、健康的男人，他当然喜欢美丽的女人，但他并不喜欢没有感情的利益结合，这也是因为他是小门小户出身的子弟，才会有这样的看法。

如果他是豪门子弟，甫一出生就耳濡目染，就不会这样想了。豪门夫妻中固然不乏恩爱的，但他们最初的结合绝不会是因为两情相悦，而是因为门当户对，并且他们的结合对两个家族有利。

正妻是用来联姻的，真有喜欢的女人，身份地位又配不上他，那就当作妾纳进门好了，可以得到宠爱，但名分是没有的。豪门中的异类也不是没有，但大多数不可能有那种觉悟。

叶小天把田公子一直送到了大门口，就凭田家长公子这个身份，送到这里是理所当然的。但是在大门口，他们却意外地碰到了一队刚刚赶到的人马。

"田公子！"

宋晓语跳下车，正要蹦蹦跳跳地往里走，忽然一眼看见田彬霏，登时变成了一个温文尔雅的小淑女，笑不露齿、行不摇裙，望着田彬霏羞羞答答、含情脉脉。

田彬霏微微皱了皱眉头，他倒不讨厌这个未婚妻，但是他自幼就肩负着振兴家族的重任，是以少年老成，而宋晓语姑娘虽然不像夏莹莹一样受到了家族过分地保护，却也一样天真烂漫、不谙世事。田彬霏总是把她当成一个未长大的小妹妹，实在生不起对异性的爱慕。

田彬霏彬彬有礼地道："宋姑娘好！"

"好，我很好……"

只和田彬霏说了这么两句话，宋晓语的小脸蛋就像爬上了两朵火红云。在自己真心喜欢的男人面前，宋家小妹一下子就变得非常女人了。

宋天刀慢悠悠地下了车，田彬霏和妹妹的表现他都看在眼里。对于田彬霏的人品、家世、才干，他都是很满意的，也觉得和自己妹妹般配得很。

不过，明显妹妹对田彬霏颇有情意，人家田大公子对自己的妹妹却并不怎么热络，这让宋天刀稍生不满，不过妹妹早晚都会成为田夫人，也只能盼着田彬霏能发现妹妹的好，更疼爱她一些。

"宋兄！"

田彬霏转向宋天刀时，倒是露出了几分亲切的笑容，即便抛开婚事不谈，宋家和田家也是很亲近的，他和这位宋家长公子私交不错。

宋天刀点点头，道："我来，有些事要跟叶长官谈。"

田彬霏会意地一笑，道："那我先走了，宋兄有暇，可来家中坐坐。"

"好！"

宋天刀看了一眼落后田彬霏半个身子、眼巴巴地看着他的妹妹，只好帮了她一把："让晓语跟你回去吧，我一会儿就去。"

"好！那我先备好酒席，等你过来！"

田彬霏笑了笑，回身道："宋姑娘，请。"

"哦！好的！"

宋晓语大喜，田彬霏对她从来也谈不上冷淡，但也谈不上如何亲切，有点相敬如宾的意思，有时稍露宠溺也是把她当成小妹子，不过宋晓语却欢喜得很，只要能跟他在一起，她就会很开心。

宋晓语提起裙子小跑两步，忽然意识到自己有些忘形，赶紧又放慢脚步，迈着小碎步上了车，田彬霏在后面看见她俏皮的样子，不禁失笑。

侍卫牵过马，田彬霏扳鞍上马，向叶小天拱拱手，又向宋天刀点点头，便一提马缰，护着宋晓语的车离去了。叶小天抻个懒腰，懒洋洋地对宋天刀道："天刀兄取经回来了？"

宋天刀愣了一下道："取什么经？"随即想到宋家老宅在西望山上，而西望山号称"小西天"，便苦笑道："我的叶大人，你就别开玩笑了。"

叶小天道："我有什么玩笑好开？想求你宋家帮忙撑腰的时候，你一蹶子尥回小西天了，现在又不请自来，所为何事啊？"

宋天刀道："这个……家父召见，宋某不敢不回啊，贵阳这边又发生了什么事，我着实不知。"

叶小天道："这么说，现在也是令尊叫你来的了？"

宋天刀不习惯被他这么压着问话，也不像田彬霏那么自知理亏，他把白眼一翻，道："怎么着，不管谁叫我来的，你明知道我宋家正和杨家打得火热，你居然和杨家勾结，叶长官，这么做可不地道啊。"

叶小天两手一摊，道："有什么办法？叶某眼看就要大难临头，上天无路，入地无门，求亲告友吧，能躲的都躲了，只有杨家肯帮忙，叶某不抱紧这条大腿，又怎么办？"

宋天刀把眼一瞪，道："那就是说，你要和我宋家为敌了？"

叶小天道："如果你要隔着千山万水和我开战，我奉陪啊！"

宋天刀冷笑一声，对叶小天拱一拱手，道："好！山水有相逢，咱们走着瞧！告辞！"

叶小天拱拱手道："不送！"

宋天刀掉头就走。叶小天回身进院，前脚刚迈进院门，宋天刀又追上来了："你说隔着千山万水和你开战，是什么意思？"

叶小天不理，背着双手悠然进屋，宋天刀紧追在后，继续问道："田彬霏找你来，商量什么了？"

叶小天继续往屋里走，一脸悠然，还是不答，宋天刀怒目道："喂！我要翻脸啦！"

叶小天进了屋，往椅上一坐，端起茶来轻轻拨弄着茶叶。宋天刀果然翻脸了，他脸色一翻，怒目金刚登时变成了笑脸弥勒，冲着叶小天挤眉弄眼地道："我看田彬霏走的时候眉飞色舞，你是不是有什么内情要告诉我？"

叶小天抬起头，瞪着宋天刀道："你这人怎么没皮没脸啊，我没有什么跟你说的，你请回吧。"

宋天刀一掉屁股，在旁边椅上坐了一下，拍拍额头，道："叶大人，你和杨应龙有什么勾结，我不清楚，但我清楚，你跟他肯定有所勾结。

"我就实话跟你说吧，这大大小小的土司啊，千百年下来，从属关系全都已经明确下来了，彼此牵制、互相制衡，所以这一潭水啊，稳得很。

"现在只有你是横空杀出来的，和任何一家都还谈不上关系。本来呢，你要折腾也就折腾，折腾得再厉害，还不就是在那一亩三分地上，还能翻了天去？

"可现在不同了，你不要觉得有杨家这条大粗腿抱着，你就稳如泰山了。你跟张、曹、展那几家折腾，安宋田杨四大家是不会出手的，可你跟杨家有了瓜葛，你以为另外三家还能坐视吗？我的叶大人，你惹祸的本事真是出类拔萃，这祸是越惹越大了。"

叶小天充耳不闻，继续慢悠悠地喝茶。宋天刀见威胁无效，眼珠转了转，又觍着脸凑上来："你就说说吧，你什么都不说，我回去可没法向家父交代。"

叶小天翻了个白眼，宋天刀把脸一虎，又道："播州在水东之北，石阡在水东之东，如果杨应龙可以借道石阡，甚而据石阡为己有，就会对水东形成包围之势，我宋家绝不会允许这种事情出现。"

叶小天叹道："危急关头，没一个讲义气的出来拉兄弟一把，与虎谋皮也好，饮鸩止渴也罢，我也只好接受了。"

宋天刀终于变色，沉声道："叶长官莫非真不怕与我宋家兵戎相见？"

叶小天看着他道："我们中间隔着曹家、展家和童家，我倒好奇，天刀兄打算怎么打过来。"

宋天刀冷笑道："真要威胁到我宋家时，你以为我不可以援兵于展、曹？就算不出兵，我就不能支援他箭矢铠甲、军用器械？"

叶小天展颜笑道："正要你这么做！"

宋天刀一愣，这什么反应？叶小天不惧宋家实力？不可能！那他怎么一副欢天喜地的样子？

还不等他反应过来，叶小天已然道："杨应龙肯折节下交，与我这个卧牛司长官打交道，傻瓜都知道，他一定是在打石阡府的主意，这并不是秘密，你以为安家那头老狐狸会看不出？别人怎么闹，他都有把握控制，一旦你们杨宋两家闹到不可收拾，那必须朝廷出面才能解决，这可不是安老爷子所愿啊。"

宋天刀目光一凝，道："你是寄望于安老爷子插手？"

叶小天摇摇头："安老爷子会不会插手，一旦插手会插手到什么程度，能否阻止杨应龙，我都不知道。"

"那你……"

"不仅我不知道，没有任何人知道。正因如此，杨应龙才会尝试。安老爷子也许是个绝世剑客，可他已经几十年没有出剑了，谁也不知道自己历经数十年苦修，是否已经超越了他。又或者曾经的第一剑客已经年迈，他是否已经挥不动剑，总要试试才知道吧。"

宋天刀的浓眉拧成了一个疙瘩："我不是笨蛋，可是我完全听不懂你在说什么，你能不能把话说得更明白一些？"

叶小天道："你妹子已经许给田彬霏了，你何不去与你的宝贝妹夫讨教一番？"

宋天刀狐疑地看着叶小天，看了良久，用力一撑椅子，挺起身来："好！我去问他！"

叶小天也微笑着站起来："天刀兄果然不是笨蛋！"

宋天刀冷哼一声，举步向外就走，这回换成叶小天追在后面了："天刀兄慢走，总要让我这个主人送一送嘛，天刀兄……"

叶小天追着宋天刀出了大门，就见又是一行车马缓缓而至，派头比田彬霏和宋天刀来时还要大，打的那旗幡却不是安家。

第七十五章

极品炉鼎

一

宋天刀一瞧来人的做派就知道不是安家的人，安家人出行反而不会太招摇。当人人都知道你富有、强大的时候，你就根本不需要把你的富有和实力穿戴在身上、表现在排场上了。

这时那支车队已经在门前停下，八个肩后背着七星宝剑，手中执着拂尘的道士走了下来，排成两行，威风不可一世。一瞧这般拉风的场面，叶小天心中马上就想到了一个人：长风道人！

宋天刀是见过世面的人，不会因为好奇就不礼貌地停在一旁观看，他向叶小天拱拱手，翻身上马，自顾带人离去了。

这时中间一辆车被两个俊俏小道童掀开轿帘，又有两个唇红齿白的小道童赶过去放好脚踏，大元玄都灵霄上清广化崇教妙一飞玄大道金丹普济生灵万寿长风大真人便闪亮出场了。

长风道人摇摇摆摆地下了车，后边呼啦又拥过来十六名道士，拱卫着长风道人，向叶小天大摇大摆地走过来。

赶车的老车夫飞快地瞟了一眼叶小天，举手把斗笠压低了些，垂着头，只能看到他白须飘飘。任凭是谁此时都只会注意到长风道人的做派，不会去看一个老车夫，叶小天完全没有注意到这车夫竟是他的故人：曾经的葫县主簿王宁。

眼看长风道人到了近前，叶小天立即上前两步，揖礼道："道长大驾光临，寒舍蓬荜生辉啊。未曾远迎，失礼、失礼！"

叶小天除了第一天见长风时，故意戏谑以迫使他答应自己的条件，其他几次前往三清观，只要有别人在，他就对长风道人毕恭毕敬地执弟子礼。

长风道人如今在贵阳权贵间的重要地位对他是很有用的，破坏了长风道人的神圣形象对他没有丝毫好处。他觉得长风对他今后也未必没有用处，所以已开始倾意结交。

光凭长风的底细胁迫他，当然不是最好的办法，最好是恩威并施，所以叶小天也和许多权贵一样，对长风道人敬若神明，每次去三清观，香油钱自然也是绝不可少的。

长风道人恬淡地一笑，道："贫道来得匆忙，不曾事先派人告知，冒昧之处，还请叶长官原谅。"

叶小天道："哪里哪里，真人快快请进！"

叶小天引着长风道人往里走，所有的道士都跟了进来，浩浩荡荡挤满了一院子。叶小天苦笑道："我寄住的这所宅子不大，招待不下真人这么多弟子啊。"

长风道人哈哈一笑，摆了摆手，寸步不离的清风、明月立即转身而立，肃然一扬手，刚刚进了院子的道士立即纷纷退下，最后只剩下四人，分列于门廊左右。

叶小天引长风道人进了客厅，叫人换掉旧茶，请他上座，这才寒暄问道："不知真人今日驾临寒舍，有何指教啊？"

叶小天说着，向长风道人身后两个眉清目秀的小道童瞟了一眼。长风道人会意道："无妨，这两名弟子是贫道的心腹，叶长官不必有所忌讳。"

叶小天听了登时放心，原来这两个道童是长风道人的骗子同伙，那就没什么好顾忌的了。殊不知他只猜对了一半，这两个道童只是半个骗子，也只是长风道人的半个同伙，他们是朝廷的锦衣密探。

叶小天放松了身子，由正襟危坐变成了懒洋洋的样子："原来如此，那我就放心了。我说长风道长啊，你今日大驾光临，究竟所为何事啊？"

长风道人微微一笑，道："前几日，我答应要送你一对炉鼎的，今日正是践约送来。"

叶小天微微有些好奇，又坐正了身子："哦？快取来给我看看，多大的炉鼎啊？要是太大，还是留在你的道观里好了，摆在我家里就不伦不类了。"

长风道人一脸暧昧地笑道："不大，不大，恰恰好，恰恰好啊！"

长风道人向明月示意了一下，明月便走出了门口。

叶小天知道炉鼎有大有小，小的和香炉差不多，完全就是一件摆件，大的那就要重达千斤了，本是祭祀所用的法器之一，要是搬回铜仁摆在自己府上，的确不太合适。

明月只到廊下站了一站，就领了两个小道士进来。叶小天先瞧他们两手空空，再往脸上一看，顿时一愣。

这两个道童一身素雅的月白道袍，光可鉴人的青丝挽了一个简单的道髻，玉靥蕴秀、娇媚可人，哪里是什么道童了，分明是两个年轻的姑娘，看她们白俏俏、嫩生生的样子，大概只有十五六岁年纪。

叶小天茫然看了看，扭头对长风道人道："炉鼎呢？"

长风道人向前一指，道："这不就是？"

叶小天一听又呆住了。

长风道人虽不好色，却也不是真正的修道之人，做不到不近女色，可是……这对炉鼎是一位虔诚信奉他的权贵奉献的珍藏，那位权贵万里挑一选出了一对女童，精心养大，却因痴迷长生术，还未享用便心甘情愿地转送给了长风。

长风道人本想留下自己享用的，只可惜身边有清风明月盯着，立即把此事禀报了王宁。王宁那个不解风情的老东西，居然不准他留女人在身边。

王宁担心他身边留了女人，他的秘密早晚瞒不过枕边人。再则，他对外营造的形象是个从宋朝一直活到现在的活神仙，如果身边留有女人，一旦败露，他苦心经营出来的神仙形象也就崩塌了。

长风道人小命都捏在王宁手上，哪敢违抗，恰好这时叶小天找上了三清观，对这个知道他底细的叶小天，长风道人是既怕又气，反正这两个美人能看不能吃，便想着转手送给叶小天算了。到时候叶小天承了他这么大一份人情，好意思拆他的台？所以才有了今天这样一幕。

《摄生种子秘剖》中言道："炉鼎者，可择阴人十五六岁以上，眉清目秀，齿白唇红，面貌光润，皮肤细腻，声音清亮者，乃良器也！"按照这一标准，眼前这对明眸皓齿的美貌小道姑，的的确确是一对上品鼎炉。

叶小天哑然半晌，扭头对长风道人道："你这炉……能烧香吗？"

长风道人也是个妙人，坦然答道："不能烧香，但是能点蜡烛。"

叶小天翻了个白眼，道："点蜡烛谁不会？只要有打火石，都会点蜡烛。"

长风道人咳嗽一声道："叶长官，你装什么……"

·※·※·※·

一汪清水，水上有雾气，雾气氤氲中有佳人入浴。

每个人都有他喜欢的沐浴方式，比如铜仁府的那位广威将军于珺婷，她喜欢在水里洒满鲜丽芬芳的花瓣，还喜欢在沐浴后让人用精油为她按摩。

于珺婷这么做，一则是出于女子天生的爱美之心，二来也是因为她肩负太多，压力太重又没有人帮她扛着，独自经营一个家族，心力交瘁，唯有这种时候通过这种方式，才能放松心神。

田妙雯同样肩负家族重任，但她的心理承受力比小于将军要强，再加上还要个哥哥承担了绝大部分的重担，所以她可以舒缓心理压力的方式很多，不像于珺婷一般钟爱沐浴时的放松和享受。

她洗浴的时候只要一大桶纯净的泉水，不添加任何洗浴之物，因为她不需要。田家有道秘方，据说是从唐朝宫廷中流传出来的，被田氏家族奉为至宝。

田家嫡房的女子甫一出生,就会由祖母每天亲自用这种独门秘方配制的药水为她洗浴,如此持续一个月,她的肤质会变得晶莹剔透、润白如雪、柔滑如缎,而且这种肤质永远都不会再改变,哪怕是把她丢到阳光最炽烈的地方去,她会被晒得皮肤发红,但是只要走到背阴的地方,用不了多久就会恢复如初,根本不用担心晒黑。

"水西三虎"中田妙雯被称为白虎,除了她有"克死三个未婚夫"的事迹,肤白胜雪远胜一般丽人,也是一个重要原因。所以,她是从不需要使用各种洗浴之物来美白润滑肌肤的。

田大小姐坐在水中,一双美丽的眼睛里隐隐有一种水雾般的东西轻轻流动着,肩膀露出水面,皮肤珠光玉润,给人一种光艳清华的惊艳感。

她近几天来一直闭门不出,因为她没想到叶小天居然这么快、这么干净利落地就把展伯雄干掉了,她本以为双方的争斗至少会持续个三年五载,这在土司们之间是家常便饭。谁料……

真的要履行承诺嫁给他吗?田大小姐认真地思考了很久,找不出一点可以反悔、拖延的理由。可是……她已把自己公开做了悬赏,叶小天当时也没有反对,现在要履行承诺也该是叶小天上门求亲吧。难不成田家大小姐还得把自己洗白装进礼品盒,再系个粉红色的蝴蝶结,打包送上门去?

田大小姐不开心了,她微微蹙起了妩媚的眉,恨恨地捶了一下水面,水花翻涌。

这时,一个穿着喇叭口短裤、短上衫的俏美侍婢轻轻走进门来,伏地禀报道:"党延明已探明叶家情形,回来了!"

田大小姐哗啦一声从水中站了起来,一双轻盈柔软的玉足踏上防滑的木阶,一袭轻袍云一般飘下,田大小姐依旧从容地前行,只是张开双臂,春光乍泄,便被尽数藏了起来。

第七十六章

众家心思

一

看到珠帘后出现那道熟悉的倩影,党延明马上拜伏于地。

黔地比较闭塞,但闭塞也有闭塞的好处,这里豪门大宅的建筑风格以及一些礼仪习惯,依旧保持着汉唐时候的风格和特色。

比如田姑娘这院子里汉式色彩、款式的障子门,简单而又不失尊贵的浴袍,房中低矮的家具,盛大出行时所乘的牛车,还有跪坐叙话的习惯。

田妙雯袍袖一展,犹如燕子展翅,在一个蒲团上盈盈跪坐下来。党延明顿首道:"大少爷一大早就去了叶小天处,两人不知说了些什么,大少爷很快就出来了,从神色上看不出喜怒。"

珠帘内,田妙雯端起了一杯茶,优雅地呷了一口。

党延明道:"大少爷在叶宅门口遇到了宋天刀和宋晓语姑娘。晓语姑娘跟着大少爷回来了,宋天刀则进了叶宅。他比大少爷在叶宅里多耽搁了一盏茶的工夫,出来的时候……同样看不出喜怒。"

田妙雯又呷了一口茶。

党延明道:"宋天刀出来的时候,又有一队道士到了叶家,是近来很风光的长风道人。据查,长风道人送了叶小天一对上好的炉鼎,看来他与叶小天关系颇为亲密。"

田妙雯举杯的手微微一停,她可不像叶小天,该懂的不懂,不该懂的全懂,是从天牢里深造出来的。田妙雯淡然问道:"什么炉鼎?"

党延明顿首道:"是两个美丽的少女!"

"哼!"

田妙雯一声冷笑,茶杯往案几上轻轻一顿。

党延明听得清楚,忍不住替自己的女主人打抱不平起来:"卑下以为,这叶小天也太过分了。他既杀了展伯雄,和姑娘您就等于定下了婚约,他居然……"

田妙雯打断了他的话,轻描淡写地道:"这也不算什么,如此年轻便做了一方诸侯,哪有不耽逸女色的。他的戾气太重了,温柔乡里厮磨一番,没什么。"

这话说得真是大度、大气,颇有大妇风范。生于豪宅,司空见惯,田大小姐也确实应该不在乎的,不过,那话里头酸溜溜的味道,已经让党延明觉得自己是一头闯进了一家山西老陈醋的作坊。

也难怪田大小姐生气,拈花惹草也就算了,她田大姑娘并不是离经叛道、超越时代意识的一个女权主义者,睁一只眼闭一只眼也就过去了,问题是田大小姐的终身还悬在半空里啊!

燕人张翼德挺丈八蛇矛,当阳桥上一声吼:"你战又不战,退又不退,却是何故?"

田大姑娘也想问问:"你当初不拒绝,现在不提亲,却是何故?"

田家有一批人,是从小就挑选出来陪伴着小主人一起长大的,所以他们之间既是主仆也是朋友,感情深厚非比一般。党延明就是从小侍奉田妙雯,与她一起长大的伴当之一,所以有时也可以超越主仆关系,对她说说心里话。

党延明停顿了一下,便道:"叶小天杀了展伯雄,和展凝儿姑娘之间只怕是难有善终了。不过,却还有一位夏莹莹姑娘在,论起先后那自然是夏姑娘先了,但若论家世身份,那又是咱们田家高了,这将来谁先谁后、谁大谁小……麻烦啊!咳!卑下以为,如果叶小天不上心这件事的话,姑娘你其实也大可不必……"

"哼!"

田妙雯又是一声冷笑:"就是莹莹、凝儿还有那位和他暧昧不明的于监州一股脑都嫁到叶家去,来个'联手抗曹',本姑娘只要去了,她们绑起来就能是我的对手?"

得!人家田大姑娘刚刚还是当阳桥上的猛张飞,一转眼就把自己当曹操了。党延明哑然,人家大小姐这都打算好要嫁进叶府,以宅斗大业为毕生奋斗目标了,那他还说什么?

田妙雯顿了一下,嫩脸也是一热。这话怎么说得好像非他不嫁的样子?田大姑娘连嫁三次都没嫁出去,现在死乞白赖地非要赖上他叶长官吗?太长他人志气了。

田妙雯赶紧清咳一声,岔开话题道:"对了,你说凝儿,凝儿现在情形如何?"

党延明道:"展姑娘自从住进展家老宅便深居简出,不见什么动静了。"

田妙雯轻轻叹了口气,幽幽地道:"一边是痴心一片的情郎,一边是至亲长辈的血仇,无论她怎么做都不对,什么都不做的话还是不对,也真是苦了她。"

党延明道:"展龙、展虎还有张雨寒、曹瑞雨这几个人这些天也是闭门不出,不知道他们在商量如何对付叶小天,卑下还在查。"

田妙雯淡淡地道:"这几个臭皮匠!不管他们商量出什么对策,能不能搞得垮叶小天,他们的家族都将从此步入衰微!不出十年,必然败落。他们已不足为虑了,不说他们，你接着说长风道人吧。"

党延明暗暗翻了个白眼，那个牛鼻子老道有什么好说的，说到底你还不是想听叶小天的消息，真是口是心非啊！

党延明暗暗叹了口气，道："长风道人在叶宅待了大约两刻钟便告辞离开了，叶小天没有收他的炉鼎，长风道人走的时候一副愁眉苦脸的样子，好像礼物送不出去，还很纠结。真是奇怪了，他在贵阳府极受权贵们尊崇，却不知为何定要低三下四地去巴结叶小天……"

听说长风道人愁眉苦脸，田大姑娘忽然芳心大悦，眉梢眼角轻轻上挑，脸上的曲线变得柔美起来。党延明顿了一下，又道："长风道人走后不久，石阡童氏家主童云便亲自登门拜访了。"

童家是受田家控制的，所以对于童家的一举一动，田家都很注意。童云前往拜访叶小天的事田妙雯并不知道，听到这里不免微微蹙起了眉头。

党延明显然也很清楚她心中的想法，马上低声解释了一句："大少爷从叶宅离开后，马上就派人去了童家，我想，这应该是大少爷的安排。"

田妙雯听到这里，一双柳眉又舒展开来。她微微侧着头想了想，不禁嫣然轻笑："好！好得很哪！这玲珑局本已是死棋，他在不可能处下了一子，居然满盘皆活！这一下，所有的人都要动起来了。"

党延明道："姑娘是说叶小天结交播州杨家的举动吗？"

田妙雯微微颔首，眸中露出欢喜、欣慰的神色。

世事无绝对，不能说所有的男人就一定会怎么样，所有的女人就一定会怎么样，但是顺从天性的人毕竟是绝大多数。所以，绝大多数男人喜欢温柔乖巧的女子，绝大多数女人喜欢强大的男人。

在这一点上田妙雯也不能免俗，她的母性还没泛滥到去喜欢一个不及她成熟、不及她智慧，需要她时时呵护指教，像当娘照顾亲生儿子似的去操心照料的小男人。

叶小天表面上给人的感觉一直是粗鲁野蛮、硬打硬冲，能幸运地走到今天，完全是他走了狗屎运，靠上天眷顾。

但若细思他每一步的举动，他之所以能屡战屡胜，都是他谋而后动，不打无把握之仗的原因。哪怕有时候他真的是一时愤怒，不计后果地做出了一些举动，在后续的行动当中，他也会冷静下来，充分利用各方面条件进行补救。

粗鲁野蛮只是他行动的表面，其下他早不知对要做的事进行了多少评估衡量，充分调动、利用各方所有的矛盾，甚至去主动制造矛盾。

所谓好运，只是他能在别人认为已经没有机会的时候发现机会；所谓幸运，只是他在别人认为根本无法利用的机会面前，找得到利用它的方法。

而在蠢人的眼中，是完全看不到这些的，他们只会觉得叶小天是运气逆天，如果上天能如此眷顾自己，他也能成功。但田妙雯这句话还是说错了，既然世事无绝对，又怎么可能是所有人都要动了？

　　安家的安老爷子就没有动，他稳如泰山！

　　安老爷子稳稳地坐在石墩上，正在饶有兴致地摆弄一盆芍药。在他面前是一张石台，石台上有一个花盆，一堆沃土，一株只长着两片绿叶的小小芍药，还有一柄小铲。

　　安老爷子把土盛进花盆，将幼小的芍药植株小心地栽进去，再用铲背轻轻拍平浮土，兴致勃勃。

　　他的年纪已经很大了，凭着安家的能力，可以为他找到最好的郎中，可以用最好的饮食来侍奉他，加之他自己也懂得养生之道，所以现在看起来依旧很硬朗。

　　但他自己能够感觉到，生命正在一点点地从他身上流逝，一去不复返。这时候的人，对于生命的感悟和眷恋之深，是年轻人所无法体会的。

　　所以，安大公子很不理解：爷爷为什么喜欢弄得满手是土，花费一个多时辰的工夫去侍弄那些花花草草，这些事完全可以交给花匠去做吧！

　　可安大公子不能打断爷爷的兴致，他只能耐心地等在一边。安老爷子满意地看着盆中的植株，在这肥沃的土壤里，经过施肥、除虫、灌溉的照料，它会逐渐长大，开出美丽的花朵。

　　安老爷子眯缝着眼，微笑地转动着花盆，还细心地把洒在盆沿上的一些泥土拂去，这才看了一眼貌似安静，实则早就有些按捺不住的安南天。

　　"呵呵，你呀……"安老爷子摇头微笑，他拍拍手站起来，走到一旁的池塘边蹲下洗手，安大公子赶紧跟过去。

　　安老爷子一边缓缓地撩着清澈的池水洗手，一边若有所思道："若说到对子嗣的培养，再也没有人比豪门世家更用心、也更有条件的了。

　　"所以豪杰才子、青年俊彦，也大多出自这些有条件、也肯用心培养后代的家族。但是历数古今，那些真正能够成为一世之雄并最终慑服这些望世家族为他所用的人，却大多不会出自这些世家。你说为什么？"

　　安公子茫然地看着爷爷，无法作答。安老爷子洗净了手，一个俏美小丫鬟立即递上一块手帕，等他擦干手，她又接过退到一边。安老爷子背着双手，悠然地走在花园里，安公子亦步亦趋地跟着。

　　安老爷子缓缓地道："始皇帝一统六合，横扫八荒，那是何等了得。但取而代之的，不过是一亭长耳。本朝太祖原本是何等样人？一个叫花子罢了，同时起兵争天下的还有陈友谅、张士诚，也不过是一个渔夫、一个私盐贩子。

　　"可豪门大族也只能附庸其下，供给他们钱粮、兵马，只为谋一份从龙之功，他们拥有那么雄厚的本钱，却没有本领自己去做那条真龙，你说这是为什么？"

安大公子一脸茫然地道："为什么？"

"因为，他们固然受到了最好的教育，但他们的脑子也被框住了，纵然他们有改天换地的志向，却也很难跳出那口井，做一个能改天换地的人。"

"孙儿……不是很明白！"

"老夫说了你就会明白。然而，有什么用？"老爷子和孙子开了句玩笑，又道："明白是一回事，会不会做是另一回事。作诗的规矩我们都懂，平仄、押韵、对偶、对仗……可李杜就是李杜，你明白也做不出来。"

安公子略露尴尬之色，安老爷子停住脚步，轻轻地吁了口气，道："叶梦熊就要到贵阳了，到时你和你爹去迎候他，此人不同于以往任何一任巡抚，要礼遇、尊重！"

安公子讶然："爷爷，那叶小天的事……"

安老爷子看天："天要落雨，娘要嫁人，由他去吧。"

"由他去？"

"对！由他去！"

同样的话，杨应龙也正在对田雌凤说着。虽然不知道田彬霏、宋天刀相继拜访叶小天究竟说了些什么，但田雌凤还是有点不安，忍不住向杨应龙禀报了。

杨应龙却只是付之一笑，道："我当然知道他未必就那么诚心与我合作。不过，这是我们打开石阡僵局的唯一机会，所以只能借助这个小子。他若是将予取之，我就是将计就计了，成败与否，还要看各人手段。且看来日江山，谁主天下吧！"

第七十七章

语言艺术

一

"抚台大人，贵阳那边传来消息了！"

花晴风强抑着心头的兴奋，他不想让叶巡抚看出他的欢喜。即便叶巡抚有一千一万个理由要惩治叶小天，也不会喜欢自己是受到部下怂恿，又或者所做的举动正好符合某个部下期望的感觉。

即便这两者并不相悖，他也不喜欢，因为上位者都喜欢把一切掌控在自己手中，而不喜欢被人左右。花晴风曾经做过县太爷，所以他很明白这种感觉。

再者，花晴风对叶小天深怀忌惮，这种忌惮已深入骨髓，所以尽管他仇恨着叶小天，但他不愿意让任何人知道，他对叶小天正深怀恨意。

雅儿的事扑朔迷离。尽管他相信了苏雅的话，但是与其说他是相信苏雅，还不如说是因为他深爱苏雅，所以宁愿选择相信，否则他将无法面对这个女人，却又无法割舍这份情感。

而对叶小天，他就以一种病态的想法进行分割了。一方面，他让自己相信苏雅的解释，一方面他依旧把叶小天视为一个淫人妻子的仇敌。

即便没有这件事，他被叶小天搞得佯疯丢官，事业和尊严的双重打击，也不是那么容易就能一笑泯恩仇的。

在他决心归隐田园的时候，这份仇恨他只能深藏心底，但是当他复出以后，而且有了更多机会去陷害叶小天时，它便迅速生根发芽。

可是，昔日叶小天给他留下的心理阴影实在是太深了，他即便有了复仇的想法，也永远没有勇气站出来公开和叶小天叫板，他只能藏在叶巡抚后面，进进谗言、下下绊子。

比如此刻，他听取了派往贵阳的探子送来的消息，探子告诉他的原话是：展伯雄与曹瑞云围攻八仙酒楼，因提刑司陈大人和安家长公子在，两家迅速派出援兵，展、曹二人功败垂成。

之后，展、曹二人出城东行，似乎要回转石阡，叶小天率人追杀。不久，展龙、展虎扶灵柩进城，展伯雄和曹瑞云都被杀了。现如今，展家由展龙做主，曹家由曹瑞雨做主，张家新任家主张雨寒也到了贵阳。

但花晴风向叶巡抚禀报时，却可以在不违背以上话语所述事实的基础上加几句富有感情色彩的形容词，而这足以让听取这个消息的人，受他喜恶与立场的影响。

花晴风禀报道："东翁，曹瑞希被杀之后，其弟曹瑞云前往贵阳奔丧，闻听叶小天在八仙楼大宴宾客，悲愤于乃兄之死，遂带领家丁前往寻仇，展伯雄劝阻不得，只好陪同前往。

"曹瑞云到了八仙楼，便与叶小天的部下大打出手，因受宴请的人中包括提刑按察使陈大人和安家长公子安南天，两家闻讯皆派人赴援，曹瑞云遂听从展伯雄相劝，就此退兵。

"展曹二人离开后，才知道酒楼上还有提刑司陈大人，惊恐之下担心被官府拿问，于是仓皇出城，想要逃回石阡府。不料叶小天早有埋伏，将他二人杀死在羊场河畔。

"如今，展伯雄的儿子展龙、展虎已经扶柩进了贵阳，曹瑞希的堂弟曹瑞雨以及张雨桐的堂兄张雨寒皆披麻戴孝赶至贵阳。学生担心，东翁刚刚履任就要迎来一场风雨啊……"

曹瑞云围了八仙楼没有？当然有，但他是激于胞兄之仇，在讲究亲族和孝道的年代，这在律法上甚至可以作为一条减刑依据。而展伯雄呢？他是劝阻不得，只好陪同前往。

展伯雄劝阻过曹瑞云，又担心他闹出更大的事端来，所以才陪他前往，居然也被叶小天不分青红皂白就给杀了，此人该是何等残忍、冷酷、蛮横无理？

至于展伯雄究竟有没有劝阻，斯人已逝，此事只有天知道了。而且花晴风还强调，这两个人先前并不知道提刑司陈大人在楼上，获悉之后他们也是知道畏惧朝廷威严的，所以吓得要回老家。

可这时候，叶小天居然早就埋伏在路上了，那么之前的酒局，是不是叶小天下的套呢？

现在，展家、曹家、张家这么多的苦主全都到贵阳等你了，一个个披麻戴孝的，这么多杀孽都是叶小天造的。大人您刚上任，本该一团和气，他却给大人添堵，本师爷都替大人您愁得慌啊。

在花晴风想来，叶巡抚闻言要么勃然大怒，重重一拍书案，面露杀气，狠狠地说一声："叶小天！"要么就冷冷一笑，阴恻恻地来上一句："这个小叶子，他让本官一时不痛快，本官就要让他一辈子不痛快！"不料，叶梦熊听了这话，只是抚须沉思片刻，安详地点了点头。

花晴风有点摸不着头脑了："东翁？"

叶梦熊呵呵一笑，道："不错！"

"嗯？"

花晴风满脑子疑问：县太爷和抚台老爷的差距真的就这么大吗？为什么我完全不明白大人在想什么？

叶巡抚并没有好为人师的毛病，他根本没向花晴风解释。叶巡抚摸着胡子，慢悠悠地道："花先生，老夫想让你先走一步，提前到贵阳去，为老夫打点打点。"

花晴风连忙肃立欠身，道："愿为东翁效力。只是不知东翁想打点什么，还请东翁明示。"

叶巡抚自袖中摸出一封信来，花晴风低头一瞄，见那落款就是叶巡抚的名字，再看抬头，是写给安家老爷子的。叶巡抚道："请花先生为老夫往安府投书一封。"

花晴风赶紧双手接过，毕恭毕敬地道："学生一定办到。"

叶巡抚道："你与叶小天曾在葫县共事？"

花晴风道："是！"

叶巡抚道："好得很！那么你到了贵阳，应该与故人一晤了。"

花晴风犹不解其意，小心翼翼地道："呃……应该的！"

叶巡抚思索了一下，道："老夫一路闲来无事，曾研周易以解烦困。近日卜得一卦！"

花晴风竖起耳朵听着，叶巡抚缓缓地道："卦辞上说'震来厉，亿丧贝，跻于九陵，勿逐，七日得'。老夫对此卦辞不甚了然，那个叶小天不是与长风道人来往密切嘛，你不妨把这卦辞告知于他，让他去请教请教长风道人，为老夫解惑。"

叶巡抚是两榜进士啊，那是何等学问。就算他不是周易大家，可卦辞都已经算出来了，他怎么可能看不明白？再说，叶巡抚要解卦，什么高人找不到，需要请叶小天帮忙？至少他可以直接找长风道人啊，为何要假手于叶小天？这分明就是让他把这句卦辞捎给叶小天啊。

不过，花晴风还真不知道这句卦辞是什么意思。读书有活读书、死读书，还有博览群书，花晴风当年把精力都用在和科考有关的诗词典籍、圣人文章上面了，没有多余的精力研究别的。

当下，花晴风只得把这句卦辞牢牢记在心中，向叶梦熊长揖一礼，随即便整顿行装，在十多个护军的保护下离开车队，策马先向贵阳赶去。

一路无事。这一日花晴风到了贵阳城，也不投告馆驿，风尘仆仆地先去了安府。

安府听说是新任巡抚派来的师爷,当下不敢怠慢,马上把他请入二堂客厅,随即便去通知老爷子。

安老爷子得到信儿后,便到三堂客厅里坐着,又使人把花晴风引到三堂相见。花晴风一边走一边感慨,他在葫县做了五年的县太爷,却连人家安府的大门口朝哪儿开都不知道,更不要说有资格踏进一步了。

如今跟了叶巡抚,作为一任封疆大吏的身边人,他不但可以登堂入室,直趋土司王的三堂客厅,甚至还可以面见土司王本人,追今抚昔……

花师爷还没来得及潸然泪下,就已到了三堂门口,他赶紧收敛心神,迈步进了客厅,见一个布袍老者坐在上首正在吃茶,他快步上前长揖一礼:"抚台大人座下师爷花晴风,见过安老爷子。"

安老爷子向前推了推茶,一旁管事道:"花师爷请坐。"

"多谢!"

花晴风后退几步,小心翼翼地在椅子上坐下,这才抬头打量。面前这白发老头瘦削清癯,一袭布袍,须发如雪,肤色却红润得很,精神矍铄,身体硬朗,不过也并没有什么出奇之处。

安老爷子呷了一口茶,手往旁边一递,一个丫鬟赶紧接过茶盏。安老爷子抚须一笑,道:"抚台大人一路可还好吗?"

花晴风道:"抚台大人一切安好,依照行程,三天之后就能赶到贵阳了。"

安老爷子笑道:"好!好得很哪!久仰抚台大人英名,这一次抚台大人能够成为我黔地牧守,老夫很高兴啊。"

花晴风道:"抚台大人也久仰老爷子您的威名,今日学生是受抚台大人吩咐,给老爷子您送信来的。"

花晴风说着自怀中取出信来,管事上前双手接过,再转身双手奉与安老爷子。

安老爷子看了看封面,将信拆开细细看了一遍,呵呵笑道:"抚台大人太客气啦,他来贵阳,应该老夫前往相迎才是,怎么敢劳动抚台大人亲自来拜访呢。"

花晴风心道:原来这信是份拜帖,抚台大人要拜访安老爷子,当然该提前下拜帖。不过,他总不会想刚到贵阳就到安府拜访吧?若非如此,又何必让我先行一步前来下帖呢?难道这只是个幌子,他的真正目的是送给叶小天的那副卦辞?

花晴风正胡思乱想着,就听安老爷子笑道:"不妥不妥,不妥得很哪,请你回禀抚台大人,抚台大人抵达贵阳之日,老夫必携儿孙,亲往相迎。"

花晴风这才明白,敢情抚台大人担心他到了贵阳后,安老爷子不肯出面迎他,所以以进为退,客客气气地先下拜帖,要在抵达当天就来安府拜访,这一来安老爷子还好意思不露面吗?

安老爷子年老辈尊,他不出面相迎的话,抚台大人面上也不算难看,但安老爷子若是肯亲自前往相迎,那对抚台大人来说意义就非常重大了。

在此之前还没有哪个抚台上任时,能劳动土司王亲自相迎的。只要安老爷子出面,抚台大人的这顶轿子,那就算是平平稳稳地抬起来了。

第七十八章

六二爻卦

一

　　花晴风从安府离开后,先去馆驿里投帖寄住,当夜沐浴后便进食休息了,次日他便往布政使衙门和提刑司衙门走动。

　　他做葫县知县时,与这些衙门的一些胥吏小官也有来往,如今身份不同,他已贵为巡抚大人的幕僚,虽然没有官身,其实比原来还要尊贵,这些胥吏小官自然刻意奉迎。

　　如此忙碌了两天,直到巡抚大人将要赶到贵阳的头一天,花晴风才打听了叶小天的住处,施施然地前往拜访。

　　花晴风如此安排,就是想着不管巡抚大人那句卦辞何意,都让叶小天来不及反应。如此一来一旦误了巡抚大人的事,巡抚大人心中对此人必定更增厌恶。

　　巡抚大人即便不满也只会暗中生厌,认为叶小天太过狂妄,不把他的交代当回事。叶小天也不可能一见巡抚大人不高兴就理直气壮地质问:"你临来头一天才告知于我,我哪有时间遵嘱办理?"

　　这个暗亏叶小天会吃得不明不白,所谓阎王好见小鬼难缠,就是这个道理了。花晴风不和叶小天明刀明枪地斗,只在暗中搞小动作,这才令人防不胜防且难察觉。

　　叶小天听说花晴风到了倒是很高兴,立即亲自出来迎接,一问来由,得知他竟然做了新任巡抚的幕僚师爷,叶小天更高兴了。当日虽是花晴风主动挑衅,试图串联葫县上下官吏弹劾他,他是被迫反击,但花晴风为此丢官免职返乡"养病",叶小天还是有些歉疚。

　　尤其是花晴风的内弟苏循天是他极亲近的人,他就更觉得有些对不住花晴风了,所以上次路过信阳时,他才极力劝说花晴风复出,如今见花晴风果然复出,而且成了巡抚大人的幕僚,前程远大得很,叶小天自然为他高兴。

　　再者,新任巡抚乃当世名臣,叶小天在贵阳搅得腥风血雨,面对这位新任巡抚难免心生忌惮,如今巡抚大人身边的幕僚师爷是他的故人,这可是"朝中有人好办事"了。

因此，叶小天立即吩咐人备酒宴，盛情款待花晴风。酒席宴上，叶小天对花晴风道："循天现正留守卧牛岭，早知大人你成了巡抚大人的幕僚，我该让循天到贵阳来才是。不过现在也不迟，我明日就派人回去，叫他来贵阳与大人相见。"

花晴风笑吟吟地谢了，心中暗暗冷笑：你是瞧我如今与你没了利益之争，且又成了巡抚大人身边的人，这才诚心巴结吗？

叶小天说到这里，便叹一口气，道："大人你有所不知，小天在贵阳这些日子，颇受各方权贵的排挤，所以也做了些不甚妥当的事，恐怕会有人在巡抚大人面前进谗言，心中颇为忐忑呢。"

叶小天趁机把这些日子他在贵阳所遭遇的事情说了一遍，站在他的角度，自然极力渲染自己是如何无辜如何无奈。

花晴风苦笑道："换一个人听了你这番话，一定非常震惊。花某是在贵州做过官的，却很清楚这些土官是何等无法无天。你放心吧，内中曲直，花某会找机会说与巡抚大人知道。"

叶小天连忙称谢，他虽精明，却也没有注意到花晴风的"找机会说与"内藏玄机。花晴风抿了口酒，对叶小天道："其实对你在贵阳的所作所为，巡抚大人并非一无所知……"

叶小天警觉地道："怎么，已经有人告我的黑状了？"

花晴风哑然失笑，道："那倒没有，不过巡抚大人赴贵阳上任，难道就不会先行派人前来察访吗？"

叶小天恍然，心道：叶巡抚身负重任，当然会先行派人察访，想必我在贵阳的所作所为，他都已经知道了，却不知这位叶巡抚是何看法。

花晴风捋了捋胡须，道："花某受巡抚大人所托，先行前来贵阳安置，同时，巡抚大人还让我给你捎一句话。"叶小天情不自禁地坐直了身子，凝神倾听。

花晴风笑道："你不必紧张，巡抚大人一路行来，闲暇无事时，曾研究周易自娱，偶然卜得一卦，却不解其意。听说你与本地有名的道人长风关系不错，所以想请你帮着请教请教这番卦辞的寓意。"

花晴风微笑着压低了嗓音，道："子不语怪力乱神，巡抚大人那等身份，自然不好亲自去向长风道人讨教，只好假手于你了。"

花晴风巴不得叶小天愚钝一些，真把此事当成人家叶巡抚要向长风道人请教的话，可惜叶小天并没那么蠢，他当然知道叶巡抚如此委婉，其实就是说给他听的。

叶小天马上追问道："却不知巡抚大人卜得了什么卦辞？"

花晴风可不敢篡改叶巡抚的原话，他一字一句地道："'震来厉，亿丧贝，跻于九陵，勿逐，七日得'。"

叶小天听他说完，认真思考一番，实在不解其意，忙请教道："大人可知这卦辞是何含意？"

花晴风摊手道："花某对周易之学也不甚了了。"

这卦辞太生僻，叶小天唯恐过一会儿就忘了，便向花晴风告个罪，假意去解手，出了花厅唤来李秋池，叫他一字不错地把这句卦辞抄写下来，揣进自己袖中。

叶小天回到花厅继续陪花晴风饮宴，花晴风来时已经是下午，这顿饭直吃到太阳落山，花晴风方才微带醺意地告辞。叶小天把花晴风送出大门，恭送他登车，立即唤过华云飞道："召集侍卫，随我去三清观。"

华云飞看看天色，道："天色已晚，太不安全了，大哥要去三清观，何不明日……"

叶小天道："来不及了，明天叶巡抚就要赶到贵阳，我需要亲自前往迎接。今日花大人为我捎来了巡抚大人的一句话，必须得马上弄明白。"

华云飞听了不敢怠慢，马上去召集侍卫。现如今展、曹、张三家都在贵阳，仇人太多，华云飞不敢大意，集结了大批侍卫，护着叶小天直奔三清观。

三清观虽然香火极旺，但这个时辰已经没有了白日的喧嚣，道观大门已经关闭，山门前冷冷清清。叶小天一行人赶到三清观，立即使人上前叩打山门，传报进去。

长风道人听说叶小天到了，不禁大喜，立即亲自迎了出来。他守着两个鲜嫩可口的小美人，偏偏动不了筷子，实在是纠结得不行，刚把叶小天迎进他的静室，便哈哈大笑道："怎么，回心转意了吧？我就知道，白送你的两个绝妙美人，你怎么舍得不要。"

叶小天不是圣人，眼看那两个妙龄女子唇红齿白、眉眼若画，他还真想收下来侍奉左右，尽享齐人之福，未尝不是一件妙事。不过，莹莹还没过门，他有哚妮侍奉着也就够了，如果没完没了地纳妾实在不像话。他的占有欲又比较强烈，一旦为其所有，只把人家当成歌姬舞女养在家里他又不甘心，所以当日便拒绝了。

此时听长风道人又提起此事，叶小天便道："你当我这个时辰赶来，是为了向你讨鼎炉回去点蜡烛吗？"

长风道人怔道："不然，你这个时间跑来做什么？"

叶小天一本正经地道："我是来请你解卦的。"

长风道人目瞪口呆："这个时间？你搞出偌大的阵仗，就是为了解卦？"

叶小天点点头，道："不错！"看看长风道人的脸色，叶小天忽然有些担心起来："我说长风啊，你究竟会不会解卦啊？如果你对这个不在行，反正你的底细我都知道，你也别在我面前打肿脸充胖子了，莫如请这三清观的原观主来帮我解卦好了，这副卦辞对我非常重要！"

长风道人一听勃然大怒："这世上还有我解不了的卦辞吗？贫道的年龄是假的，

身份也是假的，可本事却是真的！只不过我不是正途出身，即便有本事也得给那些正途出身的牛鼻子压着。就像你叶大人，论本事，你比那些正途出身的官哪个差了，可是就凭你这野路子举人的出身，如果不是剑走偏锋，做个典史都嫌高抬了你，你能有今天？贫道……"

叶小天没想到一句话伤了长风道人的自尊，让他啰唆起没完了，赶紧道："成了成了，是叶某失言，长风大真人，你大人大量，就不要见怪了，快快帮我解卦辞才是正经。"

长风道人这才冷哼一声，愤愤然地道："卦辞说来！"

叶小天从袖中摸出纸条，道："卦辞生僻，我怕忘了，特意抄在这里。"

长风道人没好气地把纸条抢在手中，就着灯光看了一遍，掐着手指头念念有词地道："这是六二卦，六二，'震来厉，亿丧贝，跻于九陵，勿逐，七日得'。"

叶小天听他说得出这是哪一卦，顿觉有门儿，赶紧虚心请教道："那么，这副卦辞是什么意思呢？'勿逐，七日得'，字面的意思我还看得懂，这什么'震来厉，亿丧贝'的，着实不解其意。"

长风道人得意扬扬地道："《周易》乃周人所做，太过久远，许多言语今人当然不懂了。这副卦辞是说：'惊雷震动，将有大危难来临，你会损失大笔金钱。如果要保命，就该放下一切，攀到高高的九陵之上去避难，千万不要执着于眼前的事情不肯放手，日后一切自会失而复得！'这是什么意思，是谁给你批的卦？"

第七十九章

叶小天的面子

一

叶小天离开三清观回转自己居处时，天色已经全黑了，前方挑起了两盏灯笼。眼看将至住所，前方忽然发生了一阵骚乱，叶小天被护在中军，并不清楚前方发生了什么，他只注意到车驾停了下来，四周的卫士飞快地向他的座驾靠拢，枪矛冲外，严密戒备。

华云飞用力一挥手，车轿四面的挡板便铿铿铿地落了下来，这种硬木就是用利斧劈砍，没有十几下也休想劈开，天下没有任何箭矢能够洞穿。

过了大约一盏茶的工夫，挡板升起，车队继续开始前行，华云飞提着一只熄灭的灯笼钻进了车厢。

"怎么回事？"叶小天镇定地问了一句，在他看来，应该是路上遇到了什么小意外，如果是展、曹等人派人伏击，不会这么快就恢复前行。

华云飞把那只破了个窟窿的灯笼放在桌上，手腕一翻，又把一口闪闪发光的飞刀拍在桌上，对叶小天道："刚刚有人以飞刀熄了一盏灯，前方查过，并无伏兵，所以继续前进了。"

叶小天没有听他说下去，他已经看到刀柄上用丝线缠着一张纸。叶小天把飞刀拿在手中，看了看那锋利的刀刃，扯断线头，一圈圈打开，将那张裹在刀柄上的纸取了下来。

华云飞目不转睛地看着叶小天，叶小天只看了一眼，就把纸条团了起来，对华云飞道："有人向我示警，纸上只有八个字，'速离贵阳，深山可安！'"

华云飞皱眉道："这是什么意思？"

叶小天道："这意思就是说，贵阳很危险，叫我马上离开，躲到深山老林里去，那样就安全了。"

华云飞眉头皱得更紧："这是谁传书示警，为何要大哥躲回深山？看来……他知道大哥的真正身份。"

叶小天没有回答，他只是挑开轿帘，向外边茫茫的夜色中看了一眼。夜色深沉，什么都看不到，但他似乎看到了一张美丽的面孔正在关切地凝视着他，叶小天手中的纸团攥得更紧了。

展凝儿藏在林中一株树上，远远地眺望着，车队停歇了一阵，在四下搜索无人后便继续前行了，不过原本前方有四人负责采探，现在则变成了八人。

展凝儿叹了口气，慢慢抬起头，眺望着空中一轮明月，清辉无尽，照得她的心中一阵空明，一时间什么也不愿想，也不愿稍有动作，就那么痴痴地望着。她已经很久没有这么恬淡安静的心境了。

展家、张家和曹家密谋了针对叶小天的办法，她在展府虽然被排斥在外，却也不会一点消息都打探不到。预感到叶小天这一次在劫难逃，她实在做不到坐视不理，挣扎良久，还是来了。

可是，她没有勇气见叶小天，不是她做过对不起叶小天的事，没有勇气面对他，而是她来，就意味着对家族的背叛、对亲人的背叛，她没有勇气以这样一种身份出现在叶小天身边。

相见不如不见，该放下的却又放不下，她只好采用这种掩耳盗铃的手法。她知道，叶小天一定会明白这封示警信是谁传给他的，他不会怀疑信中的警示。

展凝儿喟然一叹，默默地想：只希望……他能听我良言相劝，就此退回深山去吧，只要他进了山，天王老子也拿他没办法了，叶展两家的仇也就无从报起了，也许……那就是最好的结局。

至于她的终身，她没有想过，没什么好想的了，如果能青灯古佛了此一生，不用再为了家族和叶小天之间的恩怨苦苦纠结，那已是她梦寐以求的幸福。

·※·※·※·

车队刚回住所，华云飞就急急找到了李秋池，把路上有人示警的事告诉了他，叶小天一副浑不在意的样子，他可不能不慎重。

李秋池听了也很紧张，马上来见叶小天。叶小天已经换了一身便袍坐在灯下，见李秋池急急赶来，不禁笑道："你也是来劝我回卧牛岭……不，是避入大万山的？"

李秋池道："东翁，是何人示警，信上说些什么？"

叶小天道："何人示警，不曾有人看到。不过，此时此地，能向我示警的，只能是一个人。"

李秋池脱口道："展姑娘！"

叶小天默默地点了点头，李秋池紧张地道："如果是展姑娘，那么消息应该不假了，信上怎么说，他们要用什么手段对付东翁？"

叶小天摇摇头道："信上没有说，不过……凝儿既然觉得我只有避入深山才能避祸，看来这次他们给我出的难题，一定不是那么容易解决的。"

李秋池听了顿时负起手，在房中踱起步来，看他脸色，显然心中十分挣扎，过了许久，李秋池才止住脚步，对叶小天道："东翁，壮士断腕吧！"

叶小天眉梢微微一挑，道："怎么，你也认为我该走？"

李秋池道："东翁打下今日基业实属不易，学生也舍不得。不过，东翁正当壮年，便是回山避个十年八载又能如何？到时山外时局更易，东翁再重出江湖，未为迟也。"

叶小天摇摇头："功亏一篑吗？我这人小气得很，不舍得啊！"

李秋池急道："东翁，留得青山在，不怕没柴烧啊！"

叶小天冷笑道："你觉得，即便是叶巡抚到了，想拿我开刀立威，他会不会杀了我？"

李秋池呆了一呆，仔细想想，摇头道："不会！"

叶小天道："理由？"

李秋池道："东翁现在是土官，不是流官。杀了东翁，会造成更大的动荡，而获利最大的，却又是那些听调不听宣的'土皇帝'，巡抚大人怎么会以流官之法治罪呢？除非他们能硬栽东翁试图谋反，而巡抚大人也相信了这个罪名，否则，惩处会有，但杀头万万不会！"

叶小天笑道："既如此，我还怕什么？"

李秋池急道："纵然没有死罪，如果东翁就此身陷囹圄，又或者受到其他什么严厉的惩罚，展、曹、张那三家人会放过这个好机会吗？他们会趁机下手的。"

叶小天微微眯起了眼睛，道："我觉得并没有那么严重。"

李秋池还待再劝，叶小天道："你还记得我今日让你记下的那副卦辞？"

李秋池微微一怔，道："学生记得，怎么？"

叶小天把长风道人对他说的话向李秋池说了一遍，又重点提道："这是叶巡抚托花晴风告诉我的话！"

李秋池细细品味一阵，疑道："若照这所谓的卦辞所言，巡抚大人分明是对东翁有所暗示了，只是……其中会不会有诈？"

叶小天摇头道："不会！"

李秋池道："东翁相信他？"

叶小天道："我相信！身为一方封疆大吏，地位尊崇，如果他要惩治我，此举又合乎大多数贵州权贵们的意愿，他何必自降身份，用此卑鄙手段呢？"

叶小天缓缓站起身来，道："夜已深了，你去休息吧，明日一早咱们去迎一迎这位新任巡抚！"

· ※ · ※ · ※ ·

第二天一大早，早已集结贵阳的众权贵便纷纷启程前往东城十里亭，迎候巡抚大人。

布政使司、提刑按察使司、都指挥使司会同巡抚衙门的人天刚蒙蒙亮就赶到了十里亭，扎彩棚、安置鼓乐、设置岗哨，进行先期准备。

叶小天也一早赶到东城十里亭，远远一看，就见路旁设了许多棚子，棚中有桌椅板凳，桌上有茶水点心，许多人散坐在那儿，吃着点心，喝着茶水，正与相熟的朋友聊天。

叶小天匆匆一扫，发现有一处棚下人特别多，定睛一瞧，中间坐定一人，正是花晴风。花晴风是巡抚大人的师爷，这个特殊身份，使得他被众星捧月一般围在中间。

当然，围着他的人主要来自三司，都是流官系统的人，土官系统的人来是必须要来的，对巡抚大人该有的敬意要有，却不必像他们一样，连个巡抚大人的师爷也得巴结。

叶小天见花晴风一副春风得意的样子，不觉失笑，止住了步子，没有上前打扰。他现在凶名在外，步履所至，无人不为之侧目，如果上前相见会抢了花先生风头的。

叶小天一来，便有人暗中议论，有原本不认识叶小天的，这时也知道了他的身份，众人只在远处打量私语，无人近前。十里亭处本来熙熙攘攘，唯独叶小天身边冷冷清清，无人敢接近。

这时有一个身着青袍的官，居然毫不避嫌地迎过来，迈着外八字的步子，肩膀横晃，圆脸蛤口，双目细长，叶小天定睛一看，正是久违了的李向荣李经历。

不等李经历说话，叶小天就拱手笑道："李兄，恭喜，恭喜啊。巡抚大人正式上任了，李兄你算是守得云开见月明了！"

李经历赶紧赔笑向叶小天施了一礼，叶小天的凶名，就连他这个熟识叶小天的人都有些发怵，好在他和叶小天算是"患难之交"，而且他曾拜在耶佬门下信奉蛊神，与叶小天算是半个自己人。

李经历与叶小天寒暄几句，便腼腆地道："巡抚大人到了，固然是喜事，奈何李某并非巡抚大人门下老人，恐怕不得提拔啊。听说那位花先生与叶长官有旧，只恨李某无缘结识，所以还得厚颜恳请叶长官为我引荐引荐。"

"这个容易，来来来，我带你去！"叶小天对这位李经历挺同情的，马上热情地攀起他的手臂，笑微微地向花晴风迎去。

叶小天一到，就像一拍子下去，围在花晴风周围嗡嗡不休的"众苍蝇"一哄而散，正享受这种众星捧月感觉的花晴风微觉不快，抬头一看，才知是叶小天到了。

叶小天热情地道："来来来，花先生，叶某为你引荐一下。这位是巡抚衙门的李经历，你们两位今后要同衙共事的，不妨先亲近亲近！"

李经历赶紧上前，露出谄媚的笑容，对花晴风拱手道："花先生，久仰，久仰！在下李向荣，今后还要请花先生多多关照啊。"

花晴风一见李经历，不由一怔，他以前每年都去铜仁府争夺赈款，和这位李经历是见过的，怎么这位李经历好像根本不认识他的样子？

转念一想，花晴风不觉有些好笑，那时候这位李经历总是一副目高于顶的样子，何曾把他放在眼里，难怪对他毫无印象了。花晴风勉强起身，拱拱手道："原来是李经历，久仰，久仰。"

叶小天道："花先生，李经历与我在铜仁曾共事一场，相交甚厚，算是叶某的知交好友了，今后还要请花先生对他多多照拂呀。"

"哦？原来是叶长官的知交好友……"花晴风看着李经历，眼中有了一抹不一样的色彩，他握着李经历的手摇了摇，笑得很开心，"既然是叶长官的朋友，这个面子，花某一定给！哈哈哈……"

第八十章

抚台驾到

一

花晴风和李向荣似乎一见如故，两人很快就谈笑风生了。有叶小天这个瘟神杵在旁边，别人不愿上前打扰，所以花晴风和李向荣很是攀谈了一阵。

将近正午，有快马来报，说巡抚大人的仪仗就在前面了，众人立即准备起来。

流官排成三列，土官排成三列。流官这三列分别按照文官、武官和致仕卸任官的类别成列，再按资历、官职的大小成行。土官那边的三列则按照文官、武官和没有朝廷任命的官职的土司成三列排位站。至于普通士绅们，站到两边担当摇旗呐喊的职务去了。

其实叶巡抚的车队本应该还要早小半个时辰抵达，不过他那边也不时派人到前方探路，眼看将到十里亭，探马回报，叶巡抚便命护军停了下来。

他们跋山涉水地赶路，是不可能打起牌子、扛起旗子，一路仪仗森严的。此时才换上鲜亮的官服，打起肃静、回避、官衔、功名各色牌子和旗帜。

数百号人更衣换服，着实地忙乱了一阵，所以就耽搁了一阵。等到人马全部准备完毕，叶巡抚这才正式打起威严的巡抚仪仗，一路鸣锣，直奔十里亭。

前方已经可以看到巡抚大人的车队影子了，众官员士绅立即停止了骚动，纷纷拱手肃立，准备迎候。这时后方忽然又有一阵人马赶过来。

两队骑士，中间护着一架滑竿，滑竿上坐着一个面容清癯、须发皆白的老人，脸上带着恬淡的笑容，从流官、土官两行序列中间缓缓走过去。

众人先是一阵骚动：是谁此时才到，而且似乎比远来的那位巡抚大人还要招摇？众人正微生诟词，扭头一看，见是土司王安国维安老爷子，众人不免又换了一副惊容。

"安老爷子？"

"他怎么来了？"

"连安老爷子都来了，咱们这位新任巡抚还真有面子啊！"

难怪众人惊讶，历任巡抚到任，安家掌门人是从来不到场相迎的。

巡抚作为一方封疆大吏，手握大权，可以生杀予夺便宜行事，其实就是辖区之内的"土皇帝"，除了少数几个地位只略逊于他，巡抚也无权处治的文武大员，其他人无不仰其鼻息。

但是贵州不同于其他地方，这里是土官的天下，"土皇帝"太多，巡抚大人的影响力和权柄就大受影响了，以安家的地位，安老爷子完全没有必要亲自来迎。

如今安老爷子来了，在众人心中，这位大名鼎鼎的治世能臣叶梦熊，在众人心中的地位登时也升了一格，原本心中还稍有些不以为然的官员也不觉凛凛起来。

滑竿到了队伍最前面停下来，安大公子和他的父亲扳鞍下马，侍立在滑竿左右，安老爷子依旧端坐在滑竿上没有站起，直到那队伍到了近前，安老爷子才轻轻一踏滑竿，示意抬竿人把他放下，缓缓站了起来。

巡抚的先导仪仗先至，骑卒队、步卒队、旗队、牌队……到了近前纷纷裂向左右，从恭迎的人马旁边放慢速度缓缓行过，等那辆马车在前方停下时，两侧的仪仗齐刷刷地停住，霍然向中间一转，面对面立定。

十六名铁甲重骑在巡抚大人的车驾两旁勒马站定，高头大马雄骏魁伟，马上的骑士甲胄鲜明、佩刀挂盾，手中的长枪枪杆有鹅卵粗细，森寒闪亮的钢枪尖刃足有一尺半长，令人望而生畏。

他们是重骑，一旦上马便不会轻易下来，因为再想上马太困难了，旁边若没有人辅助，他们是很难披挂着一身重甲重新登上战马的，他们是特许不必下马的。但是其他骑卒却是整齐划一地下了马，肃立站定。

叶小天微微眯起了眼睛，有关这位叶巡抚的资料在他脑海中缓缓闪过。此次来迎接叶巡抚的人，每一个都下过一番功夫，有人调查叶巡抚的履历，有人探问他的喜好，有人猜测他此来施政的主要方向……

天牢里出来的叶小天做事角度比较特别，他在天牢里见多了身陷囹圄的贪官污吏，所以一直认为从台面上看那些风光体面、威望隆重的高官大员，根本看不出什么，要探查他们的私德私行，这才能最准确地判断一个人的品行、性格和为人处事的作风，所以他也派了人，调查的却是叶梦熊最隐私的行为。

然而，调查的结果并没有什么令人眼前一亮的发现，叶小天并不是君子，他也有许多不足为外人道的隐私，可是这位叶巡抚没有，他是一个真正的君子，公开场合什么样，私底下就是什么样。

能够做到一方封疆大吏，做事的方法手段、心机智慧自然是有的，耿直迂腐、不知变通到一塌糊涂的地步还能做到高官的，几千年来也不过就是一个海瑞，可这样的人顶多能以廉德著称，干吏是谈不上的。

要在官场这个复杂的环境中干出一番事业，岂能没有一点谋略手段。就算极受人称颂的包青天其实也不像戏台上演的那样，他是清官好官不假，但是历史上真正的包拯，与同仁相处、与皇帝相伴，手段也是颇为圆滑高明的。

叶梦熊是同样的人，比如这次下拜帖给安老爷子，以进为退，迫他前来相迎，借此提升自己的威望，就是他的一个手段。但是经过叶小天调查，叶巡抚的的确确私德无亏，没有任何可供人拿捏的把柄。

这样一个光明磊落的君子，叶小天自然也是极为佩服的，但佩服归佩服，这样的人，显然也是极不易应付的。尽管叶小天事前已经听了叶梦熊送给他的那句卦辞，心里还是有些忐忑。

"叶梦熊，忠义廉洁，才器敏达，遇事敢为，素有谋略，熟谙兵法，善权机变，乃当世名臣……"

安国维眯着一双老眼，一边默默念叨着他对叶梦熊的评价，一边微笑着看着掀开帷幕，朝服冠带地从车厢中走出来的巡抚大人。

叶梦熊时年五十六岁，但须发皆黑，丰神俊朗，年轻时应该是个美男子。实际上能被点为进士的人就没有长得差的，光是文才好、成绩好是不成的，官仪也是一条重要标准。

叶梦熊自轿中走出来，目光向众人一扫，久在官场历练熏陶出来的威严庄穆的气质和摄人心魄的气势，众人一见便为之心折，这位老大人不是好糊弄的。

叶梦熊锐利的双目向众人一扫，便把众人的表情尽收眼底，他微微一笑，举步走下脚踏，忽然加快两步，双手伸出，作势欲搀的安老爷子肩膀才刚一晃，就被他扶住了。礼尚往来，安老爷子给足了他面子，叶梦熊当然也得报之以李。

"老先生就是安老爷子吧，久仰大名，久仰大名啊！"叶梦熊拉着安老爷子的手，亲热地摇晃了几下，热络地道，"叶某今来贵地为官，今后还要老先生多多护持啊！"

安国维谦逊地道："巡抚大人太客气了，老朽盼大人来，可是如盼甘霖哪。今后有抚台大人在，黔地一定政通人和、百业兴旺，老朽高兴得很哪。"

两个人执手大笑。花晴风满面红光地挤到两人面前，叶梦熊既然让他打前站，这负责为叶梦熊引介当地官绅的资格自然就是属于他的，这可是极露脸的机会。

他这几天周旋于三司，今日早早赶来与各家交际，其实也不只是为了拖延见叶小天的时间以及满足个人的虚荣心，提前认识该认识的人以便引介，也是一个主要原因。

"东翁，学生为您引介，这位是水东宋家的宋宣慰使……"

花晴风认真地为叶梦熊做起了介绍，按照安宋田杨四大家的顺序先介绍四家天王，接着才是三司长官。由此也可看出，除了这位总揽大权，有临机专断之权的巡抚大人，三司的地位是在四大天王级土司之下的。

杨应龙第四个走上前，笑容微微有些僵硬，叶小天不由暗想：如果是我，明明实力至少可以排第二，却还得按照几百年前定下的排序屈居他人之后，恐怕我心里也不会太舒服。

众人一一上前，够资格的和叶梦熊拉拉手，寒暄几句，不够资格的行个礼便退到一边，轮到叶小天时，花晴风顿了一顿，道："这位是卧牛长官司长官叶小天。"

十里亭前人山人海，这一刻却是鸦雀无声，所有人都屏息看着，他们才不相信叶梦熊此来贵阳，不曾提前派人了解过此地的情形，叶小天的事他就算不全知道，也该知道大半了，倒要看他如何对待此人。

叶梦熊对别的地位不甚相当的官员，大多只是微笑着点点头，那眼神究竟有没有落在对方脸上，对方都难以确定，但此时花晴风一说叶小天，叶梦熊的目光却实实在在地定在了叶小天身上。

叶梦熊慢慢收敛了那副礼节性的微笑，仔细打量叶小天两眼，微微点点头，淡然道："叶沐晨？嗯……老夫听说过你！"

叶沐晨？叶小天怎么成了叶沐晨，莫非这是他的表字？抚台大人怎么知道他的表字？在场的众权贵中，九成九都没听说过叶小天的字，这时不免面面相觑起来。

第八十一章

将你一军

一

叶小天听了叶梦熊的话微微一怔，如果不是叶巡抚说起，他几乎忘了自己还有这么一个表字。

万历皇帝虽然有点小气，在他配合天子铲除后党后没给他什么封赏，只随口赐了个字给他，但是皇帝赐字远比赐他百十两金子、几十匹绸缎更值钱。

如果他官职够高，一个御赐表字对他就没用了，但是对地方上的小吏们来说，只要有皇帝赐字在手，一旦有升迁机会，他就会走在所有同仁的前面，稳稳当当地先升官。

可惜，这个道理也不是放诸四海而皆准的，至少在贵州这儿，不行！叶小天回来后，成了土司中的一员，站在土司的立场上再想，才发现御赐表字对他来说没什么用。

由于土司们大多对朝廷抱有戒备心理，炫耀此事反而会对他有不利影响，所以他便绝口不提了。这时听叶梦熊一说，叶小天才想起这档子事来。

土司们不在乎皇帝赐字，甚至会心生反感，但是流官呢？他们在乎啊！叶巡抚就是流官！想到这里，叶小天心中暗喜，连忙再次施礼："是！沐晨见过抚台大人。"

在抚台大人面前不称官职而称表字，这关系可就亲近多了，这是执子侄礼啊。众土司面面相觑，难不成叶小天走了狗屎运，又和人家抚台大人攀上了关系？这一次他把贵阳搅得腥风血雨，竟然可以稳稳当当地渡过难关？

叶梦熊哈哈一笑，没有再与叶小天说话，而是继续接见其他官员。叶小天退到队列当中，暗暗想着心事，忽然心头一动，隐隐觉察有些不对劲。

他抬起头来四处观望，果然没有发现展家、曹家和张家的人，叶小天心中微微一紧：这几个人怎么可能不来迎接巡抚，他们没有露面，想玩什么阴谋诡计？

叶梦熊花了足足小半个时辰的时间，才接见完此次前来相迎的各方权贵。随后，叶梦熊亲热地挽着安老爷子一同登车，向贵阳城进发。

前方仪仗眼看就要到了城门口，忽然停住了。此时是叶梦熊的车队在前面，所有迎接的人马都在后面,所以他们也不知道发生了什么事,许多人都坐在马上,抻长了脖子往前看。

有那机灵些的人就打发随从跑到前边去看,不一会儿就有人知道了情况,开始交头接耳起来。叶小天心中隐隐升起一种不祥的预感,他不相信展、曹、张三家会毫无举动,难不成是他们发难了?

叶小天正想着,花晴风突然骑着马从前边急急赶了过来,在马背上抬起屁股四下张望一番,一眼看见叶小天,赶紧向他招招手,大声道:"叶长官,快快上前,抚台大人召见!"

周围尚不知情况的人纷纷望向叶小天,叶小天心中轻轻地敲着鼓,双腿一磕马镫,从众官员闪开的道路中间向前赶去。

叶小天赶到花晴风身边,花晴风一脸关切,低声提醒道:"你要小心了,展、曹、张三家堵了城门,向抚台大人告你的状呢!"

叶小天心中一沉,果然是他们。叶小天沉住了气,对花晴风微微颔首道:"有劳先生!"

叶小天赶到最前面,一瞧车驾前的情形,果然展、曹、张三家人马到了。

展龙、展虎披麻戴孝,带着同样一身白的展家儿郎,直挺挺地跪在地上,手中还撑着招魂幡。在展龙展虎中间,停着一口棺材。

中间是曹家的人,曹瑞雨同样是一身缟素,泪流满面,在他左右是两口棺材,应该就是曹瑞希和曹瑞云的棺椁了。

最左侧跪在地上的是张雨寒,他身旁也有一口棺材,盛敛的自然就是张雨桐的尸骸。

整个城门前白花花一片,都是披麻戴孝的人,其中很多人正在伏地号啕大哭,城头上还有人向下抛洒着纸钱,纷纷扬扬仿佛漫天大雪。

一张纸钱翻滚着飘下来,飘向叶小天脸上,叶小天微微侧了侧头,那纸钱便落到了他的肩上,叶小天把纸钱抓在手中,狠狠团成一团,往地上一掷。

展龙、展虎对他怒目而视,但他们显然是打定主意要把这个难题交给新任巡抚来解决了,所以并未冲上来动手。叶小天还想讥诮他们几句,忽然看到跪在棺材后面右角处的那个人抬起头,露出一张熟悉的面孔。

那是凝儿,凝儿一身缟素,正双眸凝泪地望着他,看起来是在埋怨他为何不听劝,执意不肯离开贵阳。叶小天心中一软,慢慢散去了心头杀气。

花晴风催动胯下之马,慢腾腾地从叶小天旁边跑过去,身形交错时飞快地低声道:"不可冲动,快上前参见巡抚大人。"

叶小天挪开与展凝儿对视的目光,转而向车子上看去,车上帘笼已经挑起,叶巡抚和安老爷子正并肩坐在车中,叶巡抚面沉似水地直视前方,安老爷子则轻轻抚着胡须平静地看着他,眼中似乎还有一抹笑意。

叶小天长长地吸了口气,策马来到车驾前,扳鞍下马,向叶梦熊长长一揖,道:"下官叶沐晨,见过抚台大人。"

叶梦熊脸色阴沉,向前一指,对叶小天道:"说说,这是什么意思?"

叶小天回头看了一眼,对叶梦熊抱拳道:"下官与铜仁张家、石阡曹家、展家之间,有些小小冲突,不意竟惊扰了抚台大人,实在是罪过!"

"小小冲突?"

叶梦熊大笑,道:"铜仁张土司,肥鹅岭曹土司、曹土舍,石阡展土司,相继丧命在你的手中,你居然说是小小冲突?那本官倒要问你了,什么才算是大冲突?你擅杀官员,而且一杀就是四个,不!听说石阡杨土司也丧命在你手中,连杀五位朝廷命官,该当何罪?"

叶小天镇定地道:"回禀抚台大人,哪怕只杀一个朝廷命官,那都是死罪了!"

叶梦熊厉声道:"原来你也知道有罪?"

叶小天道:"是!抚台大人如果想知道下官与这四家交恶的缘由,下官自当一一禀明。单就有罪无罪来说,下官的确是有罪的,下官认罪!"

叶梦熊振声道:"你知道有罪就好!来人啊!把他给我拿下!"

几名护军一拥而上,就要来拿叶小天,花晴风心中一阵狂喜,赶紧强自抑制,扮出一副紧张关切的样子望着叶小天。

叶小天双手一张,制止了军士上前,对叶梦熊大声道:"抚台大人,下官之罪,自有朝廷法度惩治。而朝廷法度,对黔地是有特殊规定的,抚台大人既然担任本省抚台,应该知道此事吧?"

叶梦熊微微一怔,道:"你说什么?"

叶小天道:"罚金代罪!这是天家赐予土司的特权。下官乃卧牛司世袭长官,是一位土司。按照我大明律例,下官杀人,可以罚金抵罪,下官愿意交纳罚金!"

展龙、展虎还有张雨寒、曹瑞雨一起跳了起来,怒不可遏地道:"你想以罚金抵罪?你就是交出一座金山,也抵不了家父(家兄、我兄弟)的性命!"

展龙上前一步,向叶梦熊抱拳道:"抚台大人,朝廷律法于此地确有特例。但法理不外乎人情,家父之死,既非因为两家土民纠纷争斗而死,也非一时口角错下重手!

"叶小天连杀石阡杨氏、曹氏,铜仁张氏以及家父四位土司,全因他野心勃勃,主动挑衅,试图侵占他人领地。此人杀人手段残忍暴虐,不杀何以平民愤,岂可依照寻常律法治罪?"

曹瑞雨叫道:"杀一人和杀五人,罪责大小岂能相提并论?况且,被杀者并非普通土民，而是一方土司，仅此身份，也该抵消了他的罚金赎罪之权，我等饱受叶小天欺凌迫害，请抚台大人一定为我们主持公道啊！"

围拢在近处的权贵们见此一幕，不禁纷纷议论起来。石阡童氏家族的族长童云冷笑一声，大声道："呸！有本事真刀真枪地干去！童某也佩服你是条汉子，居然请朝廷做主，真是没有出息！"

许多正在看叶小天笑话的人听到这里，立场登时转变了。不错，叶小天是一家，你们是四家，有本事你们集结四家人马跟他真刀真枪地干哪！居然向朝廷告状，你这不是打开大门放进一头饿虎吗！

土司们守着他们那一亩三分地，一向逍遥得很。他们觉得叶小天是一匹害群之马，当然恨不得他被除掉，可要是借助朝廷之力，此例一开，他们头上不也等于套了个金箍？

风向一转，马上就有人议论道："嘿！展曹张这几家人，看来是破罐子破摔了！"

"王小二过年，一年不如一年了啊！"

"展龙、展虎和曹瑞雨也就算了，毕竟是年轻人，张雨寒偌大的年纪，怎么也如此不知轻重，真是越活越回去了。"

展龙、展虎以及曹瑞雨、张雨寒等人不理会这些人的议论，他们奔到叶梦熊面前齐刷刷跪倒，号啕大哭道："我等奇冤难雪，还请抚台大人为我等申冤，为我等主持公道啊！"

"青天大老爷啊……"

这三家人先给叶梦熊扣了一顶大帽子，随即便此起彼伏地号啕起来。此处是城门口，虽然早就封了道路，以供抚台大人通过，但这边一闹，城中百姓闻声都拥了过来，就连城墙上都站满了。

展、曹、张这三家憋了好多天才憋出这么一个主意，虽然下作了一些，却很有效。此情此景对刚刚上任的叶梦熊来说，的确是一个严峻的考验。

如果叶梦熊不能完美解决此事，纵然有土司王安老爷子亲自前来帮他"抬轿子"，他也要声名扫地了。威仪这东西，一旦失去，再想找回来就难了。

而且声威这种无形武器，运用好了对一个人有加成作用，运用不好则有减效作用。如果大部分土司敬畏他，剩下几个桀骜不驯之辈，他若想调教就容易得多，如果大部分土司都不把他当回事，只怕这位一世名臣就要在贵州折戟沉沙。

展、曹、张这三家正是算准了这一点，才"抬棺逼宫"，逼着叶梦熊拿叶小天开刀立威。叶梦熊坐在车上，也知道这是他赴贵阳上任的关键时刻了。

第八十二章

嬉笑公堂（上）

一

"不管什么事，总得等抚台大人到了衙门再说吧，难不成就在路上设公堂吗？"关键时刻，还是安老爷子笑眯眯地插了一嘴，叶巡抚便就坡下驴，吩咐把苦主、被告一干人等带到巡抚衙门。

安老爷子发话，展、曹、张三家人也不愿在这件无足轻重的小事上惹他不快，反正声势已经造出去了，抚台大人已经被架上虎背，接下来是在大街上公审还是公堂上公审并没有什么区别。于是一干人等便浩浩荡荡地向巡抚衙门"开拔"。

事情发展到这一步，那些迎接抚台大人的官员除了极少数位高权重的土官以及三司的主要流官，其他人已经可以散去了，接下来没他们什么事，抚台大人没工夫和他们继续攀谈，就算有接风宴，他们也没资格就席。

不过所有的人都没走，眼下发生了这样的一幕，人人关心，万众瞩目，他们都想知道新任抚台大人如何应对这一难关，所以众官绅权贵不约而同地跟着他们去了巡抚衙门，成了迄今为止地方上听审群体中规格最高的一群人。

巡抚衙门其实并不是很大，因为巡抚是独官，手下全是他的师爷从属，没有正式官身，整个衙门里除了巡抚就没有一个是朝廷委任的命官。

不过巡抚衙门建得很壮丽，前后堂五间，穿堂两廊，大门、仪门、廊庑若干间，都是全的。东左方向是巡抚大人家室所居的院落，更东面还建有一处赏功所，用以在此举办重大庆祝、表彰活动。

巡抚衙门正门外，还立有"抚安""镇静"二座石牌坊。在屏墙南面建有三司厅，作为巡守、兵备会议言事之所。整个巡抚衙门占地虽不甚广，但穹堂峻宇，高闳崇墉，比布政使衙门还要壮丽几分。

叶梦熊进了巡抚衙门，一应安置事务自有别人去做，叶巡抚沉着脸色先行上了大堂。那些巡抚衙门的执役属吏还没来得及拜见抚台大人，瞧瞧抚台大人长什么样，就急急忙忙地拎着水火棍升堂了。

安、宋、田、杨四大土司分别坐在叶梦熊主审台的左右两边,哪怕是在巡抚衙门,以他们的身份也是有座位的,而且要坐上席。再往下一阶坐的是布政使、按察使和都指挥使。

三司官员都只能敬陪末座充当陪审,这个规格在地方上同样是隆重到无以复加。不要说在贵州,就是放眼整个天下,这种规格以前没有、以后也不会有。

其他官员权贵无论什么资历身份,年老年幼,统统只能在堂下听审,院中停放了四口棺材,抚院门外跪了几百号披麻戴孝的人,只有张雨寒、曹瑞雨、展龙、展虎等各个家族的重要人物,才得以进入抚院。

如此壮观的场面,早就轰动了全城,四方百姓云集而来,巡抚衙门四周围观的百姓越来越多,他们虽然没有办法挤进抚院直接观审,但这时也是八仙过海各显其能,用尽办法打听里边的最新消息。

展凝儿和其他两个苦主家族的至亲族人站在廊下,她望着堂上的叶小天心中好不凄苦,这个冤家怎么性子比驴还倔,此时此刻她已经帮不上什么忙,只能暗暗担心了。

张雨寒、展龙、展虎还有曹瑞雨等抚台大人开口一问,立即满腔激愤地指责起叶小天来,叶小天当然不甘示弱,第一印象很重要,不能由着他们指责。叶小天马上反驳起来,他伶牙俐齿,以一敌四,居然也不落下风。

这边激辩着,早在展龙、展虎等人抬着棺材堵了城门的时候,党延明就已急急向田妙雯禀报了。

田妙雯听了党延明的禀报,凛然道:"这不算如何高明的手段,不过却很有效。叶巡抚除非想刚一上任就闹个灰头土脸,否则此事无论如何都要断出个结果了。"

过了一阵儿,又有人传来消息,说叶小天已经被羁押,抚台大人刚刚上任就要开堂问案,苦主被告一干人等都到巡抚衙门去了。田妙雯霍然立起,吩咐道:"备车!"

党延明劝阻道:"小姐,有杨家保他,应该没有大碍吧?"

田妙雯道:"杨家是杨家,田家是田家,田家该做的事,杨家做了,田家就可以不出面了吗?"

党延明道:"属下不是这个意思,属下只是觉得……"

田妙雯加重语气道:"地位、权势、地盘、财富,失去了都可以再夺回来,可要是人品丢了,就再也捡不回来了!"

田妙雯一边说一面自墙上摘下浅露,对党延明道:"之前田家不出面,我们还可以辩称是田家只剩了一个空架子,没有力量与展、曹争斗。如今只需要说句公道话,如果连这我也不肯出面,天下人会怎么看?"

党延明道:"属下只是觉得,叶小天现在已经和杨应龙达成协议,如果咱们田家为他出面，会不会惹杨应龙生疑？"

田妙雯一撩珠帘从内室走了出来，说道："我们避而不见才会惹他生疑，明知他们之间有所勾结我还肯出面，杨应龙反而能够释疑，对聪明人，我们得反其道而行之！"

田妙雯从党延明手中接过披风，道："杨家昔年不如田家，杨应龙现在朝思暮想的就是要凌驾于所有曾经压在杨家头上的人之上！他不会注意到那些曾经辉煌过，现在梦想着重新站起来的人！"

·※·※·※·

抚台公堂之上，双方激辩不休。

张雨寒冷笑道："你想以罚金抵罪？做梦！"

张雨寒转向叶梦熊，拱手道："抚台大人，昔日叶小天任铜仁府推官的时候，曾有五个权贵子弟见色起意，凌辱了一个民女，这五个权贵人家也曾要求交纳罚金抵罪，可叶小天却坚持不许，到底还是砍了他们五人的脑袋！

"如今轮到他自己犯下弥天大罪，却搬出曾被他践踏的律法来保命，要求以赎金免罪了，岂非可笑之至？如此沽名钓誉之徒，简直是无耻之极，可惜他已然作法自毙！"

"你是猪吗？"

叶小天看着张雨寒，淡淡地问了一句。叶梦熊听张雨寒说叶小天任铜仁推官时不畏强权，为了替民女伸张冤屈，悍然斩了五个恶少，心中很是欣赏。

但他毕竟是正途出身的两榜进士，真正的读书人，听叶小天在公堂之上出言粗俗，不禁眉头一皱，沉声道："叶小天，公堂之上，只能辩解，不得出言无状！"

"下官遵命！"叶小天向叶巡抚深施一礼，又复起身，转向张雨寒道，"这两件案子，看似一样，其实大不一样。你居然看不见？"

张雨寒恶狠狠地道："同样是触犯律法，同样是要求以罚金抵罪，有什么不一样？"

叶小天慢条斯理地竖起一根手指："罚金抵罪之律，是我朝太祖皇帝施予黔地土人的恩惠，也是我太祖皇帝尊重黔地旧俗的原因，该律之实行，必须要符合两个条件。"

杨应龙打了个哈哈，笑问道："什么条件啊？"

叶小天睨了他一眼：这位杨土司挺上道的啊，这就开始配合了，要不是他性情阴鸷，所走的路与自己又截然不同，和这个肯担当的家伙合作，倒是远比徐庶一般坐在那儿当哑巴的田大少爷强。

叶小天道："第一，案子要发生在黔地！否则的话，难道此地土司跑到中原去，也可以任意杀人，杀完了人丢下一笔银子就一走了之？天下没有这样的道理。

"第二，苦主与被告，都得是黔地土人，否则一个中原籍贯的人跑到黔地杀人，又或者黔地土人杀了从中原来的人，也可以照此律法办理吗？那岂不是要天下大乱？"

叶小天转向叶巡抚，拱手道："奸淫民女的五个恶少，乃是黔地土人，但受到凌辱的那个民女，却并非当地土人。下官查过，她并不属于任何一方土司，登记黄册，直接受官府管辖，逐年向官府纳税，所以五恶少之所为，不能比照太祖特许之律进行宽赦！"

叶小天复又转向展龙、张雨寒等人，悠悠然道："而我，可是如假包换的黔地世袭土司，被杀的那几个败类，和我的身份也是一样！这个案子发生在黔地、黔人之间，按照太祖皇帝特许黔地之律令办理，有什么不妥吗？"

叶梦熊抚着胡须向左右看了看，宋、田、杨三家土司竟不约而同地点了点头，显然深以为然。叶小天这么解释，既维护了他们土司阶级的权益，又能让他们庇护叶小天有了合理借口，他们自然深表赞同。

安老爷子一如既往地不肯轻易表态，不过瞧他面露轻笑的样子，看来也是不反对的。展龙、展虎一看急了，展龙上前厉声道："抚台大人，我爹可不是普通的土人，他……"

叶小天扬了扬手，高声喊道："王子犯法，与庶民同罪啊！"

他喊也就喊了，偏偏还故意拿腔作调，语气中充满了揶揄。展虎气得三尸暴跳，大吼一声就向他冲过去，叶小天立即一个滑步退到两个挂棍的衙役中间，尖叫道："公堂之上，你要干什么！"

叶梦熊啪地用力一拍惊堂木，大喝道："统统肃静！谁敢扰闹公堂，乱棍打将出去！"

第八十三章

嬉笑公堂（中）

一

叶小天一听巡抚所言，马上规规矩矩地转向叶梦熊道："下官遵命！下官所言句句属实，下官虽曾以朝廷律法处死过五个恶少，但那五个恶少并没有资格以赎金抵罪，而下官却是可以的，恳请抚台大人为下官主持公道！"

曹瑞雨悲笑一声，走上前道："公道？你在我们面前说公道！你要公道，谁来为我们主持公道？"

曹瑞雨转向叶梦熊，扑通一声跪倒在地，悲声说道："抚台大人，今日若不严惩凶顽，下官……死也不服啊！"

"若不严惩凶顽，下官不服！"张雨寒一撩袍裾也跟着跪下了。展龙、展虎有样学样，一一跪倒在叶梦熊面前，堂下这几家的子侄亲族们一见，马上轰然跪倒，悲声大呼起来。

三司、四天王、众官绅纷纷看向叶梦熊，叶梦熊顿时感受到了沉重的压力。这件事他不处理是不行的，只要他把这件案子推诿出去，就是把他的威严和体面都推了出去。

如果他使一个拖字诀，这案子虽然能拖下来，可他新官上任的新气象也就拖没了，回头他再想把这么多的权贵聚拢到此地谈何容易，到时候流传开来的就是这位抚台大人尸位素餐、不足为惧，其所谓赫赫声威，不过是以讹传讹罢了。

到时候大家阳奉阴违起来，他要花费十倍的力气，才有可能重振声威。如果他把此事推诿出去，比如交给专司律法诉讼的提刑司，又或者与四大天王公议，那就更是贻笑大方了。

三个土司家族的人已经把案子报到了你的面前，你居然不敢担当，你到贵阳干吗来了？办！又该如何办？

叶小天说得貌似很有道理，但是叶梦熊如果真的如他所言，让他交付一笔罚金了事，其实也是解决不了任何问题的。

那三家苦主完全可以不接受，你叶巡抚既然认可这种处理办法，那好！不用你管了，我们三家联手讨伐卧牛岭去，杀了叶小天后，大不了交纳一笔赎金嘛！如果卧牛岭方面不接受赎金，那他们还可以再杀回来。如此一来，叶巡抚岂不成了一个摆设？

可是若依照这三个苦主所言办叶小天一个死罪，让他以命抵命呢？开什么玩笑！据说叶小天的部下都是山中生苗，素来桀骜不驯，叶巡抚久经沙场，是个挂过帅的文人，他倒不怕这个，但……他为何而战啊？为了让这几方土司继续稳稳当当地占据其地吗？

朝中对于贵州方面的态度，其实是分成几个派系的。主要分为鹰派和鸽派。鸽派主张绥靖，一如既往地采取安抚政策，保证贵州方面打着朝廷的旗号就行了。

而鹰派却认为世易时移，如今已经不同于汉唐时候，朝廷有条件，也应该扩大其影响，对这些国中之国实施直接统治了，进行改土归流是大势所趋，叶梦熊就是鹰派中的一员。

贵州的稳定，在朝廷眼里一直是个敏感问题，此次叶梦熊能调来贵州为巡抚，一方面是年轻的天子胸怀大志，另一方面也是鹰派努力运作的结果。

对于贵州叶巡抚自有打算，像叶小天这样有前途的一根"搅屎棍"，让他继续搅活下去朝廷才有机会、有借口啊，把他剁巴剁巴当劈柴烧了，那不是太浪费了吗！

叶梦熊来此之前，就知道叶小天一案必将是他的一个重大挑战，他心中业已做过一番策划，但是如何让事情顺理成章地按照他的意愿发展，这个过程却是无法事先规划的。

此时叶梦熊抚着胡须蹙眉深思，旁人都以为抚台大人是对如何判决此案委决不下，却不知叶抚台早就想好了处理结果，现在他要考虑的是如何合理地推演出这个结果。

这时一个值班衙役快步走进大堂，单膝点地对叶梦熊道："启禀抚台大人，衙前来了一名女子，自称是本案的重要人证，请求上堂做证。"

"嗯？"叶梦熊正暗自思量，尚未想出一个好的办法，忽听有重要人证，精神顿时一振，立即吩咐道，"马上带她上来！"

叶梦熊只听衙役一说，立刻猜到这个自称是人证的女子带来的必定是对叶小天有利的消息。

原因很简单，今日突起发难的人是展、曹、张三家，他们早已有所预谋，必然是集中火力，务求一举干掉叶小天，如果有什么底牌他们早就亮出来了，再蠢也不会把可以打击叶小天的人证当成秘密武器，僵持到如此地步才拿出来。

片刻工夫，那衙役便领着一个头戴浅露的妙龄女子走进大堂。堂上陪审的众官员以及在下面听审的众权贵虽然瞧不清她的模样，可是光看她的身姿步态，便是精神一振。

什么叫折纤腰以微步，这就是了！什么叫呈皓腕于轻纱，这就是了！这女子仿佛一缕温柔的春风，款款而行时，那浅露微动的薄纱，衣裳微微扭动时迷人的曲线，仿佛一幅绝妙的写意画，引人遐想，回味无穷。

"徐庶"坐不住了，腾的一下站了起来："你怎么来了？"田妙雯看了大惊小怪的兄长一眼，没有接话，而是向叶梦熊福了一礼，道："田家女妙雯，见过抚台大人。"

田家大小姐？那么不行拜礼就是应该的了。叶梦熊咽回了质问的话，虚抬右手道："田姑娘少礼，方才衙役讲，田姑娘是此案的重要人证？"

"不错！公堂之上，妙雯自然不敢撒谎！"田妙雯说着，伸手摘下了浅露，叶梦熊顿觉眼前一亮，黔地虽然偏远，却是山水清逸、钟灵毓秀，方能孕育出如此清丽出尘的女子啊。

在场大部分权贵都认识田妙雯，本来不认识的，上次在安府也见过她了，用自己做悬赏追杀展土司性命的田家大小姐，只要见过了，谁还不记得？

叶梦熊道："那么，田姑娘要为何人做证呢？"

田妙雯道："妙雯为卧牛司长官叶小天做证！"

叶梦熊道："证明什么？"

田妙雯道："证明叶小天杀人是为自卫，不得已而为之！"

堂上顿时一片哗然，但哗然声刚起，突又戛然而止。众人镇定下来之后自问，他们也奇怪自己刚才激动个什么劲儿。

田妙雯的事大家都清楚，这可是贵阳城持续了一个多月的热门话题，就连城东三十里龙门坳里没什么香火的那个小道观的庙祝都知道，田妙雯来证明叶小天是自卫杀人，有什么好惊讶的？

叶梦熊饶有兴致地看着田妙雯，道："哦？那就请姑娘说说，叶小天缘何是自卫杀人。"

田妙雯把整个贵阳城人人都知道，唯独叶巡抚至少表面上是不应该知道的那些事情又说了一遍：展伯雄老不修，如何对她见色起意，事败后为保名誉如何派人追杀，叶小天如何救她，二人如何躲进荒山。展伯雄如何怀恨在心，在花溪设伏意图杀害叶小天……

只说这个也不过就是解释了叶小天和展伯雄的恩恩怨怨，并不能涉及张、曹两家，但田姑娘是何等人，既然出面了，岂有浪费机会的道理。

田姑娘言辞不多，却条理清晰，随即把叶小天率众出山，与张绎打赌，以一牛耕犁一日之地划为自己领地的事情说了一遍，张家与叶小天结怨并意图杀人的理由和动机登时便有了。

接着田姑娘又把曹瑞希帮助杨家二弟杨羡敏争权,之后得陇望蜀,在叶小天回山解决寨内纠纷时,抢占了叶小天的领地,但叶小天再度出山后又夺回领地的事说了一遍。

如此一来,曹家与叶小天结怨的理由也有了,这一次说的过程稍长了些。不过对美人,男人总是会多些耐心的,即便叶梦熊这样的正人君子也不能免俗。若换一个女子如此东拉西扯,他早就把惊堂木一拍,喝令人家"只管说与本案有关的事情"了,但说话的人是国色天香的田大姑娘,那又另当别论。

田妙雯最后说道:"是以,当日在花溪,正如今日张、曹、展三家联手一样,同样是张、曹、展三家联手,意图刺杀叶小天!"

展龙大吼道:"你胡说,这都是你的一面之词!"

田妙雯道:"是不是胡说,他们心里清楚。只可惜,他们正躺在棺材里,回答不了这个问题了!但,本姑娘是什么身份?若非事实如此,田家女会不惜清誉,出面做证吗?"

展虎道:"当然有!你在安府曾当众宣布,只要叶小天杀了我爹,你就嫁给他!现在我爹已经死了,你与他就有了婚约,你的证词还能作数吗?"

一直没吭声的叶小天适时跳了出来:"喂喂喂,展老二,你这话可不对啊!田姑娘说这番话的时候,我们之间可没有婚约,这里有个先与后的问题。为什么田姑娘要以杀死令尊为条件自许终身呢?这里还有个因与果的关系,那么问题就来了……"

"啪!"

叶小天可不是美人,所以没有美人的待遇,抚台大老爷实在不想听他啰唆了,叶抚台把惊堂木狠狠地一拍,登时打断了他的话!

第八十四章

嬉笑公堂（下）

一

"肃静！"

叶梦熊丝毫不给叶小天这个本家面子，狠狠地呵斥了他一句，又转向田妙雯，和颜悦色地问道："田姑娘，你之所言可有物证和旁证？"

田妙雯道："大人，不管是展伯雄意图对小女子不轨，又或者是花溪行刺，如此隐秘之事怎么可能有物证和旁证呢，但小女子亲历其事，自然知道原委。"

张雨寒大笑一声道："没有物证和旁证，如何证明你所言真伪？"

田妙雯扫了他一眼，傲然扬起下巴："以本姑娘的身份，所言所述，就是铁证如山！"

曹瑞雨哂笑道："田姑娘，我等也不是寻常小民，你的话是铁证，难道我们的话就没有丝毫分量？"

展龙对叶梦熊道："抚台大人，这个田妙雯与叶小天早就勾搭成奸了，她的证供不足为证！"

展虎已经气红了眼，全然不在乎田家的名望了，大声道："不错！谁不知道田家大小姐八字硬，一连克死过三个未婚夫，根本就是个嫁不出去的女人！"

田妙雯俏脸一白，没有哪个女人能承受这样的指责，虽说她早知道旁人背后如此议论，可当着她的面说出来，这还是头一次啊。田彬霏看见小妹惨白的脸色，不禁愧疚地低下头去，不敢再看她的模样，小妹这不堪的声名，完全是他一手造成的啊。

展虎今天是真豁出去了，经过这许多事，他已不觉得田家这只纸老虎有什么好怕的，况且这是杀父之仇，如何还能隐忍。

展虎冷笑着瞟了田妙雯一眼，嘲讽道："她是想男人想疯了，现在好不容易出了叶小天这么个凶神，煞气比她还重，不至于让她还没尝到男人滋味，就把人家克死，自然上赶着巴结！"

展龙见事已至此,也豁出去了,冷笑连连地道:"可惜啊,这边上赶着要嫁,人家还不爱要呢。这么久了,也没听说姓叶的上门提亲啊,二弟,你说是不是?"

展虎接口道:"是啊!所以啊,这位大姑娘就没羞没臊、没廉没耻地跑到公堂上讨好人家了。田姑娘,其实你不用这么委屈的,展某正缺一个通房丫头,要不然你就跟了我算了,保证伺候得你舒舒……"

他还没有说完,田彬霏已大吼一声扑了上去,重重一拳打在展虎的腮帮子上,展虎被他打得横飞出去,两颗带血的后槽牙飞到半空。

展龙一见自己兄弟吃了亏,马上扑上去一拳打向田彬霏的后腰,打得田彬霏一个踉跄。田彬霏跌出几步,稳住身形,猛一回身架住展龙再度打来的一拳,两人动起手来。

田彬霏本来是个文质彬彬的公子,就算与人动手也是极注重风度仪表的,可此刻却是双目赤红,如同疯虎,全然不管什么招式了,只有速度、力度这些基本的东西还在,二人拳拳到肉,打得对方的身子砰砰直响。

展虎在地上打了几个滚,昏头昏脑地爬起来,狠狠吐出一口带血的唾沫,大叫道:"你敢动手?老子跟你拼了!"说着攥紧双拳向田彬霏冲去。

只是他被田彬霏奋力一拳打得头昏脑涨,明明冲的是一条直线,走出去却是歪的。

"扑通!"

展虎一跤摔在地上,因为还在天旋地转、重心不稳,额头在方砖地上重重地磕了一下,叶小天收回绊他的右脚,跳起来往他身上重重一坐,左右开弓便抡起了拳头。

叶小天会打刁架,拳头出去专打眼睛鼻子等薄弱处,换成巴掌时就专扇他的脸,虽然打架的姿势稍显泼妇了些,但这一轮暴风雨般的打击,正昏头昏脑的展虎还真招架不过来,被他打得疲于抵抗。

"展家属你最贱,老子打落你满口牙齿,叫你小子当碎嘴老太太!"叶小天一边骂一边打。

田大姑娘已经被展龙展虎一番无耻之极的话羞辱得泪花在眼眶里直打转,她再如何胸有城府,也是个尚未出阁的大姑娘,尤其是身份尊贵,从不曾受人如此侮辱,如何承受得了。

这时见叶小天替她出头,田妙雯心中顿时一暖。自家哥哥因为全无招式,已是打得鼻青脸肿,其形其状比叶小天这边激烈十倍,可那是自己大哥,应该的!

叶小天肯为她出头,虽然至今占着上风,没吃什么亏,就是累得气喘吁吁,田大姑娘却是感到说不出的温暖:他是在为我出头啊!

"岂有此理,统统混账!"

抚台大人当了这么多年的官还是头一回见到这样无法无天的一群人,在公堂上还敢大打出手。这黔地风气果然与中原大不相同。

叶抚台抓着惊堂木，拍得手都麻了，喝道："立即制止他们，分开他们！"

众衙役一拥而上，便去抓扯叶小天。相对而言，这一对容易分开，至于田彬霏和展龙，他们厮打得太过激烈，上前有挨拳头的危险，当然要挑简单的来。

叶小天被几个衙役七手八脚地拖起来，他又跳起身子，狠狠一脚踩在展虎的脸上，大骂道："一张臭嘴！"

叶巡抚一见这般情形，怒不可遏地向自己的四名扈军挥了挥手，这几个人可是跟着叶巡抚剿过匪、杀过江洋大盗、上过辽东战场的真正军汉，自然不怕田彬霏和展龙的激烈搏斗，他们摘下带鞘的腰刀，扑上去就是一通乱劈乱砍，下手毫不手软，迅速把他们分了开来。

叶巡抚面沉似水，冷喝道："田公子，本抚台虽敬重你的身份，可公堂之上，朝廷威严，岂容你如此放肆。搅扰公堂，按律本该责打二十大板，念你是有人辱及胞妹故生冲动，免你刑罚！"

叶巡抚说罢，对左右喝道："来啊！把搅闹公堂者，给我轰出去！"

叶巡抚竟连田大公子都敢往外赶？众衙役面面相觑，微微犹豫了一下，这样强势的抚台，他们还是头一回遇到，不太适应这种为官风格。那四个扈军却是唯抚台之命是从，立即并肩走到田彬霏身边，沉声道："田公子，请出去！"

田彬霏怒道："抚台大人……"

田妙雯截住了他的话，道："大哥，你先出去吧，不妨事的，我应付得来！"

田彬霏忍了忍心头恶气，深深地望了妹妹一眼，猛一转身向外走去。叶小天跟在田彬霏后边，踮着脚尖往外走。叶梦熊在堂上看见，高声道："叶长官，哪里去？"

"啊？"本就踮着脚尖走路的叶小天身子一转，非常恭敬地道，"抚台大人刚刚吩咐搅闹公堂者退下，下官岂敢不从？"

叶梦熊看着叶小天，额头青筋一跳，真想扔下一支死签，撅断这根"搅屎棍"算了。"你是今日的主角，唯一的被告啊，你要退下，老夫还审谁去？"

叶梦熊冷冷地看了叶小天一眼，道："现有田姑娘为你做证，但田姑娘与你关系如何，很大程度上将决定着她的证供是否可信。本官问你，你和田姑娘，究竟是何关系？"

"朋友！"

叶小天一挺胸膛，毫不犹豫。

田妙雯脸色一白，顿时全无血色。但那失去的血色只消褪刹那，突然以肉眼可见的速度，从脖颈开始蔓延到整个面孔，赤红如血。

即便没有展龙、展虎方才那番羞辱性的言语，叶小天此刻公然否认他们之间的关系，她田大小姐从此在人前也再抬不起头来了。

叶小天一言否定，她田妙雯从此将沦为世人口中的笑柄，这个伤害，刺激得她浑身都颤抖起来。叶小天道："今日之前，叶某一直视田姑娘为挚友！"

只一句话就把田妙雯从羞辱不堪的地狱里救了出来，她的眼中重新焕发出了神采，一颗心紧紧地提着，是否再受屈辱，沦为世人笑柄，全在叶小天一念之间了。

田妙雯从未想到自己当日的悬赏，不仅决定了她的终身，还让她变得如此被动。

堂堂的田家大小姐，身份高贵，地位尊崇，容貌之美水西第一，虽说有"白虎"之名，影响了她的婚姻，可那也只是同一层次的家族才为之忌讳的。

只要她肯稍稍放低身价，慕于田氏尊荣又或迷于她的美色而前赴后继、根本不会考虑她克夫凶名的勇士乌泱泱的，何至于把自己置于如此可怜的地步。

叶梦熊目光一凝，盯着叶小天道："那么，你们如今算是什么关系？"

不等叶小天回答，叶梦熊便又跟了一句："田姑娘与你究竟是什么关系，很大程度上决定着她的证言是否可信。叶小天，你要考虑清楚了，再做回答！"

第八十五章

就这么定了

一

大堂上一片寂静。叶巡抚对叶小天果然是有偏袒之意的,他一再提醒的这句话,大家都听得出来内中的含意。

叶巡抚是贵州流官中官职最高的官员,作为流官的代表,先天和土官就处于对立状态,别看安老爷子亲自前来相迎,叶巡抚则搀扶安老爷子同乘一车,大家一团和气,但是由于派系的不同,彼此根本利益有分歧,必然属于对立阵营。

而叶小天属于土官,却来自流官。两三代后,他的子孙很可能已被同化,彻底成为土司阵营的一员,但是至少在目前,流官派对叶土官是有亲近感的,而叶土官对朝廷也必然比那些传统的土官更具认同感。

这就注定了在叶小天和展、曹、张三家的纷争中,叶巡抚从感情上要倾向于叶小天一方。只是在田妙雯出现以前,叶巡抚显然还没找到可利用的借口,所以态度不太明朗。

而现在,他是决心利用田妙雯的供词大做文章了,只要叶小天承认与田妙雯并没有私情,他和田妙雯绝不会成为夫妻,那么叶巡抚就可以把田妙雯的供词作为重要判案依据。

叶小天会怎么决定呢?田妙雯刻意地不去看叶小天,但她也不知道该把目光看向哪儿,她的心不受控制地扑通起来,叶小天会怎么回答?她不确定,她真的不敢确定。

女人,哪怕是再美的女人,在一个位高权重的男人心中,大多也不会重过他的江山。为了博褒姒一笑屡屡燃起烽火戏弄诸侯的周幽王,如果他清楚地知道这样做会让他亡国,他还会点那把火吗?

叶小天现在就清楚地知道,不管他有多少理由可以狡辩,他一连杀了四个土司的事都不是可以善了的,而现在有了田妙雯的供词,以自卫杀人判决,结果便可大大不同。

如果失去这个机会,他将付出的代价即便不是性命,也将极为惨重,他会怎么选择？堂上除了田妙雯，其他所有人都是男人，所有的男人都在看着叶小天。

每个看着他的人，都在心里不由自主地自问：如果是我，我如何选择？

三法司以及听审的众权贵，几乎在刹那之间就做出了选择，哪怕是其中那些比较好色，望着田妙雯的绝色容颜心旌摇动的男人，也明白有了江山就有美人，没了江山就是有美人也守不住！

挂着水火棍站列两旁的衙役们在自问，就是坐在案后的叶巡抚都不免向自己问出了这个问题。安老爷子抚着胡须想了想，轻轻笑了，这个问题还用问吗？任何一个有志气、有志向的男人都应该明白该如何选择。

"现在嘛……"

叶小天的声音陡然一顿，不是他故意拿乔，是他突然发现一说话有回音，被吓了一跳。叶小天道："现在，叶某会向田家求亲，迎娶田姑娘。"

每个人都没有说话，但公堂上明显地响起了呼的一声，那是所有人不由自主地松了一口气所造成的声浪。

有情饮水饱？

那是不愁没饭吃的少爷小姐们躺在罗汉榻上，懒洋洋地吃着点心水果，翻看话本解闷时穷扯的话！这些官绅们才不信，不过他们不信并不代表他们希望别人也和他们一样现实。

人间自有真情在，很好！这样的人间才有希望，才有盼头啊！众官绅们欣慰地看着爱美人不爱江山的"叶大头"，在精神上给予了他绝对的支持。

田妙雯虽然一直没有看向叶小天，可她就像一只嗅到了危险的狐狸，一直紧张地竖着耳朵，直到听到叶小天铿锵有力地说出这句话，她胸中那头快要跳出嗓子眼的小鹿才突然安稳下来。

这时田妙雯才看向叶小天，眼睛有些发热，泪光隐隐，却被她强行抑制着，她才不要感动地掉眼泪，田大小姐丢不起那人。

叶小天这时也看向了田妙雯，他如今手握大权，不再是一个小人物了。但是多年来养成的一些市井习气还是没有变，他依旧保持着很多本色，也许他一辈子也无法成长为一个合格的政客了吧。

叶小天看着田妙雯，心想：人家能为我抛头露面，我能为了保全自己出卖她吗？得了，反正一个羊也是赶，两个羊也是放……

叶小天这里寻思着做一个快乐的放羊娃，院子里却有一只属于他的羊跑掉了。

此刻堂上无比安静，发生在公堂上的一切，守在庭院中的人都看得清楚、听得明白，展凝儿看见田妙雯来时，就知道她是为叶小天而来。

展凝儿不清楚自己的这位闺中好友究竟为什么和她的伯父闹到水火不容的地步，

但是两人之间显然产生了隔阂，至少此时一身重孝的她，是不方便上前和悬赏要杀自己伯父的田妙雯叙旧了。

紧接着田妙雯上堂做证，进尔发展出这样的结果，展凝儿实在无法接受，她不知道自己此时该如何是好，看到叶小天和田妙雯"含情脉脉地对视着"，她心里承受不了。

展凝儿一转身就向衙门口奔去，至亲之仇，情郎之困，现在又有田妙雯的横刀夺爱，她实在没有勇气继续站在这里了。展凝儿还没冲到衙门口，身旁一道白影用比她更快的速度冲了出去。

展凝儿扭头一瞧，只来得及看见乌青一块、铁青一片的一张侧脸，是田彬霏。

大堂上，展龙一声狂笑，指着叶小天和田妙雯对叶梦熊道："抚台大人，他承认了！他承认了！我就说他们两个是早已勾搭成奸，田妙雯在安府声称受到家父迫害，所以悬赏取家父性命，就是为了帮叶小天争取道义……"

叶梦熊暗暗叹了口气：本来这是一个极好的借口，少年人哪，色关难过。本以为有田家姑娘做证，可以顺水推舟解决此案了，谁料却又落得这么一个结果。

除非弄清楚叶小天和田妙雯是否早已有了私情，否则既无其他人证又无物证，作为叶小天的未婚妻子，田妙雯的话如何能够作为判决此案的有力证据！

叶梦熊打起精神，正想着该如何引导此案，依旧按照自己先前的想法发展，杨应龙忽然轻咳了一声。

依照先前的约定，杨应龙是需要力保叶小天的。看了田妙雯仗义做证、田大公子愤而离开的一出好戏后，杨应龙觉得更应该力保叶小天了。

为什么？因为他想谋夺天下，所以他要最大限度地招兵买马、扩充地盘，这个过程就是他实力的积蓄。

播州是一块三角形的地盘，北面和西面的一半属于四川，那是直辖于朝廷的行省，是流官的地盘。西面的另一半和南面是水东，那是宋家的地盘，宋家这块骨头并不好啃，他唯一的希望在东面。

播州东面，自上而下依次有三个府，分别是思南府、石阡府和镇远府。这是两州八府中的三府，自从田氏失去了统治两思八府的权力，两思八府就等于失去了主人。

当然，这是对杨应龙这一层次的土司而言的，对于地方上的土民们来说，八府各有土司，怎么能算是没了主人。

与播州毗邻的三府之中，思南府接壤四川，他不宜率先谋夺，免得引起四川总督的警觉，镇远府紧挨着水东，和水东宋家打得火热，要动镇远的话，有水东宋家干涉也比较棘手，最好下手的就是横着向东"掏"过去，从石阡一直"掏"到铜仁。

之前杨应龙在铜仁府最东面的葫县布子，又对于珺婷许下二夫人的宝座以及扶她登上铜仁之主的承诺，就是为了先把铜仁拿下，东西两方夹攻，再拿石阡。

这个计划失败了，阴差阳错坏了他大计的正是叶小天，而叶小天现在内外交困，却不得不求助于他，败也萧何，成也萧何，杨应龙岂能不予重视？

杨应龙冷眼旁观，眼见田妙雯要下嫁叶小天，从田彬霏的表现来看，显然对他妹妹的举动并不知情，他更觉得叶小天可以利用了。

叶小天的实力，再加上他田家女婿的身份，在田家故地兴风作浪再合适不过。杨应龙现在培养叶小天，真比栽培他儿子还要用心。

至于说田家有野心，杨应龙是知道的，谁还没有点理想野望。不过在他看来，田家只能苟延残喘，哪有可能东山再起。数遍古今，那亡了国的无不梦想着复国，可有一个成功？

他只知道田家人有此梦想，却未想到田家犹自保存着一定的实力，正在暗中实施"复国"大计。所以，本来还打算继续看下去的杨应龙提前开口了："咳！抚台大人……"

自从叶梦熊开审以来，黔地土司的四个代表，还没有一个站出来说话，只有一个田彬霏站起来了，却是对展虎饱以老拳。所以杨应龙一开口，便引起了众人的瞩目。

叶梦熊道："杨大人有何话说？"

杨应龙道："抚台大人，杨某以为，叶小天未得朝廷允许，擅自诛杀大臣，固然有罪，但张雨寒、曹瑞希、展伯雄三人图谋叶小天在先，也是不假。"

展龙真是气疯了，纸老虎的田家他不怕，现在连真老虎的杨应龙也不怕了，大吼道："你胡说，家父为何图谋叶小天？"

杨应龙把脸一沉，冷冷地道："令尊为何图谋叶小天，杨某不知道！杨某不知道的事，是不会轻率说出口的。但……有些事情，却是铁证如山，无从抵赖！"

杨应龙道："田姑娘曾受展伯雄追杀，幸赖叶小天所救，逃至荒山，此事不假吧？"

展虎怒道："田妙雯被追杀不假，叶小天救了她一起逃上山也不假，但行凶者却不是家父。家父还曾亲自带人杀散刺客，上山寻找过他们。"

杨应龙微微一笑，道："你是说，在你展家的地盘上，突然出现了一支多达三百多人的杀手队伍，却不是你展家的人马？"

展虎语气一窒，展伯雄当初动用这么多人马，其实是打算事成之后嫁祸给叶小天的，当时当地除了展家，也就叶小天可以摆得出这么大的阵仗。谁料田妙雯偏偏被叶小天救了，连叶小天也因此遇险，这一来可赖不到叶小天头上了。

杨应龙没再理会他，又转向叶梦熊道："曹家协助石阡杨家夺取叶小天的卧牛岭，占其堡寨、夺其田地的事，不少人都知道，之后叶小天出山，又重新夺回了这些地方，双方在此过程中，不可能不产生伤亡，有了恩怨也就顺理成章了。至于铜仁张家……"

杨应龙淡淡一笑，道："杨某曾让拙荆雌凤先行赶到贵阳替杨某打理一切。而张雨寒在此期间曾经秘密拜晤拙荆，巧言令色、搬弄是非，想让我杨家支持他对付叶小天，这件事就发生在花溪行刺一案前两天。

"若说张雨寒与叶小天没有仇怨，杨某是万万不会相信的，所以，叶小天坚称花溪行刺一事是展、曹、张三家所为，杨某以为，虽无实证，却大有可能！"

"哦？"

叶梦熊微微眯起了眼睛，对杨应龙道："张雨寒为何会找杨夫人商议对付叶小天的事，难不成杨大人与叶小天也有恩怨？"

杨应哈哈一笑，道："并非如此。只是拙荆甫到贵阳，赴安家昆仑雅集时，下人与叶家的仆从发生了些纠纷，叶小天不知拙荆身份，混乱间曾误伤了拙荆，张雨寒便以为有机可乘了。"

杨应龙说到这里，笑吟吟地看看左右，又对叶梦熊笑谈道："所以啊，杨某这番话，可以说是绝对的公允之论，杨某怎么会偏袒叶小天，是不是？"

"嗯……"叶梦熊抚须沉吟起来。安老爷子抬起一双老眼，瞟了一眼杨应龙，又看了看叶梦熊，自言自语地道："情有可原，罪无可恕啊……"

他的声音虽小，叶梦熊却清楚地听进了耳中，本来对杨应龙出面为叶小天做证他还稍有疑虑，听了安老爷子这句话，他却立即做出了决定。

如果说田家大小姐为叶小天做证只是出于儿女私情，杨应龙为叶小天说话，他就得多加考虑了。这可是一方诸侯，他为什么替叶小天说话？作为鹰派的叶梦熊不能不警惕。但是旁边还有一个想要叶小天死的安老爷子，叶梦熊心中的疑虑就烟消云散了。

第八十六章

临危托命

一

叶梦熊抓起惊堂木，公堂上立即肃静下来，大家都清楚，巡抚大人要有所决断了。叶梦熊缓缓扬起惊堂木，用力不重但很果断地拍了一下："啪！"

叶梦熊开口道："今查叶小天杀死张雨寒、曹瑞希、曹瑞云、展伯雄一案，叶犯已当堂认罪，对其罪行供述不讳。叶犯乃卧牛司长官，依黔地之特律，本可赎金买罪。但……"

叶梦熊话音一转，又道："若有钱可以买罪，则富有之家有何顾忌？堂堂国法，岂非专为贫民所设？此律不合于情、不合于理！千金之子暴死于途，乃乱世末流之气象，而非盛世圣朝之所有……"

众土司听到这里，听得明白的人便有些不安起来：巡抚大人这是什么意思？不会是想借着这个由头，废除我们的特权吧？

其实土司人家虽然跋扈，却也罕有随意杀人的，尤其是嫡宗长房作为家族最重要成员，自幼接受严谨的教导和约束，反而不及支房子弟纨绔，不太会招惹是非。

但是"免死金牌"用不用得到是一回事，你想收回去，他总是舍不得的。至于叶梦熊当众声称太祖朱元璋恩准过的这条律令既不合情也不合理，倒是没什么了。

如今气象不同于当年，当着面骂皇帝的大臣比比皆是，背后说一句"这事皇帝老爷办得不合情理"有什么打紧。况且朱元璋老爷子当年又何尝愿意许给黔地土官这种特权。

叶梦熊道："是故，若仅以罚金抵罪，上不合天心，下不符民意。夫使千金可买一命，家有百万者岂非可以屠尽一县乎？况叶犯系一地首领，所害乃三方首领，影响更为重大！"

那些没什么文化的土司老爷听叶抚台说这番话已经听得头昏脑涨，只是现在不是请教别人的时候，只好竖起耳朵继续听着，能听懂几句算几句。至于那些有文化的，也被叶抚台绕得晕头转向，不明白他到底要说什么了。

叶梦熊道："本抚台秉公权衡，叶犯杀人害命，赎金要交，罪亦不可恕。然律法无论合理与否，一日犹存，便不可废。且念其案由，系因张、曹、展三家与其素有仇怨，经田家女妙雯为人证、播州宣慰杨大人为佐证，证明被害之张氏、曹氏、展氏四人曾谋刺叶犯在先，故而从轻发落，拟将叶犯终身监禁！"

终身监禁？

有文化没文化的，这句话都听懂了，公堂上顿时一片骚乱。张雨寒、展龙等人犹自有些不忿：我们的亲人死了，他却可以好好地活着？不过……终身监禁那就是要坐一辈子牢了，倒也不是非常不可接受，而且一旦他坐了牢，过个一年半载，再想要他死，就只是花一笔小钱的事了，如此说来，就更加可以接受了。

那些把叶小天视为害群之马的不免幸灾乐祸起来：一个刚刚被任命的小土司就敢如此嚣张，现在还是靠着我们老祖宗为土司们争取来的特权才免了你一死，不过……活受罪的滋味不好受吧？

至于和杨家、宋家、田家有密切关系的土司，则不免把目光投向了这三家的代表，这时他们该如何表态，还要看看这几家人的意思。

杨应龙听叶梦熊说到这里，不禁倏然变色：终身监禁？叶小天要是被终身监禁了，那老子还有什么把戏好耍？

那个叶小安，只能是当叶小天建造了一支庞大势力之后，才可以用来取而代之的，如今还需要利用叶小天这口刀去为他抢地盘、扩充人口啊，这些事叶小安干不了！

这个阿斗，就算有严世维在一旁辅佐，甚至把他的智囊田雌凤也派过去，还是不行！要知道这时的叶系势力根本就不稳定，完全是靠叶小天的个人魅力维系起来的。

就像曾经威风不可一世的帖木儿大帝，他活着的时候，他的帝国大军所向披靡，指哪儿打哪儿，他一死，庞大的帝国立即土崩瓦解，因为他的帝国没有一个完善的权力架构，全靠领袖魅力控制。

如果没有了叶小天，聚拢到叶小天旗下的各路豪杰立即就会纷纷散去。

田妙雯听说叶小天要被判终身监禁，芳心猛地一沉，随即便想：罢了，能够不死，已是善局。大不了动用我的死士，再联合叶小天的死党，劫狱救他，避入深山里去吧。

安老爷子微微抬起白眉，眸子微微转动了一下，脸上一没有丝毫表情，连褶皱都没动一下。

叶巡抚的这个处治，好处是可以平息张、展、曹三家的愤怒，可以树立他叶巡抚甫到贵州的威名，但……叶巡抚没有打探过叶小天的底细吗？

在土司们之中，叶小天不是最强大的，可他却是最难缠的，这么做，抚台大人是给自己留下了一个大隐患啊,这是叶梦熊这样的能臣干吏会做的事吗?

安老爷子的眼睛又微微眯了起来……

叶巡抚的话果然还没有说完,他双眼微微一扫,把众人的表情变化尽收眼底,随即又道:"又查,叶犯系因引导山民迁居山外、臣服朝廷、接受教化立下大功,方才受封为世袭土司。教化乃大善功德,不可半途而废。山民桀骜,更不可失去监管,故本官将亲自暂代其职,监管其部,直至朝廷做出抉择。此判!"

叶梦熊"啪"地又拍了一下惊堂木,一锤定音,判词结束。他的宣判是结束了,陪审的、听审的所有土官系人员全都炸了。

安老爷子听到这里,脸上微微露出一丝笑意,仅仅一丝笑意,甚至只是他心里有了想笑的意思,随即就被他敛去了。

杨应龙的背已经离开座椅,打算起来为叶小天据理力争,一听这话忽然放松下来,又把背靠回了椅上。

田妙雯听到这里,目光立即向叶小天看去,叶小天一脸冷笑地睨着叶梦熊:嘿!你个老不死的,想把我关起来,还想把我的人马地盘都接收了,你这算盘打得比田算盘还精啊……

一想到田算盘,他不由自主地看向田妙雯,发现田妙雯也正看着他,眼中有一抹笑意。叶小天微微一怔,有些不开心了:我都要被关起来了,你这么开心干吗?不想嫁你就直说啊,我叶小天又不是死皮赖脸的人,看我被关起来这么开心吗?有没有良心啊你?等等……

叶小天毕竟不笨,终于意识到有些不对了,转念想想,眸中忽然也露出了一丝笑意。

田妙雯看他时,见他一脸悻悻,就知道他还没有领会叶抚台的深意,不禁有些好笑:这真是当局者迷呀,你不是一向自负聪明吗,怎么就猜不到叶梦熊的用意?

不过,与此同时她又有点小小得意,她比得过叶小天的地方实在不多,如今脑筋反应比他快了些,田大姑娘很开心。此时再瞧叶小天的眼神,她便知道,叶小天终于也明白过来了。

四大土司没有一个笨蛋,就算其中有人天资不那么聪颖,如此大的家族不惜一切全力培养,又接掌家族久经历练,他们的见识谋略也要高人一等了。

这时四人已先后猜出了叶梦熊的本意,是以安坐如山。其他土官中也不乏精明人,也有猜出叶梦熊用意的,虽然只是少数。不过不管是这少数猜出来的,还是那些没猜出来的大多数,这时都是人情汹汹。

叶小天既不是我老子也不是我儿子,他是死是活我才不管。可你叶抚台要代管其部是什么意思?少说冠冕堂皇的漂亮话,你一个流官,这不是变着法儿夺我们土官的权吗?

我们之间怎么争,那是我们自己的事,不管争得多惨烈,反正这块肉是烂在我们自己锅里,你叶巡抚是流官,你横插一脚,只要立下这个先例,今后岂不是就可以找我们的碴儿,查办之后夺职占地,兵不血刃地把我们老祖宗传下来的江山变成老朱家的了?

阴谋?阳谋?不管什么谋,不管猜不猜得出叶梦熊的本来用心,都是必须要反对的!必须强烈反对,必须挫败叶巡抚的险恶用心,绝不能迟疑。

曹、展、张三家土司死得冤不冤,谁还管,这是原则性问题,绝不能让步。一直安分听审的众土司权贵按捺不住地叫嚷起来:"抚台大人,此判不妥啊!"

"断案不公!断案不公!"

有人振臂大呼起来,张雨寒、展龙、展虎等人对他怒目而视:"什么叫断案不公,你是在替叶小天说话吗?"

"田姑娘、杨土司不是都为叶长官做证了吗?自卫杀人,情有可原,判决终身监禁太严重了,请抚台大人三思啊!"

"杀人害命,就得以命抵命!抚台大人干脆斩了叶小天吧,我们竭诚拥护啊!"

旁边有人小声道:"你闭嘴!叶小天死不死的谁去理他,卧牛岭绝不能落到叶抚台手中!"

那人不服,反驳道:"你懂什么,我还没说完呢!"接着又对叶梦熊高呼道:"请抚台大人向朝廷请旨,把卧牛岭分拆成几块,分别划归张家、于家所有吧。"

"你有病吧,凭什么划给他们?抚台大人,依照规矩,土司被剥夺职务,应该由其子女、夫人、兄弟、侄子、外甥按顺位继承……"

"叶小天没有子女!"

"那就夫人……"

"叶小天没有夫人,只有一个妾室。"

"屁!叶小天做推官时那是妾,他成了土官那就是夫人。夫人是有权代掌其职权的。"

"我听说叶小天有个兄弟,文不成武不就……"

"那还是让他兄弟当土司得好!对了,你对叶小天怎么这么了解?"

"嘿嘿!老夫乃大万山司的丁洪东。"

"哎呀,原来是洪东知县,失敬失敬……"

这厢又是耳语,又是冲着抚台大人慷慨陈词,整个大堂乱作一团。叶梦熊似乎早知道这个判词一出肯定要捅了马蜂窝,不急不躁,镇定自若。

安老爷子瞟了杨应龙几人一眼,知道自己该说话了,便慢吞吞地道:"抚台大人……"

安老爷子一开口，整个大堂上顿时肃静下来，叶巡抚的这个判决可是触了所有土司的逆鳞，那是绝不可冒犯的最根本利益。土司王也沉不住气了，且看他怎么说。

安老爷子慢吞吞地道："叶小天自然是有罪的，老夫也赞成巡抚大人对他予以惩处，不然放纵了他，大家有样学样，岂非永无宁日了？咳咳……"

安老爷子咳嗽了两声，慢悠悠地道："不过该如何对他量刑，老夫觉得还有待商榷。"

叶梦熊微笑着看向安国维，道："哦？那么安老先生以为该如何？"

安老爷子摆摆手道："这是抚台大人的职权，老夫岂敢越俎代庖。老夫只是久在贵州，熟知贵州各地风土人情、文物风貌。想那卧牛岭百姓，本是山中野人，不习教化、不知王法，很不好管束。

"抚台大人文武双全，自然是一代人杰，不过想要驯服他们，却与统兵驭将大有不同，抚台大人初至贵州，事务繁忙，一旦被卧牛岭之事牵制过多，恐怕会误了大事。老夫蒙抚台大人器重，既知其地其民之详情，敢不如实相告？"

安老爷子的意思：你这么判决，那是要出乱子的，不行！不过该怎么判呢？你自己拿主意，我老人家懂得分寸，怎么好意思抢你风头、夺你威仪呢？话说得很漂亮，但他不同意的，已经一票否决了。

叶梦熊微微眯起双眼，沉思片刻，喟然一叹，有些痛心地望着叶小天道："你能引领不服教化的山民野人归顺朝廷，皇上很是欢喜。皇上赐你'沐晨'为字，对你寄予了殷切厚望，你有负圣心哪！"

叶小天赶紧"惭愧"地低下头，向遥在京城的万历皇帝表示真切的忏悔。

叶梦熊摇了摇头，道："我大明江山，乃天子与士大夫共治天下，而黔地则是天子、士大夫与众土官共治之，各位的意见，本官不会不理睬。安老先生老成持重，本抚也应从善如流，改判如下：判决之日起，叶小天偿付铜仁张氏、石阡曹氏、石阡展氏银各五千两，叶小天可指定一人代管其地，由本抚派人押解叶小天进京，如何处治，由天子裁断！"

"抚台英明！"

"如此甚好！"

展龙、展虎还没来得及抗议，听审的众土官已经群起响应了。张雨寒年长一些，比他们稳重，眼见事态发展到这一步，众土司关心的重点已经完全转移，再做争辩也无济于事，便向曹瑞雨、展龙等人使了个眼色。

叶梦熊盯着叶小天，沉声问道："叶小天，你可服判？"

正低头"忏悔"的叶小天赶紧抬起头来："叶某服判！"

叶梦熊点点头，道："好！从即刻起，你是不得自由的，要羁押于府牢，直至押解进京。你要指定何人在你赴京问罪期间代掌卧牛司，现在可以当众说出来，本官会派人代为传达！"

何人替我代掌卧牛司？

叶小天思索起来：只要我的命运一日未定，卧牛岭复杂的人员构成就依旧能够保持稳定，这样的话指定谁代掌卧牛岭都是可以的。但……我走后，张家、展家、曹家会安分地等着朝廷对我的判决吗？他们趁我不在，不打卧牛岭的主意才怪。

让大哥暂代其职？不行，他连稳赚不赔的油坊都经营得负债累累。哚妮？那丫头……唉！那丫头煲汤不错，闺房之内也得趣儿，至于统驭群雄，还是算了吧。

这个人要有勇有谋，还得震得住场子，李大状和云飞就省了吧。珺婷倒是最佳人选，但她已经有了身孕，实在不宜太过操劳。而且于家和我叶家的关系究竟有多深，现在实在不宜叫人知道。

叶小天心中忽地一动，便转向了田妙雯。他身形一动时，田妙雯就觉得不妙，赶紧想躲，才退后两步，叶小天已经面向她站定，伸手向她一指，道："不劳抚台大人转告了，我选的人，就是她！"

第八十七章

放手去做!

—

田妙雯回到家,下车的时候,竟然觉得有些精神恍惚。

田大小姐今天出门只是要去巡抚衙门做个证,怎么一不小心就成了人家未过门的妻子?而且还要以未婚妻的身份去替他打理家务,田大小姐实在是没有心理准备啊。

"大少爷呢?"田彬霏怒而离开的时候,田妙雯有所察觉,但仆人回答说大少爷还没回来,田妙雯也就没再多做理会,径直回了自己的住处。

田大姑娘心绪着实有些乱,碰上叶小天这么一个不按常理出牌的人,很多事情也都失去了章法,变得混乱不堪,田大小姐需要一点时间理清思绪。

田姑娘回到住处先沐浴了一番放松身心。那经过家传秘方浸泡养护过的身子比雪更莹润,当真是上天赐予的恩物。

田姑娘什么也不想,仰躺在水中,放松身体,静静地休息良久,这才穿衣起身回到小书房。书房案上早已放了一杯温度正好的香茗,旁边还有一炉香,香气袅袅,怡人心神。

田姑娘盘坐在几旁,捧着茶杯小小地抿了一口,她想好好整理一下今天发生的事情,想想明天她该如何面对,却发现脑海空空,竟然有种无从下手的感觉。

田妙雯静静地坐了一阵子,始终摸不到一点头绪。这时,障子门哗啦一声打开了,田妙雯正捧茶啜饮,听到急促的开门声她连头都没抬,敢这么放肆地拉开她书房的门的人,除了她大哥没有第二个。

"你就这么轻率地答应嫁给他了,嗯?"

田大少爷冲进书房便恶狠狠地讨伐起来。

田妙雯让那馨香的茶水在口中稍做停留,便顺着喉咙缓缓咽下,她依旧没有抬头。经大哥这么一问,她忽然从那一团乱麻中找到了一个线头:对了!叶小天已经答应提亲了啊,那我就是叶家的人了?

一切就从这里开始，田妙雯忽然找到了问题的切入点，脑筋开始飞快地运转起来。田彬霏俊脸通红，看来是找地方喝闷酒去了，他正要继续质问，忽然有人赶来，贴着他的耳朵低语了几句。

"什么？"田彬霏一听更加恼怒了，"你还要帮着叶小天去打理卧牛岭，那田家怎么办？"

田妙雯抬头看了他一眼，神态像一只捧着松果的小松鼠，那双黑白分明的大眼睛奇怪地看着田彬霏，似乎对他过激反应很奇怪："我只是在他赴京期间代为打理卧牛岭，又不是不回来了。"

田妙雯说完这句话，就赶紧低下头继续思索起来，好不容易找到了理清这团乱麻的关键，一耽搁再忘了怎么办：

眼下最紧要的事，是要在叶小天赴京期间，保证卧牛岭安然无忧。卧牛岭内有张氏成心腹大患，外有展家和曹家与之为仇，三面受敌，不好办啊！

况且，叶小天与杨应龙之约在此期间怎么办？前年我和哥哥曾拉拢过田雌凤，被她断然拒绝，这件事她应该告诉了杨应龙，如今由我出面会不会引起杨应龙的警觉……

田妙雯一路想开了去，分析、判断，完全沉浸到了自己的思绪当中，田彬霏站在那儿一通怒吼，田妙雯竟充耳不闻，完全没有听到。

"田家复兴的使命，你忘记了吗？你忘了和我在祖祠向列祖列宗郑重发下的誓言了吗？田家百十年的苦心积累，数代卧薪尝胆的经营啊，就是为了今天，你……"

田彬霏越说越伤心，就差声泪俱下了，眼见小妹低着头一言不发，似乎羞愧得无言以对，他心中稍感宽慰，便放缓了语气，道："若非田家实在没有可堪一用的将才，大哥也不会……似你一般身份的别家小姐，从来都是无忧无虑，何需为家族操劳，是大哥无能啊……"

田大少爷说到伤心处，不禁唏嘘起来。田妙雯柳眉一扬，举起玉掌在案几上轻轻一拍，欣然自语道："对！就这么办！"

田大少爷愕然看着小妹站起身，匆匆走到壁边摘下披风和浅露，不禁愕然道："你要去哪里？"

田妙雯被他的声音吓了一跳，扭头一看，发现大哥站在门口，不禁惊道："大哥，你什么时候回来的？"

田彬霏无语。

田妙雯拿着披风和浅露走到田彬霏身边，不高兴地皱了皱眉，道："你喝酒了？怎么喝成这个样子！"

田彬霏一时无言。田妙雯道："快叫人给你调碗醒酒汤，回房好好歇息，我有事要出去一下。"

田妙雯擦着田彬霏的身子走了出去，田彬霏愕然望着她的背影道："韧针，你去哪里？"

田妙雯道："我去探监！"

"探监？探什么……"田彬霏突然明白过来，大怒道，"你还真把自己当成叶家人了？我刚才说的话你究竟听到了没有？"

田妙雯站住脚步，回身奇怪地看了他一眼，道："为了田家，难道就不该确保卧牛岭无恙吗？"

"这……"田彬霏顿时语塞。

田妙雯返身要走，忽又止步，回身说道："大哥，该做的事我都会做，该我承担的事我也不会推卸！但是，我的事请你不要再干涉了，不要一错再错！"

田彬霏涨红了脸道："我……我做错什么了？"

田妙雯瞥了他一眼，淡淡地道："不要打他的主意！否则，你会永远失去你的妹妹！"

田彬霏仿佛被迎面重重地打了一拳，猛地退了一步，失措地看着田妙雯。田妙雯已然举步向外走去，田彬霏眼看着她的背影消失在自己的视线之内，欲唤不敢，突然大吼一声，狠狠一拳打在障子门上。

这一拳下去，那障子门被打得粉碎，木屑和着碎纸纷飞。

几个丫鬟闻声从厢房里出来，一见大少爷正在大发雷霆，不禁噤若寒蝉。

田彬霏的拳头上殷红的鲜血一滴滴地落在地上，他的心更在流血。他知道，那个从小黏在他身边，什么都听他安排的妹子已经一去不复返了。无论他舍得或是不舍得，当她长大的那一天，一定会展翅飞走。

· ※ · ※ · ※ ·

大牢内。

华云飞惊奇地四下看着，道："这是大牢？"

叶小天道："嗯……这儿本是牢头的房间。"房间不算很大，但很整洁，牢头的房间当然不会太整洁，但是牢头搬出去之后，叫人打扫过。

房子是个套间，里面是卧室，外间是会客室，作为犯人通常没什么客人可会，所以这里又兼了书房，临墙有个书架，架子上摆着四书五经，还有话本。

书房有一扇窗，从窗子可以看到监牢的庭院。窗台上摆着两盆蔷薇花，开得正艳。窗下有一张藤榻，藤榻上有靠枕、褥垫，这样的牢房，华云飞还是头一次见到。

李大状淡然道："不必少见多怪。常言道'刑不上大夫'，土司老爷们坐牢跟我等小民坐牢自然是不一样的。我还见过一位土司坐牢的时候，牢房里有丫鬟伺候，还有自己的小厨房……"

华云飞闭上了嘴巴，天下之大……他这只井底蛙没见过的世面多着呢，确实不必惊讶。

田妙雯站在他俩前面，看着叶小天，平静地道："三日后，我就去卧牛岭，你有什么要交代的吗？"

如果是寻常女子到牢中探望未婚夫，此时或许已经忘形地扑到他的怀中放声大哭了。内敛些的也该嘘寒问暖一番，但田姑娘走进牢房的第一句话，就是问他有什么交代。

田大小姐的表现叶小天很理解，两人关系是已经确定了，但是在感情上，他们两人都还没有情侣的感觉。

在田妙雯而言，当初以自己的终身作为悬赏是为了杀人；在叶小天而言，今天答应娶亲是为了不负田大小姐出面做证的义气。如此因果太奇妙，两人心态上一时无法适应，只有摆出一副公事公干的模样才自在些。

叶小天认真地想了想，道："我手下的人，有山中蛊教一派，有山中部落一派，还有从于家招降的于氏兄弟一派，此外还有从张家接手的庄户人，很复杂，他们彼此间不大买账，除了我对别人也不大服气……"

田妙雯打断他的话道："这些事你纵然说与我知道也无济于事，总需我去面对。说点有用的！"

叶小天被噎了一下，想一想，又道："我一走，铜仁、石阡两府必定'群魔乱舞'，展、曹、张三家甚至包括石阡杨家的一些人，很可能联合起来搅风搅雨。"

田妙雯道："这是必然的，你想怎么做？"

叶小天又想了想，缓缓地道："这是他们的机会，也是我们的机会！"

田妙雯目中异芒一闪，道："我懂了！"

"你保重，我走了！"

田妙雯向叶小天点点头，转身就走。李秋池和华飞云呆在当场，她特意找他们陪她来牢里，就只为了问这一句话？李大状正好心地打算拉着华云飞去参观内室，以方便他们小夫妻谈谈感情的，怎么就走了？

叶小天看看一脸错愕的李秋池和华云飞，忍不住解释道："她找你们来，只是为她做个见证，省得卧牛岭那班人，不认这个突如其来的主母大人。"

李秋池皱了皱眉，对叶小天道："东翁觉得，这位主母大人怎么样？"

叶小天轻笑道："好！很好！非常好！"

第八十八章

囚徒，狂徒；送终，送亲！

一

叶巡抚不愧是带过兵的人，做事雷厉风行，第二天一早就安排了人马押解叶小天回京。

叶小天庭审当日的实况，早已经由当时在场的官绅和衙役传遍了全城，如此惊心动魄的一场庭审再加上大家最感兴趣的爱情话题，登时传遍了整个贵阳城。

叶小天被押解进京的这一天，百姓们倾城而动，纷纷挤到巡抚衙门到北城的这条长街上看热闹。

沿街店铺的掌柜们眉开眼笑，不过眼下大家的心思都在叶小天身上，要招揽生意也不急于一时，所以掌柜的干脆拉着大部分伙计也上了街。

这么远的路，再加上道路难行，是不可能用囚车的，而且叶小天现在虽然是戴罪之身，但究竟如何处治，还要由万历天子决断，所以目前不适合囚车，他要和押解人员一起骑马赴京。

但是在出城之前还得做做样子，否则这囚犯也就太没囚犯样了，于是两个押解的士卒一边向叶小天告罪一边给他戴上了枷锁镣铐。

大路通畅宽敞，没有任何车马行人，行人都挤在路边，形成了两堵人墙。叶小天在持刀佩盾的三百名甲士护拥下，披枷戴锁，漫步而行。这三百名甲士是叶巡抚一纸调令，从都指挥使司调来的精锐。

罪犯身份贵重，朝廷的负担就重，且不说牢里那单间雅室、单独伙食，就说这进京吧，寻常犯人进京有两个衙役押解就够了，那一路吃喝拉撒才多少钱。

叶小天这可是足足三百名甲士、三百零一匹战马，从这儿到京城，再从京城赶回来，好大一笔开销。

上一任巡抚大人调离时，很不道德地把府库余银都巧立名目地花掉了，叶巡抚手里还真没钱，他本打算先欠着都指挥使司，叶小天听说叶巡抚的难处后，慷慨地出了这笔钱。

叶梦熊判处叶小天付给展、曹、张三家罚银共计一万五千两，这是罚银而非赎银，只是给死者的丧葬费用。

李大状却给巡抚衙门送来两万两银子，多出的那五千两直接给了负责押送叶小天进京的皮鹏举皮副千总。

五千两啊，就算人吃马喂，往返于贵阳和京城两地也花不了这个数的一半，把皮千总开心得眼睛都眯成了一条缝。

都指挥派人来时，众军将互相推诿，都以为这是个苦差事，他后台不够扎实，这苦差才落到了他的头上，谁想到这趟公差竟是肥得流油啊。

自皮副千总以下，百户、总旗、小旗、把总乃至士卒，人人都得了叶小天的好处，面对这位衣食父母，也难怪那两位有良心的士卒给他套枷锁时要一再告罪了。

众百姓看着叶小天议论纷纷：

"哈！这就是叶天魔？瞧他这副样子，可不像魔头啊？"

"人心似铁，官法如炉。到了官府手里，当然看不出威风了，看他气色还好，胆识已经很不错啦！"

"要说这魔头啊，还得说当年白莲教的女魔头唐赛儿，传说那唐赛儿曾在一个山洞里得到一部奇书的上册，因此练就了一身通玄的法术，只可惜缺了下册，无法飞升成仙。

"后来她聚众造反，官兵宰了五百条黑狗，狂洒狗血，这才破了她的法术把她生擒活捉。可那唐赛儿被押赴刑场时，却突然大笑三声，衣服、枷锁炸为碎片，赤条条地消失了。"

说故事的这位仁兄是旁边茶楼里的说书先生，眼看叶小天从眼前经过，又被人唤为魔头，说书的习惯就来了。

旁边那位是经商刚到贵阳的一位行商，听得津津有味，忍不住问道："那这叶魔头也会法术吗？一会儿他也能炸碎枷锁、衣服，光着腚逃之夭夭吗？"

看起来叶长官并没有裸奔的打算，他慢悠悠地走着，不时还向围观百姓点头示意。他脖子上的大枷被士兵们小心地垫了软布，所以不会擦伤颈部。

华云飞和李大状跟在两边道路上与他同步走着，神色间满是担忧。叶小天此去可是要接受皇帝裁决的，究竟结果如何，现在谁也无法预料，他们岂能不担心？

至于来自展、曹、张这几家的暗杀，他们倒不担心。因为叶梦熊已经考虑到了这一点，他安排的押运路线是由贵阳出北城，经水东前往播州，过播州入四川，完全避开了展、曹、张三家的地盘。

现在叶小天就是一桶炸药，谁也不愿意替展、曹、张三家背黑锅，使他在自己的地头上出事，可以想见，水东宋家和播州杨家一定会派出最精锐的兵马护送他过境，再加上这三百铁骑，展、曹、张三家有机会下手才怪。

至于到了四川，那就进入流官辖区内了，更没有展、曹、张这几家发挥的余地，如果这种情况下展、曹、张三家都有力量杀死叶小天，华云飞纵然贴身保护也不过就是多送一条性命。

所以叶小天才说服华云飞，让他跟田妙雯回卧牛岭。华云飞是他的义弟，有他跟着，田妙雯才更容易被卧牛岭接受，他回卧牛岭的作用远比跟着自己要强。

前方经过一个十字路口，路旁的人群突然一阵骚动，紧跟着就见展龙、展虎、张雨寒、曹瑞雨等人走了出来。

皮副千总脸色一沉，右手向上一举，三百甲士立即止步，呛的一声利刃出鞘，一个弓步，刀向盾面上一拍，陡然大喝一声，三百人一齐踏地发声，地面也为之一颤。

皮鹏举沉着脸色道："本官奉抚台大人之命，押送犯官叶小天前往京师，你们要干什么？"

曹瑞雨拱手道："这位大人不必担心，我等既不是要劫囚，也不是要害命，朝廷法度当然是该遵守的。我们只是想和叶小天说几句话，大人不会不给这个面子吧？"

皮副千总看看他们，又回头看看被三百甲士护在中间的叶小天，心中暗忖：老子不过是个千总，这些人的官都比老子大，倒是不好太过得罪。

想至此处，皮副千总把手一挥，众军士又发一声喊，左三列右三列，同时向左右跨出三步，亮开一条道路。皮副千总道："那就有请几位大人进去，你们的随从得留下！"

曹瑞雨颔首笑道："曹某承情，多谢大人。"

曹瑞雨向随从们摆了摆手，和展龙、展虎以及张雨寒举步走进去，他们刚刚通过甲士们亮开的道路，众甲士便唰的一下又合拢了阵形，与此同时，里边五排向内转，外边五排继续向外，严阵以待。

这样一个阵形，曹瑞雨等人就是被包了饺子，如果他们意图对叶小天不利，顷刻间就得被军卒们剁成肉酱。叶小天看到曹瑞雨等人走来，便站住脚步，冷冷地看着他们。

曹瑞雨走到叶小天面前，露出一副阴恻恻的笑容道："叶长官！"

叶小天扫了他们一眼，道："有何见教？"

曹瑞雨看了看叶小天架在颈上的枷锁，笑眯眯地道："见教不敢，我们来，只是想跟叶长官打声招呼，大家都是要往京师去的，说不定路上会有需要相互照应的时候。"

"你们要去京师？"

叶小天微微一怔，心中顿时一喜，如果这几个人跟他纠缠到京师去，卧牛岭方面要承受的压力可就小多了。张、展、曹三家群龙无首，是不会对卧牛岭发动大举进攻的。

张雨寒恨意浓浓地瞪着叶小天，道："去京师的是展虎还有我们两家派出的人，至于张某还有曹土司、展土司，我们三人是不会离开的。"

他说话的时候满是威胁的意味，叶小天自然明白他话外的意思。曹瑞雨道："我们本来是送展虎出城的，既然看到了你叶长官，怎么也得过来打声招呼啊！"

展龙道："好啦，招呼也打过了，咱们这就走吧！展虎啊，你这一路离叶土司可别太近了，万一叶长官路上有个头疼脑热的一命呜呼，别人还以为是咱们动的手呢。"

展虎道："大哥，你可别这么说，你瞧叶长官印堂发黑、命宫阴暗，一看就是个横死街头的命，这要真死了，那也是老天爷的报应，碍着咱们兄弟什么事了？"

"哈哈哈哈……"两兄弟放肆地大笑起来，他们一边笑，一边跟着曹瑞雨和张雨寒向外走，间或还会回过头来，冷冷地盯上一眼。

眼见他们没有闹事，皮副千总暗暗松了口气。大队人马继续前行，展龙展虎一行人骑在马上，伴随于侧，高声谈笑着，引得路人为之侧目。

这是一路给我送终吗？

叶小天心生恚怒，这些手下败将，在他得势时骇得只敢躲在深宅大院里扮受气小媳妇，现如今竟然这般嚣张，仿佛他已死定了似的。

问题是，势有时候就是力量，当人人都认为你死定了的时候，很可能你就真的死掉了。叶小天披枷戴锁、步行于途，跳梁小丑策马谈笑、得意猖狂，这个势一旦造出去，对卧牛岭必将造成影响。

自古以来锦上添花的人多，雪中送炭的人少，如果给大家造成一种叶小天此去必亡的印象，一些本来会倾向于卧牛岭的人将会避而远之，一些对卧牛岭怀有敌意但并不想给自己招惹麻烦的就会落井下石啊。

想到这里，叶小天陡然站住了脚步，扬声唤道："皮千总，请近前说话！"

皮副千总眼见展龙、展虎一行人高声谈笑，仿佛押解他们前行似的，心中也好生不爽，听见金主一叫，便挥手制止了兵士们前进，走到叶小天身边。

展龙、曹瑞雨等人勒住坐骑，就见叶小天对皮副千总拱了拱手，说了几句什么，皮副千总微露讶色，又反问了几句，叶小天笑吟吟地再说几句，那皮副千总低头沉思片刻，便点了点头。

展虎眉头一皱，道："他要搞什么鬼？"

张雨寒冷笑道："见天子前，他什么鬼都别想搞出来。"

就见皮副千总把手一挥，大喝道："路口左转！"

大队甲士护拥着叶小天自路口左转，继续开拔，展龙等人互望一眼，立即催马跟了上去。

一路走去，叶小天不时指点一下，皮副千总就高声下令，大队人马浩浩荡荡地走去，原本占了路口绝好位置的那些百姓可急了，叶小天怎么不走这条道了？

当下便有无数百姓跟着他们跑去，八卦之心人皆有之，这样精彩的大戏一辈子可能也就见识这么一回，跑几步腿也是应该的。

·※·※·※·

田府里面，田妙雯正对党延明做着一系列的安排。田家目前最大的优势有两处，一是发达的情报收集系统，二是隐在暗处的势力关键时刻可以充作奇兵。

眼下要利用的就是田家的第一项长处，田妙雯明日即将启程前往卧牛岭，今日则是安排党延明先行一步，为她搜集卧牛岭诸派成员的背景资料、性情秉性，以及与之有牵涉的周围各土司的情况。

党延明正听田妙雯一条条说着，默默记在心中，一个青衣侍婢忽然急匆匆地赶到了门口，站在那儿满脸焦急。但田府规矩大，未得田妙雯允许，她不敢进来，更不敢打断田妙雯的话。

田妙雯止住了声音，抬头看了她一眼，道："什么事？"

那青衣侍婢这才迈步进了房间，对田妙雯道："姑娘，卧牛长官司长官叶小天到了府前了。"

田妙雯沉默片刻，道："此时相见，不如不见，我就不去送他了。"

田妙雯当然知道叶小天今日要被押解进京，哪里做得到心如止水。可她不是寻常女子，也不想扮那小女儿矫情姿态，她去相送又能如何？

那青衣侍婢神情古怪，道："姑娘，叶长官……不是被押解经过咱们府前，是……是叶长官到了咱们府前，要见姑娘。"

"啊？"

田妙雯一脸错愕，她冰雪聪明，智慧谋略超人一等，且心思缜密、策划细致，做事层层推进、步步为营，叫人难有可乘之机。可叶小天这个异类，做事却是天马行空，奇思妙想无数，有时候连他自己都不知道下一步他要做什么，旁人自然更是无从揣测。

这样的人正是田妙雯这类智者唯一的克星，面对这种人时，他们的思维跳跃速度跟不上，固有的经验和阅历也常常没有用武之地。田妙雯愣了一下，问道："他来做什么？"

那青衣侍婢讪讪地道："奴婢不晓得……"

田妙雯可以不去送，但人家到了大门口，却没有不见的道理。她盈盈地站起身来，举步就走，党延明摸了摸鼻子，立即跟了上去。

田府门外，人山人海。

门口横着一排如临大敌的田府家丁。

他们对面是披枷戴锁的叶小天，旁边站的是皮副千总。

叶小天和皮副千总身后五步远，是数十名提盾架刀的甲士。

这些甲士后面，是展龙、展虎、曹瑞雨和张雨寒等人骑在马上冷眼旁观。

再之后是其余的甲士，呈半圆形站立，把围观百姓隔离在外。

在站立的甲士们外面，就是密密匝匝挤在一起的百姓，人头攒动，一眼望不到边。

田府大门突然洞开，田妙雯带着党延明和一个青衣侍婢走了出来。

田妙雯一出府门就看到了叶小天，她微微停了一下脚步，便向叶小天走去。四下百姓先是一阵喧哗，随后立即安静下来，屏息兴奋地看着他们。

田妙雯走到叶小天身边，叶小天扛着大枷，冲她笑着，一副没心没肺的模样。

"你……怎么来了？"田妙雯轻轻地问了一句，这么问似乎有些绝情，可此情此景，实在叫人摸不着头脑，不这么问，她又实在不知该如何开口。

叶小天兴高采烈地道："我来提亲啊！"

"啊？"

叶小天继续兴高采烈地道："在抚台公堂之上，叶某亲口承诺，将向田府求亲，现在我来了，来向你求亲，你答不答应？"

田妙雯愣了半天，忽然轻轻地笑了，这一笑，艳光照人，娇媚不可方物。这样别致的求亲，自古至今可曾有过第二家？她的男人还真是与众不同呢！

叶小天举着大枷环顾左右，朗声说道："叶某今日，在此向田姑娘求亲！有请三百甲士为媒，百姓为证，好不好？"

"好！"

三百勇士拿人家手短，吃人家嘴软。再说了，这种热闹，他们在军营里更难见到啊，当下三百人齐刷刷一声吼，声震天地，四方皆闻。

"好！好！好！"

热情的人民群众更是纷纷响应，大姑娘小媳妇们被这浪漫的一幕刺激得脸色通红、双腿发颤，叫好声、喝彩声、鼓掌声、尖叫声，交织成了欢乐无限的声浪，直冲贵阳城上空。

田妙雯凝视着眼前这个男人，心中有了一丝特别的感觉，目光渐渐变得温柔起来。对眼前这个男人，她越来越满意了。

田府内花园里一座高阁，田彬霏负手立于高阁之中，看着府前情形，一张脸比臭鸭蛋还要臭。

"等我回来，我就娶你！"

叶小天大声宣告完，在众甲士和百姓们的欢呼声中，转身大步行去。

展龙、展虎等人脸色比死了爹还难看。谁曾见过如此狂妄、如此自信的囚徒,若非他有可以安然来去的信心,怎么会做得出如此豪迈浪漫的举动?

他们的一番苦心,白费了。

等我回来,我就娶你!

一句话,听得田大小姐的芳心悸动不已,她从没尝过动心的滋味,这一刻,从未尝过的那种酸酸甜甜的味道,已经把她的一颗芳心都发酵得醉了。

叶小天大步走着,走着走着,突然放声唱起了山歌:"不见了情人儿心里酸,用心模拟一般般。闭了眼睛望空亲个嘴儿,接连叫句俏心肝……"

"好啊!"

追到田府门前看热闹的百姓们有福了,这是流行于贵州当地的一首山歌,很多人都会唱,包括护着叶小天大步前行的众甲士们。

叶小天一唱,众甲士兴高采烈地随之响应,紧接着百姓们一起跟着唱了起来,皮副千总看看那些乐不可支的兵士,笑骂了一句:"这些小兔崽子!"

稍稍一顿,皮副千总也跟着扯开了喉咙:"送情人直送到大道东,你也哭,我也哭,赶脚的伙计他也哭。赶脚的,你哭却是因何故?道是你去的不肯去,哭的只管哭;两下里调着情,我这驴子可受了苦……"

展龙、展虎、张雨寒等人脸色越来越难看,脸拉得比驴子还长!

第八十九章

风　云

一

叶小天赴京去了，他这辈子似乎跟牢狱有缘。他从京城大牢出来，到了葫县后被抓走一次，虽然在金陵并未坐牢，却是以戴罪之身待在那儿。

第二次是离开铜仁返京，那一次本是进京面圣的，没想到京之后却凭空招来一场横祸，又进了诏狱。

这是第三次，又要把他押到京城问罪，奇妙的是，他的事多是在贵州时招惹来的，包括得罪的人，但是每次遭受牢狱之灾，却都是在贵州之外。

展虎带着张家和曹家派出来的代表一路追着叶小天，像一贴甩不掉的膏药。不过他这么跟着倒是让皮副千总放心了些，展虎如此不避嫌疑，看来是没做半途刺杀的打算，大概是他对天子的处断深怀信心。

而且离开贵阳不久，宋家就派了一队人马，一直把他们护送到乌江河畔。杨应龙比宋家还要上心，叶小天现在就是他的心肝宝贝，比他亲儿子还要亲，他早就派了人等在那里。

乌江上游，宋家和杨家正为了一个渡口的归属大打出手，此处双方兵将却是客客气气地交接了一番，宋家把叶小天一行人护送到河畔，杨家带人乘船相迎，双方配合得天衣无缝。

叶小天还是戴着枷铐，不过已经换了一副。这套枷铐是皮副千总从一个戏班子里要来的，纸板糊的，轻得很，原本是戏班子唱戏时用的一个道具，双手一挣就撕得开。

叶小天被三百名甲士护在中间，逃是逃不掉的，而且他有家有业，也不可能逃，皮副千总放心得很，但罪犯总得有点罪犯的样子，所以就别出心裁地给他准备了这么一副刑具。若不是三百名甲士伴随的阵仗太大，路人还以为叶小天是哪个戏班子里的小生。

贵阳这边，次日一早田大小姐就约上李大状和华云飞走了。田大公子很幽怨，不过妹妹刚刚撂下一句狠话，田大公子还真不敢在这时再有触怒她的举动。

好在田大姑娘没准备一个小包袱背着，否则怎么看都像是要跟人私奔，田大公子就会更难受了。不过田大姑娘虽未准备包袱，日常应用之物却足足准备了一大车，全是她用惯了的东西。

田大公子站在门廊下望着她远去，就像看着心爱的妹妹带着嫁妆远嫁他乡，那颗心揪的……

他从来没有像现在一样这么纠结：叶小天一日不回来，妹妹就要留在卧牛岭一日，按照这种想法，他无比盼望叶小天平安无事早早归来。可要是叶小天回来……他说过一回来就迎娶妹妹的啊！

田大公子好不惆怅。

叶小天走了，田妙雯也走了，展龙和张雨寒、曹瑞云又关起门来秘议一番，也决定要各自回去了。

事已至此，他们和叶小天已经没有和解的可能，叶小天回京，卧牛岭无主，这是他们的最好机会。一旦能夺其地，驭其民，把叶小天的势力瓦解，即便他安然无恙地从京城回来，也只能任人宰杀，毫无还手之力了，所以三人需要商议一下接下来的合作。

三人密议一番后，展龙送走两位贵客，回转府中便立即吩咐道："打点行装，即刻启程，回石阡。"

展府管事答应一声调头要走，展龙忽又想起一事，问道："凝儿呢？"

展府管事道："大小姐整日关在房里，老奴不敢前去打扰。"

展龙冷笑一声，拔腿便往展凝儿所住的院落走去。展凝儿毕竟是展家嫡系宗房，在展府中的地位、待遇都是与众不同的，虽然现在因为叶小天一事，她和两个堂兄失和，但生活待遇并未受到影响。

展龙一把推开堂妹的门，就见展凝儿正坐在桌前发呆。展龙抱着双臂往门框上一靠，冷笑道："我爹过世都没见你这么伤心，可惜呀，你的一番情意，人家弃如敝屣！先是被杨天王退婚，现在人家又和田家大小姐定了亲，你羞也不羞？"

展凝儿一股无名火起，一双柳眉挑了起来："堂兄，上赶着巴结杨应龙的是你们，可不是我！杨应龙到展家提亲，分明是因为觉得展家可以利用，可笑你们却有眼无珠。如今杨应龙觉得叶小天利用价值更大，甩了杨家，丢人的究竟是谁？"

展龙勃然大怒，厉喝道："什么你们我们，你是谁家的人？同意与杨应龙联姻的是我爹，你这是在说我爹没有识人之明了？没错！我爹的确没有识人之明，早知道你是这样吃里爬外，一出生就该把你溺死！"

展凝儿拍案而起，对展龙喝道："展龙！我展凝儿也有爹，他也是展家的一分子！我是展家的人，可不是你大房的奴才，更不是吃你大房的米长大的！你不用对我冷言冷语，我一忍再忍，只是不想伤了一家人的和气，却不是怕了你，更不是觉得有负于你！"

展龙大怒，道："你没有负了展家？身为展家的一分子，面对杀你伯父的仇人，你居然不肯拔剑，你说，因为什么？难道不是因为你对他有了私情？可耻！可笑！可悲！"

展凝儿突然平静下来，望着展龙，沉声道："就算我对他没有私情，我也无法对他出手，因为他救过我的命！没有他，展凝儿早就化成了一堆枯骨，我能对他拔剑吗？"

展凝儿轻轻摇了摇头，道："可耻、可笑、可悲的不是我，而是你！上赶着巴结杨家，一副受宠若惊的样子，宁可牺牲自己家族女人的终身幸福，最后却被人抛弃，沦为笑柄，你可不可笑？

"父仇不共戴天，那你就去杀呀，有人拦着你吗？叶小天在贵阳的时候你在哪里？你躲在宅子里连大门都不敢出！展龙，如此行径，你可不可耻？

"杀父之仇你都不敢去面对，却把这份责任一股脑推在我的身上，似乎只要我肯拔剑，叶小天就一定会死，你的父仇之所以没有报，完全是我从中作梗！如此懦弱，你可不可悲？"

展龙被展凝儿一番话刺得脸上青一阵红一阵的，他并不怕死，否则他也不会和叶小天硬抗至今。但一个人懦弱于否，并不一定要体现在对死亡的态度上。

有些人，不敢去面对所遭遇的挫折，他却可以干净利落地结束自己的生命，你能说他是勇敢的人吗？

展龙就是这种人，杀父仇人活蹦乱跳地待在那儿，父亲的棺椁就在眼前，可他却没有能力复仇，尽管他一直在努力。

如果说他和展虎两个亲儿子动用展家之力都报不了父仇，再加上一个展凝儿就一定能成功了？展凝儿没有那么大的力量，但他揪住展凝儿不放，其实并不全然是因为自惭和恐惧，并非全然是为了推卸责任。

他气愤的是展凝儿的态度。如果展凝儿肯毫不犹豫地对叶小天拔剑，无论她成功与否，展龙都不会对她恶语相向。他气愤的是身为展家的一分子，展凝儿的立场却是如此不鲜明。

背叛者向来比敌人更叫人痛恨，这才是他不断找碴儿的根本原因，如今展凝儿却说他是因为懦弱无能才推卸责任，直把展龙气得暴跳如雷。

他大吼一声，狂风一般卷进房去，一掌掴向展凝儿的脸颊。看这一掌之力，呼啸成风，真要是掴实了，展凝儿的颊骨都要被打碎。

展凝儿身子一错，一指点向展龙的手腕。两人是堂兄妹，以前就常切磋武艺，对彼此的身法招式都是极熟的，展龙虽是含愤出手未留余力，不及变招应对，却借着涌身向前的机会,左手一抬,一肘捣向展凝儿的胸口。

展凝儿含胸疾退,一脚踢向展龙的膝盖。展龙抬腿迎了这一脚,两人各自疾退三步,咔嚓一声,门框被展龙撞断,展凝儿则倒撞在博古架上,一架子的上好瓷器摔得粉碎。

两人打出了真火,身子只稍一停顿,再度冲到一起,一时间只听房中稀里哗啦,仿佛遭了龙卷风一般。大少爷跟大小姐打架,展家没人敢劝,大家都躲得远远的,唯恐扫了风尾。

……

叶小天赴京,展、曹、张三家急急赶回老巢,联手图谋卧牛岭。卧牛岭上惊闻变故,也是急急商议起了对策。不过格咪佬这位"老村长"一出了山,能起的作用实在有限,提不出什么建设性的意见。

而蛊教长老一派,压根对卧牛岭的存亡不感兴趣,他们争着抢着发言,商量的居然是应该派人到京城去,不管是半途劫道也好,到了京城劫天牢也好,把尊者他老人家救出来,大家往山里头一缩,谁也奈何不得他们。

至于于扑满和于家海这两个好战分子,完全不顾现在卧牛岭三面受敌的处境,他们两个跟打了鸡血似的一味叫嚣:"我们向张家宣战!""我们向曹家宣战!""我们向展家宣战!""我们向叶梦熊宣战!""我们向万历宣……"

两个战争狂人没有继续说下去,因为于珺婷于大小姐恰于此时迈步进了大厅,于扑满两兄弟毕竟是于家旧人,一见旧主,不由自主地住了口。

于珺婷现在女人味愈发浓郁了,小腹已经有些隆起,只是她穿了件公子袍,藏住了腰身,倒是不甚明显。于珺婷没好气地瞟了两个叔父一眼,道:"叶小天此番入京生死难料,你们还要惹事,生怕他不死是吗?"

众人面面相觑,他们都知道于珺婷是叶小天的重要盟友,也看得出两人之间似乎有点暧昧,可无论如何,叶家出了事,轮不到她这个外人来主持大局吧?

"母凭子贵"的于大小姐自我感觉非常良好,全然忘了她怀了叶小天骨肉的事是个机密,这些人根本就不知道。她大模大样地走到上位,那个位子还空着,因为那是叶小天的座位。

于珺婷往首位上一坐,目光向众人一扫,端起圣母皇太后的架势正要说话,门口匆匆走进一个侍卫,气喘吁吁地禀报道:"李先生和华大哥回来了,还有……还有一位田大小姐……"

第九十章

过三关（一）

一

格咪佬、于扑满等人听了禀报之后，神情顿时古怪起来。他们既然已经知道叶小天被押送京城的事，当然也就听说过叶小天把卧牛岭全权托付给田妙雯的交代。

当家主母这么快来了，问题是，这位当家主母甚至都不曾过门，他们其中很多人连自家主母的模样都没有见过！

于珺婷轻轻哼了一声，心里酸溜溜的。不过她也没有办法，她本来是有这个机会的，尤其是在她有了孩子之后，机会就更大了，但她自己放弃了。

她可以一辈子只有叶小天一个男人，一辈子只爱叶小天一个男人，但她不可以嫁到叶家去相夫教子。她有她的义务和责任，她是于家的土司老爷，她要把父亲传承给她的这份家业传承下去。

所以她必须得留在于家做土司，直到她有了自己的骨血，直到她的儿子或女儿长大成人，能够承担一个土司应该承担的责任和义务，带着于家走下去。

这是她自幼深印于脑海的信念，是她人生的最大目标，为此她可以牺牲一切，包括她的性命和终身。幸运的是，她的利益要求和个人感情最终得以统一，她遇到了叶小天。

叶小天已经是她的男人，她深爱着叶小天，如果现在骤遇凶险，在她和叶小天之间只能有一个活下去，她可以毫不犹豫地挡在叶小天的前面，替他去死。

但是，如果叶小天赴京之后一命呜呼，她虽然伤心欲绝，可当她的孩子出生后，她也绝不会把孩子送回叶家继承叶小天的香火，这很矛盾，但这就是于珺婷的真实心态。

之前于珺婷和杨应龙交易时，他们的约定就是：杨应龙助她取得铜仁之主的地位，她配合杨应龙谋夺石阡府。但她要等有了孩子并扶他登上土司之位，才会安心去杨家做二夫人。

她知道杨应龙狼子野心，之所以还敢与他做这桩交易，也是因为虎毒不食子，到时候杨应龙只要能控制铜仁为他所用，断无更进一步，为了直接控制就害死他亲生儿子的道理。

　　为了家族，她本已做好了牺牲自己的准备，偏生横空杀出一个叶小天来，于珺婷原本色诱于他，只是觉得自己有些喜欢他，而且他能给予自己的比杨应龙更直接、更安全，谁曾想真个成了他的人时，理智又压制不住她的情感。

　　于家海、于扑满和耶佬、引勾佬等人凑到一块儿嘀咕了一番，决定下山相迎。人家田大姑娘是李大状和华云飞带回来的，直接上山就好了，为什么要在山下等，还要派人上来报信？要的不就是名分嘛。甭管她过没过门，这是叶长官指定的当家主母。众人计议已定，便一窝蜂地下山去了。

　　广威将军坐在那儿好生无趣，愤愤之下本想立即就走，可是涉及叶小天安危，她还真不能一走了之。而且，她不服气，她倒要看看，田妙雯够不够资格做叶家的主母！

……

　　"先欠着！"

　　叶小安丢下一把叶子牌，烦躁地往罗汉榻上一靠。才一晚的工夫，他已经输了三百多两银子，累计至今，他自己都不记得已经欠了别人多少。

　　赌博一旦染上便很难克制，区区几张叶子牌，不同的组合，既可构成一把通杀的好牌，也可构成一把通赔的烂牌，当真是趣味无穷，叶小安已深陷其中。

　　对于女色，玩久了他感觉也不过就是那么回事，不再像当初刚刚亲近那些妖娆女子时那般急色，可这赌博却是让他百玩不厌，从不觉得满足。

　　"哈哈，好好好，先欠着，欠着……"

　　严世维向几个"牌友"递个眼色，几人纷纷做出困顿不堪的样子，打个呵欠道："一宿没睡，着实困了，叶老爷、严大哥，我们先回去了啊。"

　　叶小安揉揉眼睛，打个呵欠道："都回去睡一觉吧，晚上继续啊，我就不信了，我的手气就一直那么背，今晚我一定全捞回来！"

　　几个牌友暗暗冷笑：你牌打得那么烂，我们不出千都能赢你，还想赚回来？心里这么想，几人脸上却是愈加谦卑道："那是，那是，叶老爷的手气自然是极好的，只是不像我们把钱看得那么重，每出一张牌都要算计半天，我们钱是赢了些，可心血却也耗损过度，叶老爷才是真正享受赌之乐趣的人哪。"

　　叶小安哈哈一笑，懒洋洋地摆了摆手，众牌友便点头哈腰地离开了。严世维没有走，他也上了榻，往另一侧一靠，慢条斯理地道："老弟，我瞧你打这一宿牌，一直心不在焉的，有心事？"

　　叶小安闷哼一声，没有说话。严世维笑了笑，道："我和你虽然不是同父同母，却亲如兄弟，有什么事，不妨跟我说说。我毕竟年长你几岁，说不定可以开解开解你。"

叶小安怒哼一声道："有什么好开解的？我兄弟犯了案子，被抓进京去，交由皇帝处治了。那可是皇帝啊，我虽担心他，却也没有办法，只好祈求老天保佑。可是……"

叶小安呼的一下坐起来，愤愤地道："我兄弟不在，我不替他操心谁替他操心？怎么能叫一个外人来主持叶家！"

严世维哑然失笑道："原来你为此不快，呵呵，小安哪，要论远近，当然是咱们俩近，我没有帮着外人说话的道理。不过呢，平心而论，土司不能理事时，有权代理其职的第一顺位者是其子女，第二顺位者就是他的妻子，你是他兄弟，本就该是第三顺位者啊。"

叶小安不高兴地道："话是这么说，可那姓田的过门了吗？凭什么摆出弟妹的架子。"

严世维嘿嘿一笑，抚着胡须悠然道："过门，应该只是个还没走的流程。你兄弟既然肯叫她来当这个家，两个人恐怕早就……哈哈，你懂得。"

叶小安狠狠地呸了一声，道："不知羞耻的贱婢！贪图我叶家权势，勾引我兄弟。这种女人，我兄弟不出事还罢了，真要出了事，她肯谨守本分才怪，早晚败坏了我叶家的门风，干出不知羞的丑事来。"

叶小安正骂着，忽然一个牌友兴冲冲地又赶了回来："叶老爷，我正下山，看见你们寨子里的大小头人都下山去接了一个女子上山，听说是你们土司夫人呢，我远远瞧了一眼，哎哟！那身段风流的，真是爱煞个人！"

叶小安刚端起一杯凉茶喝了两口，一听这话顿时把眼一瞪，道："那女人已经来了我家？"

严世维赶紧相劝："小安兄弟，发作不得，发作不得啊。她可是你的弟妹，你弟弟指定了的女人。你弟弟是土司，土司辖内，所有人、物，都可由其一言而决。

"田家女现如今是土司夫人，你弟弟不在，整个卧牛岭就属她最大，所有人，包括你，她都有权任意处置，好汉不吃眼前亏，该忍的时候你要忍啊！"

"我忍个屁！"叶小安本来只是顺口发泄，并未真的大发雷霆，严世维不劝还好，这一劝，他却真的火冒三丈了。

他不是土生土长的本地人，纵然知道当地土官家族的规矩，毕竟不是自幼耳濡目染，心里是根本不以为然的。

他就知道他比他弟弟先出生小半个时辰，长兄如父，长嫂如母！他就知道，爹娘年纪大了，现在弟弟出了事，整个家族应该他说了算！

弟妹？就算过了门，有了叶家的骨肉，也得听他这个大伯子的，谁家的媳妇过了门不得低眉顺眼地侍候公婆，讨好小姑子小叔子，熬个三五七年才能在婆家站住脚，她一个还没大红花轿抬进门的女人,不但跑来当叶家的家,还要对他指手画脚?是可忍孰不可忍!

叶小安怒不可遏,啪地摔了手中茶杯,一挺腰杆就从榻上蹿了起来,喝道:"我去给她一个下马威!叫她明白明白,叶家那得是姓叶的说了算,她一个外姓人,不行!"

"小安兄弟……"

严世维慌忙下榻拦阻,叶小安早已一脚踢开一个凳子,大踏步地走了出去。

格哚佬、冬天、苏循天、于扑满等人簇拥着田妙雯来到卧牛岭的议事大厅,于珺婷姗姗地迎了上来,似笑非笑地道:"田姑娘……"

田妙雯见她也在,微微惊讶,不过随即便浅浅一笑,颔首道:"原来是于姑娘,妙雯已经许配叶家,你可以叫我叶夫人,也可以叫我田夫人,姑娘这个称呼,可是不妥当了。"

"这样吗?"

于珺婷一脸惊讶,上下看看田妙雯,不敢置信地道:"我在铜仁,可没听说叶长官娶亲啊。田姑娘还没八抬大轿娶过门,难道就已经不是姑娘了吗……"

于珺婷微微一笑,揶揄之态溢于言表。

苏循天、李大状等人互相看看,立即和两位姑娘拉开了些距离。

田妙雯嫣然道:"夫人和妇人,那可不是一回事!所以呢,有些还没男人的女人,已经偷偷摸摸成了妇人。有些还没男人的女人,却可以大大方方地称为夫人,你说是不是啊,于姑娘!"

耶佬、格哚佬等人反应比李大状和苏循天迟钝些,但是听到这里,也感觉到二人言语之间的挟枪带棒了,这几位老人家赶紧也退开了些,免遭误伤。

田妙雯说完,眼波盈盈一转,在于珺婷的小腹处微微流转了一下,于珺婷不禁暗暗吃惊:难道我和叶小天的事她都知道,她甚至还知道我有了身孕?

于珺婷一惊之后,旋即醋意满腔:一定是叶小天告诉她的!这个没良心的,被这个狐狸精迷得神魂颠倒,什么都肯对她讲啊!

不对不对!一定是他担心此去京城吉凶未卜,所以才把我们之间的事告诉她,希望叶家能和于家精诚互助。于珺婷这样一想,心里又舒服起来。

田妙雯款款地走向上首位置处,翩然一转身,盈盈落座,虚抬右手道:"各位都请坐吧,于姑娘远来是客,不能慢待了,在我身边安排个座位。"

眼看田妙雯摆出大妇派头发号施令,于珺婷心里酸溜溜的,但这时若走未免更要弱了气势,况且究竟该如何解救叶小天,如何应对叶小天不在时卧牛岭的危机,她是真心关切。

于珺婷吃味归吃味，她并不是个不知轻重的女人，不会因妒心发狂。所以于珺婷轻哼一声，还是挺胸拔腰，像只骄傲的孔雀似的袅袅娜娜地走过去落座。

于珺婷坐定身子，耶佬、格哚佬等人便也纷纷坐了。田妙雯目光一扫，刚要开口，大厅门口突然冲进一个人来，田妙雯一看见他，神色顿时一喜，一句"你脱险了？"几乎脱口而出。但她随即就想到了叶小天有个一模一样的孪生兄长，心中顿时又是一黯。

新媳妇过门，通常要过的是公婆关、小姑子关，因为公婆对儿媳妇是最挑剔的，丈夫的妹妹则因为年纪小，心直口快，有什么不满意都会马上对她大哥讲，所以不好应付，新媳妇总要得到他们的认可，才能在婆家稳下来。

可非常人行非常事，田妙雯到叶家来，过的关却完全不一样，她面对的第一关守将不是丈夫的父母而是情人，第二关的守将不是小姑子而是大伯子！

"二爷！"

"土舍大人！"

众人其实心里都不大把叶小安当回事，叶小安是如何无能他们一清二楚，只是人家和叶小天是亲兄弟，他们再近也是外人，不能和叶小天说这些事，这不是做人的道理。

再者说，土舍养女人、赌赌钱，没有啥真本事，那不是坏事啊！你看看一山之隔的杨家二弟杨羡敏，他要是个窝囊废，哥俩能打得你死我活把数百年的老杨家都败落了吗？

于扑满和于家海两兄弟如果是一对废物，于珺婷用得着在内忧外患之中谨慎蛰伏那么久吗？做皇帝的哪个希望众亲王英明睿智、谨身自省、不好物欲？

不过，你没本事没能力，哪怕正合乎他的心意，他心里还是会瞧不起你的。一见叶小安进来，众人纷纷起身行礼，却也只是面上虚礼，心里并不把他当回事的。

叶小安并不理会众人，一进大厅，便看着眼看坐在上位的田妙雯，阴阳怪气地道："哟！这是谁，我没走错地方吧，怎么我叶家主人的位置，换了外人坐了？"

第九十一章

过三关（二）

一

　　众人刚刚放松的心情登时又提了起来，纵然大家对这个还没嫁到叶家的主母大人有些不太接受，那也要看陪衬者是谁。红花还需绿叶陪衬，有了叶小安这个绿叶，田大小姐就是那朵小红花了。

　　不过这其中并不包括于珺婷，于珺婷一见叶小安来向田妙雯兴师问罪，不免有点幸灾乐祸，她瞟了田妙雯一眼，倒要看她如何应对这个局面。

　　田妙雯先是微微一怔，随即便露出浅浅的笑容，柔声道："如果我没猜错的话，你就是小天对我提过的那位兄长了。"

　　田妙雯盈盈起身，对叶小安道："妙雯见过大伯！你我虽是初次见面，可妙雯并不是外人呢。"

　　田妙雯何等美貌，仅仅是美也就罢了，最重要的是她那种女人味，叶小安看了也不禁暗暗惊叹：我那兄弟当真好本事，领回家来的女人一个比一个漂亮！

　　这等绝色丽人，换一个场合的话，叶小安就好说话了，但是此时此刻，却是绝不能相让的，甚至见田妙雯丽质天生、美艳无双，叶小安心中更有一种说不出的恼恨。

　　叶小安冷笑一声道："不是外人……那是什么人？"

　　他本想讥讽："不是外人，难道还是内人？"但话到嘴边又咽了回去，这女人是他弟弟的女人，尽管他不承认，总不好当成一般的女子调戏。

　　田妙雯没有说话，只是目光盈盈一转，瞟了眼坐在一旁的李大状和华云飞。李大状会做人，对东翁的亲哥哥能不得罪就不得罪，虽然必要的时候他还是得说话，但仍不免犹豫了一下。

　　华云飞心直口快，他并不是想不到这些顾虑，但他不在乎，对他而言，什么外物、前程他统统不在乎，他只在乎叶小天一个人，也只在乎叶小天的交代。

　　山头大了成员复杂，绝不会像三五兄弟时那样单纯，所以自古豪杰枭雄都明白

"水至清则无鱼，人至察则无徒"的道理，人有私心杂念是正常的。

叶小天的部属中，能够做得到完全无我，一切皆从叶小天的角度考虑的只有两个人：华云飞和毛问智。这也正是毛问智死后，叶小天不惜一切也要为他报仇的原因之一，人毕竟是感情动物。

华云飞站了起来："土舍大人，这位是卧牛岭长官司叶长官的夫人！"

叶小安大怒，他没有政权意识，卧牛岭在他心中还是单纯的家的概念，在这个家庭里面，除了叶家人，所有人都是叶家雇来的长工短工、奴仆下人。

华云飞站出来声明田妙雯的身份，令他觉得这是以奴欺主、以下犯上，心中尤为恼火，不禁怒道："是吗？我是卧牛岭的土舍，我是叶小天的大哥，我怎么不知道我弟弟有了娘子？"

华云飞道："土司有没有告诉土舍大人，我不知道。我只知道，土司大人是当着我的面向夫人求亲并要夫人代理卧牛长官司的！"

"你……"

碰上这么个不会说话也不讲情面的华云飞，叶小安被噎得不轻。他把手愤愤地一挥，道："要做我老叶家的人，我居然不认识，天下有这样的道理吗？我不承认她！"

叶小安大踏步走上几步，向田妙雯一指，厉声喝道："起来，让开！"

于珺婷笑靥如花地看向田妙雯：田大小姐还没受过这样的气吧，到了叶家却被叶家的人如此质问、驱赶。可她能怎么样，刚到叶家就跟大伯子吵个天翻地覆？

呵呵……叶小天知道了会怎么想？她的公婆知道了会怎么想？卧牛岭上上下下会怎么看？叶家的掌印夫人，没两把刷子，你站得住？

于珺婷一边幸灾乐祸，一边也在考虑，如果是她遇到这样的局面该怎么办。要么就忍辱负重，她可是田家大小姐，身份尊贵得很，如此忍辱负重虽然会受叶小安之辱，却会赢得叶小天这批部下的敬重，值得。

再不然，就使些巧妙的手段，让叶小安碰个不软不硬的钉子，却又不至于伤和气到不可转圜的地步，这是进可攻、退可守的法子，得罪叶家人不至于太狠，却又能得到叶小天众部下的敬畏，眼下需要极强的掌控力才好应对接踵而至的危机，这个法子应该是最合适的了。

于珺婷一边揣摩着如果是她置身于田妙雯的处境，该做的最好的应对策略，一边把目光转向了田妙雯，想看看她的选择与自己是否不谋而合。

田妙雯面对叶小安的蛮横无理，脸上丝毫不见动怒，她慢慢地站了起来，却没有闪开一步给叶小安让位子，而是看看左右，朗声说道："我，田妙雯，思州田氏，长房长女。我的丈夫，是卧牛长官司长官叶小天，本夫人受拙夫所托，现领卧牛司长官一职，在座诸位，谁不认可？"

田妙雯缓缓望去，脸上的微笑渐渐敛去，变得一片肃杀。

李大状知道这个时候必须得表明立场了，而且得旗帜鲜明地表明立场，他没有看左右其他人的态度，而是慢慢站了起来，庄重地道："土司大人提亲、授命之时，李某在场！"

李大状走到大厅正中，一撩袍裾，向田妙雯屈膝拜倒："李秋池，见过主母大人！"

华云飞也走过去，单膝点地，抱拳振声道："华云飞，见过主母大人！"

苏循天、耶佬等人互相看看，轻轻点了点头。纵然对这位素未谋面的主母心理上还有些抗拒，但是现在卧牛司内忧外患，确实禁不起折腾了，相对而言，这位主母大人也就不是那么不可接受了。

苏循天、耶佬等人不约而同地走出来，同样跪倒在地，沉声道："见过主母大人！"

于扑满、于家海就是家族内斗的失败者，从这一点上来说，他们是有点同情叶小安的，但是他们两个野心家、战争狂，也是最崇拜强者的。

他们也大踏步地走出来，向田妙雯单膝跪倒，大声道："于扑满、于家海，见过主母大人！"

"见过主母大人！"

厅内、厅口的守卫们哪理会你叶小安是谁，他们各有从属，但是又都属于叶小天。现如今他们的直属上司都在跪拜主母，他们自然也要施礼。

叶小安气得浑身哆嗦："你……你们反了！我兄弟不在家，你们……你们就敢不把我放在眼里，等他回来……"

田妙雯神色一厉，沉声喝道："叶、小、安！"

田妙雯是什么人，千年世家底蕴培养出来的接班人，虎死尚不倒威，何况田家绝对没有表现出的那么没落，不怒尚有威仪，此时一怒，纵然她天生就是一副楚楚可怜的模样，还是有一种肃杀之气。

叶小安是什么人？他爹是个牢头，他自己是个油面坊的小业主，若非他有了个出人头地的兄弟，对田妙雯这样身份地位的女子不要说是戟指怒目了，他连跪着瞧人家一眼的资格都没有。

这时田妙雯一怒，慑得他心神一颤，竟然不由自主地生出了怯意。田妙雯冷视叶小安，道："土司人家，得天独厚，谁不知道它就是国中之国？这座大厅虽然简陋，谁不知道它就是叶家小朝廷的金銮宝殿？"

田妙雯离开座位，一步步向叶小安逼近："叶氏江山要想千秋万载，就应'治官事则不营私有，在公门则不言货利，当公法则不阿亲戚，奉公举贤则不避仇雠'！"

田妙雯说一句进一步，逼得叶小安连连后退。

田妙雯神色愈加凌厉："土司土舍、头人土民，各安其位，江山才能久远！皇帝不在，指定皇后摄政，难道一方亲王可以跳出来发难，要取而代之？那是要杀头的！"

叶小安连连后退，神色慌张，听到这个比喻好像抓住了什么把柄，立即指着田妙雯道："你……你大逆不道！你敢把我兄弟比成皇帝，把你自己比做皇后，你这是造反！你这是诛九族的大罪！"

田妙雯看着他，满堂跪拜的人也都在看着他，于珺婷是厅中唯一还坐在座位上的人，听到叶小安这番话也不禁暗暗摇头。

贵州地方的土司老爷们谁不把自己当成土皇帝？他们的宅邸居处，老百姓本就称为宫室的，他们议事的客厅，本就被老百姓俗称为金銮殿、银安殿。

比喻就是比喻，在中原如果有人这么比喻，你还可以做做文章，在这里你挑这种刺儿，谁理你？这种色厉内荏的威胁，还不如不说，说了更泄底气。

田妙雯哈哈大笑，微微侧了头，轻蔑地看了叶小安一眼，回身走向上首那张座位，她走到座位前缓缓转过身，又扫了依旧跪拜于前的众人一眼，稳稳地坐了下去，双手扶在椅子扶手上，尊荣高贵得仿佛母仪天下的一位皇后，清扬的声音在大厅中回荡着：

"蛇无头不行，鸟无翼不飏，兵无主自乱！卧牛长官司刚刚成立，以前没有规矩，这不是你们的错！今天，本夫人就在这儿给你们立个规矩，都给我听清楚了！

"卧牛长官司是叶氏的江山！领地之内只有一个主人，那就是土司！其他任何人，无论远近亲疏，都是土司之臣！一曰爵，二曰禄，三曰废，四曰置，五曰杀，六曰生，七曰予，八曰夺！贵贱、生杀、贫富、予夺，一言而决！敢有僭越冒犯者，杀无赦！"

李大状带头顿首："谨遵主母谕命！"

第九十二章

过三关（三）

一

田妙雯刚到叶家，至少在心理上，对卧牛岭所有人来说，她还是一个外人，尚未得到众人的认可，可她竟然会采取如此强势的手段，就连于珺婷也大感意外，但她往深里一想，却是越想越有味道，对田妙雯不禁生出惺惺相惜之感。

叶小安也被田妙雯这句话给镇住了，她娇娇怯怯，天生一股风流韵味，那瘦削的瓜子脸楚楚可怜、极显柔弱。可她刚才这番话却是霸道无双，清脆悦耳的女声中隐隐却有一种千军难撼的金石之音。

然而，再往深里一想，叶小安又胆壮起来：任你说的再如何狂妄，你敢杀我？且不说你才刚刚嫁到叶家，就算你已嫁到叶家十年八载，地位稳如泰山，你敢杀你丈夫的哥哥？借你一个胆子！不，借你一百个胆子！

叶小安冷笑一声，道："好威风，好霸道！我弟弟找的好媳妇啊，这还不算过门呢，就当起我叶家的主来了。"

田妙雯脸色一沉，对叶小安道："大伯有话说？"

叶小安昂起头，傲然道："有！就一句，我兄弟不在，叶家我说了算，现在我还没承认你是叶家的掌印夫人呢！"

叶小安说着，晃着肩膀越过田妙雯，往叶小天的家主之位上一坐，双手用力一拍椅子扶手，乖张地大喝道："这张椅子，除了我兄弟，除了我，谁还有资格坐？"

叶小安这句话吼得很大声，只可惜底气一点也不足，因为他也清楚，卧牛岭众豪杰不会买他的账，否则田妙雯没来之前，他已经在卧牛岭发号施令了，他就是赌气想恶心田妙雯。

田妙雯什么家世出身，哪会跟他斗嘴怄气，田妙雯看着叶小安道："妙雯刚刚定下家规，大伯就要带头违犯吗？"

叶小安白眼一翻，冷笑道："什么家规，叶家谁能给我定家规，啊？"

田妙雯平静地道："冒犯规矩者，虽至亲不赦！来人啊，把他给我拖下去，斩！"

叶小安先是一惊，瞪着眼睛不敢相信地看着田妙雯，突然仰天狂笑起来："哈哈哈……我真没想到，我弟弟要娶回来的居然是个疯女人，你要杀我？"

叶小安指着田妙雯笑道："谁敢杀我？啊？我倒要看看，我兄弟还没死呢，这卧牛岭上，哪个敢杀我？"

田妙雯敢说这样的话，当然不怕没人奉命，否则这军令下了，却根本没人执行，哪怕不是不愿，只是不敢，她也无法统领这卧牛岭了。

她来卧牛岭当然不是一个人来的，她还有一大票随从，还有党延明这样的心腹死党，不过如非不得已，她不想用自己带来的人，这样才有说服力。

田妙雯这番命令一下，人人震惊，纵然叶小安有万般不是，那也是叶小天的亲哥哥，得让叶小天自己处理，谁敢杀他？就连坚定执行叶小天命令的华云飞都犹豫了。

他明白卧牛岭现在内忧外患，有很多危机，叶小天之所以出乎所有人意料地指定田妙雯代领卧牛司长官，这想法看似天马行空，其实也是不得已而为之。

卧牛岭现在独当一面之人是有，可以统领全局的人却没有，若非刚刚与田妙雯有了婚约，叶小天还请不到这样一个可以让他放心的人来维持卧牛岭的局面呢。

所以只要可能，华云飞便会毫不犹豫地执行田妙雯的命令，帮她树立至高无上的权威。但……叶小安能杀吗？华云飞是个实诚人，他觉得自己做不到的事，便无法出面配合。

华云飞实诚，李大状可不实诚，他马上往华云飞身边靠了靠，低低对他说了几句话。田妙雯这道命令下完，是真心希望能有卧牛岭的人来出面执行，那样才更具说服力，更容易树立她的威信。

但……没有人敢出面，田妙雯在身后稍稍绞紧了手指，这是一个暗号，站在门口侧面的党延明见状，正要挺身而出，华云飞突然腰杆一挺，大声应道："卑职领命！"

华云飞大步上去，直奔叶小安。叶小安有些惊恐，他强作镇定地看着华云飞："你……你干什么？啊！"

华云飞一伸手探向他的衣领子，吓得叶小安一声大叫，以为要被砍头了，但华云飞伸过来的只是一只手而已。华云飞一伸手，揪住他的衣领，一把将他从主位上拎下来，拖起就走。

李大状方才凑到华云飞身边，低声说的是："兄弟，咱们受大人所托，得维护夫人威仪啊。"

华云飞为难地道："那可是我大哥的亲哥哥，难不成还真就为了他顶撞夫人几句就杀了他？"

李大状道："放心吧，只是做做样子，这不还有我呢？你唱白脸，我唱红脸啊！"

华云飞被他一言提醒，这才出来扮起了白脸。

叶小安挣脱不开，又惊又怒："你敢杀我？我是叶小天的大哥，我是他亲大哥，谁敢杀我？谁敢杀我！"

于珺婷见田妙雯这般作为，心底暗暗佩服。照规矩，土司在治内对所有人包括亲眷，都有生杀予夺的权力，这一点其实比皇帝还要霸道，事实上皇帝也不能随意杀人。

但道理是这个道理，人生在世，总有亲族血缘，总有各种社会关系的羁绊，哪有可能一切由着自己的性子。就拿她于珺婷来说，她那两个叔父可比叶小安可恶一万倍。

叶小安不过是不服这个没过门的新娘子到叶家来耀武扬威，而她八九岁的时候就是名正言顺的土司，可她三叔四叔却是明里为难她、暗里下毒手，无所不用其极。

尽管如此，她也只能小心提防，最后还是要设计他们自曝丑行，再一举将他们拿下，饶是如此，也不敢杀，只是罢为土民，软禁起来。

如今田妙雯这番作态，她也知道不是真的要杀叶小安，否则田妙雯理由再充分，跟叶家的人也无法相处了，跟叶小天也不可能再结合，叶小天怎么可能宁可与家人反目，也要娶她过门呢？但是哪怕明知是做戏，于珺婷还是佩服万分。

满厅的人眼看着叶小安被拖出去，再看看娇娇怯怯的田大小姐，顿时有种高山仰止般的感觉：这娘儿们……啊不！咱们的掌印夫人，不一般啊！以后在这位大娘子手底下混饭吃，可得小心些了。

他们也知道，田妙雯不可能真的杀了叶小安，但是能做出这样的事来，已经是魄力惊人了。

叶小安初时还愤怒大呼，不以为然，及至被华云飞冷着脸拖出大厅，不见一个人上前拦阻，终于惊恐起来，颤声道："你干什么？你不能杀我，我是土舍，我是叶长官的亲哥哥！"

华云飞道："你也知道那是叶长官而不仅仅是你的亲弟弟叶小天？国有国法，家有家规。长官不在，卧牛岭上，以掌印夫人为尊，掌印夫人下令斩了你，华某只能听命！"

华云飞说着，把叶小安向前一推，喝道："拿下他！"

华云飞作为叶小天的结拜兄弟兼保镖头子，手下自有一班人马，这班人马和其他世家的死士队伍相仿，但现在还只是组建出了一个雏形，而未来这必然是卧牛岭最强大的一支秘密武装，也是叶小天的心腹死士团。这支队伍的首领，就是华云飞。

华云飞一声令下，立即冲过来四个卫士，两个把叶小安的手反拧住，两个一踹他的膝弯，将他踩跪在地上。华云飞面无表情地看着叶小安，缓缓拔刀……

"嚓……"

刀擦着刀鞘，那声音异常吓人，叶小安害怕起来，双腿发软地道："你们不能杀我，我是……我是叶土司的亲哥哥……"

于珺婷看看被摁跪在门口惊恐万状的叶小安，又看看漠然负手而立的田妙雯，轻轻咳嗽一声，决定出面扮那个红脸的。但她只是一咳，李大状听在耳中，立即跳出来道："掌印夫人息怒！掌印夫人，刀下留人哪！"

开玩笑，李大状是什么人，那是第一讼师，惯会钻营投机、察言辨色，找机会抓漏洞、挤缝子的人。这时扮白脸给掌印夫人架梯子、扮红脸扶掌印夫人就坡下驴的人，在掌印夫人眼中必然高别人一等，他才是在叶家打长工的，你于家土司何必抢这个表现机会。

李大状抢前几步，一头扑倒在田妙雯脚下，他是为了抢在于珺婷前面说话，至于拜倒，那是为了做戏做全套，更加突显掌印夫人的威风。只是动作太急，稍显没有风度，田妙雯看他那副猴急的样子，还以为他要抱自己大腿，下意识地退了一步。

李大状顿首道："掌印夫人息怒，叶土舍出言无状，冒犯掌印夫人，理当严惩。但据学生所知，土舍本京城人氏，不熟本地规矩习俗，且性情懒散惯了，只是本性使然，并非有意冒犯，还请掌印夫人网开一面。"

苏循天等人知道该出面帮腔了，呼啦啦一同拜倒，高呼道："请掌印夫人网开一面！"

于珺婷酸溜溜地撇了撇嘴，瞧人家这戏唱的，扮什么角儿的都有，配合得还真好。

田妙雯森然道："本夫人刚刚立下的规矩，叶小安就敢当众冒犯，不杀他，何以森严法纪，不准！"

叶小安已经被钢刀架在了脖子上，那锋利的刀锋虽然只是轻轻压在他的颈上，却骇得他一动也不敢动，浑身起了一层鸡皮疙瘩，作为当事者，他可不敢认为这是在做戏，他也不敢冒这个险。

好汉不吃眼前亏……

叶小安立即高呼道："掌印夫人，小安知错了，求掌印夫人饶命啊！"

叶小安一面低头求饶，一面在心中咬牙切齿：只要你放了我，我就去向爹娘告状，你敢杀我，我倒要看看你敢不敢动你的公婆，今儿不把你赶出卧牛岭，我叶小安誓不为人！

第九十三章

过三关（四）

一

"掌印夫人，土舍已经知错了，还请夫人高抬贵手，给他一次改过的机会。"苏循天也跳出来唱红脸了，大家纷纷称是，再三求情。田妙雯脸色稍霁，沉吟片刻，才道："死罪可免，活罪难饶，重责二十大棍！"

苏循天还要再说，田妙雯脸色一沉，道："再有进言者，一同责打！"

叶小安人缘没那么好，田妙雯此言一出，众人立即闭紧了嘴巴，生怕主母大人以为他吱声了。

新媳妇过门头一天，连公公婆婆都还没见呢，先把大伯子重打了一顿，这股子彪悍劲儿，实在令人叹为观止。

那些卫士还真是不折不扣地执行田妙雯的命令，一点也没因为叶小安是土舍就手下留情。而且由于叶小安以往的行为，加上他还长得跟叶小天一模一样，这些卫士对他尤为痛恨，认为这个废物抹黑了尊者大人，一模一样的相貌简直就是对尊者的冒犯，哪怕他没做过任何错事，光这一点就是最大的原罪了。

如今有了这个机会安能错过？大棍抡开一通责打，一棍子下去叶小安就是猛一哆嗦，一开始他还想咬牙硬抗，五棍子过后就开始哭爹喊娘，十棍子之后就开始声嘶力竭地求饶了。

田妙雯也不理他，径直回到主位坐下，朗声道："土司如今赴京待勘，不过你们不必担心，死罪是绝不至于，朝廷顶多对他予以些责罚，以堵悠悠之口，就算打板子，那也是高高举起，轻轻落下！"

"啪啪啪！"

叶小安的屁股蛋子努力地从门口发出应和的声音，他被打得可着实不轻，一点儿也没享受到"高高举起、轻轻落下"的待遇。

"亲儿子和干儿子，那可是不同的。"

田妙雯含蓄地点了一句，随即便转入正题，道："现在问题之所在，不在于朝廷，不在于土司的安危，而在于卧牛岭。如果卧牛岭出了事，即便朝廷未予土司严责，我卧牛山势力也将烟消云散，现在卧牛山所遭遇的困难，大家心里都清楚，我想知道你们有什么见解，大家不妨各抒己见。"

一听主母大人问计，于扑满立即满面红光地冲了出来，振臂大呼道："战！战！战！谁要战，我便战！"

田妙雯还真没见过这样的好战分子，不由一呆，于扑满兴奋地道："主母大人，你就下令吧，扑满愿领一支人马，踏平展家堡，扫荡肥鹅岭，宰了张雨寒那个老东西，一统铜仁、挟控石阡！"

田妙雯的嘴角微微地抽搐了一下，叶小天是个极品，叶小安的哥哥是个极品，没想到叶小安的部下也这么极品，卧牛山主母大人的路，任重而道远啊……

· ※ · ※ · ※ ·

"娘啊，娘啊！儿子要回京城，儿子在这卧牛山没法过了……"叶小安叫两个人架着他，一进后宅身子就整个软下来，做出一副奄奄一息的样子。

他被打得确实不轻，外袍褪下，小衣上血淋淋一片，但是只是皮肉伤而已，卧牛山这些卫士可不像锦衣卫行刑司的人，行刑司的人那杖法是专门练过会使阴劲儿的。

但是见到爹娘，他当然要做出一副奄奄一息的样子。叶父和叶母闻声急急从房中出来，老两口正在为被押解进京的小儿子担心。

卧牛山上也没个会安慰老人的，反而是咋咋呼呼、信口开河的居多，所以老两口听来的消息大多是对儿子不利的。

老两口是京城人氏，对天威的敬畏那是深入骨髓的，至于儿子在贵州这边当土司，在他们看来固然挺了不起，可要和朝廷的官比起来也不算什么，比起京城大街上一个巡城御史都远远不如，哪个偏远山村的村长在村里不是土皇帝？你跟人家朝廷的官能比吗？

因此，老两口忧心忡忡，此时正在屋里担忧小儿子此番进京生死未卜。老太太正抹眼泪，忽听大儿子鬼哭狼嚎，两夫妻急急走出来一看，不由大惊，老太太赶紧冲上去，惊道："儿啊，你这是怎么了？"

叶小安惨笑道："娘啊，我兄弟被朝廷抓去问罪，这卧牛岭可是要变天啦。现在来了一个女人，自称是我兄弟的娘子，要来当卧牛山的家……"

叶小安愤愤然地道："我兄弟娶媳妇了吗？我怎么不知道，爹娘，你们说说，你们谁知道？咱叶家没一个知道她的，她要占咱叶家的财产，我能不问吗？我就问问她的身份、来历，有什么证据证明她是我弟弟的媳妇……"

叶小安哽咽地道:"结果她就悍然出手,叫人打了我四十大棍啊!爹,娘,你们看看,你们看看,儿子这腿都被他们打折了,从今以后就是个废人,没法子给你两位老人家养老送终、侍奉膝前了……"

那两个架着叶小安的卫士互相看看,不约而同地收了手。叶小安正扮瘫子,猝不及防扑到地上,啃了一嘴泥。两个卫士故作惊讶,赶紧弯腰去搀。

叶小安先是一怒,紧接着灵机一动,干脆不肯起来了,趴在那儿道:"爹,娘,儿子成了废人哪,咱们赶紧回京城吧,再不走,怕是连命都没了。"

叶小安一边嚎叫一边暗暗冷笑,他爹娘只要出面跟田妙雯理论,田妙雯就别想进叶家的门,这是孝道问题,再有道理也没用。

如果爹娘真的要回京,其实他是不舍得的,不过谁敢让他们回京?叶小天娶了媳妇就把爹娘亲族全赶回京,这人品得败成什么样?从此别想在人前抬头。

谁知道其中底细,叶小天能见到个认识不认识的人就拉着人家诉说冤屈?只要他不想声名狼藉,受尽天下人唾骂,田妙雯就得乖乖滚出叶家。

叶父在两个卫士帮助下搀起儿子,惊怒地道:"什么媳妇,我怎么不知道?她要打你,你兄弟手下那些人竟然不管?"

叶小安道:"爹,这是咱叶家的事,他们也不知道这女人是不是我弟弟的娘子,谁敢往里掺和?他们倒是替我求情来着,可那凶女人根本不听啊!"

叶母一听,气得浑身哆嗦:"看我们家小安给人家打的,哪里来的野女人这般凶悍?不行,我得找她说道说道。"

正说着,叶大娘子闻讯赶了来,一瞧叶小安果然如家仆所言,被人打得鲜血淋漓,虽然两夫妻现在关系越来越恶劣,但毕竟是自己男人,她不由惊怒道:"怎么会这样,在咱们叶家,谁敢打你?"

"娘子啊……"

叶小安现在是要么赌钱,要么吃酒,要么鬼混,都半个月没进后宅的门了,这还是半个月来头一回看见自己娘子的面,一听她问,叶小安声泪俱下,便添油加醋、黑白颠倒地把他在外面遭遇的事又说了一遍。

叶父、叶母和叶大娘子听得气炸了肺,叶父怒吼道:"我不管她是谁,这么欺负我们叶家人,不行!老子找她算账去!"

叶老爹怒气冲冲就要往外走,这时候院门口突然又出现三个人,其中有两个他们都认识,一个是叶小天的师爷李秋池,另一个是叶小天的结义兄弟华云飞。

他们一家人的目光只从这两个人身上一扫,就集中到了中间那位姑娘的身上。

那位姑娘俏生生地站在那儿,一袭淡绿春衫,系着竹鹤披风,人本就生得秀美靓丽,气质优雅高贵,再加上搭配完美的着装,肌肤如玉,秋水湛湛,仿佛神仙中人。

叶老爹马上就想到了，这位姑娘一定就是小安口中那个凶女人。凶女人？这样一位娇弱婀娜、容颜美好、灵动妩媚的姑娘，会是小安口中那个可恶的女人？

叶母和叶大娘也在看着田妙雯，从女人的角度看，观感和叶老爹自然不同，但她们一样对田妙雯一见心折。一个女人仅仅是美，是无法令女人为之心折的，但她魅惑的气质，超凡脱众的优雅，那可是男女老少通杀的法宝。

怒容还凝滞在叶家人的脸上，田妙雯只是妙目一瞥，就知道叶小安进了谗言。当然，即便他没进谗言，所有的一切都如实说出，叶家人一样会愤怒。换了她是叶家人也一样，难道偏帮外人？人是有感情的动物。

田妙雯眼底深处飞快地闪过一丝讥诮：告我的黑状？想给我一个下马威？

不好意思，就算是小门小户家的姑娘，成人后当娘的都会有意无意地教她一些出嫁后与娘家人相处的技巧和手段，更何况豪门世家，那可是有一套系统的、全面的宅斗进修教程，而田大小姐就是贵族女子宅斗技巧学习中的佼佼者。

还有就是，这位田家大小姐……哪怕她正在横眉冷眼地扮怒目金刚，也娇怯怯柔弱弱的像个受气小媳妇，这等得天独厚的条件：你一个臭男人，想跟本姑娘玩宅斗？呵呵……

第九十四章

顺利收编

一

田妙雯款款上前，盈盈拜倒，柔声道："公公，婆婆，儿媳韧针，见过公婆。"

田妙雯那举止做派，从骨子里就透着一种优雅和贵气。叶老爹夫妇是小门小户出身，眼界有限，但即便久在天子脚下，有种其他地方的人都是乡下人的高傲心态，也终究不像叶小安一般浑噩，还是瞧得出这位姑娘的教养与高贵的。

第一印象很重要，老两口对田妙雯一见便心生欢喜。这种喜欢，是真心地喜欢她这个人，倒与她的家世无关了。至于家世什么的，其实什么安宋田杨的，他们在京城听都没听过。

到了贵州后倒是有所耳闻，可是就和在京城时听乡下亲戚说起他们堡子里有权有势的丁三爷、李四爷一样，依旧不以为然。管你是叱咤天下统兵百万的一方大帅，还是唯我独尊的封疆大吏，谁进了北京城不得夹着尾巴比猫还要温顺。天子脚下的人，就是这般自信。

至于说眼界……没出京城以前，听人说起贵州这个地名，他们还以为那里是人吃人的蛮荒世界，没有发达的资讯，哪来的什么眼界。

如今一见田姑娘落落大方，那模样、那做派，要不是叶小安还趴在地上，老两口早就眉开眼笑地上前对她嘘寒问暖了。

李大状上前一步，对叶父叶母道："老太爷，老夫人，这位就是老爷所聘的妻室，只因老爷被仓促拿问京师，不能面禀老太爷、老夫人，所以让学生代为告知。这里还有老爷给老太爷的家书一封。"

叶父在天牢一辈子，粗浅的也识些字，他接过信却并未打开，只是看了看田妙雯，道："婚姻大事，纵然再急，也该早早说与爹娘知道，难不成小儿与这位姑娘相识不久？"

叶父虽然还在发着牢骚，但语气中的不快已经没有几分了，他们在贵州享清福，活动范围也不过就是在这山上，有时去铜仁府清浪街走走，也只是游逛一下商铺买点东西。如今时局敏感，他们一家人更是待在卧牛岭哪儿也不去了。

所以，叶老爹昔年那些朋友、亲戚、社会关系，全然派不上用场了。真要让他给儿子说门亲事，他都不知道该向谁家提亲，难不成从后宅里侍候他们老两口起食饮居的丫鬟里选？

社交圈子几乎完全消失，再加上他这个小儿子现在本事大得很，也不用他操心，所以儿子自己做主决定婚事，叶老爹很有自知之明，他是干涉不了的。只是儿子都没提前和他打声招呼，就把新娘子领进了门，这让他这个当爹的很伤自尊。

华云飞道："老太爷，我大哥和田姑……和夫人是早就相识的，但是直到最近才谈及婚姻大事，再加上巡抚驾到，追究起我大哥与张、展、曹几家结仇的事情，根本无法脱身回来向两位老人家禀明此事，还请两位老人家恕罪。"

叶父叶母听到这里也就释然了。但被打的大儿子还在旁边，虽说田妙雯让这老两口一见心折，很是喜欢，可小安是自己的亲生骨血，儿媳妇再好，也没有近得过儿子的道理。

叶母便道："既然如此，我们也不去怪他。只是媳妇来了，就该到后堂来见过公婆，你怎么一来就和你大哥起了纠纷，还把他打成这个样子，这样霸道我叶家可容不下！"

叶大嫂也愤愤地道："婆婆说得是，就算你是我那兄弟三媒六证聘下的妻子，你才刚过门，甚至还没过门，上有父母高堂，又有大哥大嫂，哪里轮得到你来当家，欺我叶家无人吗？"

李大状眉头挑了一挑，叶家现在还是寻常小户人家吗？这一家人到贵州也有段时日了，怎么那种小农心态依旧，不见一点长进。李大状踏前一步正要解释，却被田妙雯拦住了。

田妙雯对叶大嫂浅浅一笑，道："这位应该就是大嫂了，你我妯娌，本应一团和气，如今小妹刚到叶家，便不得已打伤了大哥，难怪嫂子你要生气。"

田妙雯轻轻叹了口气，道："有些事，藏着掖着的，会叫公公、婆婆与嫂子你误会，韧针无奈，也只能实话实说……"

田妙雯说到这里，语气微微一顿，扭头看了一眼，李大状和华云飞明白，他们的责任已经结束了，人家现在要聊家务事，他们是外人，应该回避了。

李大状向田妙雯递了个不放心的眼神，田妙雯眸波一闪，还了个胜券在握的微笑，李大状只好与华云飞一同退出了院落。田妙雯对叶父、叶母和叶大嫂道："如今这儿只有咱们一家人，有些话即使不好启齿韧针也只能对公公、婆婆和大嫂直言不讳了。"

田妙雯道:"叶家,现在可不只是种地务工自给自足的叶家,叶家的当家人,不是管好柴米油盐、能够勤俭持家就是个好当家人。铜仁各方土司均有异心,你强他就示弱交好于你,你弱他就会张开血盆大口一口吃掉你,如果败在他们手里叶家会怎么样?那可是家破人亡啊!"

田妙雯看了看对面三人,这话谁会对他们讲?从来没有,所以三人一脸吃惊。

田妙雯又道:"石阡展家、曹家两位土司,都死在小天手上,现在他们的家人正蓄谋复仇呢,一旦他们领兵攻来,是要有人指挥三军、挂帅出战的,这些事,能让公婆两位老人家来,还是大嫂你来?"

"这……我……小安他毕竟是个男人……"

叶大嫂支支吾吾地说不出话来,田妙雯道:"有些本事,不是生为男人就一定会的。据我所知,大哥他在京城时,经营本该稳赚不赔的油面坊就赔了个精光,还欠了很多债务。

"到了铜仁,有小天这一方土司给他撑腰,本该一本万利的车马行又被他开赔了。征战杀伐之事,主帅不懂军事至少也该精明过人才行,由此种种,弟媳很难相信以大哥的精明,能当得了这个家。

"现如今,大哥不但嗜赌成性,还包养了几个外室娘子,整日里花天酒地,就算叶家只是打工务农度日的普通人家,若是有个如此不知节制、不知自律的人当家,这个家恐怕也要很快败落吧?公婆见多识广、阅历丰厚,觉得儿媳说的有没有道理?"

叶大嫂打断田妙雯的话,急问道:"你说什么,他包养了外室,还好几个,在什么地方?"

田妙雯惊讶地张大眼睛,对叶大嫂道:"嫂子对此竟一无所知?这件事外面已是无人不知、无人不晓啊。大哥他包养的外室中有两个最宠的,就住在山下庄子里,一个姓罗、一个姓郑……"

"好啊你!你不是说跟那个姓严的合伙做粮食生意,所以需要时时下山?"叶大嫂一把揪住叶小安的耳朵,使劲地拧着,"你居然蓄养外室,而且还不是一个两个,叶小安,你好!你好啊!你真对得起我……"

"别拧、别拧,哎哟……"叶小安理亏,又挣不开妻子的手,眼见她怒气冲冲又要伸手掐自己肋下嫩肉,赶紧一骨碌爬起来,也顾不得屁股上的痛楚,一溜烟地逃走了。

叶大嫂哪肯罢休,立即紧随其后向外追去,怒吼道:"我倒要看看,是什么样的狐狸精,把我家小安迷成这副模样。"

叶父和叶母先是听田妙雯数落了叶小安一通,虽不爱听,可人家说的都是实话,叶小安不害臊,老两口脸上却是火辣辣的。如今再看见小安两口子这出闹剧,老两口更是羞得无地自容。

他们是小门小户人家不错，可小门小户人家一样有尊严要脸面，这可是新媳妇，才过门就被她瞧见自己家里这些丢人现眼的事，老两口在儿媳妇面前都有种抬不起头来的感觉。

田妙雯见他们的气焰已经完全被打压下去，再不复方才的盛气凌人，马上换了一种口吻，柔声道："公公，婆婆，媳妇还有些心里话想跟您二老说，要不……咱们进房去聊？"

叶老爹闷声闷气地答应一声，头前进了屋，田妙雯赶上一步，搀住了叶母。叶老太太身子硬朗得很，有时还能撵得她的小孙子满园跑呢，不过被人这么体贴地扶着，尤其是一位这么拿得出手的儿媳妇，老太太可开心得很，脸上终于见了笑模样。

· ※ · ※ · ※ ·

"如果只是吃喝嫖赌、败尽家财，长幼有序，我这兄弟媳妇也就忍了。可在卧牛岭并不是这样啊，我们叶家一败，那就是全家覆亡的结果，媳妇就算不为自己想，能置您二老的安危于不顾吗？"

叶家二老先是听田妙雯讲了一番大道理，听得半懂不懂的，只好含糊着答应。田妙雯见状，便开始讲起了白话，举的例子也通俗易懂了："皇上不在家，指明皇后摄政，这时跳出一位王爷来，说我是皇帝的兄弟，该我当家，婆婆，你觉得成吗？"

叶大娘字不识几个，戏文可没少看，一听这话，把大腿一拍，道："那哪儿成啊，这分明就是个奸臣，他要造反，要谋朝篡位啊！皇上家的事，可不能让他掺和，亲兄弟也不成，那是要出乱子的！"

田妙雯道："婆婆是个明白人！咱们叶家，说句大逆不道的话，现在就可以这么一比了。咱们卧牛岭那就是一个小朝廷啊，税赋自征、兵将自养、官吏自任、世袭罔替，两位老人家您想想，这和一个小朝廷还有区别吗？"

"嗯……嗯……"

叶父叶母听田妙雯这么一说，仔细一想，还真是那么一回事，不禁有些受宠若惊起来：要这么算，那叶家现在还真是发达了，朝廷啊，地方再小，那也截然不同的。

田妙雯诚恳地道："公婆二老呢，在这个小朝廷里面，那就是太上皇和太后了！"

叶父叶母听得心惊肉跳，怎么忽然间就变成了太上皇、太后？最大只做过牢头的叶老爹屁股都快坐不稳了，叶母更是双目瞪得溜圆，似乎惊大于喜。

田妙雯道："二老您想，咱们叶家作为一个小朝廷，皇上不在，王爷出面主政，能行吗？要是没个规矩，还不得乱了套，这江山可是要让二老的孙子、重孙子们一辈辈传下去的，要是出个奸王，还不得被外人所趁？"

叶大娘战战兢兢地坐在那儿，被太后的大帽子压得喘不上气来，还是"太上皇"

镇定些，嗫嚅地道："小安……小安这孩子不至于……他是真心想帮兄弟。"

田妙雯道："公公，您这话儿媳相信，可规矩不是为了我大伯一个人立的，是要叶家的子孙后代们遵守的，如果大伯坏了规矩，后人还不有样学样？再说了，大伯是好人，可陈桥兵变，也不是赵匡胤的意思呀……"

田妙雯还怕这两位老人家不知道谁是赵匡胤，正想解释两句，叶大娘恍然大悟道："这出戏我看过！媳妇这话说得在理！老头子，咱媳妇说的这话没错，也就是这孩子心地善良，换一个人家，当王爷的敢趁皇上不在跳出来掌权，管你好心坏心，那就是要杀头的！"

"啊？""太上皇"看看入戏太快的"太后娘娘"，一脸茫然。

田妙雯摸出一方手帕，轻轻擦了擦眼角，啜泣地道："夫君被押赴京城，天威难测，韧针日夜牵挂，好不担心。今日不得已责打了大哥，又不免要得罪公婆和大哥大嫂，人家一个弱女子，这满心的苦，能对谁说？"

叶父叶母一脸不安，好像自己做了多么天怒人怨的事，如此欺负一个没过门的小媳妇，看把人家委屈的。

田妙雯越说越伤心："不责打大哥，往远里说坏了规矩，会给叶家留下后患；往近了说，家里主事人不明不白，外有强敌压境，恐难持久。

"可是打了大哥，又落得一身埋怨，我嫁到叶家来，就是叶家的人了，叶家兴，我怕是没好日子过了。叶家亡，我却是要与叶家共生死的，我的命……好苦……啊……"

叶家父母羞得无地自容，叶老爹一拍大腿站了起来："好媳妇，委屈了你啊！我也早知小安那孩子不争气，你放心，咱们这个家，就是你来当！谁敢说三道四，老子打折他的腿！"

第九十五章

夫唱妇随

一

叶小安屁股上有伤,怎能逃得快了,他没跑多远就被叶大嫂追上,撒泼撕打一番,脸上又添了几道挠痕,再被叶大嫂扯下山去,寻到那两个外室居处一通哭闹。

叶小安倒是个痴情种子,这种情况下也不愿负了他聘下的两个外室,任由叶大嫂吵闹叫骂,他是闭紧牙关决不说出休弃那两个妇人的话来。

那两个妇人见人家正室大妇寻上门来,倒也乖巧,跪在地上任你打骂,只管嘤嘤哭泣,也绝不说一句肯离开的话。叶大嫂无可奈何,吵累了哭累了也只好恨恨地回山。

叶小安又拖着皮开肉绽的屁股哄劝两个妇人,等他筋疲力尽地回到山上,愕然发现不只老婆不待见他,才这么一会儿工夫,就连爹娘也"移情别恋"了。

其实叶父叶母也未必就不疼他了,真要是在田妙雯和自己的亲生儿子中间选一个,他们当然会毫不犹豫地选择自己的亲生儿子,哪怕他再不争气,但现在毕竟没到那个份儿上。

给子孙后代留下一份万世基业,这是每一个为人父母的梦想,他们想着把一份财富传给子女,传给儿孙,让自己的后人永远不愁吃穿,如此一来,对叶氏家族来说叶小安和田妙雯谁轻谁重就可想而知了。

况且李大状那是何等人物,这种时候敢不卖力?他找了个机会向叶老爹叶大娘为田妙雯吹嘘了一番,说人家是何等了得的世家,其实尊贵如公主,把个"太上皇"和"太后"听得诚惶诚恐,毫无"皇上"爹妈的自觉。

李大状还巧妙地暗示他们:田姑娘虽然没过门,其实已经和叶小天做了真正夫妻了,否则的话,叶小天怎么会把叶家交给她打理呢?

而两位老人家听在耳中却不做此想,他们老两口想当然地认为李大状这是在告诉他们,田妙雯已经有了叶家的骨肉,要给他们叶家添丁了。

儿媳妇是一回事,儿媳妇肚子里有了叶家的娃那就是另一回事了,于是叶家老夫妻果断地站到了田妙雯一方。叶小安心中好不幽怨，只觉爹妈不疼、夫人不爱，还是他的严大哥不离不弃，这才是他真正的好兄弟。

田妙雯灭了后宅的火苗，稳定了她在叶家的地位，立即再度召集叶小天麾下众大将议事，田妙雯并没有征取大家的意见，她召集齐了众人之后，立即开门见山地说明了自己的打算。

"各位，据我所知，展、曹两家正在密议联兵，他们已经联系了杨家一些不安分的人，打算以张家为内应，在铜仁率先发难，随即便大举出兵，先杀光我们留在杨家的人，随即占领水银山。"

于扑满冷笑道："我们有老骥谷在手，他们休想在水银山上站得住脚。接下来不用说，他们肯定是要再打我老骥谷了，掌印夫人，于某马上回老骥谷，他们敢来，我就把他们狠狠地打回去。"

田妙雯道："他们不会来的。"

于家海一怔，制止了暴躁的三哥，对田妙雯道："还请掌印夫人明示。"

田妙雯道："接下来，他们就会陈兵水银山，同于家寨和凉月谷谈判！"

格哚佬仰天大笑："哈哈！他们想得美，凉月谷少谷主和老夫的侄女要好得很，凉月谷肯背叛我们卧牛岭吗？再说于家，于土司和我们叶大人，那也是……咳咳要好得很。"

田妙雯瞪着他，瞪得格哚佬越说越心虚，声音越来越小。

田妙雯道："一个家族所做出的一切决定，只能是为了让其家族得到最大的利益，他们会为了一个女人决定自己该站在哪一边？格寨主，如果令侄女喜欢的不是格龙而是展家的展龙，你会不会因为她便向凉月谷开战？"

格哚佬把眼一瞪，道："怎么可能，大家拥戴我为寨主，可不是为了让我用他们家男人的性命为我格哚佬一人的喜恶而去拼命。再说，展家哪有好东西，采妮敢喜欢展家的人，老子替她爹打断她的腿！"

田妙雯道："既然如此，你怎么就知道在三路大军压境之下，在人家提出足够多的好处的情况下，凉月谷和于家寨就一定不会对我们出手？"

格哚佬挠了挠脑袋，说不出话来。

田妙雯冷静地道："让于家和果基家做出背叛的举动，的确不容易，除非对方给出足够大的代价。而今，我夫被解赴京城，生死难料，再有三路大军压境，许以足够的好处，让他们觉得对付我们很容易，要与展、杨、曹三家作对却损失惨重的话，那么他们很可能会对我们反戈一击。可是我们能怎么办呢？"

于扑满刚刚扬起手臂，就吃田妙雯一瞪，于扑满的"战战战"登时噎在喉咙里。

田妙雯道："我们已经腹背受敌，难道还要再结两路仇敌？如果是那样，各位再能战，我们也只能退回山里去,否则所有人都得交代在这儿!"

于扑满讪讪地放下了手臂,他是好战,却也不至于狂妄到认为自己已经无敌于天下,如果卧牛岭独自对上展、曹、杨、于、果基还有张家,必败无疑。

田妙雯道:"那我们怎么办?只有给于家和果基家足够的信心,让他们相信,我们卧牛岭不会倒,跟我们作对必会付出重大牺牲。如此一来,他们才不会动摇与我们的联盟。"

冬天眯着眼睛,看着在他眼中只是一道朦胧俏丽的身影的田妙雯,慢吞吞地问道:"那么,掌印夫人以为,我们该怎么做呢?"

田妙雯道:"以雷霆之势,彻底铲除张家,如此一来,既可以震慑于家,又可以让于家尝到甜头,更加死心塌地跟着我们叶家走。同时,没了后顾之忧,我们才能专心致志地对付外敌,而对果基家来说,在铜仁如果他想反我们,已是孤掌难鸣,不怕他不予慎重!"

众人听了暗吃一惊,因为土司们之间征战,要打败一方容易,要彻底控制一方实在太难,因为每一方土司,其家族经营当地都以数百年的岁月来计算,根深蒂固,太难铲除了。

石阡杨家如果不是因为两兄弟自相残杀,先毁了自家根基,再加上叶小天用了扶植傀儡的方式,依旧让杨家的人来当土司,怕也不会轻易驯服当地土民。

所以别人所说的打败、征服,通常是对方服软低头,承认他是老大就算数,现在田妙雯要彻底抹掉张家在铜仁足足用五百年岁月烙下的印记,谈何容易。

叶小天做事不循常理,常常异想天开,有惊人之举,原来她也如此,这真是不是一家人,不进一家门哪。田妙雯冷眼一扫,缓缓地道:"不错,这是不容易,但是却并非绝对没有机会。你们不要忘了,我姓什么!"

众人微微一呆,心道:你姓什么和此事又有什么关系?但这只是一愣神的工夫,他们马上就想到了,不错!自家这位夫人……姓田!而两思八府那么多的土司,都是田氏旧部。

一百多年的时间,对一个相对闭塞的地方居民们来说,并不久远。田家作为当地百姓的旧主,起码在心理上,不至于让当地土民生起强烈的反抗心和不认同感。

但是,田家统治该地的权力在永乐年间就被剥夺了,田家还能重新站出来统治该地吗?朝廷会答应?

田妙雯微微一笑,道:"统驭铜仁的,当然不是田家,而是叶家。但是对铜仁百姓们来说,他们的新主人只是他们的老主人,这就够了。"

于扑满一拍脑门,恍然大悟:"叶家成为铜仁第一家,朝廷想必是会乐见其成的。但是叶土司的老婆可是田家的人,张胖子家完蛋了,取而代之的是他们老主人家的姑爷子，这有啥不能接受的。"

一向愚钝的于扑满都想到了，其他人当然也想到了。李大状拊掌赞叹不已，只觉幸亏田大姑娘是个女人，而且生在田家，不会做些低贱之事。

否则以她如此擅于诡变的机智，若是从事讼师职业与他争风，只怕他未必闯得出夜郎第一状的名头来。

田妙雯激进，于家海反而就冷静下来，他仔细想了想，对田妙雯道："夫人，仅凭田氏旧主的名头，只怕不够。一百多年的时间，抹不去当地土民对田氏的依恋和认同，但是……一百多年的时间，足以抹去田家在当地的人脉和可控的权力。"

田妙雯赞赏地看了他一眼，道："不错！所以，我还需要一个人的支持。"

几乎每个人都马上想到了田妙雯所指何人，因为叶小天在铜仁合作最密切的盟友只有这么一个人：于珺婷！

田妙雯望向厅外，目光变得悠远深邃起来，她记起了于珺婷告辞离开时那神秘的微笑和一语双关的告别语："叶夫人，呵呵……后会有期，后会有期呀！"

这可不就是后会有期了吗？她临走时还特意说，不会马上回铜仁，要去于家寨盘桓一段时间。现在的张家变得很危险，这个时候尽管有文傲和于海龙两大心腹镇守铜仁，她也没有流连在外的原因。除非……她有更重要的事，那么现在对她来说，更重要的事是什么？

田妙雯的目光变得狡黠起来，就像一只修炼成精的狐狸。她觉得，有必要放下身段，去于家寨拜访一下，叶小天和于珺婷究竟是什么关系，于珺婷现在又是怎样的一种打算，她要了解清楚，才好对症下药。

卧牛山的困局，看来要靠她们两个女人来解开这第一环呢。

第九十六章

紫阳府

一

田妙雯整顿好卧牛岭，前去拜会于珺婷的时候，叶小天已然轻车简从地赶到了兴安州的紫阳县。紫阳地处汉江上游、大巴山北麓，北有秦岭阻隔，南有巴山屏障，形成了冬无严寒、夏无酷暑的特殊气候。

紫阳县内设有驿馆，午后时分，县里突然来了数百名官兵，一看他们的兵甲器械，就知道必定是朝廷精锐，不过驿丞向洪辰并未理会，因为官兵过境是不需要驿站接待的，谁想这些官兵偏就来了驿馆。

数百名铁甲骑士拥至驿馆时，向驿丞正在厨房里忙着炒菜。没错，驿丞大人就是在炒菜。虽然说君子远庖厨，有点身份地位的大老爷向来没有下厨房的习惯，但向驿丞是一个例外。

说起来，驿丞是八品官，是正儿八经的朝廷命官，向洪辰是进士出身，有正经的功名在身。然而，正如汤显祖嗜好写戏唱戏，向洪辰的爱好就是烹饪。

向驿丞好美食，这是受其家风影响。因为向驿丞家老太爷就是个美食家，向老太爷一生钟爱美食，食不厌精，脍不厌细，素以自己的饮食品味为傲。

向老太爷是北方人，曾经做过江浦县主簿，并在任上过世。离世前，他拉着儿子的手谆谆叮嘱的只有一句遗训："儿啊，你要记住，包子一定要蒸着吃，饺子一定要下锅煮，豆浆必须是甜的，豆腐脑一定要咸的，不照此做，全是异端！千万不要屈服于本地人哪！"

有此优良门风，向驿丞醉心于美食也就可以理解了。向洪辰在厨房里哼着小曲，正煎炒烹炸自得其乐，一个驿卒忽然跑来道："驿丞老爷，门口来了好多军将，咱们这小小驿馆，最多招待一百来人，可接待不下这么多人哪。"

向洪辰刚把一条黄河大鲤鱼下了油锅。听了驿卒禀报，向洪辰把眼一瞪，道："军将？咱们驿馆跟那些丘八们一向井水不犯河水，他们跑到咱们驿馆来做什么？"

那驿卒咧了咧嘴，道："驿丞老爷，那带兵的将官是个千总，小的不敢问。"

向洪辰斥道："废物！就算他是个总兵，也管不到咱们驿站这一块儿，怕他什么！"向洪辰气哼哼地道："帮我看着鱼！"说完便大步流星地走出去。

皮鹏举在门口等得不耐烦，忍不住骂道："这小小驿丞忒也摆谱，这么久了都不出来，老子不等了。"

皮鹏举转身对叶小天恭敬地道："叶大人，咱们这就进去吧。"

叶小天刚要说话，向洪辰就从驿馆里走了出来，扬声问道："哪儿来的军将，到我驿馆中来做甚？"

皮副千总扭头一看，更加生气，道："呵！这儿的驿丞谱还真大，派了个厨子出来接待叶大人和本将军不成？"

向洪辰穿了一身葛布粗布，腰间系了一条油渍麻花的围裙，头上戴了小帽，肩上还搭了一条汗巾，手里拎着一只爪篱，活脱脱一个厨子。

一听皮副千总所言，向驿丞不高兴了，把脸一沉，道："本官就是此地驿丞，你是哪个？看大小不过一个千总，有什么资格自称将军。"

这里已经离开贵州了，这种地方是文官的天下。文官地位普遍高于武将，一个五品知府，就是见了一个一品总兵，照样傲气凌人，十有八九那个总兵大人还得对人家客客气气。因为就算他惹得起对方一个，也惹不起文官这个团体。

文官们的优良传统就是打群架，而且个个都是嘴上功夫了得，最大的问题是，普通人口舌再厉害也就是喷喷口水，没什么用，但文官们那一张嘴一支笔，可是比千军万马还厉害，真能杀人的。

皮副千总虽然久在贵州，可他是都指挥使司的将官，直接受兵部管辖，而兵部尚书向来也是文官。背后吹吹牛说说大话没问题，真见着人家了，皮副千总就先软下来了。

皮副千总打个哈哈道："哎呀，阁下就是此地的驿丞大人？失敬失敬，驿馆都是朝廷拨款打理的呀，驿丞大人怎么亲自下厨炒起菜来了，难道驿馆连个厨子都请不起吗？"

向驿丞喜欢做菜，但心里也清楚，这种技艺是难登大雅之堂的，尤其是对他这样有功名、有官身的人来说，只会惹得别人耻笑，便翻个白眼道："要你管，吃饱了撑的。说吧，你们这些丘八，到我们紫阳驿来做什么了？我们这儿可不接待你们当兵的。"

皮副千总得意扬扬地道："来往官员，驿馆是要负责接待的不是吗？"

向驿丞微微有些意外地看了皮副千总一眼，恍然大悟道："你是新上任的官？哈哈……"

向驿丞仰天打个哈哈，道："不错，驿馆是负责接待来往官吏，不过品级不同，待遇也不同。阁下不过是个千总,要住驿馆可以,但只有一厅一寝之地,容不下你这么多的家将。"

皮副千总笑吟吟地道:"如果是押运待罪之官进京呢?朝廷有没有规定待罪之官单独入驿馆居住,押解人等另行安顿住处?"

这当然不行,待罪之官很可能就是真的有罪,如果他畏罪潜逃怎么办?驿馆的驿卒没理由替你承担看管责任,再说驿卒也不专业,很可能真的会让待审的犯官逃掉。

向驿卒微觉意外,谨慎且奇怪地问道:"你是犯官?"

待罪的官员时常过境,这不稀奇,问题是押解犯人的还从来不曾有过这么多人,你以为你是张太岳、冯保那等大人物吗?居然要几百个铁骑军士押送。

眼前这人只是一个千总,居然要这么多人押送,居然军法不能制裁,要押送京师交由朝廷裁断,这得多大的背景后台,又或者惹下了多大的乱子?向驿丞不敢不谨慎。

皮副千总呸呸几口,道:"我一个小小千总,哪有资格到朝廷受审,待罪之官是这位……"

皮副千总向侧后方退了两步,微微躬身,对向驿丞隆重介绍:"这位是铜仁卧牛长官司长官叶大人!"

向驿丞这才注意到叶小天,叶小天骑在马上,一身锦衣,骨骼清奇、眉眼俊秀,怎么看都像是一个正带着豪奴出门游赏的贵介公子,如此模样、如此打扮的一个人,居然是个犯官!

不过向驿丞马上就想到了皮副千总的介绍:卧牛长官司长官!向驿丞顿时恍然,长官司是土官中的一种官制,流官之地没有,既然是土官,那都是世袭罔替的,年纪轻轻就做了官也不稀奇。

向驿丞却未想到他眼中的这个官二代,是个实打实的官一代,不然一定会大吃一惊。不过叶小天从一个狱卒,仅仅数年工夫就做了一方土司固然传奇,比起刘邦仅仅七年工夫就从一个小小亭长变成一个开国皇帝的逆天气运,却也不算什么了。

向驿丞半信半疑地向皮副千总讨过公文看了,确实无疑,不禁好生无奈。朝廷只限制了过境官员入住驿馆可享受的待遇和随从人员的多寡,免得他们揩朝廷的油,但是却未规定过罪行未定官员能配几个押解人员,像叶小天这种特殊情况,当初制定这一规定的人想破头也是想不到的。

无奈之下,向驿丞只得向皮副千户期期艾艾地说明了情况,紫阳县太小,虽然设了驿馆,但接待能力非常有限,满打满算,连主带仆也就接待近百人。皮副千户一行人有三百多人,还有三百多匹马,小小紫阳县驿馆根本接待不了。

皮副千户这下可逮着了道理,盛气凌人地道:"向驿丞,你的苦衷,末将……哎呀,我这一个小小千户,可还不配称将。下官是了解的,可下官也是奉命办事啊。

你瞧这三百多人，人吃马喂的，花销得多大？我吃你的住你的，那是朝廷承担。我若是自行出去租住、饮食，这笔开销我找谁报去？"

向驿丞也知道是自己方才的态度得罪了他，只好低声下气地解释："皮千户，理儿固然是这个理儿，向某供应饮食也是应该的，可你们要是入住，难不成要睡在院子里？就算向某把自己的住处也让出来，这么多人马也是住不下的……"

向驿丞正说着，远处又有一群人马浩浩荡荡地赶了来。这一行人正是始终像狗皮膏药似的粘着叶小天的展虎一行人。

展家展虎，张家沐东，曹家郭建武。展虎是现任展氏家主展龙的亲弟弟，沐东是张雨桐的内弟，而郭建武则是曹瑞希的内弟。这三个人一路跟着叶小天，一有机会就言语打击一番，但从来没有什么实质的举动，皮副千总已经对他们渐渐打消了戒心。

在皮副千总看来，他们就是想一路打击叶小天，直到跟进京城，亲眼看着他受到惩治。当然，在不断骚扰的过程中，也可以让他没有精力去思考继而遥控卧牛岭的局势。

但是，展虎真是这么打算的吗？已经可以远远看到驿馆门口的大队人马，沐东忍不住对展虎道："虎哥，咱们已经跟了这么久，难道真要一直跟进京城去吗？"

郭建武也不耐烦地道："你不是说要在半路上送他上路？咱们究竟什么时候动手！"

展虎冷笑一声，瞪着远处的叶小天，阴恻恻地道："我们不需要动手！我跟来，不是为了要跟他动手，只是想亲眼看着他死！你们别急，紫阳，就是他的葬身之地！"

第九十七章

陷　阱

　　郭建武双眼一亮，急忙问道："计将安出？"

　　展虎微微一笑道："你们不用急，很快就知道了。"

　　他打马一鞭，快速奔向驿馆门口，到了近前猛地一勒缰绳，先是傲慢地看了叶小天一眼，这才下了马，用马鞭轻轻敲打着掌心，笑吟吟地上前道："哪位是此间驿丞啊，本官要住进驿馆。"

　　向驿丞看他锦衣华服，气度不凡，倒也不敢怠慢，忙正了正小帽，紧了紧围裙，倒握炒勺，彬彬有礼地道："鄙人就是此地驿丞。足下何人，因何公干来到紫阳？可有公文在身？"

　　展虎道："本官贵州石阡府土舍展虎，要往京城一游，路经贵地。"

　　向驿丞一听便道："那可对不住了，这驿馆是朝廷命官往来寄住之所，你既非朝廷命官，又非因为朝廷公务往返，我们这驿馆可是不予接待的。"

　　向驿丞所言不假，不过实际上住这种官方驿馆的人不都是往来的官员，有点人脉关系的就能入住，官员的家眷往返，驿馆的人通常也会睁一眼闭一眼。

　　这驿馆是朝廷开的，没有盈利，到了后期，已经成了一个很严重的财政负担。不过向驿丞醉心研究美食，他的小天地就是厨房，对这些人情世故的事就不大在意。

　　而且，现在叶小天一行人名正言顺地要住驿馆他都安排不下，哪还有地方安排展虎这些人，看他随行人员之众，可不在押解叶小天的人马数量之下。

　　沐东大为不悦，用马鞭一指叶小天等人，道："这叫什么话，我们不能住，那他呢？"

　　向驿丞道："他是土司，自然能住！"

　　郭建武勃然大怒道："岂有此理，为什么土司住得，土舍就住不得？这有什么区别？"

向驿丞皮笑肉不笑地道:"这还不简单?土司,是朝廷敕旨任命的,是朝廷命官!而土舍,是土司自己任命的家臣。要说区别嘛,那就好比本官了,本官乃朝廷任命,朝廷要付我月俸,我就是朝廷命官。而我家娘子,那是本官自己聘娶的,我要付她月例,却不干朝廷的事。"

沐东气得发昏,吼道:"什么狗屁比喻,老子是你的小老婆吗?"

向驿丞一本正经地道:"小老婆本官已经纳过两个了,首要一点就是得姿色过人,足下这般相貌倒搭我也是不要的。"

沐东探出大手,一把抓住了他的衣领子,咆哮道:"你这是故意找碴儿了?"

这两个人言语不对付,从一开始就有火药味,沐东在家乡跋扈惯了,到了此时再也按捺不住。然而向驿丞也不是个什么好脾气,被人猛地揪住衣领,咆哮中喷了他一脸唾沫星子,向驿丞的火气也腾的一下冒了起来。

向驿丞抡起炒勺就狠狠地敲在了沐东的头上,大喝道:"一个外乡土官,敢到本官的地盘上来撒野!"

门口那些驿卒全部是本地人,乡土观念浓厚,再加上统统都是向驿丞的部下,这时哪有袖手旁观的道理,登时就拥了上来,展虎和沐东等人的部下一见立即拔刀出鞘。

沐东被那一炒勺敲得头昏脑涨,跟跄着跌到一边。郭建武冷笑拔刀,不屑地道:"就凭你们这些土鸡瓦狗,老子片刻工夫就能杀个精光!"

向驿丞犯起了浑劲,梗着脖子道:"来来来,你来杀!老子的脑壳就在这里,有本事你就拿去,我就不信朝廷不办你个杀官造反,满门抄斩。"

叶小天懒洋洋地对皮副千总道:"皮大人,这闹得太不像话了,你也不管管?"

皮副千总正笑嘻嘻地看热闹,自家金主发话了,倒不好拂他颜面,便把大手一挥,众军士立即挺起刀枪向前逼近,对展虎等人形成反包围之势。

皮副千总大喝道:"本官在此,谁敢造反,杀无赦!"

向驿丞马上举起大勺向郭建武等人一指:"他!就是他们要造反!"

展虎赶紧上前劝说郭建武和沐东,对他们道:"两位不必为了些许小事与人争执,咱们一路跟来,就是为了看他叶小天不得好死,何必节外生枝。"

展虎一面说一面向二人暗暗打着眼色,二人想起展虎刚刚说过叶小天的葬身之地就在紫阳,火气便消了。郭建武悻悻地挥了挥手,他们的人马便没有继续上前,避免了与向驿丞和皮副千总的人马再起冲突。

展虎对向驿丞冷笑一声道:"你说驿馆不接待土舍,可展某一路行来,各地驿馆也未拒绝过我。似你这般不通人情世故,这个驿丞你要做一辈子了。"

向驿丞撇嘴道:"我前程如何,用你操心吗?"

展虎冷哼一声,对沐东和郭建武道:"走,咱们另寻住处!"说罢一拨马头,当先离去。向驿丞眼看他们走远，转过身来再看叶小天和皮副千总，便笑容满面，亲热得很了。

他虽不怕外地土官，可人家人多势众，方才真要动起手来，他是要吃亏的，幸亏叶小天和皮副千总出面，这才少挨了一顿打，这个人情他当然清楚。

向驿丞拎着炒勺走到叶小天等人面前，热情地道："叶大人，皮大人，多谢二位仗义援手。这些土包子，在家乡耀武扬威惯了，还真当自己在外面也有几斤分量，我呸！不知天高地厚的东西！"

向驿丞鄙视了展虎、沐东等人一番，又对皮副将道："皮大人，我这驿馆太小，三百多人，光是人就安排不下，何况还有这么多马。不过，我倒是可以给你们另找一个住处，足以安排得下三百人马……"

皮副千总搓了搓手，道："那这住宿、饮食钱……"

向驿丞道："自然本官支付！你放心，那儿的东家和我熟得很，我和他打声招呼就好，这住宿、饮食的钱，我和他慢慢结算就是。"

皮副千总一听不用他花一文钱，那什么事都好商量了，马上眉开眼笑地道："如此甚好，有劳向驿丞。"

向洪辰道："这有什么，本就是我分内之事，何必言谢。两位大人请先到驿中小坐，喝杯茶水，向某换身衣裳便带你们前去。"

·※·※·※·

紫阳县城不大，娃在城南撒泡尿都可以流到城北，这么小的地方能有驿馆就不错了，又怎么可能大得了。同样的，此地的酒楼也非常少，城中最繁华处一座二层小楼，就是本县最大的酒楼了。

此楼叫橘楼，因为紫阳自来就有橘乡之称，此地出产的金钱橘皮红似火、瓤嫩肉满、汁水丰盈、酸甜适度，从唐代起就是宫廷贡品。

展虎包下了整座楼，与沐东、郭建武在楼上饮酒，又打发人出去四处寻找可以安置他们这么多人马的住处。

不一会儿就有人回报，回报的却不是找到了住处，而是向他禀报："土舍大人，他们出城了，由那个厨子样的驿丞带着，去了城南橘园。"

展虎一听兴奋地一拍桌子，放声大笑："哈哈哈哈……大事成矣！"

沐东忍不住抱怨道："虎哥，你究竟有什么打算，现在可以说了吧，曹、展、张三家现在是休戚与共，有什么秘密还要你一直瞒着我们的？"

展虎听说叶小天终于进了他的埋伏，心情大好，便笑吟吟地解释道："两位休怪，不是展某不肯相告，实是此前展某也不能确定他是否一定会在此间中计，如今当然可以说与你们知道了。"

展虎给沐东和郭建武斟满了酒,三人干了一杯,展虎便得意扬扬地对他们解释起来。

原来,在叶巡抚判了把叶小天押赴京城由天子裁断的命令之后,展龙、展虎、张雨寒、曹瑞雨四人凑在一块儿,仔细分析了一下之后的局面。

在他们看来,最重要的事,当然是彻底瓦解卧牛岭势力,只要能把卧牛岭势力打败、打垮、打散继而收编,即便叶小天侥幸不死,他也一定完蛋。

所以三人决定,他们一定要留在石阡和铜仁,趁叶小天不在,卧牛岭群龙无首的时候,不惜一切地把卧牛岭解决掉。

叶小天这个祸害当然也不能放过,尤其是他们自己也清楚,皇帝或许会严惩叶小天以给贵州众土司一个交代,但是很难会让他以命抵命,而他们想要的是叶小天死。

所以,他们又把展虎派了出来,并且告诉他,不管用什么办法,只要可能,就半路弄死叶小天,从而永绝后患。什么时间、什么地方、什么时机适合下手,他们当然无从预判,所以具体该如何去做,他们没有提供任何意见,全凭展虎随机应变。

皮副千总那批精锐虽只有三百人,战力却抵得上一千人,而且对叶小天保护甚严,展虎一路行来,根本找不到下手的机会,但他起码摸清了一个规律,就是不管什么条件下,这支军队都对叶小天形影不离贴身保护,绝不会分兵。

这种情况下,展虎心中萌生了一个毒计,从那以后,每次行程他都会安排心腹先行上路,打探前方情况。一直到了紫阳,他才终于找到了机会。

这个县城很小,城内没有足以招纳百人以上的驿馆和客栈,连大车店都没有这么大,而且城内城外没有大宅租赁的人家,但是在城南有个橘园。

这个橘园的主人姓张,叫张朋。张家这处橘园,是负责向皇室提供贡橘的。而今正值秋收季节,张家刚刚采摘了贡橘,等着朝廷派人来验收、接运。

张家为了栽种金钱橘,盖有很多棚屋,既可在天冷时把盆栽的金钱橘移入室内,采摘期也可供雇佣的工人居住。放眼整个紫阳,唯有此处容纳得下三百多人马,而不致露宿野外。

展虎打听到这个消息之后,就知道他的机会来了,于是,他不惜重金买来了五桶火药,火药桶里又掺杂了大量的铁钉、碎瓷片。

这五桶火药如今就埋在橘园内条件最好的那三间大屋下面,他要把叶小天炸个支离破碎,送他归天!

第九十八章

午夜沉雷

一

紫阳县城不过是弹丸之地,城南橘园距县城也就一二里地。园主张朋住在城里,城南这处橘园平常只有两个老园丁负责打理,果子成熟期则增加为八个。

增加人员的目的是为了防止有人偷盗,如今橘子已经采摘完毕,只等京里来人,所以留守人员就变成了四个,因为橘子采摘后装筐放置集中看管,四个人足矣。

向驿丞先去见了张朋,对他说明了情况。其实张朋那棚屋空着也是空着,借人住上一晚有什么打紧,真要算钱也没几个,不如用来打点人情,所以张员外慨然应允,钱自然是不用算的。

张员外不跟向驿丞算钱,向驿丞向上面报账时却是可以算钱的,这其中便小赚了一笔,是以他格外开心,亲自领着叶小天等人,在张府家人的陪同下到了橘园。

橘园的屋舍都很简陋,主要是用来在寒冷气候及暴雨时节将橘树移入室内储放的,不过胜在地方够大,通风良好。

皮副千总一行人路上也有经过人迹罕至的地方,都是带了马包的,这时把马包往地面上一铺,虽不比客栈舒坦,也比在荒郊野外露营好多了。

四个园丁所住的一进三间的房子是瓦房,整个橘园里也就这么一处地方最像样子,有向驿丞出面打点,四个园丁自然乖乖搬出去,把这儿腾给了叶小天和皮副千总以及另外几个百户、总旗一类的官员。

向驿丞对叶小天道:"大人,你们先歇着,我走的时候就已吩咐驿馆里做饭了,一会儿就送来。"

说到这里,向驿丞嘿嘿一笑,又道:"向某擅长料理,各位大人辛苦,一会儿向某亲自做几道菜,送来给各位大人尝尝。"

皮副千总一听顿时眉开眼笑,一个驿丞打扮得像个厨子,哪怕他换了衣裳,身上都有一股子油烟味,这样的人绝对是为吃生为吃死的,他做的饭菜,味道差不了。

皮副千总和几个百户、总旗连连道谢,非常客气地把向驿丞送了出去……

· ※ · ※ · ※ ·

橘楼上,沐东兴致勃勃地问道:"虎哥真好本事,你怎么办到的?"

展虎喝了口酒,略带酒意地道:"火药倒是好办。你也知道,各家土司多多少少都会囤积些火枪火药,那是利器呀。而我贵州毗邻边境,这东西就不是稀罕物了,再加上开山辟路也要用到它,所以只要有钱有门路,想弄到它并不难。"

展虎搛了口菜,醉眼瞥着沐东,道:"至于埋进那大屋,就更容易了。只要一柱迷香,让本就睡着了的看园长工睡得更死一些,挖洞埋火药,运土铺地砖,一晚足矣!又不需要埋多深,呵呵……"

展虎得意扬扬地道:"就算他们回头发现当夜睡得太死,没起来巡夜,反正橘子又没丢,谁还会主动向东主坦白?就是坦白了,他们的东主还能疑心什么不成?"

郭建武赞道:"大妙!如此说来,今夜就能让那叶贼粉身碎骨了!"

展虎看看天色,笑道:"来来来,吃酒,吃酒,天色尚早,不急不急。等到时辰差不多了,咱们就去城北露营,然后悄悄潜去城南看焰火,哈哈哈……"

郭建武和沐东也放声大笑起来,三人端起酒杯,兴奋地一饮而尽。

……

此时,紫阳知县严亦非正盛宴款待一位贵客,这位贵客是个面白无须的锦衣人,乃是皇宫内廷派来的一位太监,姓余,叫余小白。

这余小白自然就是徐伯夷,徐伯夷现在还算不上大太监,但在内廷也算职司不低的一个宦官了。宦官轻易是不能离开内廷的,但凡能奉旨出京,就是一个荣耀,也是能大捞一笔的机会。

要知道,文官当权,内廷势力在京城是有限的,有些文官即便想巴结他们,也会担心引起其他文官的排挤,非常谨慎。而一旦出了京,他们有钦差身份在身,地方官迎来送往就是合情合理的。

以这种身份为掩护,一些气节不那么高尚的地方小官竭力巴结奉迎他们,就是顺理成章之事了。

不过,小白公公不是一个普通的公公,内廷里的公公就算读书识字,也是在内书房读的书,囿于他们所处的环境,虽然学识不逊于外廷官员,但为人做派还是大不相同的。

所以大部分内廷宦官一旦有机会出去,必然大摆排场,威风八面。人过留名,雁过留声,他们出一趟宫不容易,天知道一辈子是不是就这一回,哪能不轰轰烈烈地张扬一番。

但小白公公是个另类，他是先中了举人，后进的宫，以举人功名入宫做太监，这样的人物上下五千年，大概也是蝎子拉屎——独一份。

因此在心理上，徐伯夷还是把自己当成一个读书人，对阉人这个群体是深怀鄙视的。所以万历赐他这个机会，他并不觉得是如何难得的机会，出京后并不张扬，也不打起钦差仪仗，今儿傍晚突然出现在严知县面前，还把严知县吓了一跳，以为他是假冒宦官，意图诈取钱财，待见了他的钦差关防印信，这才相信。

严知县含笑对徐伯夷道："余公公，您难得到我们紫阳来一趟，明日本官且陪你游逛一下紫阳风光，如何？"

徐伯夷瞟了他一眼，淡淡地道："本钦差此来，是为了接收贡橘，那些生鲜之物，禁得住储放吗？"

太监的自称很多，对皇帝自称奴婢，对同级自称咱家，对下级自称老公。还有一些不太常用的自称，是有职司的高级宦官使用的，那就是对皇帝自称臣，对外廷官员自称官名。

因为皇帝往往称太监为厂臣、内臣，所以高级太监也以大臣自居，比如镇守太监上奏折时都是自称臣某某如何如何，而对外廷官员则自称本厂公、本厂督如何如何。徐伯夷觉得阉宦是一种很羞辱的身份，如今有机会，自然以本钦差自称。

严知县莞尔一笑，道："公公放心，这些贡橘都有储放之法，可以放置一冬的，三五天工夫，不打紧。"

徐伯夷摇摇头，道："不！本钦差圣命在身，岂可因私废公，明日验过贡橘，即刻解赴回京！"

严知县听了这话，对这位余太监不免暗暗生起钦佩之意，先前见他谈吐文雅，既不狂妄也不粗俗，这严知县就生出些好感，觉得这个太监与那些传说中的太监不甚一样，此刻又见他如此谨身自爱，不免便有了几分敬意。

宾主饮宴尽欢而散，严知县客气地道："公公身份贵重，本地驿馆粗陋，怎生招待贵人。不如就宿在本县府上吧，本县已命人打扫好了客房。"

徐伯夷也不客气，颔首应允，便由严知县亲自送到客房安置。送走了严知县，徐伯夷先喝了杯茶，这才洗漱解发，上榻休息。徐伯夷躺在榻上，想起京中的牵挂，当真归心似箭。

他难得出宫一趟，游览一下四方风物，原本也是他心中所愿。他急于回京，可不是真的因为急于复命，不想耽误工夫，而是因为……夏莹莹已经到京了。

夏莹莹到京的时间并不长，是在他离开京城前半个月赶到的。女人赶路本就麻烦，一路上又是全程马车。翻山越岭，要找能走马车的路；渡河过桥，要找能渡河通车的船只和桥梁，速度比快马行路慢了两三倍。结果夏天启程，秋天才到，万历皇爷都已望穿秋水了。

夏莹莹到京之后，先找地方安顿下来，歇了两天才去礼部报备，礼部又安排官员对她们进行了三天的礼仪培训，之后才递公文给通政使司。

通政使司也不晓得贵州某土司夫人进京谢恩居然是皇上极为重视的事，当然没把这个当成大事，所以又压了两三天，这才呈报皇帝。

也幸亏他们不知道皇帝在打什么心思，否则这份奏章恐怕根本就到不了皇帝手中。因为从永乐以来，文官们越来越以天下为己任，皇帝就是天下的一部分，而且是天下的代表，所以皇帝也是他们的责任。

文官们在心理上早把自己当成了皇帝的严师，对皇帝的一言一行、一举一动，他们比任何人都要关切，稍不符合他们的价值观念，他们就会发挥一哭二闹三上吊的本事，撒泼打滚地逼你就范，所以洪武、永乐之后，皇帝一个比一个苦。

徐伯夷听说夏莹莹已经到了京，不禁大喜过望，叶小天夺走了他的女人，害得他如此下场，他要报仇！他要把叶小天的女人送上皇帝的龙床，看着叶小天痛苦不堪，他才会开心。

万历皇帝觉得他是高高在上的天子，又如此年轻，而非一个垂暮老人，只要他勾一勾手指，普天下没有任何一个女人能抗拒他，都会乖乖地为他宽衣解带。

所以，高兴万分的万历天子赏了徐伯夷一个外派的美差作为报偿，没让他继续参与下去，使他失去了围观、解恨的机会。

等我回京，夏莹莹该已成了陛下的女人吧？徐伯夷越想越开心，许久许久，才美美地睡去。

"轰！"

一声惊天动地的巨响，把徐伯夷震醒了。

"轰！轰！轰！轰！"

一连串的巨大爆炸声响起，震得窗纸瑟瑟发抖，桌上的茶壶弹到地上摔得粉碎。徐伯夷自从受了宫刑后，就落得个小便失禁的毛病，受此一吓，他又尿了。

第九十九章

不平静的橘园夜

一

严知县跟跟跄跄地跑到院子里，望着南面冲霄的红光，骇然大叫道："出了什么事，来人、来人哪！"

府上的仆役下人衣衫不整地跑出来，惊慌地道："大老爷，我们也不晓得啊。"

有人则叫："好像是城南橘园，橘园失火了？"

严知县大怒："失火就失火，能有这么大的动静？快去，马上去看看，究竟出了什么事？"

徐伯夷披着外袍，在两个随从的护卫下急急跑来，道："县尊大人，出了什么事？"

严知县道："啊！余公公，你没事吧？没事就好！本县也不晓得，正要使人去查。"

城南一处山坡上，展虎、沐东、郭建武站在树林边，望着远处在夜色中仍旧可以看得很清楚的滚滚烟尘，脸上露出得意的笑容。

沐东道："好！这一下，他叶小天终于死得不能再死了！"

展虎得意地道："可惜呀，咱们只能站在这儿看看，不能接近了去看清楚那叶小天的死状，嘿嘿！等明天找个机会去那里瞧瞧，若能捎他一片残肢断骸回去喂狗，方才消我心头之恨！"

郭建武道："你把药捻埋得这么长，我还担心它会失效，这下总算放心了。"

展虎道："放心啦，这个季节，本就不易下雨，为了以防万一，我还在药捻之外裹了油纸，才一两天工夫，怎么会受潮，现在你看如何？哈哈哈哈……"

……

橘林中，叶小天等人伏在地上，巨大的爆炸声不仅把树上的黄叶震得纷纷落下，甚至把地上的败叶都震得飞腾起来。

皮副千总瞪圆了双眼，半张着嘴巴，望着那飞上半空的屋顶，喃喃自语："我的天！我、我……"

一语未了，一颗金钱橘从天而降，准确地落进他的嘴巴里，皮副千总呸呸连声，吐干净了那颗炸烂的橘子，这才恨恨地一捶地，道："太凶残了，比我这个当兵的人都狠！"

叶小天同样惊骇之极，想到他若浑然不觉地睡在屋里，此刻早已粉身碎骨，后脊梁就一阵阵地发冷。打蛇不死，后患无穷啊！叶小天目中掠过一丝森冷的寒意，扭头对皮副千总道："行凶者就在那面山坡上，皮大人，你怎么说？"

皮副千总怒道："似此等凶顽，自当全部抓住，交由当地官府严惩！"

叶小天冷笑一声，道："怕只怕他们家里能够拿出巨大的财富，足以买通官府，免了他们死罪。"

皮副千总瞟了叶小天一眼，道："那依叶大人的意思？"

叶小天道："斩草要除根！"

皮副千总脸色微微一动，道："这个……如果不出我所料，他们要害的人一定是叶大人你，而且凶手十有八九是展、曹、张那三家人，他们可也都是土司人家……"

叶小天道："今晚你皮副千总也差点被炸得漫天都是，这个仇，你不想报吗？"

皮副千总讪然道："皮某在人屋檐下……他们未必敢公然杀我，可我还要在贵阳为将，总不能从此寸步不离军营吧？"

叶小天哂然道："他们这三家已经疯了，所有的账都会记在我的头上，谁会晓得你皮副千总是何人？如果你不放心，大可找个理由退伍还乡，叶某给你一千年的俸禄！"

"一千年的俸禄？"

皮副千总咽了口口水，抓起一把枯草，用力往地上一捶，狠狠地道："这黑灯瞎火的，老子晓得他是谁？老子是抓贼！干！干了！"

皮副千总"腾"的一下跳了起来，喝道："来人啊！擂鼓、吹号！"

军中作战，白日看旗帜，夜晚听鼓号、看灯火，所以军中都备有相应器物。皮副千总一声令下，昏沉沉的夜色中登时响起了隆隆鼓声和苍凉的号角声。

……

展虎三人得意扬扬一番，展虎道："走吧，且回城北宿处，明日再来瞧乐子！"

几人带了十几个部下正要转身离开，刚刚走出几步，忽听昏沉沉的夜色中响起了号角声和鼓号，展虎不禁哑然失笑，道："那些没被炸死的官兵被炸破了胆了，还当是敌军来袭吗？居然吹号击鼓，这是打算跟谁作战？"

郭建武和沐东哈哈大笑，笑声未了突地戛然而止，二人的脸色迅速沉了下来，往展虎身边一靠，三人呈三角形站定，手也按上了腰间的刀柄。

昏沉的夜色中，可以看到一处处闪亮的光点，那是枪尖和刀刃，在夜晚的微光下反射出的寒光，越来越清晰，一排排的官兵从密林中次第而出，排着密集的队形。

"你……你们干什么？"

郭建武惊慌地叫起来，夜色中一排排官兵沉默着，唯有怒火在枪尖上跳跃。

这五桶炸药的威力实在是太大了，那冲霄的火光，激射的铁钉、瓷片，威力实在是太恐怖了，如果不是他们久在边陲，了解这东西的杀伤力和躲避方法，又因为不知是否还有没发现的炸药，所以躲得很远，他们的死伤一定极其惨重。

饶是如此，从果园灯火下摆放的站岗的草人被削得粉碎、炸得稀烂的场面，他们也能想象那可怖的场面，岂能不怒火满腔？

沐东握着刀，颤抖地后退："你们不要过来，我……我是铜仁张家的人，你们谁敢伤我，我们张家跟他没完。"

四周依旧一片静默，只有整齐划一的脚步声，和那寒光闪烁的枪刃的锋芒。

眼看对方越逼越近，展虎大吼一声扑了上去。

持枪的士兵根本没有理会他劈出的一刀，只把整排的长枪向前一递，展虎腾空而起，但……第二排长枪从第一排长枪手的肩头斜斜地挑向了天空。

展虎只挥刀格开了三杆长枪，他的小腹、胸口和腰眼被另外三杆长枪毫不犹豫地刺穿。

"不要杀我！"

沐东吓坏了，狠狠地掷出了手中刀，反身就跑。他扔出的刀被两面大盾挡开了，身后的"枪林"依旧不紧不慢地逼近，而在其他三个方向，一排排长枪也正合拢过来。

沐东绝望地尖叫着，他看见郭建武很精明地使了个地趟刀，想滚地去削士兵们的双腿，但是一排枪尖立即在地上扎成了篱笆，像网住了一条鱼似的把他困在那里，紧跟着一排刀盾手冲了出来，乱刃齐下……

沐东惊恐地狂叫："我投降！我投降！不要杀我！"

他想学着手下们的样子跪下去，却只听到一声铿锵有力的呐喊："杀！"

长枪从四面八方一齐突刺过来，差点把他的腰杆刺断……

· ※ · ※ · ※ ·

发生在橘园的骚动，惊动了近在咫尺的整个紫阳城。

正搂着小妾睡大觉的向驿丞也出了房门，揉着眼睛向南面看，他住在北城，感觉到的动静小一些，看了一会儿不再有什么动静，那红光也消失了，便随口嘟囔两句，又趿着鞋子，踢踏踢踏地回屋了。

他的第三房小妾躺在床外侧，年方十七的姑娘，睡觉沉沉的，打雷都不醒，此刻依然在熟睡，只是翻了个身。

向驿丞翻进了床里，抱住小妾，掩好被子，继续呼呼大睡起来。

天亮了，南城那边县太爷早早就派人出了城，更是在听闻橘园出事后立即亲自带人赶了过去，此时橘园已经乱作一团。住在北城的向驿丞还浑然不知，依旧四平八稳。

等到十几桶米粥熬好、馒头蒸出，装在两辆驴车上，向驿丞亲自带队赶往橘园，这时一路行去，才感觉似乎出了大事。不过向驿丞也懒得多事，并没停下询问。

等他出了南城，就见行人百姓纷纷涌向城外，又有不少捕快巡检匆匆往返，还有城里不少郎中也都挎着药箱出来，好奇心这才重了些。

前方不远就到了橘园，眼见大群的百姓站在那儿围观，向驿丞纳罕地自语道："究竟出了什么事，怎么这般热闹？"

看到地上散落着大量被踩得稀烂的金钱橘，向驿丞不禁微微皱起了眉，心中浮起一丝不祥的预感：可别是借住于此的军汉闹出什么乱子了吧，这要是把贡橘都弄坏了……那可是贡献给皇室的金钱橘啊！

"让开，让开！"

向驿丞跳下车，亲自冲到前面驱赶百姓，待他轰开一条道路往前一看，不由愕然：橘园的篱笆门已经向外倒伏下来，原本的三间大瓦房已经完全消失了，地上只有三个深深的大坑。而其他地方许多棚屋也都倒伏垮塌着。这些屋舍都不结实，当然禁不起这么剧烈的爆炸。

"这……这是怎么回事？"

向驿丞正茫然四顾，叶小天突然出现在他面前，笑吟吟地道："向驿丞，你来了啊！"

向驿丞道："啊！叶大人，这里……你昨晚没事吧？"

叶小天笑道："没事啊，我昨晚舒服得很，橘香满园，落叶双飞……"

向驿丞道："大人你要怎么飞，才能把房子飞没了，地上再震出三个大坑来啊？"

叶小天道："咳！落花人独立，微雨燕双飞！"

叶小天正兴致勃勃地跟他胡扯，人群中突然冲出一个员外，一把揪住向驿丞的衣袖，哭天抹泪地道："向大人，你可要替老夫做主呀！老夫的贡橘……全飞啦！"

第一〇〇章

明枪暗箭

一

向驿丞呆了一呆，奇道："啊！原来是张员外，这究竟是怎么一回事啊？"

张朋哭天抢地道："你还问我，你说要向我借个地方，我便借与你了，谁想你招来这么多的灾星，竟然有人在我的橘园里埋了炸药，轰的一声，我所有的贡橘……"

张朋抽泣了两下，悲声道："全都炸飞了！"

向驿丞骇然道："埋了炸药？这……"

向驿丞看向叶小天，叶小天对张朋笑道："这位是橘园园主吧，你的损失我来弥补就是了，这些橘子，我都买了。"

张员外愤怒地道："你都买了？你都买了有什么用，今年无法进贡，明年我家就可能被取消进献贡橘的资格了！"

向驿丞不以为然地道："皇家贡物一向给的是最低价，你又赚不到几个钱，便不贡又如何？"

张员外冷哼道："你懂什么！有了贡橘这块金字招牌，人家都晓得咱家的橘子连皇上都吃，那橘子就身价百倍！"

向驿丞用手一划拉，道："你家的橘园一共就这么大，所有的橘子都供奉朝廷了，纵然身价百倍，还有橘子卖给别人吗？"

张员外冷哼道："你懂什么！我便是从别处买些橘子回来再卖，只要说是我家园子里产的，那也是身价百倍！"

叶小天一听原来是这样一个不良奸商，顿生厌恶，冷冷地道："既然如此，这位员外就去找凶手索赔吧，告辞！"

叶小天说完，对向驿丞道："驿丞大人，请！"

张员外急了，赶紧追上去道："哎！你别走，你别走啊，那你说说，这些橘子你出个什么价？"

皮副千总恰好从树林子里走出来，见此情景按着刀往张员外面前一站，恶狠狠地骂道："什么价？你个奸商，给老子滚一边儿去，再敢聒噪，割了你的舌头！"

张员外见这军汉穷横穷横的，也不敢与他理论，只好悻悻地躲到一边，口里犹自嘟囔不已。向驿丞纳闷地对叶小天道："叶大人，这究竟是怎么回事……"

他刚说到这儿，就见许多军汉抬了尸体从林子里出来，大约有十几具，其中一具尸体脑袋冲这边歪着，向驿丞一眼认出，正是昨日揪着他脖领子大声咆哮的沐东，向驿丞的声音顿时噎住了。

叶小天淡淡地道："就是昨日在驿馆门前与你发生过争执的那几个人，他们与本官有仇，想要伺机杀害我。"

叶小天说完，对皮副千总道："皮将军，他们的余党都抓住了？"

皮副千总颔首道："不错！看样子，他们那些部下并不清楚昨夜的行动，我们赶到北城时，他们一副完全不知道发生了什么的样子，一一束手就擒，没费什么事。只是他们人马不少，为了免生意外，我派人就地看管了，没把他们押过来。"

正说着，听说钦差大人到了现场，匆匆去接了钦差刚刚返回的县太爷走过来，一瞧现场还是一片混乱，觉得在钦差面前很没面子，忍不住斥责军汉们道："你们军头儿呢，怎么还不见回来？"

一个军汉急忙来找皮副千总，皮副千总赶过去一见县太爷，倒也不敢怠慢。县太爷是七品正印，他一个武官想跟人家文官摆派头，至少得比人家高四级，高三级都只能算是平级的礼遇。

皮副千总按刀上前，微微欠身道："可是县太爷当面？"

严知县点点头，道："你就是皮副千总了？你们这是怎么回事？在我紫阳县内又是开炮又是杀人，我这位知县居然一无所知！你可知本县有钦差驾临，惊吓了钦差大人，你吃罪得起吗？"

徐伯夷穿着一身光鲜的太监服，在严知县身旁傲然而立，可他目光一转，忽然看见远处一个熟悉的人影，顿时像中了定身法似的，站在那里一动不动了。

皮副千总虽然对县太爷极为礼遇，可毕竟不归严知县管，心里并不怵他，倒是见他旁边站着一个气宇轩昂的大太监，心中有些顾忌，这才耐心解释道："县太爷，我们可没开炮，也没有炮，这是炸药炸的。昨儿晚上……"

叶小天并没有注意到徐伯夷的注视，皮副千总匆匆离开后，他正对向驿丞郑重施礼，道："驿丞大人，叶某这条命是你救回来的！请受小天一礼！"

叶小天说着便对向驿丞长长地揖了一礼。向驿丞慌忙搀住他，一脸茫然地道："向某根本不知道发生了什么事，怎么会救了叶大人？啊！难道……"

向洪辰嗅了嗅空气中的味道，突地若有所悟，叶小天微笑颔首，说道："不错！

昨日就是因为你驿丞大人的一句话，救了叶某一条性命啊！"

……

昨日，橘园。

向驿丞嘿嘿一笑，说道："向某擅长料理，各位大人辛苦，一会儿向某亲自做几道菜，送来给各位大人尝尝。"

皮副千总眉开眼笑，连连道谢，和几个百户、总旗非常客气地送向驿丞出去，向驿丞走了两步，忽然站住脚步，疑惑地抽了抽鼻子，自语道："奇怪，此处怎么有股怪味。"

皮副千总道："哪有什么怪味，我闻着都是橘香味呀。"

向驿丞摇头道："将军有所不知，向某精于烹饪，对于气味的嗅觉尤其灵敏，的确有股子怪异的味道。"

皮副千总回顾左右几个军官，笑骂道："你们几个，哪个放了臭屁啦？"

众军官哄堂大笑，向驿丞认真地道："不是屁味，是硫黄、硝石的味道，嗯……像是火药的味道。你们军中带了火铳吗？"

皮副千总道："那玩意太娇贵，这一路过来又不是一马平川的道路，山野之中不及刀枪管用，谁带火铳啊！"

刚刚落座的叶小天听到这句话，陡然扭过头来，望着向驿丞，眸中闪过一丝警觉的神色。向驿丞摇摇头，自嘲地一笑，道："也许是向某嗅错了味道吧。"

皮副千总把向驿丞送出橘园回到屋里，就见叶小天背着双手弯着腰，一步一步地低头走路，好像在量房子，皮副千总不禁失笑道："叶大人，你这是在做什么，莫非喜欢这山野气息，打算自家府里也盖上这么一座野屋不成？"

叶小天没有抬头，只是盯着砖地的缝隙，对皮副千总道："皮将军，你来瞧瞧，这砖地是不是翻动过？"

皮副千总疑惑地走过去，蹲身仔细看了看，轻轻点头道："好像是比较新，怎么？"

叶小天蹲下来，用手撬动了几下，那砖缝太细，插不进手指，皮副千总一见，便拔出佩刀来，帮着他撬起一块砖来。叶小天伸手摸了摸砖下的地面，沉声道："这土是新的，不是久压而成。"

皮副千总一脸茫然地道："那又怎样？"

叶小天长长地吸了口气，道："请皮将军找几个士卒来，把这地面挖开。"

皮副千总虽然把他奉为金主，却不是他任意驱策的奴才，闻言不悦地道："叶大人，你究竟想要干什么？大家奔波一路，都已经很累了，你还……"

叶小天道："凡掘地者，每人十两银子！"

有钱，任性！

叶大老爷在大万山里有一座金矿，两座银矿，还真不愁花销。

皮副千立即转身走到门口，冲着外面喊道："过来几个，帮叶大人挖地！每人一两银子！"

在橘园里东倒西歪、各自择地歇息的士兵们一拥而至，把皮副千总挤到了一边。

叶小天一路被仇敌跟着，敢不谨慎？而他的谨慎，不仅救了他的命，也救了皮副千总等官兵将校的命。发现火药桶后，他们沿着引线，又找到了它的尽头。

皮副千总又惊又怕，当场就要挖出火药桶，却被叶小天出言制止，叶小天道："皮将军，药捻一旦失踪，埋火药的人还会现出原形吗？如果没有火药桶，我们凭什么治他的罪？"

于是，就有了他们扎草人代替军士，所有人员趁夜撤进密林深处，并在火药捻的尽头周围布下伏兵的一系列安排。

叶小天把事情对向驿丞简明扼要地说了一遍，向驿丞听得如在梦里，喃喃自语道："竟然真有火药！天哪，我万万没想到……"

另一边，皮副千总也把事情经过对县太爷详细地说了一遍。徐伯夷初见叶小天时的震惊与愤怒经过这么长的时间已经平静下来，听到皮副千总说明经过，徐伯夷真恨不得把那个该死的向驿丞千刀万剐！这本是杀死叶小天的绝好机会啊！那个多嘴的东西！

徐伯夷长长地吸了口气，脸上勉强挤出一丝和气的微笑，对皮副千总道："皮千总，这个卧牛岭长官叶小天，因何罪名要押解入朝呢？"

皮副千总可不愿意得罪阉人，据说阉人比女人心眼还小，得罪他，他能记恨你一辈子。

皮副千总赶紧答道："此事说来话就长了，不过简断截说呢，就是叶长官和其他几个土司起了纠葛，结果你杀我、我杀你的一通厮杀，叶长官赢了，那几个土司死了。那些土司的家人不肯罢休，巡抚大人也不好裁断，只好把他押到京里交由皇帝审理了！"

徐伯夷点点头，笑吟吟地道："原来如此！"

徐伯夷扭头对严知县道："贡物因为此案尽皆毁损，本钦差要了解清楚所有事由以及处断结果，才好回京复命，县尊大人，你要尽快将此案审理清楚，我先回去了。"

严知县虽然有些好奇钦差大人为何来去匆匆，但是没有他在现场看着，严知县也松了口气，忙道："我送钦差大人！"

徐伯夷淡淡地道："不必了，县尊处理公务吧，咱家告辞！"

徐伯夷向严知县拱拱手，转身就走。他不想被叶小天看见，虽说他现在正受万历皇爷宠信，纵然被皇帝知道他曾经的身份，只要好好解释一番，应该也没大碍，但终究是个麻烦。而且，隐在暗处，他才方便对付叶小天。明枪，怎及暗箭犀利！